옥루몽 5

한국
고전
문학
전집
030

옥루몽 5

남영로 지음 | 장효현 옮김

문학동네

차례

옥루몽 5

【 일러두기 】

1. 적문서관積文書館에서 1924년에 간행된 한문언토漢文諺吐 활자본을 저본으로 했다. 적문서관본은 가장 널리 읽힌 이본일 뿐 아니라 『활자본고전소설전집』(아세아문화사, 1977) 제6권에 영인되어 대부분의 연구자에게 대본 역할을 했다.

2. 원문은 적문서관본 그대로 한문언토의 형태로 수록했다. 내용에 어긋나게 언토가 달린 곳을 몇 군데 손질했으나, 따로 밝히지는 않았다.

3. 현대어역본은 원문에 충실하게 번역하는 것을 원칙으로 하고, 그 어투는 고전의 맛이 느껴질 수 있도록 했다.

4. 주석은 내용을 이해하는 데 꼭 필요하다고 여겨지는 경우에는 현대어역본에 달았으나, 그 외에는 원문에 달아주었다. 주석은 해당 표제어가 처음 나오는 부분에 한 번 다는 것을 원칙으로 하되, 뒤에 다른 문맥에서 나온 경우에는 이해를 돕고자 한 번 더 달아주었다.

5. 교감은 원문에 교감주 형태로 달았다. 활자본의 조판 과정에서 자형字形의 유사함 혹은 단순한 누락이나 착오로 빚어진 오식誤植은 교감주를 따로 달지 않고 바로잡았다. 1918년에 간행된 한문언토 활자본인 덕흥서림본德興書林本은 상대적으로 오식이 적은 이본이기에 주요 교감 대상으로 삼았다. 적문서관본과 덕흥서림본에 모두 오류나 누락이 있는 경우, 1912년에 간행된 국문활자본인 신문관본新文館本을 주요 교감 대상으로 삼았다. 신문관본은 『옥루몽』 한문본 원본을 국역한 계통을 잇는 중요한 선본善本이다.

【 주요 등장인물 】

양창곡楊昌曲

천상계 문창성군文昌星君의 화신. 처사 양현楊賢과 부인 허씨 슬하에서 자라, 다섯 여인과 차례로 인연을 맺고 출장입상하는 영웅적 인물이다. 파란만장한 생애 가운데 여러 벼슬을 맡으면서 다양한 호칭으로 불린다. 과거에 급제해 한림학사가 되어 '양한림'으로, 유배에서 풀려난 후 예부시랑에 이어 병부시랑이 되어 '양시랑'으로, 남만을 토벌하러 나설 때는 병부상서 겸 정남대원수征南大元帥가 되어 '양원수'로, 홍도국 정벌에 나설 때는 대도독大都督이 되어 '양도독'으로, 전쟁에서 승리를 거둔 후에는 우승상 겸 연왕燕王에 봉해져 '양승상'과 '연왕'으로 불린다.

강남홍江南紅

천상계 홍란성紅鸞星의 화신. 본래 성은 사씨謝氏. 3세에 변란 속에서 부모와 헤어져 기녀가 되었고, 가무와 문장에 모두 뛰어나 항주 제일의 기녀로 꼽힌다. 압강정 잔치에서 양창곡과 만나 인연을 맺는다. 소주 자사 황여옥의 핍박을 받다가 전당호에 투신하는데, 살아남아 남방 탈탈국에서 표류하여 백운도사를 만나며 그에게서 무예와 도술을 배우고 부용검을 물려받아 천하무적의 여성 영웅이 된다. 백운도사의 지시에 따라 홍혼탈紅渾脫이라는 이름으로 남만 왕 나탁을 돕다가 투항하여 양창곡과 재회한다. 이후 양창곡의 공로를 대부분 이루어준다. 우사마에 제수되어 '홍사마'로 불리고, 이어 병부시랑 겸 정남부원수에 제수되어 '홍원수'로 불리고, 전쟁에서 승리한 후에는 병부상서 겸 난성후鸞城侯에 봉해진다. 흉노 침략 시에는 표요장군嫖姚將軍에 제수되어 '홍표요'로 불린다. 그녀의 소생으로 양창곡의 첫째 아들인 양장성이 전쟁에서 공을 세워 진왕秦王에 봉해진 뒤에는 '진국태미秦國太嬭'의 칭호를 받는다.

벽성선碧城仙

천상계 제천선녀諸天仙女의 화신. 본래 성은 가씨賈氏. 태어난 지 며칠 만에 병란으로 부모를 잃고 기녀가 되지만, 뛰어난 음악적 재능을 지니며 한사코 요조숙녀다운 지조를 지킨다. 양창곡이 강주에 유배되었을 때 인연을 맺어 그에게 옥퉁소를 가르쳐준다. 양창곡의 두번째 소실로 들어간 후 황부인의 질투로 모진 시련을 겪지만, 천자에게 음악으로 풍간하여 어사대부御史大夫에 제수되고, 태후와 복장을 바꿔 입고 흉노에 대신 끌려가 태후를 구한다. 양창곡이 연왕에 봉해지자 '숙인淑人'에 봉해져 '선숙인'으로 불린다. 나중에 자개봉 대승사의 보조국사普照國師가 그녀의 아버지로 밝혀진다. 그녀의 소생으로 넷째 아들인 양기성은 빼어난 외모를 지닌 풍류남자로, 설중매와 빙빙과의 결연 과정이 흥미롭게 펼쳐진다.

일지련一枝蓮

천상계 도화성桃花星의 화신. 남방 축융왕의 딸로, 쌍창을 쓰는 무예에 뛰어나 명나라 군대와 대적하다가 투항하고, 강남홍을 따라 중국으로 들어와 나중에 양창곡의 세번째 소실이 된다. 흉노 침략 시에 공로를 세워 표기장군驃騎將軍에 제수되어 '연표기'로 불리고, 숙인에 봉해져 '연숙인'으로 불린다. 그녀의 소생으로 셋째 아들인 양인성은 도학군자로, 스승 손선생의 학통을 이어받아 '신암愼庵선생'으로 불린다.

윤소저

천상계 제방옥녀帝傍玉女의 화신. 항주 자사 윤형문과 소부인 슬하에서 자란 요조숙녀로, 강남홍이 천거하여 양창곡의 첫째 부인이 된다. 양창곡이 연왕에 봉해져 '연국상원부인'이 된다. 그녀의 소생으로 둘째 아들인 양경성은 어진 행정을 펼쳐 강서태수江西太守, 호부상서戶部尙書, 참지정사參知政事에 잇따라 제수된다.

황소저

천상계 천요성天妖星의 화신. 승상 황의병과 위부인의 딸. 황의병이 천자에게 간청해 양창곡의 둘째 부인이 된 후 벽성선을 질투해 집요하게 해치려 하지만, 이후 개과천선한다. 양창곡이 연왕에 봉해져 '연국하원부인'이 된다. 그녀의 소생으로 다섯째 아들인 양석성이 천자의 딸 숙완공주와 결혼한다.

양현楊賢 · 허부인許夫人

양창곡의 어버이. 여남汝南 옥련봉玉蓮峰 자락에 살다가, 양현의 나이 40세에 옥련봉의 관음보살 석상에 발원하고 양창곡을 낳는다. 양창곡이 과거에 급제해 한림학사가 되자 양현은 예부원외랑禮部員外郎 벼슬을 제수받아 '양원외'로 불린다. 양창곡이 연왕에 봉해지고 나서 양현은 '연국태야燕國太爺' 즉 '양태야'로 불리고, 허부인은 '태미太孁'로 불린다.

윤형문尹衡文 · 소부인蘇夫人

윤소저의 어버이. 윤형문은 어진 인품을 지녀 항주 자사 시절 딸 윤소저를 강남홍과 지기로 맺어준다. 병부상서兵部尙書에 이어 우승상에 제수된다. 흉노의 침략을 받았을 때 양현과 함께 의병을 일으켜 태후로부터 삼군도제독三軍都提督에 제수되며 이후 '각로閣老'로 불린다.

황의병黃義炳 · 위부인衛夫人 · 황여옥黃汝玉

황의병은 승상 벼슬에 있지만 소인배다. 천자에게 아첨해 딸 황소저를 양창곡에게 억지로 시집보낸다.
위부인은 어머니 마씨馬氏가 태후의 외종사촌인 것만 믿고 교만 방자하게 굴며, 딸 황소저가 벽성선을 모해하는 것을 부추긴다. 태후의 명으로 추자동楸子洞에 유폐되었을 때 꿈에 마씨가 나타나 위부인의 오장육부를 꺼내 씻고 뼈를 갈아 독을 빼낸 후 개과천선한다.
황여옥은 황소저의 오빠로, 소주 자사로 있을 때 강남홍에게 흑심을 품고 핍박하지만, 강남홍이 투신하자 잘못을 뉘우치고 정사에 힘써 예부시랑이 된다.

연옥蓮玉 · 손삼랑孫三娘

연옥은 강남홍의 신실한 여종이다. 강남홍이 전당호에 투신한 후 연옥은 그녀가 죽은 줄로만 아는데, 오갈 데 없는 연옥을 윤소저가 한동안 거두어준다. 나중에 연옥은 동초 장군의 소실이 된다.
손삼랑은 연옥의 이모로, 자맥질에 능해 수중야차水中夜叉라는 별명을 가져 '손야차孫夜叉'로 불린다. 전당호 물속에 몸을 숨기고 있다가 투신한 강남홍을 구하고, 함께 남방 탈탈국을 표류해 백운도사 문하에서 무예를 익혀 강남홍의 부장副將으로 활약한다.

소유경蘇裕卿 · 뇌천풍雷天風

소유경은 윤형문의 처조카로, 방천극方天戟을 잘 쓴다. 우사마右司馬 벼슬을 해 '소사마'로 불리다가 남방을 평정한 공로로 형부상서刑部尙書 어사대부御史大夫가 되어 '소상서' '소어사'로 불린다. 노균의 전횡에 대하여 간하다가 남방으로 유배되는데, 흉노가 침략해오자 군사를 모아 달려와 천자를 구한다. 흉노와의 전쟁에 이긴 공로로 여음후汝陰侯에 봉해지고, 양창곡의 둘째 아들 양경성을 사위로 맞이한다.

뇌천풍은 벽력부霹靂斧를 잘 쓴다. 남방을 평정한 공로로 상장군上將軍에 제수된다. 노균의 전횡에 대하여 간하다가 돈황敦煌으로 유배되지만, 이후 풀려나 흉노와 싸우던 중 역적 노균을 도끼로 두 동강 내서 죽인다. 흉노와의 전쟁에 이긴 공로로 관내후關內侯에 봉해진다.

동초董超 · 마달馬達

양창곡이 남방 원정 중에 발탁한 장수. 남방을 평정한 공로로 각각 좌익장군, 우익장군에 제수된다. 양창곡이 운남에 유배되었을 때 벼슬을 버리고 은밀히 양창곡을 뒤따르며 돕는다. 흉노가 침략해왔을 때 양창곡의 상소문을 가지고 천자를 찾아가, 동초는 흉노의 대군을 막고 마달은 천자를 피신시킨다. 죽음을 무릅쓰며 흉노의 대군에 맞서 싸운 공로로 동초는 표기장군驃騎將軍에, 마달은 전전장군殿前將軍에 제수된다. 흉노와의 전쟁에 이긴 공로로 각각 관동후關東侯, 관서후關西侯에 봉해지고, 동초는 강남홍의 여종 연옥을, 마달은 벽성선의 여종 소청을 소실로 맞이한다.

노균盧均

노균의 벼슬은 참지정사參知政事로, 탁당濁黨의 영수이자 나라를 어지럽히는 간신이다. 악기 연주에 재능이 있는 동홍을 끌어들여 천자를 미혹시키고, 자기 누이동생을 동홍에게 시집보낸다. 양창곡이 천자에게 극간하다가 운남으로 유배되자, 하인과 자객을 연달아 보내 양창곡을 살해하려 한다. 천자에게 봉선封禪과 구선求仙을 권유하고, 청운도사를 끌어들여 도술로 천자를 미혹시켜 자신전태학사紫宸殿太學士에 제수된다. 흉노가 침략하자 투항해 좌현왕左賢王이 되어 명나라를 배반하는데, 전쟁중에 뇌천풍에게 몸이 두 동강 나서 죽는다.

나탁哪咤 · 축융왕祝融王

나탁은 중국에 대항해 반란을 일으킨 남만 왕이다. 백운도사에게 도움을 청해 강남홍이 남만에 합세하지만, 강남홍이 양창곡을 알아보고 투항하자 축융왕을 찾아가 도움을 청한다. 그러나 축융왕도 딸 일지련과 함께 투항한다. 양창곡과 강남홍은 나탁의 요새를 차례로 정복하고, 강남홍의 신비한 검술로 끝내 나탁을 굴복시킨다. 홍도국 왕 발해의 반란이 잇따라 일어나자 양창곡의 군대는 이를 진압하고 축융왕이 홍도국을 다스리게 해준다.

옥루몽 5

엽남헌에서 윤부인이 아들을 낳고
완월정에서 모든 낭자가 배를 띄우더라

제53회

엽남헌의 여종이 윤부인의 병세가 위급함을 아뢰니, 허부인이 크게 놀라 모든 낭자를 데리고 바삐 돌아올 새 난성후가 미소하며,

"시어머님께서는 염려하지 마소서. 윤부인이 잉태한 지 열 달이라. 해산할 때인가 하나이다."

허부인이 말하길,

"요즘 윤씨 며느리의 용모가 수척하고 몸이 풍성하여 보기에 이상했으나 해산이 임박한 것은 아득히 몰랐는데, 그대들이 이미 알았다면 어찌 일찍 말하지 않았는고?"

난성후가 웃으며,

"윤부인이 부끄러워하여 조금도 기색을 누설하지 않았고, 저 또한 안 지 몇 달이 넘지 않나이다. 윤부인이 비밀히 단속하는 까닭에 감히 아뢰지 못했나이다."

일제히 엽남헌에 이르니, 설파薛婆가 나와 맞이하여 난성후의 손을 잡고 눈물이 얼굴을 덮으며,

"우리 부인이 태어난 뒤로 이제까지 병이 없었는데, 오늘 반드시 괴질에 걸리심이라. 얌전하고 정숙한 성품으로 좌불안석하여 자리를 정하지 못하고 손발이 얼음처럼 차가우니, 장차 어찌하면 좋으리이까?"

난성후가 말하길,

"설파는 소동하지 말라."

하고 들어가 윤부인을 보니, 베갯머리에 엎드려 구름 같은 귀밑머리가 흐트러지고 구슬땀이 얼굴에 가득하더라. 난성후가 온 것을 보고 눈물을 머금고 몰래 말하길,

"홍랑은 나를 구하라."

난성후가 웃으며,

"부인은 안심하소서. 이는 여자에게 본디 있는 병이니, 잠깐 참으면 푸른 하늘에 구름이 걷히리이다."

몸소 그 옷과 허리띠를 풀어주고 비단 이불을 펴고 해산에 쓰이는 도구들을 지휘하더라. 이윽고 갓난아기의 울음소리가 어미를 부르는 듯하고 넓은 바다의 신룡神龍이 물 밖으로 솟아나온 듯하여 한 아들을 얻으니, 위아래가 서로 치하하고 양태야와 허부인이 기뻐하는 정을 어찌 다 말하리오? 설파가 바야흐로 웃으며,

"부인께서는 해산도 특이하도다. 이 몸은 열두 번 해산하매 손에 침을 바르듯 했으니, 만약 부인처럼 고생하실진대 동방화촉에 누구인들 두려워 겁내지 않으리오?"

방안의 사람들이 손뼉 치며 크게 웃더라. 사흘 뒤에 양태야와 허부인이 새 아기를 보니, 아비와 어미를 두루 닮아 깨끗하고 빼어나, 상서로운 기린의 아들이요 봉황의 새끼더라. 양태야가 말하길,

"내가 취성동에 온 뒤로 처음 보는 경사라. 아기의 이름을 경성慶星이라 하리라."

이때 연왕이 책상에 기대어 잠깐 졸더니, 어떤 미남자가 문을 열고 들

어와 아뢰길,
"나는 하늘 위의 천기성天機星이라. 옥황상제께 죄를 지어 인간 세상으로 귀양 왔으니, 그대와 전생의 인연이 있어 의탁하고자 옴이라."
말을 마치매 한줄기 금빛으로 변하여 품속으로 들어오거늘, 놀라 깨니 곧 꿈이라. 마음속으로 의아해하는데 중묘당衆妙堂의 여종이 아뢰길,
"선숙인께서 어젯밤부터 몸이 불편하여 병세가 몹시 위급하옵니다."
연왕이 그녀가 해산하려는 것임을 알고 중묘당에 이르니, 난성후와 연숙인이 이미 구완하여 순산했더라. 난성후가 웃고 치하하길,
"상공께서는 이제 귀한 아들을 얻으셨나이다."
연왕이 말하길,
"어찌 귀한 아들이라 하는고?"
난성후가 말하길,
"제가 세상의 남자를 많이 보았으나 이처럼 기묘한 아기는 이제야 처음 보니, 훗날에 어찌 상공의 귀한 아들이 되지 않으리이까?"
연숙인이 또 와서 칭송해 마지않으니, 연왕이 더욱 꿈자리를 생각하며,
"천기성은 본디 아름다운 선관仙官이라. 꿈이 과연 헛되지 않음이라."
사흘 뒤에 양태야와 허부인이 두 부인과 두 낭자를 데리고 중묘당에 와서 모여 새 아기를 보니, 아름다운 눈썹에는 상서로운 기운이 서리고, 복숭아꽃 같은 두 뺨에는 봄빛이 몽롱하여, 가느다란 눈은 새벽별처럼 빛나고, 붉은 입술은 앵두가 이슬을 머금은 듯하여, 얼굴빛의 풍성함은 선숙인과 몹시 닮았고 기상의 준수함은 연왕과 비슷하더라. 두 부인이 서로 보며,
"달 같은 태도와 꽃 같은 얼굴이 여자보다 아름다우니, 이 아기는 고금에 듣지 못한 미남자라. 이 아기는 분명 외모가 잘생겼던 반악潘岳을 압도하여, 두목杜牧이 양주揚州에서 술에 취해 지나갈 때 여인들이 던진

귤이 수레에 가득찬, 그러한 풍모가 있으리로다."

양태야가 또 자세히 보고 말하길,

"내가 듣건대 천기성은 재능이 많은 별이라 하더니, 새 아기의 얼굴이 빼어나고 용모가 아름다워 훗날 반드시 다른 이보다 뛰어난 재능이 있으리니, 이름을 기성機星이라 하리라."

허부인이 선숙인에게 이르시길,

"내가 그대의 자색이 천하에 짝이 없다고 생각하였는데, 기성의 아름다움이 도리어 그 어미보다 나으니, 이는 이른바 청출어람靑出於藍이로다."

선숙인이 말하길,

"남자가 되어 여자의 기상이 많으니, 인성仁星의 의젓함만 못할까 하나이다."

연숙인이 웃으며,

"제가 비록 부족하나 인성이 조금도 어미를 닮지 않아 몹시 분하니, 그런즉 기성과 바꾸사이다."

허부인이 미소하시며,

"봄의 난초와 가을의 국화가 각각 그 향기가 있으니, 두 며느리는 훗날을 기다려 살펴볼지어다."

말하는 사이 영지헌營止軒의 여종이 이르러 황부인에게 아뢰길,

"황성에서 본부의 남종이 편지를 가지고 왔나이다."

황부인이 그 편지를 받으니, 황각로 부부의 편지가 있고 큰 광주리에 햇과일을 넣어 보냈더라. 황부인이 부끄러워하거늘 연왕이 웃으며,

"부인이 진귀한 과일을 어찌 혼자 먹으리오?"

몸소 그 그릇을 열고 보니, 햇과일이 아직 덜 익은지라. 연왕이 웃으며,

"이 시대의 승상께서 천금 같은 딸에게 수고롭게 멀리 보내신 것이니,

이 과일은 반드시 이름난 것일지라. 장인과 장모님의 편지를 본들 무슨 거리낌이 있으리오? 잠깐 보고자 하오."

황부인이 가진 편지를 빼앗아 보니, 황부인이 부끄러워 머리를 숙이거늘, 연왕이 세 낭자에게 주며,

"이 편지를 굳이 숨길 것 없으니, 낭자들도 함께 보시오."

황부인이 급히 받아 감추니, 연왕이 난성후를 돌아보며,

"나이 어린 부인이 병이 없으면서 음식을 싫어하고 다만 햇과일을 생각하니, 이것이 무슨 증세인고?"

난성후가 말하길,

"여자에게 본디 있는 병인가 하나이다."

황부인이 더욱 부끄러워 몸 둘 곳이 없으니, 윤부인이 이미 헤아리고 웃으며,

"여자에게 임신은 보통 있는 일이라. 이제 몇 달이 되었는고?"

황부인이 머리를 숙이고 대답하길,

"연로한 어버이께서 저를 사랑하시어, 후원에 과일 맺힌 것을 보시고 지난날 따먹던 일을 생각하여, 마침 인편이 있는 까닭에 익지 않은 과일을 따 보내신 것이지 특별히 다른 까닭은 없나이다."

연왕이 웃으며,

"내가 비록 어두우나 이제 읽은 편지를 오히려 기억하나니, 부인이 잉태한 지 네다섯 달이 된지라. 내가 무심하여 미처 몰랐으니, 부인의 용모가 수척하고 몸매가 이상한 것을 낭자들이 어찌 몰랐는고?"

모든 낭자가 미처 대답하기 전에, 황부인이 문득 베개에 의지해 어지러워 쓰러지거늘, 연왕이 앞으로 다가가 비단 허리띠를 풀어주고 기색을 살펴보니, 이마에 구슬땀이 가득하고 가쁘게 숨을 쉬며 괴로워하더라. 연왕이 크게 놀라 손을 잡고 정신을 수습하길 권하니, 황부인이 괴로움을 억지로 참으며 놀라 일어나더라. 연왕이 묻기를,

"잉태한 지 네다섯 달에 어찌 이처럼 견디기 어려운고?"

황부인이 한참 주저하다가 대답하길,

"제가 신명神明께 죄를 지어, 지난날 노랑老娘에게 놀란 뒤로 피를 토하는 증세를 얻고 정신이 혼미해져 아기 낳는 것을 바라기 어려웠는데, 다행히 태기가 있으나 묵은 증세가 때때로 나타나 조금 전에도 피를 토하고 몸이 불편하더이다. 이는 제가 스스로 만든 재앙이니 어찌하리이까?"

연왕이 놀라 말하길,

"그런즉 어찌 오늘이 되기까지 한마디 말이 없었는고?"

황부인이 말하길,

"제가 살아 있는 것도 상공의 너그러운 은덕이라. 무슨 면목으로 지난 일을 드러내어 스스로 부끄러운 일을 한층 더하리이까?"

연왕이 얼굴빛을 고치고 황부인의 손을 잡으며,

"나는 비록 부인을 아나 부인은 나를 알지 못하도다. 내가 비록 부족하나 어찌 부인의 마음을 모르리오? 부인이 부질없이 스스로 비좁은 마음을 품어, 나로 하여금 거의 불의한 사람이 되게 함이로다."

즉시 약으로 치료하고, 이로부터 황부인의 처지를 측은히 여겨 돌보기를 더하더라.

이때는 칠월 열엿샛날이라. 연왕이 저녁에 어버이를 뵈온 뒤 영지헌에 이르러 보니, 몇 명의 여종이 문밖에서 약을 달이고 황부인이 노곤하여 누워 있거늘, 연왕이 말하길,

"오늘밤은 소동파蘇東坡가 적벽강赤壁江에 배를 띄우던 밤이라. 이 세상에 살면서 아름다운 절기가 많지 않거늘, 어찌 무료히 누워 있는고?"

황부인이 말하길,

"취한 듯 꿈꾸듯 덧없는 인생이 속세의 굴레를 벗어나지 못하니, 인간 세상의 아름다운 절기가 어떻게 지나가는지 알지 못하나이다."

연왕이 웃고 반나절 얘기하다가 또 엽남헌에 이르니, 윤부인이 여종 두 명을 거느리고 달빛 아래에서 거닐고 있으매, 아름다운 얼굴은 달빛과 더불어 빛을 다투고 아리따운 자태는 항아姮娥와 더불어 서로 시기하여, 자질은 빙설氷雪 같고 정신은 가을물 같아 티끌 한 점이 없는지라. 연왕이 가까이 다가가,

"부인이 이곳에서 흥취가 얕지 않으리로다."

윤부인이 낭랑히 웃으며,

"옛사람이 말하길, '봄 달빛이 가을 달빛보다 낫다' 하나, 이는 규중 여자의 말이라. 제가 보건대, 하늘은 티끌이 없고 은하수는 반짝여 한 조각 맑은 빛이 사해四海에 널리 비치니 이 또한 군자의 기상이요, 달이 차고 기우는 것은 때가 있고 초승달과 그믐달은 끝이 없으되 맑은 빛을 잃지 않으니 이는 군자의 절개라. 하물며 오늘밤 구름의 흔적이 없고 가을하늘이 청정하여 이 둥근 바퀴를 모든 사람이 우러러보니, 어찌 밝은 달이 뜻을 얻는 때가 아니리이까? 제가 비록 소동파의 부인 왕불王弗의 풍모는 없으나, 오히려 술 한 병이 있으되, 다만 속세 밖의 한가로운 분께 소동파의 벗인 조덕린趙德麟과 장회민張懷民 같은 지기知己가 없을까 하나이다."

연왕이 크게 웃으며,

"부인의 말은 보잘것없는 문인으로서 감당하지 못할지라. 하물며 난성후의 기상과 선숙인의 풍류와 연숙인의 재치를 겸하여 누리니 조덕린과 장회민을 부러워할 바 없는지라. 술 한 말을 들고 자운루紫雲樓에 올라 달빛을 구경함이 어떠하뇨?"

윤부인이 응낙하고 여종 몇 명으로 하여금 술 한 동이를 들게 하여 자운루로 향하는데, 관풍각觀豊閣을 지나다가 연숙인을 찾으니 여종이 말하길,

"중묘당에 갔나이다."

즉시 중묘당에 이르니 집안이 적막하더라. 여종이 아뢰길,

"조금 전에 연숙인과 더불어 자운루로 가셨나이다."

연왕이 윤부인에게 이르길,

"저들이 우리를 속이고 자기들끼리 즐기니, 우리 또한 저들을 속이리라."

하고 다시 중향각衆香閣에 들어가 옥피리를 찾으니 책상 위에 있거늘, 거두어 소매에 감추고 나와 윤부인에게 이르길,

"우리는 자운루로 가지 않고 완월정玩月亭으로 가리라."

윤부인이 말하길,

"완월정은 인가에 가까워 몹시 불편할까 하나이다."

연왕이 말하길,

"밤이 깊고 강가에 사람의 자취가 전혀 없으니 무엇이 불편하리오?"

소매를 나란히 하여 완월정에 이르니, 사방이 적막하고 십 리 맑은 강이 거울처럼 펼쳐져 있거늘, 연왕이 난간에 기대어 앉아 소매 속에서 옥피리를 꺼내어 한 곡조를 부니, 강과 하늘이 끝없이 넓고, 맑은 바람이 천천히 불어오더라. 난성후가 이 칠월 열엿샛날을 맞아 연왕이 반드시 오리라 생각하여, 술상을 준비하고 두 낭자를 청해 금수정錦繡亭에서 거문고를 타며 '명월'의 시[1]를 읊는데, 밤이 깊도록 전혀 소식이 없는지라. 도리어 스스로 무료하여 여종을 동구 밖으로 보내어 연왕이 오시는지 탐지하되 오래 돌아오지 않으니, 난성후가 거문고를 밀치고 선숙인에게 이르길,

"상공께서 풍류에 담박하지 않으심은 우리가 아는 바라. 오늘밤 마땅

---

1) '명월(明月)'의 시: 『시경』「진풍陳風」의 시 「월출月出」을 가리키는 것으로 보인다. 그 첫 구는, "달이 떠서 밝으니, 아름다운 사람 어여뻐라. 그윽한 근심을 어이 펴리오. 애쓰는 마음 안타까워라(月出皎兮, 佼人僚兮. 舒窈糾兮, 勞心悄兮)." 소동파(蘇東坡)의 「전적벽부前赤壁賦」에 '송명월지시(誦明月之詩)'의 구절이 있는바, 이를 『시경』의 시 「월출月出」로 보고 있다.

히 달빛을 헛되이 보내지 않으시리니, 반드시 무슨 곡절이 있음이라. 만약 근심이 없다면 반드시 몸이 불편하신 것이니, 우리가 가서 문병함이 좋으리로다."

연숙인이 머리를 숙이고 한참 생각하다가,

"만약 병환이 있다면 반드시 우리에게 알려주실 것이요, 번뇌함이 있다면 갑갑한 마음을 풀어 근심을 잊으시리니, 아직까지 오지 않으시는 것은 아마도 우리를 놀리고자 하심인가 하나이다."

말을 마치기 전에, 동쪽 하늘에서 옥피리 소리가 공중에 맑게 울리니, 난성후가 웃고 일어나며,

"우리 왕께서는 거의 질병이 없으심이라. 연숙인의 말이 옳도다."

함께 산문山門을 나와 소리 나는 곳을 찾고자 하는데, 여종이 와서 아뢰길,

"저희가 동구 밖에서 반나절 기다리되 마침내 행차하지 않으신 까닭에, 부중府中으로 가서 다시 엽남헌으로 가보니 윤부인께서 계시지 않더이다. 영지헌에 이르니 황부인께서 병환이 있으신 까닭에 윤부인 계신 곳을 물으니, 황부인께서 말하길, '상공과 더불어 달빛을 타 자운루로 가셨다' 하시기에 돌아오는 길에 관풍각에 들렀는데, 여종들의 말을 들으니 윤부인과 더불어 중묘당으로 가셨다 하더이다. 또 중묘당에 들어가니, 조금 전에 상공께서 옥피리를 가지고 가셨다 하기에 이곳에 오셨는가 생각했나이다. 이제 길가에서 들으니 바람결에 옥피리 소리가 완월정으로부터 들려오니, 상공께서 윤부인과 더불어 반드시 완월정에 계신가 하나이다."

여종들이 서로 돌아보고 웃으며,

"제가 조금 전에 엽남헌 여종의 말을 들으니, 상공께서 윤부인과 더불어 섬돌 아래에 서서 달을 가리키며 한참 동안 담소하시더니, 술 한 동이를 가지고 자운루로 향하시며 조덕린과 장희민을 찾는다 하시니, 무

슨 말씀인지 모르겠나이다."

난성후가 웃으며,

"너희는 어수선한 말을 하지 말라."

선숙인이 말하길,

"상공께서 마땅히 우리를 기다리시리니, 우리가 급히 가사이다."

난성후가 말하길,

"상공께서 우리를 속이시니, 우리 또한 한 계책을 내어 무료함을 면하고 또 상공의 흥취를 도우리라. 수석정漱石亭 아래에 작은 배가 한 척 있으니, 손삼랑을 데리고 몇 개의 악기와 술상을 싣고 완월정으로 내려감이 좋으리로다."

두 낭자가 좋다고 하고 즉시 수석정에 이르니, 물결은 일지 않고 달빛은 밝은데 강언덕에 배 한 조각이 머물러 있거늘, 세 낭자가 배에 올라 손삼랑에게 노를 저으라 하고, 난성후는 옥피리를 불고 선숙인은 거문고를 타고 연숙인은 '명월明月' 시를 읊으면서 물길을 따라 완월정으로 내려가더라. 이때 연왕이 완월정에 있으며 옥피리를 불다가 문득 강 위에서 가느다란 소리가 들리거늘 옥피리를 멈추고 윤부인과 더불어 난간에 기대어 바라보니, 흰 이슬은 강을 덮고 물결은 일지 않더라. 하늘에 가득한 별과 달이 강 위에 비치고 안개 낀 모래톱의 해오라기는 훨훨 날아 춤추는데, 작은 배 한 조각이 두둥실 떠내려오니, 옥피리 소리 몇 가닥이 거문고 소리와 어우러지고 뱃노래 한 곡은 '명월' 시에 화답하면서 물길 가운데 내려오더라. 연왕이 망연자실하여 가만히 들으며 자세히 살피니, 윤부인이 웃으며,

"이는 채석강采石江에서 달을 잡으려던 이백李白도 아니요, 적벽강赤壁江에서 배를 띄우던 소동파蘇東坡도 아니라. 이는 반드시 남포의 선녀가 동해왕을 놀라게[2)]하고 무산巫山의 선녀가 초楚나라 양왕襄王을 속임인가 하나이다."

연왕이 크게 웃고 여종으로 하여금 그 배를 부르게 하니, 세 낭자가 웃고 강언덕에 배를 대거늘, 연왕이 웃으며,

"오늘밤 달빛은 낭자들을 위해 밝게 빛남이라. 윤부인과 더불어 달을 대하여 적적하게 앉아 있더니, 이제 낭자들이 애써 찾아주니 감사하기 그지없도다."

난성후가 말하길,

"저희가 평소 상공의 총애하심을 믿고 오늘밤 달빛을 대하여 혹 찾아주시려나 생각하여 오랜 시간 기다렸나이다. 상공께서 완월정에서 홀로 즐기시는 것을 알았으나, 저희를 따돌려 끼워주지 않아 이 청명한 달빛을 함께 즐기지 못하는 까닭에, 감히 다가가지 못하고 강 가운데 오가며 옥피리 소리를 듣고 돌아가고자 하였는데, 이제 불러주시니 황공함을 이기지 못하나이다."

윤부인이 웃으며,

"상공께서 늘그막에 마음이 좁아지시어 낭자들에게 불청객이 되는 것을 부끄러워하여, 이 흥취 없는 사람을 데리고 이처럼 좋은 밤을 거의 헛되이 보낼 뻔했도다."

모든 사람이 크게 웃고 난성후가 여종에게 명하여 배 안의 술상을 가져오게 하니, 과연 갑자기 마련한 음식 바라지이더라. 달을 향해 술을 마시니 술잔과 산算가지가 뒤섞여 모두 취했거늘, 윤부인이 난성후에게 이르길,

"내가 듣건대 두 낭자의 옥피리가 자웅률雌雄律이 있다 하니, 선숙인의

---

2) 남포(南浦)의 선녀가 동해왕(東海王)을 놀라게: 낙포(洛浦)의 선녀와, 동아왕(東阿王)에 봉해지는 조식(曹植)의 이루어질 수 없는 사랑을 표현한 「낙신부洛神賦」를 가리키는 것으로 보인다. 아우 조식의 재능과 인품을 시기한 위(魏)나라 문제(文帝) 조비(曹丕)는 조식에게 해마다 새 봉지(封地)에 옮겨 살도록 강요했고, 조식은 늘 신변의 위험을 느끼며 불우한 나날을 보냈다. 조식은 229년에 동아왕에 봉해졌다가 다시 진왕(陳王)에 봉해져 마지막 봉지인 진(陳)에서 죽었다.

벽성산에서의 옛 곡조와 난성후의 연화봉에서의 남은 소리를 들을 수 있으리오?"

두 낭자가 명에 응하고, 선숙인이 난간에 기대어 먼저 웅률雄律을 아뢰니, 서늘하고 맑은 바람이 완월정 위에서 일어나며 층층의 흰구름이 강가로 흩어져 급한 물결에 늙은 용이 큰 강을 뒤집듯 하거늘, 모두 근심하며 두려워하더라. 난성후가 미소하고 또 자율雌律을 아뢰니, 그 소리가 맑고 우아하여 푸른 노을이 처마를 두르고 맑은 바람이 사람을 엄습하니, 기러기·갈매기·해오라기가 훨훨 날아 춤추더라. 두 낭자가 다시 자웅률을 합하여 한 번 불고 한 번 화답하니, 높은 소리는 아득하여 드높은 하늘에 솟아나고 낮은 소리는 은은하여 산천이 서로 응하니, 마음이 화평한 자가 들으면 손과 발을 움직여 춤추게 되고 마음이 서글픈 자가 들으면 슬퍼하며 눈물을 머금겠더라. 이때 자리에 있는 사람이 다 화평하고 안락하여, 칭찬해 마지않고 기쁨을 이기지 못하더라.

이때 황부인이 해산의 기미가 있어 여종으로 하여금 연왕에게 아뢰어 연왕이 윤부인과 모든 낭자를 데리고 영지헌에 이르니, 이미 아들을 낳았더라. 새 아기를 보니, 번화한 기상과 상서로운 풍모가 참으로 부귀한 집안의 아들이요 재상宰相의 재목이더라. 양태야와 허부인이 와보고 웃으며,

"아기의 온화하고 복스러움은 우리 집안의 복이라. 하늘이 내려주신 바이니, 이름을 '석성錫星'이라 하리라."

연왕이 미소하고 황부인을 조롱하며,

"새 아기의 용렬한 모습이 외할아버지와 비슷하니, 훗날 오래 사는 것은 충분하리로다."

모두가 크게 웃더라.

한편 천자가 연왕을 보낸 뒤로, 진왕을 마주하면 취성동의 소식을 물으시고 그리워하여 잊지 못하시더라. 이때는 여름이 지나고 가을이 오

는 때라. 가을바람이 문득 불어오고 날씨가 맑아, 온갖 나무의 매미 소리는 여조겸呂祖謙의 옛 풍모를 사모하게[3] 하고, 강동의 순채는 장한張翰의 홍겨움을 떠올리게[4] 하더라. 진왕이 표문表文 한 장章을 올려 진왕의 인수印綬를 풀고 강가에 노닐어 병든 마음을 풀고자 하니, 알지 못하겠도다. 마침내 어찌하려는가? 다음 회를 보라.

---

3) 온갖 나무의~풍모를 사모하게: 여조겸(1137~1181)은 남송(南宋)의 학자. 자(字)는 백공(伯恭). 호(號)는 동래(東萊). 저명한 이학(理學)의 대가로, 주희(朱熹)·장식(張栻)과 더불어 동남삼현(東南三賢)으로 일컬어졌다. 주희가 벗 여조겸에게 보낸 편지에서 "며칠 사이에 매미 소리가 더욱 맑으니, 들을 때마다 그대의 높은 풍모를 생각하지 않음이 없네(數日來, 蟬聲益淸, 每聽之, 未嘗不懷高風也)"라 했다.

4) 강동(江東)의 순채(蓴菜)는~홍겨움을 떠올리게: 장한은 서진(西晉)의 문인. 자(字)는 계응(季鷹). 양자강(揚子江) 하류 지방인 강동(江東) 출신. 성격이 자유분방하여 완적(阮籍)과 비슷하다 하여 '강동보병(江東步兵, 보병은 완적의 호)'으로 불렸다. 장한이 낙양(洛陽)에 있을 때 가을바람이 불자, 고향 강동의 순채국과 농어회(膾)가 생각나 "사람이 살면서 뜻대로 하는 것이 귀한 것인데, 어찌 벼슬에 매여 수천 리 떨어져 살며 명예와 작위를 노리겠는가?(人生貴得適志, 何能羈宦數千里以要名爵)" 하고, 그날로 말을 타고 돌아왔다 한다.

화진이 벼슬을 사직하여 양처사를 찾고
양창곡이 시에 화답하여 천자에게 바치더라

제54회

한편 진왕이 표문을 올리니, 천자가 불러 보고는 하교하시길,

"모후母后께서 노년에 누이를 멀리 보내지 않으려 하시기에 장차 그대에게 권하여 황성의 저택에 모이고자 하였는데, 그대의 뜻이 또 이러하니 진왕의 인수印綬는 거두겠거니와 강산에서 노닐며 병든 마음을 푸는 것은 허락할 수 없도다. 나의 후원에 연못과 바위가 있고 태액지太液池 안에 또 십주十洲와 삼산三山이 있으니, 비록 날마다 마음을 풀고자 하더라도 오히려 어렵지 않을지라. 어찌 반드시 다른 곳에서 구해야 하리오?"

진왕이 사례하며,

"신이 본디 질병이 많아 시원하고 경치 좋은 곳을 늘 생각했고, 또 연왕은 신의 지기知己요 취성동 자개봉은 경치가 뛰어난 곳이라. 연왕과 더불어 일찍이 약속이 있었사오니, 바라건대 몇 달의 말미를 얻어 벗을 찾아보고 산천을 구경하고자 하나이다."

천자가 흔쾌히 웃으시며,

"이제 그대의 말을 들으니 나 또한 가슴속이 답답하여 맑은 산천의 한가로운 흥취가 저절로 싹트나, 임금의 행차와 거동을 가벼이 할 수 없어 그대로 하여금 속세 밖의 맑은 인연을 홀로 즐기게 하니, 어찌 개탄스럽지 않으리오?"

하시고 몇 달 다녀오는 말미를 특별히 내려주시니, 진왕이 세 귀비를 불러,

"내가 본디 다른 벗이 없고, 그대들을 좌우에 둔 것은 시와 술과 풍류와 자연 경치를 함께 즐겨 무료함을 면하고자 함이라. 이제 취성동으로 가서 연왕을 찾아보고 자개봉에 올라 울적한 마음을 풀고 돌아오고자 하거늘, 연왕은 나의 지기로 형제처럼 정다워 한집안 사람과 다름이 없고 자개봉은 그윽한 산속이라. 내가 장차 사안[1]이 기녀를 데리고 산에 오른 것과 미불[2]이 아내를 데리고 간 것을 본받아, 그대들을 데리고 같이 가고자 하노라."

철귀비가 크게 기뻐하며,

"저희도 난성후와 더불어 오래된 약속이 있사오니 명대로 따르리이다."

진국공주가 웃으며,

"상공께서 풍류의 마음으로 벗을 찾아보고자 하신즉 마땅히 우아한 운치가 있으리니, 장차 어떻게 준비하고자 하시나이까?"

---

1) 사안(謝安, 320~385): 동진(東晉)의 정치가. 자(字)는 안석(安石). 젊어서부터 명망이 높았고 행서(行書)를 잘 쓰고 음악에도 정통했다. 절강성(浙江省) 회계(會稽)에서 오랫동안 은둔 생활을 하면서 왕희지(王羲之) 등과 교유하고, 기녀를 데리고 동산(東山)에서 놀며 자연의 풍류를 즐겼다. 마흔이 넘은 중년에 비로소 정계에 나아가 많은 벼슬을 거쳤으며, 사후에 여릉군공(廬陵郡公)에 봉해졌다.

2) 미불(米芾, 1051~1107): 북송(北宋)의 서예가·화가. 자(字)는 원장(元章). 글씨는 소동파(蘇東坡)·황정견(黃庭堅)·채양(蔡襄)과 더불어 송사대가(宋四大家)의 한 사람으로 꼽히며 왕희지의 서풍을 이었다. 그림은 강남의 운연(雲煙) 어린 아름다운 자연을 묘사하기 위해 미점법(米點法)이라는 독자적인 점묘법(點描法)을 창시했다. 평소 규범에 얽매이는 것을 싫어해 기행(奇行)을 일삼았다고 한다.

진왕이 말하길,

"행장을 간소하게 하여 야인野人의 차림으로 세 귀비와 더불어 곧바로 취성동으로 갈까 하노라."

공주가 웃으며,

"모레는 중추절仲秋節이라. 둥근달이 하늘에 떠오르면 사람들이 모두 '온 세상이 같은 모습이라' 하여 한 해 가운데 달빛이 이 밤에 가장 뚜렷하리니, 상공께서는 어찌 십 리 동강桐江에 조각배 띄워 옥퉁소와 술을 실은 뒤 달빛 따라 취성동에 이르러, 주인을 청하여 장건이 뗏목 띄운 것[3]을 본받지 않으시나이까?"

진왕이 세 귀비와 더불어 크게 기뻐하며 칭찬하고, 이튿날 행장을 준비할 새 천자에게 하직 인사를 드리니 천자가 흔쾌히 웃으시며,

"연왕은 경륜이 있는 사람이라. 시골 저택에 거처하며 반드시 특별한 즐거움이 있으리니, 그대는 가서 보고 기억했다가 돌아오는 날 자세히 말하여, 나로 하여금 누워서 명산에 노니는 흥취가 있도록 하라."

진왕이 명을 받들고 세 귀비와 더불어 동강에 배를 띄워 취성동을 향해 가더라.

한편 연왕이 전원으로 물러난 뒤로 날마다 모든 낭자를 거느리고 산수 경치를 찾아 세월을 보내더니, 하루는 자운루에 이르러 두 낭자를 대하여,

"내일은 중추절 보름날이니, 당나라 현종이 양귀비를 데리고 광한전에 올라 「예상우의곡」을 구경하던 밤이라. 내가 비록 당 현종의 풍류를

3) 장건(張騫)이 뗏목 띄운 것: 장건은 전한(前漢) 무제(武帝) 때의 외교가. BC 139년 무제의 명을 받아, 흉노(匈奴)를 견제하기 위해 대월지(大月氏)와의 동맹을 촉진하고자 서역(西域)으로 가다가 흉노에게 잡혀 십 년 동안 포로 생활을 했고, 이후 대완(大宛)과 강거(康居)를 거쳐 대월지에 다다랐지만, 동맹을 이루지 못한 채 13년 만에 돌아왔다. 인도(印度) 지역과의 통로를 개척하고 동서의 교통과 문화 교류의 길을 여는 데 크게 공헌했다. 뗏목을 타고 은하수에 가서 직녀성(織女星)을 만났으며 그녀의 지기석(支機石, 베틀을 괴는 돌)을 가져왔다고 전해진다.

감당하지 못하고, 취성동이 또한 광한전에 비기기 어려우나, 완월정 아래 배 한 조각을 띄워 가을 강 밝은 달을 무료히 보내지 아니하리라."

난성후가 흔쾌히 응낙하고 술상을 준비하여 이튿날 두 낭자를 데리고 완월정 아래에 이르니, 작은 배 한 척이 이미 강가에 머물러 있더라. 강 가운데 배를 띄우고, 취성동의 어부 수십 명으로 하여금 각기 어선 한 척을 가지고 그물을 던지기도 하고 낚시를 드리우기도 하니, 흰 이슬은 강을 덮고 물빛은 하늘에 닿았더라. 문득 한줄기 강바람이 지나는 곳에 가느다란 소리가 멀리 들리거늘, 연왕이 모든 낭자를 보며,

"이것이 무슨 소리인고?"

연숙인이 귀를 기울여 듣다가 웃으며,

"그 소리가 자못 맑아 드높은 하늘에 닿으니, 평범한 강가 어부의 피리 소리가 아니로소이다."

난성후가 말하길,

"밤이 적막하고 가을바람이 높으니, 오늘밤 달빛을 사랑하는 자가 어찌 다만 우리뿐이리이까? 반드시 강에서 뱃놀이하는 사람이 있어, 임술년壬戌年에 소동파蘇東坡와 더불어 배 안의 손님 둘이 통소를 희롱한 풍정과 같음이로소이다."

선숙인이 웃으며,

"기이하도다, 이 소리여! 푸른 산이 치솟아 있고 푸른 물이 드넓은 듯하니, 백아伯牙의 뜻을 종자기鍾子期가 안 것처럼 지기를 사모함이요, 뜻이 담박하니 범상한 사람이 부는 바가 아니라. 이것이 어찌 왕휘지가 산음의 눈 내리는 밤에 대규戴逵의 집을 찾아가며[4] 농옥弄玉의 옥퉁소로 먼저

4) 왕휘지(王徽之)가 산음(山陰)의~집을 찾아가며: 왕휘지(338~386)는 동진(東晉)의 서예가. 회계군(會稽郡) 산음현(山陰縣) 사람. 자(字)는 자유(子猷). 왕희지(王羲之)의 다섯째 아들. 성격이 방달(放達)하여 많은 일화를 남겼다. 일찍이 산음에 있으면서 밤에 눈이 막 멈추자 문득 대규(戴逵)가 생각나 배를 타고 찾아갔는데, 문 앞까지 가서는 들어가지 않고 돌아왔다. 사람들

소리를 알리는 풍모가 아니리오?"

연왕이 탄식하며,

"이 시대에 왕휘지의 속되지 않은 풍모가 없으니, 누가 대규를 찾아 이 노래에 화답하리오?"

그 노래는 이러하더라.

일엽선一葉船 달을 싣고 십 리 청강淸江 흘리저어
취성동 찾아가니 자개봉이 여기로다.
강 위의 고기 잡는 사람아, 양처사楊處士 집에 있거든 화처사花處士 오더라 하여라.

연왕이 그 뱃노래를 듣고 모든 낭자를 돌아보고 웃으며,

"반드시 진왕이 벗을 찾아옴이로다."

난성후와 선숙인으로 하여금 피리를 불어 뱃노래에 화답하게 하니, 진왕의 총명으로 어찌 지난날 상림원上林苑 달빛 아래에서 듣던 소리를 모르리오? 이에 세 귀비를 데리고 뱃머리에 나와 서서 웃으며,

"양형楊兄아! 메조밥이 익는 사이 베갯머리에서 취했던 꿈[5]에서 깨어 자연 경치 속에서 맑은 복을 평안히 누리니, 오늘 재미가 어떠한고?"

연왕이 웃으며,

이 까닭을 물으니 "흥이 나서 갔는데, 흥이 다해 돌아왔으니, 어찌 반드시 그를 만나야겠는가?(乘興而來, 興盡而返, 何必見戴)"라고 대답했다 한다. 대규(326~396)는 동진(東晉)의 화가. 자(字)는 안도(安道). 생동감 있는 기법으로 불상(佛像)을 조각하고 인물과 산수를 그리는 선구적 역할을 했다.

5) 메조밥이 익는~취했던 꿈: 당(唐)나라의 심기제(沈旣濟, 750~800)가 지은 전기(傳奇)인 「침중기枕中記」에 나오는 이야기다. 한단(邯鄲)의 선비인 노생(盧生)이 사냥길에 객점에서 여옹(呂翁)이라는 노인을 만나 청자(靑磁) 베개를 빌려 베고 누웠는데, 명문가의 딸과 결혼하고 출세하여 재상이 되었으나 역적으로 몰려 유배되었다가 다시 재상이 되는 등 온갖 고락을 누리고 일생을 마치는 꿈을, 객점의 메조밥이 뜸이 들지 않은 잠깐 동안에 꾸는 이야기다.

"내가 비록 화형花兄의 속되지 않음을 알았으나, 오늘 행색은 진실로 뜻밖이로다."

배를 가까이 대고 기쁨을 이기지 못해 손을 잡고 달을 향해 뱃머리에 앉으니, 이때 귀비 셋과 모든 낭자가 기쁨을 이기지 못해 즐거이 담소할새 문득 모두 크게 웃거늘 두 왕이 그 까닭을 물으니, 철귀비가 말하길,

"난성후가 이르길, 오늘밤 행색은 평범한 대장부의 계획이 아니라 하기에, 제가 이는 공주가 지휘하신 것이라고 말해 웃은 것이로소이다."

두 왕이 또한 크게 웃더라. 이에 주인과 손님의 배 두 척을 연결하여 강 가운데 띄우고, 난성후와 선숙인 두 낭자는 옥피리를 불며 괵귀비는 퉁소로 화답하고 반귀비는 '명월明月' 시를 노래하여, 물결을 따라 오르내리며 술상이 낭자한 자리에 가슴속이 깨끗해짐을 금할 수 없더라. 맑은 피리 소리는 푸른 하늘에 닿아 가을 흥취를 돕는데, 아득한 생각은 마치 맑은 바람을 멍에 지워 우화등선羽化登仙함 같더라. 진왕이 취흥을 띠어 배의 창문을 열고 강산을 돌아보니, 무수한 어촌은 달빛 아래 뚜렷하고 강가의 정자는 곳곳이 어렴풋하여 흰구름과 맑은 아지랑이가 푸른 봉우리를 둘렀으니, 북쪽의 자개봉은 연꽃 한 송이가 밝고 아름다운 기운을 머금은 듯하고 앞쪽의 취성동은 단청 한 폭을 펼쳐 산천으로 둘러싸인 복된 땅을 이루었더라. 진왕이 연왕을 보고 감탄하여,

"양형이 출장입상出將入相하여 공명과 업적이 천하에 드러남은 그 재능과 학식 덕분인지라. 내가 비록 감히 바랄 수 없으나, 이러한 명승지를 얻어 산수의 즐거움과 전원의 재미로써 속세 밖의 맑은 복을 누림은, 사람의 힘으로 미칠 수 있는 바가 아니라. 반드시 하늘이 내려주신 것이니 화진花珍이 어찌 흠모하는 감탄이 없으리오?"

이에 천자의 뜻을 전하여,

"황상께서 양형의 경륜과 재능을 칭찬하시어 반드시 특별한 즐거움이 있으리라 하시더니 과연 밝게 보심이로다."

말을 마치기 전에, 문득 강가의 몇 사람이 뱃머리를 향해 급히 부르거늘, 연왕이 하인에게 명하여 어선 한 척을 움직여 그 까닭을 묻게 하니, 곧 궁궐의 하인이 천자의 명을 받들어 어찰御札을 지니고 법주法酒 몇 말을 연왕에게 전하고, 진국공주가 또 술과 안주를 보내어 진왕에게 바치더라. 연왕이 북쪽을 향해 네 번 절하고 어찰을 열어보니, 보배로운 먹이 휘황하여 천자가 몸소 적은 절구絶句 한 수가 있으니, 그 시는 이러하더라.

> 십 리 동강의 배 두 조각에
> 풍류가 맑고 깨끗하니 옥경의 신선이로세.
> 하늘 누각의 오늘밤 달에
> 혹 차가운 도솔천을 생각하는가?

연왕이 두 손으로 재삼 받들어 읽고, 천자의 은혜에 감격하여 눈물이 옷깃을 적시더라. 궁궐의 하인이 마노瑪瑙 잔에 법주를 받들어 바치며 천자의 뜻을 전하길,

"그대들이 지기로 서로 만나 좋은 밤 밝은 달을 대하니, 나를 생각할 수 있으리오? 술 몇 잔으로 맑은 흥취를 돕나니, 달빛 아래 잔을 들어 북쪽을 향해 나에게도 권하라."

하시더라. 두 왕이 또 두 번 절하고 감격의 눈물이 다시 홍건히 흘러, 북쪽을 향해 바라보고 몹시 슬퍼하며 한참 말이 없는데, 진왕이 법주를 당기어,

"이 술은 성스러운 임금께서 내려주신 바라. 우리가 비록 이미 취했으나 감히 사양하지 못하리로다."

각각 몇 잔을 마시고, 다시 공주가 보낸 술잔을 당기어 연왕에게 권하고 웃으며,

"나는 비록 소동파의 풍류를 대적하지 못하나, 공주의 현숙함은 소동파의 아내 왕불王弗의 우아한 흥취에 양보하지 않을지라. 두 부인께서는 어찌 배 안에 감춘 술을 아끼어, 갑자기 하게 되는 음식 바라지를 자랑하지 아니하느뇨?"

연왕이 웃고 술상을 재촉하니, 이윽고 푸른 옷의 동자 하나가 작은 배를 저어 뱃머리에 대고 여종 십여 명이 차례로 잔을 바치더라. 엽남헌·영지헌의 여종은 윤부인과 황부인의 술상을 바치고, 자운루·중묘당·관풍각의 여종은 난성후·선숙인·연숙인의 술상을 바쳐, 배 안에 다섯 곳의 음식이 가득하니 진수성찬 아닌 것이 없더라. 진왕이 귀비 셋을 돌아보고 웃으며,

"내가 조금 전에 공주의 술 몇 말을 칭찬하였는데, 이제 보니 바다를 구경한 자는 물맛을 알기 어렵다 하리로다."

철귀비가 웃으며,

"저희 또한 두 부인과 세 낭자가 보낸 음식을 보니, 각별한 풍미를 겸했나이다."

두 왕이 모든 낭자의 배 안을 바라보니, 음식이 흘러넘치는 듯하더라. 한 조각 작은 배 안에 여종 예닐곱 명이 밥을 지으며 회를 떠, 모락모락 밥 짓는 연기는 강바람에 드날리고 싱싱한 물고기는 달빛 아래 영롱하여, 참으로 자연 속의 노닐음이 속세를 벗어난 듯하더라. 두 왕이 미소하며 칭찬하여,

"모든 낭자가 이처럼 스스로 즐기니, 오늘밤의 노닐음은 모든 낭자를 위한 것이라."

밤이 깊은 뒤 술이 반쯤 취하매, 난성후가 복숭아꽃 같은 두 뺨에 술기운이 몽롱하고 눈썹 근처에 풍류의 정취가 가득하여 세 귀비를 보고 웃으며,

"우리는 일찍이 풍류 마당에서 노닐던 사람들이라. 오늘밤 달빛을 어

찌 쓸쓸히 보낼 수 있으리오? 각각 노래 한 곡을 지어 울적한 회포를 푸는 것이 어떠하리오?"

반귀비와 괵귀비가 또한 취흥을 띠어 한목소리로 좋다고 하니, 난성후가 또 웃으며,

"비록 그러하나 두 왕께서 가까이 계시어 배 안의 이목이 부끄러움이 없지 않으니, 우리가 마땅히 배를 풀어 강 가운데 띄우고 정취를 다해 노닐지라."

손야차로 하여금 노를 젓게 하여 배를 강 가운데 띄우고, 난성후가 주령酒令을 내어,

"만약 이 자리에서 노래를 이루지 못하는 자는 술 열 잔으로 벌하리라."

철귀비가 말하길,

"낭자들은 풍류 마당에서 자라나 입을 열면 그대로 비단 같은 문장과 오음육률五音六律이 나오거니와, 저희는 농가農家의 여자라. 다만 아는 것이 먹고 나면 자고 자고 나면 먹는 것이니, 장차 어찌하리오?"

난성후가 웃으며,

"이 자리는 부귀한 가문의 풍류 잔치 자리가 아니라. 나무하고 고기 잡는 노래로 자리의 웃음을 돕는 것이 더욱 묘하리니, 만약 사양한다면 자운루에 술 몇 섬이 바다처럼 있으니, 귀비가 취해 쓰러지는 것을 돌아보지 않으리라."

하고 크게 웃더라. 이때 두 왕이 모든 낭자의 거동을 알고 진왕이 웃으며,

"모든 낭자가 까닭 없이 배를 옮겨 강 가운데 띄우니, 반드시 특별히 스스로 즐김이로다. 우리가 마땅히 몰래 보리라."

한 조각 작은 배에 올라 낭자들의 뱃머리에 몰래 대고 엿보니, 모든 낭자가 배의 창문을 닫고 낭랑히 웃으며 이야기가 한창인데, 난성후가

술동이를 두드리며 노래 한 곡을 부르니, 그 노래는 이러하더라.

강천江天이 적막한데 남으로 가는 저 오작烏鵲아.

달빛에 놀랐느냐, 옥피리 소리 들었느냐. 중추가절仲秋佳節은 무궁무진 오건마는 재자영웅才子英雄을 찾을 곳 전혀 없다.

아이야, 군산君山에 천일주千日酒 익었다 하니, 조각배 빨리 저어 동정호洞庭湖로 가자세라.

이때 난성후가 취흥을 띠어 노랫소리를 한 번 굴리니, 청아한 노래가 서글프고 처절하여 모든 사람을 놀라게 하는지라. 반귀비가 그 뜻을 이어받아 노래하길,

자맥홍진紫陌紅塵 지루할사 멋진 노래 춤이로다.

고소대[6] 위 봄풀 푸르니 자고鷓鴣새 펄펄 날아간다.

아이야, 병중에 남은 술 부어라. 강천에 달 넘어갈까 하노라.

난성후가 칭찬하길,

"귀비의 노래가 변화하고 담백한 가운데 노래가 청아하니, 풍류의 솜씨가 아직까지 남아 있도다."

선숙인이 또 한 곡을 부르니,

벽성산碧城山 나는 구름 자개봉紫蓋峯 비가 되어

6) 고소대(姑蘇臺): 중국 춘추시대 오(吳)나라에서, 지금의 강소성(江蘇省) 소주부(蘇州府)에 있던 누대(樓臺). 오나라 왕 부차(夫差)가 월(越)나라 왕 구천(句踐)을 쳐서 항복을 받으니, 구천은 미인 서시(西施)를 바치며 퇴각하는 길을 열어달라 하여 허락받았고, 부차는 서시를 극히 총애하여 고소대를 지어 향락에 빠졌다고 한다.

금강수金剛水 흐르는 물에 한 조각배 띄워놓고 월궁항아月宮姮娥 벗을 삼아 청풍淸風에 반취半醉하니
아마도 인간 청복淸福은 나 혼자 누리는가 하노라.

선숙인의 노래가 화락하고 우아하여, 은은한 곡조가 강가 하늘에 맑게 퍼지니 모든 사람이 감탄하더라. 반귀비와 괵귀비가 선숙인의 손을 잡고 감탄하며,

"낭자가 청루靑樓에서 독보적이었음을 일찍이 들었으나, 이제 보니 참으로 티끌 세상의 인물이 아니로다."

괵귀비가 또 한 곡을 화답하니,

맑은 바람 돛을 달고 십 리 청강淸江 내려오니
강산도 아름답고 풍경도 그지없다.
저 달아, 옥경 벗님께 전하여라. 인간의 쌍성[7]·비경[8]·녹화[9]·두난향[10] 다 모였다 하여라.

괵귀비가 노래를 마치매, 철귀비가 연숙인을 보고 말하길,

"한 번 노래하면 한 번 화답하는 것이 마땅한 일이라. 연숙인은 주인

7) 쌍성(雙成): 서왕모(西王母)의 시녀인 동쌍성(董雙成)을 가리킨다. 서왕모가 전한(前漢) 무제(武帝)의 궁중에서 연회를 베풀 때 그녀에게 명해 운화(雲和)의 피리 음악을 연주하게 했다고 한다.

8) 비경(飛瓊): 서왕모의 시녀인 허비경(許飛瓊)을 가리킨다. 서왕모가 전한 무제의 궁중에서 연회를 베풀 때 그녀에게 명해 진령(震靈)의 피리 음악을 연주하게 했다고 한다.

9) 녹화(綠華): 중국 고대의 도교(道敎)의 선녀인 악록화(萼綠華)를 가리킨다. 동진(東晉)의 제5대 황제인 목제(穆帝) 때 밤에 양권(羊權)의 집으로 내려와 시(詩)와 팔찌 등을 하사했다고 전한다.

10) 두난향(杜蘭香): 후한(後漢) 남양(南陽) 사람. 전해지는 말로, 어부가 동정호(洞庭湖) 강가에서 세 살 된 여자아이를 주워 길러, 나이가 여남은 살이 되자 자태가 기묘하고 아름다웠는데, 갑자기 하늘에서 신인(神人)이 내려와 데리고 갔다. 떠날 때 말하길, 자신은 선녀 두난향인데 죄를 얻어 적강(謫降)했던 것이라고 했다 한다.

이니, 비록 나이가 적으나 손님을 대우하는 도리로 먼저 한 곡을 부르라."

연숙인이 사양하지 않고 은은히 한 곡을 부르니,

강물로 술을 빚고 명월로 촛불 삼아
십 리 모래 세어가며, 취한 뒤에 가사이다.
청산아, 지는 달 멈추어라. 남은 술 두고 벗님 갈까 하노라.

반귀비와 괵귀비가 무릎을 치며 칭찬하길,

"연숙인은 일찍이 풍류 노래에 뜻을 둠이 없거늘, 이제 이처럼 아름다우니 참으로 하늘이 낳은 재능이라."

철귀비가 이어 화답하길,

백아금伯牙琴 옆에 끼고 녹수청산 찾아가서
명월로 벗을 삼고 청풍에 높이 누워 세상 티끌을 잊음이니 게 뉘신고.
나 역시 방탕한 자취로 경치 따라 예 왔노라.

난성후가 옥 같은 손을 들어 술동이를 두드리며 큰 소리로 칭찬하길,

"귀비의 한 곡조 맑은 노래는 옛사람의 죽지사[11]에 오를 만한지라. 어찌 평범한 청루의 노래에 비길 수 있으리오?"

말을 마치기 전에 손야차가 웃으며,

11) 죽지사(竹枝詞): 중국 고대의 순(舜)임금이 창오(蒼梧)의 들판에서 세상을 떠났는데, 두 비(妃)인 아황(娥皇)과 여영(女英)이 동정호(洞庭湖) 남쪽의 상수(湘水)가에서 슬피 울다가 강에 몸을 던졌다. 이때 흐르는 눈물을 강가의 대나무에 뿌렸는데, 피눈물이 되어 대나무 마디마디에 얼룩이 졌다고 한다. 이후 동정호 일대에 애처로운 노래가 생겨났는데, 이를 '죽지(竹枝)'라고 명명해 대표적인 민가(民歌)로 자리잡았다. 당(唐)나라의 유우석(劉禹錫)이 이를 채집해 '죽지사'라는 시를 지었고, 이후 죽지사는 문인들이 즐겨 짓는 문학 양식이 되었다.

"저는 강남江南의 어부라. 뱃노래 한 곡조를 평소 배운 것이 있는데, 이제 모든 낭자의 한번 웃으심을 도우리이다."

하고 뱃전을 두드리며 노래하길,

배 저어라, 배 저어라.

갈대꽃 날아가고 강천江天에 달 돋는다.

은린옥척銀鱗玉尺 꿰어 들고 행화촌杏花村 찾아가자.

배 저어라, 배 저어라.

무릉도원 어디메뇨, 부춘산[12] 여기로다.

영천수[13] 맑은 물에 소 먹이는 저 사람아. 요堯·순舜이 위 계시니 네 절개 자랑 마라.

배 저어라, 배 저어라.

단오端午 시냇가 빨래하는 저 미인아.

시절이 분분하니 얼굴 곱다 마소. 월왕대[14] 높은 곳에 사슴이 노단 말가.

배 저어라, 배 저어라.

은하銀河 내린 물이 금강수金剛水 되단 말가.

---

12) 부춘산(富春山): 중국 절강성(浙江省) 동려현(桐廬縣) 서쪽에 있는 산. 후한(後漢) 때의 엄광(嚴光)은 자(字)가 자릉(子陵)으로, 광무제(光武帝)와 어린 시절 벗이었다. 광무제가 즉위하자 성명을 바꾸고 숨어서 사는 엄광을 광무제가 간의대부(諫議大夫)로 불렀으나, 부춘산에 은거하여 칠리탄(七里灘)에서 낚시를 즐기며 일생을 마쳤다.

13) 영천수(潁川水): 중국 하남성(河南省) 등봉현(登封縣) 동남쪽에 있는 강. 요(堯)임금 때의 은자(隱者)인 소부(巢父)와 허유(許由)가 절조(節操)를 지키며 숨어 살던 곳이다. 이들이 기산(箕山) 아래 영천수가에 살았는데, 요임금이 허유에게 천하를 물려주려 하자 허유가 더러운 말을 들었다 하여 영천수에서 귀를 씻었다. 소부가 영수로 소를 끌고 와서 물을 먹이려 하다가, 그 귀 씻은 물을 먹이면 소의 입이 더러워진다며 소를 끌고 상류로 올라가 물을 먹였다고 한다.

14) 월왕대(越王臺): 중국 절강성 소흥(紹興)의 와룡산(臥龍山)에 있는 춘추시대 월(越)나라 왕의 궁궐터. 구천(句踐)은 춘추시대 말기 월나라의 왕으로, 오(吳)나라 왕 합려(闔閭)와 싸워 그를 죽였으나, 합려의 아들 부차(夫差)에게 패해 그의 신하가 되었다. 구천의 모신(謀臣)인 범려(范蠡)는 미인 서시(西施)를 호색가인 부차에게 바쳐 마침내 오나라를 멸망시켰다.

자개봉 상상봉에 신선이 내렸세라.

배 대어라, 배 대어라. 취성동으로 배 대어라.

천하강산 다녀보나 취성동이 제일이요, 재자가인 다 보아도 이 자리 으뜸이라.

부용검 높이 걸고 우주를 바라보니, 아마도 여중호걸 하나뿐인가 하노라.

손야차가 노래를 마치고 껄껄 크게 웃으니 모두 그 쾌활함을 칭찬하더라. 두 왕 또한 취흥이 도도하여 다시 배를 나란히 하여 강 가운데 띄우고 남은 술을 가지고 달빛을 실어 질탕하게 노닐다가 완월정으로 다시 돌아오더라. 궁궐의 하인이 달빛을 띠어 돌아감을 아뢰니, 연왕이 정자 위에 촛불을 밝히고 한 폭 채전彩牋 받들어 시 한 수를 지으니, 그 시는 이러하더라.

안개 달빛 어린 강에 배 한 척 풀어놓아

꿈속의 넋이 오히려 옛 신선의 자취를 좇도다.

은혜의 잔 받들어 임금의 수壽를 비오니

은하수 아름다운 시구가 하늘에서 내려오도다.

연왕이 공경하여 쓰기를 마치매, 진왕이 또 시 한 수를 지어 궁궐의 하인 편에 보낼 새, 연왕이 북쪽을 향해 네 번 절하고 아뢰길,

"신이 불충하여 폐하를 하직하고 이미 절기가 바뀌었나이다. 뜻밖에 폐하의 보배로운 글을 받드니 누추한 집이 빛나고, 또 맛있는 술을 내려주시는 은덕을 입으매 갚을 바를 알지 못해 거친 시구로 화답하여 올리나이다. 감히 읽어보시길 바람이 아니라, 애오라지 신의 간절한 속마음을 기록함이로소이다."

궁궐의 하인이 즉시 두 왕을 하직하고 황성을 향해 돌아가더라. 세 귀

비는 세 낭자와 함께 돌아오고, 진왕은 연왕과 더불어 은휴정恩休亭에 이르니, 이튿날 어떻게 다시 노니리오? 다음 회를 보라.

진왕이 취성동 별원에서 노닐고
홍랑이 자개봉에서 신선처럼 꾸미더라

제55회

연왕이 진왕과 더불어 취성동 안의 별원을 차례로 구경할 새, 모든 낭자와 몰래 약속하고 진왕을 대하여 웃으며,

"나에게 별원 세 곳이 있으되, 저택과 원림園林을 각각 그 뜻에 따라 배치하여 그 취미가 서로 다르니, 형이 그 집을 보고 그 주인을 알 수 있으리오?"

진왕이 흔쾌히 응낙하거늘, 연왕이 진왕을 안내하여 먼저 중묘당衆妙堂에 이르니, 산모퉁이가 깊숙하여 소나무와 대나무가 길을 이루며, 기이한 돌과 바위가 좌우에 층층이 쌓여, 참으로 특별한 세상이요 속세와 끊어진 곳이더라. 산문山門에 이르니, 고요한 대나무 사립문에 흰구름이 어리었고 맑고 시원한 거문고 소리가 은은히 들리거늘, 진왕이 발을 멈추고,

"내가 양형의 아름다운 여인들을 감추어둔 곳을 구경하고자 왔다가, 길을 잘못 들어왔도다. 이곳이 만약 수경이 은거하던 마을[1]이 아니면 반드시 오로봉[2] 아래의 백학관[3]이로다. 티끌 세상의 생각이 문득 사라지니, 어찌 풍류의 아름다운 여인이 머물 곳이리오?"

연왕이 웃으며 대청에 오르니, 반쯤 열린 비단 창문에 인기척이 고요하고 두 여종이 향로에 차를 끓이거늘, 진왕이 미소하며,

"주인은 어디 가셨느뇨?"

여종이 아뢰길,

"후원 별당에 가셨나이다."

두 왕이 별당에 이르니, 세 낭자와 세 귀비가 모두 모여 있더라. 흰 벽과 비단 창문 아래 단서丹書 한 권을 책상머리에 펴놓고, 선숙인은 반귀비·괵귀비와 단서를 의논하며, 난성후는 철귀비와 더불어 거문고를 타다가 일제히 일어나 맞이하더라. 두 왕이 자리를 정한 뒤 차례로 돌아보니, 향로에 푸른 연기가 이미 사라지고 평상平床에 부드러운 먼지가 청정하고 백학 한 쌍이 섬돌 아래 배회하니, 그윽이 도관道觀과 선당仙堂인 듯 도道에 들어가는 뜻이 있더라. 이윽고 죽로차竹露茶 한 잔을 바치고 이어 산과 들의 안주거리와 술 한 병을 내어오니, 깨끗한 풍미와 담박한 음식이 살진 고기와 좋은 곡식으로 물들었던 창자를 족히 돌이킬 만하더라. 연왕이 미소하며,

---

1) 수경(水鏡)이 은거하던 마을: 수경은 후한(後漢) 말기에 양양(襄陽)에 은거하던 사마휘(司馬徽, 173~208)를 가리키는데, 사마휘가 인물을 잘 알아봐 사람들이 그를 수경선생(水鏡先生)이라 불렀다. 그것은 맑은 물과 거울처럼 환히 비친다는 뜻이다. 유비(劉備)가 형주(荊州)에 있을 때 양양의 사마휘를 찾아가 인재에 대해 묻자, 사마휘는 자기가 사는 곳에 제갈량(諸葛亮)과 방통(龐統)이 있다며 이들을 추천했다.

2) 오로봉(五老峰): 중국 강서성(江西省) 성자현(星子縣) 북쪽 여산(廬山)이 끝나는 곳에 있는 봉우리로, 노인 다섯이 어깨를 나란히 한 모양을 하고 있다. 봉우리의 모양이 붓끝처럼 뾰족하여, 당(唐)나라의 시인 이백(李白)의 시 「오로봉五老峯」에 다음과 같은 구절이 전한다. "오로봉으로 붓을 삼고, 삼상으로 벼루의 먹물을 삼아, 푸른 하늘 종이 한 장에, 내 마음속의 시를 쓰련다(五老峯爲筆, 三湘作硯池, 靑天一張紙, 寫我腹中詩)."

3) 백학관(白鶴觀): 중국 강서성(江西省) 성자현(星子縣) 북쪽 여산(廬山) 아래에 있는 도관(道觀). 송(宋)나라의 문인 소동파(蘇東坡)가 쓴 시 「관기觀棋」의 서문에 다음과 같은 내용이 보인다. "나는 본디 바둑을 둘 줄 모르는데, 일찍이 여산의 백학관에서 혼자 노닐 적에, 사람들 모두 문을 닫고 낮잠을 자는데, 혼자 고송(古松) 밑 흐르는 물에서 바둑 두는 소리를 듣고, 마음속으로 매우 기뻤다(予素不解棋, 嘗獨游廬山白鶴觀, 觀中人皆闔戶晝寢, 獨聞棋聲於古松流水之間, 意欣然喜之)."

"오늘 화형의 안목을 보리니, 이 집의 주인이 누구라고 생각하느뇨?"

진왕이 다시 세 낭자를 자세히 보고 한참 있다가 웃으며,

"이곳은 옥경청도玉京淸道의 세속 티끌을 벗어난 곳이라. 반드시 신선과 인연이 있는 사람이 사는 것이리니, 갑자기 헤아리기 어려운지라. 마땅히 별원 세 곳을 다 보고 판단하리라."

연왕이 미소하고 다시 자운루紫雲樓를 찾아갈 새, 세 귀비와 세 낭자가 또한 뒤를 따르더라. 동구 밖에 이르러 진왕이 좌우를 돌아보며 미소하거늘, 연왕이 그 까닭을 물으니 진왕이 웃으며,

"내가 이곳에 이르러는 그 주인을 거의 알 수 있겠노라."

연왕이 말하길,

"누구뇨?"

진왕이 대답하지 않고,

"자못 의심이 없어진 뒤에 말하리라."

바로 자운루에 올라 경치를 일일이 자세히 살펴보며 칭찬하고, 중향각衆香閣·영풍각迎風閣·백옥루白玉樓를 차례로 둘러보고, 금수정錦繡亭에 앉아 감탄하며,

"내가 이곳에 너무 일찍 왔도다. 이곳은 구월의 경치가 반드시 다른 때보다 나으리로다."

문득 보니, 난간머리에 시렁 여러 층이 정교하고 시렁 위에 사나운 매 한 쌍이 깃을 가지런히 하여 우뚝한 기상이 하늘 끝으로 솟아오를 듯하더라. 진왕이 자세히 보고는 무릎을 치고 웃으며,

"내가 이제 자운루의 주인을 알리로다. 가을바람이 소슬하고 누각이 깨끗한데, 사나운 매 한 쌍이 푸른 하늘에 높이 솟아 백 리 밖의 가느다란 터럭을 보고, 돌연한 기세로 흰구름을 박차고 난새와 봉황을 내려보아 세상의 온갖 보잘것없는 새들을 비웃으리니, 어찌 난성후 홍혼탈紅渾脫의 평소 속마음이 아니리오? 옛적에 도연명은 흰 꿩을 사랑하고[4] 왕

희지는 거위를 사랑했으니[5], 그 기상氣像을 알 수 있을지라. 만약 난성후가 아니라면, 가을바람의 사나운 매를 이같이 사랑할 사람이 누구며, 화진이 아니라면 난성후의 뜻을 이처럼 알아줄 사람이 누구리오?"

두 왕이 서로 크게 웃고 주인을 부르니, 난성후가 술상을 내어와 진왕에게 아뢰길,

"저의 집 자운루의 달빛이 자못 맑고 아름다워, 완월정에 비하면 특별한 운치가 있사오니, 상공께서 오늘밤 한번 마음을 풀어보소서."

진왕이 웃으며,

"내가 불청객으로서 비록 스스로 청할 수는 없으나, 이곳 경치를 대하매 세속의 얽매임이 모두 사라지거늘, 주인이 이미 손님의 마음을 알고 이처럼 간청하니 어찌 사양할 수 있으리오?"

연왕이 말하길,

"그러한즉 또 관풍각을 보고 올지라."

난성후는 자운루에 머무르고, 두 낭자와 세 귀비와 더불어 진왕을 안내하여 관풍각에 이르니, 햇곡식이 잘 영글어 들판에 가득하고 베 짜는 소리와 방아 찧는 소리가 곳곳에 낭자하거늘, 진왕이 기뻐 웃으며,

"양형이 시골에 사는 즐거움이 참으로 여기에 있도다."

---

4) 도연명(陶淵明)은 흰 꿩을 사랑하고: 도연명은 동진(東晋) 말기부터 남조(南朝)의 송대(宋代) 초기에 걸쳐 살았던 시인 도잠(陶潛, 365~427). 연명(淵明)은 자(字). 팽택현(彭澤縣)의 현령(縣令)을 지내다가 마흔한 살에 사임한 뒤 「귀거래사歸去來辭」를 읊고 향리의 전원으로 물러나 전원시(田園詩)의 대표적인 시인이 되었다. 문 앞에 버드나무 다섯 그루를 심어놓고 스스로 '오류선생(五柳先生)'이라 칭했다. 도연명이 흰 꿩을 사랑한 것은, 당(唐)나라의 옹도(雍陶)가 지은 시 「화손명부회구산和孫明府懷舊山」에 "오류선생 본디 뜻이 산에 있거늘, 어쩌다가 나그네 되어 속세에 매였네. 가을 되어 달을 보며 고향 생각이 간절해, 새장 열고 흰 꿩을 날려보냈네(五柳先生本在山, 偶然爲客落人間. 秋來見月多思歸, 自起開籠放白鷴)"라는 시구에도 표현되어 있다.

5) 왕희지(王羲之)는 거위를 사랑했으니: 동진(東晉)의 서예가 왕희지는 평소 거위를 좋아했다. 산음(山陰) 땅의 어느 도사가 기른 거위에 대한 소문을 듣고 왕희지는 배를 타고 찾아가 '어떻게 하면 거위를 얻을 수 있느냐?'고 물었다. 도사가 '황정경(黃庭經)을 써주면 거위를 주겠다' 하니 그 자리에서 단숨에 써주고 거위를 갖고 돌아왔다고 한다. 이로부터 '환아(換鵝)'라는 성어가 생겨났다.

사립문에 들어서니, 푸른 삽살개 두 마리가 손님을 보고 짖고, 나지막한 울타리의 닭 우는 소리가 이미 한낮을 알리더라. 대청 위에 자리를 베풀어 대나무 창문에 기대어 주인과 손님이 나누어 앉은 뒤 연왕이 진왕을 돌아보고 웃으며,

"화형이 오늘 농가農家의 손님이 되어 어찌 주인이 누구인지 깨닫지 못하느뇨?"

진왕이 한참 생각하다가, 모든 낭자의 웃음소리가 은은히 멀리서 들리거늘, 그곳을 물으니 연왕이 웃으며,

"집 뒤에 별당 몇 칸이 있도다."

진왕이 연왕의 손을 잡고 말하길,

"내 안목이 밝지 못해 관풍각 주인을 끝내 알기 어렵거니와, 별당을 보면 알 수 있으리라."

천천히 걸어 뒤뜨락에 이르러 누에 치는 방을 보고, 뜨락 가운데 별당에 이르러 창문을 열고 보니, 비단 무늬 창문에 보배 휘장을 드리우고, 백옥 평상平床 위에 낭자가 다 모여 앉아 담소가 그치지 않더라. 진왕이 바야흐로 크게 웃으며,

"오늘 화진이 너무 무례하여 축융공주祝融公主의 궁중에 들어왔도다. 이 어찌 홍도왕紅桃王의 부마도위駙馬都尉의 침실이 아니리오?"

연왕과 모든 낭자가 한꺼번에 크게 웃더라. 진왕이 다시 연왕을 보며,

"양형이 이미 벼슬을 버리고 부귀를 사양하여 시골 골짜기로 돌아오니, 그 본뜻을 말할진대 복이 지나쳐 재앙이 생길 것을 두려워함이라. 만약 관풍각의 검소함과 중묘당의 담박함이 없었더라면, 어찌 이름만 있고 실질이 없다는 탄식이 없으리오? 난성후는 무리 가운데 뛰어난 인물인지라 비록 평생 부귀를 누리더라도 복이 과하다는 탄식이 없으려니와, 선숙인과 연숙인은 부귀한 가문의 왕후王侯의 소실이 되어 마음의 즐기는 바를 다하고 이목의 좋아하는 바를 멋대로 하고자 하면, 어찌 하

고자 하여 이루지 못하리오마는, 이제 도관道觀의 적막한 운치와 시골집의 조용한 취미를 가져 이처럼 특별히 배치했으니, 어찌 다만 양형의 풍류행락을 도울 뿐이리오? 장차 이르게 될 복이 반드시 끝이 없으리라. 그러나 내가 지난날 진남성鎭南城에서 처음 연표기蓮驃騎를 보매 눈썹 사이에 재성才星이 영롱하니, 속담의 이른바 '다섯 가지 맛을 모두 갖춘 사람'이라. 어찌 다만 시골 전원에 그 즐거움을 부치리오? 별당에 이르기 전에 이미 은근히 짐작했노라."

진왕이 이에 세 귀비를 돌아보며 묻기를,

"그대들이 세 낭자의 별당을 보았으니, 어느 곳이 가장 좋은고? 각기 생각을 말해보라."

세 귀비가 한꺼번에 대답하길,

"봄의 난초와 가을의 국화가 제각각 아름답지 않음이 없는 것 같이, 처음 중묘당을 보매 티끌세상의 생각이 모두 사라지고 물욕이 깨끗해져 그윽이 도道에 들어갈 마음이 있더니, 이어 자운루에 오르매 마음속이 상쾌하고 뜻이 번화하여 다시 풍류의 호방한 생각이 싹텄고, 이제 관풍각의 조용한 생애와 담박한 재미는 인간세상의 참된 것에 힘쓰는 즐거움을 깨달을지라. 저희가 그 우열을 정하기 어렵나이다."

진왕이 크게 웃으며 옳다 하더라. 연왕이 웃고 연숙인을 보며,

"존귀한 손님이 멀리서 누추한 집에 이르셨으니, 어찌 박한 음식이라도 대접함 없이 그저 돌려보내리오? 화처사는 그대 지아비의 벗이라. 농가의 음식으로 보리밥과 팥국을 꺼리지 말고 저녁밥을 준비하오."

진왕이 기뻐 웃으며,

"화진이 참으로 연왕을 찾아온 것이 아니라 취성동 양처사를 보고자 왔거늘, 끝내 부귀한 기상을 면하지 못해 속마음이 상쾌하지 못했는데, 이제 만약 농가의 검소한 맛으로 대접해준다면 마땅히 배불리 먹을까 하노라."

연숙인이 세 귀비에게 묻기를,

"상공께서 즐겨 드시는 것이 무엇이뇨?"

귀비가 말하길,

"사방四方 열 자의 상床에 잘 차린 온갖 진미珍味가 있어도 별로 잡수시는 일이 없으니, 즐겨 드시는 것을 잘 모름이라."

연숙인이 웃으며 옷을 걷어올리고, 몸소 부엌에 들어가 손을 씻고 음식의 짜고 싱거움을 맛보더라. 뜨락의 아욱을 꺾고 울타리 밑의 박을 따 음식을 만들고, 팥죽 한 그릇은 낟알마다 감미롭고 강동江東의 푸른 순채蓴菜는 낱낱이 백옥 같더라. 연숙인이 이에 옥 같은 손으로 밥상을 자기 눈썹 높이까지 들어올려 먼저 연왕에게 바치고, 한 여종이 또 진왕에게 바치니, 진왕이 흔쾌히 잡수시며 세 귀비를 보고,

"내가 궁중에 있을 때 종일 먹은 것이 한 되에 불과하더니, 오늘은 실컷 먹어 이미 족하되 오히려 차마 젓가락을 놓기 어렵도다."

하더라. 날이 이미 저문지라. 주인과 손님이 사립문을 나서니 동쪽 봉우리에 달이 솟아나와 울타리 가장자리의 나무 그림자로 인해 앞길이 희미하거늘, 문득 비단 등롱燈籠을 든 두 사람이 와서 맞이하니 이는 난성후가 보냄이더라.

다시 자운루에 이르니 난성후가 이미 잔치 자리를 베풀고 기다리더라. 누각 위를 우러러보니 아득한 처마 끝에 둥근 등불이 가득 달려 있고 열두 난간머리에 수정水晶 구슬발을 드리웠으니, 광채가 휘황하고 상서로운 기운이 영롱하며 환하게 밝은 빛이 눈에 황홀하고 맑고 시원한 기운이 가슴속을 상쾌하게 하여, 마치 광한전廣寒殿에 있는 듯하더라. 누각 위에 오르니 누각 십여 칸 가운데 용龍수염과 얼음 문양의 돗자리를 깔고 동서로 옥玉 의자에 붉은 모포를 깔았으며 수정 쟁반과 유리 종지를 곳곳에 벌여놓았으니, 환하게 맑은 기운이 달빛을 도와 티끌 한 점이 없더라. 이윽고 아름다운 여인 십여 명이 옅은 화장과 구름 같은 머리

로, 흰 비단 버선에 비취색 비단치마를 떨치고 명월노리개를 울리며, 혹 악기를 안고 혹 소매를 떨쳐 쌍쌍이 나아와, 한꺼번에 「예상곡」을 연주하며 「우의무」를 추니, 청아한 곡조는 높은 하늘에 닿고, 펄럭이는 긴 소매는 달 아래 휘날리더라. 서늘한 기운과 산산한 바람이 자리 위에 일어나 두 왕이 마주앉아 자못 추워하는 기색이 있으니, 홍랑이 미소하고 여종으로 하여금 여우갖옷 한 쌍을 가져오라 하여 두 왕에게 바치고, 박산로博山爐에 술을 데웠다가 노래와 춤이 끝나자 술상을 내어오더라. 진왕이 연왕을 향해 감탄하며,

"우리가 비록 「우의무」를 여러 번 보았으나, 어찌 오늘밤 광한전에서 월궁의 신선 음악을 볼 줄 알았으리오? 화진으로 하여금 십 년 티끌 세상의 취한 꿈을 깨도록 하니, 이제 오히려 정신이 맑아지고 뼈가 서늘하도다."

철귀비가 웃으며,

"저는 평범한 사람이라. 하늘 위의 신선경이 과연 이처럼 맑고 서늘할진대, 차갑고 쓸쓸하여 월궁의 항아姮娥 되길 원하지 않나이다."

난성후가 웃으며 좌우에 명해 백여 개의 큰 화로에 숯을 태워 고기를 지지며 술을 권하여,

"조금 전에는 하늘 위에서 노닌 것이요, 지금은 인간 세상에서의 잔치이니, 귀비는 술 한 잔으로 추위를 막으라."

술과 고기가 넘쳐흘러 모든 사람이 취해 추운 기운이 이미 물러가고, 화락한 기운이 자리에 가득하여 봄바람이 호탕한 흥취를 돕는지라. 두 왕이 한꺼번에 여우갖옷을 벗고 옥 같은 얼굴에 취흥이 흐드러지고 세 귀비의 연꽃 같은 뺨에 봄빛이 몽롱하여, 웃음을 띠어 혹 비파를 안고 혹 거문고를 당겨 방중악房中樂을 아뢰더라. 이윽고 밤이 깊으매 잔치를 끝내고 연왕이 모든 낭자에게,

"내가 이곳에 온 뒤로 이제까지 자개봉紫盖峰을 구경하지 못했는데, 이

제 진왕과 세 귀비가 나의 그윽한 흥취를 움직이니 내일 자개봉에서 노니는 것을 준비하오."

하니 모든 낭자가 "예" 대답하고 돌아오더라. 난성후가 선숙인·연숙인과 세 귀비를 대하여,

"내일 노니는 자리에 반드시 우리가 함께 가길 명하시리니, 모든 낭자는 각기 재능을 드러내어 무료함을 면하게 할지라."

철귀비가 웃으며,

"저 또한 그것을 아나 별로 방략이 없으니 난성후는 특별히 경륜을 내어보라. 우리가 마땅히 보좌補佐가 되리라."

난성후가 미소하며 모든 낭자의 귀에 대고 나직이 말하니 서로 손뼉 치며 크게 웃더라. 이튿날 연왕이 진왕과 더불어 자개봉에 오를 새, 떠날 즈음 어버이에게 아뢴 뒤 행장을 준비하니 괵귀비가 진왕에게 아뢰길,

"오늘 노니는 자리에 혹 흥을 깨게 될까 두렵나이다."

두 왕이 그 까닭을 물으니 괵귀비가 말하길,

"난성후·선숙인·반귀비 세 사람이 날마다 이어진 밤잔치에 몸이 상해 밤새도록 많이 아파 조금도 경황이 없으니, 함께 가지 못할까 하나이다."

연왕이 난성후와 선숙인을 불러 물으니, 난성후가 말하길,

"제가 듣건대, 자개봉은 인간 세상의 신선경으로, 적송자赤松子와 안기생安期生이 노닐던 곳이거니와, 조물주가 저에게 신선계와의 인연이 없도록 시기하여 뒤를 따르기 어려울까 하나이다."

철귀비가 말하길,

"난성후가 안 가면 저 또한 가길 원하지 않나이다."

괵귀비가 말하길,

"이는 강박할 수 없을지라. 산에서 노니는 것은 높은 곳을 오르고 험한 곳을 건너기에 비록 병이 없더라도 여자의 약한 몸으로 피곤할 것이

거든 하물며 몸에 병이 있음이리오?"

난성후가 웃으며,

"선숙인이 비록 풍류는 적으나 자연 경치를 꺼리어 피할 사람이 아니니, 이제 만약 병을 무릅쓰고 억지로 간다면 도리어 무료한 근심을 더하여 풍정風情이 없게 될지라. 연숙인과 두 귀비가 두 상공의 시흥詩興을 도울 만하니, 저와 반귀비·선숙인은 집안에 있으며 병을 조리하고자 하나이다."

두 왕이 어찌할 수 없어 자못 아쉽고 무료하나 다만 연숙인과 철귀비·괵귀비를 데리고 떠날 새, 이때는 팔월 중순이라. 가을바람이 소슬하고 서리가 이미 내려 산국화 몇 떨기는 햇볕을 향해 먼저 피었고 이따금 단풍잎은 이미 누런빛을 띠었는데, 야인野人의 두건과 옷차림으로 앞서가는 이는 두 왕이요, 짧은 두건과 초록색 도포 차림으로 뒤에 따르는 이는 두 귀비와 연숙인이더라. 각기 푸른 나귀 한 필을 타고 하인 대여섯 명이 술과 거문고를 가지고 따르니, 이르는 곳마다 구경하는 자들이 비록 두 왕이 누구인지 모르나 일행의 옥 같은 풍채의 아름다움을 찬탄하지 않음이 없더라.

이때 난성후·선숙인·반귀비가 두 왕의 흥취를 돕고자 하여 특별한 행장을 마련하더라. 난성후는 칠성관七星冠과 하의霞衣로 손에 옥주玉麈를 들고 선숙인과 반귀비는 선관仙冠과 도복道服으로 백우선白羽扇을 들었으니 그대로 선관仙官의 모습이더라. 다만 선동仙童 몇 명이 없어 근심하는데, 좌우에서 문득 채색彩色 가마 몇 대가 동구로 들어온다 아뢰거늘, 모두 보니 다른 사람이 아니라 곧 소청과 연옥 두 낭자와 궁인 두 명이더라. 소청과 연옥이 난성후의 앞에 나아와,

"저희가 낭자를 뵈러 오고자 하는데, 두 궁인이 또한 세 귀비를 뵈러 오고자 하기에 함께 왔나이다."

난성후가 크게 기뻐하여 두 낭자와 두 궁인의 손을 잡으며,

"하늘이 선동과 선녀를 보내시어 우리 상공의 노니는 것을 도움이라."
하고 이에 장차 할일을 말하여,
"두 상공께서 이미 출발하셨으니 우리가 지체하지 못하리라."
소청과 연옥 두 낭자에게 푸른 옷을 입히고 호리병을 차게 하여 동자 모습으로 꾸미니, 참으로 절묘한 선동仙童이더라. 한 궁녀에게는 도의道衣를 입히고 생황과 통소를 불게 하며, 한 궁녀에게는 붉은 도포를 입히고 녹미선鹿尾扇을 들게 하여, 꾸미기를 마친 뒤 서로 보며 크게 웃더라. 난성후가 또 여종 몇 명을 뽑아 옷을 갈아입히고 자개봉을 향해 가면서 반귀비를 보며,
"우리가 이로부터 먼저 가야 하리니, 남종 가운데 자개봉의 지름길을 아는 자로 하여금 길을 안내하게 해 각기 가마를 타고 골짜기에 이르리라."
모두 "좋다" 하고 행장을 재촉하여 갈 새, 큰길을 따라가면 오륙십 리요, 지름길로 가면 불과 이십 리이더라. 낭자들이 자개봉 골짜기 어귀에 이르러 가마를 돌려보내고 각기 푸른 나귀를 타고 낭랑히 웃으며 산속으로 들어가니, 장차 어찌되리오? 다음 회를 보라.

오선암에서 낭자들이 신선의 모습으로 놀리고 자개봉에서 두 왕이 해돋이를 보더라

제56회

자개봉은 예로부터 여산廬山과 더불어 일컬어지는 이름난 산이라. 둘레가 이백여 리요, 멀리서 보면 비록 아주 높지는 않으나 오르면 중원中原을 널리 굽어볼 수 있더라. 산속에 도관道觀 삼십여 곳과 고찰古刹이 있고 자연 경치가 매우 뛰어나, 봄가을로 노니는 이들이 끊이지 않아 곳곳에 이름을 새겨 바위마다 빈 곳이 없더라. 이때 두 왕이 낭자들과 더불어 나귀를 채찍질하여 산천의 풍경을 두루 구경하며 앞서거니 뒤서거니 하다가 자개봉 동쪽에 다다르니, 석양이 산에 걸리고 산길이 희미하더라. 문득 한 노승이 수풀 속에서 나타나매 합장하여 예를 마치고 연왕이 말하길,

"우리는 산으로 노닐러 온 길손이오. 오늘밤 산문山門에서 하룻밤 묵는 인연을 맺고자 하오."

노승이 합장하고 대답하길,

"저의 암자가 비록 비좁으나 객실 한 칸이 있으니 잠시 쉬어가소서."

연왕이 사례하고 일행을 암자에 편안히 머물게 하고, 저녁식사를 마

친 뒤 노승에게 묻기를,

"여기에서 취성동이 몇 리이며, 이 산 봉우리까지 몇 리이오?"

노승이 말하길,

"취성동은 이십 리요, 봉우리는 비록 몇 리인지 알지 못하나 혹 사십 리라 일컫나이다."

연왕이 진왕을 보고 놀라며,

"우리가 하루종일 이십 리를 온 것이오?"

노승이 말하길,

"상공께서 반드시 큰길로 옴이로소이다. 큰길은 육십 리요 작은길은 이십 리이니, 이 산이 본디 갈림길이 많아 큰길로 오면 저의 암자가 자개봉 초입이요, 작은길로 오면 옥류봉玉流峯이 자개봉 초입이 되나이다."

연숙인이 묻기를,

"산으로 노닐러 오는 길손이 얼마나 되오?"

노승이 말하길,

"단풍이 아직 한창이지 않은 까닭에 드물더이다."

철귀비가 묻기를,

"대사의 나이가 많으시니 마땅히 옛일을 알지라. 이 산 이름을 어찌하여 자개봉이라 하오?"

노승이 말하길,

"저는 본디 여산의 산승山僧이라. 비록 그 일의 자취를 알지 못하나, 전해지는 말에 옛적에 이 산봉우리에 신선이 내려와 자개紫蓋와 운번雲幡이 대낮에 오락가락하고 기이한 향기와 신선의 음악이 바람결에 들린 까닭에 자개봉이라 일컬었다 하며, 봉우리 꼭대기에 이향암異香菴이 있나이다."

괵귀비가 웃으며,

"옛적에 신선이 있었다면 어찌 이제 신선이 없으리오? 우리가 이번 행차에 신선을 만나길 바라노라."
연숙인이 웃으며,
"전설은 헛된 이야기 아님이 없는지라. 세상에 어찌 신선의 내려옴이 있으리오?"
두 왕이 미소하더라. 이튿날 노승과 작별하고 몇 리를 나아가 한 곳에 이르니, 맑은 시냇물이 돌 위로 흐르고 헌칠한 소나무가 좌우에 벌여 있으며 푸르스름한 석벽石壁이 골짜기의 문을 스스로 이루어, 석벽 위에 붉은 글씨로 '옥류동천玉流洞天' 네 글자가 새겨져 있더라. 두 왕이 흔쾌히 말에서 내려,
"이곳의 경치가 뛰어나니, 잠시 쉬어가리라."
물가에 이르러 돌 위에 앉은 뒤 하인으로 하여금 낙엽을 쓸어모아 차를 달이게 하는데, 괵귀비가 옥 같은 손을 들어 석벽을 가리키며 연숙인과 철귀비에게 이르길,
"곳곳에 이름이 새겨져 있고 사이사이 시구詩句가 새겨져 있도다. 재자가인의 허다한 이름을 기억하기는 어려우나 그 가운데 반드시 사람을 놀라게 하는 시구가 있으리니, 우리가 가서 보고자 하노라."
세 사람이 손을 잡고 석벽 아래에 이르러 혹 음률을 넣어 읊조리고 혹 평론하며 낭랑히 웃거늘, 두 왕이 또한 몸을 일으켜 낭자들의 어깨에 기대어 석벽 위를 우러러보니 그 가운데 시 한 수가 있어 먹자국이 아직 마르지 않았더라. 모든 사람이 자세히 보니, 그 시는 이러하더라.

난새를 타고 학을 멍에 지운 지 일천 년에
우연히 작은 옥류동천을 지나도다.
세 가지 옥피리 소리에 사람은 보이지 않고
신령한 바람이 불어 하늘 가득 안개를 흩도다.

두 왕이 자세히 보고, 진왕이 또 읊조리며,

"이는 산으로 노닐러 온 평범한 사람의 시가 아니라. 인간 세상의 느낌이 전혀 없도다."

철귀비가 웃으며,

"노승이 말하길, '산속에 신선이 왕래한다' 하더니, 어찌 이적선李謫仙이라 불린 이백李白과 신선이 된 여동빈呂洞賓의 시가 아니리오?"

연숙인이 냉소하며,

"이름난 산의 자연 속에서 방탕하게 노니는 자들이 신선의 옛 자취를 본받아 혹 구경하는 사람들을 농락하나니, 세상에 어찌 신선이 있으리오?"

두 왕이 또한 미소하더라. 다시 나귀를 타고 몇 리를 나아가는데, 골골의 물소리는 옥을 깨뜨리듯 하고 곳곳의 기이한 바위는 이끼를 머금어 푸르스름한 빛을 띠니, 참으로 신선의 골짜기요 인간의 경치가 아니더라. 바위 모서리가 험준하고 길이 점차 가파르니 모두 나귀에서 내려 흐르는 물을 따라 올라가는데, 한 걸음 걷고 돌아보고 두 걸음 걷고 지팡이를 멈추어 단풍숲을 찾아 술을 마시기도 하고 흐르는 물에 나아가 거문고를 타기도 하더라. 문득 물위에 붉은 잎이 점점이 떠내려오거늘, 연숙인이 두 귀비를 돌아보며 낭랑히 시 한 구절을 외워,

"'복숭아꽃 물에 떠 아득히 흘러가니, 이곳이 별천지요 인간 세상 아니로다[1]' 했으니, 이 점점이 떠내려오는 서리 맞은 붉은 단풍잎이 어찌 이월의 꽃에 양보하리오? 산속에 다행히 복숭아꽃을 그물질하는 사람이 없어 우리로 하여금 무릉도원武陵桃源의 길을 찾게 하도다."

---

1) 복숭아꽃 물에~인간 세상 아니로다: 당나라의 시인 이백(李白)의 「산중문답山中問答」에 나오는 구절. "왜 푸른 산에 사는지 내게 물으면, 웃을 뿐 대답하지 않아도 마음이 한가롭네. 복숭아꽃 물에 떠 아득히 흘러가니, 이곳이 별천지요 인간 세상 아니로다(問余何事棲碧山, 笑而不答心自閑, 桃花流水杳然去, 別有天地非人間)."

괵귀비가 말하길,

"연숙인은 다시 보라. 그 잎이 예사로운 낙엽이 아니로다."

철귀비가 말하길,

"잎 위에 쓰인 시가 있으니, 동자야. 일일이 주워오너라."

동자가 주워 바치거늘, 두 귀비와 연숙인이 바위 위에 벌여 앉아 의론이 분분하여,

"율조와 풍격이 맑고 높으니 평범한 사람의 것이 아니니라."

하거늘, 진왕이 와서 보고 웃으며,

"그대들이 무슨 까닭으로 서로 다투느뇨?"

괵귀비가 이에 붉은 잎을 바치며,

"상공께서 이것을 살펴보소서. 이것이 어찌 속세 사람의 필적이리이까?"

진왕이 차례로 거두어 합해 자세히 보니 분명히 한 수의 절구絶句라. 그 시는 이러하더라.

물의 흐름이 어찌 너무 급해
저리도 바쁜가?
웃으며 채색구름을 가리키고
아울러 흰 봉황을 타고 가도다.

진왕이 웃고 연왕을 보며,

"이 시가 과연 수상하니, 낭자들이 의심하는 것이 괴이할 바 없으나 둘째 구에 두 글자가 빠져 있으니 다시 찾아보리라."

하고 낭자들과 더불어 물가에 나아가 탄식하여,

"조물주가 신선의 필적을 아끼어, 작은 잎이 흐르는 물을 따라 이미 멀리 갔도다."

연숙인이 또 냉소하며,

“옛적에 여동빈은 인간 세상으로 귀양 와서 석류 껍질에 글씨를 써[2] 오늘날까지 전해내려오거니와, 어떤 허황한 신선이 썩은 낙엽을 주워 필적을 희롱했으리오? 이것은 반드시 나무하는 아이와 소 먹이는 총각이 지은 것인가 하나이다.”

진왕이 웃으며,

“신선을 말하는 것이 비록 허황하나 그 시를 보니 속세 사람이 지은 것이 아니라. 다만 속세 밖의 높은 사람이 이름난 산에서 노닐며 가을바람에 떨어진 낙엽을 주워 쓸쓸하고 서늘한 마음으로 흐르는 물 같은 세월의 뜻을 부친 것인가 하오.”

철귀비가 말하길,

“이 시를 쓴 자가 만약 속세의 사람이라면 마땅히 이 산속에 있으리니, 우리가 이 물을 따라 올라가 살펴봄이 어떠하리오?”

두 왕이 웃고 다시 수십 걸음을 가니, 한줄기 폭포가 층암절벽에서 떨어져 흰 눈발을 내뿜는 듯하고, 그 아래에 너럭바위가 있고 바위 위에 차 달인 흔적과 기이한 향내가 완연히 머물러 있어, 산으로 노닐러 온 길손의 자취임을 의심할 바 없더라. 괵귀비가 연숙인을 보며,

“이것도 나무하는 아이의 장난인가? 기이하도다. 차 달이던 바위가 아직 식지 않았고 앉았던 자리에 기이한 향이 코를 찌르니, 이것이 어찌 삼신산三神山과 십주十洲로 돌아가는 신선이 학을 멍에 지우고 사슴을 채찍질하여 자개봉을 찾아 노닐다가 돌아가는 것이 아니리오?”

---

2) 여동빈(呂洞賓)은 인간세상으로~글씨를 써: 북송(北宋) 때 사람으로 항주(杭州)와 호주(湖州) 사이에 위치한 동림(東林)에 은거하던 심동림(沈東林)에게, 하루는 베옷에 푸른 건을 쓴 사람이 와서 자신의 성을 ‘회(回)’라고 했는데, 심동림과 함께 술을 마신 뒤 석류 껍질로 벽에 절구(絶句) 한 편을 써놓고 떠났다. 나중에 사람들 사이에 그가 당나라 때의 신선 여동빈이라는 소문이 돌았다. 소동파(蘇東坡)가 항주의 통판(通判)으로 부임하여 이 이야기를 듣고 차운시(次韻詩) 세 편을 지었다.

연숙인이 바야흐로 미소하고 철귀비를 보며,
"이는 과연 이상하도다. 옥류동의 시구와 물 위에 떠내려온 잎이 허황한 사람의 의심을 도울만한지라. 하물며 기이한 자취가 자못 의아하여 이리저리 생각해보나 깨달아 알기 어려우니, 인간 세상에 과연 신선이 있는가?"
말을 마치기 전에, 한 하인이 글자가 쓰인 낙엽 두 장을 주워오거늘, 보니 '인사人事' 두 글자라. 모두 보고 기이하게 여기더라. 동쪽 언덕 위에서 문득 이상한 소리가 들리거늘, 모두 귀기울여 조용히 들으니,

번성한 붉은 지초芝草여.
그로써 배고픔을 면하리로다.
빈산에 사람은 없고 가을 구름만 떠 있도다.

괵귀비가 크게 놀라,
"이것이 무슨 소리인고?"
문득 한 도사가 도관道冠과 도복道服 차림으로 백우선白羽扇을 들고 약 광주리를 짊어지고 소나무숲으로 들어가니, 행색이 바람에 나부끼듯 하여 말을 묻고자 하는 사이 간 곳을 알 수 없더라. 철귀비가 크게 놀라 두 낭자를 불러,
"괵귀비여, 보았느뇨? 연숙인이여, 이것이 무슨 모습이뇨? 약 광주리와 백우선은 무슨 일이뇨? 청산이 첩첩하여 다른 길이 없거늘, 오는 곳을 보지 못하더니 가는 곳도 아득하도다. 연숙인이여, 우리가 따라가봄이 어떠하뇨?"
두 사람이 손을 잡고 언덕에 올라 사방을 돌아보니, 푸른 소나무는 울창하고 흰구름은 첩첩하고 푸른 등나무 고목들이 앞을 가려 길을 물을 곳이 없더라. 두 왕이 미소하며,

"낭자들이 신선을 좇고자 하는가? 우리가 이미 높이 올라왔으니 이향암異香庵이 멀지 않으리라. 이제 그곳에 가서 다시 적송자赤松子와 안기생安期生의 소식을 탐문하리라."

하고 몇 걸음을 가더니 문득 생황소리가 공중에 맑게 울리어 소리 나는 곳을 알 수 없거늘, 모두 걸음을 멈추고 서더라. 연숙인이 손을 들어 이마에 얹고 눈길을 흘려 한 곳을 바라보며 급히 외치길,

"두 귀비는 저 봉우리를 우러러보라."

두 귀비가 일제히 머리를 들어 보니 빼어난 봉우리는 저녁노을을 띠어 아련히 푸르고, 바위 끝 소나무 아래에 두 선관仙官이 칠성관七星冠과 붉은 도포 차림으로, 한 명은 미선尾扇을 들고 나부끼듯 서 있고 한 명은 생황을 불며 고요히 앉아 있으니, 비록 용모를 분간하기 어려우나 옥 같은 얼굴과 아리따운 태도는 티끌 세상의 인물이 아님을 알겠더라. 진왕이 망연자실하여 연왕을 보고 탄식하며,

"양형아! 이들이 어찌 옥경玉京 요대瑤臺에서 귀양 온 신선이 아니리오? 내가 정신이 나부끼고 티끌 세상에 대한 상념이 모두 사라져, 이에 부귀와 영욕이 한 조각 뜬구름인 것을 알겠도다."

연왕이 웃으며,

"신선이 어찌 특별한 사람이리오? 명예와 이익을 따르는 티끌 세상에서 득실得失을 근심하고 괴로움 가득한 세상 물결 속에서 안위安危를 무릅써 벗어나지 못하는 자들이 만약 우리의 오늘 행색을 본다면 또한 신선 같다고 하리니, 이로 미루어본다면, 수고로운 자는 범인凡人이요 고상한 자는 신선이며, 분주한 자는 속인俗人이요 한가로운 자가 신선이라. 형이 나와 더불어 이제 벼슬을 버리고 산속에서 노닐거늘 어찌 오늘 자개봉 신선이 아니리오?"

두 왕이 서로 크게 웃고 다시 봉우리를 바라보니 두 선관이 간 곳을 알 수 없더라. 두 왕이 낭자들과 더불어 이향암을 찾아 이르니, 한 작은

암자가 석벽에 의지하여 극히 맑고 깨끗하더라. 암자 가운데 한 사미승이 있어 허둥지둥 맞이하여 자리를 정한 뒤 차를 드리거늘, 연왕이 묻기를,

"이로부터 봉우리까지 몇 리이뇨?"

사미승이 말하길,

"불과 육칠 리요, 중간에 큰 바위가 있어 이름이 오선암五仙岩이라. 옛적에 다섯 신선이 바위 위에 내려와 노닐던 자취가 이제까지 완연하고, 오선암 아래에 한 암자가 있으니 이른바 상선암上仙庵이라. 전설에 이르길 하늘의 신선이 연단鍊丹하던 곳이라 하더이다."

연왕이 미소하며,

"이 산속에 신선이 어찌 그리 많으뇨?"

하더라. 이윽고 저녁식사를 마친 뒤 둥글고 붉은 해가 서쪽 산으로 떨어지고 황혼의 밝은 달이 동쪽 고갯마루에 솟아올라, 뒤섞인 별빛은 아름다운 광채를 드리워 손을 들어 잡을 수 있을 듯하고 시원한 솔바람은 탑 위에 일어나 정신이 맑아지는지라. 두 왕이 낭자들을 데리고 암자 앞에서 거니는데, 철귀비가 연숙인을 보며 탄식하여,

"산속의 달빛이 이처럼 좋으니 난성후·선숙인·반귀비와 더불어 함께 볼 수 없음을 한하노라."

말을 마치기 전에 두 사미승이 아뢰길,

"여러 상공께 저 소리가 들리시나이까?"

모두 귀를 기울여 자세히 들으니 하늘에서 생황소리가 바람결에 섞여 맑고 청아하게 들리거늘, 철귀비가 놀라며,

"이것이 어찌 조금 전에 듣던 소리가 아니리오?"

연숙인이 짐짓 못 들은 척하고 말하길,

"이것은 봉우리의 솔바람소리로다. 적막한 빈산에 인기척이 없으니, 누가 생황을 불리오?"

진왕이 웃으며,
"솔바람소리는 소슬하고 생황소리는 맑으니, 어찌 분별할 수 없으리오? 이것은 반드시 왕자진王子晉의 옛 곡조라. 사미승은 소리 나는 곳을 탐지하여 오라."
사미승이 암자 뒤 석대에 올라 오래 듣다가 돌아와 아뢰길,
"이 소리가 오선암에서 나는 듯하오나 가을바람이 매우 높아 자못 분명하지 않나이다."
연왕이 진왕의 손을 이끌며,
"풍류를 즐기는 어떤 선동仙童이 이처럼 우리를 희롱하느뇨? 높은 곳에 올라 그 소리가 나는 곳을 찾아보리라."
두 사미승에게 명하여 길을 안내하라 하고 모두 산문山門을 나서니 한 줄기 맑은 바람이 산 위에서 내려오는데, 바람결에 생황소리가 가까이에 있는 것처럼 들리거늘, 진왕이 두 귀비를 돌아보며,
"이상하도다, 이 소리여! 사람의 마음을 움직여, 바람에 나부끼듯 하늘로 날아오르는 뜻이 있게 하니, 어찌 산으로 노닐러 온 예사로운 길손이 부는 것이리오?"
괵귀비가 탄식하며,
"우리는 본디 음률에 어두운지라. 만약 난성후와 선숙인으로 하여금 듣게 했던들, 어찌 그 곡조를 듣고 생황 부는 자를 알아내지 못하리오?"
그 소리를 따라 두 사미승이 앞에서 안내하고 그 뒤를 따라가는데, 가운데 봉우리에 오르니 문득 사미승이 손을 들어 가리키며 가만히 아뢰길,
"저 대나무숲 가운데 은은히 보이는 바위가 곧 오선암이라. 그 바위 위를 자세히 보소서."
바라보니 달 아래 무수한 사람이 앉기도 하고 서 있기도 한데, 태도가 속되지 않고 거동이 바람에 나부끼듯 하더라. 첫째 자리에 앉은 자는 머

리에 칠성관을 쓰고 몸에 하의霞衣를 입고 손에 옥주玉麈를 들고 있으니, 비록 얼굴 모양을 분간하기 어려우나 어여쁜 얼굴과 아리따운 태도가 참으로 신선의 풍모요 속세의 인물이 아니더라. 둘째 자리와 셋째 자리에 앉은 자는 칠성관을 쓰고 도복道服을 입고 허리에 작은 호리병을 차고 있으니, 옥 같은 용모와 풍채가 자못 비범하더라. 넷째 자리에 앉은 자는 도관道冠과 도복 차림으로 백우선을 들고 있으니, 기이하고 예스럽고 소박한 형상이 또 속세 사람이 아니더라. 바위 끝에 약로藥爐를 놓고 차를 달여 흩어진 향내가 산아래까지 미치니, 바라보는 자가 황홀하여 그대로 영주瀛洲와 봉래蓬萊의 신선을 마주하는 듯하고, 결코 평범한 속세의 길손의 자리가 아니더라. 진왕이 자못 놀라고 의아하여,

"만약 참 신선이라 한다면 허황한 데에 가깝고, 또 아니라 한다면 티끌 세상의 인물에 어찌 이러한 자가 있으리오?"

다만 멍하니 바라보고 서 있는데, 첫째 자리와 둘째 자리에 앉은 자가 문득 소매 속에서 옥피리 한 쌍을 꺼내어 달을 향해 부니, 진왕이 듣고 당황하여 철귀비를 보며,

"그대가 이 곡조를 아는가? 어찌 지난날 상림원上林苑 달빛 아래에서 듣던 곡조와 비슷한가?"

낭자들이 모두 미소를 머금고 대답하지 않으니 진왕이 더욱 의심하더라.

이때 연왕이 사미승을 먼저 보내어 탐지한 뒤에 두 왕이 가보고자 하여 먼저 한 사미승을 보내니, 한참 있다가 사미승이 엎어지고 넘어지며 돌아와 아뢰길,

"이 산속에서 지낸 지 오래되었으나 참 신선을 보지 못하였는데, 오늘에야 비로소 보았나이다."

연왕이 미처 묻기 전에 연숙인이 나서 묻기를,

"어떤 사람이던고?"

사미승이 말하길,

"제가 봉우리를 좇아 올라가 산문에 들어가 바라보니, 언덕이 높고 달빛이 희어 자못 분명하지 않으나 봉우리 꼭대기에 신선 네 명이 벌여 앉아 있더이다. 첫째 자리와 둘째 자리에 앉은 자는 얼굴이 백옥 같고 초록색 도포와 칠성관 차림으로, 한 분은 손에 옥주를 들고 한 분은 생황을 불며, 셋째 자리에 앉은 자는 갈건葛巾과 포의布衣 차림으로 수염과 눈썹이 희고, 넷째 자리에 앉은 자는 도관과 도복 차림으로 안색이 기이하더이다. 좌우에 두 선동仙童이 두 갈래 상투와 푸른 옷차림으로, 손에 백옥병白玉甁과 청옥반青玉盤을 들고 모시어 서 있으니, 안색이 눈빛 같아 인간 세상에서 볼 수 없는 인물이라. 바위 위에서 차를 달여 기이한 향내가 코를 찌르고, 태연히 앉아 생황을 불기에 제가 앞으로 나아가 손 모아 인사드렸나이다. 그러자 첫째 자리의 선관이 생황을 그치고 '너는 어떠한 사람인고?' 하여 대답하길 '저는 이향암의 사미승으로 선악仙樂을 듣고자 왔나이다' 하니, 선관이 낭랑히 웃으며, '내가 이미 아나니, 이 술을 문창文昌에게 전하라' 하고 작은 백옥병을 내려주시기에 가져왔나이다."

연숙인이 허둥지둥 받으며,

"사미승이 전하는 바가 허황하나 상공께서는 술맛을 보소서."

연왕이 어제의 술기운이 아직 깨지 않은지라. 한 잔을 마시고 나서,

"천일주千日酒는 특별한 맛이 있는 것으로 알았는데, 어찌 난성후의 강남춘江南春과 비슷한고?"

연숙인도 한 잔을 마시고 나서,

"상공께서 과연 취하셨나이다. 이 술맛이 산뜻하고 시원하여 기이한 향내가 있으니, 인간 세상의 술과 다른가 하나이다."

연왕이 웃고 연숙인의 손을 이끌며,

"신선이 있고 없음은 그만두고, 달빛이 상쾌하니 봉우리에 올라가서

봄이 어떠하오?"

연숙인이 웃으며,

"저는 평범한 사람인지라 요대瑤臺 신선의 시기를 받을까 두렵나이다."

연왕이 크게 웃고 다시 두 사미승을 데리고 봉우리를 향해 몇 걸음 가는데, 문득 두 소년이 초록색 도포와 칠성관 차림으로 옥피리를 들고 바위 위에서 내려와 낭랑히 웃으며,

"문창성文昌星은 헤어진 뒤 별 탈 없으시니이까? 저희가 옥제玉帝의 명을 받들어 자개봉에서 노니는 것을 돕고자 왔나이다."

진왕이 크게 웃으며,

"화진은 평범한 사람이라. 다만 벗을 따라 산천의 경치를 사랑하여 이곳에 이르렀으니, 방탕한 자취가 어찌 십주十洲 삼신산三神山에 이를 줄 기약이나 했으리오?"

난성후가 이에 웃고 사례하여,

"저희가 비록 부족하오나 어찌 사소한 병으로 오늘 두 상공께서 노니는 자리에 따르지 않으리오마는, 아무 맛 없이 따라오면 시흥詩興을 도울 수 없기에 짐짓 뒤떨어져 낭자들과 더불어 약속했사오나, 평소의 사랑을 믿고 잠깐 존귀한 분을 농락한 것에 가까우니 당돌한 죄를 피하기 어려울까 하나이다."

진왕이 웃으며,

"내가 오히려 난성후의 자취를 의심하거니와, 만약 서왕모西王母의 시녀인 비경飛瓊이 탔던 난鸞새, 쌍성雙成이 탔던 봉황鳳凰에 멍에를 메운 것이 아니라면 어찌 우리를 앞설 수 있으리오?"

난성후가 말하길,

"신선의 자취가 세 번 악양루岳陽樓에 오르되 아는 자가 없었으니[3], 어찌 자개봉의 지름길을 모르리이까?"

연왕이 미소하며,

"신선의 도술이 비록 신이하다고 하나 옥류동 석벽에 쓰인 시와 붉은 단풍잎의 필적에서 본색이 드러났거늘, 화형이 인간 세상의 취한 꿈을 깨지 못하여 이제 농락을 벗어나지 못함이로다."

진왕이 웃으며,

"바야흐로 봉우리의 생황소리와 도사의 「자지가紫芝歌」를 들을 때 양형이 또한 놀라는 빛을 감추지 못하더니, 이제 도리어 나에게 조롱하느뇨?"

두 왕이 크게 웃더라. 철귀비가 손야차의 손을 잡고 웃으며,

"이 도사는 조금 전 소나무숲 속에서 노래 부르던 도사로다. 도호道號는 무엇이며 약 광주리는 어디에 두었는고?"

일행이 모두 크게 웃고 이에 바위 위에 자리를 정하고 밝은 달빛을 우러러보고 산천의 경치를 굽어보며 담소가 끊어지지 않더니, 문득 통소 소리가 하늘에 맑게 울려 깊은 골짜기에 잠겨 있는 규룡虯龍을 춤추게 하거늘 모두 놀라고 기이하여 또한 난성후의 지휘인가 의심하더라. 난성후가 천연스럽게 웃으며,

"기이하도다, 이 소리여! 예사로운 나무꾼이나 어부가 부는 바가 아니로다. 오늘밤 산속에 강남홍江南紅이 둘이 아닐지니, 누가 농옥弄玉의 옛 곡조를 농락하고자 하는고? 마땅히 낭자들과 더불어 찾아가보리라."

사미승으로 하여금 앞길을 인도하게 하여 소리 나는 곳을 향해 몇 걸음 가다가 한 곳을 바라보매 소나무숲 사이에 사람 그림자가 있고 놀란 새가 훨훨 날아가거늘, 자세히 보니 달빛 아래 두 사람이 머리에 칠성관

3) 신선의 자취가~자가 없었으니: 악양루는 중국 호남성(湖南省) 악양현(岳陽縣) 서문(西門)의 옛 성루. 앞으로는 파릉(巴陵)의 동정호(洞庭湖)가 한눈에 내려다보인다. 송나라 때인 1044년, 파릉군(巴陵郡) 태수로 좌천된 등자경(滕子京)이 악양루를 수리하고 잔치를 벌였는데, 화주도사(華州道士)라는 사람이 다음의 시를 지었다. "악양루에서 세 번 취했으나 사람들은 나를 알아보지 못하니, 낭랑히 읊조리며 동정호를 날아 지나가네(三醉岳陽人不識, 朗吟飛過洞庭湖)." 사람들은 뒤늦게 그가 당나라 사람으로 신선이 된 여동빈(呂洞賓)임을 알게 되었다.

을 쓰고 몸에 붉은 도포를 입고 손에 녹미선鹿尾扇을 들고, 푸른 눈썹과 옥 같은 얼굴에 미소를 머금은 채 두 도동道童을 데리고 조용히 지나가더라. 난성후가 크게 소리쳐,

"저 신선이여, 잠시 말을 들으소서. 우리는 티끌 세상의 인간으로, 산속에 들어와 경치를 찾다가 길을 잃어 갈 바를 알지 못하니, 바라건대 길을 가르쳐주소서."

두 사람이 걸음을 멈추고 인사하거늘, 모두 앞에서 마주하여 보되 어찌 알 수 있으리오? 원래 앞에 있는 두 사람은 두 궁인이요, 뒤에 따르는 자는 소청과 연옥 낭자라. 두 왕과 낭자들이 그들이 오는 것을 보지 못한 까닭에 꾸민 모습을 희미한 달빛 아래 갑자기 대하니, 어찌 기억할 수 있으리오? 일행이 모두 당황하여 그들이 신선인지 세속 사람인지 깨닫지 못하더니, 선숙인이 낭랑히 웃으며 진왕에게 아뢰길,

"이 두 선관은 옥제의 궁중에서 받들어 모시는 옥녀玉女라. 어찌 모르시나이까? 오늘밤 직녀성의 명을 받들어 견우성의 시흥詩興을 돕고자 하여 티끌 세상에 내려오심인가 하나이다."

철귀비와 괵귀비가 바야흐로 깨달아 두 궁인의 손을 잡고 반기며 그 까닭을 물어,

"그대들이 어찌 이곳에 이르렀느뇨?"

두 궁인이 웃으며,

"공주께서 귀비를 보내신 뒤 소식을 알고자 하실 뿐 아니라, 저희가 평소 새장에 갇힌 앵무새 같아 발자취가 성밖을 나가지 못해 이름난 강산에 노닐 기회가 없었는데, 귀비를 좇아 마음을 풀고자 함이로소이다."

이에 두 왕에게 인사드리니 진왕이 연왕에게 두 궁인을 가리키며,

"이 두 낭자는 태후궁에서 가까이 모시는 사람이라. 지난날 연춘전延春殿 잔치에서 형과 더불어 얼굴이 익으리니, 형은 알 수 있으리오?"

연왕이 몸을 굽혀 답례하더라. 진왕이 다시 웃고 두 선동에게 이르길,

"묘하도다, 이들 선동이여! 참으로 쌍성雙成과 소옥簫玉의 무리로다."

이윽고 산 위의 찬 기운이 사람을 엄습하고 흰 이슬이 옷을 적시니 두 왕이 다시 낭자들을 데리고 이향암으로 돌아오는데, 두 궁인은 옥퉁소와 생황을 불고 난성후와 선숙인은 옥피리 한 쌍을 불고 세 귀비와 연숙인은 산가山歌로 화답하더라. 반짝이는 은하수는 머리 위에 비껴 있고 서늘한 이슬과 맑은 바람이 신발 아래 일어나거늘, 두 왕이 서로 보고 웃으며,

"조금 전의 난성후는 거짓 신선이요, 지금 우리는 참 신선이로다."

이에 이향암에서 묵고 이튿날 새벽에 또 봉우리에 올라 해 돋는 것을 보는데, 온 세상이 원기元氣로 가득하고 천지가 캄캄하여 가까운 곳도 분별하기 어렵더라. 둥글고 붉은 빛이 바다 위로 솟아오르매 만리 금빛 물결이 공중으로 뜨거늘, 진왕이 손을 들어 채색구름을 가리키며,

"저 둥근 바퀴가 조금 전 바다 위에 있다가 지금은 구름 위로 높이 나오니, 뜬구름 같은 인생 백년에 세월이 훌쩍 지나 붉은 얼굴이 백발이 되는 것이 순식간에 불과한지라. 천년만년 긴 세월 속에, 제齊나라 경공景公이 흘린 눈물이 어찌 한갓 우산牛山의 지는 해를 슬퍼했을 따름이리오?"

연왕이 웃으며,

"저 둥글고 붉은 빛이 삼백육십 도를 돌아 삼천 세계를 비추나 그 수고로움을 깨닫지 못함은 순리順理대로 행하기 때문이요, 어두운 거리와 캄캄한 밤에 비추지 않는 곳이 없고 온갖 도깨비가 그 모습을 벗어날 수 없음은 사사로움이 없기 때문이라. 다만 한스러운 바는 한 조각 뜬구름이 자주 광채를 가려 천지만물을 생성하는 은택을 드러내지 못하게 하니, 내가 어찌 수만 리 장풍長風을 얻어 하늘의 구름과 안개를 쓸어내고 이 둥글고 붉은 빛을 완전하게 하리오?"

하니 모두 감탄해 마지않더라. 이윽고 가을하늘이 멀어 아득하고 아

침안개가 이미 걷히니, 세상이 맑고 화창하여 백 리 밖의 작은 터럭도 뚜렷이 헤아리겠더라. 술잔을 들어 마시고 취흥을 타 눈길을 돌리니 멀고 가까운 산천과 중원中原 한 자락이 눈 아래에 펼쳐지거늘, 연숙인이 시무룩하게 남쪽 산을 바라보며 탄식하여,

"이는 남악南嶽 형산衡山이라. 시력에 한계가 있어 어버이의 나라를 보기 어려우니, 가을바람에 돌아가는 기러기가 되지 못함을 한스러워함이라."

세 귀비와 모든 낭자가 또 서로 이어 고향 산의 경치를 가리켜, 아득한 근심과 그윽한 생각이 신부인의 가야금에 기대어 한단邯鄲 길을 바라보던 탄식[4]을 금하기 어려운지라. 난성후가 웃고 큰 술잔을 들어 모든 낭자를 위로하며,

"제가 듣건대 옛적에 성인聖人께서 태산泰山에 올라 천하를 작다 하셨으니, 달관의 눈으로 본다면 사해四海가 가까이 있고 육합六合이 눈앞에 있음이라. 남자가 부귀공명을 탐하면 만리 밖에 제후諸侯로 봉해지는 헤어짐이 있고 여자가 노래와 춤에 뜻을 두면 천하게 버려지는 수치스러움이 있나니, 저 또한 강남 사람으로, 만리 남쪽 하늘 아래 떠돌아다니고 북쪽 먼 전쟁터에서 바람 먼지가 지루하여, 고초를 두루 맛보고 위험을 두루 겪은지라. 이제 이 산에 올라 지나온 자취를 굽어보니 뱁새가 달팽이 뿔에 깃들이고 메추라기가 쑥대에서 노니는 듯한지라. 모든 낭

4) 신부인(愼夫人)의 가야금(伽倻琴)에~바라보던 탄식: 신부인은 전한(前漢)의 제5대 황제인 문제(文帝) 유항(劉恒, BC 202~BC 157)의 비(妃)로서, 용모가 아름답고 성품이 좋아 문제의 총애를 받았으나 자녀를 갖지 못했다. 장석지(張釋之)가 중랑장(中郎將)이 되어 문제를 수행해 장안(長安) 동쪽에 있는 패릉(霸陵)에 갔는데, 문제가 능묘 위 북쪽에 앉아 먼 곳을 바라보았다. 이때 신부인도 수행했는데, 문제는 신풍현(新豐縣)으로 가는 길을 가리키면서 '이것이 바로 한단〔邯鄲, 하북성(河北城)에 있는 도시로, 신부인의 고향〕으로 가는 길이요' 했다. 문제는 신부인에게 거문고를 타게 하고 자신은 거문고에 기대어 노래를 불렀는데, 그 뜻이 처량하고 서글펐다(是時愼夫人從, 上指示愼夫人新豐道, 曰, '此走邯鄲道也.' 使愼夫人鼓瑟, 上自倚瑟而歌, 意慘悽悲懷). 『사기』「장석지·풍당열전張釋之·馮唐列傳」에 나오는 일화다.

자는 저 중원 한 자락을 보라. 한 손바닥에 불과하거늘, 예로부터 영웅 호걸과 재자가인이 이 가운데 자라나 이 가운데 사라지니, 그 슬픔과 즐거움의 정을 어찌 다 논할 수 있으리오? 모든 낭자는 아녀자의 가득한 눈물과 자잘한 말로써 강산의 아름다운 경치를 한갓 쓸쓸하게 만들지 말지어다."

하고 낭랑히 웃으며 옥피리를 빼어 한 곡을 부니, 만리 하늘에 청아한 소리가 가을바람을 좇아 아래로 삼천 세계에 흩어지고 위로 십이 중천重天에 다다르는지라. 진왕이 탄식하며,

"난성후의 우뚝한 기상과 활달한 속마음은 우리 같은 대장부로도 감당하기 어려우리니, 자개봉의 기상과 더불어 웅장함을 다툴 만하도다."

잠시 뒤에 술상을 거두어 이향암으로 돌아와 아침식사를 마친 뒤 사미승을 불러,

"내가 이미 봉우리를 보았으나 경치가 좋은 다른 곳이 있거든 그대는 또 안내하라."

하고 두 왕과 일행이 차례로 도관道觀과 고찰古刹을 구경하고자 할 새 사미승이 아뢰길,

"산속의 고찰로 말한다면 큰 사찰은 대승사大乘寺가 으뜸이요, 물과 바위로 말한다면 가섭암迦葉庵이 으뜸이로소이다."

연왕이 사미승을 따라 먼저 가섭암에 이르니, 과연 시냇물과 바위가 골짜기 가운데 펼쳐져 있더라. 층층의 석벽石壁은 백옥 병풍처럼 둘러 있고 흐르는 물은 수정 구슬발을 드리운 듯하며 기이한 바위와 풀은 참으로 요대瑤臺의 선경仙境이요 티끌 세상의 경치가 아니더라. 바위 위에 자리를 정하고 차를 달이며 밥을 짓는데, 난성후가 웃으며,

"바위 위에 쓰인 이름을 보니, 이곳이 반드시 이 산 가운데 첫째 명승지라. 우리도 바위 표면에 이름을 나란히 써, 이곳에 온 자취를 남기고 감이 어떠하리이까?"

연왕이 말하길,
"명산과 고찰에 이름 쓰는 것을 평소 싫어하나니, 어찌 반드시 자취를 남기리오?"
난성후가 말하길,
"각기 시 한 수를 지어 바위에 새기면 비록 기양의 석고[5]에는 미치지 못하나 또 현산의 비석[6]보다 못하지 않을까 하나이다."
진왕이 좋다 칭찬하고 즉시 붓과 벼루를 가져오라 명하여 각기 시 한 수를 지으니, 연왕의 시는 이러하더라.

새벽녘 자개봉에 신선이 내려오고
동쪽 바닷가 부상에서 해돋이를 바라보네.
사미승이 다시 푸른 산길을 가리키니
가섭암 앞에 골짜기가 있네.

난성후의 시는 이러하더라.

아름다운 바다 아득하고 달빛의 이슬이 둥글어
부용검 꽂아두고 푸른 난새 타고 가네.
해 뜰 무렵 삼신산三神山의 약속 지키러 가니
생황 노래 한 곡조에 푸른 하늘이 서늘하네.

5) 기양(岐陽)의 석고(石鼓): 기양은 기산(岐山)의 남쪽을 가리키고, 석고는 주(周)나라 선왕(宣王)이 기양에 사냥 갔다가 태사(太史) 주(籀)를 시켜 세운 북(鼓) 모양의 돌을 가리킨다. 이 돌에 태사 주가 송(頌)을 지어 선왕(宣王)의 공적을 기록했다고 한다.
6) 현산(峴山)의 비석(碑石): 서진(西晉)의 명장인 양호(羊祜)가 양양(襄陽)에 부임했을 때 산수를 좋아하여 늘 현산에 올랐다. 술을 마시며 현산의 아름다운 경치를 감상하면서 이 산에 올랐던 수많은 현인재사(賢人才士)가 역사 속으로 사라진 것처럼 자신 또한 이름도 없이 사라질 것을 탄식했다고 한다. 훗날 현산에는 덕(德)이 높은 양호를 추모한 비석(碑石)이 세워졌는데, 사람들이 그 앞을 지나며 그의 덕을 추모하느라 눈물을 떨어뜨려 타루비(墮淚碑)로 불렸다고 한다.

선숙인의 시는 이러하더라.

맑은 패옥佩玉소리 바람에 실려오니
하루종일 물소리는 석대石臺를 구르도다.
석대의 물소리 떠들썩하나 사람은 오히려 즐거우니
수많은 술잔 속에 이야기 끊이지 않도다.

연숙인의 시는 이러하더라.

한 물줄기 나뉘어 일만 폭포로 흐르니
눈처럼 날리고 우레처럼 우짖는 기세 멈추기 어렵도다.
마침내 함께 아름다운 바다로 돌아가리니
바다 가운데 어느 곳이 오운루五雲樓인가?

진왕과 세 귀비가 또 각기 시 한 수를 지어 석벽에 쓰고 이향암의 승려에게 분부하여 새기라 하더라. 연왕이 진왕을 향해 웃으며,

"우리가 산속에 들어와 다만 산행으로 피곤하고 조용히 술잔을 나눔으로 속세를 벗어나는 속마음을 토론하지 못하더니, 이제 물과 바위가 매우 아름다우니 마땅히 술동이를 열어 강산의 풍경을 저버리지 말지라."

하고 단풍나무를 꺾어 산算가지를 만들어 마시는데, 연왕이 살짝 취해 기상이 호탕하여 푸른 산봉우리와 맑은 시냇물을 가리키며 진왕을 돌아보더라.

"화형아, 인생 백년에 즐겁게 지낸다는 것이 참으로 무엇이뇨? 부귀는 뜬구름 같고 공명은 한때라. 다만 병이 없고 근심이 없이 신세가 맑고 한가로워, 강 위의 맑은 바람과 산 위의 밝은 달로 백년을 보내는 것

이 지상선地上仙이라 할지라. 내가 천자의 은덕을 입어 외람되이 공명이 왕후장상王侯將相에 미쳤으나, 그 평안하고 즐겁게 지내는 것으로 말한다면 오늘처럼 화형과 더불어 술 한 잔을 나누며 물과 바위를 대하는 것만 같지 못하니, 어찌 득실을 근심하며 평생을 애쓰는 자들과 더불어 한가지로 논하리오? 솔바람은 취한 얼굴에 불어오고 물소리는 속된 마음을 씻어주니, 지난 일을 돌이켜 생각하면 위태롭고 험준한 상황 아님이 없는지라. 비록 명철보신明哲保身의 뜻이 있으되, 다행히 성스러운 천자께서 몇 년의 말미를 허락해 대우하심이 이처럼 융숭하시나 맑은 복을 오래도록 누리기 어려울지라. 화형은 장차 어떻게 나를 지도하리오?"

진왕이 탄식하며,

"형은 이 물을 보라. 언덕에 부딪히면 급히 흐르고 평지를 만나면 천천히 흘러 마침내 넘치는 일이 없으니, 그 형세를 따라 순조로이 흐르는 것이라. 형은 다만 나아가고 물러나기를 물처럼 하여 천명을 순조로이 받들고 안위安危와 화복禍福을 거스르지 마오."

연왕이 사례하여,

"형의 말이 비록 일리가 있으나 형은 이 자개봉을 한번 우러러보라. 깎아지른 푸른 절벽이 높이가 천만 장丈이나 사람들이 모두 봉우리에 오르길 기약하니, 만약 그 험준함을 헤아리지 않고 한걸음에 뛰어오르고자 하면 반드시 굴러떨어져 낭패하는 근심이 있을지라. 지혜로운 자는 다리의 힘을 뺀어 길을 찾아, 험한 곳을 만나면 걸음을 멈추고 위태로운 곳을 만나면 걸음을 삼가 조금씩 앞으로 나아가는 까닭에 피곤하거나 넘어지는 일이 없나니, 이것이 산에 오르는 묘한 방법이라. 이제 벼슬길의 위험이 자개봉에 비할 바 아니거늘 내가 나이 어리고 덕이 없어 급한 걸음이 이미 그 지극함에 다다르니, 오히려 스스로 나아가고 쉬지 않는다면 비록 혹 다행히 넘어짐을 면하더라도 어찌 도리를 아는 이들의 웃음을 면할 수 있으리오? 이처럼 생각하니, 자개봉 봉우리의 시비是非 없는 구름과 가섭암 앞의 청정한 물소리가 예사롭지 않으니, 풀잎 이슬 같은 인생이 어찌 가련하지 않으리오?"

두 왕이 서로 탄식하고 크게 취하니 모든 낭자가 또 달빛을 띠어 서글피 눈물을 머금더라. 선숙인이 거문고를 당겨 한 곡을 타니 그 노래는 이러하더라.

해는 서쪽으로 달려가고
물은 동쪽으로 흐르도다.
인생의 즐거움이여.
술을 대하여 길게 노래하도다.

두 왕이 노래를 듣고 몹시 서글퍼하더라. 이윽고 달빛이 하늘에 가득하고 산바람이 소슬한데 풀벌레 울음소리는 이슬의 차가움을 원망하고 때때로 날아드는 산새는 달빛에 놀라니 마음이 더욱 처량하더라. 연왕이 남종들을 암자로 보내고 다만 진왕과 세 낭자와 세 귀비와 연옥·소청만 머무르게 하여 물과 달빛을 희롱하다가 난성후의 손을 잡고 개연히 길게 탄식하더라.

"내가 본디 한미한 선비로서 나이가 서른이 못 되어 부귀공명이 이미 지극했고 낭자들도 청춘의 나이로 속세 밖에서 거닐며 맑고 한가로운 복으로 백년을 기약했으나, 만약 조정에 일이 있어 다시 부르시는 명이 있으면 사양하기 어려우니 이후로는 오늘 같은 노닐음이 쉽지 않으리로다."

난성후가 웃으며 대답하길,

"상공께서 저 물과 달을 아시나이까? 흐름이 비록 급하나 그 분수를 넘지 않고 차고 이지러짐에 때가 있으나 그 빛을 고치지 않는 까닭에 천만년 바뀌지 않으니, 바라건대 상공께서는 속마음을 밝은 달처럼 품으시고 심성을 물결처럼 움직이시어 천명天命을 순조로이 받들고 그 마음의 근심을 넉넉하게 하소서."

연왕이 얼굴빛을 고치고 칭찬하더라. 밤이 깊은 뒤 두 왕과 세 낭자와 세 귀비가 소매를 나란히 하여 암자로 돌아올 새, 난성후와 연숙인이 술이 깨지 않아 걷기 어렵거늘 선숙인이 바람에 나부끼듯 앞서가다가 돌아보고 웃으며,

"두 낭자가 지난날에는 그리 용맹하더니 오늘은 어찌 그리 고단해하시느뇨?"

난성후가 웃으며,

"나는 험한 길에서 고생하는 데에 익숙하거니와 그대는 어찌 평지에서 넘어지며 온갖 교태로 서시西施의 찡그리는 웃음을 본받느뇨?"

세 사람이 크게 웃으며 십여 걸음을 가는데, 연숙인이 비록 남보다 나은 주량이 있으나 나이 어리고 기질이 약한 까닭에 정신이 혼미하여 연왕의 소매를 붙들고 눈썹 사이가 혼미하거늘, 연왕이 소청과 연옥으로 하여금 부축하게 하여 암자로 돌아오더라. 이튿날 연왕이 사미승에게 묻기를,

"내가 듣건대 이 산속에 도관과 고찰이 많다고 하니, 어느 곳이 가장 좋은고?"

대답하길,

"여기서 다시 이십 리를 나아가면 대승사大乘寺가 있으니 이 절이 가장 큰 절이요, 절에 한 대사大師가 있는데 법호法號가 보조국사輔祖國師이니 도법과 계율이 이 시대에 뛰어나다 하더이다."

연왕이 크게 기뻐하여 사미승에게 길을 안내하라 명하니, 장차 어찌 되리오? 다음 회를 보라.

가섭암에서 진왕이 벗과 헤어지고 대승사에서 선랑이 아버지를 만나더라

제57회

천자가 진왕을 보내신 지 반년이 가까운지라. 태후가 마음으로 밤낮 염려하시니 천자가 애타는 것을 이기지 못해 진왕에게 어찰御札을 내려 올라오라 하시더라.

진왕이 이름난 산으로 다니며 노니는 즐거움에 돌아가는 것을 잊으나 태후의 염려를 늘 걱정하였는데, 하루는 천자의 사신이 이르러 부르시는 명을 전하니, 진왕이 북쪽을 향해 네 번 절하고 허둥지둥 출발하더라. 구름 낀 관문關門의 위수[1]에서 이별의 정을 머금고, 갈대는 푸른데 흰 이슬은 서리로 변하니[2] 헤어지는지라. 연홍의 탄식[3]과 여구의 노

1) 위수(渭水): 중국 황하(黃河)의 지류. 위하(渭河)라고도 한다. 감숙성(甘肅省) 남동쪽에서 발원해 동쪽으로 흘러 섬서성(陝西省)으로 들어가 동관(潼關) 부근에서 황하로 흘러든다. 장안(長安) 사람들은 서쪽으로 떠나는 사람을 위수 기슭에서 송별하면서 강가의 버들을 꺾어 건네주었다고 한다.

2) 갈대는 푸른데~서리로 변하니: 『시경』「진풍秦風」「겸가蒹葭」의 구절. 사랑하는 사람을 마음대로 가까이하지 못하는 안타까움을 노래한 시. "갈대는 푸른데 흰 이슬은 서리로 변하니, 그이는 강 저쪽에 있네. 물결 거슬러 그를 좇으려니, 길이 험하고 또 머네. 물결 건너가 그를 좇으려니, 여전히 강물 가운데 있네(蒹葭蒼蒼, 白露爲霜. 所謂伊人, 在水一方. 遡洄從之, 道阻且長,

래[4]로 번갈아 서로 화답해, 자리에 있는 모든 사람이 서글퍼하더라. 진왕이 연왕을 대하여 말하길,

"내가 양형을 벼슬길에서 만나 영서일점이 옥호편빙에 비추니,[5] 두터운 사귐을 맺어 어진 성품을 돕기를 기약하여, 명승지를 찾아와 별원에서 노닐고 자개봉에 올라 즐김으로 세속의 얽매임을 거의 잊어 돌아갈 마음이 전혀 없었는데, 성 모퉁이에서 이별하게 되니 어찌 슬프지 않으리오? 형도 머지않아 조정에 들어오리니 오늘 다하지 못한 회포를 훗날에 펼까 하노라."

연왕이 슬퍼하며,

"벗 사이의 믿음은 오륜의 하나라. 정의情誼로 말한즉 형제와 어찌 다르리오? 내가 비록 부족하나 관중管仲과 포숙鮑叔 사이의 정을 어찌 모르리오? 부평초처럼 떠도는 만남과 헤어짐이 비록 정해진 바 없으나, 백아伯牙의 거문고가 종자기鍾子期와 헤어져 높은 산과 흐르는 물이 칠현七絃 위에서 적막하게 되니, 예사로운 벗이라도 이러한 헤어짐을 견디기 어렵거든 하물며 우리 사이리오?"

이에 술잔을 내어와 '서쪽 먼 양관陽關에 가면 벗이 없으리라'[6]의 시

遡游從之, 宛在水中央)."

3) 연홍(鷰鴻)의 탄식: 가을에 여름새인 제비(鷰)는 남쪽으로 날아가고 겨울새인 기러기(鴻)는 북쪽으로 날아가 서로 만나지 못한다는 뜻으로, 길이 어긋나 서로 만나지 못하는 탄식을 일컫는 말이다.

4) 여구(驪駒)의 노래: 「여구」는 일시(逸詩)의 편명으로, 고대에 이별할 때 부르던 노래다. 그 가사는 『대대례大戴禮』에 보인다. "검은 망아지가 문에 있으니, 마부가 다 함께 있도다. 검은 망아지가 길에 있으니, 마부가 멍에를 다스리도다(驪駒在門, 僕夫具存. 驪駒在路, 僕夫整駕)."

5) 영서일점(靈犀一點)이 옥호편빙(玉壺片氷)에 비추니: 깨끗하고 맑은 마음이 서로 통한다는 뜻. 무소의 머리 위 뿔은 통천서(通天犀)라고도 하는데, 안을 갈라보면 하얀 선처럼 보이는 무늬 한 줄이 뿔의 앞뒤를 관통하고 있어 이를 신령하다 여겨 '영서(靈犀)'라 불렀고, 앞뒤가 통하는 데에 비유하여 사람의 의기(義氣)가 서로 통함을 뜻하게 되었다. 옥호편빙은 옥항아리 속 얼음 조각이라는 뜻으로, 아주 깨끗하고 맑은 마음을 비유한 것이다.

6) 서쪽 먼~벗이 없으리라: 당나라의 시인 왕유(王維)의 시 「송원이사안서送元二使安西」에 나오는 구절. 이 시는 「양관곡陽關曲」으로도 일컬어지며 송별연에서 자주 불렸다. "위성의 아침

구를 읊으니, 이별하는 정자에 흩날리는 잎사귀와 헤어지는 길의 떠가는 구름이 모두 아쉬워하는 듯하거늘, 세 귀비가 세 낭자의 손을 잡고 눈물을 머금어 헤어지더라.

연왕이 진왕을 보낸 뒤에 세 낭자를 데리고 각각 푸른 나귀를 타고 대승사大乘寺로 향할 새 두 사미승이 앞길을 인도하더라. 봉우리와 길이 구불구불하고 나무들이 하늘을 찌를 듯하여 잔잔한 물소리는 솔바람에 뒤섞이고 우람한 바위는 안개에 젖으니, 참으로 산천으로 둘러싸인 명승지이더라. 예닐곱 리를 나아가니 사미승이 아뢰길,

"이로부터 동쪽으로 수십 걸음을 가면 작은 경치 하나가 있으니, 청컨대 잠깐 구경하소서."

연왕이 기뻐하며 세 낭자와 사미승을 따라 십여 걸음을 가매, 길이 험하여 남종과 나귀는 골짜기 입구에 머물게 하고 세 낭자와 더불어 바위를 안고 덩굴을 붙들어 골짜기 입구에 이르니, 사면의 석벽이 옥병풍 여덟 첩을 펼친 듯하고 한줄기 맑은 냇물은 흰 비단을 드리운 듯하더라. 석벽 위에 '옥병동玉屛洞' 세 글자가 새겨져 있고 숲 가운데 기이한 바위 세 개가 서 있으니 하얗기가 옥과 같고 높이가 여섯 장丈이더라. 그 위에 철쭉꽃 세 떨기가 피어 있으니 사미승이 가리키며,

"이는 옥련봉玉蓮峰이요 맞은편 바위는 망선대望仙臺이니, 전설에 이르길, '세상에 경국지색傾國之色이 태어나면 옥련봉 봉우리에 철쭉꽃이 핀다' 하더니, 여남은 해 전부터 봉우리에 꽃이 피어 삼사월이면 꽃 그림자가 물속에 비쳐 그 화려함이 지극하더이다."

연왕이 세 낭자를 돌아보며 미소하더라. 물속에 석단石壇 여러 층을 쌓았거늘 난성후가 말하길,

비가 가볍게 먼지를 적시는데, 객사 뜰의 버드나무는 한층 더 푸르도다. 그대에게 다시 한잔 술을 권하노니, 서쪽 먼 양관에 가면 벗이 없으리라(渭城朝雨浥輕塵, 客舍靑靑柳色新, 勸君更盡一杯酒, 西出陽關無故人)."

"이 단은 무엇 때문에 만들었는고?"
사미승이 말하길,
"보조국사께서 해마다 기도하는 곳이로소이다."
난성후가 말하길,
"국사께서 반드시 속세의 얽매임이 없으시리니, 무슨 소원이 있어 기도하시는가?"
연왕이 돌 위에 앉아 차를 마시며,
"어제 보았던 가섭암의 물과 바위는 장엄하여 영웅다운 사내의 기상이 있고, 오늘 옥병동의 물과 바위는 부드럽고 아름다워 규방의 아름다운 여인의 태도가 있도다."
한참 동안 거닐다가 대승사로 향할 때 골짜기 입구를 바라보니, 오가는 손님들이 끊임없이 이어지고 승려와 도사가 떠들썩하게 분주하거늘, 사미승에게 묻기를,
"이는 무슨 까닭이뇨?"
사미승이 말하길,
"오늘 보조국사께서 대중을 모아 설법하는 까닭이로소이다."
난성후가 말하길,
"우리가 비록 명승지를 보았으나 잡념을 벗어나기 어려웠는데, 오늘 국사의 설법을 들어 육근六根의 번뇌를 깨끗하게 하리라."
나귀를 채찍질하여 산문에 이르니, 두 사미승이 나와 맞이하여,
"오늘은 석가세존께서 대열반大涅槃에 드신 날이라. 저희가 시방十方세계의 대중을 모아 불경을 외우고 설법하는 까닭에, 불경을 듣는 분이 많고 대사께서 나이가 많으시어 영접하지 못하오니, 공손하지 못함을 용서하소서."
연왕이 말에서 내려,
"우리는 산으로 노닐러 온 손님이라. 불경을 듣고자 하여 온 것이 아

니니, 다만 절 안의 경치를 가르쳐달라."

사미승이 웃고 안내하여 문루門樓에 오르니 이층 문루에 금빛 글자로 '제일동천대승사第一洞天大乘寺'라 새겨져 있고, 금빛과 푸른빛이 휘황하고 단청이 밝게 빛나, 붉은 난간이 공중에 솟아올라 드넓은 세계를 굽어보고, 푸른 기와는 이끼를 머금어 끝없는 세월을 겪은 듯하더라. 사미승이 문루에서 내려와 손을 들어 가리키며,

"동쪽의 백련봉白蓮峰과 남쪽의 시왕봉十王峰은 아침 안개를 띠어 흐릿하고, 서쪽의 수미봉須彌峰과 북쪽의 자개봉은 대승사의 주산主山이요, 자개봉 봉우리는 흰구름이 가리어 맑은 날이 아니면 보기 어렵나이다."

연왕이 그윽히 바라보다가 문루에서 내려와 절 안을 돌아보니, 긴 회랑을 지나 선방이 있고 정당에 이어 행각이 둘렀는데, 기둥에는 불법佛法의 글을 붙이고 처마에는 풍경風磬을 매달았더라. 각 방의 불경 외우는 소리가 귀에 떠들썩하더니, 연왕이 오는 것을 보고 모든 승려가 다투어 비단 가사袈裟를 입고 분주히 대청에서 내려와 절하니, 노승은 청정하여 전혀 물욕이 없고, 젊은 승려는 삼가 계율이 엄숙하여, 묻지 않아도 이름난 산의 큰 사찰임을 알겠더라.

나한전羅漢殿을 지나 칠보탑七寶塔을 구경하고, 석대에 올라보니 자명종自鳴鍾이 있고, 삼층 법당의 단청이 교묘하고 수많은 건물의 제도가 웅장하더라. 늙은 신장神將과 금강역사金剛力士는 좌우에 모시어 서 있고, 자비로운 보살들은 탑榻 위에 단정히 있으니, 보개寶盖와 운번雲幡과 천화天花와 선향仙香에 상서로운 기운이 어리고 붉고 푸른빛이 영롱하더라. 사미승이 일일이 가리키며,

"가운데 불상은 석가세존이요 왼쪽은 관음보살이요 오른쪽은 지장보살地藏菩薩이라. 동쪽 벽의 그림은 염라지옥이니 이승에서 악을 쌓은 자는 지옥으로 가고, 서쪽 벽의 그림은 극락세계이니 이승에서 선을 쌓은 자는 극락으로 가나이다."

연왕이 웃으며,
"나는 평생 악업도 없고 공덕도 없으니, 후생에 갈 곳이 없도다."
선숙인이 웃으며,
"악을 쌓은 것이 없으면 곧 공덕이라. 상공께서는 반드시 극락으로 가시리니, 바라건대 나와 더불어 함께하소서."
연왕이 웃고 난성후에게,
"그대는 어찌 한마디 말이 없는고?"
난성후가 미소하며,
"나는 한가롭고 편안하여 산수 사이를 돌아다니니, 이것이 곧 극락이라. 특별히 다른 소원이 없나이다."
모든 낭자가 크게 웃더라. 사미승이 다시 나와 안내하여 법당 뒤의 작은 암자에 다다르니, 이름이 상승암上乘庵이더라. 한 대사가 석장錫杖에 기대어 백팔 보리주菩提珠를 들고 대청에서 내려와 합장하고 인사하니, 흰 눈썹은 아래로 드리워지고 창백한 얼굴은 예스럽고 괴이한 빛을 띠었으니, 그 수양이 깊음을 알겠더라. 연왕이 대청에 올라 자리에 앉은 뒤에 묻기를,
"법호法號를 무엇이라 하나이까?"
보조국사가 대답하길,
"제가 무슨 법호가 있으리이까? 일컫는 사람들이 보조대사輔祖大師라 하더이다."
연왕이 말하길,
"이 절이 창건된 지 이제 몇 해가 되었나이까?"
국사가 말하길,
"당唐나라 신무황제神武皇帝가 창건하시고 우리 태조황제太祖皇帝가 중수重修하시니, 창건된 지 일천일백 년이요 중수한 지 백여 년이니이다."
연왕이 말하길,

"우리는 산으로 노닐러 온 손님이라. 우연히 이곳을 지나다가 대사께서 오늘 대중을 모아 설법하신다는 말을 듣고, 이곳에 와 한번 뵙기를 바람이로소이다."

국사가 웃으며,

"불가佛家의 설법은 유가儒家의 강론하는 자리와 같은지라. 이 도道가 끊어진 지 이미 오래되었으니, 곡삭존양[7]의 부끄러움이 있나이다."

이때 대승사의 보조국사가 시방세계의 대중을 모아 설법함을 듣고 구경하러 오는 사람이 구름 같아 산문이 메워지고, 모든 승려가 가사를 입고 도량道場을 베풀어 법당을 활짝 열고 향불을 진열하니, 천화天花는 어지러이 탑榻 앞에 흩어지고 은은한 촛불은 도량을 비추더라. 법당 안에 연화대蓮花臺를 쌓아 칠보탑七寶塔 위에 비단 자리를 펴고, 보조국사가 다라수[8] 잎으로 만든 진운립振雲笠을 쓰고 금실로 짠 가사를 입고, 손에 긴 옥주玉麈를 쥐고 연화대에 오르더라. 연왕이 세 낭자와 더불어 구경 온 모든 사람과 섞여 앉기도 하고 서 있기도 하더니, 보조국사가 『묘법연화경』[9]을 강론하는데 말씀이 드넓어 시방세계를 놀라게 하고 선종禪宗에 통달하여 미진[10]을 널리 구제하니, 모든 승려와 뭇 제자가 합장하

7) 곡삭존양(告朔存羊): 공자(孔子)의 제자 자공(子貢)이 곡삭(告朔)에 쓰이는 제물(祭物)의 양(羊)을 없애고자 하니, 공자가 말하길 "너는 양이 아까우냐? 나는 예(禮)를 아낀다"라고 했다. 곡삭은 주(周)나라 때 제후(諸侯)들이 매월 초하루마다 선조의 사당(祠堂)에 고하고 역(曆)을 얻던 일이다. 매년 섣달에 천자(天子)가 다음해에 사용할 12개월의 역을 제후에게 반포하면 제후는 이를 받아 각기 선조의 사당에 두고 매달 초하루에 양을 삶아 바치고 고하면서 그 달의 역을 가져다 나라 안에 반포했다. 그러나 춘추시대에 이르러 유명무실하게 되었다. 노(魯)나라 문공(文公)이 곡삭의 예에 참여하지 않자, 자공이 실상이 없이 양만 소비되는 것이 아까워 없애고자 한 것이다. 그러나 공자는 예는 폐지되었더라도 양이 남아 있으면 이로 인해 곡삭의 예가 있음을 알아 회복할 수 있다고 여겨 이렇게 말한 것이다. 『논어』「팔일八佾」에 나오는 고사다.

8) 다라수(多羅樹): 야자과(椰子科)에 속하는 상록교목(常綠喬木)으로, 그 잎은 부채·모자·우산·종이 등을 만드는 데 사용되며, '패다라엽(貝多羅葉)'이라 하여 옛날에 인도에서 바늘 등으로 불교의 경문(經文)을 새겼다.

9) 묘법연화경(妙法蓮華經): 불교 경전 가운데 가장 넓은 지역과 많은 민족에 의해 애호된 대승

고 계단을 올라가 향불을 올리매 보조국사가 대중을 깨우쳐,

"색상[11]은 모두 공空이니, 모두 공인 즉 외물外物이 없는지라. 광대함이 어디에 있느뇨?"

대중이 고요히 답이 없는데, 문득 무리 가운데에서 한 소년이 미소하며,

"광대하여 끝이 없으니, 끝이 없으면 형체가 없음이라. 색상을 어디에서 찾으리이까?"

국사가 크게 놀라 허둥지둥 연화대에서 내려와 합장하고 절하며,

"좋도다, 말씀이여! 활불活佛이 세상에 나오셨으니, 제가 묘법妙法을 듣기를 바라나이다."

모든 사람이 그 소년을 보니, 풍성한 얼굴은 이름난 꽃 한 송이가 이슬을 머금고 슬기로운 눈은 삼광과 오성[12] 같아, 기상이 빼어나고 목소리가 아름다워 자리에 있는 사람을 다 놀라게 하니, 이는 다른 사람이 아니라 곧 난성후라. 이때 난성후가 낭랑히 웃으며,

"지나가는 나그네의 경솔한 말을 책망하지 마소서."

국사가 합장하고 아뢰길,

"상공의 한마디 말에 사십팔만 대장경이 그 가운데 있으니, 속히 연화대에 오르시어 자비로운 대중의 우러르는 뜻에 부응하소서."

경전(大乘經典)으로, 천태종(天台宗)의 근본 경전. 『법화경法華經』은 이의 약칭이다. 28품으로 되어 있는데, 주안점은 삼승(三乘)이 결국은 일승(一乘)으로 귀일한다는 '회삼귀일(會三歸一)'과 '구원성불(久遠成佛)'로 요약할 수 있다.

10) 미진(迷津): 나루를 찾지 못하고 헤맨다는 뜻으로, 깨달음의 세계인 피안(彼岸)에 상대하여 번뇌에 얽매인 차안(此岸)을 일컫는 말.

11) 색상(色相): 형체가 갖추어져 눈으로 볼 수 있는 일체의 외물(外物)로, 현상계(現象界)를 말하는 불교 용어. 불교에서 색상은 육근(六根) 때문에 만들어진 착각으로 인해 생긴 것으로, 본래 실체가 없는 공(空)이라고 한다.

12) 삼광(三光)과 오성(五星): 삼광은 해·달·별을 가리키고, 오성은 지구에 가까운 별 다섯 개, 즉 수성(水星)·금성(金星)·화성(火星)·목성(木星)·토성(土星)을 가리킨다.

난성후가 굳이 사양하니 국사가 사미승에게 명하여 연화대 앞에 탑榻 하나를 따로 베풀고 올라앉기를 간청하니, 난성후가 한참 생각하다가 칠성관과 초록색 도포 차림으로 뚜벅뚜벅 탑에 올라 가부좌跏趺坐하여 단정히 앉더라. 국사가 눈길을 흘려 보면서 다시 연화대에 올라 대중에게 말하길,

"이 자리에 아뇩다라삼먁삼보리[13]를 깨달은 선남선녀는 가까이 앉아 들어라."

하고 옥주玉麈를 휘두르며 묻기를,

"색色이 있는데 공空이 없다면 본래 묘법妙法이 아니요, 공이 있는데 색이 없다면 원래 연화蓮花가 아니라. 어찌 묘법연화妙法蓮花라 하느뇨?"

난성후가 웃으며,

"공이 곧 색이요, 색이 곧 공이니, 원래 연화가 없는데 어찌 묘법이 있으리오?"

국사가 또 묻기를,

"이미 묘법이 없다면 법이 어찌 묘하며, 이미 연화가 없다면 꽃이 어찌 연꽃이 되느뇨?"

난성후가 말하길,

"묘함에는 진실로 법이 없고, 연꽃 또한 꽃이 아니라."

하거늘, 이에 국사가 옥주를 내려놓고 합장하며 사례하여,

"지극하도다, 극진하도다. 옛적에 문수보살文殊菩薩의 말씀이 이와 같았으나 그 도통道統을 이을 자가 없었는데, 이제 상공께서 문수보살의 전신前身이 아니라면 문수보살의 제자일지라."

하고 과일과 차를 받들어 올리더라. 도량을 파한 뒤에 연왕과 세 낭자

13) 아뇩다라삼먁삼보리(阿耨多羅三藐三菩提): 산스크리트어의 음사(音寫)로, 뜻으로 옮기면 '무상정등정각(無上正等正覺)'이니, 일체의 진리를 모두 깨달은 불타(佛陀)의 최고 경지를 말한 것이다.

를 암자로 청하여 등불을 돋우고 불법佛法을 강론하는데, 난성후의 담소가 물 흐르듯 하고 이치에 통달하니 국사가 망연자실하더라. 원래 난성후가 백운도사를 좇아 스승으로 섬겼으니, 백운도사는 곧 문수보살이라. 스스로 불법佛法을 전수받음이 있으나 평소 일찍이 드러냄이 없더니, 이날 국사의 설법이 비범함을 보고 수천 마디로 대답하니, 국사가 크게 놀라 합장하며 묻기를,

"제가 비록 감히 물을 수 없으나, 상공께서는 어느 곳에 사시며 칭호는 누구라 하시나이까?"

난성후가 말하길,

"강남 항주杭州의 홍생紅生이로소이다."

연왕이 말하길,

"제가 설법을 듣고 얼굴을 대하니, 대사의 총명한 기상이 비범함을 알지라. 어찌 그런 타고난 재능으로 불문佛門에 이름을 숨기어 적막한 가운데 평생을 보내시느뇨?"

국사가 한참 말이 없다가 문득 참담하여 말하길,

"영욕과 궁달은 하늘이 정하지 않음이 없고, 속인이 되고 승려가 되는 것 또한 인연이라. 이제 상공께서 간절한 마음으로 물으시니 제가 어찌 마음을 속이리오? 저는 본디 낙양洛陽 사람이라. 집안의 재산이 풍족하고 또 일찍이 음악과 여색을 좋아하여, 두추랑杜秋娘의 후손 오랑五娘은 낙양의 이름난 기생이라. 천금을 주고 얻어 한 여자아이를 낳으니, 얼굴이 매우 아름답고 총명이 뛰어나 몹시 사랑하더니, 산동山東에 도적이 크게 일어나 낙양의 군사를 징발할 때, 제가 종군한 지 몇 달 뒤에 도적을 평정하고 고향에 돌아왔으나, 촌락이 흩어지고 가족이 어떻게 되었는지 물을 곳이 없더이다. 전하는 말에 '도적에게 해를 입었다'고도 하고 '포로로 잡혀갔다'고도 하나 그 자세한 것을 알 수 없는지라. 한번 심겨진 정근情根이 오랑五娘 모녀를 잊기 어려워, 세상에 대한 생각이 모두

사라지고 산속에서 헤매어 사방으로 다니다가 여산驪山 문수암文殊菴에서 머리를 깎으니, 본래의 뜻은 불법을 닦고 공덕을 쌓아 오랑 모녀와 다음 생에 만나고자 함이더니, 우연히 경전의 말씀에 깨달음이 있게 되었나이다. 이제는 거의 속세에 대한 생각이 청정해져 모두 사라졌으나, 끝내 천륜이 무겁고 정연情緣이 끊어지지 않아 꽃 피는 아침과 달 뜨는 저녁에 때때로 서글픈 마음을 금하기 어려우니, 불문佛門에 이름을 숨김이 어찌 즐겨하는 바이리오?"

이때 선숙인이 이 말을 듣고 눈물이 비 오듯 흘러 멈추지 않거늘, 대사가 눈길을 흘려 보고는 묻기를,

"상공께서는 어느 곳에 사시느뇨?"

선숙인이 말하길,

"저는 본디 낙양 사람이라. 이제 대사께서 또한 같은 고향 사람인 까닭에 스스로 느끼는 생각이 있으니, 대사의 속세에서의 성이 무엇이니이까?"

국사가 말하길,

"저의 성은 가씨賈氏니이다."

선숙인이 묻기를,

"대사께서 딸아이를 이처럼 생각하시니 오늘 혹 서로 만난다면 무엇으로 증거하리이까?"

국사가 말하길,

"그때 세 살에 불과했으나 모습이 오랑과 흡사했고, 천성이 총명하여 세 살에 이미 음률을 깨달아 오랑의 거문고를 타고 문현文絃과 무현武絃을 분간할 수 있었으니, 만약 이제까지 살아 있다면 거의 사광師曠과 계찰季札의 총명이 있을까 하나이다."

선숙인이 듣기를 마치매 가슴이 막히거늘, 국사가 의아하여,

"상공의 나이가 어떻게 되시오?"

선숙인이 말하길,

"열여덟이로소이다."

국사가 측은해하며,

"세상에 용모가 비슷한 사람이 많으나, 이제 상공의 용모를 뵈니 오랑과 흡사하고 또 딸아이와 같은 나이인지라. 제가 스스로 마음에 흔들림이 있나이다."

연왕이 말하길,

"오랑의 용모가 이 소년과 더불어 어떻게 비슷하오?"

국사가 고개를 숙이고 힘들어하는 기색으로 다시 아뢰길,

"출가한 사람이 말할 바는 아니로되 평생 가슴속에 쌓인 회포인지라. 감히 상공을 속이기 어려우리이다. 제가 종군했을 때 오랑을 차마 이별하지 못해 그림을 그려 늘 몸에서 떼어놓지 않더니, 이제까지 남아 있으니 상공께서 보소서."

하고 궤 속에서 족자 하나를 꺼내어 벽 위에 걸거늘, 연왕과 모든 낭자가 자세히 보니 곧 미인도 한 폭이라. 나이가 비록 많으나 머리카락과 얼굴이 선숙인과 조금도 다르지 않으니, 이때 선숙인이 족자를 껴안고 목놓아 크게 울며,

"그 나이와 성과 고향이 다르지 않고 그 용모와 행적이 다름이 없으니, 의심할 바 없이 분명히 저의 어머니로소이다."

연왕이 선숙인을 위로하고 대사에게 이르길,

"천륜天倫은 가벼이 말하기 어려운지라. 또 어떠한 믿을 만한 흔적이 있소?"

대사가 말하길,

"제가 양쪽 겨드랑이 아래에 검은 점 두 개가 있어 남들은 보지 못하나 오랑이 알고 늘 말하길, '딸의 양쪽 겨드랑이 사이에 또한 검은 점이 있다' 하나 제가 미처 살펴보지 못했나이다."

연왕이 조용히 선숙인의 겨드랑이 아래를 살펴보니 과연 검은 점이 있어 자기도 모르던 바라. 다시 국사의 양쪽 겨드랑이를 보니 조금도 다름이 없거늘, 연왕이 매우 기이하게 여겨 선숙인에게 명하여 국사에게 두 번 절하여 천륜을 정하게 하니, 선숙인이 일어나 절하고 울며,

"딸이 신명神明께 죄를 얻어 세 살에 전쟁을 만나 어머니를 잃고 이리저리 떠돌다가 청루에 팔리니, 다만 본래 성이 가씨賈氏요 어버이를 잃은 줄 알다가 어찌 오늘이 있을 줄 알았으리오?"

말을 마치매 목메어 울거늘, 국사 또한 눈물을 머금고,

"내가 너의 얼굴을 보고 마음에 이미 놀라웠으나 끝내 남자로 알고 여자임을 깨닫지 못하였는데, 이제 스무 해 가까이 끊어졌던 아비와 딸의 천륜을 다시 이으니 어찌 기이하지 않으리오마는, 그때 너의 어미가 어찌되었는지 기억할 수 있겠느냐?"

선숙인이 말하길,

"비록 흐릿하나 도적이 어머니를 사로잡고자 하거늘 어머니가 저를 안고 도망치다가 도적이 다가와 형세가 매우 위급한지라. 저를 길가에 놓아두고 길가 우물 속으로 몸을 던졌나이다."

국사가 눈물을 줄줄 흘려 비단 가사를 적시어,

"내가 이제 나이가 여든에 가깝고 몸이 이미 출가했으니 어찌 부부의 옛정에 미련을 두리오마는, 너의 어미는 비록 청루의 천한 사람이나 참으로 백의관음[14]이라. 지조가 고상하고 용모가 빼어나 이제까지 잊지 못하는 까닭에 해마다 옥병동玉屛洞에서 기도하여 너희 모녀를 만날 것을 축원하였는데, 오늘 너를 만난 것은 보살이 지시하심이로다. 그러나

14) 백의관음(白衣觀音): 33관음(觀音)의 하나. 흰 옷을 입고 흰 연꽃 가운데 앉아 있는 모양의 관음보살(觀音菩薩). 관음보살은 자비로써 중생의 괴로움을 구제하고 극락왕생의 길로 인도하는 불교의 보살로서, 『법화경法華經』에 의하면 위난(危難)을 당한 중생이 그 이름을 부르면 관음보살이 즉시 33종류의 화신(化身)으로 변해 구해준다고 되어 있다.

네가 여자로서 어찌 남복을 입고 산으로 노닐러 왔는고?"

선숙인이 강주江州에서 연왕을 만난 일과 앞뒤의 곡절을 일일이 아뢰니, 국사가 다시 일어나 연왕을 향해 합장하고 사례하여,

"제가 비록 눈이 있으나 상공께서 연왕인 것을 몰랐사오니, 그 예의를 갖추는 것이 태만함을 용서하소서."

연왕이 웃으며,

"국사께서 연로하시고 저의 장인이시니 지나치게 공손히 하지 마소서."

국사가 기뻐 연왕 앞에 앉아 연왕의 얼굴을 자세히 보고 은근히 공경하고 사랑하는 기색이 있으니, 연왕 또한 정성껏 대우하더라. 국사가 또 두 낭자에게 예를 베풀고 더욱 공경하더라. 난성후가 웃으며,

"제자가 인간 세상의 인연을 마치고 장차 선사禪師를 따라 서천西天으로 가고자 하오니, 사부께서는 가르쳐주소서."

국사가 말하길,

"그대는 귀인이라. 오복五福이 무궁하리니, 어찌 적멸寂滅의 불법佛法을 좇으리오? 저의 나이가 이제는 아침에 저녁 일을 헤아리기 어려운지라. 평생 그리워하던 딸을 만나 여한이 없으나, 이미 불문佛門에 몸을 맡겨 다시 인간 세상의 일에 참여하지 않을지니, 저 외로운 자식을 두 낭자께 부탁하나이다. 제가 일찍이 딸을 위해 옥병동에서 십 년간 기도를 했거니와, 이제부터 마땅히 연왕 전하와 두 낭자를 위해 축원하여 죽기 전에 이 은덕을 갚고자 하나이다."

두 낭자가 사례하더라. 연왕이 선숙인에게 부녀의 정을 펴도록 하여 며칠 대승사에 머물다가 사흘 뒤에 돌아오는데, 국사가 슬퍼하여 석장錫杖을 짚고 몇 리를 나와 하직하며 눈물을 뿌려,

"불가佛家의 계율에 정근情根을 가장 먼저 경계하나, 부녀 사이 은애의 정은 승려나 속인이나 같은지라. 상공과 두 낭자는 오늘 저의 간절한 정

을 잊지 말아주소서."

다시 선숙인의 손을 잡고,

"지아비를 거스르지 말고 온갖 복을 잘 누리라."

선숙인이 차마 떠나지 못해 눈물이 흘러 비 오듯 하거늘, 국사가 힘써 가르침을 내려주고 바람에 나부끼듯 산문으로 돌아가더라.

이때 연왕이 일행을 거느리고 오류동으로 와서 술 한 잔으로 여흥을 돕고 난성후에게 이르길,

"돌아가는 지름길은 신선인 그대가 지시하오."

난성후가 미소하고 반나절이 못 되어 집으로 돌아와 어버이에게 문안 인사를 드리고 귀련당龜蓮堂에 모여 산에서 노닐던 일과 선숙인 부녀가 만난 일을 일일이 아뢰니, 듣는 이들이 위아래를 막론하고 기이함을 칭송하며 축하하더라.

이튿날 연왕이 중묘당에 이르러 백금 일천 근과 편지 한 통을 보조국사에게 보내 대승사를 고쳐 짓도록 하고, 선숙인이 옷 한 벌과 찬합饌盒의 음식을 보내어 효성을 표하더라.

한편 연왕이 벼슬에서 물러난 지 예닐곱 해가 되었더라. 천자가 태자를 책봉하시고 모든 신하의 하례賀禮를 받으실 새, 연왕이 표문을 올려 치하드리니 천자가 비단 도포와 옥대玉帶를 내려주며 좋은 말로 비답批答을 베푸시고 천하에 조서詔書를 내려 많은 선비를 모아 문무의 재능을 시험하라 하시니, 장차 어찌되리오? 다음 회를 보라.

양생 형제가 함께 과거에 급제하고 초왕을 구하려 양시랑이 출전하더라

제58회

연왕의 맏아들 장성長星은 나이가 열세 살이요, 둘째 아들 경성慶星은 나이가 열두 살이라[1]. 하루는 연왕이 귀련당龜蓮堂에 이르러 어머니 허부인을 뵈오니, 허부인이 말하길,

"장성과 경성이 과거科擧에 응시하길 청하니, 너의 뜻은 어떠하뇨?"

연왕이 말하길,

"두 아이가 지금 어디 있나이까?"

허부인이 말하길,

"엽남헌饁南軒에 있는가 하노라."

연왕이 장성과 경성을 불러 꾸짖기를,

"너희가 나이 어리고 배움이 아직 충분하지 않거늘, 망령되이 조급하게 벼슬에 나아갈 마음을 두니 어찌 놀랍지 않으리오? 바삐 물러가 더

1) 둘째 아들~열두 살이라: 52회와 53회에서는 연숙인이 낳은 인성(仁星)이 둘째 아들로 되어 있으나, 여기서부터는 윤부인이 낳은 경성이 둘째 아들로 서술되고 있다. 이는 작가의 구성상 착오로 보인다.

욱 학업에 힘쓰라."

이튿날 연왕이 다시 허부인을 뵈오니, 허부인이 웃으며,

"어제 두 아이가 아비의 명을 듣고서 경성은 수긍하나 장성은 섭섭해 하니, 어찌 우습지 않으리오?"

연왕이 말하길,

"두 아이가 그 어미를 닮아 경성은 유순하고 장성은 당돌하더이다."

허부인이 웃으며,

"내가 늙었고 두 아이의 나이가 여남은 살이 되었으니, 그 바라는 대로 한번 과거 보는 것을 허락함이 좋을까 하노라."

연왕이 미소하며,

"어머니께서 장성의 꾀에 빠지신 듯하나이다."

허부인이 크게 웃더라. 연왕이 바로 자운루紫雲樓에 이르러 장성을 부르니, 난성후가 웃으며,

"장성이 날마다 음식을 먹지 않고 과거 보러 가길 괴로이 청하더니 조금 전에 춘휘루春暉樓로 가더이다."

연왕이 미소하며,

"속담에 '처첩이 착해야 자식도 착하다' 하니, 참으로 헛된 말이 아니로다. 장성이 마침내 오랑캐 장수의 풍모가 있어 이처럼 호방하고 사나우니 제어하기 어려울까 하노라."

난성후가 말하길,

"제가 듣건대, 열다섯 살의 선비로서 수천 리 밖에 과거 보러 가길 청한 사례가 있다 하니, 이제 장성이 공명功名을 탐하는 것은 오랑캐의 풍모가 아니라 곧 가풍家風인가 하나이다."

연왕이 크게 웃고 대답하지 못하더라. 이날 밤에 연왕이 춘휘루에 이르니, 양태야楊太爺가 미소하며,

"조금 전에 장성이 와서 과거 보러 가길 청하기에 아직 나이가 어리

고 학문을 이루지 못했다고 꾸짖으니 당당하게 대답하길, '옛적에 감라[2]는 아홉 살에 상경上卿이 되었으니 사람이 벼슬길에 나섬은 재능의 있고 없음에 달려 있지 나이에 달려 있는 것이 아니요, 학문으로 말한다면 손자가 비록 부족하오나 이 자리에서 조식曹植의 「칠보시七步詩」를 지으리이다' 하기에, 늙은 아비가 그 기상을 기특히 여겨 이미 허락했으니, 모름지기 경성과 더불어 같이 가게 하라."

연왕이 어찌할 수 없어 명을 받들어 두 아이를 보내주는데, 윤부인은 아들을 어루만지며 그 행장을 염려하되 득실에 대해서는 말하지 않고, 난성후는 과거 시험의 도구를 일일이 점검하여 장성에게 경계하길,

"사내가 이 일에 뜻을 두지 않았다면 그만이어니와, 이미 일을 시작했다면 반드시 한 번에 급제해야 하리니, 너는 삼갈지어다."

장성이 엎드려 명을 듣고, 경성과 더불어 함께 출발하여 황성을 향해 가더라. 이날 밤 연왕이 엽남헌에 이르니, 윤부인이 시무룩하게 앉아 얼굴에 무슨 생각이 있는 듯한지라. 연왕이 말하길,

"부인이 아들을 보내고 이처럼 쓸쓸해하는고?"

부인이 말하길,

"아들을 생각하는 것이 아니라, 상공께서 열다섯 살에 과거에 급제하여 서른이 못 되어 벼슬이 왕후王侯에 이르매 제가 늘 상공께서 지나치게 번성함을 근심하더니, 이제 장성과 경성이 또 열두 살 어린 나이로 공명을 구해 조급하게 벼슬에 나아가고자 하는 마음이 가슴속에 가득하니, 비록 만류할 수 없으나 어찌 경계하고 두려워하는 마음이 없으리

---

2) 감라(甘羅): 중국 전국시대 진(秦)나라 진무왕(武王)의 승상이었던 감무(甘茂)의 손자. 여불위(呂不韋)에게 등용되어, 열두 살 때 진시황의 사신으로서 조(趙)나라 양왕(襄王)을 설득해 다섯 성(城)을 떼어 받고, 또 양왕으로 하여금 연(燕)나라를 쳐서 성 서른 개를 빼앗고 그중 열한 개를 진나라에 바치게 했다. 이러한 공로로 상경(上卿)에 봉해지고 조부인 감무가 소유했던 전택을 하사받았다.

이까?"

연왕이 얼굴빛을 고치어 사례하고 곧바로 자운루에 이르니, 난성후가 선숙인과 연숙인을 청하여 피리를 불고 거문고를 타며 마음의 태도가 편안하거늘, 연왕이 기뻐하며,

"난성후가 음률로써 자식 사랑하는 마음을 위로함이로다."

난성후가 낭랑히 웃으며,

"제가 듣건대, 기상이 화평한 뒤에 일이 뜻대로 된다 하니, 사내가 열살이 지나면 사방에 뜻을 둠은 마땅한 일이라. 어찌 잠깐의 이별을 참지 못하리이까? 아들이 이번 행차에서 영화롭게 돌아올 것을 이미 짐작하는 까닭에, 두 낭자를 청해 담소와 음률로 번화한 기상을 돕고자 함이로소이다."

연왕이 두 낭자를 보며,

"난성후의 빼어난 당돌함은 남자도 감당하지 못하리로다."

한편 장성과 경성이 황성에 들어가 곧바로 윤형문 각로의 부중에 이르니, 각로 부부가 기쁨을 이기지 못해 좌우에 앉히고 사랑하여 어루만지며,

"너희를 보지 못한 지 이미 예닐곱 해가 지났는데, 우뚝 뛰어나 이미 대장부의 기상을 이루었도다."

윤각로가 특히 장성의 손을 잡고 묻기를,

"너의 어미가 시골 전원으로 돌아가 어떻게 지내는고?"

장성이 대답하길,

"위로 아버지를 받들고 아래로 모든 어머니를 이끌어 풍류로써 지내나이다."

각로가 얼굴빛을 고치고 감탄하며,

"지극하도다, 극진하도다. 대완마大宛馬의 혈통에 어찌 겁 많은 말이 있으리오? 너의 어미를 낳아 기른 정은 없으나 그리워하는 마음이 늘 경

성의 어미보다 못하지 않은데, 이제 너를 대하니 너의 어미를 대하는 듯한지라. 모습이 비슷하여 기쁨이 비할 데 없으나, 내가 이제 늙어 아마도 너의 큰 성공을 보지 못할까 하노라."

다시 경성을 보며,

"너의 나이가 열두 살이라. 내가 비록 너의 학문이 어떠한지 알지 못하나, 오늘 과거를 보려는 것은 너무 빠른 계획이 아닌고?"

경성이 말하길,

"아버지께서는 허락하지 않으셨으나, 할아버지께서 보내셨나이다."

장성이 당당하게,

"조정에서 임금을 섬기는 것이 또한 학문의 한 가지 일이니, 어찌 평생을 책상머리에서 허송하리이까?"

각로가 감탄하여,

"내가 난성후가 여자인 것을 애석하게 여기었는데, 이제 또하나의 난성후가 나왔도다."

며칠 뒤 천자가 근정전勤政殿에 앉으시어 천하의 많은 선비를 모아 문과와 무과로 나누어 과거 시험을 베풀 새, 장성과 경성이 시험장에 들어가 섬돌 아래 엎드려 손에서 붓을 멈추지 않고 가필할 것 없는 아름다운 문장을 이루어내니, 천자가 보시고 크게 놀라 칭찬하시어 장성을 갑과에 뽑고 경성을 을과에 뽑으시더라. 근정전 위에서 홍려[3]가 크게 외쳐,

"오늘 문과에 참여한 사람으로서 문무를 모두 갖춘 사람이 있거든, 다시 활과 화살을 잡으라."

3) 홍려(鴻臚): 홍려시(鴻臚寺). 한(漢)나라에서 청(淸)나라 말기까지 있던 관청으로, 조하(朝賀)와 경조(慶弔), 빈객(賓客)의 접대, 조공(朝貢)의 일 등을 행할 때 찬도(贊導)와 상례(相禮)를 관장했다. 홍은 '소리', 려는 '전달'의 뜻으로 곧 '전성(傳聲)'의 의미이니, 그 목소리가 커야 하므로 '홍'이라는 말을 쓰고, 전달하는 직책이므로 '려'라는 말을 썼다 한다.

장성이 그 소리에 응하여 반열에서 나아가니, 천자가 크게 놀라,

"양장성이 열세 살에 불과한 선비이거늘, 어찌 무인으로서의 기량을 겸하여 익혔으리오? 내가 몸소 시험해보리라."

보조궁寶彫弓과 백우전白羽箭을 내려주어 어전御前에서 활을 쏘게 하시는데, 위아래 모든 신하의 시선이 쏠리더라. 양장성이 보고 푸른 적삼의 소매를 걷어올려 옥 같은 팔뚝을 떨쳐 보조궁을 당겨 한번 쏘매 흐르는 화살이 별처럼 날아가 붉은 과녁을 꿰뚫으니, 좌우의 갈채 소리가 산악이 무너지는 듯하더라. 장성이 연달아 다섯 발을 적중시키니 천자가 크게 칭찬하시어,

"양장성이 문文으로는 아비의 풍모가 있고 무武로는 어미의 풍모가 있으니, 참으로 나의 보배라."

또 무과 일등으로 선발하여, 문무에 새로 급제한 사람들을 차례로 입시入侍하라 하시니, 문과 용방龍榜 일등에 양장성이요, 이등에 양경성이요, 삼등에 소광춘蘇光春이니 이는 소유경의 아들이요, 무과 호방虎榜 일등에 양장성이요, 이등에 뇌문경雷文卿이요, 삼등에 한비렴韓飛廉이니, 뇌문경은 뇌천풍의 손자요, 한비렴은 한응문의 아들이더라. 황각로가 말하길,

"한응문이 바야흐로 시골로 쫓겨나 아직 풀려나지 못했거늘, 그 아들이 어찌 과거에 응시할 수 있으리이까?"

천자가 또한 적당賊黨을 미워하시어 한비렴의 급제를 취소하시더라. 다만 문무 다섯 사람을 취해 양장성은 한림학사翰林學士 겸 우림랑羽林郎을 제수하시고, 양경성과 소광춘은 금란전학사金鑾殿學士를 제수하시고, 뇌문경은 호분랑虎賁郎을 제수하시더라. 이들에게 채화彩花 한 송이와 초록색 도포와 야대也帶를 내려주시는데, 양장성에게 채화 한 송이와 어구마[4]와 보개寶盖를 더 내려주시더라. 특별히 양학사楊學士 형제를 불러 보시고,

4) 어구마(御廐馬): 임금이 타기 위해 대궐 안에서 기르던 말.

"너의 아비 연왕은 나의 대들보 같은 인재라. 너 또한 황태자를 도와 자자손손 대대로 국록을 받는 신하가 된다면 어찌 아름답지 않으리오?"

이에 태자를 부르시어 두 학사를 가리키시며,

"이들은 너의 주춧돌 같은 신하라. 훗날 임금과 신하가 되어, 내가 얼굴을 마주하여 경계하는 이 뜻을 저버리지 말라."

이때 황태후가 양장성이 문과와 무과에 거듭 급제함을 들으시고,

"이는 나의 외손주 사위라. 급히 불러 보고자 하노니 황상께 아뢰어라."

하시니, 이는 진왕秦王이 취성동에 갔을 때 괵귀비의 딸 초옥楚玉의 혼인을 양장성에게 정했기 때문이라. 천자가 즉시 양장성을 명하여 연춘전延春殿에 입시入侍하도록 하니, 연춘전 위아래에 궁녀와 비빈이 둘러서서 가리키며 칭찬하여,

"열세 살 사내가 어찌 저리 조숙하며, 눈과 귀와 얼굴빛이 난성후와 꼭 닮았으니 난성후를 마주하는 듯하도다."

또 한 궁인이 웃으며,

"너희가 다만 난성후만 보고 연왕의 어렸을 때 모습을 보지 못함이로다. 내가 일찍이 황상을 모시어 연왕이 과거에 급제한 것을 보았으니 그때 연왕은 열다섯 살이라. 옥 같은 용모와 풍채가 저 모습과 비슷하더니, 이제 아들이 있어 가풍을 이으니 그 아버지에 그 아들이로다."

황태후가 양장성을 불러 보시고,

"조정의 신하를 굳이 불러 볼 바 아니로되, 너는 장차 나의 외손주사위가 될 뿐 아니라, 너의 어미 난성후는 내가 친딸처럼 사랑하는지라. 이즈음 전원으로 돌아간 뒤로 모든 생활이 지난날과 다름이 없느냐?"

양장성이 엎드려 아뢰길,

"어머니께서는 시골에서 평안히 지내시어 별 탈 없사오니, 성스러운 은덕 아닌 것이 없나이다."

태후가 음식을 내려주시니, 장성이 절하여 받은 뒤 은덕에 사례하고 물러나더라. 이날 윤각로가 두 학사를 데리고 부중으로 나오니, 소부인이 양경성의 손을 잡고,

"네 어미가 멀리 있어 오늘의 경사를 같이 볼 수 없음이 안타깝도다."

윤각로가 말하길,

"너의 형제가 어버이를 뵈는 일이 급하니 일찍 유가遊街를 마치고 어버이를 뵈러 간다는 상소를 올리라."

두 학사가 명을 받들어 유가할 새, 이르는 곳마다 사위를 삼으려는 사람들이 떠들썩하더라. 양장성은 화진花珍과 더불어 이미 정혼함을 아는 까닭에 감히 거론하지 못하고 양경성에게 혼인을 청하는 소리가 사방에서 답지하여 윤각로의 부중에 매파가 구름 같더라. 이보다 앞서 화진은 진왕秦王의 인수印綬를 풀고 초왕楚王에 봉해져 공주와 세 귀비를 거느리고 초국楚國으로 가 있더라.

두 학사가 유가를 마치고 상소를 올려 어버이를 뵈러 갈 새, 천자가 이원梨園 법악法樂과 황금 천 일鎰을 내려주어 잔치의 쓰임에 돕게 하시고 낙양洛陽 수령으로부터 지방 관리들이 길을 열어 곳곳에서 맞이하게 하니, 위엄이 장려하고 수레와 말이 찬란하다며 찬탄하지 않는 이가 없더라. 취성동에 이르니 양태야와 연왕이 골짜기 안의 손님을 모아 춘휘루에서 잔치를 베풀고, 허부인이 두 며느리와 세 낭자를 거느려 귀련당에서 기다리더라. 두 학사가 초록색 도포와 야대 차림으로 어구마를 타고 보개寶蓋·운번雲幡과 이원 법악이 앞을 인도하여 양태야와 연왕에게 뵈오니, 양태야가 미소하며 두 학사의 손을 잡고 내당에 들어가 허부인과 모든 며느리와 낭자에게 보이더라. 허부인이 두 학사를 좌우에 앉히고 등을 어루만지며,

"내가 네 아비를 늦게 얻었기에, 네 아비의 영화로운 봉양을 받는 것도 어려울 것으로 생각하더니, 이제 너희가 과거에 급제하는 경사까지

보게 되니 어찌 뜻하던 바이리오?"

양태야가 윤부인과 난성후에게 이르길,

"이는 고금의 희귀한 경사이니 잔치를 베풀지 않을 수 없도다. 난성후는 장성이 문무를 겸비하여 문과와 무과에 거듭 급제했으니 더욱 그 잔치를 폐하지 못할지라. 장차 어찌하고자 하는고?"

윤부인과 난성후가 웃음을 머금고 부끄러워하는 빛이 있더라. 이튿날 천자가 내려주신 천금으로 춘휘루에 뭇 손님을 모아 큰 잔치를 베풀고, 둘째 날은 엽남헌에서 잔치를 베풀고, 셋째 날은 자운루에서 잔치를 베푸는데, 온갖 비단으로 이원의 악공들에게 후하게 상을 주어 보내더라. 하루는 연왕이 엽남헌에 이르니, 윤부인이 조용히 아뢰길,

"경성이 비록 과거에 급제했으나 나이가 어리고 학문이 아직 이루어지지 않았으니, 상공께서 상소하여 십 년 말미를 얻어 시골에서 독서하도록 함이 좋을까 하나이다."

연왕이 얼굴빛을 고치고,

"나의 뜻도 그러하니 장차 상소하리이다."

하고 다시 자운루에 이르니, 난성후가 양장성을 데리고 책 한 권을 가르치거늘, 연왕이 웃으며,

"그대가 아들을 가르치는 것이 그릇되도다. 군자는 태평한 시대의 재상이 되기를 기필해야 하리니, 육도삼략六韜三略을 어디에 쓰리오?"

난성후가 웃으며,

"사람이 멀리 생각하지 않으면 반드시 가까운 근심이 생기는지라. 사내가 조정에 서서 사방에 뜻을 둠에 어찌 한갓 도학과 문장만 숭상하리이까? 반드시 위로 천문에 통하고 아래로 지리에 통달하여 바람과 구름의 조화造化와 기병奇兵과 정병正兵의 합하고 변하는 것을 두루 모르는 것이 없어야 바야흐로 때맞추어 사용할 수 있으리이다."

연왕이 미소하더라.

이때 천자가 즉위한 지 십오 년이라. 사방에 일이 없고 백성이 안락하니 조정에 깊은 근심이 없으나, 묘당廟堂과 내각內閣의 일에 허물이 많고 방백과 수령은 서류의 처리와 정기적인 모임으로 일을 삼으니 아는 사람들은 이를 근심하더라. 하루는 천자가 근정전에서 조회를 마치고 후원에서 뭇 신하를 거느리고 꽃을 구경하고 물고기를 낚으며 시를 지어 마음을 풀고 있는데, 문득 초왕楚王의 상소가 이르더라. 급히 학사를 명하여 읽게 하니 그 상소는 이러하더라.

"초왕 신 아무개는 백 번 절하고 황제 폐하께 글을 올리나이다. 초국 삼천여 리 밖은 예로부터 중국에 조공을 바치지 않고 풍속과 인물, 산천과 지리가 중국의 영토에서 빠져 있어, 이역異域으로 취급하고 오랑캐라 하여 배척하였는데, 몇 년 이래로 바다를 따라 표류해오는 배들과 생소한 사람들이 때때로 국경을 넘어오나 즉시 순풍을 만나면 간 곳이 없는 까닭에, 그 가는 바대로 놓아두고 별로 깊이 염려하지 않았나이다. 그러나 올봄에 문득 바닷배 만여 척이 괴이한 무기를 싣고 육지에 내려, 하룻밤 사이 일곱 군郡을 함락시키고 남쪽 백여 부락을 합해 산골짜기에 웅거하니, 초국의 경계가 비록 수천여 리 떨어져 있으나 작은 일이 커지기 전에 미리 막는 계책이 없을 수 없어, 바야흐로 성지城池를 고쳐 쌓으며 군마를 조련하여 불시의 변란에 대비하였나이다. 태평한 시대에 군대의 일에 뜻을 둠이 창졸간에 분별할 수 있는 일이 아닌지라, 감히 실상을 아뢰어 황공하오나 명을 듣고자 하나이다."

천자가 듣기를 마치매 윤각로를 불러 보고 초왕의 상소를 보여주시니, 윤각로가 아뢰길,

"오랑캐가 국경을 넘어 난리를 일으키니 그 뜻을 헤아리기 어려운지라. 바라건대 폐하께서 연왕 양창곡을 불러 물으소서."

천자가 허락하시고 미처 조서를 내리기 전에, 전전어사殿前御史 동홍董紅이 아뢰길,

"이제 천하에 일이 없고 백성이 평안하거늘, 해적 하나 때문에 조정이 진동한다면 이는 외국에 깊음과 얕음을 보이는 것이라. 신이 바깥의 의론을 듣자오니 나라에 큰일이 있은 뒤에 연왕을 부르시리라 하니, 바야흐로 초국 사신을 만나고 연왕을 부르시면 자연히 민심이 소동하리이다."

하니 천자가 결정하지 못하시더라. 원래 동홍은 장안長安 사람이라. 말 달리며 격구擊毬하는 것으로 천자의 총애를 얻어 권세가 조정을 기울게 하니, 위로는 대신大臣으로부터 감히 그를 거스르지 못하나, 다만 연왕이 조정에 들어오면 동홍이 행동을 마음대로 할 수 없을 것을 두려워하다가 이때를 타 아룀이더라. 천자가 이에 연왕을 부르지 않고 다시 남방의 움직임을 정탐하게 하시더니, 며칠 뒤 초왕의 상소가 또 이르거늘 천자가 크게 놀라 즉시 열어 보시니, 그 대략은 이러하더라.

"초왕 신 아무개는 신하가 되어 태평시대를 누리며 군사적인 방비에 소홀하여, 지난날의 해적이 며칠 사이 남쪽 변방을 침범하여 다섯 고을을 함락시켜 형세가 위급하나, 초국의 나머지 병사로 감당할 수 없사오니 청컨대 대군을 징발하여 구해주소서. 적의 정세를 대략 탐지하건대, 적의 우두머리 이름은 야선耶單이요 지략이 범상하지 않고, 또 한 도사가 있으니 도호道號는 청운도인靑雲道人이라. 도술이 헤아리기 어렵고 수하에 용맹한 장수가 수없이 많다 하나이다."

천자가 보기를 마치매 크게 놀라 윤각로를 불러 보시고, 그날로 조서를 내려 연왕을 부르시더라. 연왕이 윤부인의 말에 따라 아들의 학업을 위해 상소하고자 하는데, 문득 천자가 조서를 내리시니, 연왕이 북쪽을 향해 네 번 절하고 열어 보니 황상의 친필이더라.

"나라에 큰일이 있어 그대가 아니면 감당할 수 없으니, 사신과 더불어 출발하되 난성후와 함께 오라."

연왕이 보기를 마치매 급히 난성후를 부르더라. 난성후가 학사를 데

리고 이르거늘 연왕이 조서를 보이니 난성후가 한참 말이 없다가,

"상공께서는 장차 어찌하고자 하시나이까?"

연왕이 말하길,

"임금의 명을 지체할 수 없으니 곧 출발하고자 하오."

난성후가 말하길,

"해가 이미 저물었고 반드시 상의할 일이 있으리니 내일 출발하심이 좋을까 하나이다."

연왕이 그 말을 옳게 여겨 천자의 사신을 객실에서 쉬게 하고, 내당에 들어가 어버이를 모시고 두 부인과 모든 낭자와 두 학사와 더불어 상의하더라. 연왕이 말하길,

"천자의 명이 난성후와 함께 오라 하시니 반드시 전쟁이 있음이라. 왕도王都에 시급한 변이 있는 것은 아닌 듯하나, 만약 변방에 외적이 있어 다시 출전을 명하시면 임금의 녹을 먹는 자가 의리로서 감히 사양하지 못할지라. 다만 연로하신 어버이의 슬하를 자주 떠남이 불효막심이로소이다."

양태야가 근심스레 말하길,

"내가 늘그막에 마음이 약해져 오래 서로 헤어짐을 견디기 어려운지라. 만약 출전하게 되면 온 가족을 거느리고 황성의 집으로 돌아가 있고자 하노라."

난성후가 말하길,

"상공의 출전 여부는 아직 미리 헤아릴 수 없사오나 이제 상경하면 끝내 시골로 돌아올 기약이 없으리니, 부득불 온 가족이 뒤에 황성의 집에 모임이 좋을까 하나이다."

양태야가 그 말을 옳게 여기더라. 난성후가 또 아뢰길,

"아들의 벼슬이 우림랑羽林郎에 있으니 내일 행차에 함께 감이 어떠하리이까?"

연왕이 말하길,

"그대가 이미 함께 가게 되었은즉 그대의 식솔을 이곳에 억지로 머물게 할 수 없으니, 함께 데리고 가도록 하오."

이튿날 날이 밝기 전에 연왕이 난성후와 아들 장성을 데리고 황성을 향해 가더라. 이때 천자가 연왕의 입조入朝를 고대하시더니, 천자의 사신이 돌아와 연왕이 황성에 들어옴을 아뢰니 천자가 크게 기뻐하여 즉시 불러보시더라. 어탑御榻에서 내려와 손을 잡고,

"그대와 떨어져 지낸 지 이미 예닐곱 해라. 나라에 또 일이 있어 장차 그대에게 나를 도우라 함이 감추어두었던 나막신을 꺼내어 비 오는 날 사용함과 같으니, 참으로 부끄럽도다."

연왕이 아뢰길,

"신이 불충하여 오랫동안 조정에서 뵙지 못하고 나라에 일이 있음을 아득히 모르고 있었는데, 천은天恩이 망극하여 이제 또 불러주시니 장차 보답할 바를 알지 못하나이다."

천자가 이에 초왕이 올린 앞뒤 상소를 보여주시니, 연왕이 보고 마음속으로 크게 놀라 생각하되,

'남쪽 오랑캐가 가장 제어하기 어렵고, 초국은 막강한 나라로서 며칠 사이 다섯 고을을 잃었으니, 그 형세가 매우 위급하도다.'

하고 아뢰길,

"초국은 남방의 변경이라. 구원할 방략을 소홀히 할 수 없으니, 청컨대 문무백관을 모아 의견을 모으고 그 장점을 취함이 좋을 듯하나이다."

천자가 허락하시니, 각로 황의병과 연왕 양창곡과 우승상 윤형문과 병부상서 소유경과 예부상서 황여옥과 한림학사 양장성과 대장군 뇌천풍과 호분랑 뇌문경 등 문무백관이 한꺼번에 입시入侍하더라. 천자가 하교하시길,

"남쪽 오랑캐가 창궐하여 초국을 침범하니, 천자의 군대를 보내어 토

벌하는 일을 늦출 수 없는지라. 그대들은 각기 그 계책을 말하라."

윤각로가 아뢰길,

"바야흐로 이제 조정에 장수의 재목이 없사오니, 엎드려 바라건대 폐하께서는 유의하여 사람을 가려 뽑으소서."

연왕이 아뢰길,

"이제 초국이 비록 무력을 숭상하지는 않으나 예로부터 강국이요 또 남방의 풍토에 익숙하리니, 굳이 천자의 군대를 많이 징발하여 민심을 소동케 하지 마시고 정예병 오륙천 기騎를 징발하여 초왕과 더불어 합세하여 토벌하면 오랑캐 추장을 응징할 수 있을 듯하나이다."

병부상서 소유경이 아뢰길,

"초왕의 상소를 본 지 이미 여러 날인지라 군대를 징발함이 시급하나이다."

대장군 뇌천풍이 아뢰길,

"폐하께서 장수를 뽑으신다면 연왕이 아니면 안 될까 하나이다."

천자가 탄식하며,

"연왕이 지난날 남방과 북방의 오랑캐를 평정하여 그 수고로움이 길었거늘, 어찌 다시 출전하라 말하리오?"

소유경이 다시 아뢰길,

"성스러운 말씀이 지당하오나 남쪽 오랑캐의 강성함을 용렬한 장수로는 감당할 수 없는지라. 연왕이 비록 홀로 혹사당하는 수고로움이 있겠으나, 나랏일을 돌아보아 다시 출전을 명하시고 또 난성후 홍혼탈을 명하여 함께 가도록 하소서."

뇌천풍이 반열에서 나아와 아뢰길,

"소상서의 말씀이 만전을 기하는 계책이라 이를지라. 만약 연왕과 난성후가 아니면 초국은 폐하의 땅이 아니게 될까 하나이다. 폐하께서 두 사람을 다 쓰신다면 신이 비록 늙었으나 벽력부霹靂斧가 오히려 있사오니, 마땅히 전부선봉前部先鋒이 되어 남쪽 오랑캐 왕의 머리를 탑전榻前에 바치리이다."

말을 마치매 흰 머리털이 곤두서거늘, 천자가 크게 칭찬하시어,

"장하도다, 뇌천풍이여! 내가 베개를 높이하여 근심이 없을지라."

하시고 연왕을 돌아보시는데, 문득 한 소년이 반열에서 나아와 아뢰길,

"신이 비록 용맹이 없사오나, 바라건대 아비를 대신하여 대군을 거느리고 남쪽 오랑캐를 평정하리이다."

모든 사람이 보니, 얼굴이 백옥 같고 별 같은 눈동자와 가느다란 눈썹에 기상이 당당하니 곧 한림학사 양장성이라. 천자가 크게 놀라 연왕에게 이르길,

"그대의 아들이 나이가 아직 어리거늘 이제 출전하고자 하니, 아들을 아는 것은 아비만한 사람이 없는지라. 그대의 뜻이 어떠하뇨?"

연왕이 아뢰길,

"어린 아들이 폐하께서 장려하여 선발해주시는 은덕을 입사와 보답하려는 마음이 비록 간절하오나, 백면서생이요 입에서 젖비린내가 나는지라. 삼군三軍의 장수를 맡기신즉 조정의 사람 쓰는 도리에 소홀함이 있을까 걱정되나이다."

말을 마치기 전에 공거령[5]이 상소문 한 장을 받들어 올리더라. 천자가 말하길,

"이는 누구의 상소문이뇨?"

대답하길,

"난성후 홍혼탈의 상소문이니이다."

5) 공거령(公車令): 공거(公車)의 관리. 공거는 한(漢)나라 때 상소(上疏) 및 징소(徵召)의 일을 관장하던 관청으로, 공가(公家)의 수레가 있는 곳에서 이름이 유래했다. 공거는 상소문을 달리 이르는 말로도 사용되었다.

천자가 크게 기뻐하시어,

"상소문 속에 반드시 묘한 계책이 있으리로다."

금란전학사 소광춘에게 명하여 읽으라 하시니, 그 상소문은 이러하더라.

"신첩臣妾 난성후 홍혼탈은 백번 절하고 황제 폐하께 글을 올리나이다. 하찮은 남쪽 오랑캐가 감히 큰 나라를 거슬러 성스러운 임금의 근심을 더하니, 이는 마땅히 신하 된 자로서 피를 흘려 은혜에 보답할 때라. 옛적에 주나라[6]의 적인걸[7]과 송宋나라의 조빈[8]이 각기 그 아들을 천거하여, 나라를 위해 밖으로부터의 모욕을 막아내는 든든한 장수가 되었거늘, 후세에 그것을 옳다고 칭송하니 이는 그 사사로움이 없기 때문이라. 신첩이 본디 떠도는 천한 자취로서 성스러운 임금의 은총을 입어 부귀가 지극하고 영화가 족하니, 비록 개미처럼 미천하고 돼지나 물고기처럼 어리석더라도 어찌 충분忠憤을 다해 전쟁에서 목숨을 버릴 뜻이 없으리오마는, 여자의 몸으로 다시 출전함은 조정에 사람이 없다는 부끄러움을 보여 바깥 오랑캐의 업신여김을 일으킬지라. 감히 옛사람을 본받아 장수 재목 한 명을 폐하께 천거해 나라의 큰일을 그르치지 않으리니, 폐하께서 헤아려주소서. 신첩의 아들 양장성이 비록 나이는 어리나 일

6) 주(周)나라: 중국 역사에서 여성으로 유일하게 황제가 되었던 인물인 측천무후(則天武后)는 당나라 고종(高宗)의 황후였지만 690년에 국호를 '주(周)'로 고치고 스스로 황제가 되어 15년 동안 중국을 통치했다. 역사가들은 측천무후의 '주(周)'를 고대의 주(周)나라(BC 1046~BC 771)와 구분하여 '무주(武周)'라고 불렀다.

7) 적인걸(狄人傑, 630~700): 당나라 고종(高宗) 때의 명신. 여러 벼슬을 역임하며 강직하고 공정하다는 평가를 받아 고종의 신임을 얻었다. 고종이 죽자 황후인 측천무후가 스스로 황제로 즉위하여 국호를 '주(周)'로 바꾸었는데, 적인걸은 영주자사(寧州刺史) 등을 역임하고 691년에 재상이 되어 정치를 쇄신해 이른바 '무주(武周)의 치(治)'를 이끌었다.

8) 조빈(曹彬, 931~999): 북송(北宋) 초기의 무장. 태조(太祖) 2년(964)에 촉(蜀)을 정벌하고 협중(峽中)의 군현을 함락했는데, 다른 장수는 성을 도륙했지만 그는 명령만 내려 진압시켰고, 다른 장수는 옥백(玉帛)을 차지했지만 그는 청렴해 도서와 의복만을 가졌다고 한다. 974년 남당(南唐)을 정벌하고 금릉(金陵)을 함락했을 때도 함부로 사람을 죽이지 않았다. 진종(眞宗)이 즉위한 뒤 노국공(魯國公)에 봉해졌다.

찍이 제 어미를 따라 병서를 배워, 기정奇正과 합변合變을 대략 알고 천문지리에 정통하여 옛 명장에게 양보하지 않을지라. 그 영걸함과 도량은 아비보다 못함이 없고, 용맹과 경륜은 저도 감당하기 어렵나이다. 비록 어리석은 짐승이라도 새끼를 아끼는 정이 있으니, 제가 어찌 의심스러운데도 자청하여 죽음의 땅으로 아들을 보내리이까? 다만 천은天恩이 망극하시니, 저의 몸을 대신하여 아주 작은 능력이나마 나라에 보답하고자 함이니이다. 또 호분랑 뇌문경은 대대로 장수 집안의 자손으로 저에게 검술을 배워 사내 만 명도 당하지 못할 용맹이 있으니, 폐하께서는 뇌문경을 등용하여 양장성의 한 팔의 힘을 돕게 하여주소서."

천자가 듣기를 마치매 크게 기뻐하여,

"난성후가 임금을 위하고 나라를 위하는 정성으로 사소한 거리낌과 자애로운 정을 돌아보지 않으니, 어찌 기특하지 않으리오? 난성후의 안목을 내가 아는지라. 어찌 그 아들을 잘 모르면서 천거하리오?"

즉시 하교하시어 한림학사 양장성을 병부시랑 겸 도원수都元帥로 삼으시고 비단 도포와 금갑金甲과 백모白旄와 황월黃鉞을 내려주시어, 사흘 뒤에 군대를 출발시키라 하시니, 연왕이 아뢰길,

"새로 무과에 급제한 한비렴이 용맹이 뛰어나고 병법에 능통하오니, 엎드려 바라건대 폐하께서는 다시 급제를 회복시켜 종군하게 하여 주소서."

천자가 말씀하시길,

"내가 비록 그 용맹함을 들었으나 그의 아비 한응문이 지난날 적당賊黨인 까닭으로 급제를 취소하였거니와, 그대가 이제 천거하니 특별히 급제를 회복시켜 중랑장中郎將을 제수하여 종군하게 하라."

문무백관이 조회를 마치고 물러나올 새, 도원수 양장성이 은혜에 감사하여 명을 받아 부중府中으로 돌아오니, 모든 군영의 장수와 군졸이 이미 기다리고 부원수 뇌문경과 중랑장 한비렴이 한꺼번에 이르니, 뇌

문경은 이때 나이가 스물여덟 살이요 한비렴은 스무 살이더라. 양원수가 한비렴으로 행군사마行軍司馬를 삼고 명령을 내려,

"내일 행군하리니, 만약 지체하면 반드시 군율이 있으리라."

한비렴 사마가 명령을 듣고 물러나더라.

양원수가 내당에 들어가 어버이를 모시고 행군할 일을 의논하니 연왕이 말하길,

"병사兵事는 멀리서 미루어 헤아리기 어렵도다. 남방 풍속이 변화와 속임수가 무궁하니 가볍게 대적하지 말고, 천하의 백성이 모두 천자의 어린 자식과 같으니 무고한 사람을 함부로 죽이지 말라."

양원수가 두 번 절하고 명을 받더라. 이날 난성후가 등잔불을 돋우고 앉아 병서를 보는데, 연왕이 와서 보고 웃으며,

"그대가 어린아이를 가벼이 천거하고 무슨 묘한 계책을 가르치려는고?"

난성후가 말하길,

"아들의 지략은 저도 감당할 수 없는지라 비록 근심할 바 없으나, 다만 소년의 날카로운 기운으로 군령이 너무 강해 살육의 폐단이 있을까 걱정되나이다."

이윽고 양원수가 밖에서 들어와 난성후에게 아뢰길,

"제가 내일 행군하고자 하오니, 어머니께서 어찌 한마디 가르침이 없으시나이까?"

난성후가 웃으며,

"네가 끝내 네 어미를 아녀자로 보니 어찌 그 말을 믿고 들을 수 있으리오?"

양원수가 자리를 피하며 머리를 조아리고,

"제가 비록 불초하오나 어머니의 명을 잊지 않으리이다."

난성후가 웃으며 연왕에게 말하길,

"오늘밤 달빛이 매우 아름다우니 아들을 데리고 후원에 오르심이 어떠하리이까?"

연왕이 미소하고 양원수와 더불어 후원 가운데 이르니 이때는 늦봄이라. 밝은 달빛에 후원 가득한 꽃나무의 그림자가 흔들리며 은은하게 비치거늘, 난성후가 여종에게 이르길,

"나의 쌍검을 가져오라."

여종이 즉시 취봉루에 가서 쌍검을 가져오니, 난성후가 바람에 나부끼듯 달 아래에 서서 쌍검을 춤추어 꽃수풀 사이로 여러 차례 오는데, 문득 간 곳을 알 수 없고 다만 한줄기 흰 무지개가 후원을 둘러싸 차가운 기운이 사람을 엄습하며 나뭇잎이 어지러이 떨어지더라. 연왕이 양원수를 보며,

"네 어미의 검술이 아직 남아 있도다."

문득 공중에서 한 부용검이 날아 나뭇가지를 쳐 쟁그랑 소리가 나며 가지 위의 자고새 한 쌍이 놀라 훨훨 동쪽으로 날아가니, 부용검이 또 공중으로 날아 동쪽을 막는데, 자고새가 또 서쪽으로 날아가니 부용검이 또 서쪽을 막는지라. 자고새가 놀라 우짖으며 동서남북에 갈 바를 모르다가 뜻밖에 부용검이 공중에 가득하여 위아래와 사방에 어지러이 번쩍이니, 자고새가 더욱 궁박하여 애처로이 울며 연왕 앞으로 날아들더라. 연왕이 웃고 소매를 들어 자고새를 가려 지키니, 이윽고 난성후가 공중에서 내려와 웃으며,

"남방의 적 때문에 우리 후원의 자고새를 놀라게 했도다."

양원수에게 이르길,

"너는 저 낙엽을 집어서 보라."

양원수가 일일이 집어서 보니 모두 칼자국이 있거늘, 난성후가 말하길,

"내가 검을 쓰는 법은 봉황이 열매를 쪼는 법이니, 비록 백만이 넘는

대군이라도 남김없이 머리를 베나니 이것은 처음 검을 쓰는 법이라. 그 다음 검을 쓰는 법은 거미가 나비를 얽어매는 법이니, 비록 하늘로 올라가고 땅으로 숨어드는 용맹이 있더라도 이 검을 피하기 어려울지라. 그러나 내가 평소 검술을 믿어 위태로움을 범한 적이 없고 망령되이 사람을 죽인 적이 없음은 상공께서 아시는 바라. 무릇 장수가 되어 살육이 많으면 그 자손이 번성할 수 없고 훗날 반드시 비명횡사하나니, 너는 적병을 대함에 나의 말을 명심하여 좋은 계책으로 공격하고 은혜와 위엄으로 항복을 받아 천하에 너의 이름을 드러낼지어다. 이제 무예와 병법이 너보다 뛰어난 자는 없을 것이나, 만약 용맹을 믿고 위태로운 땅에 들어가며 굳세고 사나움을 힘써 살육을 일삼는다면, 이는 병가兵家에서 꺼리는 일일 뿐 아니라 신하와 자식 된 자로서 충효의 마음이 아닐 것이니라."

양원수가 두 번 절하고 명을 받더라. 셋째 날에 양원수가 행군할 새, 천자가 남쪽 교외에서 전송하시어 몸소 손으로 수레바퀴를 밀며,

"황성의 밖은 장군이 통제하여, 큰 공을 일찍 세우고 돌아오라."

양원수가 명을 받고 수레에 오르니, 대오隊伍가 엄정하고 북과 나팔이 일제히 울리거늘, 천자의 얼굴에 기쁨이 가득하시어 연왕에게 이르길,

"원수의 군율이 그대보다 못하지 않도다."

연왕이 부중에 돌아와 말하길,

"오늘 황상을 모시고 장성의 행군하는 것을 보니 군령이 엄숙하여 그 아비도 감당하지 못하리로다."

난성후가 웃으며,

"상공께서 늘 장성이 그 어미를 닮아 오랑캐 장수의 풍모가 있음을 근심하시더니, 오늘에야 비로소 그 어미의 가르침을 아시나이까?"

연왕이 크게 웃더라.

한편 초왕이 두 번 상소한 뒤에 천자의 군대를 고대하나 소식이 아득

한데, 하루는 남군태수南郡太守가 급히 격문檄文을 보내어, '오늘밤 삼경에 적병 만여 명이 국경을 범하여 성을 에워싸 형세가 매우 위태롭나이다' 하더라. 초왕이 크게 놀라 모든 신하를 모아 상의하여,

"남군은 초국의 중요한 땅이라. 만약 굳게 지키지 못한다면 왕성王城이 위태하리로다."

이튿날 태수가 또 보고하길,

"적병이 남군을 함락하고 왕성을 향해 가나이다."

초왕이 대경실색하여,

"안에 좋은 장수가 없고 밖에 강한 적이 있으니, 한 조각 외로운 성을 장차 어찌 지키리오?"

모든 신하가 아뢰길,

"왕성은 지킬 만한 곳이 아닌지라. 지자성枳子城으로 후퇴하여 지키며 대군이 오는 것을 기다리소서."

무릇 지자성은 한수漢水가의 방성산方城山에 있으니, 전후좌우에 탱자나무 가시가 숲을 이룬 까닭에 지자성으로 부르더라. 성지城池가 비록 견고하나 지형이 비좁고 평소 군량미가 없어 초왕이 망설이는데, 밤이 깊은 뒤에 함성이 크게 일어나며 적병이 이미 남문을 압박하여 공격하거늘, 초왕이 크게 놀라 당황한 가운데 공주와 세 귀비와 초옥군주楚玉郡主와 더불어 수천 기를 거느리고 북문을 나와 왕성을 버리고 지자성으로 달려가더라. 적병이 왕성을 깨뜨리고 군량미와 보화를 탈취하고 다시 지자성을 에워싸니, 초왕이 몸소 화살과 돌을 무릅쓰고 성을 지킨 지 사흘째 밤에 적병이 높은 사다리를 세워 성안을 굽어보며 성안에 군량미와 마초馬草가 없는 것을 보고 철통같이 에워싸 형세가 매우 위급하더라. 초왕이 하늘을 우러러 탄식하며,

"하늘이 나로 하여금 이곳에서 죽게 하시도다."

말에 올라 출전하여 자웅을 겨루고자 하니 초옥군주가 울며 초왕의

소매를 잡고 간諫하길,
"조정에 구원병을 청했으니 아버님께서는 다시 며칠 기다리소서."
초왕이 옳게 여겨 성문을 닫고 굳게 지키더라.
이때 양원수가 지나는 곳마다 조금도 백성을 범하는 것이 없으니 덕을 칭송하는 소리가 우레 같더라. 초국 경계에 다다르니 촌락이 쓸쓸하고 닭과 개가 드물어 적병이 지나간 자취를 알겠더라. 양원수가 밤낮으로 행군하여 초왕성楚王城에 이르니 밤이 이미 삼경이라. 달빛이 희미한데 성문이 활짝 열려 있고 적병이 모여 있어 등불이 점점이 보이거늘, 양원수가 대군을 후퇴시켜 몇 리 밖에 진을 치고 군교軍校 한 사람을 불러 명령을 내리길,
"너는 왕성 근처에 몰래 가서 남녀를 막론하고 초국 백성을 만나거든 불러오라."
이윽고 한 노인을 불러오니 양원수가 묻기를,
"나는 천자가 보낸 구원병의 장수라. 초왕이 지금 어디 계시느뇨?"
노인이 대답하길,
"지금 지자성에 계시니, 사면에 적병이 에워싸 서로 통하기 어렵나이다."
양원수가 묻기를,
"적병이 얼마나 되며, 적장은 어디 있느뇨?"
노인이 말하길,
"적병은 몇만 명인지 모르오며, 적장은 지자성 아래에 있나이다."
양원수가 노인을 군중에 머무르게 하고, 부원수 뇌문경을 불러,
"장군이 수천 기를 거느리고 왕성 아래에 몰래 이르러 일제히 함성을 지르며 성을 공격하되, 성문에 들어가지 말고 성밖의 척후병들을 많고 적음을 막론하고 일일이 붙잡아오라."
뇌문경이 명령을 듣고 수천 기를 거느려 왕성 밖에 이르러 자세히 살

펴보는데, 적병이 별로 방비함이 없고 성문을 활짝 열어 다만 척후병이 삼삼오오 오고가더라. 뇌문경이 일제히 함성을 지르며 들어가니 적병이 크게 놀라 한꺼번에 성문을 닫고 성 위에 올라 활로 쏘거늘, 뇌문경이 짐짓 성을 공격하는 척하다가 척후병 수십 명을 사로잡아오더라. 양원수가 명령을 내려,

"초왕이 지자성에 계시어 위태로움이 아침저녁에 있다 하니, 오늘 대군이 힘을 합쳐 먼저 지자성을 공격하여 구하고 내일 또 초왕성을 공격하리라."

사로잡은 척후병을 짐짓 풀어주고는 대포를 쏘고 북을 울리며 대군이 한꺼번에 함성을 지르니 천지가 진동하고 산천이 뒤집히더라. 적병이 급히 지자성으로 가서 명나라 진영의 움직임을 아뢰니 적장이 크게 놀라 즉시 왕성의 군사를 불러 방비하거늘, 양원수가 뇌문경에게 이르길,

"이리이리하라."

대군이 입에 나무막대기를 물고 달빛을 띠어 바로 초왕성 남문을 깨뜨리고 들어가니, 성안에 늙고 약한 병사 수백 명과 적장 한 명이 있는지라. 양원수가 즉시 적장의 머리를 베어 북문에 매달아놓으니 적진에서 바라보고 왕성을 빼앗긴 줄 알고 두려워해 마지않더라. 양원수가 또 명령을 내려,

"왕성은 초국의 근본이라. 이제 이미 회복했으니 근심할 바 없는지라. 밝기를 기다려 싸움을 돋우리라."

삼군에 분부하여 성문을 닫고는 갑옷을 벗고 안장을 풀고 깃발을 누이고 북을 쉬게 해 조금도 방비함이 없거늘, 늙고 약한 오랑캐 병사 백여 명이 서로 의논하여,

"우리가 이때를 틈타 도망하리라."

몰래 성을 넘어 본진에 돌아가 적장에게 아뢰니, 적장이 반신반의하

여 북쪽 산에 올라 성안을 굽어보매 달빛이 희미한데 등불과 촛불이 드물고 경점更點소리가 끊어졌다 이어지며 일제히 잠든 모양이더라. 적장이 크게 기뻐하여,

"명나라 병사들이 멀리서 달려왔으니 어찌 피곤하지 않으리오? 이때를 틈타 다시 성을 회복하리라."

병사를 두 무리로 나누어, 한 무리는 지자성을 에워싸고 한 무리는 초왕성을 공격할 새, 성 아래에 이르니 문득 등 뒤에서 대포 소리가 나며 한 대장이 수천 기를 거느리고 큰 칼을 휘두르며 꾸짖어,

"대명국大明國 부원수 뇌문경이 여기 있은 지 이미 오래이니 적장은 내 칼을 받으라."

동쪽과 서쪽에서 공격하니 적장이 몹시 당황하더라. 왕성의 북문이 또 열리며 한 대장이 긴 창을 들고 크게 소리질러,

"대명국 행군사마行軍司馬 한비렴이 여기 있으니 적장은 달아나지 말라."

두 장수가 앞뒤로 협공하니 적장이 스스로 대적할 수 없음을 알고 말을 몰아 달아나더라. 두 장수가 쫓아 지자성에 이르러 공격하는데 두 장수가 모두 소년의 날카로운 기상이 있는지라. 각기 칼과 창을 휘둘러 수천 명의 머리를 베고 나서 창검을 거두고 사면을 돌아보니, 달이 서산에 지고 동쪽이 이미 밝았는데 적병이 산과 들에 가득하여 열 겹으로 에워쌌더라. 두 장수가 서로 돌아보며,

"우리가 날카로운 기상으로 싸움을 탐해 깊이 들어왔으니, 어찌 겹겹이 에워싼 것을 뚫으리오?"

이때 적장 두 명이 창을 들고 말을 몰아오며,

"명나라 장수는 천라지망天羅之網에 들었으니 빨리 와서 항복하라."

한비렴과 뇌문경이 크게 웃고 맞이해 싸워 십여 합에 승부가 나지 않으니, 적장은 적국의 가장 이름난 장수라. 하나는 소울지첩목홀小尉遲帖木

忽이니 큰도끼를 사용하고, 하나는 추금강백안첩醜金剛白顔帖이니 큰 칼을 사용하는데, 소울지는 얼굴이 흙빛이고 키가 십여 척尺이요 힘이 맹수를 잡을 만하고, 추금강은 얼굴이 연지臙脂를 바른 듯하고 허리띠가 열 아름이요 용맹하고 민첩하여 수십 장丈을 솟구칠 수 있으니, 참으로 사내 만 명도 감당하기 어려운 용사이더라. 뇌문경과 한비렴이 힘을 다해 두 사람을 대적하는데, 창검은 공중에 드날려 흰 눈이 어지러이 날리는 듯하고 함성은 천지를 진동하여 우레가 울리는 듯하더라.

이때 초왕이 천자의 군대가 이른 것을 알고 반귀비·괵귀비·초옥군주와 더불어 지자성 남문에 올라 두 진영의 승패를 구경하는데, 적장의 기세가 흉악함을 보고 두려워해 마지않아 초왕이 초옥군주를 보며,

"우리 부녀의 명맥이 이 한 번의 싸움에 달렸도다."

하더라. 승부를 알지 못하겠으니 어찌되리오? 다음 회를 보라.

양상서는 격구를 하다가 동홍을 죽이고
손선생은 아름다운 사위를 맞이하더라
제59회

장수 네 명이 서로 싸워 승부를 가리지 못하는데, 진영 위에서 문득 벼락소리가 들리면서 소울지가 도끼를 던지고 몸을 솟구쳐 말에서 뛰어내려 맨손으로 싸워 삼십여 합에 이르매, 투구가 깨지고 갑옷이 벗겨져, 서쪽으로 뛰고 동쪽으로 달려들어 기세가 천지를 뒤흔드는 듯하니, 초국의 위아래 사람들이 성에서 바라보고 모두 대경실색하더라. 문득 적진에서 화살이 날아들어 한비렴 사마의 팔을 맞히거늘, 한사마가 입으로 화살을 빼고 한편으로 격렬히 싸우니 피가 낭자하게 흘러 전포戰袍를 적시는지라. 뇌문경이 이 모습을 보고 추금강을 버리고 소울지에게 달려드는데, 소울지가 오른손으로 뇌문경의 칼을 쳐서 떨어뜨리니 뇌문경이 손과 발이 허둥지둥하여 칼 쓰는 법이 잠시 어지러운지라. 초왕이 바라보고 크게 놀라,

"명나라 장수가 적장을 대적하지 못하니 어찌하면 좋으리오?"

괵귀비가 문득 기뻐하는 빛이 있어 북쪽을 가리키며,

"대왕은 저 멀리 오는 저 장수를 보소서. 반드시 난성후로소이다."

세 귀비와 임금과 신하들이 바라보니, 한 소년 장군이 붉은 도포와 금빛 갑옷 차림으로 부용검을 들고 나는 듯이 달려들어오니, 별 같은 눈과 옥 같은 얼굴이 과연 난성후 같은지라. 초왕이 얼굴에 기쁜 빛이 드러나 벌떡 일어나,

"하늘이 나를 살리심이로다. 과연 난성후라면 작은 오랑캐를 어찌 근심하리오?"

초옥군주가 눈길을 흘려 자세히 보더니, 괵귀비에게 가만히 아뢰길,

"어머님께서는 다시 보소서. 그 장수의 외모는 비록 난성후와 비슷하나 얼굴이 크고 허리가 길어 남자의 기상이 있으니, 난성후가 아닌가 하나이다."

초왕이 또 보고 놀라,

"과연 난성후가 아니요 난성후의 아들 양장성이로다. 조정에 비록 장수 재목이 없으나, 어찌 어린아이로 하여금 출전하게 했는고?"

이때 양원수가 한비렴과 뇌문경을 적진으로 보내고 성 위에 올라 그 움직임을 지켜보다가, 두 장수의 형세가 위급함을 보고는 몸소 적진에 이르러 공격하며 크게 외쳐,

"두 장수는 싸움을 멈추고 나의 칼 쓰는 법을 보라."

하고 두 손의 부용검을 나는 듯이 춤추며 삼사백 회 돌리더니, 문득 오른손의 부용검이 공중을 향해 날아 추금강 앞으로 내려오더라. 추금강이 공중으로 몸을 솟구쳐 내려오는 칼을 막고자 하나, 양원수가 또 왼손의 부용검을 공중에 던지니 추금강의 머리가 말 아래 떨어지는지라. 소울지가 한비렴 사마를 버리고 양원수에게 바로 달려들거늘, 양원수가 칼을 거두고 말을 몰아 달아나니, 소울지가 분노를 이기지 못해 뒤를 쫓으며 크게 외쳐,

"명나라 장수는 달아나지 말라. 내가 한번 싸워 추금강의 원수를 갚으리라."

양원수가 돌아보고 웃으며,
"보잘것없는 사내가 남방에서 자라나 천명을 알지 못하고 스스로 거친 용맹을 자랑함이로다. 내가 자비의 마음으로 목숨을 용서하노니 빨리 항복하라."

말을 마치기 전에 흐르는 화살이 날아들어와 소울지의 명치를 맞히어 몸이 뒤집혀 말에서 떨어지거늘, 양원수가 달려가 강한 팔을 뻗어 사로잡으니 적진이 어지러워지더라. 한비렴과 뇌문경 두 장수가 승세를 타고 공격하여 시체가 산처럼 쌓이고 피가 흘러 개울을 이루니, 백만 대군 중에 죽은 자가 절반이 넘었더라.

이때 초왕이 성 위에서 바라보고 괵귀비에게 이르길,
"내가 평소 양장성의 조숙함을 알았어도 용맹과 지략이 저처럼 뛰어난 줄 헤아리지 못하였는데, 과연 그 어머니의 풍모가 있도다."

바야흐로 성문을 활짝 열고 수하의 친위병 수천 기를 거느리고 성에서 내려가 양원수를 영접하더라. 양원수가 말 위에서 몸을 굽히고 길게 읍揖하며,
"갑옷과 투구로 무장한 무사武士는 절하지 않는 법인지라. 대왕께서 그 거만함을 용서하소서."

초왕이 또 답하여 읍하길,
"원수의 얼굴을 못 본 지 여덟아홉 해에 젊은 나이에 공명이 문무를 겸전했으니, 오늘의 만남은 참으로 뜻밖이라. 적병이 이미 물러갔으니 잠시 성안으로 들어감이 좋을까 하노라."

양원수가 응낙하고 뇌문경과 한비렴 두 장수에게 말하길,
"그대들은 왕성에 들어가 군대를 진정시키고 소울지를 가두어두라."

하고 초왕을 모시고 지자성에 이르니, 초왕이 자리를 나누어 앉아 손님과 주인의 예를 베풀거늘 양원수가 사양해 마지않더라. 초왕이 얼굴빛을 고치고 사례하여,

"내가 덕이 박하여 종묘사직의 위태로움이 아침저녁에 있더니, 원수가 황명을 받들어 백성을 도탄塗炭에서 건지고 초국을 반석 위에 올려놓으니, 이는 모두 성스러운 천자의 은덕이요 원수의 공로라. 내가 그 갚을 바를 알지 못하겠도다."

양원수가 말하길,

"오늘 적을 깨뜨림은 전하의 큰 복이라. 제가 어찌 그 공로를 감당하리이까?"

초왕이 미소하며 양원수의 손을 잡고,

"그대 아버님이 전원에서 맑은 복을 누리시거늘 나의 부족함으로 인해 다시 세상길에 나오시게 되니 비록 몹시 부끄러우나, 그대 아버님이 아직 나이가 젊어 기력이 왕성하시고 그대가 또 큰 공로를 이루어 공명이 환히 빛나 나라를 밝히니 이는 축하할 일이로다. 그러나 도적의 남은 무리가 적지 않으니 장차 어찌하고자 하는고?"

양원수가 말하길,

"옛말에 '풀을 베려면 뿌리를 뽑고 사람을 죽이려면 피를 보라' 했으니, 만약 적의 우두머리를 잡지 못한다면 맹세코 돌아가지 않으리이다."

초왕이 얼굴빛을 고치며 칭찬하고 사례하더라.

이튿날 양원수가 소울지를 잡아들여 장막 앞에 꿇리고,

"내가 황명을 받들어 남방을 평정하되 덕으로써 마음을 얻고자 함이요 힘으로써 싸우고자 함이 아닌지라. 제갈량諸葛亮이 일곱 번 사로잡았다가 일곱 번 놓아준 일을 본받아 오늘 이에 풀어 보내노니, 빨리 돌아가 적장에게 일러 다시 싸울 수 있거든 군마軍馬를 수습하여 오게 하라."

그 묶은 것을 풀어주고 술과 고기를 내려주니 소울지가 절하여 사례하고 가더라. 모든 장수가 간언諫言하길,

"소울지는 오랑캐의 범처럼 용맹한 장수라. 이제 풀어 보내시니, 어찌 범을 풀어놓아 산으로 보냄이 아니리이까?"

양원수가 웃으며,

"남방이 임금의 교화가 아득히 멀어 위력으로 항복받을 수 없는지라. 은혜와 위엄으로써 감화하고자 하노니, 그대들은 다만 마음을 같이하고 힘을 모으도록 하라."

모든 장수가 묵묵히 말이 없더라.

한편 야선耶單이 패군을 수습하여 청운도인青雲道人과 더불어 명나라 군대를 대적할 계책을 의논하더니, 소울지가 돌아옴을 보고 크게 기뻐하여 이튿날 초왕성 아래 진을 치고 다시 싸움을 돋우더라. 양원수가 뇌문경과 한비렴 두 장수을 지휘하여,

"내가 듣건대 적진에 한 도사가 있다 하니, 오늘 반드시 요술을 행할지라. 무곡진武曲陣을 펼쳐 방비하고 그 움직임을 보아 대응하리라."

하더라. 적진에서 북소리와 나팔소리가 진동하면서 군마 한 무리가 푸른 깃발과 푸른 갑옷으로 삼삼오오 나오며, 작은 수레 하나에 한 도사가 앉아 있으니 산건山巾과 도복道服 차림으로 얼굴이 희고 눈썹이 푸르러 티끌세상의 인물이 아니더라. 양원수가 마음속으로 의아하여,

"어떠한 도인이기에 저러한 풍모로서 오랑캐 나라를 좇아왔는고?"

하더니, 도인이 진언眞言을 외우며 칼을 들어 천지사방을 가리키니 푸른 구름이 일어나는 곳에 신장神將과 귀졸鬼卒이 산과 들에 가득하여 오더라. 양원수가 진영의 문을 닫고 반나절 나가지 않으니 도인이 신장을 호령하여 사면으로 공격하되 단단하여 격파하지 못하니, 도인이 크게 놀라 신장을 거두고 다시 술법을 펴고자 하더라. 양원수가 진영 위에서 크게 소리쳐,

"도인은 요술을 그치고 내 말을 들으라."

도인이 스스로 생각하되,

'명나라 원수의 진의 형세를 보니 평범한 장수가 아니라. 이제 이야기하는 때를 틈타 사로잡으리라.'

하고 수레를 몰아 진영 앞에 나서니, 양원수가 또한 붉은 도포와 금빛 갑옷 차림으로 쌍검을 들고 진영 문의 깃발 아래에 서서 크게 꾸짖어,

"네가 도술을 믿고 천명을 거스르나, 나는 정도正道로써 맞서 싸우고 궤계詭計로써 승부를 겨루지 않으리니, 네가 만약 자신의 재주를 믿거든 나의 쌍검을 막을 수 있겠는가?"

도인이 응낙하거늘, 양원수가 후원 달빛 아래에서 난성후가 보여준 검술에 의거하여 쌍검을 공중에 던지니, 순식간에 천백 부용검이 적진을 둘러싸 차가운 기운이 사람을 엄습하는지라. 도인이 크게 놀라 소리치길,

"원수는 잠시 검술을 거두라. 높은 이름을 듣고자 하노라."

원수가 말하길,

"너는 다만 도술을 다해 승부를 겨룰 것이거늘, 이름은 알아서 무엇하리오?"

도인이 수레에서 내려 몸을 변해 한 도동道童의 모습으로 양원수 앞으로 나아와,

"사형이 어찌 나를 모르시나이까?"

양원수가 그의 간계를 의심하여 부용검을 겨누고 크게 꾸짖어,

"변변치 못한 도적이 어찌 감히 어지러운 말을 하는가?"

도인이 다시 보고 당황하여,

"원수께서 어찌 백운도사의 제자 홍랑이 아니리이까?"

양원수가 그 말을 듣고 기이하게 여겨,

"도동은 어떠한 사람인가?"

도인이 말하길,

"저는 백운도사의 제자 청운이로소이다. 이제 원수의 검술과 안색을 보건대 저의 사형 홍랑과 비슷하니, 존귀한 성함을 듣기 바라나이다."

양원수가 바야흐로 그 말에 무언가 실마리가 있음을 알고, 얼굴빛을

고치고 말하길,

"나는 대명국 대원수 양장성이라. 일찍이 백운도사의 높은 명성을 들었거니와, 그 제자로서 어찌 도적을 도와 천하를 어지럽히느뇨?"

도인이 부끄러워하며,

"제가 홍형과 더불어 백운동에 있으며 백운도사를 스승으로 섬기다가 홍형이 남만 왕 나탁을 구하고자 산에서 내려간 뒤 백운도사 또한 서역으로 가시니, 산중에 홀로 있으며 다만 약초 캐는 것을 일삼다가 적장 야선耶單이 지성으로 간청하는 까닭에 힘써 이곳에 온 것이요 본디 즐겨 좇음이 아니라. 이제 산중으로 들어가고자 하거니와 알지 못함이라. 원수의 용모와 검술이 어찌 우리 사형과 흡사하신고?"

양원수가 하늘이 낸 효성으로 어머니 난성후가 곤궁하던 시절에 사귀었던 사람을 만나니 어찌 감동하지 않으리오? 이에 조용히 사례하며,

"제가 일찍이 듣건대 어머님께서 젊은 시절에 떠돌다가 백운도사를 스승으로 섬겼다 하니, 선생은 어머님의 오랜 벗이라. 잠시 자리에 앉으소서."

도인이 놀랍고 기뻐 양원수의 손을 잡고 눈물을 머금어,

"우리 사형이 비록 산중에서 고초를 겪으셨으나 이제 이러한 아들을 두었으니, 늘그막의 복이 창대할지라. 다시 뵈올 기약이 없으니 어찌 슬프지 않으리오?"

양원수가 말하길,

"선생의 말씀이 이러하니 군중에 머물러 적을 깨뜨릴 방책을 가르치소서."

도인이 웃으며,

"이미 그 사람을 위해 왔다가 그 사람을 해침은 의리가 아니라. 나는 이로부터 사라지리니, 원수의 지략으로 어찌 조그만 도적을 근심하리오? 큰 공을 일찍 세우고 돌아가 어머님을 뵈옵고 아뢰길, '지난날 백운

도사의 평상 앞에서 차 달이던 청운동자를 보았음이라' 하소서."

말을 마치매 공중으로 몸을 솟구쳐 청학青鶴이 되어 간 곳을 모르더라. 양원수가 망연자실하여 섭섭해 마지않다가, 이에 무곡진武曲陣을 바꾸어 기정팔문진奇正八門陣을 이루고 한비렴과 뇌문경 두 장수로 하여금 싸움을 돋우니, 야선이 맞이하여 싸워 여러 합에 두 장수가 짐짓 패해 달아나더라. 야선은 본디 성질이 급하고 꾀가 없는지라. 두 장수를 좇아 명나라 진영으로 곧바로 들어가니, 양원수가 생문生門을 닫고 사문死門을 여니, 야선이 좌충우돌하여 마침내 벗어나지 못하더라.

이때 소울지가 야선의 위급함을 구하고자 하여 도끼를 들고 명나라 진영을 공격하니 사면이 철통같고 오직 문 한 개가 열려 있거늘, 크게 함성을 지르고 돌입하니 이 또한 사문死門이라. 칼과 창이 숲을 이루고 화살과 돌이 비처럼 쏟아져 탈출할 길이 없는지라. 바야흐로 크게 놀라 말을 돌려 나오고자 하다가 문득 말이 함정에 빠져 사로잡히니, 야선이 더욱 분노를 이기지 못해 동쪽을 공격하매 동문이 열리나 그 문을 나서매 또 한 문이 있고, 북쪽을 공격하매 북문이 열리나 그 문을 나서매 또 한 문이 있어, 종일토록 문 예순네 개를 출입하되 진영 밖으로 나가지 못하더라. 야선이 분노가 하늘을 찔러 범처럼 날뛰는데, 중앙의 문 한 개가 문득 열리며 양원수가 높이 앉아 호령하여,

"야선아! 네가 아직 항복하지 않으려는가?"

야선이 크게 노해 그 문으로 돌입하고자 하니, 양원수가 웃고 깃발을 휘두르니 문이 닫히고 칼과 창이 서릿발 같더라. 야선이 또다른 길을 찾더니 문 한 개가 또 열리매 양원수가 호령하여,

"야선아! 이제 또한 항복하지 않으려는가?"

야선이 바야흐로 돌입하고자 하는데, 문이 닫히고 칼과 창이 또다시 삼엄하더라. 이러길 두 번 세 번 하는 사이 야선의 몸이 십여 군데 창에 찔리니, 스스로 탈출하기 어려울 줄 알고 크게 소리지르고 말에서 떨어

져 스스로 목을 찔러 죽거늘, 양원수가 그 머리를 베어 말 아래에 매달고 대군을 몰아 적진을 엄습하니, 흙이 무너지고 기와가 깨지듯 하여 시체가 산처럼 쌓이더라. '항복하는 자는 죽이지 않으리라' 하여 적병이 한꺼번에 투항하니, 양원수가 대군을 거느려 본진으로 돌아와 소울지를 장막 앞으로 불러,

"야선이 비록 죽었으나 패잔병이 아직 많으니, 네가 다시 싸울 수 있겠는가?"

소울지가 머리를 조아리고 사죄하며,

"저는 다시 태어난 목숨인지라. 원수의 장막 앞에 의탁하여 견마犬馬의 정성을 본받고자 하나이다."

하고 손가락을 깨물어 맹세하니, 양원수가 그 뜻을 기특하게 여겨 휘하에 거두고, 적병 가운데 항복한 자들을 불러,

"너희는 대명국 백성이라. 야선의 꾀에 빠져 죽을죄를 범했으나 이제 평민으로 되돌아왔으니, 집으로 돌아가 농사에 힘쓰고 다시는 반역의 마음을 품지 말라."

모두 머리를 조아려 사례하고, 춤추는 자도 있고 눈물 흘리는 자도 있어 각각 그 집으로 돌아가더라. 양원수가 남방을 평정하고 개선가凱旋歌를 부르며 초왕성으로 돌아와, 한편으로 첩서捷書를 지어 조정으로 보내더라.

괵귀비가 양원수의 공로를 기뻐하여 더욱 공경하고 사랑하여 손님의 예로써 대우하니, 양원수가 짐짓 사양하지 않고 사위의 사랑스러운 태도로 풍류와 음악의 질탕함을 지극히 하더라. 하루는 양원수가 스스로 생각하되,

'내가 나랏일로 인해 이곳에 왔다가 백년가약의 아름다운 여인을 가까이 두고 보지 못한 채 돌아간다면 어찌 남자의 기상이리오?'

한 계책을 생각하고 괵귀비에게 뵙기를 청하여,

"귀비께서 일찍이 연왕부燕王府에 오셔서 사위의 예로써 저를 보셨고, 또한 귀비께서는 어머님과 지기의 벗인지라. 오늘 뵈옵는 것이 예에 어긋나지 않으리이다."

괵귀비가 기뻐 허락하니, 초옥군주가 조용히 간언하여,

"양원수가 지난날은 어린아이인지라 보는 것이 괴이하지 않았으나 이제 장성하여 이미 관직에 있거늘, 명분 없이 보는 것은 안 될 일인가 하나이다."

괵귀비가 웃으며,

"지난날 내가 난성후와 더불어 형제의 정의情誼가 있을 뿐 아니라, 훗날 사랑스러운 사위가 될 사람의 애쓰는 정을 어찌 듣지 않을 수 있으리오?"

이에 양원수를 내전內殿으로 청하여 만나는데, 예를 마친 뒤 괵귀비가 말하길,

"젊은 나이에 큰 공을 세우니 축하의 기쁨을 어찌 헤아릴 수 있으리오?"

양원수가 사례하여,

"이는 모두 천자께서 끼쳐주신 바요 초왕 전하의 큰 복이라. 제가 무슨 공덕이 있으리이까?"

괵귀비가 또 말하길,

"난성후가 황성의 집으로 돌아갔으나 만리 변방에 얼굴을 마주할 길이 없어 슬퍼 마지않더니, 이제 옥 같은 그대의 용모를 대하니 난성후를 마주하는 듯하여 기쁨을 이길 수 없나이다."

양원수가 말하길,

"남아의 거동이 본디 비록 정해진 것이 없으나, 만리타국에서 이처럼 뵙는 것은 미리 기약하기 어려웠던 바라. 장차 조서를 기다려 급히 돌아가고자 하는 까닭에 잠시 뵙기를 청했나이다."

괵귀비가 낭랑히 웃으며,

"내가 난성후와 더불어 관중管仲과 포숙鮑叔 같은 사귐이 있고 또 진秦나라와 진晉나라가 혼인을 맺은 정의情誼를 겸했으니, 오늘 이처럼 찾아옴은 더욱 다정하도다."

이에 술상을 내어와 몸소 권하니 양원수가 몇 잔을 연달아 마시매, 붉은 기운이 얼굴에 가득하고 이야기와 웃음이 바람을 일으키니 괵귀비가 사랑하여 마지않더라. 양원수가 미소하며,

"제가 풍류의 마음으로 며칠 객관에 머무니 무료함이 자못 심한지라. 듣자오니 초국의 여자들이 활 쏘고 말 달리는 재주가 있다고 하니, 궁중에 반드시 낭자군娘子軍이 있을지라. 내일 후원에서 궁녀의 재주를 한번 구경하고자 하나이다."

괵귀비가 웃으며,

"나 또한 이 일을 가장 좋아하여 궁인을 가르쳐 활 쏘고 말 달리는 자가 백여 명이라. 원수가 보시고자 하실진대 무엇이 어려우리오?"

이튿날 괵귀비가 궁녀 수백 명을 택해 융복戎服을 갖추고 후원에서 무예를 연마하는데, 양원수가 또한 붉은 도포와 칠성관 차림으로 활과 화살을 차고 대완국大宛國 청총마靑驄馬를 타고 연무장에 나아가니 초국 궁녀들이 양원수의 무예가 절륜함을 아는지라. 화장을 선명하게 하고 그 재주를 다해 우열을 다투니, 어지러운 칼날은 봄눈처럼 영롱하고 낱낱의 흐르는 화살은 새벽 별처럼 번쩍여 머리꾸미개와 꽃비녀는 말 앞에 떨어지고 푸른 적삼과 붉은 치마는 햇빛에 환하니, 양원수가 칭찬해 마지않더라.

문득 푸른 까치 한 쌍이 연무장을 날아 지나가거늘, 모든 궁녀가 다투어 쏘되 맞히지 못하니 자연히 연무장이 요란한지라. 이때 초옥군주가 누각 위에서 구슬발을 드리우고 구경하는데, 양원수가 멀지 않음을 꺼려 누각 안 깊숙한 곳에 앉아 있더라. 양원수가 응시하다가 자못 짐작하

고 스스로 생각하여,

"궁중에 특별히 나를 부끄러워하여 피할 자가 없거늘, 이제 그 움직임을 보니 이는 반드시 초옥이라. 내가 마땅히 초옥을 놀라게 하여 그 당황하는 모습을 보리라."

허리춤의 화살을 빼어 짐짓 까치를 쏘는 체하고 누각 위를 향해 한 발을 쏘니, 흐르는 화살이 구슬발의 갈고리를 쳐 부러지며 구슬발이 떨어지더라. 초옥군주가 창졸간에 피할 수 없거늘 양원수가 가을물결 같은 눈길로 이윽히 바라보니, 아리따운 자태는 밝은 반달이 구름 낀 하늘에 솟아난 듯하고 당황해하는 기색은 날아가는 기러기 한 무리가 가을바람에 놀라는 듯하여 부끄러워하는 태도로 몸을 돌려 들어가니, 양원수가 미소하고 곽귀비에게 사죄하더라.

"제가 활 쏘는 재주가 없어 구슬발의 갈고리를 잘못 깨뜨리니, 부끄러워 얼굴이 붉어지나이다."

곽귀비가 크게 웃으며,

"옛사람이 병풍에 그려진 공작을 쏘아[1] 백년가약을 정했으니, 이제 구슬발의 갈고리를 쏘아 맞힘이 또한 기이한 일이라. 원수의 활 쏘는 법이 이처럼 신기하니 한번 보기를 바라나이다."

양원수가 흔쾌히 응낙하고,

"제가 내기가 아니면 쏘지 않으리니, 만약 활을 쏘아 백 걸음 밖의 버들잎을 맞히지 못한즉 저의 말이 대완국大宛國 소산으로 값이 천금이오니 귀비께 드릴 것이요 만약 맞힌즉 무슨 물건을 내려주시리이까?"

---

1) 병풍(屛風)에 그려진 공작(孔雀)을 쏘아: 당나라 두황후(竇皇后)의 아버지 두의(竇毅)가 일찍이 비범한 자기 딸을 아무에게나 줄 수 없다 하여, 병풍 사이에 공작 두 마리를 그려놓고 청혼자들에게 화살 두 발을 쏘아 공작의 두 눈을 맞힌 사람에게 딸을 주겠다고 약속했다. 청혼자 수십 명이 모두 실패했는데 당나라 고조(高祖) 이연(李淵)이 맨 나중에 활을 쏘아 성공함으로, 마침내 두황후가 고조에게 시집가게 되었다. 후에 사위를 선택하는 것을 일컬어 '작병중선(雀屛中選)'이라고 칭했다.

괵귀비가 웃으며,
"초국이 비록 작으나 마땅히 원수가 청하는 바대로 하리이다."
양원수가 말하길,
"다른 물건은 말고 채단彩緞 천 필을 내려주소서."
괵귀비가 허락하니, 양원수가 궁녀로 하여금 백 걸음 밖에 창대를 세우고 창끝에 버들잎 하나를 걸게 하고 동궁彤弓에 대우전大羽箭을 메워 한 번 쏘아 버들잎을 꿰뚫으니, 연무장에 가득한 궁녀와 좌우의 모든 사람이 한꺼번에 갈채를 보내더라. 양원수가 채단을 청해 재촉하니 괵귀비가 즉시 무늬가 새겨진 비단 천 필을 가져오라 하거늘, 양원수가 미소하고 궁녀들에게 일일이 나누어주고 이어 음악이 울려퍼지고 술상이 낭자하여 날이 저문 뒤 파하더라.
이때 천자가 양원수를 보내고 첩서捷書를 고대하시더니, 초국 사신이 이르러 양원수의 상소를 올리니 천자가 보기를 마치매 크게 기뻐하여 모든 관료의 진하進賀를 받으시고 연왕을 불러 보고 손을 잡으며,
"그대 부자가 모두 나라에 공훈이 있으니, 고금에 드문 일인지라. 양장성은 병부상서를 겸하고 그대와 난성후에게는 식읍食邑 오천 호戶를 더하노라."
연왕이 거듭 상소하여 사양하되 천자가 허락하지 않으시더라. 이때 태후가 양장성의 승전 소식을 들으시고 천자에게 말씀하길,
"장성이 이미 초국에서 큰 공을 세웠고 초옥의 나이가 열세 살이라. 이에 혼례를 이룬 뒤 회군함이 좋을까 하오."
천자가 그 명에 응해 연왕으로 순무사巡撫使를 제수하여 초국에 나아가 초왕과 더불어 백성들을 위로하고 양장성의 혼례를 이루라 하시니, 이때 연왕이 조정에서 물러나와 어버이에게 아뢰고 난성후에게 이르길,
"황상께서 태후의 명을 받들어 장성의 혼례를 재촉하시고 혼례를 이룬 뒤 회군하라 하시니, 감히 사양하지 못했으나 아직 미비함이 많으니

어찌하면 좋으리오?"

난성후가 웃으며,

"오늘의 일은 제가 이미 짐작한 바라. 대략 뜻을 둔 것이 있으니 염려 마소서."

연왕이 크게 기뻐하여 며칠 뒤 출발하는데, 천자가 온갖 비단을 후하게 내려주시더라.

한편 양원수가 대군을 초국에 머물게 하고 조서詔書를 고대하더니, 연왕이 순무사가 되어 오신다 함을 듣고 초왕과 더불어 성밖으로 나가 맞이하여 궁중에서 잔치를 베풀더라. 잔치를 마치매 천자의 칙어勅語로 군사와 백성을 위로하고, 연왕이 초왕에게 말하길,

"제 아들의 나이가 불과 열네 살이라. 초례醮禮가 비록 급하지 않으나 천자의 명이 정중하시니, 좀더 일찍이 혼례를 이루어 대군을 오래 머물게 하지 마소서."

초왕이 말하길,

"제가 바야흐로 전쟁을 겪어 아직 정돈하지 못했으니, 수십 일 뒤라야 준비할 수 있으리이다."

즉시 일관日官을 명해 택일하니 십여 일이 남은지라. 초왕이 괵귀비로 하여금 혼례를 준비하라 하고 날마다 연왕과 더불어 속마음을 논하여 말하길,

"우리가 자개봉에서 서로 헤어진 뒤로 지난 일들이 꿈만 같더니, 이곳에서 서로 만남이 또한 뜻밖이라. 어찌 기쁘지 않으리오?"

하더라. 어느덧 길일이 이르매, 양원수가 붉은 도포와 옥대玉帶 차림으로 나무로 새긴 기러기를 안고 초옥군주는 봉관鳳冠과 수놓은 적삼 차림으로 초례를 행하는데, 위의가 당당하여 참으로 군자와 숙녀요 영웅과 가인이더라. 사흘 화촉을 마치고 친영親迎을 준비하는데, 초왕이 딸을 데리고 입조入朝하게 되니 왕비와 괵귀비가 초옥군주의 손을 잡고 슬퍼

하며,

"여자가 시집가면 부모형제를 멀리 떠나야 하니 이제 먼 이별에 그리워하는 정을 어찌하리오마는, 네가 궁중에서 자라 규방의 범절을 모르고 시부모님을 봉양하는 예절에 어두우니 모두 어미의 허물이라. 너는 시댁에 가서 유순함을 힘쓰고 남편의 뜻을 어기지 말고 조심하도록 하라."

초옥군주가 또 어머니 곽귀비의 품에 엎드려 눈물이 쏟아져 차마 몸을 일으키지 못하거늘, 초왕이 행장을 재촉하니 초옥군주가 칠향거七香車에 오르매 궁녀와 종들이 이십 리 밖까지 전송하고 돌아가더라. 양원수가 대군을 거느려 먼저 가고 초왕과 연왕은 초옥군주를 데리고 뒤에 가니, 수레와 말과 짐이 십 리에 이어져 구경하는 자가 구름 같더라.

십여 일 뒤 황성에 이르니, 초왕은 초옥군주와 더불어 대궐로 들어가고 연왕이 먼저 들어가 복명復命하니, 천자가 법가法駕를 갖추어 십 리 밖에 나와 헌괵獻馘의 예를 받으실 새, 양원수가 대군을 교외郊外에 머물게 하고 개선가凱旋歌를 연주하니 북과 나팔은 하늘을 뒤흔들고 깃발은 해를 가리더라. 군례를 갖추어 야선耶單의 머리를 받들어 단 위에 바치니 천자가 몸을 굽혀 위로하시고 삼군을 배불리 먹인 뒤에 환궁하시더라. 원수가 다시 파진악罷陣樂으로 대군을 풀어 보낸 뒤에 부중府中으로 돌아오니, 이때 난성후가 양원수의 개선凱旋 소식을 듣고 기쁨을 이기지 못해 신발을 끌고 문에 기대어 기다려 기색이 다급하거늘, 연왕이 웃으며,

"그대의 오늘의 기쁨이 지난날 나의 승전과 견주어 어떠하오?"

난성후가 웃으며 대답하길,

"상공이 공을 세우신 것은 곧 제가 공을 세운 것인지라. 도리어 그 기쁨을 깨닫지 못하더니, 오늘의 일은 더욱 기특하여 사안이 나막신의 굽이 떨어지는 것도 깨닫지 못하는[2] 듯하나이다."

연왕이 크게 웃더라. 이윽고 양원수가 이르러 어버이를 뵈온 뒤에 난

성후를 모시고 승전의 일을 자세히 아뢰니, 난성후가 기뻐하며,

"너의 이번 승리는 내가 짐작한 바이나 끝내 소년의 날카로운 기상으로 무예를 오로지 믿어 가벼이 싸우는 것은 안 될 일이니, 앞으로는 삼갈지어다."

양원수가 또 청운도인의 말을 고하니 난성후가 놀라고 또 웃으며,

"청운이 본디 가볍고 망령되어 잡술을 좋아하더니 옛 버릇을 고치지 못함이라."

이튿날 천자가 관료를 다 모아 논공행상을 하시니, 도원수 양장성은 병부상서로 제수하여 식읍食邑 만 호를 내려주시고, 부원수 뇌문경은 좌장군으로 제수하여 식읍 칠천 호를 내려주시고, 행군사마 한비렴은 병부원외랑兵部員外郎으로 제수하여 식읍 오천 호를 내려주시고, 그 아래 모든 장수는 공로에 따라 상을 내려주시고 하교하시길,

"초옥군주는 나의 조카딸이라. 오늘 친영親迎을 행함에 집안 식구로서 내가 몸소 연왕부에 이르러 보리라."

이때 초왕이 대궐 안으로 들어가니, 태후가 기쁨 가운데에 또 초옥군주를 보고 더욱 기뻐하시며,

"너를 대여섯 살 때 보았거니와 그사이 엄연히 장성했도다."

하시고 초왕을 대하여 말하길,

"나의 딸은 별 탈 없는고?"

초왕이 말하길,

"아직 큰 병은 없나이다."

---

2) 사안(謝安)이 나막신의~깨닫지 못하는: 동진(東晉)의 정치가인 사안은 마흔이 넘은 중년에 비로소 벼슬길에 나아가 북방에서 전진(前秦)의 임금 부견(苻堅)이 남침하자 정토대도독(征討大都督)에 임명되었는데, 그의 조카 사현(謝玄)의 승전 보고를 받고도 태연히 바둑을 두었지만 바둑을 마치고 안으로 들어갈 때는 너무 기뻐 나막신의 굽이 떨어지는 것도 깨닫지 못했다고 한다.

한편 윤각로가 연왕에게 이르길,

"황상께서 그대의 집에 몸소 이르신다면 반드시 어려움이 많을지라. 그대는 오늘 빨리 조정에서 물러남이 좋으리로다."

연왕이 그렇게 여겨 즉시 조정에서 물러나니, 천자가 웃으며,

"그대가 오늘 큰손님을 만나니 어려움이 있을 듯하나 집안 식구가 모인 자리에 거친 음식과 현미밥을 사양하지 않으리니, 모름지기 일을 크게 벌여 불청객으로 하여금 미안한 마음을 갖게 하지 말라."

연왕이 황공하여 머리를 조아리고, 부중에 돌아와 어버이에게 아뢰고 난성후에게 이르길,

"천자께서 창졸간에 이르시니 음식을 받드는 예절에 일찍이 뜻을 둔 적이 없는지라. 오늘의 일은 그대가 주장할 바이니 잘 알아서 받들어 행하시오."

난성후가 웃으며,

"오늘 신부의 덕으로 장차 엄연히 시어머니의 체통을 세워보고자 하였는데, 상공께서 또 방해하심이로다."

하고 선숙인과 연숙인에게 청하길,

"우리 세 사람이 마땅히 고락을 함께할지라. 그대들이 며느리를 보는 날에 내가 마땅히 수고를 사양하지 않으리니, 그대들은 오늘 몸소 절구질하는 수고를 하여주오."

하고 옷을 걷어올리고 대청에서 내려가 삶고 지지는 것을 살피고 짜고 싱거운 것을 맛보아 모든 여종과 더불어 수고를 함께하고 담소하며 감독하니, 그 민첩함은 산들바람 같고 그 가지런함은 터럭끝 같아 순식간에 산과 바다의 진미珍味가 갖추어지고 술상이 가지런하여 조금도 미흡함이 없더라. 모든 여종이 서로 돌아보며 감탄하여,

"우리가 다만 난성후가 아름다운 여인 가운데 영웅으로 알더니, 오늘 보니 무슨 일이든 감당 못할 일이 없다 하리로다."

이윽고 문밖이 떠들썩하매 천자가 초왕과 더불어 초옥군주를 데리고 이르시니, 조정의 모든 관료가 화복華服을 갖추어 입고, 수레와 말이 구름처럼 모여 머물고 의장儀仗이 문 앞에 가득하며 부중府中이 떠들썩하더라. 내당에 음식이 성대하게 차려지고, 양태야가 푸른 도포와 오사모烏紗帽 차림으로 남쪽을 향해 가운데 주인 자리에 앉고, 허부인은 난모煖帽와 수놓은 치마 차림으로 동서를 나누는 위치에 앉더라. 연왕은 붉은 도포와 옥대玉帶 차림으로 서쪽을 향해 모시어 앉고, 윤부인과 황부인은 화관花冠과 수놓은 비단옷 차림으로 동쪽을 향해 모시어 앉으며, 난성후는 칠보七寶로 장식한 머리와 초록 비단의 원삼圓衫 차림으로 선숙인과 연숙인과 더불어 두 부인을 좇아 앉더라. 병부상서 양장성은 자줏빛 비단옷에 아홀牙笏을 들고 양경성과 양인성을 거느려 연왕 곁에 모시어 서니, 좌석이 가지런하고 위엄이 있어 단산丹山의 봉황이 새끼를 거느려 날아 내려오는 듯하며 푸른 바다의 빛나는 진주가 광채를 드러내 낱낱이 비치는 듯하더라. 붉고 푸른 화장이 얼굴에 영롱하고 비단 적삼과 치마가 집안 가득 휘황하여, 온화한 기상과 상서로운 빛이 천고에 드문 자리이더라.

이윽고 신부가 봉련鳳輦에서 내리니, 비단 적삼과 수놓은 치마 차림에 온갖 꽃이 그려진 장복章服을 입고, 칠보로 장식한 덧넣은 다리머리에 명월패明月珮를 드리우고, 초국의 궁녀 십여 명과 연왕부의 여종 수십 명이 각각 아름다운 화장과 옷차림으로 앞뒤에서 호위하여 대청에 오르니, 얌전한 태도와 아리따운 얼굴을 누군들 칭찬하지 않으리오? 양태야와 허부인에게 여덟 번 절하는 예를 마치고, 연왕과 윤부인·황부인에게 여덟 번 절하는 예를 행하고, 난성후에게 네 번 절하고, 선숙인과 연숙인에게 두 번 절하니 선숙인과 연숙인이 몸을 일으켜 답례하더라. 양경성과 양인성 형제는 각각 예를 마친 뒤 취봉루 옆의 화월정花月亭으로 처소를 정해 휴식하더라.

이때 천자가 외당에 앉으시고 연왕 부자에게 명해 예를 마친 뒤에 즉시 외당으로 나오라 하시더니, 천자가 웃으시며,

"오늘 내가 이곳에 온 뜻은 난성후를 축하하고자 함이니, 즉시 불러오라."

난성후가 즉시 대청 아래에서 뵙고자 하니 천자가 대청으로 오르라 명하시고 초왕에게 이르길,

"옛적에 송나라 태조太祖는 허름한 옷차림으로 승상 조보[3]의 집에 자주 이르시어, 조보의 아내가 몸소 술잔을 올리고 태조는 형수兄嫂로 불러 한집안 사람처럼 지냈으니, 이는 천고의 아름다운 일이라. 이제 내가 송나라 태조의 덕은 없으나 난성후의 현숙함은 조보의 아내보다 나으리니 내가 제수弟嫂로 대우하리라."

하시고 난성후에게 이르길,

"제수씨가 나라를 위해 어진 아들을 천거하니 오늘 우리 형제가 이처럼 즐김은 제수씨의 공로인지라. 그 갚을 바를 알지 못하거니와 오늘 내가 불청객으로 참석함은 제수씨의 잔치에 술 한 잔을 따르고자 함이니, 혹 일을 크게 벌인 것이 아닌가?"

난성후는 황송하고 부끄러워 감히 대답하지 못하거늘, 초왕이 또 몸을 굽혀 사례하며,

"난성후를 만난 지 이미 일고여덟 해라. 초옥을 안고 이야기하던 때가 완연히 어제 같은데 세월이 훌쩍 흘러 어느덧 '요조'의 시[4]를 읊어 두

3) 조보(趙普, 922~992): 송나라의 건국 공신. 송나라 태조 조광윤(趙匡胤)이 나라를 세우는 과정에 많은 묘책으로 큰 공을 세워 태조의 신임을 얻어 재상이 되었다. 처음에는 학문에 어두웠으나 태조의 권고를 받은 뒤 조보의 손에서 책이 떠나지 않았다 하며, 태조가 여러 번 조보의 집에 가서 그 부부와 술잔을 나누었다고 한다.

4) '요조(窈窕)'의 시: 『시경』「주남周南」의 「관저關雎」. 주(周)나라 문왕(文王)이 요조숙녀(窈窕淑女)인 태사(太姒)를 후비(后妃)로 맞음으로, 부부의 금슬이 좋아 그 덕화(德化)가 천하에 베풀어짐을 노래한 시다. "구욱구욱 우는 물수리, 강가 모래톱에 있도다. 얌전한 숙녀는, 군자의 좋은 짝이로다(關關雎鳩, 在河之洲, 窈窕淑女, 君子好逑)."

집안의 신의를 저버리지 않으니 기쁘기 비할 데 없으나, 딸아이가 배운 것이 없어 그대의 집안에 근심을 끼침이 많을지니 바라건대 모름지기 딸과 다름없이 가르쳐주시고, 그 미욱함을 용서하소서."

난성후가 다만 몸을 굽혀 명을 받을 따름이더라. 한참 있다가 술상이 나오니, 산과 바다의 진기한 음식이 화려하고 정교하여 집에 가득한 모든 관료를 각각 접대하고, 궁궐의 하인들에게도 낱낱이 음식을 베풀되 집안이 조용하여 조금도 떠들썩하지 않거늘, 천자가 탄식하며,

"이는 반드시 난성후가 일을 주관한 것이라. 비록 창졸간의 일이나 약속이 엄정하고 경륜이 가지런하니, 이 또한 용병用兵하는 법이로다."

천자가 종일토록 즐기시어, 연왕 부자와 더불어 임금과 신하가 한자리에서 집안사람처럼 함께 즐기고 해가 저문 뒤 환궁하시니, 연왕이 손님을 다 전송하고 영수각靈壽閣에 이르더라. 어머니 허부인이 윤부인·황부인과 난성후·선숙인·연숙인과 초옥군주를 데리고 어루만져 사랑해 마지않거늘, 연왕이 허부인에게 아뢰길,

"오늘 장성의 혼례는 이미 마쳤거니와, 경성 또한 이미 다 자랐으나 정혼할 곳이 없으니 가장 마음이 쓰이나이다."

윤부인이 말하길,

"얼마 전에 친정아버님께서 말씀하시길, 소상서의 딸이 나이가 이제 열한 살로 재능과 덕성이 뛰어나거니와, 소상서가 한미한 집을 찾고자 하여 경성과 혼인을 의논함을 기꺼워하지 않는다 하니, 상공께서 조용히 알아보소서."

연왕이 크게 기뻐하며,

"소상서에게 딸이 있는 것을 몰랐는데, 부인이 일찍이 만나보았소?"

윤부인이 말하길,

"몇 번 보았으되 그 배움이 어떠한지는 알지 못하나 그 외모는 아주 뛰어나더이다."

연왕이 머리를 끄덕이고 나가거늘, 윤부인이 웃으며 난성후에게 이르길,

"그대는 관상觀相을 보는 안목이 있어 초옥군주를 한 번 보고 그 현숙함을 알았으나, 나는 눈이 어두운지라. 소소저를 여러 번 보았으나 어찌 믿을 수 있으리오?"

난성후가 웃으며 양경성을 보고 말하길,

"학사가 소소저가 현숙한지 아닌지 알고자 한다면, 나를 달래어 소부蘇府에 보내어 관상을 보게 한즉 전혀 실수함이 없으리로다."

양장성이 눈길을 흘려 초옥군주를 보고 웃으며,

"어머님께서 비록 관상을 잘 보시나, 저의 수단을 당하시지 못할까 하나이다."

선숙인과 연숙인이 그 까닭을 물으니 양장성이 껄껄 크게 웃으며,

"세상에서 관상을 보는 자들이 먼저 낌새를 알리는 까닭에 다만 그 꾸민 것만 보고 그 자연스러운 참됨을 보지 못하거니와, 저는 초국에 가서 이리이리했나이다."

이에 까치를 쏘는 척하면서 구슬발을 쏘아 떨어뜨린 일과 초옥군주가 허둥지둥 피해 달아나던 모습을 이야기하되 그때의 광경을 잘 묘사하니, 자리에 있는 모든 사람이 크게 웃으며 뒤로 쓰러지고, 초옥군주는 붉은 기운이 얼굴에 가득하여 부끄러움을 이기지 못하더라.

이튿날 소유경 상서가 연왕부에 오니, 연왕이 예를 마치고 웃으며,

"붕우朋友의 도리가 없어진 지 오래되어, 사람이 벗을 사귐에 그 속마음을 사귀지 않고 다만 그 겉모습만 사귀니 어찌하리오?"

상서가 웃으며,

"그러하니이다."

연왕이 말하길,

"그런데 형이 나를 겉모습으로만 대우하니 이것이 무슨 도리요?"

상서가 놀라며,

"무슨 말씀이니이까?"

연왕이 말하길,

"제가 듣건대, 형에게 딸이 있고 저에게 아들 경성이 있어 이미 다 자랐으나, 저의 부귀를 꺼려 혼인을 허락하지 않으신다 하니, 무릇 부귀와 궁달은 사람의 겉의 일이요 뜻과 속마음은 사람의 깊은 정이라. 어찌 그 겉모습으로 저를 소홀히 대우함이 아니리오?"

소상서가 웃으며,

"제가 어찌 부귀하다 하여 상공을 소홀히 대우하리이까? 다만 딸아이가 배운 것이 없어 감히 상공의 가문에서 며느리 자리를 감당하지 못할까 하나이다."

연왕이 얼굴빛을 고치고 대답하길,

"저 또한 여남汝南의 한미한 선비로서 분수에 넘치는 공명功名이 이미 지극하니 늘 조심스러운 마음이 있어 아들의 혼인을 한미한 집으로 정하고자 하였으나, 우연히 초왕과 더불어 정혼하니 이 또한 하늘이 정한 인연이라. 사람의 힘으로 할 수 있는 바가 아니니 형은 고집하지 말고 저의 아들과 혼인을 이룸이 어떠하오?"

소상서가 말하길,

"상공께서 이미 말씀하시니, 저의 지벌地閥과 교분이 한가지인지라. 특별히 사양할 까닭이 없으니 어찌 다른 말씀이 있으리이까?"

연왕이 크게 기뻐하여 담소가 더욱 다정하더니, 좌우에서 아뢰길,

"초왕이 오시나이다."

하더라. 소상서가 자리를 피하고 연왕이 초왕을 맞이하여 예를 마치매, 초왕이 묻기를,

"문밖에 수레와 말과 종들이 있기에 집안에 큰손님이 와 계신가 생각하였는데, 어찌 이리 조용한고?"

연왕이 웃으며,

"이부상서 소유경이 왔다가 왕께서 오심을 보고 자리를 피했나이다."

초왕이 소상서를 청하니, 소상서가 나와 사례하더라. 초왕이 공경하여 답례하길,

"제가 멀리 있어 조정의 옛 벗들과 교제가 끊어진 때가 많았으나, 상공의 명성을 우레와 같이 들었고 늘 만나보고 싶은 마음이 간절했거니와 어떠한 까닭으로 피하시오?"

상서가 몸을 굽히며 말하길,

"제가 부족하여 일찍이 왕께 인사드리지 못한 까닭에 감히 나서지 못함이라. 어제 좋은 날을 맞아 초옥군주의 친영親迎의 예를 순조롭게 이루시니 치하해 마지않나이다."

연왕이 초왕을 보며,

"오늘 제가 둘째 아들의 혼인을 소상서와 더불어 굳게 정했으니, 바라건대 왕께서 중매를 맡아주소서."

초왕이 웃으며,

"오늘 반드시 술이 있을지라. 내가 때를 타 잘 왔도다."

하고 양상서 형제를 부르니, 양장성 상서와 양경성 학사가 나와 좌우에 모시어 서거늘, 초왕이 연왕에게 말하길,

"형의 세 아들을 모두 부르시오."

이윽고 인성仁星·기성機星·석성錫星이 차례로 오니, 인성은 열 살이요, 기성은 아홉 살이요, 석성은 일곱 살이더라. 초왕이 그들의 얼굴을 자세히 보고 크게 칭찬하여,

"모두 난鸞새와 고니가 우뚝 서 있는 듯하고 지란芝蘭과 옥수玉樹가 우거진 듯하도다. 형의 집안에 훗날의 복이 더욱 창대하려니와 그 가운데 인성의 의젓한 모습이 훗날 반드시 큰 성취가 있으리로다."

몇 달 뒤 초왕이 초국으로 돌아가고자 할 새, 연왕부에 이르러 연왕과

더불어 조용히 이야기하더니, 초왕이 한숨을 쉬며,

"제가 친왕親王의 반열에 있으나 조정의 일에 참여하길 바라지 않음은 형이 아는 바라. 오늘날 입조하여 몇 달 머물며 보니 조정의 기강이 해이하여 나랏일이 한심하더이다. 전전어사 동홍이 본디 천한 신분으로 잡된 기예를 숭상하여 이즈음 후원에 격구장擊毬場을 만들고, 궁중의 날래고 용맹한 자 오륙십 명을 뽑아 이름을 격구교위擊毬校尉라 하여 민간에 횡행하며 동홍의 방자함이 날로 더하니 후환이 적지 않을지라. 제가 일찍이 틈을 타 넌지시 간언하되 황상이 듣지 않으시고 한때의 우연한 일로 말씀하시니, 형은 나라를 위해 그 방략을 생각하소서."

연왕이 탄식하며,

"저도 이미 들었으나 이즈음 남방을 평정하고 조정에 자연히 일이 많아 미처 거론하지 못함이라. 장차 상소하여 꾸짖고자 하나이다."

초왕이 한참 생각하다가,

"지난날 노균盧均은 간사한 무리에 불과하나 오늘날 동홍은 음흉하고 담대하니, 형은 이를 헤아려 자못 신중히 하소서."

연왕이 머리를 끄덕이며 말이 없더라. 이튿날 초왕이 출발할 때 연왕부로 와서 초옥군주를 만나고 헤어져 떠나더라. 연왕 부자가 전송하고 돌아오는데, 십자로에 이르러 한 재상이 천리마를 타고 하인들이 길에 가득하여 오거늘, 연왕부의 하인이 물렀거라 외치되 그 재상이 피하지 않고 말을 달려 지나고자 하더라. 연왕부 부감府監이 크게 꾸짖어,

"조정의 체통이 이러할 수 없으니, 하인을 잡아오라."

하니 그 재상이 이에 말에서 내려 길을 양보하거늘, 연왕이 지나오며 보니 곧 동홍이라. 마음속으로 자못 놀랐으나 그 작은 허물을 크게 꾸짖고자 하지 않아 묵묵히 집으로 돌아오더라. 이튿날 연왕 부자가 조정의 반열에 나아가고자 하여 바야흐로 대루원待漏院에 앉아 있는데 동홍이 늦게 이르거늘, 모든 관료가 어지러이 앞으로 나아가 예를 베푸니 동홍이

고개를 끄덕일 따름이더라. 동홍이 연왕보다 앞서 합문閤門으로 곧바로 들어가니, 연왕이 대루원의 관리를 불러,

“합문이 열리지 않았고 대신이 밖에 있거늘 모든 관료 가운데 먼저 들어가는 자가 있으니, 이것이 어찌된 까닭인고?”

대루원 관리가 대답하길,

“예전부터 전전어사 동홍 한 분은 합문 출입에 거리끼는 바가 없나이다.”

연왕이 노하여 꾸짖으며,

“합문은 대궐 안에서 중요한 곳이라. 그 엄중함이 군중軍中과 같거늘, 만약 난입하는 자를 막지 않는다면 마땅히 군율軍律을 쓰리라.”

합문 지키는 군사가 동홍을 막으니, 동홍이 들어가지 못하고 불쾌히 여기더라. 이윽고 양상서가 조정 반열에 나아가니, 천자가 양상서를 머무르게 하시며,

“오늘 태후께서 그대를 불러서 보고자 하시니, 그대는 머물러 기다리라.”

양상서가 명에 응하고 연왕은 즉시 물러나더라. 천자가 양상서를 편전으로 불러서 보실 새 오직 환관宦官 대여섯 명과 궁녀 십여 명과 동홍이 좌우에서 모시어 서 있더라. 천자가 양상서의 손을 잡고 말씀하길,

“태후께서 장차 후원에서 노닐고자 그대를 머물러 기다리게 하라 하시니, 해가 저문 뒤에 물러나도록 하라.”

잠시 뒤에 술과 안주를 내려주시고 소매를 이끌어 후원에 이르시니, 전각이 환히 트여 웅장하고 그 앞에 격구장을 세웠으니, 동서가 수백 걸음이요 남북이 천여 걸음이더라. 천자가 웃으며,

“이는 내가 소일하는 곳이라. 당나라 때부터 격구하는 법이 있어 윗자리의 사람들이 이에 미혹되어 풍속을 이루었으니, 비록 성인聖人과 군자君子의 할 바가 아니나 궁중에서 무예를 늘 연습하는 곳이라. 전전어사

동홍이 솜씨가 가장 뛰어나 내가 그와 더불어 승부를 겨루되 늘 이기지 못하였는데, 그대의 무예가 뛰어남을 들었으니 한번 구경하고자 하노라."

양상서가 깊이 생각하다가 아뢰길,

"신이 부족하여 일찍이 격구를 배우지 못했사오니, 오늘 폐하의 구경하심을 돕지 못할까 하나이다."

천자가 웃으며,

"이는 칼 쓰는 법과 마찬가지라. 내가 몸소 보여주리니, 그대가 한번 본즉 알 수 있으리라."

하시고 동홍을 부르시니, 동홍이 융복戎服을 입고 격구교위擊毬校尉 오십 명을 거느려 오더라. 천자가 또 융복을 갖추시고 격구장에 내려 말을 달리시니, 동홍이 말을 몰아 격구장으로 들어가 채구彩毬를 공중에 던지더라. 천자가 쌍봉雙棒을 들고 동쪽으로 달리고 서쪽으로 내밀어 동홍과 더불어 서로 채구를 받아 어지러우니, 푸른 바다의 쌍룡이 여의주를 다투는 듯 반나절 말을 달리매 승부를 가리지 못하더니, 동홍이 문득 솜씨를 드러내 몸을 솟구쳐 쌍봉을 맹렬히 치니 채구가 허공에 날아오르더라. 천자가 말을 몰아 받고자 하다가 채구가 땅에 떨어지니 동홍이 격구의 북을 울리고 승전곡을 아뢰거늘, 천자가 억지로 웃으며 기뻐하지 않으시더라. 양상서가 분노하여 마음속으로 생각하되,

'동홍의 무례함이 저러하니, 그 죄를 논한다면 조조가 헌제 앞에서 무례히 사냥하던 일[5]보다 심할지라. 내가 평소 관우關羽가 조조를 베지 않

5) 조조(曹操)가 헌제(獻帝)~사냥하던 일: 후한(後漢) 말기의 정치가인 조조(155~220)는 황건적(黃巾賊) 토벌에 공을 세워 헌제를 옹립하고 권력을 쥐었다. 헌제가 사냥을 나갈 때, 조조가 헌제와 말머리를 나란히 하여 앞서나갔다. 헌제가 조조에게 사슴을 맞히라고 활과 화살을 내미니, 사양하지 않고 받아 사슴을 쏘아 맞혔다. 신하와 장교들이 헌제가 맞힌 줄 알고 환호하니 조조는 헌제를 가로막고 자신이 나아가 만세를 받았고, 이를 지켜보던 관우(關羽)가 나서려는 것을 유비(劉備)가 말렸다. 『삼국지연의三國志演義』에 나오는 일화다.

은 것을 한스럽게 여겼는데, 오늘의 기회를 타 주허후 유장이 여씨呂氏를 벤 주령[6]을 본받으리라."

하고 천자에게 아뢰길,

"신이 비록 재주가 없으나 동어사를 대적하여 폐하의 오늘의 즐거움을 도우려니와, 신은 오랑캐와 싸운 몸인지라, 군령軍令을 쓰고자 하오니, 지는 자는 군율로써 시행함이 좋을까 하나이다."

천자가 크게 기뻐하여 허락하시니, 동홍이 마음속으로 크게 기뻐하여,

'그가 비록 무예가 뛰어나나 격구 솜씨는 반드시 서툴지라. 망령되이 군율을 말하니 내가 한번 그를 이겨 그 거동을 보리라.'

하고 쌍봉을 휘두르며 격구장에 들어가니, 양상서가 미소하며,

"융복을 가져오라."

하여 옷차림을 갖춘 뒤 동홍에게 이르길,

"나는 본디 쌍봉을 쓰지 못하니 칼로 대신하리라."

동홍이 허락하고 마음속으로 몰래 웃으며,

'칼이 가벼워 채구를 받지 못하리라. 한번 마주쳐 그대의 패함을 보리로다.'

하고 말을 달리며 채구를 공중에 던지니 양상서가 짐짓 패하는 척하고 칼로 받아 동홍에게 보내더라. 동홍이 크게 소리지르며 쌍봉을 춤추어 공중에 던졌다가 힘을 다해 한번 치니, 채구가 공중에 솟구쳐 양상서 앞으로 떨어지더라. 양상서가 또 몸을 피해 칼로 받아 동홍에게 보내니,

6) 주허후(朱虛侯) 유장(劉章)이~벤 주령(酒令): 유장은 한(漢)나라 고조(高祖) 유방(劉邦)의 손자로서 주허후(朱虛侯)에 봉해졌다. 유방의 비(妃)인 여태후(呂太后)가 정권을 제멋대로 할 때 연회가 열렸는데, 여씨 일족이 전횡하는 것을 분하게 여기고 있던 유장은 주령(酒令)을 핑계로 하여 술을 피해 도망가던 여씨 일족의 한 사람을 참수(斬首)해 그들의 기를 꺾었다. 여태후가 죽은 뒤 여씨 일족을 죽이고 유항(劉恒)을 맞아 문제(文帝)로 옹립했다.

동홍이 그가 겁내는 것을 보고 더욱 이기려는 기개를 내어 평생의 솜씨로 쌍봉을 번개처럼 휘둘러 채구를 농락하다가 힘을 다해 양상서에게 보내거늘, 양상서가 문득 쌍검을 번득여 채구를 한번 치니 채구가 공중으로 백여 장丈을 솟구치더라. 동홍이 당돌히 받고자 하되 양상서가 웃으며 칼을 공중으로 던져 채구를 도로 쳐서 또 수십 장을 솟구치니, 동홍이 분노하여 말을 멈추고 보는데, 양상서가 또 왼손의 칼을 공중으로 던져 채구를 받으니 또 수십 장을 솟구치더라. 양상서가 또 쌍검을 던지니 쌍검이 공중에 춤추어 채구를 받아 공중에서 희롱하는 것이 반나절에 이르더라. 동홍이 망연자실하여 말고삐를 잡고 서 있는데, 채구가 동홍의 말머리에 떨어지되 동홍이 팔다리가 허둥지둥하여 받지 못하는지라. 양상서가 크게 웃고 손의 칼을 들어,

"군중軍中에는 실없는 말이 없도다."

하더니 동홍의 머리가 땅 위에 떨어지매 모든 사람이 서로 보며 대경실색하더라. 양상서가 칼을 던지고 천자 앞에 나아가 땅에 엎드려 아뢰길,

"폐하께서 춘추가 한창이시니 온갖 정무의 겨를에 소일하실 일이 무궁하거늘, 어찌 천한 사람을 가까이하여 옥체를 손상시키시며 소문이 해괴하니이까? 동홍의 방자함이 임금과 승부를 겨루어 의기양양하니, 이 버릇이 점점 자라면 난신적자亂臣賊子가 징계당할 바를 알지 못할지라. 신이 군령을 빌려 간신을 베었으니, 엎드려 바라건대 폐하께서는 격구놀이를 폐하시고 일월 같은 밝음이 가려지거나 이지러지지 않게 하소서."

천자가 얼굴빛이 참담하여 묵묵히 한참 있다가,

"내가 비록 그대의 충성을 아나, 동홍의 죽음이 나로 말미암은 탄식이 있으니 측은하도다."

양상서가 다시 아뢰길,

"간신 한 사람을 아껴 종묘사직을 돌아보지 않으시니, 그 크고 작음과 무겁고 가벼움이 장차 어떠하니이까?"

천자가 듣기를 마치매 놀라워하며,

"그대는 나의 대들보라. 앞으로 또 이러한 허물이 있거든 이처럼 간언하라."

양상서가 황공하여 머리를 조아리고 조정에서 물러나 집에 돌아와 연왕에게 아뢰니, 연왕이 대경실색하여,

"네가 미욱하여 임금을 섬기는 예를 배우지 못해 이처럼 방자하도다. 네가 벼슬이 정경正卿에 이르거늘 임금을 모시어 잡된 기예로써 충성을 드러내니 그 죄가 하나요, 지엄한 곳에서 칼로써 사람을 죽이니 그 죄가 둘이요, 소인을 죽이는 법이 반드시 그 죄를 밝게 바로잡아야 하거늘 이제 놀이를 인연하여 모호하게 머리를 베니 그 죄가 셋이라. 내가 불초하여 아들을 가르치지 못했으니, 성스러운 임금께서 비록 너그러이 용서하시나 어찌 황공하지 않으리오?"

즉시 관복을 갖추어 입고 대궐 아래에서 죄를 청하니, 천자가 크게 놀라 즉시 불러 보시더라. 연왕이 머리를 조아리고 아뢰길,

"신이 불충하여, 나이 어리고 미욱한 아들로 하여금 조정에 들어가게 하여 망령되이 폐하의 가까운 곳에서 동홍을 죽이니, 신이 듣고는 마음과 쓸개가 전율하여 아뢰올 바를 알지 못하나이다."

천자가 겸손하게 사례하며,

"이는 모두 나의 허물이라. 그대는 지나치게 스스로 허물하지 말라."

연왕이 또 아뢰길,

"폐하께서 또한 마땅히 장성의 무례함을 징계하여 그 벼슬을 빼앗으시고 또 격구위를 없애소서."

천자가 웃으시며,

"격구위는 이로부터 없애겠거니와, 장성의 벼슬은 이제 장차 올려 그

충성을 드러내고자 하노라."

연왕이 거듭 아뢰되, 천자가 듣지 않으시더라.

한편 세월이 훌쩍 흘러 연왕이 다시 조정에 들어온 지 다섯 해요, 양경성의 나이가 열일곱 살이더라. 연왕과 소유경 두 집안이 택일하여 혼인하는데, 절차에 위엄이 있음은 물론이고 소소저의 정숙함이 초옥군주보다 못하지 않더라. 연왕이 위로는 어버이를 받들고 아래로는 두 며느리를 거느려 집안이 화락하고 복록이 창성하니, 단아한 군자로서 그 번성함을 근심하여 다시 전원으로 돌아가 쉴 것을 생각하더라.

이때 강서江西 땅이 여러 해 흉년이 들어 민심이 요동하고 난민이 반역을 꾀하니, 천자가 근심하시어 태수太守를 택해 진정시키고자 하시나 사람마다 모두 피하는지라. 양경성 학사가 연왕에게 아뢰길,

"옛말에 이르길 '구부러진 뿌리와 엉클어진 마디에 부딪혀보지 않으면 칼날의 날카로움을 분별할 수 없다' 하니, 제가 비록 불초하나 망극한 천은天恩을 입어 보답할 길이 없으니 이제 강서 태수를 자원하여 견마犬馬의 정성을 다해 그 은혜의 만분의 일이나마 갚고자 하오니 어떠하니이까?"

연왕이 말하길,

"네가 장차 어떻게 다스리려는가?"

양학사가 말하길,

"부드러움이 단단함을 이길 수 있고, 약함이 강함을 이길 수 있음이라. 갓난아이 같은 백성들이 굶주림과 추위를 이기지 못해 숲속과 물웅덩이에서 서로 모여 무기를 갖고 장난하는 것이니, 은덕으로 위로하고 신의로써 신뢰를 얻으면 마땅히 편안히 하여 따르게 할 수 있으리이다."

연왕이 얼굴빛을 고쳐 칭찬하고 즉시 상소하니 천자가 양경성을 강서 태수로 삼으시더라. 윤부인이 양학사의 손을 잡고 탄식하며,

"네가 나이가 아직 어리고 강서의 인심이 패악하니, 문에서 너를 기다

리게 될 네 어미의 근심을 장차 어찌 위로하고자 하느뇨?"

양학사가 대답하길,

"'말이 참되고 미더우며 행실이 돈독하고 공손하면 비록 오랑캐 나라이더라도 갈 수 있으리라' 했으니, 하물며 강서인들 그렇지 않으리이까? 제가 비록 불초하나 스스로 그 몸을 삼가 충효를 저버리지 않으리이다."

이때 강서 태수가 되는 자마다 먼저 스스로 두려워하여, 위엄을 성대히 베풀어 적을 대하듯 하며, 그 땅의 경계에 이른즉 갑옷 입은 군사로 호위하게 하고 백성을 대한즉 도적으로 다스리니, 민심이 더욱 요동하는지라. 양태수가 행장을 간략히 하여 따르는 무리를 돌려보내고 본 고을에 효유문曉喩文 한 폭을 먼저 보내니 그 글은 이러하더라.

"강서 태수는 백성들에게 전하노라. 강서 한 고을이 불행하여 평소의 양민들이 아무 까닭 없이 도적이 되니, 이것이 어찌 본심이리오? 위로는 어버이가 추위에 얼고 굶주리며 아래로는 처자식이 흩어지매, 한 되와 한 말의 곡식이라도 얻기를 바라 도적의 무리에 들어가고 먹고살기 위해 염치를 무릅쓰니, 이는 수령의 허물이라. 내가 이제 천자의 명을 받들어 한 고을을 다스리게 되었으니, 비록 소부와 두모의 자애로움[7]은 없으나 우물로 기어들어가는 갓난아이를 애처로이 여김 같아 근심을 이기지 못함이로다. 우선 잡아들이라는 명령을 급히 거두고, 가두어놓은 도적을 풀어주어, 태수의 부임을 기다리라."

양학사가 이 효유문을 먼저 반포하고 필마단기匹馬單騎로 남종 두 사람을 거느리고 강서 경계에 이르니, 촌락이 황량하고 닭과 개 울음소리가 적막하더라. 곳곳에서 무뢰배가 무리를 이루어 창을 휘두르고 칼을 끌

7) 소부(召父)와 두모(杜母)의 자애로움: 전한(前漢)의 소신신(召信臣)과 후한(後漢)의 두시(杜詩)는 모두 남양 태수(南陽太守)가 되어 선정(善政)을 베풀어, 남양 사람들이 "앞에는 소부(召父)가 있었고, 뒤에는 두모(杜母)가 있네"라고 칭송했다고 전한다.

며 숲속에 매복하여 행인을 겁탈하더니, 새로운 태수가 부임한다는 소식을 듣고 스스로 죄를 범한 것이 두려워 장차 모여 난을 일으키고자 하다가 반포한 효유문을 보고 두려워하며 흩어져 태수의 움직임을 관망하는데, 태수가 필마단기로 오는 것을 보고 경탄하지 않음이 없어, 문벌이 있는 사람들은 부끄러워하고 양민들은 지난 일을 후회하더라. 태수가 관아에 이르러 고을의 뛰어난 군센 자 십여 명을 뽑아 현승縣丞으로 삼고, 도적의 우두머리 백여 명을 자세히 조사하여 관아의 뜰로 불러들여 타이르길,

"너희는 모두 양민이라. 굶주림과 추위를 이기지 못해 망령되이 죄를 범하니, 성스러운 천자께서 나를 태수로 보내시어 인의仁義로 타이르라 하시었도다. 허물을 고친다면 큰 죄를 사면하여 평민으로서 장차 부부의 즐거움을 누리려니와, 고치지 않는다면 이는 국법을 어지럽히는 백성인지라. 장차 관군을 일으켜 너희의 뼈와 살이 문드러지리라. 굶주림과 추위를 참으며 그 목을 보전하는 것과 먹고살기 위해 무기를 들었다가 죽는 것이 그 안위安危와 선악善惡에 있어 과연 어떠한가?"

모든 사람이 눈물을 흘리며 머리를 조아려,

"저희를 낳아준 자는 어버이요 살려준 자는 관가官家이니, 어찌 평민으로서 도적이 되길 원하리이까? 바라건대 살 수 있는 길을 가리켜 주소서."

태수가 서글피 위로하고 마침내 창고를 열어 백성들을 도와주더라. 온 고을이 평안해져 각기 농업에 힘쓰니, 가을 곡식이 큰 풍년이 들어 길에 떨어진 것이 있어도 줍지 않고 밤에 집의 문을 닫지 않으니, 소송이 줄어들고 교화가 크게 행해져 강서 온 고을이 크게 다스려지더라. 천자가 들으시고 예부시랑禮部侍郎으로 양경성을 불러들이시니, 강서의 백성들이 길을 막고 만류하여 갓난아이가 어미의 슬하를 떠남 같더라.

이때 양시랑이 예부로 들어와, 식년대비[8]를 당해 과거科擧를 베풀어

선비를 뽑는데, 과거의 폐단을 논하여 상소하니, 그 상소는 이러하더라.

"예부시랑 신 양경성은 말씀을 올리나이다. 엎드려 생각건대, 선비는 나라의 근본이요 과거는 선비가 가는 좁은 길이라. 다스려지고 어지러워지는 것, 흥하고 망하는 것이 오직 이에 달렸거늘, 오늘날 선비의 풍습이 해이하고 과거의 법도가 어지러워져, 등용하는 일을 맡은 자는 사사로운 정을 돌아보고 재능을 닦는 자는 요행을 생각하여, 한번 과거를 치르면 인심과 세태가 갑절이나 울분을 더하니, 시험을 주관하는 자 또한 두려워하여 그 학문이 어떠한지를 묻지 않고, 선발된 자가 벌열閥閱 가문의 자손이 아니면 모두들 일컬어 공도公道라 하나이다. 그리하여 천민과 잡류들이 요행을 바라고 남의 문필文筆 재주를 빌려 과거 시험장이 가득차고 시권試券이 증가하니, 어진 이들은 한심하게 여기고 못난 이들은 몰래 기뻐하나이다. 시골 오막살이의 가난한 서생이 시무時務는 알지 못하면서 가난을 견디며 글을 읽어 공명功名에 뜻을 두면, 손가락질하며 조롱하지 않음이 없어 풍속의 쇠퇴가 점차 이 지경에 이르니, 이것이 어찌 과거를 베풀어 선비를 뽑아 폐하의 어진 다스림을 돕는 바른 도리라 하리이까? 엎드려 바라건대 군현郡縣에 조서를 내리시어, 해마다 군현의 선비를 시험으로 선발하되 숫자를 정해 예부에 올리게 하고, 예부에서 삼 년에 한 번씩 먼저 책문策文으로 경륜을 묻고 다시 시부詩賦로 문장을 시험하여, 합격한 자는 천자께서 몸소 시험하시되 만약 합격에 마땅하지 않은 자가 있거든 그 천거한 수령守令과 시험을 주관한 신하를 벌하시어 어지러운 폐단이 없게 하여주소서."

천자가 그 상소를 보시고 크게 기뻐하여 비답批答하시길,

"그대의 상소를 살펴보니 남김없이 갖추어져 있도다. 나라를 위하는

---

8) 식년대비(式年大比): 식년은 자(子)·묘(卯)·오(午)·유(酉)의 간지(干支)가 들어 있는 해. 3년마다 한 번씩 돌아오는데, 이 해에 과거(科擧)를 실시하거나 호적(戶籍)을 조사했다. 대비는 3년에 한 번씩 베풀던 과거인 대비과(大比科).

충성이 극히 가상하니, 그 아뢴 일을 그대로 허락하노라."

며칠 뒤 다시 하교하시길,

"예부시랑 양경성이 치적이 뚜렷하고 예부의 시험 규정이 공정하니, 참으로 공수와 황패[9] 같은 인재요 후직后稷과 설契 같은 어진 신하라. 호부상서戶部尙書로 발탁하라."

이때 양상서의 나이가 열아홉 살이더라. 위로는 천자의 은덕에 감사하고 아래로는 백성들을 근심하여 충성을 남김없이 다하고 경륜이 법도에 잘 맞으니, 천자가 더욱 사랑하여 대우하심이 나날이 융성하더라. 양상서가 나라의 재정이 부족함을 근심하여 또 상소를 올리니, 그 상소는 이러하더라.

"호부상서 신臣 양경성은 말씀을 올리나이다. 신이 거칠고 무딘 재주로 특별히 천자의 은덕을 입사와 재정財政의 직책을 맡게 하시니 재정은 나라 백성의 큰 근본이라. 지나치게 거두면 백성의 삶이 곤궁해지고 성글고 어설프면 나라의 재정이 텅 비게 되나니, 삼대三代 이전은 말할 필요도 없고 십분의 일을 세금으로 거두는 것은 성왕聖王의 옛법이라. 옛적에는 더 거두지 않아도 나라의 재정이 풍족했으나 후세에는 덜 거두는 것이 아닌데도 재정이 고갈되니, 이것이 어떠한 까닭이니이까? 옛적의 성인聖人께서 나라를 다스리는 경륜을 논함에 '재정을 절약하고 백성을 사랑함에 지나지 않는다' 하셨으니, 무릇 재정을 아끼지 않으면 비록 백성을 사랑하는 마음이 있더라도 그 실제는 백성의 살갗을 벗기고 재물을 빼앗을 따름이니이다.

9) 공수(龔遂)와 황패(黃霸): 전한(前漢) 때 선정(善政)을 베풀었던 관리. 공수는 선제(宣帝) 때 발해태수(渤海太守)가 되어 흉년으로 인해 출몰하는 도적들을 모조리 평정하고 백성들에게 농상(農桑)을 권장해 풍요롭게 만들어 태평을 이루었다. 황패는 선제(宣帝) 때 영천태수(潁川太守)가 되어 농상(農桑)을 장려하고 교화를 베풀어 호구(戶口)가 날로 늘어나 치적이 천하제일이라고 일컬어졌다.

폐하가 만승萬乘의 넉넉함으로 넓은 집과 고운 담요와 잘 차린 음식과 아름다운 비단옷을 누리시는데, 그 나온 곳을 생각하고 그 근본을 헤아린즉, 갓난아기 같은 백성들이 밭 가운데서 흘린 땀과 낱알마다 고생한 데에서 나오지 않음이 없는지라. 이로부터 보건대, 폐하가 옷 한 벌에도 마땅히 그 검소함을 숭상하시고 밥 한 끼에도 마땅히 그 수고로움을 생각하실지니, 그러한즉 백성이 그 남은 힘을 펴고 그 혜택을 입으리이다.

그러한 까닭에 신은 생각건대, 큰 길거리의 노인이 한 손으로 배를 두드리고 한 손으로 흙덩이를 두드린 것은 요堯임금의 거처가 세 개의 흙 계단으로 된 데 힘입음이요, 큰 창고의 곡식이 오래 묵어 벌겋게 썩은 것은 한漢나라 문제文帝가 검은색 거친 명주明紬옷을 입은 데 힘입음이라. 신이 비록 불충하오나 어찌 폐하의 맑은 덕을 모르리이까? 폐하께서 즉위하신 뒤로 토목의 큰일을 일으키지 않고 고운 비단옷에 뜻을 두지 않으시니, 어찌 요임금의 세 개의 흙 계단과 한나라 문제의 검은색 거친 명주옷에 양보하리오마는, 아직 큰 길거리의 흙덩이 두드리는 노래는 들리지 않고 큰 창고의 곡식이 벌겋게 썩는 것을 보지 못하니, 이것이 어떠한 까닭이니이까?

신이 청컨대 서민의 일로써 비유하리이다. 길거리의 서민이 궁핍함을 두루 겪으며 푼돈과 낟알을 고생스럽게 얻어 먹는 것과 입는 것을 구차히 경영한즉 수입과 지출을 계산하여 남은 것을 조금씩 모아 점점 평안해지다가, 자손이 살림을 맡게 되면 그 풍족함만 보고 고생스러움은 겪지 않아 씀씀이가 크고 번거로워 응하는 것이 매우 많아진즉 그 부족함이 도리어 지난날보다 심하게 되나니, 이는 필연적인 형세라. 이런 까닭에 길거리의 서민 집안에서 선대先代의 가업을 지키어 문호를 유지하는 자는 반드시 자못 조심하여 그 아버지와 할아버지가 맨손으로 가업을 일으키던 마음을 더한 뒤에야 굶주림과 추위를 면할 수 있으니, 화려한 집에서 높은 베개를 베고 종들에게 호령할 때 그 아버지와 할아버지의 거친 옷과 음식을 생각하여 늘 게으름을 버리고 두려워함이 있은즉, 모든 말과 행실에 절약하는 마음이 자연히 생기나이다.

신이 오늘날의 사대부를 보건대 사치스러운 버릇이 풍조를 이루어 호화로움을 서로 자랑하여, 관직에 있는 자는 녹봉이 벼슬살이의 비용을 감당할 수 없고 집에 있는 자는 가업으로 처자식을 봉양할 수 없으니, 어찌 뇌물을 사양하고 재물 욕심을 경계할 수 있으리이까? 재물 욕심이 그치지 않으면 백성이 곤궁해지고 뇌물이 공공연히 행해지면 사치스러운 버릇이 점점 자라 백성은 굶주리는데도 마구간에는 살찐 말이 있으리니, 이것이 어찌 재정을 절약하고 백성을 사랑하는 본래의 뜻이리이까?

신이 관장하는 호부戶部는 돈과 곡식을 관리하는 부서라. 몇 년 이래로 창고가 텅 비어 한 번 흉년을 당하면 모든 관리의 녹봉이 부족한 것을 근심해야 하니, 이는 다름이 아니라 평소 씀씀이를 아껴 알맞게 쓰지 않은 까닭이라. 그 씀씀이를 아껴 알맞게 쓰는 것이 되升와 말斗을 계량하고 푼分과 치寸를 마름질하는 데 있지 않으니, 우선 급하지 않은 관직을 줄이시고 사치하는 풍조를 금하시어 근심을 없게 한 뒤에야 벌겋게 썩어가는 곡식과 흙덩이를 두드리는 노래를 다시 보리이다.

신이 어버이 슬하에서 자라 길거리 백성들의 수고와 어려움을 모르고 지냈는데, 몇 해 전 강서 태수로 있으며 백성들의 괴로움과 즐거움을 목도하니, 애처로운 자도 백성이요 두려운 자도 백성이라. 일 년 내내 수고하여 머리카락은 시꺼멓게 그을리고 손발은 굳은살이 박여, 구차한 살림살이가 다만 추위와 굶주림을 면할 따름이라. 알찬 곡식을 낟낱이 모아 관아에 바치되 형벌의 매질이 그 몸에 가해지고, 차가운 부엌의 가마솥을 헐값에 팔아, 늙고 약한 자는 구렁에 엎어지고 젊고 건강한 자는 길에서 떠돌아다니니, 그 부르짖는 소리와 초췌한 모습은 신臣의 거칠고 무딘 성품으로도 오히려 스스로 배불리 먹지 못하고 늘 젓가락을 던질 때가 많거든, 하물며 우리 황제 폐하께서는 백성의 어버이가 되시어 지극히 인자하신 성품을 지니셨음에랴? 이로써 생각건대, 오늘날 폐하의 신하된 자가 어찌 차마 사치를 숭상하고 재물을 거두는 데 힘쓰리이까? 엎드려 바라건대 폐하께서 절약과 검소를 몸소 행하시어 급하지 않은 관직을 줄이고 사치스러운 풍조를 금하시어, 서민으로 하여금 흙덩이를 두드리며 노래하고 큰 창고에 오래 묵어 벌겋게 썩는 곡식이 쌓이게 하소서."

천자가 읽기를 마치매 크게 놀라 감탄하시며,

"한漢나라의 가의賈誼와 당唐나라의 육지陸贄도 이를 당할 수 없으리로다."

하시고 상소문을 병풍에 쓰도록 명해 아침저녁으로 읽으시고, 양경성을 돋우어 참지정사參知政事에 제수하시더라.

하루는 연왕이 조회를 마치고 집으로 돌아와 모든 부인과 낭자와 더불어 상의하길,

"내가 오늘 조회에 참여하매 두려움을 이길 수 없는지라. 아버지와 아들 세 사람이 재상의 반열에 있고 사돈 사이의 인척이 조정에 벌여 있으니, 어찌 복력福力에 손상이 되고 조물造物의 시기를 받지 않으리오? 이때를 타 전원으로 돌아가고자 하노니, 모든 사람은 각기 그 뜻을 말해보오."

윤부인이 웃으며,

"낭군의 말씀이 이에 이르시니 우리 집안의 복인지라. 물러나 쉬고자 하는 마음을 용기 있게 결정하소서."

황부인이 말하길,

"두 아들이 비록 관직에 있으나 셋째 아들이 아직 혼인을 이루지 못했으니, 혼인을 이룬 뒤에 물러나 쉼이 좋을까 하나이다."

난성후가 말하길,

"상공께서 이미 조정의 공명을 극진히 하시고 또 산수의 맑은 복을

구하시니 이 또한 청렴결백이 아닌지라. 조물주의 시기를 피하기 어려울까 하나이다."

연왕이 미소하고 선숙인과 연숙인에게 이르길,

"낭자들은 어찌 한마디 말이 없는고?"

선숙인이 말하길,

"번영과 쇠퇴, 근심과 즐거움에 아녀자는 반드시 남편을 좇을 따름이니이다."

연숙인이 말하길,

"어젯밤에 인성이 조용히 저에게 말하길 '우리 집안의 번성함이 너무 지나치거니와, 아버님께서 물러나 쉼을 생각하지 않으시니 참으로 괴이한 일이라. 어머님께서 혹 그 낌새를 아시나이까?' 하니, 그 말이 가장 이치에 맞더이다."

연왕이 크게 놀라 인성을 불러 물으니, 인성이 말하길,

"옛글에 이르길 '학문이 뛰어난즉 벼슬을 하되 마흔 살에 벼슬을 한다' 했으니, 옛사람이 이처럼 신중했던 까닭에 거의 낭패함이 없었거니와, 이제 두 형님이 재능이 남보다 뛰어나고 학문이 일취월장하나 옛사람에 비한즉 미치지 못함이 많은지라. 나이 스물이 못 되어 장상將相의 반열에 있으니 비록 평생 안락하더라도 어찌 옛사람의 모범이 되리이까? 또 아버님의 훈업이 나라에 빛나시고 명망이 온 세상에 높으시어 군자는 시대의 스승으로 우러르나 소인은 흠을 잡기 위해 움직임을 살피거늘, 한 가문 안에서 고관대작을 당연한 것으로 알아 몇 해 안에 아버지와 아들, 형과 동생이 재상의 반열에 오르니, 제가 두려워하는 바는 군자는 저희가 나아갈 뿐 물러나지 않는 것을 비웃고 소인은 그 가득찬 달이 기울어질 것을 기다리는 것이니이다."

연왕이 듣기를 마치매 손을 잡고 감탄하길,

"네 아비가 밝지 못해 집안에 이름난 선비가 있었는데도 열네 해 동

안 알지 못했도다."

이로부터 모든 일을 인성과 더불어 상의하여, 그 미더워함이 모든 아들보다 더하더라. 이때 인성의 나이가 열네 살이더라. 하루는 인성이 연왕에게 아뢰길,

"공자孔子께서 수레를 타고 천하를 돌아다니셨으니, 모르는 사람들은 제후諸侯에게 유세遊說하여 벼슬을 구함이라 하나 실제는 견문을 넓히고 도덕을 행하고자 하심이라. 이런 까닭에 노자老子에게 예를 물으시고, 사양師襄에게 거문고를 배우시고, 거백옥[10]과 안평중[11]과 더불어 교유하셨으니, 제가 비록 불초하나 제나라와 노나라 사이[12]에 노닐어, 옛 성현께서 남겨주신 풍속을 구경하고 벗을 구해 공부를 익혀 도덕과 문장을 배워 터득한 뒤에 돌아오고자 하나이다."

연왕이 흔쾌히 허락하니, 양인성이 어머니 연숙인에게 하직하고 나귀 한 마리에 의지해 하인 한 명을 거느리고 호젓하게 문을 나서더라. 곧바로 산동山東 땅에 이르러 궐리闕里를 찾아 공자의 묘에 참배하고 학당學堂에 이르러 향선생鄕先生을 뵈오니, 향선생이 양인성의 기상을 보니

10) 거백옥(蘧伯玉): 중국 춘추시대 위(衛)나라 사람. 이름은 원(瑗)이고, 백옥(伯玉)은 자(字). 영공(靈公) 때 대부(大夫)를 지냈다. 겉은 관대하지만 속은 강직한 성품으로, 공자가 그의 행실을 칭찬하여 위나라에 이르렀을 때 그의 집에 머물렀다. 세상이 혼란하면 은둔하여 몸을 잘 보전했으므로, 공자는 그를 평하여 "군자로다, 거백옥이여. 나라에 도가 있으면 벼슬하고, 나라에 도가 없으면 거두어 감춘다(君子哉, 蘧伯玉. 邦有道則仕, 邦無道則可卷而懷之)"(『논어』「위령공衛靈公」)라고 했다.

11) 안평중(晏平仲): 중국 춘추시대 제(齊)나라 사람. 이름은 영(嬰)이고, 평중(平仲)은 자(字). 영공(靈公)·장공(莊公)·경공(景公) 세 군주를 섬겨 재상을 지냈다. 백성들의 생활에 관심을 가지고 근검절약을 실천하며 충간(忠諫)을 올려 제후들 사이에서 명성이 높았다. 안평중은 경공(景公)이 공자를 중용하려는 것에 반대했지만, 공자는 안평중이 30년 동안 옷 한 벌로 살아온 검소함에 감복하여 "안평중은 착하게 남과 사귀었다. 오래 공경할진저(安平仲, 善與人交, 久而敬之)"(『논어』「공야장公冶長」)라고 칭찬했다.

12) 제(齊)나라와 노(魯)나라 사이: 중국 춘추시대의 제나라와 노나라는 공자와 맹자가 태어나고 주로 활동했던 곳으로, 교육과 문화의 중심지로 비유되었다. 지금의 중국 산동성(山東省) 일대를 가리킨다.

의젓한 몸가짐이 참으로 평범한 인물이 아닌지라. 한편 놀라고 한편 기뻐하여 성리性理를 강론하며 문리文理를 질문하니, 양인성이 사물의 이치에 통달하고 식견이 막힘없이 환해 엄연히 성리학자의 풍모가 있거늘, 향선생이 크게 놀라 자리를 피해 공경의 인사를 하며,

"그대는 나의 스승이요 나의 비할 바가 아니라. 이 근처에 선생 한 분이 계시어 도학이 높고 밝으니 가서 뵙는 것이 어떠한가?"

양인성이 크게 기뻐하며,

"어느 곳에 계시나이까?"

향선생이 대답하길,

"태산泰山 아래의 손선생孫先生이니 송나라 손명복[13] 선생의 후예라. 서른에 안빈낙도安貧樂道하여 태산 밖으로 나가시지 않으나 사방에서 배우러 오는 자가 구름 같거늘, 선생이 더욱 겸양하여 스승으로 자처함이 없고 곤궁을 달게 여기며 글을 읽으니, 그대는 모름지기 가서 뵙도록 하게."

양인성이 이에 향선생과 헤어져 태산 아래에 이르러 손선생을 찾아가니, 허물어진 집 몇 칸이 비바람을 가리기 어렵더라. 문 앞에 이르니 공자의 제자 자유子游가 다스리는 고을인 듯 거문고 타며 시 읊는 소리가 크게 들리거늘, 양인성이 문을 두드리니 어린 동자가 나와 응대하는지라. 양인성이 말하길,

"나는 황성 사람으로 선생의 높은 명성을 듣고 스승으로 섬겨 배우기를 원하여 왔으니 선생께 아뢰어라."

13) 손명복(孫明復, 992~1057): 북송(北宋) 초기의 유학자. 이름은 복(復)이며, 명복(明復)은 자(字). 과거에 낙제한 뒤 태산(泰山)에 은퇴하여 『춘추春秋』를 연구하면서 강학(講學)에 힘써 태산선생(泰山先生)으로 불렸다. 인의예악(仁義禮樂)을 학문의 근본으로 삼아 송나라 초기 이학(理學)의 학풍을 열었다. 유가(儒家)의 도통(道統)을 선양했고, 양주(楊朱)·묵적(墨翟)의 설과 불교·도교를 배척했다.

어린 동자가 들어가더니 한참 있다가 들어오길 청하더라. 양인성이 초당에 이르러 보니, 흙벽과 짚자리에 거문고 하나와 책 한 권이 놓여 있고 손선생이 해어진 옷과 찢어진 갓 차림으로 덕이 얼굴에 윤택하게 드러나고 등에 가득 넘치니, 참으로 도학군자道學君子요 산야山野의 고상한 인물이더라. 손선생이 양인성을 맞이하여 자리를 정한 뒤에 묻기를,

"그대가 이미 황성에 살고 있거늘 한적하고 구석진 산사람을 무슨 까닭으로 힘들게 찾아왔는고?"

양인성이 공손히 자리에서 일어나 대답하길,

"제가 도시에서 태어나고 자라매 보고 들은 것이 속되고 자질이 노둔하여 학업이 고루하오니, 제나라와 노나라 지역은 군자의 고향인지라. 바라건대 큰 스승님을 좇아 평생의 고루한 자질과 비좁은 견문을 면하고자 하나이다."

손선생이 한참 동안 자세히 보다가 묻기를,

"그대의 성명이 무엇이며 나이는 몇인고?"

양인성이 말하길,

"성명은 양인성이요 나이는 이제 열네 살이로소이다."

손선생이 얼굴빛을 바꾸고 말하길,

"나는 산중의 어리석은 선비라. 무슨 학업이 있어 남에게 미치리오마는, 이제 그대의 얼굴을 보니 훗날 성취함이 반드시 크겠거늘 내가 어찌 스승으로 자처하리오?"

하고 문장을 연마하며 도덕을 토론하니, 한 가지를 들으면 열 가지를 미루어 알고 지나간 것을 알려주면 닥쳐올 것을 안다고 일컬을 만하더라. 몇 달 사이에 도학과 문장이 일취월장하니, 손선생이 양인성을 사랑함은 말할 필요도 없고 양인성이 손선생의 덕을 우러름도 나날이 더하더라. 이때 손선생에게 딸 한 명이 있어 도덕이 있는 사위를 구하고자 하더니, 하루는 마침 조용한지라. 양인성에게 묻기를,

"나에게 딸 한 명이 있어, 비록 누런 머리카락에 검은 얼굴이요 평소 배운 것이 없으나 아비의 마음이 그대와 같은 자를 사위 삼고자 하였는데, 스스로 생각건대 그대의 가문이 매우 빛나 나의 집안과 결혼하길 기꺼워하지 않으리라."

양인성이 대답하길,

"혼인은 인륜의 큰일이라. 다만 가풍家風의 어질고 어질지 못함을 물을 따름이니, 어찌 빈부와 궁달에 구애되리이까?"

손선생이 깊이 생각하며 대답하지 않더라. 양인성이 어버이 곁을 떠난 지 오래 되매 돌아가 어버이를 뵙기를 청해 하직하니, 손선생이 서운해하며,

"내가 본디 세상에 드나듦이 없는지라. 다시 만나볼 기약이 없도다."

양인성이 두 번 절하고,

"제가 다시 한가한 틈을 타 문하에 배우러 오리이다."

손선생이 차마 헤어지지 못해 대나무 지팡이를 짚고 동구 밖 몇 리까지 나오니, 양인성이 돌아오며 탄식하여,

"옛적에 주광정[14]이 정명도[15] 선생을 뵈옵고 돌아와 봄바람 같은 기상을 사모하였는데, 오늘날 손선생이 비록 정명도 선생에는 미치지 못하나 주광정이 우러러 사모하는 것처럼 스스로 간절하니, 내가 만약 손선생의 사위가 된즉 어찌 영광스럽지 않으리오?"

---

14) 주광정(朱光庭, 1037~1094): 북송(北宋)의 학자. 자(字)는 공섬(公掞). 주광정은 처음 정명도〔程明道, 정호(程顥)〕에게 배우고 돌아와서 사람들에게 "한 달을 봄바람 속에 앉아 있었다"라고 말했다 한다. 주광정은 당시 낙당(洛黨)에 속했는데, 낙당의 영수(領袖)는 정명도의 동생인 정이(程頤)였다.

15) 정명도(程明道, 1032~1085): 북송의 유학자. 이름은 호(顥), 명도(明道)는 호(號). 아우 정이(程頤)와 더불어 이정자(二程子)로 일컬어진다. 처음에 아우 정이와 함께 주돈이(周敦頤)에게 학문을 배우고 노장(老莊) 및 불교에 마음이 끌렸으나, 나중에 다시 육경(六經)에서 도를 찾았다. '이기일원론(理氣一元論)' '성즉리설(性則理說)'을 주창했으며, 그의 사상은 아우 정이를 거쳐 주희(朱熹)에게 큰 영향을 미쳐 정주학(程朱學)의 중핵을 이루었다.

부중府中에 돌아와 아버지 연왕을 뵈오니, 연왕이 묻기를,

"네가 산동에 가 무슨 얻음이 있었는고?"

양인성이 대답하길,

"세상이 그릇되어 풍속이 어지러워 군자의 고을에서 거문고 타며 시 읊는 소리를 듣는 풍모를 보지 못하고, 태산 아래의 손선생을 뵈오니 주돈이[16]의 풍도가 있어 거의 이 시대의 일인자가 될 것이나 다만 누추한 동네에서 쌀독이 자주 비는 탄식이 매우 심하더이다."

연왕이 한숨을 쉬고 탄식하며,

"예로부터 산림과 바위굴에 이러한 분이 많이 있으니, 이는 모두 우리의 허물이라. 내가 이제 조정에 천거하여 등용하고자 하니 어떠한가?"

양인성이 깊이 생각하다가,

"스승님께서 헤어질 때 하신 말씀이 있더이다."

하고 혼인의 뜻을 말씀한 일을 아뢰니, 연왕이 크게 기뻐하며,

"평소 한미한 집안과 결혼하여 아들의 복력을 아끼고자 하였는데, 이것이 어찌 나의 소원이 아니리오?"

양인성이 아뢰길,

"스승님의 지조가 고상하여, 만약 우리 집안에서 천거한 것을 알면 반드시 기꺼워 않으리이다."

연왕이 머리를 끄덕이더라.

이때 황태자를 책봉한 뒤에 전쟁으로 인해 조정에 일이 많아 입학入學의 예를 행하지 못하다가 천자가 바야흐로 태학太學을 중수하시고 연왕을 태자태부太子太傅에 제수하여 길일을 택해 입학의 예를 행하는데, 모든

16) 주돈이(周敦頤, 1017~1073): 북송의 유학자. 자(字)는 무숙(茂叔), 호(號)는 염계(濂溪). 노장과 불교의 주요 개념을 받아들여 우주의 원리와 인성(人性)에 관한 새로운 유학 이론을 개척했고, 그의 사상은 정호·정이 형제와 주희를 거치며 정주학파(程朱學派)로 불리는 유학의 중심 흐름을 형성했다.

고을에 조서를 내려 도학이 높은 선비를 부르시니 연왕이 태산 아래의 손선생을 천거하더라. 천자가 옥玉과 비단과 포륜[17]을 갖추어 예로써 부르시니 손선생이 거듭 사양하다가 어찌할 수 없어 태산을 나와 조정에 들어가더라. 양인성이 손선생이 오는 길로 나아가 맞이하니 손선생이 흔쾌히 손을 잡으며,

"내가 늘그막에 별로 기쁜 일이 없으나 오직 그대를 만날까 하여 기뻐서 잠을 이루지 못하였는데, 이곳에서 만나니 기쁘기 비할 데 없도다. 내가 이제 황상께 뵈옵고 그대를 천거하고자 하노니 그대의 뜻이 어떠한고?"

인성이 몹시 놀라며,

"스승님께서 이 무슨 말씀이니이까? 제가 벼슬길에 조급히 나아가려는 마음이 있은즉, 아버지와 형이 꾸짖었을지라. 이제 스승님을 우러르는 것은 오직 도덕과 문장이니, 오늘 이 말씀은 평소 바라던 바가 아니로소이다."

손선생이 얼굴빛을 바꾸고 사례하더라. 천자가 손선생을 근정전에서 불러 보실 새, 손님과 주인의 예로써 대우하시어 공경대신公卿大臣이 좌우에 모시어 서더라. 손선생이 멀리서 연왕을 보고 의아해하며,

'젊은 대신이 기상이 헤아리기 어려울 만큼 깊고 모든 몸가짐이 도리에 알맞으니, 어떠한 귀인인가?'

하더니, 태학에 들어가 입학의 예를 함께 주선하며 더욱 탄복하여 바야흐로 그가 연왕임을 알고 인사하는 예를 펴고자 하나 겨를이 없다가, 대례大禮를 마친 뒤에 사관舍館으로 돌아오니 연왕이 뒤따라와 스승과 제자의 예로써 사례하더라. 손선생이 대청에서 내려와 맞이하여 자리를

17) 포륜(蒲輪): 부들(蒲)로 바퀴를 감싸서 진동을 줄인 수레. 옛적에 임금이 덕과 명망이 높은 현자(賢者)를 초빙할 때, 부들로 바퀴를 감싼 좋은 수레를 보내어 극진한 예우를 표했다.

정한 뒤 연왕이 말하길,

"선생께서는 속세 밖에서 고상하게 지내시고 저는 벼슬길에서 골몰하여 소식이 서로 막히고 소문이 미치지 못하였는데, 이제 천자의 은덕을 입어 얼굴을 뵈오니 어찌 영광스럽지 않으리이까?"

손선생이 말하길,

"초야에 묻혀 살던 무디고 거친 재주로 천자의 은총을 인연하여 여러 날 강연講筵에서 덕스러운 얼굴을 뵈오니 다행스러우나, 문하에 찾아가 인사드리지 못하고 이처럼 몸소 이르러주시니 감사하기 그지없나이다."

연왕이 말하길,

"부족한 아들이 선생의 문하에서 가르치심을 받아, 향하여 우러르는 마음이 간절하지 않음이 없는지라. 엎드려 바라건대 선생께서는 끝까지 훈도하여주소서."

손선생이 웃으며,

"제가 비록 나이가 조금 많으나 아드님의 학문은 저보다 나은지라. 어찌 감히 가르침을 말하리이까?"

이에 서로 한가로이 얘기하는데 기상과 취미가 서로 부합하여 마음 속 말을 하지 않는 것이 없더라. 연왕이 말하길,

"선생께 아리따운 딸이 있어 저의 부족한 아들과 혼인을 이루고자 하신다 하니, 만약 두 집안이 혼인하는 정의情誼를 허락하신다면 누추한 가문에 만 장丈의 영광일까 하나이다."

손선생이 웃으며,

"저에게 과연 딸 한 명이 있어 비록 맹광孟光의 아녀자로서의 덕에는 부끄럽지 않으나 다만 장강莊姜의 미모에는 부족하니 귀 가문의 며느리 자리에 참예하기 어려울까 두려우나, 상공께서 이미 말씀하시고 아드님은 제가 우러르는 바라. 만약 혼인을 허락하신다면 어찌 영광스럽지 않으리이까?"

연왕이 크게 기뻐하여 돌아와 어버이에게 아뢰고 양태야가 손선생을 찾아가 만나니, 손선생도 연왕부로 찾아와 사례하고 그 가풍과 범절을 칭찬하더라. 손선생이 입학의 예를 마치매 황성에 오래 머무르고자 아니하니, 천자가 비록 만류하시나 멀어진 발자취를 되돌리기 어려운지라. 천자가 그 고을로 하여금 달마다 관가官家 창고의 고기를 공급하라 하시고 황금 천 일鎰을 전별금으로 내리시더라. 손선생이 집으로 돌아와 택일하여 단자單子를 연왕부에 보내니, 연왕이 휴가를 청해 인성을 거느리고 태산 아래에 이르러 혼인 예식을 이루는데, 위의가 간략하고 기구가 간소하여 참으로 한미한 선비의 혼인이더라. 손선생은 연왕이 존귀하면서도 교만하지 않음을 탄복하고, 연왕은 손선생의 안빈낙도安貧樂道를 공경하더라. 사흘 뒤 친영親迎하여 돌아오는데, 손선생이 연왕에게 청하길,

"상공의 춘추가 많지 않으시고 아드님이 어버이 곁을 떠남이 어렵지 않으리니, 저를 좇아 학업을 더욱 닦는 것이 좋을까 하나이다."

연왕이 허락하더라. 연왕이 부중에 돌아와 안팎의 손님을 모아 장차 며느리의 폐백을 받는 예를 받으려 하는데, 이때 연숙인이 아들 인성의 손을 잡고 먼저 묻기를,

"신부의 범절이 어떠하던가?"

양인성이 대답하지 않더니, 연왕이 들어오거늘 연숙인이 앞으로 나아가 묻기를,

"상공께서 먼저 며느리를 보셨으니 과연 어떠하더이까?"

연왕이 웃으며,

"내가 먼저 그대의 뜻을 듣고자 하노니 외모의 뛰어남과 마음속의 현숙함 가운데 어느 것이 나은고?"

연숙인이 기뻐하지 않고 물러나며,

"상공의 말씀을 알지라. 세상의 담대멸명[18]이 상서롭지 않을까 하나

이다."

신부가 가마를 타고 들어오니, 여종이 가마의 문을 열고 보다가 크게 놀라 내당으로 들어와 난성후에게 몰래 아뢰길,

"손소저의 모습이 손야차와 흡사하오니, 반드시 같은 성씨의 친척인가 하나이다."

난성후가 꾸짖어,

"천한 종이 감히 주인을 논하는가?"

말을 마치기 전에 신부가 문으로 들어와 대청에 오르니 자리에 있는 사람이 다 놀라 얼굴빛을 잃어 잔치 자리가 무색하나, 다만 연숙인의 기색을 살피니 태연히 화락하고 윤부인과 난성후는 정신을 쏟아 손소저의 몸가짐을 자세히 보더라. 대례를 마치고 신부의 처소를 별원別院의 송죽헌松竹軒으로 정하더라. 이 밤에 연왕이 엽남헌艈南軒에 이르러 묻기를,

"부인이 신부를 보니 과연 어떠한고?"

윤부인이 말하길,

"제갈량諸葛亮의 부인은 재능이 많아 여자의 본색이 아니었으나, 이제 신부는 움직임이 예법에 맞고 기상이 양순하고 두터우니 여자 중의 군자君子라. 만약 인성이 아니라면 절대 그 짝할 자가 없으리이다."

또 난성후에게 물으니 난성후가 말하길,

"제가 비록 말씀드리기 어려우나 신부를 대한즉 저의 요염함이 도리어 부끄러우니, 스스로 헤아리건대 그 덕이 뛰어나 남이 미치기 어려울

18) 담대멸명(澹臺滅明): 중국 춘추시대 노(魯)나라 사람. 성은 담대(澹臺), 이름은 멸명(滅明), 자(子)는 자우(子羽). 공자의 제자 자유(子游)가 무성(武城)의 수령으로 있을 때, 공자가 쓸 만한 사람을 찾았느냐고 묻자 자유가 대답하길, "담대멸명이라는 자가 있는데, 그는 길을 다닐 때면 지름길로 다니지 않고, 공적인 일이 아니면 저의 집을 찾아온 적이 없습니다(有澹臺滅明者, 行不由徑, 非公事, 未嘗至於偃之室也)"라고 한 일화가 『논어』「옹야雍也」에 나온다. 자유의 추천으로 공자의 문하에서 배웠는데 용모가 추해 공자가 탐탁잖게 여겼으나 훗날 담대멸명이 오(吳)나라로 이주하여 학문을 가르치자 모여든 제자가 300명이 넘어 천하에 이름을 떨쳤다. 이에 공자가 용모로 사람을 평가해 실수한 것을 자인했다고 한다.

까 하나이다."

연숙인이 웃으며,

"윤부인과 난성후는 저를 위로하고자 하시나, 이미 내 자식이 되었으니 그 우열과 장단을 논하면 무슨 유익이 있으리이까?"

하더라. 손소저가 부중에 들어와 사흘 뒤부터 비단옷을 입지 않고 검소한 옷차림으로 닭이 처음 울 때 이미 별원 문밖에 이르러 시어머니가 일어나시기를 기다려 집 안팎을 청소하고 웃어른에게 응대함을 손발처럼 하고 아침저녁 식사를 반드시 몸소 맛보아 잠시도 곁을 떠나지 않더라. 연숙인이 손소저에게 편한 대로 하라 하나 처음부터 끝까지 한결같아 조금도 억지로 하는 기색이 없거늘, 연왕이 사랑함은 말할 것도 없고 부중의 위아래 사람이 탄복하지 않음이 없어 감히 예의에 맞지 않는 말과 태만한 기색으로 손소저를 대하지 못하더라. 몇 달 뒤에 연왕이 인성을 손선생에게 보내어 학업을 닦게 하니 학문이 무럭무럭 일취월장하거늘, 손선생이 그 도통道統을 전하고 호號를 내려 '신암愼庵'이라 하니 산동山東의 학자들이 그 소문을 듣고 나날이 나아와 신암선생을 찾아 제자로서의 예를 드리는 자가 구름 같더라.

이때 연왕이 세 아들을 차례로 혼인시키고, 오직 기성機星과 석성錫星이 혼인하지 않은지라. 연왕이 기성의 명민함을 편애하여 다른 아들보다 더 사랑하더니, 장차 어떻게 혼인을 시키리오? 다음 회를 보라.

설중매는 전춘연에서 낭군을 만나고
곽상서는 술에 취해 청루를 부수더라

제60회

연왕의 다섯 아들 가운데 선숙인의 소생 기성이 풍채가 더욱 아름다워 보는 이들이 모두 가장 잘생긴 남자라고 일컫더라. 양태야와 허부인이 애지중지하고 난성후가 더욱 사랑하여 자기의 소생 장성보다 못하지 않더라. 하루는 난성후가 남종에게 명해 자기가 타던 설화마雪花馬를 취봉루翠鳳樓 아래 매어놓고 씻고 쓰다듬게 하는데, 양기성이 밖에서 뛰어들어와 말타기를 청하거늘 난성후가 웃으며,

"네가 타고자 하거든 나와 더불어 쌍륙雙陸을 겨루어 이기면 허락하리라."

양기성이 크게 기뻐하여 쌍륙판을 받들어오니, 난성후가 웃고 대국하여 한 판을 이기더라. 양기성이 주사위를 잡고 다시 청하길,

"세 판 해서 두 판 이기는 것으로 정하소서."

난성후가 허락하고 짐짓 한 판을 져주니 양기성이 크게 기뻐하여 다시 판을 펼치며,

"어머님께서 이 판을 이기지 못하시면 제가 청한 바가 이루어지려니

와, 만약 그렇지 못하면 낭패일지라."

정신을 모아 주사위를 던지고 판세를 자세히 보니, 양기성이 자못 판세가 어렵거늘 주사위를 내려놓으며,

"어머님은 쌍륙을 거두시고 다만 저의 말타기를 허락하소서."

난성후가 웃으며,

"이미 약속을 정했으니 그 승부를 보아 허락하리라."

양기성이 말하길,

"마지막 판을 마치지 못할 이유가 두 가지이니, 제가 어머님을 이김도 도리가 아니요 어머님이 저를 이긴즉 제가 무료하리니, 다만 말을 타도록 허락하소서."

난성후가 그 말을 기특히 여겨, 손야차로 하여금 말고삐를 잡고 양기성을 태워 두세 바퀴 돌게 하니 양기성이 크게 기뻐하더라. 난성후가 웃으며 묻기를,

"너는 말을 타고 장차 어디로 가고자 하는고?"

양기성이 대답하길,

"삼월 봄바람에 장대[1]에는 버들이 푸르고 도성의 큰길에는 꽃이 붉거든, 오사모烏紗帽에 붉은 도포 차림으로 황금 말채찍을 높이 들어 떨어진 꽃을 밟으며 「양류사楊柳詞」를 노래하고 울긋불긋 채색한 누각에서 경치를 감상하며, 붉은 지대址臺 뜰과 금빛 섬돌에서 성스러운 천자께 조회하고 어배御盃에 법주法酒를 따라 마셔 취흥을 띠어 돌아오리이다."

난성후가 더욱 기특히 여기더라. 양기성의 나이 열세 살이 되매 예부상서 유공의劉公義의 딸과 더불어 혼인을 이루니, 유공의는 명나라 초기에 성의백誠意伯에 봉해진 유기劉基의 후예라. 유소저의 정숙함과 아름다

---

1) 장대(章臺): 한(漢)나라 때 장안(長安)에 있던 궁전 이름으로, 그 궁전 아래에 화류가(花柳街)가 형성되어 있었으며 버드나무가 많이 심겨 있었다고 한다.

움이 초옥군주와 더불어 우열을 가리기 어렵더라.

이때 천하가 태평하고 조정에 일이 없는지라. 연왕이 또 귀향할 뜻이 있는데, 천자가 하교하시길,

"내가 비록 나이가 젊으나 수백 년 종묘사직이 황태자에게 달려 있으니 마땅히 그를 잘 도와 이끄는 도리를 다해야 하리니, 이제부터 날마다 강연講筵을 베풀도록 하라."

이때 연왕이 태자태부太子太傅를 맡고 있고 병부상서 양장성과 호부상서 양경성이 또 강관講官으로 들어와 모시니, 아버지와 아들 세 사람이 날마다 대궐에 들어가 밤이 깊은 뒤 물러나더라. 하루는 연왕과 두 아들이 대궐로 들어간 뒤 양기성이 양태야에게 아뢰길,

"봄기운이 화창하고 바람과 햇빛이 맑고 환하니, 제가 문객門客 몇 명과 더불어 탕춘대蕩春臺에 올라 꽃과 버들의 경치를 구경하고 돌아오리이다."

양태야가 허락하니, 양기성이 크게 기뻐하여 푸른 나귀 한 필에 하인 한 명과 문객 두 명을 데리고 탕춘대를 찾아가더라. 붉은 티끌은 화창한 봄바람에 흩날리고 음악은 곳곳에 낭자하니, 장안長安 소년들이 백마를 금채찍으로 몰며 쌍쌍이 무리를 이루어 청루를 찾고 술집을 묻는지라. 양기성이 나귀를 몰아 한 곳을 바라보니, 푸른 버들이 좌우에 무성하고 분칠한 담장 몇 굽이에 꽃나무가 은은히 비치며 붉고 푸른 누각이 동서로 우뚝 솟아 분칠한 벽과 비단 창에 구슬발이 높이 걷어올려 있거늘, 양기성이 묻기를,

"이곳은 어떠한 곳인고?"

문객이 말하길,

"이곳은 황성의 청루青樓로 창기娼妓가 있는 곳이로소이다."

양기성이 말하길,

"청루의 이름을 일찍이 옛 책에서 보았으되 그 참 경치는 보지 못했

으니, 한번 보길 원하노라."

두 문객이 간언하길,

"이곳은 사대부가 출입할 곳이 아니니, 곧바로 탕춘대로 가소서."

양기성이 미소하고 다시 나귀를 채찍질하여 탕춘대에 이르니, 원래 탕춘원蕩春園은 장안에서 가장 큰 원림園林이라. 원림 가운데 온갖 꽃과 버들을 심어, 봄과 여름이 바뀌는 때 풍류 소년들과 부귀 가문의 자제들이 기녀와 음악으로 질탕하게 노니는 곳이라. 양기성이 느릿느릿 나귀를 몰며 좌우를 살펴보니, 곳곳에 꽃과 버들과 음악소리가 있어 한 해의 봄빛이 이곳에 다 있는 듯하더라. 한 곳을 바라보니, 울긋불긋한 수레는 꽃 아래 이어지고 은빛 말안장의 청총마青驄馬는 버들 사이에 오가며, 오사모烏紗帽에 초록색 도포 차림의 사내들과 푸른 소매에 붉은 화장을 한 여인들이 봄바람을 희롱하며 취흥을 자랑하더라. 양기성이 문객에게 묻기를,

"이들은 모두 어떠한 사람인고?"

문객이 말하길,

"장안의 소년들과 청루의 창기들이 꽃과 버들을 즐기며 노니는 것이니, 날마다 저러하나이다."

양기성이 나귀를 멈추고 구경하는데, 문득 숲속에서 붉은 깃발이 바람결에 나부끼더라. 양기성이 웃으며,

"옛 시에 이르길, '해 질 무렵 술집의 깃발이 바람결에 점차 나타나네'라 했으니, 반드시 술 파는 곳이로다. 내가 잠깐 한 잔 기울이리라."

두 문객이 말하길,

"술집을 찾고 청루를 방문함은 탕자의 일이라. 상공께서 아신즉 죄가 우리에게 미치리이다."

양기성이 말하길,

"옛적에 이백은 장안 저자의 술집에서 잠을 잤다[2] 하니, 내가 이제

한 잔 술을 기울임이 무슨 큰 걸림이 있으리오?"

나귀를 채찍질하여 곧바로 술집으로 향해 각기 여러 잔을 마시고 살짝 취해 돌아오는데, 좌우의 청루에 저녁노을이 비쳐 황금과 벽옥璧玉이 영롱하고 문 앞의 버드나무 아래에 화려한 수레와 은빛 말안장이 번화하고 떠들썩하더라. 양기성이 좌우를 돌아보며 말 채찍을 들고 느릿느릿 가는데, 문득 동쪽 누각 위에서 거문고 소리가 맑게 들리더라. 양기성이 일찍이 어머니 선숙인에게 배워 평소 음률에 밝고 또 취흥을 띠어 호탕한 마음을 진정시키기 어려워 두 문객에게 이르길,

"내가 이제 크게 취했으니 돌아가기 어려울지라. 잠깐 누각에 올라 거문고를 듣다가 술이 깨기를 기다려 돌아가리라."

두 문객이 크게 놀라며,

"청루에 평소 무뢰한 탕자가 많으니, 만약 생소한 사람이 잘못 들어간즉 반드시 욕을 당하리니 들어가지 마소서."

양기성이 웃으며,

"대장부가 세상일을 두루 겪어 영예와 치욕을 맛본 뒤에 지식과 견문이 더욱 넓어지나니, 그대들은 돌아가라. 나는 잠깐 구경하고 돌아가리라."

말을 마치매 나귀에서 내려 거문고 소리를 찾아가더라.

한편 청루의 기녀 수백 명 가운데 두 기녀가 있으니, 한 명은 설중매雪中梅로 노래와 춤과 자색이 출중할 뿐 아니라 노류장화路柳墻花로서 문 앞에서 손님을 영접하고 문 뒤에서 손님을 전송하는 풍정으로 번화한 무리 가운데 드날리고, 한 명은 빙빙氷氷으로 얼굴과 자질이 비할 데 없이 뛰어나나 천성이 맑고 고결하며 솜씨가 서투른 까닭에 세상에 드러나

2) 이백(李白)은 장안(長安)~잠을 잤다: 두보(杜甫)의 시 「음중팔선가飮中八仙歌」에 나오는 구절. "이백은 술 한 말에 시 백 편을 짓고, 장안 저자의 술집에서 잠을 잤다네(李白一斗詩百篇, 長安市上酒家眠)."

지 못해 문 앞이 쓸쓸하더라.

설중매가 곽도위霍都尉의 아우 곽상서霍尙書와 가까이 지내 청루의 제일방第一坊에 거처하니, 곽상서의 자字는 자허子虛라. 집안의 재산이 매우 많아 어려서부터 풍류방탕하여 장안 소년의 우두머리가 되어 설중매에게 깊이 빠지니, 나이는 서른한 살이더라. 이날 곽상서가 탕춘원에서 봄을 감상하다가 설중매의 집에서 밤잔치를 약속하니, 설중매가 술과 안주를 베풀고 곽상서를 기다리다가 우연히 거문고를 타는데 문득 한 소년이 초록색 도포와 단건單巾 차림으로 술기운을 띠어 들어오매, 뛰어난 기상은 둥글고 밝은 달이 바다 위에 솟아오른 듯하며 번화한 용모는 봄날의 이름난 꽃이 새로이 아침이슬을 머금은 듯해 나이가 비록 어리나 일거일동이 극히 호방한지라. 설중매가 거문고를 밀치고 맞이하여 들이니, 양기성이 웃고 앉으며,

"나는 꽃을 구경하는 손님이라. 우연히 거문고 소리를 듣고 들어왔으니, 그대의 이름은 무엇인고?"

눈길을 흘려 설중매의 용모를 보니 얼굴은 파르스름하고 눈썹은 가늘며 붉은 입술과 하얀 치아, 아름다운 이마와 눈썹을 지녔더라. 또렷한 꾀꼬리 울음소리로 나직이 대답하여,

"저의 천한 이름은 설중매라 하나이다."

양기성이 번화한 웃음과 호방한 말투로,

"나는 방탕한 사람이니, 양기성이라 하오. 그대가 처음 만나는 손님을 위해 '높은 산과 흐르는 물'의 뜻을 지기로서 알아보는 그 거문고의 묘한 솜씨를 아끼지 않을 수 있겠소?"

설중매가 가을물결 같은 눈길을 흘려 양생을 보고 거문고를 당겨 옥 같은 손으로 줄을 골라 또 한 곡조를 타니 수법이 기이하고 음조가 정묘하거늘, 양기성이 크게 기뻐하여 칭찬하더라. 문득 한 남종이 편지 한 통을 드리거늘, 설중매가 열어서 보고 웃으며 책상 위에 놓고 창밖으로 나가

남종과 말을 나누고 보내더라. 양기성이 몰래 그 편지를 보니 대략 이러하더라.

"오늘밤에 마침 입궐할 일이 있어 황혼의 아름다운 기약을 저버리니, 모레 전춘연餞春宴을 다시 기약하노라."

설중매가 다시 들어와 여종으로 하여금 술을 내오게 하여,

"상공께서 소년 풍류로 꽃을 찾고 버들을 따라다니다가 청루를 밟아 거문고 소리를 듣고자 하시니, 주량이 반드시 클지라. 저의 술 한 잔을 사양하지 마소서."

양기성이 미소하고 술잔과 산算가지가 뒤섞이며 어느덧 날이 저물었거늘, 양기성이 놀라 몸을 일으키며,

"내가 어버이를 모시고 있는 사람으로서 잠깐 꽃과 버들을 감상하다가 어느덧 날이 저물어 바삐 돌아감을 생각하지 않을 수 없으니, 훗날의 기약을 다시 남기노라."

설중매가 가을물결 같은 눈길을 흘려 은근히 정을 보내고 시무룩하여 대답하지 않더라. 양기성이 문밖으로 나오니, 두 문객이 문밖에서 방황하다가 두려워 조급해하며,

"날이 이미 저물었거늘, 웃어른들을 모시고 있는 처지에 어찌 이처럼 즐기다가 돌아감을 잊으시나이까?"

하고 양기성과 더불어 허둥지둥 돌아오는데, 두 문객이 웃으며,

"주인님께서 청루에 들어가신 뒤에 방심할 수 없어 문 앞에서 머뭇거리고 있는데, 소년 두 명이 준마를 타고 문 앞에 이르러 말에서 내려 들어가고자 하는 까닭에 주인님께 실수가 있을까 염려하여 그 소년의 소매를 잡고 저지하였나이다. 한 소년이 다투고자 하거늘 한 소년이 만류하며 조용히 묻기를 '오신 분이 누구인고?' 하기에 우리가 손을 저으며 '이만하면 알지니, 물어 무슨 유익이 있으리오?' 하니, 그 소년이 우리를 자세히 보다가 미소하며 서쪽의 청루로 가더이다."

양기성이 웃으며 대답하지 않고 부중에 이르니, 양태야가 묻기를,
"어찌 이리 늦었느뇨?"
양기성이 말하길,
"자연스레 구경하다가 해가 저무는 것을 깨닫지 못했나이다."
선숙인이 꾸짖으며,
"만약 상공께서 집에 돌아와 계셨다면 반드시 엄한 꾸중을 입었을지라. 어찌 조심하지 않느뇨?"
양기성이 웃으며 대답하길,
"한때 봄의 흥취로 꽃을 찾고 버들을 따라다니다가 오히려 바삐 돌아왔나이다."
난성후가 듣고 미소하며 말이 없더라. 이윽고 연왕 부자가 집으로 돌아오니 양태야가 말하길,
"요즘 내가 노곤하여 자연의 경치를 보고자 하노니, 내일 문객 몇 명과 산옹山翁을 데리고 취성동聚星洞으로 가서 수십 일 동안 답답한 마음을 풀고자 하노라."
연왕이 명을 받들고 내당에 들어가 모든 낭자를 불러 상의하길,
"아버님께서 내일 취성동으로 행차하시어 수십 일 동안 답답한 마음을 풀고자 하시니, 아침저녁 음식 올리는 일을 종들에게 맡기기 어려운지라. 모든 낭자 가운데 한 사람이 모시고 가도록 하오."
난성후가 말하길,
"연숙인은 잉태한 지 몇 달이 되었고 선숙인은 요즘 자주 몸이 좋지 않으니, 제가 모시고 가리이다."
연왕이 좋다고 칭찬하고 양태야에게 아뢰니, 양태야가 한참 생각하다가,
"어찌 수십 일을 견디지 못하리오? 낭자들과 더불어 가고자 아니하노라."

연왕이 또 아뢰길,
"이 또한 자식이 해야 할 일인지라. 제가 이미 난성후에게 모시고 가도록 했나이다."
양태야가 말하길,
"그러면 난성후는 혹 집안에서 상의할 일이 있을까 하니, 선숙인으로 하여금 나와 더불어 가게 하라."
연왕이 그리하겠노라 하고, 또 아뢰길,
"집 안팎을 청소하고 웃어른을 응대함에 혹 하인이 하기 어려운 것이 있을지라. 아이 가운데 누구를 데려가고자 하시나이까?"
양태야가 웃으며,
"인성仁星의 사람됨이 너무 질박하여 남자의 번화한 기상이 부족하니, 함께 가서 답답한 마음을 풂이 좋으리로다."
연왕이 그리하겠노라 하더라. 이튿날 새벽 연왕 부자가 조정에 들어가는데, 남종과 가마를 일일이 지휘하고 산옹山翁과 양인성을 불러 이르길,
"모든 일을 조금도 태만하게 하지 말라."
하고 벽운루碧雲樓에 이르러 선숙인에게 이르길,
"아버님께서 드시는 음식과 모든 일을 그대가 모름지기 몸소 살펴 집에 계실 때보다 더 낫게 하오."
선숙인이 명을 받들고 여종 두 사람과 다른 일행을 거느려 양태야를 모시고 출발하는데, 연왕 부자가 모시어 성밖까지 배웅한 뒤 연왕과 양장성·양경성은 입궐하고 양기성은 집안으로 돌아와 벽운루를 바라보니, 문은 닫혀 있고 어머니 선숙인의 목소리가 들리는 듯해 종일 마음이 울적하여 마음을 둘 곳이 없더라. 저녁밥을 먹지 못하고 책상 앞에 시무룩하게 앉아 있거늘, 난성후가 그 뜻을 알고 글방에 이르러 위로하길,
"내가 취성동의 자운루紫雲樓에 버들 수십 그루를 심어 놓았는데, 연약

한 가지와 가느다란 잎이 요즘 아름다우리니, 네 어머니 선숙인이 홀로 감상하며 집안에서의 울적하던 마음을 풀리로다."

양기성이 웃으며,

"이제 이 말씀을 들으니 어머님을 생각하는 저의 마음이 자못 위로가 되나이다."

이날 밤에 연왕 부자가 대궐에서 물러나와 전보다 일찍 취침하니, 양기성이 글방으로 물러나와 등불을 돋우고 독서하다가 문득 탕춘원 갔던 일을 생각하고는 마음이 호탕해져 책을 덮고 한참 생각하다가,

"내가 이제 열네 살이라. 음악과 여색의 풍류를 이때 하지 않고 어느 때 하리오? 사람을 움직이는 설중매의 풍정이 옛적에 양주揚州의 미인이 귤을 던짐과 비슷하니, 내가 어찌 두목杜牧의 풍모가 없으리오?"

뒤척이며 잠을 이루지 못하고 설중매의 거동이 눈앞에 삼삼하여 생각하지 않으려고 해도 저절로 생각이 나더라. 갑자기 몸을 일으켜 하인 한 명을 거느려 다시 설중매를 찾고자 하여 지난날 같이 갔던 두 문객에게 함께 갈 것을 요청하니, 두 문객이 주저하며 기꺼워하지 않더라. 양기성이 말하길,

"그대들이 함께 가고자 하지 않으면 내가 마땅히 홀로 가리라."

하인을 명해 등불을 들게 하여 바람에 나부끼듯 가거늘 두 문객이 어찌할 수 없어 뒤를 따르더라.

한편, 설중매가 양기성을 한 번 본 뒤로 한결같이 잊지 못해 마음속으로 생각하되,

'내가 청루에 있은 지 몇 해에 장안 소년을 알지 못하는 자가 없고 공자公子·왕손王孫을 보지 못한 자가 없으나, 양생 같은 풍류는 참으로 처음 보는 인물이라. 우연히 만났다가 훌쩍 작별했으니 그가 만약 다정한 남자로서 나의 정을 알진대 마땅히 돌아가서도 잊지 않으리라.'

하여 은근히 고대하더니, 밤이 깊고 달이 밝은데 한 소년이 초록색 도

포와 단건單巾 차림으로 하인 한 명과 문객 두 명을 거느리고 들어오거늘 보니 곧 양기성이라. 설중매가 흔쾌히 맞이하니 양기성이 설중매의 손을 잡고 탄식하며,

"탕춘원에서 돌아가던 길에 거문고 소리를 들으러 왔던 소년을 기억하는고?"

설중매 또한 양기성의 손을 잡고 나직이 대답하길,

"마음속에 간직했으니 어느 날인들 잊었으리오?"

그윽한 향기가 설중매가 말을 할 때마다 사람을 감싸는지라. 양기성이 취한 듯 꿈꾸는 듯 정신이 녹는 것 같아 자리에 앉으며 두 문객과 하인으로 하여금 문밖에서 기다리라 하고 화촉을 돋우며 다시 설중매의 용모를 보니, 담소하는 가운데 풍정이 눈썹 사이에 서리어 자못 요염하고 자못 총명하니, 큰 화로에 눈 한 점이 떨어지듯 사내의 간장을 녹일 만하더라. 술상을 내어와 살짝 취하매 양기성이 거문고 몇 곡조를 타고 설중매가 노래를 불러 화답하니 질탕하여 한밤중에 이르더라. 양기성은 소년인지라 한줄기 정욕이 취흥을 따라 일어나 억제하기 어려우니, 침상에 나아가 원앙鴛鴦 띠를 끄르고 부용芙蓉 치마를 벗겨 초楚나라 양대陽臺에서 구름이 되고 비가 되어 어울리듯 하더라. 설중매가 취한 눈이 몽롱하고 온몸에 힘이 없어 다시 일어나 의상을 가다듬고 마음속으로 생각하되,

'내가 양생을 보고 다만 한 명의 미남자로 생각하였는데 풍정이 이처럼 뛰어날 줄 어찌 알았으리오? 곽상서 같은 자는 한 명의 비루하고 방탕한 사내로다.'

오히려 미진한 마음이 있어 가만히 묻기를,

"상공께서 이제 돌아가시면 언제 다시 만나리이까?"

양기성이 말하길,

"장차 자주 흥을 타 찾아오리라."

설중매가 말하길,

"내일은 전춘餞春하는 날이라. 장안 소년과 청루의 모든 기생이 탕춘원에 모여 봄을 전송하나니, 탕춘원을 찾아오시면 멀리서 상공의 얼굴을 뵈올 수 있으리이다."

양기성이 허락하고 돌아오더라. 이튿날 아침에 연왕이 어머니 허부인에게 아뢰길,

"황상께서 강연講筵하는 모든 신하와 더불어 후원後苑에서 전춘하고자 하시니, 이제 곧 입궐하여 밤이 깊은 뒤에 물러나 돌아오리이다."

난성후가 웃으며,

"강남 풍속은 전춘 놀음이 가장 번성한지라. 물색이 번화하여 삼월 상사일[3] 같으니이다."

연왕이 말하길,

"황성에도 이 놀음이 있으되 나는 비록 보지 못했으나 어찌 홀로 강남만 있으리오?"

연왕 부자가 입궐한 뒤에 양기성이 할머니 허부인에게 아뢰길,

"제가 듣사오니 오늘 탕춘원에 장안 소년이 모여 전춘 놀음이 볼 만하다 하오니, 바라건대 잠깐 보고 돌아오리이다."

허부인이 허락하며,

"네 아버지와 두 형은 대궐 후원에서 전춘하고 너는 탕춘원에서 전춘하니, 이 늙은이는 두 며느리와 두 낭자와 더불어 장차 후원後園에서 전춘하리라."

양기성이 난성후에게 아뢰길,

3) 삼월 상사일(上巳日): 음력 삼월에 지지(地支)로서의 '사(巳)' 자가 처음 들어간 날. 옛 풍속에 이날에는 수계(修禊, 물가에서 지내는 제사)를 치러 불상(不祥)을 제거하고 곡수연(曲水宴)과 답청(踏靑)놀이 등을 했다고 한다. 위(魏)나라 이후로는 이 사일(巳日)을 따지지 않고 음력 3월 3일을 상사일로 정했는데 삼짇날이라고도 한다.

"제가 잠시 화려한 행색으로 꾸미고자 하오니 잠시 설화마雪花馬를 내려주소서."

난성후가 웃고 허락하니, 원래 난성후의 총명함으로 어찌 양기성의 방탕함을 모르리오마는 난성후의 성품이 본디 풍류 번화함을 좋아하여 비록 아들과 조카라도 엄금하지 않고 늘 너그러운 태도가 많은지라. 즉시 남종을 명해 설화마를 이끌어와 털을 빗기라 하고, 난성부에서 새로 장식한 안장과 굴레를 가져오라 하매 손야차가 가져오니, 과연 황금으로 꾸미고 붉고 푸르게 꾸며 황금 굴레와 산호 채찍이 휘황찬란하더라. 양기성이 크게 기뻐하여 다시 두 문객을 거느리고 설화마에 올라 장안 큰길을 가로질러 달려 설중매의 청루를 향해 가더라.

이때 설중매가 풍류스러운 이름난 기생으로서 양기성을 미혼진迷魂陣 가운데 농락하고는 더욱 사랑하고 그리워하여, 애틋한 한 가지 생각이 오로지 양기성에게 있어 곽상서에게는 뜻이 없더라. 이날 곽상서가 또 편지를 보내어,

"오늘 황상께서 모든 신하를 모아 후원에서 전춘하시는 까닭에 스스로 약속을 어기는 사람이 되니 부끄럽기 그지없도다. 과자금[4] 일백 냥을 보내노니 오늘 놀음에 쓰고, 다시 모레 만나길 기약하노라."

설중매가 읽기를 마치매 괜찮다는 몇 마디 말로 곽상서의 남종을 돌려보내고 탕춘원으로 가려고 단장하는데 거울을 마주하여 낙매장落梅粧의 도화분桃花粉을 더해 초승달 모양의 눈썹을 그리니, 누른빛 화장은 이마 위에 완연하고 붉은 입술은 앵도櫻桃 같더라. 다시 칠보七寶로 된 취화翠花 비녀를 꽂고 황금 장식 한 쌍을 어깨 위에 비스듬히 드리우고, 몇 가

4) 과자금(瓜子金): 중국 광서(廣西) 지역에서 생산되는 큰 금덩어리를 일컫는다. 광서 제동(諸洞)에서 금이 생산되어 그 고을의 장정(壯丁)이 모두 걸려서 채취하는데, 큰 것은 참외처럼 생겨 과자금으로 불렸다고 한다.

닥 구름 같은 귀밑머리는 부스스하니, 장손부인[5]의 덧넣은 다리머리를 본뜸이더라. 좌우에 묻기를,

"탕춘대로 향하는 소년이 얼마나 되는고?"

여종이 대답하길,

"시간이 아직 이르거늘 은빛 말안장과 수놓은 수레가 큰길에 이어져 있으니, 올해의 전춘 놀음은 몇 해 사이에 가장 나을 듯하나이다."

설중매가 웃고 거울을 들어 얼굴을 비춰보며,

"장안 소년들은 모두 오지 않더라도 다만 나의 다정한 낭군은 일찍 오소서."

여종이 웃으며,

"낭자의 다정한 낭군은 곧 곽상서라. 이미 못 오신다 하셨거늘 어찌 헛되이 기다리시나이까?"

설중매가 거울을 던지고 가느다란 소리로 꾸짖으며,

"다정한 낭군인지 박정한 낭군인지 네가 어찌 분별할 수 있겠는고?"

시무룩하게 한참 있다가 다시 웃으며,

"네가 문밖에 서 있다가 양공자께서 오시거든 돌아와 아뢰어라."

여종이 나가더니 잠시 뒤에 허둥지둥 들어와 아뢰길,

"상공께서 찾아오시나이다."

설중매가 흔쾌히 나아가 맞이하니, 양기성이 아니요 이는 곽상서라. 문객 대여섯 명을 거느리고 반쯤 취해 들어와 웃으며,

"오늘 황상께서 다만 강연講筵의 모든 신하와 더불어 잔치하시는 까닭에 내가 그대를 찾아왔노라. 조금 전에 과자금을 보냈거니와 그것을 보

5) 장손부인(長孫夫人, 601~636): 장손황후(長孫皇后). 당나라 태종(太宗)의 황후. 시호(諡號)는 문덕(文德). 낙양(洛陽) 사람으로 장손성(長孫晟)의 딸이다. 성품이 검소하고 간략했으며 독서를 좋아하고 예법을 중시하여, 항상 황제에게 간언(諫言)을 받아들이고 외가(外家)를 물리칠 것을 권했다.

왔는가?"

설중매가 말하길,

"풍성한 뜻은 감사하오나, 상공께서 이미 입궐하신 것으로 안 까닭에 이제 탕춘원으로 가고자 하나이다."

곽상서가 웃으며 문객에게 이르길,

"그대들은 문 앞에 서 있다가 이장군李將軍·여시랑呂侍郎·왕원외王員外·우문지부宇文知府가 오거든 알리라. 내가 설중매와 더불어 잠시 말하고자 하노라."

문객이 그리하겠노라 하고 나가거늘, 곽상서가 설중매의 손을 잡고 다시 보니, 화려한 장식과 번화한 단장이 영롱하고 찬란하여 취한 눈이 황홀한지라. 버들 같은 가느다란 허리를 끌어안고 옥 같은 얼굴을 이끌어 붉은 입술을 맞추고자 하니, 설중매가 말하지도 않고 웃지도 않고 나무인형처럼 서 있다가 여종을 불러 말하길,

"시간이 점점 늦어지니, 가마꾼이 와서 기다리는가?"

곽상서가 웃으며,

"손님이 왔거늘 주인이 나가고자 하니, 이것이 무슨 도리인고?"

설중매가 불쾌한 얼굴빛을 드러내며,

"상공께서 여러 해 동안 친했던 저를 오늘 새로 사귄 사람으로 아시나이까?"

좌우로 저고리와 치마를 둘렀으니, 초록색 비늘무늬 비단 협수狹袖에 원앙鴛鴦 띠를 드리우고, 초록색 꽃무늬 금실로 짜 성성猩猩이 피로 물들인 비단 붉은 협수狹袖에 푸른 바탕의 복숭아·석류 수놓은 허리띠로 꾸미었으며, 칠보七寶 명월明月 노리개는 겉에 두르고, 비췻빛 금향사金香絲는 속에 두르고, 한줄기 복숭앗빛 당사唐絲 띠를 한 쌍 봉황머리 동심결同心結로 묶어 아래로 드리우니, 마노瑪瑙 노리개와 비단 버선과 수놓은 신발의 붉고 푸른 빛이 영롱하여 이루 형용하기 어렵더라. 단장을 마치고 거울

을 마주하여 앞으로 보고 뒤로 돌아보아 반나절 스스로 희롱하니, 푸른 물에 원앙이 그림자를 희롱하고 단산丹山에 봉황이 깃을 다듬는 듯해 온갖 교태가 그 가운데 있는지라. 곽상서가 마음속으로 의아하여,

'내가 설중매와 사귄 지 이미 오래되었으나 이처럼 변화한 단장은 이제 처음 보는지라. 지난날은 옷 한 벌을 입어도 나를 돌아보며 묻더니, 오늘은 한마디 말이 없으니 어찌 괴이하지 않으리오?'

또 생각하되,

'번화한 단장은 구경하는 자가 많기 때문이요, 나에게 묻지 않음은 사귄 정이 허물없어 그 뜻을 앎이로다.'

하고 스스로 마음을 위로하더라. 조금 있다가 문객이 들어와 말하길,

"모든 상공께서 지나감이라."

하니 곽상서가 몸을 일으켜 설중매를 향해,

"탕춘원에서 만나리라."

하고 문밖을 나서니, 여시랑이 웃으며,

"형이 먼저 오셨으리라 생각하였는데, 과연 미인을 그리워하여 이처럼 급히 오셨도다."

이장군이 말하길,

"우리는 무부武夫로되 지난날의 풍정이 이미 쇠했으나, 상서는 젊지 않으신가?"

왕원외가 이장군의 어깨를 치고 웃으며,

"장군께서는 곽상서가 풍류남아인 것을 모르시는가?"

우문지부가 웃으며,

"이는 태평시대의 좋은 일이라. 웃지 말지어다."

서로 농담하고 웃으며 말머리를 나란히 하여 탕춘원으로 가더라.

이때 설중매가 오랫동안 양기성을 기다리더니, 꽃 그림자가 뜨락으로 옮겨지고 청루의 모든 기녀가 일제히 이르러 함께 가길 청하거늘, 어

찌할 수 없어 쓸쓸히 몸을 일으키며 여종을 불러 귀엣말로 이르고 탕춘원으로 가더라. 양기성이 말을 달려 설중매의 집에 이르러 설중매의 움직임을 탐문하는데, 한 여종이 문 앞에 서 있다가 기뻐하며 붉은 종이의 편지를 드리거늘, 말 위에서 열고 보니 대략 이러하더라.

"봄을 전송하려고 옥 같은 낭군을 기다리니 기쁘기도 하고 슬프기도 한지라. 여종을 남겨 먼저 감을 아뢰나이다."

양기성이 읽기를 마치매, 웃으며 묻기를,

"너는 어찌 주인을 따라가지 않았는고?"

여종이 말하길,

"낭자께서 가시면서 이르길, '상공이 지나가시거든 이 편지를 드린 뒤에 즉시 오라. 그렇지 않으면 오지 말라' 하시더이다."

양기성이 미소하고 말을 채찍질하여 가는데, 황성의 풍속에 이날이 되면 위로 귀인에서 아래로 서민에 이르기까지 일제히 탕춘원에 모여 구경하는 까닭에 공자公子·왕손王孫과 부귀 가문의 자제들이 수레를 몰고 말을 달려 동구 밖 큰길에 구름처럼 모이더라. 양기성이 붉은 티끌을 헤치고 산호 말채찍을 휘두르자 흰 말이 눈 같은 갈기를 떨치고 옥 같은 말굽을 박차고 길게 울부짖으며 온갖 말 가운데 가로질러 달려가니, 요대瑤臺의 선군仙君이 옥룡玉龍을 멍에 메워 구름 밖으로 날아오르는 듯하여, 거리에 가득한 행인이 한꺼번에 길을 양보하고 온 성의 남녀가 어지러이 다투어 바라보더라. 말 위 소년의 뛰어난 풍채와 아름다운 얼굴에 감탄하지 않음이 없어,

"옛 시에 이르길, '어여쁘다, 저 사람과 말이여. 빛을 드러내도다可憐人馬生輝光' 함이라."

어느덧 탕춘원에 이르러 고삐를 멈추고 안장을 푸니, 녹음은 흐드러지고 향기로운 풀은 우거져 버들가지 위의 꾀꼬리가 벗을 부르는 소리 가운데 봄빛을 아끼는데, 백비과[6]와 설화총雪花驄이 있는 데마다 풍류소

년이요 칠향거七香車와 오운거五雲車가 있는 데마다 미인이더라. 두 문객이 아뢰길,

"오늘의 떠들썩함은 이즈음 몇 해 가운데 으뜸이라. 탕춘원이 비좁으니 먼저 탕춘대로 가소서."

양기성이 말하길,

"탕춘대가 어디에 있는고?"

두 문객이 말하길,

"여기서 사오 리 떨어져 있나이다."

양기성이 두 문객을 따라 사오 리쯤 가니, 과연 사람과 말이 떠들썩하여 조금도 빈틈이 없더라. 말고삐를 잡고 천천히 가며 살펴보니, 시냇물 한 굽이가 있고 시냇가에 버들 수백 그루가 둘렀는데 크고 붉은 무지개다리가 하나 있고 난간 여러 굽이가 백옥을 새긴 듯하더라. 무지개다리를 건너자마자 부드러운 풀이 펼쳐진 평지에 가무장歌舞場이 꾸며져 전후좌우에 붉은 난간이 둘러져 있고, 난간 바깥에 층대를 쌓아 가무장을 굽어보게 하고 층대 위에 비단 장막과 수놓은 좌석이 찬란히 빛나는데, 문무의 높은 관리들이 북적이며 늘어앉아 있더라. 황성의 풍속이 예로부터 전춘연餞春宴 놀이를 가장 중요하게 여겨 기녀들과 소년들이 주최하였는데, 요즘은 재상과 귀인들도 음악과 여색을 즐겨 모두 모여 구경함이더라.

그 방탕하게 노니는 상황은, 반나절을 노래와 춤으로 질탕하다가 해질 무렵 모든 기녀가 누각 위에 꽂힌 채화彩花를 빼어 물속으로 던지고 「송춘사送春詞」를 부르니 이는 옛법이요, 후세에는 방탕함이 더욱 심해져 노니는 자들이 음식을 마련해 친한 기녀에게 먹이고 기녀 또한 친한 자의 풍류와 인물을 보아 우열과 등급을 평가하니, 만약 남보다 나은즉 서

6) 백비과(白鼻騧): 하얀 코에 검은 주둥이를 가진 누런색 말로, 명마(名馬)로 알려져 있다.

로 치하하여 '봄을 샀다買春' 하고 만약 남보다 못한즉 조롱하여 '봄을 망쳤다破春' 하더라.

이때 기녀 수백 명이 아름다운 화장과 화려한 차림으로 머리에 채화를 꽂고 가무장에 올라 교방敎坊의 음악을 연주하니, 악기 소리가 맑고 아련하며 노래와 춤이 질탕하여 낭랑한 소리와 펄럭이는 소매가 탕춘원에 진동하더라. 모든 귀인과 소년이 일제히 탕춘대에 올라 각기 가까이하는 기녀에게 정을 보내는데, 설중매가 가을물결 같은 눈길을 흘려 좌우를 돌아보매 다만 곽상서·여시랑과 여러 사람이 탕춘대 위에 벌여 앉아 있을 따름이요 양기성은 그곳에 보이지 않으니 쓸쓸히 무료해하더라. 원래 설중매는 하늘이 낸 미인이라. 풍류 마당에 오른즉 태도와 솜씨가 지혜롭고 민첩한 까닭에 장안 소년들의 잔치 자리에 설중매가 없으면 흥이 깨진다 하더니, 그 쓸쓸하여 즐거워하지 않음을 보고는 환약을 던지기도 하고 술과 안주를 권하기도 하여, 떠들썩한 담소와 미혹하는 기색이 온전히 설중매를 향해 그 흥을 돕고자 하나, 양기성 한 사람이 아니면 어찌 미인의 가슴속 무료함을 위로하리오? 이윽고 설중매의 여종이 이르러 설중매에게 나아가 귀엣말을 하고 설중매가 바야흐로 미소하니 은근한 마음을 누가 알리오?

이때 청루의 기녀가 각기 그 재능을 다하여, 서로 이기려 경쟁하고 얼굴의 아름다움을 뽐내며 음악이 바야흐로 펼쳐지더라. 양기성이 두 문객을 거느리고 탕춘대에 올라 가무장을 굽어보니, 맑은 눈동자와 하얀 이, 푸른 소매와 붉은 화장이 무리를 이루어, 복숭아꽃·오얏꽃·모란꽃이 활짝 핀 듯하고 산호와 진주가 벌여 있는 듯해 사람의 안색을 움직이게 하지 않음이 없되, 한 미인이 가는 허리와 푸른 눈썹으로 풍정이 좌중을 압도하고 옷차림과 화장이 단연 뛰어나니 이는 설중매라. 설중매가 양기성이 온 것을 알고는 무료하던 마음이 봄눈처럼 녹고 호탕한 풍정이 어리석은 듯 취한 듯 춤추는 자리에 나아가니, 구경하는 이들이 담처럼 둘러섰더라.

설중매가 눈을 들어 탕춘대 위를 보니 한 소년이 단건單巾과 초록색 도포 차림으로 바람에 나부끼듯 서 있는데, 아름다운 눈썹에 상서로운 기운이 서리고 붉은 입술에 웃음을 띠었으니 자나깨나 잊지 못하던 마음속 낭군이 분명한지라. 만약 정을 보내면 곽상서가 반드시 의심할 것이요 보고도 못 본 체하려니 마음이 가려워, 이에 모든 기생을 돌아보며,

"내 부용 치마가 바야흐로 느슨하니 옷을 고쳐 입고 오리라."

하고 여종을 거느리고 나와 옷 갈아입는 곳에 이르러, 술 한 병과 과일 몇 종류를 갖추어 여종에게 주며,

"양부楊府의 남종을 찾아 양상공께 드리도록 하라."

말을 마치매 다시 춤추는 자리에 나아가더라. 여종이 술병과 과일 소반을 가지고 탕춘대 앞에 이르러 살펴보니 양부의 남종이 말고삐를 잡고 서 있거늘, 소반을 건네주며,

"상공께 드리라."

하니, 남종이 또한 이미 짐작하고 두 문객에게 전해 양기성에게 드리더라. 양기성이 미소하고 두 문객과 더불어 각각 한 잔씩 마시는데, 과일을 집어보니 소반 가운데에 글 몇 줄이 있으니,

"많은 사람 속에 가까이 있으나 멀기가 관산關山의 만릿길이라. 탕춘대 뒤에 작은 폭포가 있으니, 노래와 춤을 마친 뒤 폭포 아래에 나아가 뵈오리이다."

양기성이 보니 필적이 모호하여 자못 분명하지 않으나 아름다운 사람의 뜻을 어찌 헤아리지 못하리오? 미소하며 소매로 먹 자국을 지운 뒤 소반과 술병을 돌려주더라.

이때 설중매가 춤추는 자리에 다시 나아가 짐짓 반나절을 지체하며 탕춘대 위를 바라보다가 양기성이 과일 소반을 닦는 모양을 보고 마음

속으로 그 다정하고 지혜로움에 더욱 감동하더라. 설중매가 춤추는 소매를 떨쳐 평생의 재능을 다하니 한나라 궁궐의 조비연[7]이 누대 위에서 노니는 듯하고 월궁의 항아姮娥가 예상무霓裳舞를 추는 듯하더라. 꽃다운 북소리가 둥둥 울려 북춤으로 들어가고 서릿발 같은 칼날이 번뜩이며 칼춤으로 들어가니, 버들 같은 가느다란 허리에 봄바람이 언뜻 일어나고 복숭아꽃 같은 두 뺨에 향기가 비로소 짙어지니, 장안 소년들이 무릎을 치며 칭찬하고 교방의 모든 기녀는 부끄러워 얼굴을 들기 어렵더라. 곽상서가 어리석은 듯 앉아 정신을 잃은 사람 같거늘, 여시랑이 웃으며,

"설중매의 노래와 춤은 곽자허霍子虛의 총애하는 여인 됨이 아깝도다."

우문지부가 감탄하며,

"내가 일찍이 건안建安의 지부知府가 되어 노래와 춤을 많이 보았으나 태도와 솜씨가 설중매에게 미칠 수 없으니, 곽상서는 풍류 넘치는 아름다운 여인을 두었다 하리로다."

이장군이 웃으며,

"책상머리의 서생이 어찌 노래와 춤을 논할 수 있으리오? 풍류 마당의 모든 풍정은 붓을 내던진 무부武夫를 당하지 못하리라."

하고 서로 농담하며 즐거이 웃더라. 남종 다섯 명이 큰 교자상에 푸른 보자기를 덮어가지고 와서 곽상서를 찾거늘, 여러 문객이 받아 탕춘대 위에 올리니 진수성찬을 이루 다 먹을 수 없더라. 여시랑과 우문지부의 술과 안주가 또 차례로 이르거늘 각기 가까이하는 기녀를 불러 술을 권

7) 조비연(趙飛燕): 전한(前漢)의 11대 황제인 성제(成帝, BC 52~BC 7)의 비(妃)인 효성황후(孝成皇后). 본명은 조의주(趙宜主)이나, '나는 제비'라는 뜻의 조비연(趙飛燕)으로 불렸다. 원래 미천한 신분이나, 가냘프면서 아름다운 용모와 뛰어난 가무로 성제의 총애를 받았다. 일화에 의하면, 호수에서 베푼 선상연(船上宴)에서 춤을 추던 도중 강풍이 불어 조비연의 가냘픈 몸이 바람에 날리자, 성제가 그녀의 발목을 잡아 물에 빠지는 것을 막았으나, 조비연은 춤추기를 멈추지 않아 성제의 손바닥 위에서 춤을 추었다고 한다.

하고 잔을 돌리는데, 곽상서가 설중매를 부르니 설중매가 마지못해 탕춘대 위에 오르며 눈길을 흘려 양기성이 서 있던 곳을 보매 간 곳을 알 수 없더라. 마음속으로 생각하되,

'반드시 폭포를 보러 감이로다.'

마음이 몹시 급하니 어찌 술잔을 돌리는 데 마음이 있으리오? 짐짓 눈썹을 찡그리고 허리띠와 비단 두건을 끌러 머리를 감싸고는 겨우 한 잔 술을 곽상서에게 권한 뒤 아뢰길,

"제가 두통이 심해 오래 앉아 있기 어려운지라. 잠시 옷 갈아입는 곳에서 쉬다가 다시 오리이다."

곽상서가 크게 놀라,

"그대가 조금 전에 칼춤을 오래 추더니 이 때문에 몸이 불편한 것이로다."

한 잔 마시고 가라 하나, 설중매가 거듭 사양하고 탕춘대에서 내려와 여종을 거느리고 바삐 폭포를 찾아가더라.

한편 양기성이 설중매의 노래와 춤을 본 뒤 두 문객과 더불어 탕춘대에서 내려와,

"내가 듣건대 탕춘대 뒤에 작은 폭포 하나가 있다 하니, 어찌 가서 보지 않으리오?"

하고 탕춘대 뒤로 수십 걸음을 가니, 수풀 사이에 석벽石壁이 둘러 있고 한줄기 폭포가 석벽으로부터 흐르는데 그 아래에 또 반석磐石이 있어 수십 명이 앉을 만하더라. 반석 위에서 남종 몇 명이 이끼를 닦고 나뭇가지를 꺾어 차를 끓이다가 양기성이 오는 것을 보고 허둥지둥 자리를 베풀어 영접하거늘, 양기성이 이상히 여겨 묻기를,

"너희는 어떠한 사람인고?"

남종이 대답하길,

"저희는 설중매의 청루에 있는 남종이로소이다."

말을 마치기 전에 설중매가 남종을 거느리고 수레를 몰아와 낭랑히 웃으며,

"제가 폭포를 보고자 왔거늘 어떠한 상공께서 남의 자리에 앉으셨나이까?"

양기성이 웃으며,

"맑은 물의 바위가 본디 주인이 없으니 먼저 앉는 자가 주인일지라."

설중매가 양기성의 말에 뜻이 있음을 이미 알고 대답하길,

"이 바위는 많은 사람을 겪은지라. 상공께서 어찌 홀로 주인이 되시리이까?"

양기성이 말하길,

"향기로운 꽃이라야 벌과 나비가 오고, 이름난 뜨락이라야 수레와 말이 모이나니, 이 바위가 주인이 많음을 내가 사랑하노라."

설중매가 웃고 반석 위에 함께 앉아 물과 바위를 감상하니, 은근하고 정다운 이야기가 끊이지 않아 해가 서산에 지는 것을 깨닫지 못하더라. 이윽고 남종과 여종이 대여섯 그릇의 술과 안주를 올리매 정교하고 풍성하거늘, 양기성이 웃으며,

"한잔 술로 족할지니, 이처럼 성대함은 도리어 정이 아니로다."

설중매가 웃으며,

"제가 오늘 전춘연에 참으로 흥취가 없어 병이 있다 핑계하고 모면하고자 하였는데, 이처럼 틈을 타 온 것은 그 뜻이 오로지 상공께 있음이라. 간절한 정성을 사양하지 마소서."

양기성이 흔쾌히 잔을 기울이고 젓가락을 들어 설중매의 은근한 정에 부응하고, 따로 소반을 갖추어 두 문객과 남종들에게 주어 취하도록 먹게 하더라. 양기성이 설중매와 더불어 폭포 아래에 이르러 손을 잡고 어깨를 나란히 하여 앉아 '높은 산과 흐르는 물'의 뜻을 알아보는 지기의 깊은 정을 이야기하니, 설중매가 가만히 생각하되,

'나는 곧 청루의 기녀라. 양상공과 더불어 이처럼 가깝게 지내되 만약 곽상서를 물리치지 않는다면 양상공이 다만 은밀히 왕래할 따름이니, 내가 어찌 규중 아녀자가 옥을 훔치고 향을 훔치듯 몰래 사귀는 것을 본받으리오? 마땅히 양상공의 문장이 어떠한지 시험하여, 오늘 전춘연에서 양상공의 풍류를 드러내어 곽상서로 하여금 부끄러워 스스로 물러나게 하리라.'

이에 시 한 수를 읊으며,

"제가 경치를 대하여 마침 시 한 수를 얻었으니, 상공께서 그 아래 구절을 이어주소서."

양기성이 크게 기뻐하여 그 시에 대해 물으니, 설중매가 읊기를,

꽃이 떨어지니 산이 쓸쓸하고
물이 흐르니 돌이 맑게 울리도다.

양기성이 크게 칭찬하고 응답하여 곧바로 읊기를,

봄을 아끼는 눈물이 많음이여
변하지 않을 바다로 맹세하는 깊은 정이여.

설중매가 양기성이 용모가 아름답고 나이가 어려 그 학업이 부족한가 의심하였는데, 그 응답하여 곧바로 읊는 것을 보고 마음속으로 크게 놀라, 손안의 부채를 들어 석벽을 두드리며 붉은 입술을 열어 맑고 아름답게 그 시를 노래로 부르니, 산바람은 산들산들 불고 물소리는 졸졸 흘러 노랫소리에 섞이더라. 다시 술을 마신 뒤 설중매가 말하길,

"제가 전춘연 자리에 아뢰지 않고 온 지 이미 오래인지라. 동료들이 반드시 의심하리니 마지못해 돌아가거니와, 바라건대 상공께서는 전춘

교餞春橋에 이르러 모든 기녀가 봄 전송하는 것을 구경하소서."

양기성이 말하길,

"전춘교는 어디에 있는고?"

설중매가 말하길,

"조금 전에 밟고 오신 돌다리가 곧 전춘교요, 모든 기생이 이 다리의 물가에 모여 봄을 전송하나이다."

양기성이 응낙하고 설중매를 먼저 보낸 뒤 반석 위에 잠시 앉아 있다가 곧바로 전춘교에 이르러 돌난간에 기대어 맑은 강을 굽어보니 취흥이 도도하더라. 이때 곽상서와 청루의 모든 기녀가 설중매를 두루 찾되 간 곳을 모르는지라 의아해하지 않음이 없더니, 문득 설중매가 아름다운 얼굴에 술기운을 띠어 멀리서 오거늘 모든 기녀가 어찌 그 까닭을 헤아리지 못하리오? 다만 수많은 사람 가운데 그가 누구인지 몰라, 설중매가 눈길 주는 곳을 몰래 살피고 웃으며 묻기를,

"그대는 조금 전 어디에 갔는고?"

설중매가 웃으며,

"오늘은 봄을 전송하는 날인지라 제가 봄을 좇아갔더이다."

모든 기녀가 크게 웃으니, 곽상서가 또 묻기를,

"그대의 두통은 이제 어떠한고?"

설중매가 말하길,

"아직까지 낫지 않았나이다."

곽상서 또한 십 년 동안 청루에서 노닐던 안목으로 어찌 설중매의 거동을 의심하지 않으리오? 잠시 뒤 청루의 모든 기녀가 음악을 연주하고 전춘교를 향해 가니, 모든 소년과 곽상서·여시랑 등도 자리를 옮겨 석교 위로 가고자 하더라. 저무는 해가 산에 걸리고 봄바람이 화창한데, 맑은 시냇물 한 굽이가 다리 아래에 펼쳐져 있고 푸른 소매와 붉은 화장이 물속에 비치며 온갖 악기 소리가 애절하고 처량한 가운데 기녀 수

백 명이 머리에 꽂은 채화彩花를 뽑아 나부끼듯 춤을 추더라. 문득 설중매가 모든 기녀를 보며,

"우리가 태평성대에 풍류 넘치는 모든 상공을 모시어 해마다 이날이면 같은 노래로 봄을 전송하니, 이것이 어찌 무료하지 않으리오? 이제 모든 상공의 새로운 시를 얻어 각기 그 시로써 노래를 부름이 좋지 않으리오?"

곽상서가 말하길,

"설중매의 말이 비록 좋으나 날이 이미 저물었고 봄을 전송함이 자못 급하니, 어느 겨를에 시 한 수를 지으리오?"

설중매가 웃으며,

"옛적에 조식曹植은 일곱 걸음에 시를 지었으니, 제가 마땅히 일곱 걸음으로 모든 상공 앞으로 걸어들어가 아름다운 시구를 청하리이다."

이장군이 칭찬하며,

"설중매의 말이 참으로 좋도다. 나 같은 무부武夫는 논할 바 없거니와 모든 상공과 소년은 각각 그 재능을 다해 이 자리의 흥을 도우라."

그 가운데 여시랑과 우문지부는 평소 시객詩客으로 자부하는지라. 마음속으로 크게 기뻐하여 한꺼번에 칭찬하거늘, 설중매가 마노瑪瑙 벼루에 용향묵[8]을 갈고 청옥靑玉 붓대의 양털 붓을 뽑아 어린 기녀 두 명으로 하여금 받들게 하고 붉은 비단치마 여섯 폭을 떨치며 먼저 일곱 걸음을 걸어 곽상서 앞으로 나아가 서더라. 곽상서가 얼굴에 붉은 기운을 띠며,

"곽자허가 과거에 급제한 지 십여 년이 지난지라. 백면서생이 글귀를

8) 용향묵(龍香墨): 당(唐)나라 현종(玄宗)이 쓰던 먹 이름인 용향제(龍香劑). 기름의 그을음인 유연(油烟)에 사향(麝香)을 섞어 금박을 익힌 먹. 현종이 어느 날 먹 위에 파리처럼 작은 도사(道士)가 돌아다니는 광경을 보고 꾸짖으니, 곧 '만세'를 부르고서 "저는 먹의 정령인 흑송사(黑松使)입니다. 세상에 문장이 있는 자는 모두 먹 위에 열두 명의 용빈(龍賓)이 있습니다"라고 했다. 이에 현종이 용향제라 이름 붙이고 먹을 문관들에게 나누어주었다고 한다.

아로새기는 보잘것없는 솜씨를 그만둔 지 이미 오래되었으니, 그대는 다른 사람에게 가서 청하라."

설중매가 웃고 여시랑에게 이르니, 여시랑이 한참 생각하다가 웃으며,

"옛적에 왕발王勃은 시를 짓고자 한즉 이불을 덮고 벽을 향해 누워 반나절을 생각했으니, 내가 본디 민첩한 재능이 없는지라. 그대는 다른 곳에서 청할지어다."

설중매가 우문지부에게 이르니 지부가 눈썹을 찡그리고 먼산을 바라보고 생각하며 붓을 잡고 쓰고자 하다가 또 물러나거늘, 설중매가 웃으며,

"시각이 이미 지났으니, 바삐 쓰소서."

지부가 생각이 삭막하여 붓을 던지고 물러나 앉는지라. 설중매가 문장으로 이름난 자를 가려 여러 곳에 이르나, 수많은 사람 가운데 누가 일곱 걸음에 시를 짓는 재능이 있으리오? 설중매가 십여 곳을 헛걸음하니, 곽상서가 마음속으로 다행히 여기더라. 설중매가 비단치마를 떨쳐 낭랑히 웃으며,

"자리에 이백李白이 계시지 않으니 양귀비楊貴妃가 벼루를 받듦이 부끄럽나이다."

가을물결 같은 눈길을 흘려 좌우를 살피는 체하다가 연꽃 같은 걸음을 옮겨 다시 한 곳을 향하거늘, 모든 사람이 보니 한 소년이 머리에 부드러운 비단 단건을 쓰고 몸에 초록색 도포를 입고 술기운이 몽롱하여 마치 연꽃 한 송이가 아침이슬에 젖은 듯해, 돌난간에 기대어 흐르는 물을 굽어보며 설중매가 이르는 것을 깨닫지 못하더라. 설중매가 옥 같은 음성을 높여,

"어떠한 상공께서 사람이 오는 것을 모르시나이까?"

소년이 놀라 돌아보니 한 미인이 아무렇지 않은 듯이 아뢰길,

"맑은 시 한 수를 빌려주시어 봄을 전송하는 아름다운 날의 흥취를 도우소서."

소년이 미소하며,

"시령詩令을 듣지 못했으니 어찌 지으리오?"

설중매가 말하길,

"시령은 일곱 걸음이요 시의 제목은 '전춘餞春'이라. 저의 이름이 설중매이니 '매梅'자로 운韻을 달아 절구絶句 한 수를 지어주소서."

소년이 미소하고 붓을 잡아 먹을 적시어 설중매의 비단치마에 쓰니, 그 빼어남은 폭풍과 소나기 같고 그 빛남은 용이 날고 봉황이 춤추는 듯하더라. 곁에서 보는 모든 기녀와 좌우에서 구경하는 자가 빙 둘러서 떠들썩하게 칭찬하니 설중매가 시를 받들어 깊이 사례하고 눈길을 흘려 잠깐 정을 보낸 뒤 물러나니, 누가 그 오래 사귐을 의심할 수 있으리오? 곽상서와 여시랑이 놀라고 부끄러워 그 시를 가져오라 명해 보니, 그 시는 이러하더라.

큰길의 붉은 티끌이 얼굴에 가득 날아드니
봄을 보내고 돌아온다고 모두들 말을 하네.
봄을 보내어 봄이 이미 갔다고 말하지 마오.
봄이 깊어져 눈 속의 매화를 다시 보거늘.

곽상서는 얼굴빛이 변해 말이 없고 여시랑과 우문지부는 마음이 상해 넋을 잃고 이장군은 칭찬을 입에 다 담지 못해,

"이는 하늘이 낸 재능이로다."

하니, 이 소년은 다른 사람이 아니라 곧 양기성이더라. 이때 모든 기녀가 그 문장을 사랑하고 그 풍채를 흠모하여 다투어 비단치마와 비단 적삼을 펼쳐 어지러이 시 한 수를 구하니, 양기성이 취흥을 띠어 입으로

읊는 것을 그치지 않고 손으로 붓을 멈추지 않아 순식간에 칠십여 수를 휘둘러 쓰니 구절마다 비단 같고 글자마다 주옥같더라. 설중매도 오히려 양기성의 민첩한 재능이 이러함을 모르다가, 멍하니 보고는 놀라고 기뻐하며 아끼고 사랑하여 도리어 그 응대하는 괴로움을 염려하여 모든 기녀에게 이르길,

"칠십여 수를 노래로 부르면 충분하리니, 잠시 그만두고 봄을 전송하는 얘기를 노래함이 좋으리로다."

양기성이 붓을 들고 이르길,

"내가 비록 술 한 말斗을 마시며 시 백 편을 짓던 이백李白의 재능은 없으나 모든 낭자로 하여금 혼자 소외되었다는 탄식이 없게 하리니, 만약 푸른 치마와 붉은 적삼이 없는 자는 종이 한 조각을 가지고 오라."

말을 마치기 전에 기녀 수십 명이 줄지어 비단치마를 쳐들어 시를 받아가는데, 그 가운데 한 기녀가 시무룩하게 홀로 앉아 말도 하지 않고 웃지도 않고 무슨 생각이 있는 듯한지라. 양기성이 괴이히 여겨 묻기를,

"그대는 어찌 시를 구하지 않는고?"

그 기녀가 부끄러워 대답하지 않거늘 양기성이 붓을 멈추고 용모를 자세히 보니, 구름 같은 귀밑머리가 쓸쓸하고 옥 같은 얼굴이 초췌하나 청아한 자태와 조용한 모습이 자못 정묘하고 사뭇 아리따워, 부용 한 송이가 푸른 물에 솟아난 듯하고 봄의 향기로운 난초가 깊은 산골짜기에 피어 있는 듯하더라. 다만 옷이 보잘것없어 시를 씀직하지 않은지라. 양기성이 그 뜻을 알고 웃으며,

"헌 솜으로 만든 해어진 옷을 입고도 여우나 오소리의 가죽으로 만든 옷을 입은 사람과 함께 서서 부끄러워하지 않는 것[9]은 군자의 어려운 바라. 나의 마음속에 아직 시 한 수가 남아 있으니 그대의 짧은 베치마를 펼치라."

미인이 눈물을 머금고,

"이 또한 저의 치마가 아니로소이다."

양기성이 마음속으로 측은히 여겨 그 이름을 물으니 대답하길,

"빙빙氷氷이라 하나이다."

또 묻기를,

"나이가 몇인고?"

대답하길,

"열네 살이로소이다."

양기성이 마음속으로 의아하여,

'용모와 자색이 저처럼 아름답거늘 장안의 소년들이 아직 거두지 않으니, 반드시 무슨 까닭이 있음이로다.'

붓을 들고 주저하는데, 모든 기녀가 서로 가리키며 말하길,

"빙빙의 교만하고 당돌함이 마치 사대부 가문의 부녀자 같아 청루의 소년들을 깔보더니, 오늘에야 그 옹졸함이 드러났도다."

양기성이 바야흐로 그 말에 깨달아, 자기의 한삼汗衫을 벗어 빙빙으로 하여금 붙잡게 하고 시 한 수를 쓰니, 그 시는 이러하더라.

> 한 떨기 우뚝 피어난 마른 땅의 연꽃
> 향기 사라지고 이슬 옅으니, 수척하여 어여쁘네.
> 어지러운 봄빛을 맞이하고 보내며
> 수줍어 복숭아꽃 오얏꽃과 아리따움 다투네.

양기성이 쓰기를 마치고 빙빙에게 내려주며,

---

9) 헌 솜으로~않는 것: 『논어』「자한子罕」에, 공자(孔子)가 제자인 자로(子路)를 칭찬하는 구절에 나온다. "헌 솜으로 만든 해어진 솜옷을 입고도, 여우나 오소리의 가죽으로 만든 옷을 입은 사람과 함께 서서 부끄러워하지 않는 자는 아마도 자로일 것이다(衣敝縕袍, 與衣狐貉者立, 而不恥者, 其由也與)."

"그대에게 치마가 없어 내가 써준 것이 아니니, 그대는 장차 어떤 선물로 보답하리오?"

빙빙이 눈길을 흘려 양기성을 보고 미소하며,

"상공께서 문장으로 내려주시니 저는 마땅히 노래로써 화답하리이다."

붉은 입술을 열어 그 시를 노래로 부르니, 소리가 옥을 깨뜨리는 듯 허공에 맑게 울려 떠들썩하던 탕춘원이 고요해져 아무 소리가 없게 되더라. 모든 소년이 크게 놀라지 않음이 없어,

"빙빙도 노래를 부르는 때가 있으니 또한 하나의 변괴로다."

설중매가 모든 기녀를 재촉하여 봄을 전송하고자 한꺼번에 채화를 물속으로 던지니, 무릉도원의 복숭아꽃이 흐르는 물을 따르는 듯, 봉래산의 고운 구름이 푸른 하늘에 흩어지는 듯, 향기로운 바람이 일어나고 상서로운 빛이 서리니, 미인 수백 명이 「전춘사餞春詞」를 불러 노래와 음악소리가 반나절이나 질탕하더라. 둥실둥실 채화가 물위를 덮어 물결을 따라 가다가 아득히 보이지 않으니 모든 기녀가 풍류를 바꾸어 「방초사芳草詞」를 노래하고, 각기 녹음 사이로 흩어져 아리따운 풀꽃을 구하길 다투어, 만약 먼저 얻는 자가 있으면 어지러이 치하하니 이것은 영하회迎夏會로, 무릇 봄을 보내고 여름을 맞이함을 일컬음이더라. 빙빙이 시무룩하게 홀로 앉아 조금도 요동하지 않거늘 모든 사람이 서로 손가락질하여 그 풍치 없음을 비웃으니, 양기성이 빙빙에게 묻기를,

"봄을 전송하고 여름을 맞이함은 아름다운 일이라 할지라. 그대는 어찌 홀로 즐기지 않는고?"

빙빙이 말하길,

"봄을 보내되 어느 곳으로 가는지 알지 못하며 여름을 맞이하되 어디로부터 오는지 알지 못하니, 옛것을 보내고 새것을 맞이함에 진실로 마음 둘 바 없는지라. 바야흐로 이제 봄을 보내고 그 자리에서 여름을 맞

이하여, 조금 전에 슬퍼하다가 이제 도리어 즐거워함은 제가 받아들이기 어렵나이다."

설중매가 낭랑히 웃고 손안에 난초를 들고 와서 말하길,

"가을 국화와 봄 난초는 좋은 풍경 아닌 것이 없으니, 봄을 보내고 여름을 맞이함에 노닐지 않고 어찌하리오?"

양기성이 또한 크게 웃고, 두 낭자의 말이 또한 모두 이치에 맞으나 빙빙의 단아함을 가장 사랑하더라. 날이 저물어 잔치를 끝내고 돌아가는데, 장안의 소년 가운데 두 호협豪俠이 있으니 한 사람은 뇌문성雷文星으로 대장군 뇌천풍의 둘째 손자요 한 사람은 마등馬騰으로 파로장군破虜將軍 마달의 아들이라. 두 소년이 용맹하고 호탕하여 청루로 집을 삼아 늘 출입하였는데, 이날은 전춘교 위에서 양기성의 문장과 풍채를 보고 마음속으로 크게 놀랐으나 그가 누구인지 알지 못하다가 날이 저문 뒤 양기성이 설화마를 타고 가로질러가는 것을 보고 뇌문성이 마등에게 이르길,

"이 말은 연왕부의 난성후가 타는 말이라. 그 소년이 어찌 연왕의 넷째 아들 양기성이 아니리오? 우리 할아버님께서 일찍이 양기성을 칭찬하시며 나에게 사귀도록 가르치시더니, 과연 비범한 인물이로다."

곧바로 설중매의 청루에 이르러 설중매를 보며,

"그대가 조금 전에 전춘교 위에서 시를 지은 소년을 아는고?"

설중매가 짐짓 웃으며,

"청루의 여인이 어찌 백면서생을 알리오?"

뇌문성이 말하길,

"이는 반드시 연왕 상공의 넷째 아들 양기성이라. 그대가 장안의 이름난 기녀로 어찌 이러한 풍류남자를 가까이할 마음이 없는고?"

말하는 사이 난봉꾼 한 명이 또 들어오니 이는 허랑방탕한 무뢰한이라. 성명은 장풍張風이니, 이때 바야흐로 들어와 앉아 뇌문성과 마등을

보며,
"내가 이제부터 설중매를 자주 방문하지 못하리로다."
마등이 말하길,
"이 바람風이 또 무슨 바람을 말하려는고?"
장풍이 탄식하며,
"곽상서가 오늘 탕춘대로부터 돌아와 문득 설중매를 의심하고 조금 전에 나를 불러 설중매의 청루에 오고가는 사람을 일일이 탐지하여 오라 하니, 풍파가 반드시 적지 않을지라. 누가 곽상서의 위세를 당할 수 있으리오?"
뇌문성은 미소하고 마등은 장풍의 뺨을 치며 꾸짖어,
"이 어리석은 바람아! 십 년 청루 생활에 바람으로 이름을 떨친 놈이 곽상서의 위풍을 겁내니, 어찌 가련하지 않으리오?"
설중매가 발끈하여 얼굴을 붉히며,
"창기娼妓의 집은 본디 높고 낮음이 없고 다만 의기義氣를 중요시하는 곳이라. 곽상서의 위엄 있는 명령은 조정에서나 행할지니, 어찌 청루에 마땅하리오? 선생이 이처럼 두려워할진대 저의 문 앞에 발을 들여놓지 마소서."
장풍이 이 말을 듣고 몹시 노하여 일어서며,
"내가 좋은 뜻으로 와서 전하거늘 이처럼 냉대하니, 장안의 허다한 청루에 그대의 집이 아니면 어찌 가서 노닐 곳이 없으리오?"
하고 분연히 나가거늘, 설중매는 본디 약한 여자라. 마음속으로 생각하되,
'양상공은 귀공자요 곽상서는 무뢰하고 방탕한 사람이라. 만약 오고가는 사람을 엄중히 살핀즉 어찌 위태롭지 않으리오?'
이에 뇌문성과 마등을 향해 사실대로 아뢰어,
"두 상공을 속이지 않으리이다. 과연 탕춘대에서 시를 지은 상공은 연

왕의 넷째 아드님이라. 나이 어린 마음으로 제가 이미 가까이함이 있으되 양상공을 위해 자취를 숨기고자 하였는데 일이 이미 불행하게 되었으니, 곽상서가 소란을 일으키면 장차 어찌하리오?"

뇌문성이 웃으며,

"내가 이미 짐작했으니 그대는 염려하지 말라. 우리 두 사람이 그대를 위해 돕는 사람이 되리라."

설중매가 매우 기뻐하여 술과 음식으로 환대하고 양기성과 가까이하게 된 일을 아뢰니, 두 사람이 탄식하며,

"우리가 평소 설중매를 위해 곽상서의 비루함을 한스럽게 여기더니, 오늘 양기성과의 만남은 참으로 재자와 가인의 만남이라 하리로다."

한편 양기성이 혈기가 아직 성숙하지 않은 소년으로 풍류 마당에 잘못 들어가 방탕한 마음을 억제하지 못해, 날마다 연왕이 입궐하는 겨를을 타 설중매를 방문하여 노래와 춤과 잔치하는 즐거움으로 호탕하게 노닐어 돌아가길 잊으니, 열 겹으로 싼 사향麝香일지라도 어찌 소문이 나지 않으리오? 곽상서가 알고는 장풍과 무리들을 불러 술과 고기로 대접하고 금과 비단을 주며,

"내가 창기의 집에 발을 들여놓은 뒤로 그대들과 사귐은 다만 의리를 중요시하여 불편한 일에는 서로 돕고자 함이라. 내가 설중매와 사귀어 집안의 재산을 모두 없앤 것은 그대들도 아는 바이거니와, 오늘날 어떠한 젖비린내 나는 아이가 설중매를 꾀어 나를 저버리니 그대들의 마음에 어찌 분하지 않으리오? 나의 지난날 얼굴을 보아 그 소년의 오고가는 것을 살펴서 알려달라. 내가 한번 설욕하고자 하노라."

장풍이 팔뚝을 걷어붙이며,

"어찌 신선이 모르는 도술과 부처가 모르는 염불이 있으리오? 장안의 청루 백여 곳의 허다한 기녀가 한번 찡그리고 한번 웃는 것을 어찌 장풍이 먼저 모르리오? 내가 마땅히 먼저 와서 아뢰리니, 상공께서는 뜻

대로 설욕하소서."

곽상서가 매우 기뻐하며 칭찬하니, 이로부터 장안의 소년들이 곽상서의 위세를 두려워하여 설중매의 집을 감히 방문하지 못하니 문 앞이 적막하고 쓸쓸하더라.

하루는 황태자의 탄신일이라. 연왕과 두 아들이 퇴궐하지 않고 동궁東宮에서 밤늦도록 잔치하기에 양기성이 황혼의 달빛을 타 설중매를 방문하였는데, 설중매가 침상에 누워 머리도 빗지 않고 얼굴도 씻지 않고 헝클어진 귀밑머리와 청아한 얼굴에 눈물자국이 얼룩져 그 자태가 더욱 아름다운지라. 양기성이 앞으로 나아가 손을 잡으며,

"그대가 혹 몸이 불편한가?"

설중매가 시무룩하게 대답하지 않고 억지로 일어나 양기성의 품속으로 들어오며 얼굴을 양기성의 가슴에 대고 목메어 울며,

"상공께서는 저를 장차 어떻게 하려 하나이까?"

양기성이 웃으며,

"그대가 어찌 이런 말을 하는고?"

설중매가 대답하지 않고 구슬 같은 눈물을 방울방울 떨구고 다시 돌아누워 한숨을 쉬거늘, 양기성이 마음속으로 의아하여 그 까닭을 물으니 설중매가 다시 일어나 눈물 가득한 눈으로 등잔불을 바라보며 물끄러미 대답하지 않더라. 양기성이 조급하여 설중매의 손을 잡아당기고 그 생각하는 바를 다그쳐 물으니, 설중매가 탄식하며,

"탁문군卓文君은 사마상여司馬相如와 사귄 뒤에 사마상여가 저버리니 「백두음白頭吟」을 지어 끊었거니와, 저는 탁문군과 서로 반대라. 제가 청루의 천한 신분으로 불행히 상공을 모시어 무익한 정근情根을 맺었는데, 이제 상공께서는 저를 저버리지 않으시나 제가 상공을 저버리게 되니 어찌 한스럽지 않으리오?"

양기성이 그 뜻을 알지 못하고 한참 생각하며 대답하지 않으니, 설중

매가 말하길,

"제가 곽상서와 여러 해 사귀매 비록 그 사람됨이 온당하지 않음을 아나 창기의 몸인지라 나아가고 물러남을 자유로이 할 수 없었나이다. 뜻밖에 상공을 한번 뵙고 마음으로 허락하여 오래 모시길 스스로 기약하되 이제 곽상서가 시기하여 저의 집에 오고가는 사람을 일일이 살피니, 장안의 소년들이 그 위세를 두려워하여 오늘날 저의 문 앞이 참새 그물을 칠 만큼 쓸쓸한지라. 제가 두려워하는 바 없으나 스스로 생각건대 상공의 천금 같은 귀한 몸으로 욕을 당하실까 두려우니, 바라건대 상공께서는 저를 염려하지 마시고 화를 면하실 도리를 생각하소서."

말을 마치매 눈물을 머금고 말이 없거늘, 양기성이 짐짓 놀라는 체하며,

"나는 한 명의 서생이요 곽상서는 명망이 높은 재상이라. 한때의 풍정으로 그대와 사귀었으나, 일의 기틀이 이에 이른즉 다시 그대를 방문하기 어려우리니, 그대는 다시 옛 인연을 이어 까닭 없는 풍파를 일으키지 말라."

설중매가 시무룩하게 얼굴빛이 변하고 멍하니 말이 없거늘, 양기성이 다시 설중매의 손을 잡으며,

"동쪽 뜨락의 복숭아꽃과 오얏꽃이 푸른 봄을 전송하고 시냇가 앞의 버들이 녹음을 재촉하니, 청루의 어린 아낙네는 눈썹을 찡그리지 말지어다. 예로부터 청루에 본디 주인이 없으니 곽상서가 장차 어찌하리오?"

술을 가져오라 명하여 왼손으로 설중매의 손을 잡고 오른손으로 자리 위의 거문고를 이끌어 호방한 풍정이 조금도 구애됨이 없더라. 곽상서가 비록 재상의 반열에 있으나 문하에 출입하는 자가 모두 무뢰한의 무리라. 이날 황태자 탄신일에 입궐했다가 먼저 물러나와 크게 취해 설중매의 청루 앞을 지나는데, 장풍이 술집에서 나와 아뢰길,

"설중매가 어떠한 소년과 더불어 방탕하게 노니나이다."

곽상서가 몹시 노해 자기 집으로 돌아가지 않고 자기 문하 사람의 집에 머무르며 무뢰한 수십 명을 불러 밤이 깊은 뒤에 설중매의 집을 부수고자 하더라. 장풍이 선봉이 되길 자원하거늘, 곽상서가 허락하고 술 한 말을 내려주어 술이 반쯤 취하매 무뢰한 수십 명으로 하여금 각기 짧은 몽둥이를 들게 해 무리를 이루어 설중매의 청루를 향해 오니, 그 기세를 당할 수 없을지라. 마침내 어찌되리오? 다음 회를 보라.

방탕함을 경계하여 인성이 기성을 꾸짖고
낙성연을 베풀어 빙빙이 설중매를 청하더라

제61회

이때 장풍이 몽둥이 한 자루를 차고 설중매의 청루로 향할 새, 청루에 모인 소년들과 구경하러 온 사람들이 뒤섞여 설중매의 청루에 돌입하니, 뇌문성과 마등이 또한 그 가운데 끼여 귀엣말로 서로 약속하고 양기성을 돕고자 하더라. 이때 양기성이 설중매와 더불어 무릎을 대고 마주 앉아 등잔불을 돋우고 태연히 거문고를 타고 있는데, 문득 문밖이 요란하며 장풍이 크게 외치고 누각 위로 뛰어오르거늘, 설중매가 크게 놀라 양기성의 손을 잡으며,

"사태가 이미 위급하니 상공께서는 피하소서."

양기성이 웃으며,

"내가 방탕하여 비록 처신을 삼가지 못했으나 어찌 당황스러운 거동을 하리오?"

여전히 거문고를 타거늘, 장풍이 몽둥이를 휘둘러 양기성을 치고자 하는데, 문득 등뒤에서 한 소년이 크게 외치며 장풍을 잡아당겨 누각 아래로 던지고 날랜 발길질과 주먹질로 한바탕 마구 치고 나가더라. 누각 아래에서 또 한 소년이 크게 외치며 어둠 속에서 동서남북으로 부딪치고 끌어당겨 모든 사람을 몰아내 문밖으로 내쫓되 빠르기가 폭풍우 같으니, 그 사나운 기세를 누가 대적하리오? 장풍의 무뢰한들이 한꺼번에 패해 돌아가니, 원래 누각 위에서 장풍을 던진 자는 뇌문성이요 누각 아래에서 몰아 내쫓은 자는 마등이더라. 양기성이 뇌문성·마등과 구경하는 사람들을 청해 누각 위로 오르라 하고는 술을 권하고 웃으며,

"예로부터 청루에는 이러한 풍파가 있고 그 가운데 의리를 볼 수 있거늘, 곽상서가 한번 호령하매 풍류소년들이 이 청루를 감히 엿보지 못하니 어찌 한심하지 않으리오? 여러분 가운데 곽상서와 친한 분이 있거든 돌아가 말하시오. 태평시대에 재상이 풍류 넘치는 미인과 소일하는 일은 혹 있을 수 있으나, 소년들을 모아 청루를 부수는 것은 절대 안 될 일이라."

모든 소년이 한꺼번에 칭찬하더라. 마등이 설중매에게 이르길,

"곽상서는 족히 말할 바 없거니와 장풍이 선봉됨이 어찌 한스럽지 않으리오? 주먹으로 치지 못한 것이 한스럽도다."

양기성이 웃으며,

"마형은 너무 자책하지 말라. 그 사람됨을 보니 난봉꾼에 가까우나 또 쓸 만한 곳이 있으니, 여러분 가운데 아는 사람이 있거든 장풍 선생을 청해 오시오."

말석에 앉은 한 사람이 응낙하고 가더라.

한편 곽상서가 모든 사람이 패해 돌아온 것을 보고 분노를 이기지 못해 장풍 등을 꾸짖으며,

"천 일 동안 군대를 양성함은 한순간에 사용하고자 함이라. 내가 십 년 동안 청루에서 그대들과 사귀어 금과 비단을 아끼지 않았거늘 이러한 때 조금도 유익이 없으니, 이후로는 문 앞에 가까이하지 말지어다."

하고 분연히 돌아가니, 장풍이 무료하여 길가에서 방황하여 술집을

찾고자 하되 주머니에 한푼도 없는지라. 길게 탄식하여 마지않는데, 문득 술친구 이사李四가 부르길,

"장삼張三아, 어디로 가느냐?"

장풍이 말하길,

"내가 바야흐로 술집을 찾아가노라."

이사가 말하길,

"네가 곽상서를 위해 공을 이루지 못하니 어찌 어리석지 않으리오?"

장풍이 웃으며,

"이는 그러하거니와, 내가 조금 전에 그 소년을 보니 선풍도골仙風道骨이요 풍류호걸이라. 내 몸이 설중매가 되더라도 마땅히 곽상서를 저버릴지라."

이사가 장풍의 어깨를 치며,

"네가 알아보았도다. 그 소년이 이리이리하여 이제 너를 청하니, 참으로 풍류 넘치는 남자의 휘어잡는 솜씨라. 가서 만나봄이 어떠한가?"

장풍이 크게 놀라고 기뻐하며,

"그 어린아이가 이럴 수 있단 말인가?"

이사가 장풍을 데리고 설중매의 집에 이르니 양기성이 장풍의 손을 잡으며,

"그대는 녹록한 사람이로다. 대장부가 청루에 출입하매 노하면 풍파를 일으키고 웃으면 봄바람이 생기나니, 오늘밤 청루의 모든 소년이 모인 자리에 어찌 장풍이 없으리오?"

자리에 있는 사람이 다 크게 웃으니, 장풍이 팔뚝을 들어올리며,

"내가 비록 바람風이나, 스무 해의 청루 생활에 남은 것이 귀와 눈이라. 비록 몽둥이를 들고 내달았으나 반드시 정해진 마음이 있으니, 여러분이 모두 알리로다."

양기성이 설중매로 하여금 술잔을 들어 장풍에게 권하라 하니, 설중

매가 술잔을 들고 웃으며,

"청루의 옛 풍속이 없어진 지 이미 오래더니, 오늘 모든 분이 풍채를 드러내어 살벌한 풍경이 문득 사라지고, 자리에는 봄바람이 가득하여 담소하는 가운데 바람이 생겨나니, 이는 모두 장풍 선생의 호협한 바람風 덕분이로소이다."

자리에 있는 사람이 다 크게 웃더라. 장풍이 크게 기뻐하여 순식간에 도리어 양기성의 오른팔이 되니, 이로부터 양기성의 이름이 장안 청루에서 입에 오르내리고 황성 안 소년들이 모두 휘하에 굴복하더라. 양기성의 풍류가 모든 것을 겸비하여 날마다 뇌문성·마등·장풍과 더불어 청루를 두루 찾아다니니, 모든 기녀 가운데 초운楚雲의 노래와 능파凌波의 춤과 학상선鶴上仙의 생황과 진진眞眞의 거문고와 연연鷰鷰·앵앵鶯鶯의 자색이 가장 이름나 있더라. 양기성이 탕춘교에서 빙빙氷氷을 잠깐 보았거니와, 하루는 우연히 그 단아함을 생각하여 한번 찾아가고자 하되 그 집을 모르다가 장풍을 만나 묻기를,

"그대가 혹 빙빙의 집을 아는고?"

장풍이 웃으며,

"걸인의 집을 찾아 장차 무엇하려 하나이까?"

양기성이 말하길,

"그대는 다만 가리키기만 하라."

장풍이 고개를 저으며,

"서교방西敎坊 길가의 무너진 절 같은 것이 빙빙의 집이라 하더이다."

양기성이 미소하고 며칠 뒤 서교방을 찾아가니 길가에 과연 허름한 집이 하나 있거늘, 문을 두드리니 한 노파가 나와 묻더라.

"누구의 집을 찾으시나이까?"

양기성이 말을 멈추고 묻기를,

"이 집이 빙빙의 집이 아닌가?"

노파가 손을 들어 이마에 얹고 먼저 말과 안장을 살피다가 양기성의 얼굴을 보고 당황하여,

"상공께서는 어떠한 빙빙을 찾으시나이까?"

양기성이 말하길,

"빙빙의 집을 찾노라."

노파가 웃으며,

"아마도 상공께서 얼굴은 비록 아름다우시나 일찍이 청루를 보지 못하심이로다. 황성의 허다한 청루에서 어찌 괴팍하고 창피한 빙빙을 보고자 하시나이까? 이 집은 운중월雲中月의 집이라. 얼굴이 빼어나니 들어와보소서."

양기성이 웃으며,

"내가 할말이 있으니 노파는 다만 빙빙의 집을 가리키라."

노파가 돌아서서 손을 들어 세번째 집을 가리키며 혼잣말로,

"아까운 상공께서 어떠한 까닭으로 볼 것 없는 걸인의 집을 찾아가는고?"

하며 침 뱉고 고개를 젓거늘, 양기성이 웃고 그 집을 찾아가 문에서 자세히 보니 불에 탄 기와와 썩어 문드러진 처마에 일각문一角門이 이리저리 무너져 좌우에서 나무로 받쳐놓았고 문 안팎에 풀빛이 황량하여 인기척이 없더라. 양기성이 말을 돌려놓고 부르니, 한 여종이 옷이 남루하여 누덕누덕 기워 앞을 제대로 가리지 못하는 모습으로 문밖에 나와 응접하더라. 양기성이 묻기를,

"이곳이 빙빙 낭자의 집이 아닌고?"

여종이 부끄러워 돌아서며,

"그러하옵니다."

양기성이 마음속으로 서글퍼하며,

"내가 네 주인을 잠깐 보고자 하노라."

여종이 들어갔다가 잠시 뒤에 다시 나와 아뢰길,

"들어오소서."

양기성이 말을 밖에 매어놓고 여종을 따라 들어가니, 빙빙이 구름 같은 귀밑머리가 쓸쓸하고 옥 같은 얼굴이 처량하여 해어진 옷으로 문밖에 나와 맞이하거늘, 양기성이 시무룩하게 손을 잡으며,

"그대는 전춘교 위에서 만났던 양생을 기억할 수 있겠는고?"

빙빙이 아무렇지 않다는 듯이 대답하길,

"제가 듣건대 '백발이 되도록 오래 사귀어도 처음 사귄 듯하고, 수레를 멈추고 잠깐 만났어도 오래 사귄 듯하다'라 하니, 사람이 마음을 모른즉 아침저녁으로 서로 마주하나 간과 쓸개가 초楚나라와 월越나라처럼 멀고, 속마음을 서로 비춘즉 백골이 티끌이 되더라도 정근이 사라지지 않나니, 서쪽 강나루에서 패옥佩玉을 끌러 어두운 밤에 던져주듯[1] 했으나 미천한 자취를 군자께서 잊으신 것으로 생각하였는데, 마음 밖에 두지 않고 어렵게 찾아와주시니 감사함을 이길 수 없나이다."

빙빙의 말이 서글프면서도 다정하여, 보잘것없는 여자가 아님을 알겠더라. 양기성이 자리에 앉으며,

"그대와 같은 얼굴과 재질로 이같이 곤궁히 지냄은 온당하지 않나니, 풍속을 따르고 뭇사람을 따라 얼굴을 다듬고 몸을 가꾸는 것을 생각함이 어찌 좋지 않으리오?"

빙빙이 웃으며,

"상공께서 이미 간절한 마음으로 물으시니 제가 어찌 마음에 품은 바를 다하지 않으리이까? 저는 본디 황성 청루에서 대대로 이름난 창기娼

1) 서쪽 강나루에서~밤에 던져주듯: 주(周)나라 사람 정교보(鄭交甫)가 초(楚)로 가는 길에 한고〔漢皐, 호북성(湖北省) 서북쪽에 있는 산〕에 이르러 강비(江妃)의 두 여인을 만났는데, 신녀(神女)인 줄 모르고 두 여인의 패주(佩珠)를 달라고 하자 두 여인이 패주를 풀어 정교보에게 주었다. 정교보가 품에 품고 수십 걸음을 가니 두 여인도 보이지 않고 구슬도 없어졌다 한다.

妓 집안 출신이라. 저의 어미 위오랑衛五娘은 이 시대의 독보적인 명기名妓로, 저를 가르쳐 말씀하길 '창기가 비록 천하나 마음가짐은 사대부 가문의 부녀자와 다름없나니, 창기의 지조는 군자의 도덕이요 창기의 가무는 군자의 문장이라. 네가 스스로 지조를 천하게 여기지 말고 가무를 닦아 대대로 전해오는 집안의 도리를 잃지 말라' 하셨기에, 이 말을 금석같이 지켰나이다. 평소 배운 바와 집안에서 보고 들은 바가 이러하나, 이제 열네 살에 세상을 이처럼 두루 겪어보니 청루의 풍속이 예전과 달라, 지조를 지키면 괴팍하다고 조롱하며 가무로 말하면 온전히 아는 사람이 없더이다. 다만 남자에게 정을 주어 그 재물을 낚으며 말을 교묘히 꾸며 세태의 변화를 살피니, 제가 뭇사람을 따르고 풍속을 따라 옛 버릇을 고치고자 하나 십 년 동안 보고 들은 바를 하루아침에 바꾸기 어렵더이다. 제가 또한 젊은 여자이니 어찌 풍정風情에 담박하리오마는 참으로 장안 소년들의 무뢰하고 난잡함을 즐겨하지 않았는데, 지난날 전춘교 위에서 상공의 빛나는 얼굴을 잠깐 뵈옵고 자연히 정다운 마음이 깊어졌으나 아녀자의 가련한 속마음을 너그러운 군자께서 살피지 못하실까 염려하였는데, 오늘 아름다운 풍채를 다시 뵈오니 비록 오늘이 죽는 날이라도 오히려 태어나는 때인 듯하나이다."

양기성이 듣기를 마치매 그 정경은 가련하고 지조는 가상한지라. 한숨 쉬며 탄식하길,

"이 집은 어떠한 집인고?"

빙빙이 말하길,

"이는 대대로 전해오는 청루라. 저의 어미가 살아 계실 때 재산이 많아 장안의 청루 가운데 으뜸이었는데, 저의 어미가 돌아가신 뒤로 저의 나이가 어리고 친척이 없어 무뢰한들이 재물을 훔쳐가고 집에 불을 지르니, 옛날의 모습이 점차 한심해졌나이다."

양기성이 길게 탄식하고 손에 든 산호 채찍을 여종에게 내려주며,

"술집에 저당잡히고 술을 사오라."

잠시 뒤에 여종이 술 한 병을 가지고 오거늘, 두 사람이 몇 잔을 마신 뒤 양기성이 웃으며,

"침향정沈香亭은 당나라 현종이 양귀비와 더불어 즐겁게 노닐던 곳이요, 임춘각臨春閣은 진陳나라 후주後主가 장려화張麗華와 더불어 질탕하게 노닐던 집이라. 만승萬乘 천자의 한 시대 풍류로도 옛날 자취를 찾기 어렵거든, 하물며 위오랑의 청루이리오? 비록 그러하나 내가 장차 그대를 위해 이 집을 고쳐 짓고자 하나니, 그대는 사양하지 말라."

빙빙이 고개를 숙이고 대답하지 않거늘, 양기성이 즉시 몸을 일으키며,

"오늘 찾아온 것은 그대의 집을 알고자 함이라. 내일 밤이 깊은 뒤 다시 오리니, 그대는 반드시 기다리라."

빙빙이 문밖에 나와 전송하는데, 말하지 않아도 풍정이 드러나더라. 양기성이 부중으로 돌아와 스스로 생각하되,

'군자가 재능을 닦았으되 때를 만나지 못하면 서글픈 탄식이 있거니와, 어찌 청루의 인물에 빙빙 같은 자가 있을 줄 알았으리오? 장안 소년들이 안목이 없어 거두지 않으니 내가 마땅히 거두어 장려하리라.'

이에 장안의 부호인 왕자평王子平을 청하니, 왕자평은 연왕의 문하에 출입하여 집안사람과 다름없더라. 양기성이 왕자평에게 이르길,

"마침 쓸 곳이 있으니 백은白銀 일만 냥과 비단 일백 필疋을 빌려주실 수 있소이까?"

왕자평이 당황하여 한참 있다가,

"상공께서 이러한 큰 재물을 쓸 곳이 없을 것이거늘 장차 어디에 쓰시려하나이까?"

양기성이 얼굴빛을 엄정히 하여,

"제가 어찌 공의 재산을 갚지 않으리이까?"

왕자평이 말하길,

"어찌 그것을 따지는 것이리이까? 다만 연왕 상공께서 아시면 문하에 죄를 얻을까 두렵나이다."

양기성이 미소하며,

"공의 말씀이 충직하거니와, 방탕한 죄가 반드시 공에게 미치지는 않게 하리이다."

왕자평이 응낙하니, 양기성이 말하길,

"제가 내일 남종을 보내리이다."

이튿날 양기성이 어버이에게 저녁 인사를 마친 뒤 하인 한 명을 거느리고 교방 큰길로 나가 서니, 달빛은 밝고 맑으며 시각을 알리는 북은 삼경을 알리더라. 이때 빙빙이 양기성이 오는 것을 알고, 술 몇 잔을 겨우 마련하여 감추어두고 고대하더라. 양기성이 단건單巾과 남빛 도포 차림으로 달빛을 띠어 오거늘 빙빙이 웃으며 맞이하여 손을 잡고 달을 향해 앉으니, 양기성의 빼어난 풍채와 빙빙의 청아한 자태가 달 아래에 더욱 뚜렷하더라. 여종이 술과 안주를 바치니, 양기성이 흔쾌히,

"가난한 집의 큰손님이 더욱 다정하니, 이 술은 내가 스스로 잔을 돌리리라."

하고 각기 몇 잔을 마시는데, 빙빙이 옥으로 만든 술단지를 치며 노래 몇 곡으로 술을 권하니, 처음에는 「양춘곡」과 「백설곡」[2]이 거세게 울려 화답하는 사람이 없음을 서글피 여기다가 그다음에는 높은 산이 치솟

2) 「양춘곡陽春曲」과 「백설곡白雪曲」: 중국 전국시대 초(楚)나라의 수도인 영도(郢都)에서 불린 「양춘곡」과 「백설곡」은 곡조가 고아(高雅)하고 심오하여 화답할 수 있는 사람이 적었다고 한다. 『문선文選』에 실려 있는 송옥(宋玉)의 「대초왕문對楚王問」에 "영중(郢中)에서 노래하는 나그네가 맨 처음 「하리곡下里曲」 「파인곡巴人曲」을 노래했을 때는 국중에서 그것을 이어 화답하는 자가 수천 인이요, 「양아곡陽阿曲」 「해로곡薤露曲」을 노래했을 때는 국중에서 그것을 이어 화답하는 자가 수백 인이요, 「양춘곡」 「백설곡」을 노래했을 때는 국중에서 그것을 이어 화답하는 자가 수십 인에 불과했으니, 이것은 곧 곡조가 고상할수록 화답하는 자가 더욱 적기 때문이다."

아 있고 흐르는 물이 드넓어[3] 지기를 만나지 못함을 탄식하니, 양기성이 얼굴빛을 바꾸고 감탄하며,

"아름답도다, 이 곡이여! 세상 사람들이 귀와 눈이 어두워 이러한 음악과 안색을 이처럼 곤궁하게 만드니, 어찌 천지의 조화造化가 공정한 것이리오?"

빙빙이 웃으며,

"이른바 창기는 '여색女色'으로 사람을 섬기나니, 얼굴이 아름다운 자는 '안색顏色'이라 일컫고 자태가 아리따운 자는 '자색姿色'이라 일컬음이라. 초楚나라 영왕靈王이 가느다란 허리를 좋아하매 허리가 가느다란 자가 뜻을 얻었고 위衛나라 궁실에서 아름다운 눈썹을 숭상하매 눈썹이 아름다운 자가 뜻을 얻었으니, 각기 그 때를 만난 것이라. 그 가운데 마음이 아름다운 자는 '심색心色'이라 일컬으니, 세상에서 양홍梁鴻의 아내인 추녀 맹광孟光과 무염無鹽 땅의 추녀 종리춘鍾離春을 일컫나이다. 안색으로 사람을 섬기기는 쉽고 심색으로 사람을 섬기기는 어려우니, 제가 비록 부족하나 안색으로 사람을 기쁘게 하는 것을 몹시 부끄러워하고 심색으로 사람을 섬기기를 기약하나니, 이 몇 가지 가운데 상공께서는 어느 것을 취하려 하시나이까?"

양기성이 칭찬하고, 밤이 깊어 등잔불이 꺼지매 정다운 인연을 맺을새, 즐거워하되 음란하지 않고 어여쁘되 요염하지 않아, 푸른 물에 노니는 원앙의 봄꿈이 다하지 않아 먼 마을의 닭 울음소리가 새벽빛을 재촉하니, 빙빙이 부끄러워하며 힘없는 모습이 이름난 꽃 한 송이가 봄비에

---

3) 높은 산이~물이 드넓어: 중국 춘추시대 초(楚)나라 사람 백아(伯牙)가 거문고를 타면 그의 벗 종자기(鍾子期)만이 알아들었다는 「아양곡峨洋曲」을 가리키는 것이다. 백아가 높은 산에 뜻을 두고 거문고를 타면 종자기가 "치솟아 있는 것이 태산과 같구나(峨峨兮, 若泰山)"라 했고, 흐르는 강물에 뜻을 두고 거문고를 타면 종자기가 "드넓은 것이 강하와 같구나(洋洋兮, 若江河)"라 했다고 한다.

젖은 듯하더라. 양기성이 애틋한 정을 이기지 못해 다시 손을 잡으며,
"내가 돌아가 얼마간의 돈을 보내리니, 청루를 고쳐 짓되 지난날의 제도를 본받아 회복하고, 내가 도운 것을 절대로 발설하지 말라."
양기성이 돌아와 백금 오천 냥을 빙빙에게 보내니 빙빙이 즉시 일을 시작하여 소문이 낭자하더라. 장안의 소년들이 놀라고 괴이하게 여기지 않음이 없으나 그 출처를 몰라 의론이 일정하지 않더라.
한편 양기성이 어머니 선숙인과 헤어진 지 이미 한 달이 되었더라. 연왕에게 어머니를 뵈러 가길 청해 행장을 재촉하여 취성동에 이르러 양태야를 뵙고 나서 내당으로 들어가니, 선숙인이 아들이 오는 것을 보고 급히 나와 양기성의 손을 잡고 기쁨을 이기지 못해 눈물이 흘러 옷깃을 적시더라. 양기성이 본디 타고난 효성으로 몇 달을 떨어져 지낸 나머지, 이제 어머니를 대하매 포대기에 싸인 갓난아기의 마음으로 선숙인의 품속으로 들어가며 기쁨을 이기지 못하니, 선숙인이 어루만지며,
"너의 안색이 어찌 이처럼 수척한고?"
영기성이 말하길,
"며칠 여행으로 피곤함을 이기기 어렵나이다."
양인성이 또 내당에 들어와 형제가 서로 마주하여 선숙인을 모시어 앉아, 아버지 연왕의 안부와 집안의 여러 일을 일일이 물으며 서로 즐거워하더라. 이튿날 양태야를 모시고 수석정漱石亭으로 가서 노닐다가 날이 저문 뒤 돌아와 선숙인 앞에 앉아 어리광으로 웃으며,
"제가 이즈음 봄바람의 꽃과 버들을 보다가 주량이 넉넉해졌으니, 바라건대 술 한 잔을 내려주소서."
선숙인이 꾸짖으며,
"너의 천성이 본디 옹졸하지 않거늘 만약 과음하면 어찌 크게 해롭지 않으리오? 할아버님께서 본디 술을 좋아하지 않으시는 까닭에 집안에 간직된 것이 없느니라."

하고 여종을 불러,

"정자 아래 왕파王婆의 집에 맛좋은 술이 있으리니, 한 병 사오너라."

잠시 뒤에 여종이 술 한 병을 사오거늘 양기성이 크게 기뻐하여 스스로 따라 서너 잔을 마시니, 선숙인이 크게 놀라 술병을 빼앗아 감추고 마음속으로 불쾌히 여기더라. 양기성이 웃으며 곧바로 양인성의 글방에 이르니 인성이 옷깃을 가지런히 하여 바르게 앉아 『대학大學』을 읽거늘, 기성이 책상머리에 앉으매 인성이 웃으며,

"동생이 집에 있으면서 이즈음 무슨 일을 하는고?"

양기성이 말하길,

"책을 읽는 겨를에 혹 꽃과 버들 구경도 하고 혹 벗을 찾아가기도 하나이다."

양인성이 미소하며,

"봄이 화창한 때 꽃과 버들 구경은 좋거니와, 벗은 어떠한 사람과 사귀는고?"

양기성이 말하길,

"요즘 세상을 살고 있으니 요즘 사람을 만나는지라. '선과 악이 모두 나의 스승이라' 하니, 저는 지혜로움과 어리석음, 맑음과 탁함을 가리지 않나이다."

양인성이 기성을 자세히 보니 그 말이 방탕하고 또 얼굴에 술기운이 있거늘, 마음속으로 편안하지 않아 얼굴빛을 고치고 엄정한 기색으로,

"옛적의 성인聖人께서 '술을 경계하고 벗을 가려 사귀라' 하심은 심성을 조용히 기르고 도덕을 강론하여 방탕한 데 이르지 않도록 함이라. 동생이 이제 잡된 무리와 사귀고 광약狂藥이라고 할 술을 마시니, 비록 천성이 뛰어나고 마음가짐이 단단하더라도 밖으로는 음탕한 이야기와 상스러운 말을 하고 안으로는 본성을 해치고 기운을 제멋대로 함을 면하지 못하리니, 오늘의 마음가짐이 내일 성글어지고 내일의 성근 마음이

또 모레 방탕해지는지라. 이 마음이 한번 방탕해진즉 수습하기 어려울 뿐만 아니라 방탕함을 스스로 깨닫지 못해, 스스로 용서하기도 하고 스스로 자부하기도 하여, 그 기약하던 마음이 세월의 흐름을 따라 흰머리가 되도록 이루지 못하면 마침내 정대한 사람이 되지 못하나니, 동생이 어찌 이것을 생각하지 못하는고?"

양기성이 수긍하며 또 말하길,

"일깨워주는 말씀은 마땅히 요대腰帶에 써놓고 폐부肺腑에 새기려니와, 제가 듣건대 천지의 살아 있는 만물의 기운은 호탕하게 움직이는 까닭에 만물이 생성되나니, 이제 책상을 대해 낡은 말씀과 속박된 기상으로 평생을 헛되이 보냄은 이것이 어찌 혈기 왕성한 자의 할 바이리오? 태극太極이 변해 음양陰陽이 되고 음양이 변해 사상四象과 만물이 되나니, 성인聖人의 도는 이를 본받음이라. 미묘한 데에서 일어나 반으로 나뉘어 수많은 것으로 달라지고 마지막에 다시 합해 하나의 이理가 되나니, 무릇 사람이 이 세상에 태어나 어렸을 때는 오직 한 생각뿐이니 이는 태극이 나뉘지 않은 때요, 자라면서 귀로 들을 것을 생각하고 눈으로 볼 것을 생각하여 오륜五倫과 칠정七情이 생기니, 식욕과 성욕은 성性이요 슬픔과 즐거움은 정情이라. 어찌 호방한 마음과 풍류의 즐거움이 없으리오? 이것이 이른바 태극이 변해 사상과 만물이 됨이요, 미묘한 데에서 일어나 반으로 나뉘어 수많은 것으로 달라짐이라. 혈기가 이미 안정되고 온갖 일을 두루 겪어, 바야흐로 서른 살에 바로 서고 마흔 살에 미혹되지 않아, 지극한 선善에 이르러 머무르고 광명정대하게 되니, 이것이 이른바 마지막에 다시 합해 하나의 이理가 되는 격물치지格物致知의 공부라. 성질이 서로 다르고 혈기가 각기 다르거늘 모든 것을 하나의 기준에 맞춰 마음의 즐거움과 칠정의 욕망을 억지로 억제하니, 타고난 성품이 부족한 자는 어려서부터 하루살이 같은 기상이 있게 되고, 타고난 성품이 넉넉한 자는 마침내 외면을 꾸미고 내면을 속여, 그 말과 행동을 본즉 의

관을 가다듬어 우러름 받는 군자이나 그 속마음을 논하고 그 쓰임을 헤아린즉 고루하고 견문이 좁아 시무時務를 알지 못하니, 이로 보건대 사람의 성취가 제각기 같지 않음이라. 하나의 기준으로 논할 바 아니로소이다."

양인성이 얼굴빛을 고치고 말하길,

"동생의 말이 비록 일리가 있으나, 이는 왕도王道가 아니요 곧 패도霸道라. 학업에 힘써야 할 소년이 본받을 바가 아니니 이 어리석은 형의 말을 잊지 말라."

양기성이 수긍하며 명을 받들더라. 양태야가 창밖에 서 있다가 두 손자의 의론을 듣고 마음속으로 크게 기뻐하여 내당으로 들어가 선숙인에게 이르길,

"내가 기성과 인성의 문답을 들으니, 인성은 안정되고 기성은 쾌활하여 성품이 각기 다르나 그 성취함은 반드시 같으리라."

하더라. 하루는 양태야가 양기성에게 이르길,

"네가 이곳에 온 지 이미 보름이 지난지라. 집안이 반드시 적막하리니 내일 돌아가도록 하라. 내가 또한 여남은 날 뒤에 황성으로 들어가고자 하노라."

양기성이 명을 받들고 이튿날 출발하니, 선숙인이 오히려 갑작스러워 서글퍼하더라.

한편 빙빙이 일꾼들을 감독하여 집을 고쳐 짓는 일을 마치니, 수놓은 문과 창문, 기이한 꽃과 풀이 정밀하고 화려하여 황성의 청루 가운데 으뜸이더라. 양기성이 오는 것을 기다려 낙성연落成宴을 하고자 하는데, 여종이 문득 밖에서 들어와 아뢰길,

"제가 조금 전에 설중매 낭자의 청루를 지나오는데, 장풍이 말하길 '너의 낭자가 청루를 고쳐 짓는다 하니 내가 한번 가서 구경하고자 하노라' 하니, 만약 오거든 절대 맞이하여 들이지 마소서."

빙빙이 웃으며,

"너에게 무슨 오랜 미움이 있는가?"

여종이 말하길,

"지난날 낭자가 가난할 때 장안 소년들이 누구도 찾아오는 이가 없고 장풍이 길에서 저를 볼 때마다 모르는 체하더니, 오늘 이처럼 다정하니 어찌 한스럽지 않으리이까?"

빙빙이 웃으며,

"이랬다저랬다 하는 세태는 예로부터 있는 바라. 내가 지난날은 가난하여 짐짓 교만한 체했거니와, 오늘날 만약 사람을 멸시한다면 또한 장안 소년들의 태도와 다름이 없을지라. 이후로는 내가 마땅히 화평에 힘쓰리라."

과연 며칠 뒤 장풍이 불쑥 들어와 말하길,

"그대가 장풍을 알 수 있으리오?"

빙빙이 웃으며,

"제가 병이 있어 손님을 사절한 까닭에 상공을 처음 뵈오니, 참으로 부족한 바로소이다."

장풍이 일찍이 빙빙을 멀리서 보았으되 첫째 의복이 남루하고 둘째 말을 주고받고자 하지 않은 까닭에 마음이 몹시 불편하였는데, 오늘 보매 첫째 거처가 휘황하고 둘째 의복이 찬란하고 셋째 말이 부드러워, 공손하면서도 수줍어하고 단아하면서도 아리따운지라. 마음속으로 크게 놀라 스스로 생각하되,

'빙빙 낭자의 자색이 설중매 낭자보다 못하지 않으니, 만약 양생이 돌아오거든 내가 장차 중매하리라.'

이에 빙빙에게 이르길,

"그대는 여러 대를 이어온 청루 집안의 이름난 기녀라. 자색과 노래와 춤에 있어 황성 안팎의 교방 백여 곳 청루에서 널리 찾더라도 빙빙 낭

자를 넘어설 수 없을지라. 그러나 반드시 풍류소년을 택해 사귈지니, 설중매 낭자가 곽상서와 가까이하듯 하지 말지어다."

빙빙이 나이 어린 여자로서 장풍의 거동을 보니 참으로 가소로우나 그 움직임을 구경하고자 하여 웃고 대답하길,

"어떠한 사람을 가까이해야 좋으리이까?"

장풍이 눈을 굴리고 손바닥을 뒤집으며,

"이즈음 장안의 소년 가운데 출중한 자가 없으나 내가 마음속에 한 사람을 생각해두었으니, 반악潘岳의 풍채와 두목杜牧의 문장에 석숭石崇의 부유함을 지녔으니 풍류호걸이요 영웅군자라. 나이가 바야흐로 열네 살이니, 이 사람은 견줄 짝이 없는 멋진 남자일지라."

빙빙이 스스로 생각하되,

'이는 반드시 양생이라.'

하고 짐짓 묻기를,

"이는 어떠한 사람인고?"

장풍이 그녀가 뜻이 있음을 보고, 물러나 앉아 손을 저으며,

"아직 발설하지 말라. 이 사람은 곧 연왕 상공의 넷째 아들이라. 비밀히 청루에 출입하니, 가까이하여 사귀기 극히 어려울까 하노라."

빙빙이 웃으며,

"선생은 솜씨를 다해 주선하소서."

장풍이 반나절 묵묵히 앉아 있다가 기약을 남기고 돌아가더라.

한편 양기성이 집으로 돌아와 며칠 뒤에 먼저 설중매를 찾아가니 뇌문성과 마등이 또한 자리에 있는지라. 설중매가 웃으며,

"장안에 으뜸가는 청루가 새로 생긴 것을 상공께서 아시나이까?"

양기성이 짐짓 묻기를,

"내가 황성을 떠난 지 이미 한 달이라. 청루가 새로 생긴 것을 알 수 있으리오?"

뇌문성과 마등이 듣고 웃으며,
"빙빙 낭자가 지난날의 청루를 고쳐 지어 소문이 낭자하나 우리가 아직 가보지 못했나이다."
설중매가 미소하고 뇌문성과 마등에게 이르길,
"상공께서 가보고자 하실진대 이 자리에 혹 빙빙 낭자와 사귀는 분이 있으리로다."
양기성이 이 말을 듣고는 설중매의 영리함으로 반드시 은근히 헤아리는 바 있음이라 여겨 웃으며,
"빙빙은 나라에서 가장 뛰어난 미인이라. 이름난 꽃에는 저절로 벌과 나비가 많이 모이나니, 나 또한 안면이 있노라."
뇌문성이 손뼉을 치고 크게 웃으며,
"내가 일찍이 빙빙 낭자가 청루를 고쳐 짓는다는 소문을 듣고 이미 양형을 의심하였는데, 설중매 낭자는 어찌 듣게 되었는고?"
설중매가 웃으며,
"이는 제가 중매한 바라. 만약 탕춘대의 시령詩令이 없었던들, 어찌 빙빙 낭자의 재능을 알았으리오? 다만 애석한 것은 상공께서 설중매를 하나의 보잘것없는 기녀로 여기시어 빙빙 낭자를 시기하는 마음이 있을까 두려워하여 감추고 발설하지 않으시니, 어찌 지기라 할 수 있으리이까? 옛말에 이르길 '성성猩猩이도 성성이를 아낀다' 하니, 같은 창기로서 청루의 소년들이 안목이 어두워 빙빙 낭자의 자색과 가무를 알지 못함을 늘 한스럽게 여기더니, 일찍이 탕춘대에서 상공께서 시를 내려주시는 것을 보고 상공의 안목을 우러르게 되었나이다."
양기성이 웃으며,
"내가 어찌 그대를 속이리오? 짐짓 놀리고자 함이었는데, 그대가 이미 알았으니 재미가 없도다. 빙빙의 청루를 고쳐 짓는 일이 이즈음 어떻게 되었는고?"

뇌문성이 말하길,

"며칠 전에 일을 마쳤으니, 제도가 굉장하고 정밀하여 청루 가운데 으뜸이라 하더이다."

말을 마치기 전에, 장풍이 들어와 양기성과 오래 떨어져 있던 회포를 간략히 나눈 뒤에 웃으며,

"양형이 일찍이 빙빙의 집을 묻더니, 과연 가서 보니 그 모습이 어떠하더이까?"

양기성이 짐짓 말하길,

"그날 가서 보고자 하다가 장풍 선생이 걸인이라고 일컫는 까닭에 아직 가서 보지 못했음이라."

장풍이 묵묵히 한참 있다가,

"사람의 가난함과 부유함이 수레바퀴 돌듯 하여 걸인도 혹 부자가 되는지라. 가벼운 말을 어찌 믿으시나이까?"

양기성이 취해 누워 설중매의 무릎을 베고 잠들거늘 모든 사람이 각기 흩어지니, 설중매가 비단 이불을 펴 양기성을 옮겨 뉘고 설중매 또한 취해 양기성의 곁에 누웠더라. 양기성이 잠에서 깨어보니, 비단 휘장이 겹겹이 드리워진 가운데 향로 위의 차 끓는 소리가 삼경 창밖의 가랑비가 쓸쓸히 내리는 듯하더라. 한 미인이 곁에 누워 있는데, 머리장식과 옥비녀는 베갯머리에 떨어져 있고 보배 허리띠와 비단 적삼은 가슴 앞에 기울어 있으며 복숭아꽃 같은 두 뺨에 술기운이 몽롱하여 숨소리가 가쁜지라. 양기성이 봄기운을 이기지 못해 취한 꿈 가운데 운우雲雨를 희롱하니, 설중매 또한 취한 꿈에서 깨어 옷매무새를 수습하고 차를 권해 한가로이 이야기를 나누더라. 양기성이 웃으며,

"내가 이미 빙빙을 가까이했거니와, 그대가 참으로 질투하는 마음이 없는고?"

설중매가 웃으며,

"저에게 질투하는 마음이 있는지 없는지 알고자 하시거든 스스로 상공의 마음을 헤아려보소서. 어느 한쪽에 치우치지 않는다면 왕도王道가 평탄하리이다. 상공께서 설중매를 편애하시면 빙빙이 시기할 것이요 빙빙을 편애하시면 설중매가 또한 시기하리니, 모두 상공께 달려 있음이라. 저에게 묻지 마소서."

양기성이 웃으며,

"내가 동쪽과 서쪽의 청루에 설중매와 빙빙의 두 낭자가 있으니, 풍류마당 가운데 할일을 마쳤도다. 다만 풍류의 값을 돕고자 하여 이미 빙빙에게 오천 금을 내려주었으니, 남은 오천 금은 그대가 사양하지 말라."

설중매가 말하길,

"'군자는 다급한 사람을 도와주나 넉넉한 곳에 더하여주지는 않는다' 하니, 빙빙 낭자가 청루를 고쳐 짓고 나서 반드시 남은 돈이 없으리니 오천 금을 마저 주소서."

양기성이 말하길,

"내가 이미 말을 내었으니 사양함은 안 될 일이로다."

설중매가 말하길,

"상공의 말씀이 이러하시니, 일천 금으로 정을 표하시고 사천 금은 빙빙 낭자에게 내려주소서. 제가 비록 가난하나 노래와 춤에 드는 비용은 부족한 바 없고 또 청루 기녀의 기풍이 가까이하는 소년으로 하여금 체면이 서도록 해야 반드시 그 이름을 드러내는 것이니, 상공께서 빙빙 낭자를 장려하신 것은 저의 영광이라. 어찌 터럭만큼이라도 불평하는 마음이 있으리이까?"

양기성이 허락하고 마음속으로 감탄하여,

"창기 가운데 명성을 떨친 것이 과연 그 명성이 헛되이 얻어짐이 아니로다."

설중매가 웃으며,

"오늘 장풍의 움직임을 보건대 상공을 빙빙 낭자에게 소개하고자 하니, 상공께서 농락하여 그 움직임을 구경하소서."

양기성이 웃고 허락하더라.

이튿날 양기성이 일천 금을 설중매에게 보내고, 사천 금은 빙빙에게 내려주어 낙성落成의 쓰임에 보태라 하고 빙빙의 집에 이르니, 붉게 칠한 용마루와 그림으로 장식된 마룻대, 옥으로 장식한 처마와 구슬로 장식한 난간이 자못 화려한데, 따로 작은 누각 하나를 지었으니 사방의 비단 휘장과 구슬발을 걷어올렸으며 백옥 여의如意와 산호 갈고리를 곳곳에 걸어놓았더라. 양기성이 빙빙과 더불어 난간에 기대어 감탄하며,

"누각의 번성하고 쇠해짐이 저처럼 정해진 바 없거든, 하물며 사람이리오? 내가 비록 지난날의 번화함을 보지 못했으나 깨어진 기와와 썩은 마룻대가 별안간에 이처럼 새로워지니, 만약 인생이 이 청루 같아 젊은 아리따운 얼굴이 백발이 되고 백발이 다시 젊은 아리따운 얼굴이 되어 삼생三生의 아름다운 인연이 끝없이 돌고 돈다면 어찌 즐겁지 않으리오?"

빙빙이 낭랑히 웃으며,

"저는 천지만물에 있어 번성함과 쇠해짐, 슬픔과 즐거움이 없다고 여기나이다. 번성함은 쇠해짐의 근본이요, 슬픔은 즐거움의 근본이라. 젊고 아리따운 얼굴이 즐거울 것이 없고 백발이 슬플 것이 없거늘, 사람들의 정이 얄팍하여 이 사이에 차이를 두지 못하고 번성함과 쇠해짐, 슬픔과 즐거움의 끝에서 정에 얽히니, 어찌 가련하지 않으리이까?"

양기성이 그 말이 이치에 맞음을 칭찬하거늘, 빙빙이 다시 아뢰길,

"상공께서 늘 밤이 깊은 뒤에 출입하시니, 낙성연을 어느 날로 정하리이까?"

양기성이 말하길,

"닷새 뒤 황상께서 원릉園陵에 행차하시니, 내가 틈을 타서 올 수 있으

리라."

빙빙이 크게 기뻐하여 이날로 정하더라.

이튿날 해가 저문 뒤에 양기성이 설중매를 찾아가니, 설중매가 연못가의 난간에 기대어 원앙이 노니는 것을 구경하더라. 양기성이 몰래 걸어 설중매의 뒤에 이르러 조용히 말하길,

"그대의 풍정이 적지 않도다."

설중매가 크게 놀라 돌아보니 곧 양기성이라. 서로 손을 잡고 난간머리에 앉아 말하길,

"닷새 뒤에 빙빙이 청루의 낙성연을 베풀어 모든 기녀를 청한다 하니, 그대가 들었는고?"

설중매가 말하길,

"미처 듣지 못했나이다."

얘기하는 사이에 장풍이 들어오거늘, 양기성이 말하길,

"빙빙 낭자를 한번 보고자 하였는데, 풍문에 들으니 닷새 뒤에 청루의 낙성연을 베푼다 하니, 선생은 함께 가는 것이 어떠하오?"

장풍이 설중매의 기색을 보고 웃으며,

"빙빙 낭자가 비단 누각이 새로워졌을 뿐 아니라 그 용모 또한 새로워져, 전에 비하면 하늘 위의 선녀라고 일컬을 만한지라. 한번 가보고자 하나이다."

설중매가 듣고 짐짓 불쾌한 기색을 지어 시무룩하게 말이 없으니, 장풍이 또 웃으며,

"빙빙 낭자가 비록 이러하나 이즈음 청루 가운데 공론이 설중매 낭자를 으뜸으로 삼고 빙빙 낭자를 버금으로 삼나니, 양형은 닷새 뒤의 언약을 잊지 마소서."

양기성이 응낙하니 장풍이 몸을 일으켜 나가거늘, 설중매가 크게 웃으며,

"장풍이 반드시 빙빙 낭자의 집으로 가서 상공의 소식을 먼저 전할지라. 빙빙 낭자가 겉으로는 서툰 듯하나 속으로는 밝으니, 아마도 장풍을 농락하는 솜씨가 있을까 하나이다."

이때 빙빙이 바야흐로 낙성연을 위해 분주한데, 장풍이 들어와 기쁜 빛이 얼굴에 가득하여 의기양양하거늘, 빙빙이 몰래 웃으며,

'이 바람風이 반드시 곡절이 있음이라.'

하더니, 자리에 앉은 뒤 장풍이 웃으며,

"그대가 낙성연을 베푼다 하니 마땅히 분주하리로다."

빙빙이 말하길,

"그러하외다."

장풍이 앞으로 다가와 나직이 말하여,

"지난날 내가 천거한 양기성을 그대는 잊지 않았는고?"

빙빙이 짐짓 부끄러운 기색을 지으며,

"어찌 잊을 수 있으리오?"

장풍이 웃으며,

"내가 이미 중매하여 낙성일에 참석하러 온다 했으니, 그와 가까이 사귀는 솜씨는 그대에게 달려 있으니 헤아려 처신하오."

빙빙이 장차 어찌하리오? 다음 회를 보라.

양기성이 연달아 세 번의 시험에 합격하고 천자가 몸소 북흉노를 정벌하더라

제62회

장풍이 빙빙에게 '내가 이미 양생을 중매하여 낙성일에 참석하러 온다 했으니, 그와 가까이 사귐은 그대에게 달려 있노라' 하니, 빙빙이 발끈하며 얼굴빛이 변해,

"양생이 저를 천한 창기로 대우함이로다. 만약 정이 있을진대 마땅히 먼저 조용히 찾아와야 하거늘, 어찌 뭇 소년을 좇아 사람이 빽빽하게 모인 자리에서 처음 보는 여자와 가까이 하고자 하리오?"

장풍이 웃으며,

"그렇지 않음이라. 양생은 본디 백면서생이라. 그 마음이 질박하여 자기가 혼자 오는 것을 부끄러워함인가 하노라."

빙빙이 웃으며,

"수줍어하는 것은 여자의 본색이라. 남자가 이러하면 무엇에 쓰리오? 선생은 다시 가서 오늘밤에 조용히 함께 오소서. 내가 마땅히 술을 갖추어 기다리리니, 만약 오기를 기꺼워하지 않거든 모름지기 강권하지 마소서."

장풍이 응낙하고 가더라.

이때 양기성이 설중매와 더불어 쌍륙雙陸을 놀며 술내기를 할 새, 설중매가 연달아 두 판을 지고 나서 한편으로 술을 사오고 한편으로 주사위를 다시 집어 판을 벌이는데 장풍이 허둥지둥 들어오더라. 설중매가 얼굴빛을 엄정히 하고 주사위를 높이 던지며,

"선생은 한마디 말도 하지 마소서. 내가 비록 오늘밤을 새우더라도 반드시 설욕하고 말리이다."

장풍이 빙빙의 말을 전하고자 왔다가 마음이 몹시 조급하나 말을 할 수 없어 다만 그 곁에 앉아 있는데, 설중매가 또 한 판을 지는지라. 장풍이 겨우 틈을 타 양기성에게 이르길,

"오늘 빙빙 낭자를 만나고 왔는데 전하는 말이 있더이다."

설중매가 급히 주사위를 던지며,

"빙인지 무엇인지, 초楚나라와 한漢나라가 창끝으로 다투어 이제 승부를 결정하니, 아무 말 하지 마소서."

장풍이 허둥지둥하여 스스로 생각하되,

'빙빙 낭자가 반드시 기다리리니 어찌하면 좋으리오?'

날이 이미 저물었으되 쌍륙의 내기판이 아직 끝나지 않으니, 장풍이 어찌할 수 없어 몸을 일으키고자 하거늘, 양기성이 웃으며 쌍륙판을 밀어놓고,

"빙빙의 전하는 말이 무엇인고?"

장풍이 몰래 아뢰길,

"이리이리하여 오늘밤 평상平床을 깨끗이 하여 기다린다 하더이다."

양기성이 웃으며,

"내가 집안에 들어가 어버이께 저녁 문안을 마친 뒤 빙빙의 집으로 가리니, 그 집을 자세히 가리키라."

장풍이 손으로 바닥에 그리며,

"이리로 서쪽으로 가면 서교방西敎坊 큰길이요, 저리로 가면 학상선鶴上仙의 청루요, 그다음 있는 새로 지은 집이로소이다."

양기성이 머리를 끄덕이고 헤어지더라. 양기성이 집으로 돌아갔다가 밤이 깊은 뒤 다시 설중매를 찾아가 함께 빙빙의 집으로 가서 장풍의 모습을 보길 요청하니, 설중매가 응낙하고 함께 빙빙의 집에 이르더라. 빙빙이 웃으며,

"장풍이 저물녘에 이르러 상공을 기다리다가 상공이 길을 잃었는가 의심하여 상공의 댁으로 가더이다."

설중매가 웃으며,

"장풍이 오래지 않아 반드시 오리니, 제가 그를 속여 한바탕 웃음을 돕고자 하나이다."

하고 양기성의 귀에 대고 말하니 양기성이 또한 웃더라. 이윽고 장풍이 와서 문을 두드리니, 설중매가 즉시 등불을 돌려놓고 문을 나서며 손뼉을 치거늘, 장풍이 당황하여,

"낭자가 어찌 이곳에 이르렀는고?"

설중매가 웃으며 장풍의 손을 잡고 고요한 곳으로 가서 나직이 말하길,

"내가 장안 청루의 일거일동을 어찌 장선생에게 속이리오? 빙빙 낭자가 청루를 고쳐 지은 것을 일찍이 의심하였는데, 강남의 부호 한 명과 사귀어 오천 금을 얻은 것이라. 소문이 퍼지면 불리할까 두려워 빙빙 낭자가 조금 전에 저를 만나 사실대로 말하며, 그 부호가 또 저의 헛된 명성을 듣고 한번 보고자 한다 하더이다. 곽상서와 절교한 뒤로 노래와 춤에 드는 비용이 궁색함을 늘 한스럽게 여겼는데, 한번 그 사람을 만나면 오천 금을 얻을 수 있으리니, 선생은 이 말이 양생의 귀에 들어가지 않게 하소서."

장풍이 쯧쯧 혀를 차며 탄식하여,

"그대가 아직 나를 모르도다. 내가 어찌 이러한 말을 양생의 귀에 들리게 하리오? 다만 오늘밤 양생이 반드시 오리니 어찌하리오?"

설중매가 웃으며,

"선생은 수단이 너무 없도다. 만약 양생이 온즉 어찌 다른 침실이 없으리오?"

장풍이 칭찬하며,

"비록 그러하나 사람의 마음은 헤아리기 어려운지라. 스스로 부호라고 일컬으며 미인을 속이는 자가 때때로 있으니 그대는 몸을 허락하지 말라. 내가 마땅히 먼저 얘기를 나누어 그 뜻을 엿보고 그대로 하여금 알게 하리라."

말을 마치매 곧바로 방으로 들어가고자 하거늘, 설중매가 짐짓 놀라는 체하며 장풍의 손을 잡고,

"선생은 이미 이루어진 일에, 꽃밭에 불 지르는 일을 하지 말지어다."

장풍이 웃으며,

"장풍이 십 년의 청루 생활에서 남은 것은 안목이라. 다만 나의 솜씨를 보라."

하고 방으로 불쑥 들어가니 한 남자가 등불을 등지고 벽을 향해 누웠거늘, 장풍이 크게 기침을 하면서 가까이 다가가니 그 소년이 몸을 굽혔다가 일어나 앉으며,

"빙빙과 설중매는 어디 갔으며 장풍 선생은 어찌 오지 않는고?"

장풍이 손발이 허둥지둥 어찌할 바 모르거늘, 모든 사람이 손뼉 치며 웃고 빙빙이 말하길,

"선생이 한 미남자를 중매하리라 하더니 어찌 중매하지 않는고?"

설중매가 말하길,

"선생이 강남 부호의 뜻을 엿보고자 하더니 과연 어떠한고?"

장풍이 웃으며,

"미남자는 곧 강남 부호요, 강남 부호는 곧 미남자라. 장주莊周가 나비가 되고 나비가 장주가 되니, 이 상공께서 곧 미남자도 되고 강남 부호도 될지니, 장풍이 평생 거짓말을 하지 않노라."

양기성이 이에 술을 내어오라 명해 장풍에게 권하고 빙빙이 청루를 고쳐 지은 내력을 말하니, 장풍이 크게 칭찬하며,

"닷새 뒤의 낙성연에 이 장풍이 모든 소년과 청루의 기녀들을 마땅히 다 청하리라."

이때 천자가 날짜를 택해 원릉園陵에 행차하실 새, 연왕과 두 아들이 어가御駕를 따르니, 곧 빙빙이 청루의 낙성연을 베푸는 날이라. 양기성이 할머니 허부인에게 아뢰길,

"원릉 행차를 구경하고자 하나이다."

하고 곧바로 설중매의 집으로 향하니 장풍·마등·뇌문성이 모두 모여 바야흐로 잔치에 갈 것을 의논하더라. 양기성이 세 사람을 먼저 빙빙의 집에 보내어 잔치 자리를 주관하게 하매 세 사람이 응낙하고 가보니 장안의 소년들과 청루의 모든 기녀가 이미 절반 이상 모였더라. 오륙십 칸 되는 청루에, 허공에 뜬 층계를 세우고 비단 휘장과 꽃 병풍은 구름과 안개처럼 둘렀으며, 수놓은 자리와 비단 방석은 화초처럼 벌여 있고 열두 마디 소상반죽瀟湘斑竹으로 만든 발簾의 옥 갈고리는 댕그랑 울리더라. 칠보七寶 금화로의 향기로운 연기가 몽롱하고 산호珊瑚 책상 위에 붓과 벼루가 정묘하며, 대모玳瑁 책상머리에 거문고와 생황이 아담하고, 아로새긴 걸상과 채색 의자를 남자는 동쪽, 여자는 서쪽으로 배치하여 섞이지 않게 했더라. 모든 소년의 드높은 관冠과 비단옷, 모든 기녀의 아름다운 화장과 장식이 휘황찬란하여, 처음 온 사람은 마치 온갖 꽃떨기 속으로 들어온 듯해 눈이 황홀하더라.

이윽고 양기성이 설중매와 더불어 이르러 인사를 마치니, 금 술단지에 담긴 맛있는 술로 술잔과 술상이 낭자하고 난鸞새와 봉황의 울음 같

은 아름다운 노래와 악기 소리는 맑고 아련하게 울리더라. 장풍이 일어나 소매를 떨쳐 춤추며,

"백전노장百戰老將에게 남은 것이 창鎗 쓰는 법이라. 나의 장단 맞추는 것을 보라."

하니 자리에 있는 사람이 다 크게 웃더라. 모든 소년이 말하길,

"우리가 일찍이 빙빙 낭자의 춤을 보지 못했으니, 오늘은 그 재능을 아끼지 말라."

양기성이 웃고 빙빙과 설중매에게 서로 마주하여 춤을 추라 하거늘, 두 낭자가 일어나 예상우의무霓裳羽衣舞를 추니 모든 소년과 모든 기녀가 겹겹이 둘러서서 음악을 재촉하더라. 첫째 장章을 연주하매 가볍게 나붓거리는 소매와 우아한 자태가 북소리에 응해 펄럭이니, 구름 사이의 학 두 마리가 날개를 떨치는 듯하고 물속의 조개 한 쌍이 진주를 토하는 듯하더라. 셋째 장에 이르매 푸른 소매가 하늘하늘 연꽃 같은 걸음으로 나아오고 붉은 치마가 팔랑팔랑 물결을 넘는 걸음으로 물러나니, 마치 봄날의 나비가 꽃향기를 놀리는 듯하고 봉황 한 쌍이 대나무 열매를 쪼는 듯하더라. 패옥佩玉은 맑게 울리고 음악소리는 점점 빨라져 다섯째 장에 이르매 버들 같은 가느다란 허리는 바람 앞에 흔들리고 번뜩이는 옥 같은 손은 공중으로 날아, 너른 들판의 향기로운 풀에서 제비는 깃을 나란히 하여 지저귀고 푸른 물의 연꽃에서 원앙은 목을 맞대어 구욱구욱 우니, 나아가고 물러나고 한 바퀴 도는 것이 법도에 꼭 맞아 아름다운 난새와 상서로운 봉황처럼 우열을 가리기 어렵더라. 북소리가 한번 울리매 동쪽과 서쪽으로 나누어 서서 가을물결 같은 눈길이 언뜻 웃음을 머금으니, 좌우에서 구경하는 사람이 정신이 취하고 마음이 무르녹아 비로소 빙빙의 노래와 춤과 자색을 칭찬하고 교방 청루에 명성이 자자하게 되니, 재상과 귀인들도 한번 만나보기를 바라더라.

술상을 물린 뒤에 빙빙이 모든 소년과 양기성에게 나아와 아뢰길,

"제가 집안 대대로 내려오던 청루를 오늘 고쳐 지으니, 이는 모든 상공께서 내려주신 바라. 다시 상량문上樑文 몇 줄을 내려주시어 오늘의 이 성대한 일이 후세에 잊히지 않게 하여주소서."

장풍이 나아와 말하길,

"오늘의 이 모임은 양기성 형님이 주인이라. 하물며 양기성 형님의 문장이 이 자리에 있으니, 누가 감히 한 글자라도 찬양하리오? 내가 마땅히 고력사가 이백의 신발을 벗기는 일[1]을 사양하지 않으리니, 빙빙 낭자는 벼루를 받들고 설중매 낭자는 먹을 갈고 연연鷰鷰 낭자와 앵앵鶯鶯 낭자는 채전彩牋을 펼치고 학상선鶴上仙 낭자와 초운楚雲 낭자는 촛불을 켜, 양기성 형님의 뱃속에 가득한 시흥을 도우라."

이때 양기성이 몹시 취한 가운데 시흥이 도도하여 한 팔은 책상에 기대고 오른손으로 홍옥紅玉 붓대를 빼어드니, 연연과 앵앵이 설도전[2]을 펼치고 봉주연[3]에 용향묵龍香墨을 갈더라. 양기성이 사양하는 기색을 드러내지 않고 단숨에 써내려가니, 그 상량문은 이러하더라.

"기록하노라. 도성都城 큰길의 붉은 티끌 속에 긴 봄날의 세계가 따로

---

1) 고력사(高力士)가 이백(李白)의~벗기는 일: 고력사(684~762)는 당나라 현종(玄宗) 때의 환관(宦官)으로, 위황후(韋皇后)와 태평공주(太平公主) 세력을 제거하는 데 공을 세워 현종의 두터운 신임을 받았다. 이백(李白, 701~762)의 나이 42세 때 현종의 잔치 자리에 불려오는데, 이백은 단숨에 써내려 「청평조淸平調」 3수를 지었다. 이때 이백은 술에 취해 고력사에게 신발을 벗기게 했다는 일화가 전한다.

2) 설도전(薛濤牋): 당나라의 여류시인 설도(薛濤, 768?~832)가 만든 종이. 설도는 원래 장안(長安) 사람으로, 하급관리인 아버지를 따라 어렸을 때 촉(蜀) 땅의 성도(成都)로 들어왔다. 아버지가 촉 땅으로 온 지 얼마 안 되어 죽자, 가난한 집안 사정으로 설도는 악기(樂妓)가 되었다. 설도는 음률에 능통하여 시가를 잘 지었고, 원진(元稹)·백거이(白居易)·두목(杜牧) 등의 문인과 창화(唱和)를 나누었다. 설도는 직접 송화지(松花紙)와 짙은 소채지(小彩紙)를 만들어 당시 유명 인사들에게 선물로 주었는데, 사람들은 이것을 '설도전'이라고 불렀다.

3) 봉주연(鳳咮硯): 북송(北宋)의 문인 소동파(蘇東坡)의 「봉주연명서鳳咮硯銘序」에 "북원의 용배산은 마치 봉황이 내려와 물을 마시는 형상인데, 그 부리 부분에 검푸른 돌이 있어 곱기가 마치 옥 같았다. 희령 연간에 태원 사람 왕이(王頤)가 그 돌로 벼루를 만들었으므로 내가 그것을 '봉주'라 이름했다(北苑龍焙山, 如翔鳳下飮之狀, 當其咮, 有石蒼黑, 緻如玉, 熙寧中, 太原王頤以爲硯, 余名之曰鳳咮)."라는 기록이 보인다.

있어 붉은 난간과 푸른 기와로 지난날의 누각을 고쳐 지으니, 처마의 꿩이 여기서 날고 대들보의 제비가 서로 축하하도다. 주인은 청루를 대대로 이어온 가문이되 아름다운 규방의 풍모가 있으니, 지난날 이름난 기녀 위오랑衛五娘의 아름다운 딸로서 노래와 춤으로 선대先代의 가업을 이어받아 오늘날 창루의 으뜸 인물이요 지조는 기녀 가운데 가장 빼어나도다.

금주[4]로 거문고 줄을 뜯으나 아름다운 낭군의 돌아봄을 입지 못하고 해어진 비단옷을 입으니 도리어 처녀의 정절 지킴을 본받음이라. 수놓은 비단의 번성하고 화려하던 마당이 마침내 비바람이 휘날리는 지경에 이르러 무너진 담장과 부서진 벽은 버들잎 같은 눈썹을 근심으로 찡그리게 하고, 기울어진 정자와 황량한 누각은 연꽃 같은 걸음을 고달프게 옮기게 하니, 문밖에 수레와 말은 그림자의 자취도 없고 복숭아꽃과 오얏꽃은 뜨락에서 스스로 피었다가 떨어지도다. 그러나 사향노루 지나는 곳에 풀이 저절로 향기롭고 꽃이 말하지 않아도 나비가 날아오니, 눈 돌리는 사이에 달 같은 땅, 구름 같은 층계가 생겨나고 손가락 튕길 동안에 연꽃 연못과 대나무 언덕이 생겨나, 두 아름다운 재자와 가인이 만나 거문고 한 곡조로 '높은 산과 흐르는 물'을 연주하도다.

이에 황금과 백옥을 한껏 써서 붉은 누각을 고쳐 지으니, 옥 난간과 비단 장식은 어찌 그리 뛰어나며 구슬 방과 수놓은 문은 어지러이 빛나, 노래 병풍은 푸른 소매를 가리고 화장 거울로 미인을 엿보도다. 봉황이 누각을 건너고 원앙이 연못에 날아드니 저마다 쌍을 이루고, 비단은 구름 같고 사람은 달 같아 밤에서 아침으로 이어지도다. 무릇 한때의 풍정을 인연하여 다시 십 년의 문호를 정돈하니, 옛적에 이와 같았고 이제

4) 금주(金柱): 금으로 만든 기러기발. 기러기발은 거문고·가야금·아쟁 따위의 줄을 고르는 기구. 단단한 나무로 기러기의 발 모양과 비슷하게 만들어 줄의 밑에 괴고, 이것을 위아래로 움직여 줄의 소리를 고른다.

또 이와 같아, 어머니의 옛 명성을 능히 이어 이곳에서 노래하고 이곳에서 춤추어 교방의 번성한 일을 길이 전하리라. 이에 육위송[5]을 지어 뭇 사람의 마음에 응답할지라."

양기성이 붓을 멈추지 않고 쓰기를 마치매 쇠와 돌이 울리는 듯하고 용과 뱀이 날아오르는 듯하더라. 모든 기녀에게 이르길,

"내가 너무 취했으니, 나머지 여섯 수는 모든 낭자가 나누어 지으라."

설중매가 짓기를,

> 에이어차, 들보를 동쪽으로 올리니
> 부상扶桑 높은 곳으로 붉은 해 떠오르네.
> 거울을 마주해 화장을 서두르며 이윽히 바라보니
> 무르녹는 화장이 꽃떨기를 펼친 듯하네.

빙빙이 짓기를,

> 에이어차, 들보를 서쪽으로 올리니
> 잔치 마친 높은 누각에 밤빛이 쓸쓸하네.
> 원앙 이불 속에서 낭군 곁에 누우니
> 비끼운 창문에 달그림자 나직하네.

초운이 짓기를,

---

5) 육위송(六偉頌): 상량문(上樑文)을 가리킨다. '위(偉)'는 '아랑위(兒郎偉)'라는 의성어(擬聲語)로 대들보를 올릴 때 여러 사람이 힘을 모아 함께 드는 소리인데, 동서남북과 상·하의 여섯 방향으로 대들보를 들기에 '육위'라고 한다. 상량문 안에 있는 여섯 수의 시(詩) 첫머리에 '아랑위'라는 상투어가 들어가기 때문에 상량문을 육위송이라고 하기도 한다.

에이어차, 들보를 남쪽으로 올리니
남산을 마주해 앉으니 푸른 봉우리가 겹겹이네.
바라건대 남산을 무산巫山 골짜기로 만들어
오랜 운우雲雨의 사랑으로 산아지랑이 가두어두리.

학상선이 짓기를,

에이어차, 들보를 북쪽으로 올리니
한바탕의 북녘바람에 비단 적삼이 얇도다.
아름다운 얼굴도 황금도 자랑 마오.
비파로 타는 「출새곡出塞曲」을 들어보소서.

앵앵이 짓기를,

에이어차, 들보를 위로 올리니
하늘 가득한 아름다운 기운이 어찌 그리 넓은고.
봄바람 불어와 구슬발이 흔들리고
푸른 학은 거닐고 제비는 오르락내리락하네.

연연이 짓기를,

에이어차, 들보를 아래로 올리니
비단 돗자리에 서로 팔베개하여 누웠네.
상자 속 여섯 폭 연꽃 치마를
낭군 위해 차려입고 낭군 위해 풀도다.

양기성이 또 그 뒤를 이어 짓기를,

"엎드려 바라건대, 상량한 뒤로는 버드나무 문 앞에 청총마青驄馬와 자류마紫騮馬가 오래도록 매여 있고, 연꽃 거울 속의 검은 머리칼과 아름다운 얼굴이 늙지 않게 하소서."

양기성이 쓰기를 마치매 모든 낭자를 돌아보며,

"청루의 인물이 오히려 거칠지 않도다. 모든 낭자의 문장이 이처럼 아름다우니, 참으로 희귀한 일이라. 모든 낭자는 일제히 낭독할지어다."

설중매가 웃으며,

"제가 듣건대, 상량문은 대들보를 올릴 때 모든 사람을 독려하는 소리인지라. 한 사람이 먼저 부른즉 주인이 화답하나니, 저희가 먼저 한 곡조를 부르거든 모든 소년이 일제히 화답하여 흥취를 돕게 하소서."

자리에 있는 사람이 다 응낙하고 모든 낭자와 더불어 노래를 주고받으니, 청아한 곡조와 호방한 소리가 청루를 흔드는 듯해 금 말채찍이 꺾이며 옥 항아리가 깨지는 것을 깨닫지 못하더라. 문득 장풍이 팔뚝을 쳐들며,

"빙빙의 재능과 노래와 춤으로 오래도록 주인을 만나지 못하다가 이제 비할 데 없는 재자를 따르게 되었으니, 천 년에 한 번 있는 일이라. 무너졌던 집이 하루아침에 높고 화려한 누각으로 변하니, 천지만물의 번성하고 쇠하며 뒤바뀌는 것이 이와 같음이라. 이제부터 빙빙과 설중매 두 낭자의 청루가 동쪽과 서쪽에 나누어 서서, 지기로서 서로 합하고 조금도 질투하는 마음이 없다면 풍류 마당 가운데 어찌 아름다운 일이 아니리오? 그러나 만약 신령한 용이 구름과 비를 얻어 과거에 급제해 안탑雁塔에 이름을 쓰고 벼슬이 재상으로 높아진다면 청루의 자취가 저절로 끊어지리니, 어찌 기쁨 가운데 슬픔이 아니리오?"

자리에 있는 사람이 다 근심스레 말이 없고 빙빙과 설중매 또한 눈물을 머금으니, 양기성이 웃으며 술을 마시고 연달아 악기를 연주하다가

밤이 깊은 뒤에 잔치를 마치더라.

한편, 연왕이 양태야가 울적함 때문에 수십 일 전원에서 마음을 푸는 것으로 생각하였으나, 양태야가 황성이 떠들썩함을 싫어하여 머물러 여러 달 돌아오지 않으니, 그리운 마음을 이기지 못해 사람과 말을 보내 모셔오더라. 하루는 양기성이 글방에 누워 침상머리의 거울을 이끌어 얼굴을 비춰보니, 용모가 수척하고 기상이 방탕하여 지난날과 크게 다른지라. 벌떡 일어나 앉아 두려워하며 탄식하길,

"내가 왕후王侯의 아들로서 소년의 미친 마음을 억제하지 못해 한때 풍류 마당에서 노닐었으나, 어찌 이처럼 모습이 나빠지는 지경에 이르렀는고? 대장부가 세상에 태어남에 할일이 끝이 없는지라. 임금에게 몸 바쳐 충성하고 백성에게 혜택을 끼치며 공로를 세워 이름을 역사에 드리워 천년 세월에 사라지지 않게 할지니, 어찌 청루와 술집에서 평생 파묻혀 지내리오? 내가 어버이의 사랑받는 자식으로 이제까지 한 가지도 속임이 없었는데, 한번 방탕해진 뒤로는 자취가 허황되고 형제를 속여 위태로운 지경을 자주 범했으나, 어버이께서 아득히 모르시고 못난 자식을 한결같이 보배로운 옥처럼 사랑하시고 깊이 믿어 의심하지 않으시니, 자식 된 마음으로 어찌 태연할 수 있으리오? 아름다운 여인과 좋은 음악은 맛있는 음식과 같아, 한번 배불리 먹은즉 도리어 맛을 느낄 수 없는지라. 내가 이미 반년 동안 호탕하여 청루의 모든 기녀 가운데 이름난 이들을 다 보았으니, 만약 이때를 타 끊지 않는다면 반드시 쓸모없는 인물이 되리니, 어찌 한심하지 않으리오?"

이로부터 출입을 드물게 하고 학업에 힘쓰더라. 이때 삼 년에 한 번 치러지는 대비과大比科가 있어 천자가 사방의 많은 선비를 모아 문무의 재능을 시험하실 새, 양기성이 과거 시험에 응시하고자 하니 연왕이 허락하지 않으며,

"우리집이 본디 한미했거늘 이제 번성함이 지나치니, 너는 학업에 더

욱 힘쓰고 조급하게 나아갈 것을 생각하지 말라."

양기성이 그리하겠노라 하고 물러나니, 난성후가 조용히 아뢰길,

"상공께서 기성을 사랑하시거든 과거에 응시하는 것을 허락하소서."

연왕이 말하길,

"이것이 무슨 말인고?"

난성후가 한참 있다가,

"기성의 천성이 자못 적막하지 않으니, 만약 그 재능을 이롭게 이끌어 주지 않으면 다른 데에 빠질까 염려되나이다."

연왕이 본디 난성후의 말을 평범하게 듣지 않는지라. 고개를 숙이고 그윽이 생각하다가 기성을 불러 과거에 응시하길 명하더라. 양기성이 명을 받들고 물러나 과거 시험에 필요한 도구를 정돈하는데, 밤이 깊은 뒤 날씨가 맑고 달빛이 뜨락에 가득하거늘 양기성이 어버이에게 저녁 문안을 마치고 뜨락에서 거닐며 생각하길,

'내가 우연히 풍류 마당에 출입하여 여러 기녀와 사귀다가 이제 비록 본래의 마음을 거두어 잡념을 없앴으나, 한줄기 정근情根을 맹렬히 끊기 어렵도다. 만약 이번 과거에 합격한즉 다시 여러 낭자를 찾기 어려우리니, 이 또한 인정의 서운한 바라. 한번 찾아가서 나의 뜻을 분명히 말하리라.'

달빛에 의지해 먼저 빙빙의 청루로 갈 새, 설중매로 하여금 빙빙의 집으로 오도록 하고 뒤따라가니, 두 낭자가 나와 맞이하며,

"요즘 상공께서 오랫동안 찾아오지 않으시기에 저희를 잊으신 것으로 생각하였는데, 오늘밤 찾아오심은 뜻밖이로소이다."

양기성이 두 낭자의 손을 잡고,

"어버이를 모시고 있는 사람으로서 구차하게 출입하는 것을 오래도록 하기 어려운지라. 또 장차 과거에 응시하고자 하는데, 만약 천자의 은혜를 입어 급제하게 된다면 청루에 발을 들여놓지 않고자 하는 까닭

에 오늘밤에 두 낭자를 찾은 것이니, 그대들은 각각 마음속 생각을 말하라. 그대들이 내가 이번에 급제하는 것을 바라는가, 그렇지 않은가?"

두 낭자가 대답하지 않고 술을 몇 잔 마신 뒤 살짝 취해, 설중매가 한 곡조를 부르길,

꽃 보고 오는 나비 오고갈 줄 모르는가.
봄날이 저물어가니 즐거움이 늘 같으리.
아이야, 술 한 잔 바삐 부어라. 가는 나비 멈추어 놀까 하노라.

빙빙이 또한 이어 부르길,

보거든 꺾지 말고 꺾거든 버리지 마소.
보고 꺾고 버리니
도무지 내 길가에 선 버들 탓인가 하노라.

두 낭자가 노래를 마치매 빙빙은 시무룩하여 말이 없고 설중매는 흔쾌히 웃으며,

"길가의 버들잎 파랗게 피어난 것을 보고는 높은 벼슬 구하라고 남편을 멀리 보낸 것을 후회함[6]은 예로부터 이미 있던 일이거니와, 남자가 어찌 평생을 붉은 치마에 취해 공명功名에 뜻을 두지 않을 수 있으리이까? 상공께서 비록 발자취를 끊으시더라도 다만 정근을 잊지 마소서."

양기성이 그 쾌활함을 칭찬하고 밤이 깊은 뒤 돌아오더라.

6) 길가의 버들잎~것을 후회함: 당나라의 시인 왕창령(王昌齡, 698~765?)의 시 「규원閨怨」에 나오는 구절. "규방의 젊은 아낙네는 근심을 모르는 듯, 봄날에 화장을 곱게 하고 푸른 누각에 오르네. 문득 길가의 버들잎 파랗게 피어난 것을 보고는, 높은 벼슬 구하라고 남편을 멀리 보낸 것을 후회하네(閨中少婦不知愁, 春日凝粧上翠樓. 忽見陌頭楊柳色, 悔教夫壻覓封侯)."

과거 시험 날이 이르매 양기성이 시험장에 들어가 세 번의 시험을 연달아 합격하니, 천자가 크게 기뻐하시어 좌우의 모든 신하에게 이르시길,

"효자의 가문에서 충신을 구하라 했으니, 양창곡의 아들이 어찌 나라를 보필할 인재가 아니리오?"

급제자의 이름을 부를 것을 재촉하시니, 문과의 장원 양기성은 연왕 양창곡의 넷째 아들이요, 차석 황승룡黃升龍은 상서 황여옥의 아들이요, 무과의 장원 뇌문성은 대장군 뇌천풍의 둘째 손자요, 차석 마등은 파로장군 마달의 아들이더라. 탑전榻前에 불러들여 각각 채화彩花 한 가지와 궁궐에서 기르는 말과 보개寶盖를 내려주시고 양기성은 특별히 이원梨園 법악法樂을 내려주시며 한림학사翰林學士를 제수하시니, 양학사가 붉은 도포와 옥대 차림으로 천자의 은혜에 사례한 뒤 내려주신 말을 타고 법악을 앞세워 집으로 돌아오더라. 연왕이 상서 형제와 더불어 뒤를 따라 장안 큰길로 오니 길가의 소년들이 좌우에 늘어서 칭찬하여 마지않고, 법악을 연주하며 교방의 큰길을 지나는데, 동쪽과 서쪽 청루의 모든 기녀가 구슬발을 걷고 다투어 구경하며 빙빙과 설중매를 향해 축하하기도 하고 조롱하기도 하며 낭랑히 떠들썩하더라. 양학사가 가을물결 같은 두 눈길을 흘려 좌우를 돌아보며, 번화한 눈썹으로 은근한 풍정을 보내더라. 또 뇌문성과 마등이 말을 나란히 하여 음악을 연주하고, 대장군 뇌천풍과 파로장군 마달이 번성하게 위엄을 갖추어 행차를 이끄는데, 청루의 모든 기녀가 과일을 던지며 희롱하매 뇌문성과 마등도 은근히 정을 보내더라. 장풍이 문득 거친 습성이 발동하여 뛰어들어와 말고삐를 잡으며,

"그대가 지난날 나와 더불어 술집을 찾아가 호방한 기운을 자랑하더니 오늘은 스스로 체면을 돌아보아 청루를 보고도 못 본 척하니, 그대의 공명이 비록 좋으나 이 장풍의 거리낄 바 없는 방탕에 미치지 못하리로

다."

마둥이 말채찍을 들어 장풍의 어깨를 치며 웃거늘, 뇌천풍이 흔쾌히 웃고 마달을 돌아보며,

"내가 일찍이 열아홉 살에 과거에 급제하여 청루를 지나는데, 누각 위의 모든 기녀가 돌을 던져 어사화御賜花가 떨어지고 술친구 소년들이 소매를 이끌어 말에서 떨어지더니, 오늘 내 손자가 또 이러한 일을 당하도다."

하며 서로 즐거워하더라.

이때 양학사가 집에 이르니 양태야와 허부인의 즐거워하는 얼굴과 선숙인의 기뻐하는 기색은 말로 표현하기 어렵더라.

한편, 천자에게 자녀 두 명이 있어, 맏딸은 숙완공주淑婉公主이니 나이가 열세 살에 아직 시집가지 않은지라. 황후가 천자에게 아뢰길,

"지난날 궁인들이 새로 급제한 사람들의 이름을 보고 '연왕의 넷째 아들 양기성의 풍채가 오히려 양장성보다 낫더라' 하니, 그 형을 보면 그 아우를 짐작할지라. 연왕에게 또 다섯째 아들이 있다 하니, 딸아이의 혼처를 구함이 좋을까 하나이다."

천자가 웃으며,

"나 또한 이러한 뜻이 있는지라. 다만 그 뜻을 물어보리이다."

이튿날 조회를 마치매, 천자가 따로 연왕을 부르시어 한가로이 얘기하다가 묻기를,

"그대에게 다섯째 아들이 있다 하니, 나이가 이제 몇인고?"

연왕이 말하길,

"열세 살이로소이다."

천자가 웃으며,

"나에게 또한 딸이 하나 있어, 나이가 이제 열세 살이라. 오늘 임금과 신하가 다시 사돈의 정을 맺는 것이 어떠한가?"

연왕이 황공하여 머리를 숙이니, 천자가 다시 웃으시며,

"그대의 아들 장성이 나의 누이의 사위가 되었으니, 나의 딸이 그대의 며느리 됨이 또한 아름다운 일이라."

황각로를 돌아보시며,

"그대의 외손자가 나의 사위가 되리니, 이로부터 사돈 간의 정이 더욱 각별하리로다."

황각로가 대답하길,

"신의 외손자가 비록 불초하나 태어날 때부터 번화한 기상이 있더니, 금지옥엽金枝玉葉 같은 공주의 내려주심을 허락하시니 두렵고 감격스러움을 이기기 어렵나이다."

천자가 크게 기뻐하며 즉시 일관日官으로 하여금 택일하도록 하여 혼례를 행하라 하시니, 그 절차의 화려함은 말할 것 없더라. 공주의 덕스러운 태도가 그윽하고 정숙하여, 남편의 뜻을 어기지 않고 시부모를 효성으로 받드니, 보는 사람들이 모두 연왕의 복을 칭송하더라.

한편 천자의 춘추가 한창이고 지혜롭고 성스러우며 문무를 겸비하시어, 옛 역사를 열람하다가 남북조南北朝가 천하를 통일하지 못함을 한스럽게 여기고, 한漢나라 무제武帝가 나라의 영토를 개척한 것에 감동하시더라. 마침 북쪽의 흉노가 여진과 몽고의 백여 부락과 동맹을 체결하여 변경을 자주 침범하거늘 여러 번 격퇴하되 마침내 항복을 받지 못하였는데, 몇 년 사이 흉노가 더욱 강해져 그 아비를 죽이고 하란산賀蘭山에 웅거하여 마읍馬邑과 삭방朔方을 침범해 변경이 소란스러운지라 천자가 근심하시더라. 하루는 상군上郡 태수의 장계狀啓가 이르러 열어보니,

"북흉노가 몽고·여진과 합세하여 만리장성 북쪽에 둥지를 틀고 상군과 안문雁門을 엿보더니, 문득 격서檄書를 보내왔나이다. 그 흉악하고 패역한 말을 입에 담을 수 없으나 신이 감히 숨기기 어려워 급히 치달려 알리나이다. 그 격서에 '천도天道가 순환하여 중국의 운수가 쇠하는지라.

내가 북해北海의, 하늘이 처음 열릴 때 물을 낳는天一生水 왕성한 운수를 띠어 중국의 불의 덕火德을 이기고 천하를 통일하고자 하니, 천도에 순응하는 자는 흥하고 천도를 거스르는 자는 망할지라. 빨리 너의 땅을 바치고 항복하여 하늘의 운수를 어기지 말라' 하더이다."

천자가 보기를 마치매 몹시 노해 문무백관을 불러 보시고 몸소 정벌하고자 하시니, 연왕이 아뢰길,

"북쪽 오랑캐는 남쪽 오랑캐와 달라, 그 본성이 흉악하고 모였다가 흩어짐이 날래어 곧 짐승과 한가지라. 중국을 욕하고 변경을 침범하여, 뜻을 얻으면 백성과 가축을 노략질하고 세력을 잃으면 멀리 달아나 사람의 무리로 여겨 꾸짖기 어려운지라. 그런 까닭에 옛적의 밝은 임금들은 달래고 어루만져 전쟁을 일으키지 않았으니, 한나라 고조高祖의 웅대한 지략으로도 슬기로운 신하와 용맹한 장수들이 싸워 이겨 빼앗았으되 오히려 백등白登에서 이레 동안 흉노에게 포위되는 위태로운 지경을 당했고, 무제武帝가 전쟁을 일으켜 무공武功을 꾀하고도 평성平城의 백등산白登山에서 고조가 겪었던 치욕을 설욕할 수 없었음이라. 이제 폐하께서 만승萬乘의 존귀함으로 한마디 미친 말에 분노를 참지 못해 몸소 정벌하고자 하신즉, 그 위태로움은 말할 것도 없고 어찌 사나운 오랑캐의 가볍게 보는 마음을 열어주는 것이 아니리이까? 엎드려 바라건대, 폐하께서 본 고을의 모든 장수에게 단단히 경계하여 굳게 지키고 싸우지 말라 명하시면 반드시 스스로 물러나리이다."

천자가 듣지 않고 몸소 정벌할 뜻을 결정하시니, 연왕이 거듭 간언하기 어렵더라. 천자가 하교하여 연왕으로 하여금 태자를 보호하여 나라를 살피도록 하시고, 병부상서 양장성을 부원수로 제수하고, 대장군 뇌천풍을 전부선봉으로 삼고, 천자가 몸소 도원수都元帥가 되어 중군中軍이 되시고, 좌익장군 뇌문성과 우익장군 한비렴, 좌사마 동초, 우사마 마달, 후군대장 소유경 등 한 시대의 명장과 백만 대군이 호탕하게 행군하는

데, 깃발은 하늘을 가리고 북과 나팔소리는 하늘을 흔들더라. 엄숙한 군령과 가지런한 군대의 위용이 천지에 진동하고 일월과 빛을 다투어, 지나는 곳마다 천자가 백성을 위로하고 어려움을 물으시니, 민심이 편안하여 길가의 어린이와 늙은이가 목을 길게 빼고 눈을 씻고 보며, 천자의 성스러운 덕과 뛰어난 무용武勇을 칭송하더라.

이십여 일이 지나 산서山西 땅에 이르니, 황성에서 이천여 리라. 며칠 머물며 대군을 배불리 먹이고 또 대엿새 지나 안문雁門 땅에 이르러 상군上郡과 삭방朔方의 군대를 부르시니, 군졸이 수백만이더라. 무기와 군수품이 백여 리에 이어져 산천초목이 군대의 세력을 돕는 듯하니, 천산天山 남쪽과 만리장성 북쪽에 날짐승과 들짐승이 그림자도 보이지 않더라. 천자가 붉은 도포와 금빛 갑옷으로 선우대單于臺에 올라 흉노에게 조서詔書를 내리시니,

"너희가 하늘의 때를 알지 못하고 감히 상국上國을 침범하니, 내가 백성이 도탄塗炭에 빠지는 것을 차마 앉아서 볼 수 없어 몸소 백만 대군을 거느리고 이제 선우대에 올랐도다. 네가 싸우려거든 즉시 이르고 그렇지 않으면 항복하라."

흉노가 조서를 보고 하룻밤 사이에 모두 달아나 조금도 자취가 없거늘, 천자가 대군을 몰아 만리장성 밖으로 나가 미륵산彌勒山 아래에 군대를 머물게 하고, 북쪽으로 호왕성胡王城을 바라보니 천리 사막에 한 사람도 보이지 않는지라. 좌우에서 만세를 부르니, 천자가 미소하시며 부원수 양장성으로 하여금 정예병 일만 명을 거느려 천산 북쪽으로부터 몽고를 바라보고 오라 하시고, 동초와 마달로 하여금 정예병 일만 명을 거느려 천산 서쪽으로부터 옥문관玉門關에 이르러 흉노의 자취를 탐지하라 하시고, 나머지 군사로 하여금 크게 사냥하게 하시더라.

이때 북흉노가 하란산 북쪽에 군사 수만 명을 매복시켰다가 한꺼번에 튀어나와 천자를 포위하고 다시 여진女眞 군사 백만여 기騎로 포위하

여 겹겹이 철통같이 에워싸고 식량 운반 길을 끊으니, 명나라 군사로서 죽은 자가 만여 명이더라. 뇌문성과 한비렴이 힘을 다해 오랑캐 장수와 군사 만여 명을 베었으나 포위한 길을 열 수 없어, 대군이 굶주리고 천자에게 식사를 올리기 어려워 사냥한 고기로 군사를 먹여 그 형세가 자못 위급하더라. 문득 동쪽이 소란스러워지며 한 무리의 군마軍馬가 몰려오니, 알지 못하겠도다. 이 군사는 어떠한 군사인고? 다음 회를 보라.

공로를 논하여 양장성이 진왕에 봉해지고 조회하러 들어와 축융왕이 딸을 만나더라
제63회

한편 부원수 양장성이 군사 일만 명을 거느려 하란산 동쪽의 몽고퇴蒙古堆에 이르되 오랑캐 군사가 한 명도 보이지 않고 다만 곳곳에 군대가 머물렀던 자취만 보이더라. 그들이 멀리 달아난 줄 알고 바야흐로 돌아오고자 하는데, 문득 오랑캐 병사 한 명을 사로잡으니 품속에 몽고의 군대를 청하는 격서檄書가 있는지라. 그 오랑캐 병사를 국문鞫問하다가 목을 베려 하니, 오랑캐 병사가 실상을 아뢰길,

"흉노가 바야흐로 이제 미륵산 아래에서 명나라 천자를 포위하고, 다시 몽고 군대를 청하고자 함이라."

양원수가 크게 놀라 그 오랑캐 병사를 베고 급히 미륵산에 이르니, 산과 들에 가득한 것이 모두 오랑캐 군사요 중국의 군사는 한 사람도 보기 어려우니, 천자가 계신 곳을 알지 못하겠더라. 마음속으로 크게 노해 즉시 진의 형세를 바꾸어 한 줄기 장사진長蛇陣을 이루어 오랑캐 군대의 가운데를 충돌할 새, 양원수가 부용검을 뽑아 길을 열어 오랑캐 장수 여러 명을 베니 모든 군사가 기세를 도와 함성이 미륵산을 흔들 듯하여

군사 한 명이 오랑캐 군사 백 명을 당하더라. 흉노가 크게 놀라,
"이는 막강한 군사로다."
하고 대군을 두 무리로 나누어 양원수를 포위하니, 자연히 오랑캐 진영이 소란스러운지라. 천자가 이에 소유경과 뇌천풍을 거느려 포위를 무너뜨리고 벗어나 급히 말을 달려 돈황성敦煌城으로 들어가 패잔병을 수습하니, 죽은 자가 만여 명이더라. 천자가 한비렴과 뇌문성에게 이르길,
"오랑캐 군사가 포위를 푼 것은 반드시 그 까닭이 있을지라. 만약 동초와 마달의 구함이 아니면 반드시 양원수의 군대가 이른 것이니, 그렇다면 또 그들이 오랑캐 군사에게 포위되리니, 누가 그들을 구할 수 있으리오?"
두 장수가 말하길,
"오랑캐 진영의 동북 모서리가 소란스러웠으니, 이는 반드시 양원수의 군대라. 저희가 군대 한 무리를 거느려 가서 구하리이다."
천자가 허락하시더라.
이때 양원수가 오랑캐 진영에 포위되어 천자가 계신 곳은 모르고 허둥지둥하며 병사들에게 경계하길,
"우리가 황상께서 계신 곳을 모르니 목숨을 돌아보기 어려운지라. 너희가 나를 따를진대 힘을 다해 따르고, 만약 따르기 어렵거든 각기 흩어져 돈황성에서 모일지라."
말을 마치매, 부용검을 높이 들고 오랑캐 군대가 주둔한 곳을 바라보고 충돌하여 오랑캐 장수 칠십여 명을 베고 휘하를 돌아보니, 따르는 병사가 백여 기騎이더라. 양원수가 하늘을 우러러 탄식하길,
"제가 불충하여 어지러운 진영 가운데에서 임금을 잃었으니 장차 무슨 면목으로 고국으로 살아 돌아가리오?"
다시 부용검을 휘둘러 오랑캐 장수 십여 명을 베니, 이때 흉노가 진영 위에서 양원수에게 대적할 자가 없음을 보고 크게 노해,

"내가 백만 대군으로 입에서 젖비린내 나는 소년을 대적할 수 없다면 장차 어찌 천하를 경영하리오?"

이에 몸소 몽고의 정예병 오천 기를 뽑아 진영 가운데 돌입하여 양원수를 곧바로 공격하니, 흉노가 본디 만 명의 사내도 그에게 맞설 수 없는 용맹이 있고, 구겸창鉤鎌鎗을 잘 쓰니 그 무게가 수백 근이요 창끝에 미늘이 달려 있어 그것에 걸리면 벗어날 수 없으니, 이는 북쪽 오랑캐가 맹수를 잡는 무기라. 흉노가 구겸창을 휘두르며 양원수와 더불어 접전한 지 세 차례에 양원수가 그의 창법이 수상한 것을 보고 거듭 몸을 피하는데, 문득 흉노의 등뒤에서 함성이 크게 일어나며 두 장수가 크게 외치더라.

"명나라 좌장군 뇌문성과 우장군 한비렴이 여기 있으니, 오랑캐 장수는 빨리 항복하라."

양원수가 뇌문성과 한비렴을 보고 담력이 더욱 굳세져 앞뒤에서 협공하니, 흉노가 창을 휘두르며 몸을 돌려 한비렴을 찌르되 한비렴이 말 위에서 몸을 솟구치니 한비렴의 말이 창에 찔리더라. 흉노가 곧바로 창을 빼지 못해 몹시 당황하더니, 머리 위에서 쟁그랑 칼소리가 나며 칼이 날아들어오거늘 흉노가 말 위에서 엎드려 피하고자 하매, 또 칼 하나가 날아들어와 흉노의 머리가 땅에 떨어지더라. 양원수가 흉노의 머리를 베어 말 위에 달고 두 장수와 더불어 힘을 합쳐 오랑캐의 후진後陣을 무찌르니, 오랑캐 군대가 흉노의 죽음을 보고는 한꺼번에 흙이 무너지고 기와가 깨지듯 사방으로 흩어지더라. 몽고 장수 삼릉발도三菱拔都는 키가 십여 척이요 용맹과 위력이 뛰어난지라. 삼릉창三菱鎗을 잘 써 가는 곳마다 대적할 자가 없다고 믿더니, 크게 외치길,

"나는 흉노의 휘하가 아니니 어찌 흉노의 죽음으로 담력이 떨어지리오?"

다시 몽고 병사들을 몰아 양원수와 더불어 접전하고자 하더라. 양원

수가 뇌문성과 한비렴에게 이르길,

"우리의 병사는 피곤하고 몽고의 병사는 막강한지라. 가볍게 대적할 수 없으니, 길을 찾아 벗어나서 천자를 뵈옵고 군사와 말을 정돈하여 다시 출전함이 오히려 늦지 않으리로다."

하고 남쪽을 향해 바람처럼 달려오니, 한 늙은 장수가 벽력부霹靂斧를 들고 필마단기匹馬單騎로 삼릉발도와 싸우거늘 자세히 보니 대장군 뇌천풍이라. 천자가 뇌문성과 한비렴을 보내실 때 뇌천풍이 방심할 수 없어 아뢰길,

"신도 또한 가서 구하리이다."

천자가 허락하시지 않으며,

"장군은 늙었으니, 가볍게 움직이지 말라."

뇌천풍이 벽력부를 들고 일어나 아뢰길,

"신이 비록 불충하오나 늘 나라를 위해 전쟁터에서 죽어 말가죽으로 저의 시체를 싸길 원했나이다. 뇌문성은 신의 손자이거늘 생사를 모르오니, 신이 필마단기로 나아가 두 장수를 구하고 흉노의 머리를 베어 폐하께 바치리이다."

말을 마치매 말에 올라 오랑캐의 진영을 향해 달려가거늘 천자가 늙은 장수의 원기왕성함을 보고 칭찬해 마지않으시고, 소유경으로 하여금 삼천 기를 거느려 그 뒤를 좇으라 하시더라. 뇌천풍이 오랑캐 진영을 바라보고 오다가 삼릉발도를 만나니, 삼릉발도가 크게 욕해,

"일흔 살 먹은 늙은 병졸이 전쟁터의 시체를 보태고자 하는가? 너의 천자가 장수 재목이 전혀 없어, 이런 초혼招魂하여 입관入棺해야 할 인물을 보냈도다."

하고 삼릉창을 들어 곧바로 뇌천풍에게 달려들거늘, 뇌천풍이 하늘을 우러러 웃으며,

"변변치 못한 오랑캐 새끼는 주둥이를 놀리지 말라."

하고 벽력부를 들어 삼릉발도의 정수리를 치니, 삼릉발도가 미처 몸을 피하지 못하고 도끼 끝에 정수리를 맞아 피를 토하며 노기등등하여 삼릉창을 번개처럼 휘두르며 뇌천풍에게 달려들더라. 이때 양원수와 뇌문성·한비렴이 길을 찾아오다가 이 광경을 보고 뇌문성이 크게 놀라 말을 달려 구하니, 양원수와 한비렴이 일제히 힘을 합치고 소유경이 또 이르러 전후좌우로 우레같이 소리치며 별같이 달려들되 삼릉발도가 조금도 어려워하지 않고 창법이 더욱 흉악한지라. 양원수가 허리춤의 활과 화살을 풀어 화살 두 발을 연달아 쏘되 삼릉발도가 창을 들어 받아 낱낱이 떨어지니, 양원수가 소유경에게 이르길,

"오랑캐 장수가 용맹과 위력이 뛰어난지라. 내가 마땅히 그의 투구를 쏘아 떨어뜨리리니, 형이 그의 정수리를 맞힐 수 있겠는가?"

소유경이 응낙하거늘, 양원수가 활을 당겨 짐짓 활시위 소리를 내며 크게 외치길,

"오랑캐 장수는 화살을 받으라."

삼릉발도가 창을 들어 받고자 할 새, 또 화살 하나가 날아들어와 머리 위의 붉은 투구를 맞혀 벗기고 화살 하나가 또 이어 들어와 정수리를 맞히니, 삼릉발도가 크게 소리치고 화살을 빼며 몸이 뒤집혀 말 아래로 떨어졌다가 다시 일어나 달아나고자 하더라. 뇌천풍이 달려들어 벽력부로 삼릉발도의 머리를 찍어 말머리에 달고 다섯 장수가 일제히 승세를 타 충돌하니, 몽고 병사의 시체가 산처럼 쌓이고 흐르는 피가 냇물을 이루더라. 이윽고 동초와 마달이 또 이르러 일곱 장수가 하란산 아래에서 오랑캐 병사들을 무찌르고 돈황성으로 돌아와 천자를 뵙는데, 양원수가 땅에 엎드려 아뢰길,

"신이 재능이 없고 불충하여 폐하께서 변변치 않은 오랑캐 왕에게 곤경을 겪으시니, 죽을죄를 지었나이다."

하고 흉노와 삼릉발도의 머리를 바치니 천자가 크게 기뻐하시어 병

사들을 배불리 먹이고, 이튿날 다시 선우대單于臺에 오르시어 황봉黃鳳 깃발을 세워 흉노와 삼릉발도의 머리를 달고, 몽고·여진·토번 왕에게 조서를 내리시길,

"내가 이미 흉노의 머리를 깃대에 달았으니, 만약 사흘 안에 항복하지 않으면 대군을 몰아 흉노와 함께 반역을 꾀한 죄를 묻고 북해까지 이르러 오랑캐 소굴을 소멸시키고 위세를 떨쳐 돌아오리라."

세 나라 왕이 조서를 보고 두려워하지 않음이 없어, 한꺼번에 이르러 머리를 조아려 죄를 청하고 소·양·낙타로 대군을 배불리 먹이니, 천자가 그 죄를 용서하시고 돈황성에 이르러 모든 신하와 장수와 세 오랑캐 왕을 거느리고 크게 잔치하시더라. 몽고 왕이 좌우에 묻기를,

"양원수의 나이가 몇이신고?"

대답하길,

"스무 살이라."

몽고 왕이 놀라며,

"무슨 벼슬에 있는고?"

대답하길,

"병부상서에 있음이라."

몽고 왕이 두려워하며,

"모든 장수의 말을 들으니, 명나라 조정의 이름난 장수 가운데 양원수의 용맹과 무예는 일찍이 듣고 보지 못한 바라. 이제 그 용모를 보니 백면서생이요 부인의 용모이니, 어찌 기이하지 않으리오?"

여진 왕이 묻기를

"흉노를 벤 장수는 누구인고?"

동초가 말하길,

"양원수라."

여진 왕이 혀를 내두르며,

"이는 하늘이 낸 영웅이로다."

이튿날 천자가 세 나라 왕을 거느리고 사냥하실 새, 대군을 몰아 진陣의 형세를 펼치고 세 나라 왕에게 이르길,

"중국 군대의 위용이 북방과 비교해 어떠한가?"

세 왕이 머리를 조아리며,

"작은 나라의 패잔병이 어찌 감히 중국을 당하리이까?"

천자가 미소하시고 양원수를 명해 진을 바꾸어 팔문진八門陣을 이루고 기정합변奇正合變의 술법과 음양생왕陰陽生旺의 신묘함을 베풀어 보이게 하니, 세 왕이 머리를 조아리며,

"북방의 풍속은 다만 말 달려 쳐들어가는 것을 장기로 삼고 진의 형세가 어떠한 것인지 모르다가 오늘에야 보게 되니, 비로소 넓은 바다를 보는 부끄러운 탄식이 있나이다."

천자가 머리를 끄덕이고 다시 활과 화살로써 무예를 시험하실 새, 마침 백조 한 쌍이 구름 사이로 날아가거늘 동초가 오랑캐 왕에게 이르길,

"북방 사람들이 새를 쏘는 방법이 신이하다고 하니, 한번 보고자 하오."

토번 왕이 웃고는 활을 당기고 말을 달려 연달아 화살 세 개를 쏘되 백조가 맞지 않고 더욱 높이 날아 거의 보이지 않거늘, 양원수가 허리춤의 화살을 빼어 웃으며,

"내가 왕을 위해 한번 쏘리이다."

활시위 소리가 한 번 울리매 구름 사이의 백조가 공중에서 떨어지니, 세 오랑캐 왕이 일제히 크게 놀라 손을 모으고 칭찬하길,

"원수는 신인神人이라. 북방 사람들이 비록 새를 쏘는 데에 익숙하더라도 저처럼 높이 나는 새는 쏘기 어려워 감히 뜻을 두지 못하나니, 원수의 활 쏘는 법을 보매 한漢나라의 이름난 장수 이광李廣의 후신이로다."

뇌천풍이 크게 웃으며,

"왕께서는 참으로 북방 사람이로다. 농서隴西의 늙은 장수 이광은 필부匹夫의 용맹에 불과함이라. 명성이 비록 북방에 우레와 같았으나, 어찌 감히 양원수를 당하리오? 양원수는 열네 살에 출전하여 야선耶單을 베고 소울지小尉遲의 항복을 받았으며, 이제 열아홉 살에 벼슬이 병부상서에 이르러 천문지리와 육도삼략六韜三略을 가슴속에 품은지라. 불우하여 말년의 운수가 사나웠던 이광 장군의 활 쏘고 말 타는 재능과 비교할 수 있으리오?"

세 왕이 숙연히 말이 없더라. 문득 숲에서 이리 두 마리가 뛰어나와 오랑캐 왕의 앞으로 지나가매 오랑캐 장수 세 사람이 일제히 창을 들고 쫓으나 잡지 못하고 돌아오더라. 몽고 왕이 크게 노해 군사를 풀어 수색하니 이리가 크게 놀라 달아나거늘, 몽고 왕이 창을 겨누어 말을 달려 급히 뒤를 쫓으나 이리가 독을 품고 몸을 돌려 달려들어 기세가 흉악한지라. 토번 왕이 크게 놀라 몽고 왕과 더불어 힘을 합쳐 에워싸나 이리의 빠르기가 나는 듯해 창과 칼을 피하고 세 왕을 향해 달려들더라. 양원수가 웃으며,

"듣건대 북방 짐승이 흉악하여 잡기 어렵다 하니, 내가 부용검을 한번 시험하리라."

말을 몰아 이리를 향해 오른손의 부용검을 공중으로 날리니 그 이리가 앞발을 들고 양원수에게 달려들거늘, 양원수가 말을 돌려 가로질러 달리며 두 손의 쌍검을 한꺼번에 던지니 부용검 한 쌍이 번개처럼 들어가 이리 두 마리가 한꺼번에 땅 위에 쓰러지더라. 양원수가 웃고 칼을 거두며,

"북방의 이리가 너무 허약하도다."

하고 말을 달려 돌아오니, 세 오랑캐 왕이 망연자실하여 소유경을 보며,

"우리가 외진 곳에서 나고 자라 중국 인물을 귀로만 듣고 눈으로 보

지 못하였는데, 오늘날 양원수는 천신天神이 내려옴이요 티끌 세상의 인물이 아니라. 옛적의 이름난 장수에게서도 찾기 어려우리로다."

뇌천풍이 또 크게 웃으며,

"왕께서 다만 양원수를 보고 연왕과 난성후를 보지 못했도다. 그 웅대한 재능과 지략을 양원수가 어찌 감히 우러러보리오?"

세 오랑캐 왕이 크게 놀라며,

"연왕은 누구이며 난성후는 누구인고?"

뇌천풍이 말하길,

"연왕은 예전에 남방을 평정했던 양승상이요, 난성후는 그때 부원수로 출전했던 장수라."

세 오랑캐 왕이 크게 놀라며,

"이 두 상공이 나탁哪吒을 항복시킨 뒤 남방 사람들이 그 초상화를 그려 아직까지 이름이 전하는 그 양도독과 홍원수인고?"

뇌천풍이 말하길,

"그러하니, 지금의 양원수는 곧 그분의 아드님이라."

세 오랑캐 왕이 숙연히 얼굴빛이 바뀌며,

"홍원수의 우레 같은 이름은 북방에도 진동했거늘, 어찌 이번에 출전하지 않으셨는고?"

뇌천풍이 말하길,

"연왕과 난성후의 춘추가 모두 서른이라. 바야흐로 한창때이건마는 이번에는 천자께서 출전하셨을 뿐 아니라 북방을 둘러보고자 하신 것이니, 만약 연왕과 난성후가 오셨던들 대왕의 귀순이 어찌 오늘까지 늦어졌으리오?"

모든 왕이 두려워하며 말이 없더라. 이튿날 천자가 미륵산에 오르시어 바위를 세워 공로를 기록하고 군대를 돌리려 할 새, 세 오랑캐 왕이 양원수에게 작별을 아뢰니, 양원수가 그 손을 잡고,

"싸우면 적국이요 사귀면 친구라. 왕 세 분과 더불어 이와 같이 만남은 비록 나라의 불행한 일이나, 앞으로 다시 만날 기약을 헤아리기 어려우니 참으로 서운하도다."

세 오랑캐 왕이 양원수의 영웅다움과 대적할 이 없음을 우러르고, 그 다정하고 친절함에 감격하여 눈물을 뿌리며 아뢰길,

"대대로 후손들이 반역하지 않을 것을 맹세하나이다."

한편 천자가 돌아오시어 모든 장수의 공로를 논하실 새, 부원수 양장성을 진왕秦王으로 봉하고, 전부선봉 뇌천풍은 식읍 이만 호를 더하고, 좌사마 동초와 우사마 마달, 좌익장군 뇌문성과 우익장군 한비렴은 각각 식읍 오천 호를 더하고, 후장군 소유경은 식읍 이만 호를 더하고, 천자가 특별히 진왕의 공로를 표창하여 난성후를 진국태미秦國太媺로 봉하더라. 연왕에게 이르길,

"그대 부자父子가 나라를 위하여 남방과 북방을 정벌하여 나로 하여금 남방과 북방에 대한 근심이 없도록 하니, 이는 난성후의 공로가 마땅히 으뜸이라. 양장성으로 하여금 진국秦國에 봉하는 것은 진국이 북방에 가까워 그 진압을 위함이니, 양장성이 진왕으로 나아갈 때 난성후를 보내어 진국태미의 영광을 누리도록 하라."

이때 천자가 남쪽 오랑캐를 평정하고 또 북흉노를 베니, 사방의 오랑캐가 모두 천자의 위엄에 굴복하여, 기어들어와 조공하지 않음이 없으니, 남만 왕 나탁과 축융왕이 마침 이르러 조회를 청하매 천자가 허락하시더라. 나탁과 축융왕이 각기 그 지방의 물산을 받들고 입조하여 천자를 알현하는데, 천자가 먼 지방의 사람과 화목하는 뜻으로 각별히 우대하시니, 두 왕이 두렵고 감사하여 손 모아 절하고 머리를 조아려 술잔을 받들어 만수무강을 칭송하고 조정의 반열에 모시어 서더라. 천자가 웃으시며,

"그대들이 중국에 들어와 별로 가까운 사람이 없으나 오직 연왕만이

구면이리라."

나탁이 땅에 엎드려 아뢰길,

"신이 머나먼 땅에서 웅크리고 살아 천자의 교화를 모르고 중국 조정에 죄를 지어 그 머리를 보전하기 어려울 줄 알았는데, 성스러운 조정의 망극한 은혜와 연왕의 다시 살리는 은덕을 입어 지금 남만 왕의 부귀를 누리오니, 그 감격스러움을 말할진대 하늘의 높음과 땅의 두터움, 황하黃河의 넓음과 바다의 깊음 같은지라. 신이 조용히 연왕을 방문하여 간절한 회포를 펴고자 하오나, 나라 밖의 사람이 사사로운 일로 방문하는 것이 매우 미안한지라. 이로써 감히 아뢰나이다."

천자가 웃으며,

"내가 듣건대 축융왕의 딸이 연왕의 소실이라 하니, 정리情理로 말하더라도 축융왕이 연왕부를 방문하지 않을 수 없을지라. 그대 또한 거리낌 없이 함께 가 만나도록 하라."

두 왕이 대루원待漏院으로 물러나 황각로·윤각로와 모든 재상과 일일이 인사하며 연왕에게 은근히 사례하여,

"존안을 우러러뵈온 지 이미 오래된지라. 남북으로 멀리 떨어져 그리워하는 정성이 밤낮으로 간절하나, 먼 나라에서 산 넘고 바다 건너 조회하는 일이 지극히 어려운 까닭에 이제야 들어와 뵈오니 참으로 미안하나이다."

연왕이 답례하여,

"왕께서 남방을 진정시키어 조공을 폐하지 않으니, 이는 위로는 황상의 은혜에 보답하고 아래로는 저의 부탁을 저버리지 않음이라. 깊이 감사하나이다."

축융왕이 웃으며,

"조금 전 탑전榻前에서 폐하의 성스러운 뜻을 받들었으니, 마땅히 연왕부에 나아가 인사드리고 딸아이와 여러 해 쌓인 회포를 펼까 하나이다."

이튿날 나탁과 축융왕이 함께 연왕부에 이르니, 연왕이 손님을 맞이하는 예의를 각별히 베풀어 정성껏 대접하더라. 남만 왕이 양장성과 형제들을 보고 공경하여 몸을 굽혀 말하길,

"연왕 각하의 다복하심은 고금에 드문지라. 하물며 진왕의 웅대한 재능과 지략이 북방에 진동하여, 전하는 말을 듣건대 우러르는 정성이 매우 간절하다 하더니, 이제 얼굴을 뵈오니 마치 홍원수를 마주하는 듯하여 더욱 반갑나이다."

연왕이 미소하고 양인성을 불러 축융왕에게 인사드리도록 하니, 축융왕이 허둥지둥 답례하길,

"이는 누구니이까?"

연왕이 웃으며,

"저의 셋째 아들이요, 왕의 외손자니이다."

축융왕이 인성의 손을 잡고 눈물을 머금으며,

"그대가 중국에서 태어나 드높은 가문의 좋은 가르침을 받은 귀족으로, 오랑캐 외할아비를 두어 엄연히 자라도록 골육의 정을 펴지 못했으니, 어찌 부끄럽지 않으리오?"

양인성이 손을 받들어 공경하여 대답하길,

"관산關山이 머나멀고 가는 길이 요원하여, 세상에 태어난 지 십여 년 지나도록 존안을 뵙지 못했으니, 부족하기 그지없나이다."

축융왕이 양인성의 손을 어루만지며 차마 놓지 못하고 연왕을 향하여 웃으며,

"각하의 맑고 고결한 덕으로 오랑캐 딸을 소실의 반열에 두시니 마땅히 측은히 여기는 마음이 있으려니와, 하늘이 도덕군자를 내시어 외가의 오랑캐 기풍의 부끄러움을 씻게 하시니, 내가 이제 외손자라 일컫기 참으로 감당하기 어렵나이다."

나탁이 크게 웃으며,

"늙은 오랑캐가 음흉하여 아름다운 딸을 중국 대신大臣의 소실로 만들어 오늘날의 영광을 낚음이로다."

연왕이 또한 미소하더라.

이때 연숙인이 만리 하늘 끝에서 생이별한 아버지가 이르렀다는 소식을 듣고, 그 기쁜 마음을 어찌 다 말하리오? 난성후와 선숙인이 어지러이 치하하더니, 연왕이 양인성에게 명하여 축융왕을 안내하여 별원에 이르도록 하니, 연숙인이 아버지 품속에 안겨 목메어 울더라. 축융왕이 소매를 들어 눈물을 씻고 위로하여,

"내가 너를 보낸 뒤로 생사고락을 막연히 알지 못해 북쪽 하늘을 발돋움하여 바라보며 마디마디 창자가 끊어지는 듯하더니, 이제 보니 부귀영화가 너의 아비 홍도왕紅桃王으로 당하기 어려운지라. 늙은 아비가 다시 여한이 없도다."

연숙인이 눈물을 거두고 아버지의 얼굴을 우러러보며,

"십 년 사이에 존안이 더욱 늙으셨나이다."

축융왕이 웃으며,

"이는 오는 길의 고단함 때문이라. 천은이 망극하고 또 연왕의 돌보아주는 은혜를 입어 축융국을 버리고 홍도국에 온 뒤로 부귀가 지극하니, 지난날보다 더욱 좋도다."

연숙인이 중국에 들어와 난성후가 거두어준 일을 일일이 아뢰니, 축융왕이 눈물을 흘리며,

"홍원수의 은혜는 죽어서도 잊기 어렵거니와 처지가 지난날과 달라 즉시 만나 인사드리지 못하니, 어찌 서운하지 않으리오?"

연숙인이 술잔을 권하니, 축융왕이 말하길,

"남만 왕이 외당에 있어 혼자 마실 수 없으니, 외당으로 나갈지라."

하고 다시 양인성을 따라 외당으로 나가는데, 나탁이 연왕에게 아뢰길,

"내가 이미 중국에 들어와 어찌 홍원수를 만나지 못하고 돌아가리오?

축융왕은 이미 바깥사람과 다르고 나탁은 지난날 장막 앞에서 항복한 오랑캐 장수라. 잠시 서로 뵙는 자리를 가짐이 어떠하리이까?"

연왕이 웃으며,

"왕께서 이처럼 만나길 원하시니 돌아가시기 전에 한번 만나보소서."

나탁이 크게 기뻐하더라.

한편 초왕楚王 화진花珍이 나랏일로 인하여 오래 떠나 있다가 마침 새해를 맞이해 입조入朝하여 날마다 궁중에서 잔치를 베풀더니, 하루는 천자가 조용히 초왕과 연왕을 불러 보시며 임금과 신하가 담소하실 새, 초왕이 웃으며 연왕에게 이르길,

"승상의 복은 옛적 분양왕汾陽王에 봉해진 곽자의[1]보다 낫도다. 어버이께서 건강하게 살아 계시고, 그 앞의 다섯 아들은 용 같고 범 같아 왕후王侯의 반열에 있으며, 다시 폐하의 금지옥엽 따님을 맞이하여 사돈의 인연을 맺으니, 한 가문의 영광을 온 천하가 우러러보고 성스러운 천자를 곁에서 모시어 대우가 융숭하시니, 훗날의 복이 무궁할지라. 다만 승상의 성품이 인색하여 한번 잔치를 베풀어 우리 같은 먼 지방의 사람을 배불리 먹이지 않으니, 어찌 원통하지 않으리오?"

연왕이 미처 대답하지 못하여 천자가 미소하시며,

"초왕의 말은 다만 먹는 것을 억지로 청함이니 내가 알 바 아니거니와, 나라에도 또한 경사가 있으면 한번 잔치를 베푸는 것은 마땅한 일이라. 몇 달 사이에 집안의 경사가 여러 번 있었으니, 양장성이 공을 이루어 진왕으로 봉해지고 양기성이 과거에 급제하고 양석성이 혼인했으니,

---

1) 곽자의(郭子儀, 697~781): 당나라의 무장(武將). 안록산(安祿山)의 난이 일어나자 중원(中原)의 반란군을 토벌했고, 756년 숙종(肅宗)이 즉위한 뒤에 부원수가 되어 관군을 총지휘했으며, 위구르(回紇)의 원군을 얻어 장안(長安)과 낙양(洛陽)을 수복했다. 한때 실각했으나 대종(代宗) 때 티베트(吐蕃)가 장안을 치려고 하자 다시 기용되어 위구르를 회유하고 티베트를 무찔러 당나라를 구했다. 분양왕(汾陽王)에 봉해져 당나라 최대 공신(功臣)으로 영광을 누렸다.

참으로 경사 세 가지가 겹친 것이요, 또 마침 초왕이 입조하고 축융왕이 입조했으니 초왕은 사돈이요 축융왕은 장인이라. 한번 잔치하는 것을 결코 피할 수 없으리니, 만약 잔치 비용을 아낀다면 내가 보태리라."

초왕이 천자의 하교를 듣고 거듭 연왕을 재촉하며,

"내가 나랏일로 바빠 며칠 뒤에 돌아가고자 하니, 어느 날 잔치를 베풀리오?"

연왕이 웃으며,

"황상께서 우애의 정으로 왕을 먹이고자 하여 하교가 정중하시니, 며칠 뒤 저희 집으로 오는 것을 사양하지 마소서."

이에 조회를 마치고 물러나 돌아오니, 이튿날 천자가 호부에 명하여 황금 천 냥과 소·양을 연왕부에 내려주시고 다시 이원梨園의 선악仙樂과 교방의 기녀들을 뽑아 연왕부의 잔치 자리에 대령하라 하시니, 이는 중국의 음악으로 두 오랑캐 왕에게 보여주고 연왕을 예우하시는 뜻을 외국에 자랑하고자 하심이라. 연왕이 어찌 천자의 뜻을 모르리오? 장차 정월 대보름에 잔치를 베풀어 초왕과 두 오랑캐 왕을 청하고, 황각로·윤각로와 뇌천풍·소유경 이하 모든 사람을 모아 크게 잔치 음악을 펼치고자 할 새, 이날 밤 영수각靈壽閣에서 두 부인과 세 낭자를 불러 말하길,

"닷새 뒤 정월 대보름에 잔치를 베풀어 모든 장수와 대신을 청하여 즐거이 노닐고자 하니, 이 잔치는 세 낭자의 경사라. 장성은 벼슬을 더하니 이는 난성후의 경사요, 기성은 과거에 급제하여 한림원에 있게 되니 이는 선숙인의 경사요, 십 년 동안 이별했던 아버지를 이제 만나 천자께서 잔치 비용을 내려주시니 이는 연숙인의 경사라. 세 낭자는 각각 잔치 음식을 준비하여 소홀히 하지 말라."

세 낭자가 흔쾌히 응낙하거늘 다시 난성후와 선숙인에게 이르길,

"황상께서 기악妓樂을 내려주시니 그대들이 마땅히 황성 청루의 물색을 구경하리로다."

난성후가 양기성의 일을 생각하고 마음속으로 웃으며,

'기성의 거동을 보건대 반드시 청루에 가까이하는 기녀가 있으리니, 내가 마땅히 격동하여 그 뜻을 알아보리라.'

이날 밤에 양기성 학사가 취봉루翠鳳樓에 이르거늘, 난성후가 말하길,

"조금 전에 상공의 말씀을 들으니 천자께서 기악妓樂을 보내신다 하나, 연왕부 안에 기녀가 무수하거늘 어찌 반드시 교방의 기녀를 쓰리오?"

양학사가 웃으며,

"어머님의 말씀은 참으로 집안 여인네의 말씀이로소이다. 연왕부의 모든 기녀가 어찌 청루의 인물을 당하리이까?"

난성후가 웃으며,

"그런즉 내가 한번 보고자 하니 그 가운데 이름난 자가 누구인고?"

양학사가 말하길,

"노래와 춤은 설중매요, 지조는 빙빙이 으뜸이라 하더이다."

난성후가 말하길,

"빙빙과 설중매를 어떻게 부를 수 있으리오?"

양학사가 말하길,

"황상께서 기악을 내려주시면, 자연스럽게 따라올까 하나이다."

난성후가 이 말을 듣고 눈길을 흘려 양학사를 보며 빙긋이 미소하니, 양학사가 바야흐로 난성후의 엿보는 뜻을 깨닫고 웃음을 띠어 나가더라.

한편 양학사가 과거에 급제한 뒤로 빙빙과 설중매에게 비록 은근한 정을 담은 편지는 이어지나 한번 만남은 마치 하늘의 별을 따듯 어렵더니, 하루는 지난날 왕래하던 남종이 양학사의 편지를 전하거늘, 그 뜻이 어떠한고? 다음 회를 보라.

난성부에서 나탁이 뵙기를 청하고
백옥루에서 보살이 꿈에 나타나더라

제64회

한편 빙빙과 설중매가 양학사의 소식을 아득히 모르다가 지난날 왕래하던 남종을 보고 반가워하며 편지를 열어 보니,

"요지瑤池 서왕모西王母의 파랑새 편에 소식을 전하나, 이미 은하수의 오작교烏鵲橋가 끊어져 옥 같은 얼굴은 어둑하고 꾀꼬리 같은 목소리는 서먹하니, 슬픈 회포가 사람으로 하여금 넋을 잃게 하도다. 모레는 천자께서 정월 대보름의 잔치를 내려주고 기악妓樂을 보내주신다 하니, 두 낭자가 자연스레 연왕부에 오려니와 미리 기다리며 기뻐하노라."

두 낭자가 편지를 보고는 단장을 미리 하고 기다리더라. 정월 대보름이 되어 연왕부에서 잔치 자리를 베풀 새, 깊숙하고 넓은 연왕부에 뜨락은 널찍하고 집 여러 채는 깊고 그윽한데 누각과 정자는 규모가 굉장하고 구슬발과 병장屛帳은 비단과 구슬이 빛나더라. 대청 아래 동쪽과 서쪽의 층계에 손님과 주인의 자리를 나누고 대청 위 비단 돗자리에 좌석을 벌여놓아, 연왕은 자줏빛 비단 옥대玉帶 차림으로 가운데 주인 자리에 앉아 있고, 진왕 양장성과 상서 양경성은 오사모烏紗帽와 붉은 도포 차림

으로 좌우에 모시어 서고, 양인성은 유관儒冠과 남빛 도포 차림으로 손님을 안내하고, 한림학사 양기성과 부마도위 양석성은 아들로서의 직분을 맡아 공경하여 삼가며, 양태야는 손님 응대가 괴로워 내당 별원에 머무르더라.

이날 새벽에 초왕이 먼저 이르고, 그 뒤를 이어 황의병 각로와 윤형문 각로, 여음후 소유경, 관내후 뇌천풍, 우익장군 동초, 좌익장군 마달, 새로 무과에 급제한 마등, 부마도위 곽우진霍禹鎭, 지난날 어사대부 한응문, 그리고 남만 왕 나탁과 홍도왕 축융이 차례로 이르더라. 황각로·윤각로는 양태야의 처소로 안내하고, 초왕은 서쪽에 앉고 여음후는 동쪽에 앉고, 부마도위 곽우진 형제는 초왕과 더불어 함께 앉고, 윤상서와 황여옥 상서는 여음후와 더불어 함께 앉고, 한응문은 부마도위 다음에 앉고, 관내후 뇌천풍은 동초·마달·뇌문성·한비렴·마등을 거느려 서쪽을 향해 앉고, 나탁·축융은 동쪽을 향해 앉더라. 그 밖에 문무백관과 인척, 오랜 문객들을 일일이 청해 자리에 모이니, 의관이 가지런하고 위의가 엄숙하더라.

이때 모든 손님이 진왕 양장성과 상서 양경성이 손을 모아 모시어 서 있는 것을 보고 오히려 불안한 기색이 있는지라. 뇌천풍이 몸을 일으켜 연왕에게 아뢰길,

"오늘 잔치 자리가 비록 개인의 집에서 모인 것이나, 황상의 명령으로 조정 대신이 모두 참여했으니 조정의 체통이 드러나지 않을 수 없는지라. 진왕과 상서의 벼슬이 드높거늘 종일토록 모시어 서 있으니, 저희가 어찌 편안히 앉아 있으리이까?"

연왕이 웃으며,

"아들이 비록 분수에 넘치는 벼슬에 있으나 제 아비가 여기 있으니 태만하기 어려운지라. 장군께서는 편하게 계시라."

뇌천풍이 끝내 앉지 않으니 초왕이 미소하며 연왕을 향해,

"관내후의 말씀이 또한 맞으니 진왕 형제를 물러가도록 명하시는 것이 좋으리로다."

연왕이 웃고 진왕을 보며,

"초왕과 뇌장군께서 수고로이 권하시니 너는 물러가 따로 자리를 베풀고 젊은 손님들은 그곳에서 접대하라."

진왕과 상서가 명을 받들고 물러가니 자리의 젊은이들이 일제히 진왕을 따라 대청의 행랑채에 모이더라. 이윽고 천자가 환관을 보내어 법주를 내려주시고 특별히 초왕에게 하교하시길,

"그대는 오늘 딸아이가 만든 음식이 더욱 맛있으리니, 이 어리석은 형을 생각해줄 수 있겠는가?"

초왕이 황공하여 머리를 조아리거늘, 연왕이 즉시 진왕을 불러,

"초라한 음식을 천자께 올릴 수 없으나 달리 준비한 것이 없으니 이미 만든 음식을 급히 천자께 바치고, 또한 명령을 받들고 온 환관을 대접하라."

잠시 뒤에 이원의 악공과 교방의 기녀들이 명을 받들어 이르니, 연왕이 불러 자리를 내려주고 모든 기녀에게 가까이 오라 명하여 각각 그 이름을 물으니, 모든 기녀가 차례로 설중매·빙빙·초운·학상선·연연·앵앵이라 하더라. 연왕이 번화한 웃음으로 모든 기녀에게 이르길,

"내가 일찍이 장안 청루의 물색을 보지 못하였는데, 이제 모든 기녀를 보니 이 또한 성은聖恩이로다."

초왕이 빙빙과 설중매를 명하여 부르고, 미소하며 설중매의 손을 잡고 연왕을 돌아보며,

"초국이 예로부터 인물이 뛰어난 곳이라 일컬어지나 끝내 황성의 물색을 당하지 못하리로다. 돌아가는 날 설중매 낭자를 싣고 갈까 하노라."

이때 양학사가 곁에서 모시어 있고 곽상서는 자리에 앉아 있는데, 이

말을 듣고 양학사는 눈길을 흘려 설중매를 보며 웃음을 머금고 곽상서는 오히려 노한 기색이 있어 불쾌해하더라. 연왕이 악공과 기녀에게 명하여 음악을 연주하고 춤과 노래를 올리도록 하니, 빙빙과 설중매가 평생의 재능을 다하여 펄럭이는 소매와 청아한 곡조로 반나절 질탕하더라. 초왕과 연왕이 칭찬해 마지않아 두 오랑캐 왕을 보며,

"남방의 기악妓樂은 어떠하오?"

두 오랑캐 왕이 웃으며,

"오랑캐 땅의 야만인들이 때까치처럼 지껄이는 모습을 어찌 족히 말하리오? 이제 중국의 노래와 춤을 보니, 하늘나라의 신선 음악인가 하나이다."

연왕이 웃고 노래와 춤을 마친 기녀와 악공에게 쉬도록 명하니, 자리에 있던 손님도 다 물러나 몇몇은 난간에 기대어 담소하고 몇몇은 바둑과 투호投壺를 하더라. 곽상서가 여전히 설중매에게 애틋한 정이 있어 잊고자 하나 잊기 어렵다가, 자리에서의 노래와 춤을 보고 애정이 더욱 새로워 한번 말을 붙이고자 하여, 끝자리의 문무백관이 모여 있는 가운데 여시랑·우문지부 등과 함께 앉아 설중매를 부르더라. 이때 모든 기녀가 노래와 춤을 마치니, 참으로 월越나라의 미녀 서시西施가 취하여 춤을 춘 뒤 힘없이 어여쁜 모습 같더라. 틈을 타 쉬고자 하다가 곽상서가 부르는 것을 듣고 마지못해 눈썹을 찡그리며 나아가는데, 가을 물결 같은 눈길을 흘려 양학사가 연왕 곁에 모시어 서 있는 것을 보니 향기로운 지란芝蘭과 옥 같은 나무가 봄바람을 띤 듯하더라. 잠깐 웃어 풍정을 보내고 곽상서 앞에 나아가 말도 하지 않고 웃지도 않으며 시무룩하게 서니, 곽상서가 얼굴빛을 엄정히 하여 한참 있다가 다시 웃으며,

"설중매 낭자를 못 본 지 며칠인고?"

설중매가 차가운 기색으로 묵묵히 대답하지 않으니 여시랑이 웃으며,

"곽상서는 며칠 뒤에 한번 잔치를 베풀고 우리와 설중매 낭자를 청하라."

곽상서가 흔쾌히 응낙하니, 뇌문성과 마등이 설중매를 보며 웃음을 머금고 말이 없더라. 이윽고 술상이 나오니, 맛좋은 술과, 성성이 입술과 낙타 혹으로 만든 산해진미가 풍성하더라. 술잔을 기울이고 음식을 든 뒤에 연왕이 모든 기녀에게 이르길,

"낭자들은 내당으로 들어가라. 혹 낭자들을 보고 흥겨워하는 자가 있으리로다."

빙빙과 설중매가 이미 난성후의 명성을 양기성에게 듣고 한번 만나길 바란지라 일제히 내당으로 들어가더라. 연왕이 초왕을 보며,

"내가 본디 여남汝南의 한미한 선비로 천자의 은혜를 입어 오늘날 부귀가 지극하니, 늘 경계하는 마음이 있어 스스로 너무 번성한 것이 두려운 까닭에 비록 기악妓樂을 들으며 잔치 자리를 베푸나 전전긍긍하여 살얼음을 밟은 듯 잠시도 마음을 놓기 어렵소이다."

초왕이 얼굴빛을 고치고 대답하길,

"승상의 말씀은 과연 금석과 같으니. 나에게도 바늘로 찌르는 듯한 가르침이라. 무릇 사람의 복은 하늘이 내려주시는 것도 있고, 사람의 힘으로 얻는 것도 있으니, 하늘이 내려주신 것은 평생 평안하고 사람의 힘으로 얻은 것은 복이 지나가면 재앙이 생겨나 오래 누리는 사람이 드물거니와, 승상은 반드시 하늘이 낸 사람이라. 재능과 덕을 겸비했으니, 어찌 훗날을 근심하리오?"

관내후 뇌천풍이 웃으며,

"제가 비록 감히 나서기 어려우나 오히려 한마디 말씀을 드리나이다. 저는 무부武夫라. 옛 역사를 대략 보건대, 옛적의 명장들이 늘 살육을 많이 하여 진秦나라 장수 백기白起가 장평長平에서 조趙나라 병졸 사십만 명을 구덩이에 파묻은 것과 한漢나라 장수 이광李廣이 오랑캐 병사를 모조

리 무찔러 죽인 것이 비록 운수가 사나운 것이라 하나 스스로 천지신명께 죄를 지은 것이라. 연왕 각하는 백만 대군을 거느려 만리 외진 곳에 출전해 화살과 돌 쏟아지는 전쟁터에서 반년을 지내고 돌아오되 한 사람도 함부로 죽이지 않고 병졸 한 사람도 다치는 일이 없었으니, 이는 고금에 듣지 못한 일이라. 천지신명이 묵묵히 도우신 것이니 초왕 전하의 말씀이 옳다 하리이다."

해가 저물어 잔치를 마치매 초왕이 다시 연왕을 보며 진왕을 불러 말하길,

"오늘의 잔치는 황상께서 내려주신 것이라. 내일 다시 불청객으로 오리니, 난성후가 진국태미에 봉해진 의례儀禮를 폐하지 못하리이다."

연왕이 흔쾌히 응낙하더라.

한편 빙빙과 설중매가 내당으로 들어가 보니, 한 노부인이 대청 위에 앉아 있는데 인자한 기상과 다복한 얼굴이 묻지 않아도 알 수 있는 연왕태미 허부인이요, 또 한 부인은 왼쪽에 앉아 있는데 그윽하고 정숙하여 옥 항아리에 비친 가을달 같으니 이는 윤부인이요, 또 한 부인은 오른쪽에 앉아 있는데 고귀하고 아리따워 참으로 왕후王侯 부인의 기상이 있으니 이는 황부인이요, 또 한 부인은 담백한 화장과 우아한 옷차림으로 여종을 지휘하여 술상을 차리는데, 기상이 빼어나고 얼굴이 비할 데 없이 뛰어난 가운데 별 같은 눈과 복숭아꽃 같은 뺨에 재치와 풍정이 어리었더라. 설중매가 마음속으로 생각하되,

'이분이 분명 난성후이리라'.

한 부인은 깨끗하고 빼어난 자질로 두 여종을 거느려 음식 만드는 것을 주관하니, 용모와 동작이 양학사와 비슷하거늘 두 낭자가 그가 선숙인인 줄 알고 까닭 없이 정이 두터워지더라. 또 바라보니 한 부인이 난간에 기대어 앵무새를 희롱하며 얼굴과 자태가 어린 듯하니 이는 연숙인이더라. 두 낭자가 문안의 예를 마치매 대청에 오를 것을 명하니 두

낭자가 짐짓 난성후 앞으로 나아가 자세히 보는데, 검소한 옷차림에 태도가 자연스럽고 귀밑머리를 다듬지 않아 속세를 벗어난 풍정이 있어, 자신들의 번화한 화장과 꾸밈이 오히려 빛이 나지 않거늘 두 낭자가 마음속으로 흠모하며 감탄하더라. 문득 난성후가 눈길을 흘려 두 낭자에게 이르길,

"두 낭자 가운데, 누가 빙빙이며 누가 설중매인고?"

두 낭자가 마음속으로 크게 놀라,

"저의 천한 이름은 설중매요, 이 기녀는 빙빙이로소이다."

난성후가 붉은 입술과 새하얀 이를 드러내어 미소하며,

"두 낭자의 꽃다운 이름이 자자하더니, 과연 그 이름이 헛되이 얻어진 것이 아니로다."

허부인에게 아뢰길,

"기녀들의 노래와 춤을 보고자 하시나이까?"

허부인이 웃으며,

"나는 시골의 늙은이라. 노래와 춤을 모르니, 눈먼 이에게 단청丹青을 보여주는 것이라. 며느리와 낭자들이 뜻대로 행하라."

선숙인이 즉시 여종을 명하여 외당에 나가 양학사를 부르라 하니, 이윽고 양학사가 들어오거늘 난성후가 웃음을 머금고,

"모든 기녀의 노래와 춤을 보고자 하니, 이원 악공을 잠깐 불러 음악을 연주하게 하라."

양학사가 웃으며,

"이 또한 어렵지 않으나 낭자들 또한 음률에 생소하지 않으니, 다만 악기를 가져오라 하여 낭자들의 잘하는 바를 좇아 연주하게 하소서."

난성후가 허락하니, 학상선·초운·앵앵·연연은 음악을 연주하고 빙빙과 설중매는 일어나 마주하여 춤을 출 새, 두 낭자가 마음속으로 생각하되,

'바다를 둘러본 사람에게는 물에 대해 설명하기 어려운지라. 난성후와 선숙인 앞에서 어찌 감히 춤을 추리오?'

하고 손 놀리는 법과 몸의 모양, 나아가고 물러나고 몸을 돌리는 것을 일일이 법도에 맞추어, 예상우의무霓裳羽衣舞와 한나라 궁인의 절요무折腰舞와 당나라 기녀 공손대랑公孫大娘의 혼탈무渾脫舞를 차례로 아뢰어, 회오리바람에 눈이 날리는 형세와 놀란 기러기와 노니는 용의 자태를 지극히 정묘하게 드러내니, 난성후가 칭찬하길,

"두 낭자는 난새 한 쌍, 나비 한 쌍이라 일컬을 만하고 우열을 가리기 어렵도다. 비록 그러하나 설중매의 춤은 변화하고 호방하여 춤에 대하여 알든 모르든 간에 칭찬하지 않을 사람이 없고, 빙빙의 춤은 정묘하고 근엄하여 옛 곡조에 가까우니 반드시 전수받은 바가 있음이로다."

설중매가 웃으며,

"저는 어려서부터 교방에서 배워 대략 스스로 터득함이 있고, 빙빙은 대대로 나라에서 이름난 기녀 위오랑衛五娘의 딸이니 과연 가풍을 전해 받은 것이니이다."

선숙인이 놀라고 기뻐하며,

"내가 일찍이 청루에 있을 때 위삼랑衛三娘에게 노래와 춤을 배웠으니, 위삼랑은 위오랑의 언니라. 그런즉 빙빙 낭자는 나와 더불어 같은 스승에게 배움이로다."

앞뒤의 내력을 일일이 묻고 각별히 사랑하는 빛이 있거늘 난성후가 미소하고 양학사에게 이르길,

"효자는 부모가 사랑하는 바를 감히 사랑하지 않을 수 없나니, 선숙인이 빙빙을 이처럼 사랑하니 네가 어찌 사랑하는 마음이 없겠는가?"

빙빙은 부끄러움을 이기지 못하고 양학사는 웃음을 머금더라. 난성후와 선숙인이 두 낭자에게 술을 권하며,

"우리 두 사람도 지난날 번화한 청루에서 노닐었는지라. 두 낭자는 자

주 찾아와 무료한 때 이곳에 와서 마음을 풀라."

두 사람이 황공하여 명을 받들고 이로부터 연왕부에 드나드니, 양학사 또한 부중府中의 기녀로 알아 총애가 식지 않더라. 연왕이 악공들에게 여러 빛깔의 비단과 돈을 내려주어 돌려보내고 난성후에게 이르길,

"초왕이 내일 다시 이르러, 그대가 진국태미에 봉해진 의례를 구하고자 하니 반드시 일찍 올지라. 그대는 헤아려 처리하라."

난성후가 말하길,

"밖에서 오시는 손님이 얼마나 되나이까?"

연왕이 말하길,

"나탁·축융·여음후·뇌장군은 모두 전쟁터에서 함께 고생한 사람들이라. 모두 그대를 한번 만나고자 하니 마땅히 내일 함께 오리라."

난성후가 말하길,

"초왕과 축융왕은 정이 각별하거니와 나탁은 보지 않으려 하나이다."

연왕이 웃으며,

"먼 곳에서 왔을 뿐 아니라 만약 보지 않으면 괄시하는 것 같아 내가 이미 허락했노라."

난성후가 찡그리며 대답하지 않더라.

이튿날 연왕이 난성부를 청소하도록 하고 손님을 그곳으로 청하니, 손님은 초왕·여음후·뇌장군·황상서·나탁·축융 등 대여섯 명이요 황각로와 윤각로는 양태야 처소에 모이더라. 난성후가 허부인에게 아뢰길,

"제가 윤각로 어르신의 마님을 친어머니로 알아 참으로 거리가 없는지라. 오늘 저의 잔치에 손님으로 청하여 보잘것없는 음식이나마 올리고자 하오니, 시어머님의 말씀으로 청하여 오시도록 하여주소서."

허부인이 크게 기뻐하여 즉시 여종 두 사람을 윤각로의 소부인과 황각로의 위부인에게 보내니, 두 부인이 흔쾌히 잔치 자리에 이르더라. 난성후가 지나치게 하지 않고자 하여, 다만 연자병蓮子餠과 은설회銀雪膾 등

정성스러운 음식 서너 가지로 손님들을 접대하니 모든 사람이 칭찬하더라. 술이 살짝 취한 뒤에 남만 왕 나탁이 몸을 굽혀 연왕에게 아뢰길,

"제가 돌아갈 날이 멀지 않으니, 만약 홍원수를 만나 인사를 드리지 못한즉 어찌 서운하지 않으리오?"

연왕이 말하길,

"이 자리의 손님으로 난성후를 만나지 못할 사람이 없으리로다."

진왕을 불러 말하길,

"오늘 이 자리의 손님들이 지난날 바람먼지 날리는 전쟁터에서 함께 고생한 사람 아닌 자가 없는지라. 너의 어미를 만나길 바라니, 가서 이 말을 전하거라."

진왕이 즉시 내당에 들어가 난성후에게 아뢰니, 난성후가 웃고는 머리 빗고 세수한 뒤 아름답게 화장하고 번화하게 꾸며 머리와 몸의 장식과 비단옷이 휘황찬란하더라. 선숙인이 웃으며,

"난성후의 꽃 같은 얼굴과 달 같은 태도는 나이들수록 더욱 젊어지니 진국秦國 태미라 불리는 것을 싫어하리니, 다만 연국燕國 소실이라 부르리라."

윤부인이 웃으며,

"난성후가 나탁을 만나지 않고자 하더니, 이제 저처럼 번화하게 단장함은 어째서인고? 내가 듣건대 황여옥 상서가 자리에 있다 하니, 난성후를 보고 지난날의 자태를 생각한즉 마음이 산란하리라."

자리에 있는 사람이 다 크게 웃으니, 황부인이 멍하니 눈길을 흘려 윤부인을 보며,

"오라버니가 이미 젊은 시절의 잘못을 고쳐 정인군자正人君子가 되었으니, 부인은 지난 일을 꺼내어 부끄러움을 돕지 마소서."

난성후가 웃으며,

"강남홍이 비록 여자이나 한번 대장이 된즉 백만 대군으로 하여금 감

히 우러르지 못하게 하고, 한번 여자가 된즉 영웅열사라도 넋을 잃고 애를 끊게 할지라. 이제 헤아리기 어려운 솜씨로 자리의 손님들을 놀라게 하리이다."

모든 사람이 또 크게 웃더라. 난성후가 손야차와 여종을 거느리고 외당으로 나오니 초왕 이하 모든 사람이 예를 마치매, 초왕이 조용히 치하하길,

"천자의 은혜가 지극하여 아드님이 진왕으로 봉해지고 또 진국태미로 봉양을 받으시니, 감축함을 이기지 못하나이다."

난성후가 부끄러워 자리를 피하며 사례하길,

"아들이 왕에 봉해진 것도 이미 과분하거늘 분에 넘치는 영광이 또 저에게 미치니, 황공하고 불안함을 어찌 말로 표현하리이까?"

관내후 뇌천풍이 몸을 일으켰다가 다시 앉으며,

"제가 일흔 살에 진왕을 모시고 바람먼지 속에서 함께 고생했으니, 진왕의 뛰어난 용맹이 홍원수와 몹시 닮았으나, 삼릉발도와 북흉노를 벨 때 홍원수의 부용검을 여러 번 생각했나이다."

여음후 소유경이 말하길,

"이번 싸움에 천자께서 미륵산에서 포위되시어 벗어날 방책이 없어 거의 위태로웠으니, 만약 난성후가 이 지경을 당했다면 어찌했으리오?"

난성후가 눈길을 나직이 하고 미소하길,

"저는 아녀자라. 무슨 방략이 있으리오? 다만 병법으로 말할진대 겉보기에 허술하면虛 곧 속이 충실하고實, 겉이 충실해 보이면實 곧 속이 허술함이라虛. 흉노가 몽고·여진·토번과 동맹을 체결해 중국을 가볍게 침범했으니, 어찌 천자의 군대가 온다고 하여 쉽게 달아나리오? 이것이 겉보기에 허술하면 곧 속이 충실하고, 겉이 충실해 보이면 곧 속이 허술함이라. 이를 방비할 수 없었으니 어찌 낭패가 없으리오? 지혜 있는 자는 미리 방비하나니, 낭패한 뒤에 경륜을 물을진대 비록 사마양저司馬穰苴

같은 병법가라도 어찌할 수 없으리니, 홍혼탈인들 장차 어찌하리이까?"

소유경과 뇌천풍이 서로 돌아보며 감탄하더라. 나탁과 축융이 자리에서 일어나 예를 마치매 나탁이 말하길,

"홍원수의 존안을 이별한 지 이미 십여 년이라. 다시 살아난 몸이 북쪽 하늘을 멀리 바라보며 빼어난 기상과 인자한 도량을 한번 뵙기를 기원하였는데, 다행히 천자의 조정에 입조入朝하게 되었거늘, 이제 만약 그저 돌아간다면 평생의 한이 되겠기에 감히 뵙기를 청했으니 황송하고 감격스럽나이다."

축융왕이 말하길,

"미욱한 딸로 원수께 근심을 끼쳤거니와 극진히 거두어 같은 반열에 두시니, 이 은혜는 생전에 갚을 길이 없나이다."

난성후가 사례하며,

"두 왕께서 입조하셨다는 소식을 듣고 반년 동안 바람먼지 날리는 전쟁터에서 고생하던 일이 어제 같아 마음속으로 뵙고자 하였는데, 오늘 난성후가 지난날의 홍혼탈과 달라 스스로 부끄러운 마음이 있거니와 이처럼 뵈오니 불안하기 그지없나이다."

나탁이 웃으며,

"제가 아직도 분하고 슬픈 것은 홍원수가 연화봉 달밤에 아뢰지 않고 명나라 진영으로 가신 것이라. 그때 제가 분함을 이기지 못해 백운동으로 가서 도사에게 분을 풀고자 하였는데 도사의 간 곳을 모르는지라. 그 뒤에 혹 도사의 자취를 들으셨나이까?"

난성후가 말하길,

"도사의 소식은 다시 듣지 못했거니와 제가 그때 산에서 내려옴은 고국에 돌아오는 기회를 위한 것이라. 홍혼탈이 어찌 오랑캐 지방에서 늙으리오?"

나탁이 또 크게 웃으며,

“제가 아직도 아까운 것은 두 마리의 사자방獅子尨이라. 사자방을 죽이던 칼이 아직 있나이까? 한번 다시 보길 원하나이다.”

난성후가 웃고 손야차로 하여금 가져오라 하여 쌍검을 나탁에게 보여주니, 초왕이 묻기를,

“사자방이 무엇인고? 자세히 듣길 원하노라.”

나탁이 쌍검을 어루만지며 감탄하길,

“사자방은 저의 궁중을 지키던 개라. 남방에 사자가 있고 또 갈교猲狡라는 이름의 사냥개가 있어 교접하여 새끼를 낳으니 그 이름이 사자방이라. 이는 과연 얻기 어렵거니와 겨우 두 마리를 얻으니, 그 용맹은 모든 날짐승과 들짐승을 잡을 수 있어 승냥이와 이리, 호랑이와 표범을 사냥하고, 그 총명은 수백 걸음 밖의 수상한 자취를 알아채고, 그 모질기는 창검이 들어갈 수 없더이다. 어느 날 밤에 제가 투구를 쓰고 앉아 있는데 홍원수가 투구 위의 붉은 정자頂子를 몰래 떼어가되 전혀 깨닫지 못했고, 사자방 두 마리를 몰래 죽이되 사자방이 한마디 소리도 내지 못하고 온몸이 칼 흔적에 뼈가 가루가 되었으니, 제가 아직도 모골이 송연하외다.”

초왕과 모든 사람이 크게 놀라 감탄하더라. 잠시 뒤 난성후가 내당으로 들어가며 나탁과 축융을 향해 정답게 작별을 말하니, 두 왕이 서글픔을 이기지 못하여 눈물을 머금더라.

“저희가 비록 오랑캐이나 오히려 안목이 있거늘, 홍원수를 생전에 다시 만나기 어려우리니 어찌 서운하지 않으리오?”

난성후가 또한 서글퍼해 마지않더라. 난성후가 내당에 들어와 시어머니 허부인과 황각로·윤각로 부인을 모시어 잔치를 베푸는데, 윤부인·황부인과 모든 낭자가 일제히 늘어서 모시더라. 윤각로의 소부인이 말하길,

“제가 난성후를 사랑해 친딸과 다름없이 여김은 그 용모와 자색, 총명

과 영리함 때문이 아니라. 그 사람됨이 출중한 것을 사랑함이니, 제가 처음 항주杭州를 보매 강남에서 가장 번화한 곳이요 인물 또한 장안長安도 당하기 어려운지라. 난성후가 한 여자로서 소년 협객과 고을 수령이 사랑하지 않음이 없어 천금을 아끼지 않고 한번 그 웃음을 사고자 하되 난성후가 원하지 않고, 평소 우리 집안에 출입하되 한 번도 눈을 들어 좌우를 돌아보지 않으니 이미 그 재질이 탁월하고 안목이 뛰어나거늘, 게다가 저의 딸을 천거하여 백년을 함께 지내는 금석 같은 사귐을 맺으니 이것이 어찌 한 여자의 평범한 솜씨리오? 상공께서 늘 말씀하시되 '연왕이 아니라면 난성후의 지아비 될 사람이 없으리라' 하시니, 연왕과 난성후는 하늘이 정한 배필인가 하나이다."

허부인이 탄식하길,

"저는 산골에서 태어나 자란 한 시골 아낙네에 불과한지라. 늘그막에 외아들을 두어, 비록 아녀자의 덕이 부족하고 못난 여자라도 며느리로 들어온다면 다만 사랑할 따름이니 어찌 여러 며느리의 우열과 장단을 논하리오마는, 난성후가 집안에 들어온 뒤로 조화로운 기운이 가득하여 집안에 화목하지 않다는 탄식이 없고 조금도 잡된 말이 저의 귀에 들리지 않으니, 우리 집안의 오늘날 창대함은 참으로 난성후의 복인가 하나이다."

황각로의 위부인이 웃으며,

"저의 딸이 늘 시댁으로부터 오면 난성후를 칭찬해 마지않아, '난성후는 아리따우면서도 정숙하여 사랑스러운 가운데 저절로 공경하는 마음이 생긴다' 하더니, 오늘 보니 과연 평범한 자태가 아니로소이다."

말하는 사이 연왕이 손님을 배웅하고 내당으로 들어와 극진한 효성과 사위로서의 정성으로 어머니 허부인과 장모 소부인·위부인을 모시며 모든 낭자를 대하여 한가로이 담소하더라. 소부인이 웃으며,

"승상의 세상을 뒤덮을 만한 정직함으로, 처음 어떻게 강남 청루의 홍

랑과 인연을 맺게 되었는고?"

연왕이 웃으며,

"색계色界에 영웅열사가 없다 하니, 장모님은 이 홍랑의 달 같은 태도와 꽃 같은 얼굴을 보소서. 세상 남자가 비록 철석간장鐵石肝臟이라도 어찌 천성을 지킬 수 있으리이까?"

난성후가 눈길을 흘려 연왕을 보며 선숙인에게 말하길,

"상공께서 일찍이 먼 시골의 선비로, 외로운 행색으로 중도에 도적을 만나 갈 곳이 없어 저의 청루를 찾아와 얻어먹은 것과 다름이 없는지라. 어찌 풍정으로 찾아왔다 하리오?"

선숙인이 웃으며,

"난성후는 이런 말을 하지 마오. 제가 일찍이 듣건대, 압강정 위에서 양공자는 시를 지어 강남홍에 대하여 읊고 강남홍은 노래하여 양공자를 희롱했으니, 어찌 풍정으로 가까워진 것이 아니리오?"

소부인과 위부인이 손뼉 치며 크게 웃으니, 연왕이 웃으며,

"그때 저는 홍랑에게 뜻을 두지 않았으나 홍랑은 몰래 저에게 뜻을 두었으니, 누가 강남홍의 지조가 고상하다 이르리오?"

난성후가 또 웃으며,

"사람들이 모두 말하길, '상공께서 정직하여 풍류와 방탕의 마음이 없으시다' 하나, 지난날 항주성의 술 파는 노파에게 청루를 물으시던 때를 돌이켜 생각하면 이것이 어찌 책상머리의 우직한 선비의 일이리오?"

선숙인이 난성후 곁으로 옮겨 앉아 묻기를,

"압강정 위에서 한때의 지나가는 선비를 무엇을 보고 마음을 허락했는고?"

난성후가 웃으며,

"그대는 벽성산碧城山 초당의 달밤에, 외롭고 처량한 유배객에게 무엇에 빠져 지기로 서로 따랐는고?"

선숙인이 말하길,

"예로부터 유배객에 풍류의 인물이 많았으니 소동파蘇東坡의 춘몽파[1]와 백거이白居易의 비파녀[2] 등에서 그 물색을 쉽게 알 수 있거니와, 남루한 옷차림으로 한 지방 수령의 잔치자리에 동쪽 성곽의 무덤에서 빌어먹듯[3] 찾아온 선비를 그 깊은 속내를 어찌 알아 마음을 허락했으리오?"

난성후가 말하길,

"옷차림은 남루하나 기상이 드높았고 수령이 자리에 있으되 일거일동이 조금도 부끄러움이 없었으며 또 문장이 사람을 놀라게 했으니 그 비범한 모습을 여러 가지로 시험했거니와, 제가 듣건대 벽성선은 달 아래에서 거문고를 안고 「봉황곡鳳凰曲」을 타다가 꽃과 버들의 풍정을 걷잡지 못하여 한때의 지나가는 유배객을 유혹했다가 마침내 안목이 어두워 후회하는 마음이 생겨 굳이 동침을 허락하지 않았다 하니, 만약 그렇지 않다면 재자와 가인이 여러 달 서로 좇음에 어찌 아무 일이 없으리오?"

위부인이 감탄하길,

"선숙인의 마음은 내가 말하리니, 만약 팔뚝에 붉은 앵혈이 없었던들

1) 춘몽파(春夢婆): 북송(北宋)의 소동파(蘇東坡)가 창화(昌化)에 좌천되어 있을 때 큰 바가지를 등에 메고 전야(田野)에서 오가며 노래를 부르니, 어떤 노파가 말하길 '한림학사로 있던 지난날의 부귀는 일장춘몽(一場春夢)이라오' 하자, 소동파가 그 말을 옳게 여겼는데, 이때부터 그 마을 사람들이 이 노파를 춘몽파라고 불렀다 한다.

2) 비파녀(琵琶女): 당나라의 문인 백거이(白居易)가 강주사마(江州司馬)로 좌천되었을 때 구강(九江) 땅에서 여인의 비파 소리를 듣고 「비파행琵琶行」을 지었다. 백거이가 분포(湓浦) 어귀에서 손님을 전송할 때 어떤 배 안에서 들려오는 비파 소리를 듣고 누구인지 물어보니, 그녀는 장안(長安)의 창기(娼妓)로서 젊어서는 호화롭게 지냈으나 늙어 용모가 쇠퇴하여 장사꾼의 아내가 되었다고 말했다.

3) 동쪽 성곽의 무덤에서 빌어먹듯: 『맹자』「이루 하離婁下」에 나오는 일화. 제(齊)나라의 어떤 사람이 외출하면 반드시 술과 고기를 배불리 먹은 뒤에 돌아오곤 했는데, 그 아내가 누구와 먹었는가 물어보면 모두 부귀한 사람이라고 했다. 어느 날 남편이 가는 곳을 몰래 따라가보니, 온 장안을 두루 다니는 동안 말을 나누는 사람이 하나도 없었다. 이윽고 남편은 동쪽 성곽의 무덤 사이에서(東郭墦間) 제사 드리는 자에게 가서 남은 음식을 빌어먹는 것이었다.

어찌 환난을 벗어날 수 있었으리오? 이는 하늘이 묵묵히 도우시어 우리 모녀로 하여금 다시 사람의 무리에 참여하게 하심이라."

이때 윤부인의 유모 설파薛婆가 곁에 있다가 위부인 앞으로 옮겨 앉아 선숙인을 가리키며,

"저처럼 현숙한 낭자를 부인께서 어찌 그처럼 해치고자 하셨나이까?"

윤부인이 몰래 꾸짖기를,

"여러 부인이 얘기 나누는 곳에서 할멈이 어찌 그리 무례한고?"

위부인이 웃으며,

"지나간 일이라. 마치 한바탕의 봄꿈 같으니, 한번 말하여 심심풀이로 삼은들 무엇이 부끄러우리오?"

허부인을 향해 탄식하길,

"여자는 편협한 성품이 있어 어찌할 수 없더이다. 선숙인의 현숙함을 딸아이가 모르지 않고 딸아이의 허물을 제가 또한 모르지 않되, 그 현숙한 까닭에 질투하는 마음이 더하고 그 허물을 아는 까닭에 악한 마음이 생겨나니, 어찌 편협한 여자가 저지른 일이 아니리오?"

자리에 있는 사람이 다 그 말을 듣고 그 숨기지 않음을 탄복하거늘, 연왕이 미소하며 연숙인에게 이르길,

"그대는 어찌 한마디 말이 없는고?"

난성후가 말하길,

"저와 선숙인은 혼인의 예를 갖추지 못하고 상공을 만났는지라. 자연히 변명이 어지럽거니와, 연숙인은 동방화촉洞房花燭의 예를 갖추어 상공을 맞이했으니 어찌 정대하게 앉아 묵묵히 말도 하지 않고 저희의 못난 모습을 비웃는 것이 아니리이까?"

연숙인이 웃으며,

"저는 만리타국에서 난성후를 남자로 알고 홀몸으로 따라온 사람이라. 어찌 예법을 말하리오? 부끄러워 말하지 않은 것이라."

연왕과 모든 사람이 크게 웃더라. 이윽고 술을 내어와 마시고 연왕이 크게 취하여 각기 침소로 돌아가더라. 이날 밤 난성후가 취하여 취봉루로 돌아가 옷을 벗지 않고 책상에 기대어 잠깐 잠이 들었는데, 문득 정신이 황홀하고 몸이 떠돌아 한 곳에 이르니 하나의 이름난 산이더라. 봉우리는 깎아지르고 바위는 높고 험한데, 마치 한 떨기 옥련화玉蓮花가 평지에 피어난 듯하더라. 난성후가 가운데 봉우리에 이르니, 한 보살菩薩이 푸른 눈썹과 옥 같은 얼굴에 비단 가사袈裟를 입고 석장錫杖을 짚고 있다가 웃으며 난성후를 맞이하여,

"난성후는 인간 세상의 즐거움이 어떠한고?"

난성후가 멍하니 깨닫지 못하여,

"존사尊師께서는 누구시며, 인간세상의 즐거움이란 무슨 말씀이니이까?"

보살이 웃고 손 안의 지팡이를 공중에 던지니 문득 한줄기 무지개가 되어 하늘에 닿거늘, 보살이 난성후를 안내하여 무지개를 밟아 공중에 오르니 앞에 큰 문이 있고 오색구름이 어리었는지라. 난성후가 묻기를,

"이것이 무슨 문이니이까?"

보살이 말하길,

"남천문南天門이니, 그대는 문 위에 올라가 바라보라."

난성후가 보살을 따라 올라가 한 곳을 바라보니, 해와 달이 밝고 광채가 휘황하며 그 가운데 한 누각이 허공에 솟아올라 있고, 백옥 난간과 유리 마룻대가 영롱하고 찬란하여 눈이 황홀하고, 누각 아래에 푸른 난새와 붉은 봉황이 쌍쌍이 배회하며 선동仙童 여러 명과 시녀 서너 명이 하의霞衣와 예상霓裳 차림으로 난간머리에 서 있더라. 누각 위를 바라보니 한 선관과 다섯 선녀가 이리저리 쓰러져 난간에 기대어 취하여 자고 있더라. 보살에게 묻기를,

"이곳은 어느 곳이며, 저들은 어떠한 선인仙人이니이까?"

보살이 미소하며,

"이곳은 백옥루白玉樓요. 첫째 자리에 누운 선관은 문창성文昌星이요. 그 곁에 차례로 누운 선녀는 제방옥녀諸方玉女·천요성天妖星·홍란성紅鸞星·제천선녀諸天仙女·도화선桃花仙이니, 홍란성은 곧 그대의 전신前身이라."

난성후가 마음속으로 크게 놀라,

"저 다섯 선녀는 모두 천상에서 도道에 들어간 선인이라. 어찌 저처럼 취하여 잠들었나이까?"

보살이 문득 서쪽을 향해 합장하고 시 한 구절을 읊으니,

정이 있어 인연이 생기고
인연이 있어 정이 생기도다.
정은 다하고 인연은 끊어지나니
온갖 생각은 다 공허하도다.

난성후가 듣고 정신이 상쾌하여 갑자기 깨달아,

"나는 본디 천상의 성정星精으로, 문창성과 인연을 맺어 잠시 인간 세상으로 귀양을 간 것이로다."

다시 묻기를,

"모든 선관이 어느 때 잠에서 깨어나리이까?"

보살이 웃고 석장을 들어 하늘 위를 가리키며,

"홍란성은 보라."

난성후가 자세히 보니, 큰 별 십여 개가 광채가 황홀하여 모두 백옥루를 향해 정기를 드리웠거늘, 난성후가 말하길,

"저 별들은 무슨 별이며, 무슨 까닭에 광채를 누각 가운데 드리웠나이까?"

보살이 가리키며,

"그 가운데 큰 별은 하괴성河魁星이요 그다음은 삼태성三台星이요 그다음은 덕성德星과 천기성天機星과 복성福星이니 이미 인간세상에 태어났고, 그 다음의 큰 별 예닐곱 개는 또 장차 차례로 인간세상으로 귀양 가 티끌 인연을 맺은 뒤에 백옥루의 취한 꿈이 깨어나리라."

난성후가 비록 그 말이 의심되나 미처 묻지 못하고, 또 남쪽 하늘을 바라보니 두 별이 광채가 찬란하거늘, 보살에게 묻기를,

"저 별은 무슨 별이니이까?"

보살이 말하길,

"이는 천랑성天狼星과 화덕성火德星이라. 그대와 더불어 한바탕 악연惡緣이 있으나 마침내 반드시 그대를 도울 것이라. 이것이 다 인연이니, 훗날 자연히 깨달으리라."

난성후가 말하길,

"그러면 제자 또한 천상의 성정星精이라. 이미 이곳에 왔으니, 다시 인간 세상으로 돌아가지 않고자 하나이다."

보살이 웃으며,

"하늘이 정한 인연을 사람의 힘으로 바꿀 수 있는 것이 아니니, 그대는 아직 인간 세상의 인연이 다하지 않았으니 빨리 돌아가라. 마흔 해가 지난 뒤에 다시 와서 옥황상제께 조회하고 하늘나라의 즐거움을 누릴지어다."

난성후가 묻기를,

"보살은 누구시니이까?"

보살이 웃으며,

"나는 남해 수월암水月菴 관세음觀世音이라. 석가여래釋迦如來의 명을 받들어 그대를 안내하고자 왔노라."

말을 마치매 석장을 들어 공중에 던지니, 오색 무지개가 갑자기 일어나고 문득 벼락 소리가 들리며 놀라 깨어나니, 곧 일장춘몽이더라. 여전

히 취봉루의 책상 앞에 전과 같이 누워 있거늘, 난성후가 꿈속 일을 의심하여 두 부인과 두 낭자에게 일일이 말하니 네 사람이 또한 이 꿈에 함께 감동하더라. 서로 탄식하며 의아해하더니, 허부인이 듣고 난성후에게 이르시길,

"내가 지난날 고향에 있을 때 늦도록 자식이 없어 옥련봉 석불에게 기도하여 연왕을 낳았으니, 이는 곧 관세음이라. 그 헤아릴 수 없는 공덕을 갚지 못하였는데, 너의 꿈에 나타난 것이 어찌 관세음이 불사佛事를 잘하도록 권하는 것이 아니리오? 일찍이 듣건대 선숙인의 아버지 보조국사輔祖國師가 자개봉紫蓋峯 대승사大乘寺에 계시어 불법佛法에 정통하시다 하니, 옥련봉 석불을 위하여 한 암자를 짓고 한편으로 대승사에 백일재百日齋를 올려 관음보살의 자비하신 공덕을 갚고자 하노라."

선숙인이 크게 기뻐하여 즉시 보조국사를 청하여 재齋를 올리고 돈과 비단을 후하게 보내어 옥련봉에 암자를 창건하더라. 과연 그뒤 마흔 해의 부귀를 누리니, 양태야와 허부인은 여든을 넘어 수壽를 누리고, 연왕은 다시 출장입상하여 또한 여든을 누리고, 윤부인은 세 아들과 두 딸을 두어 일흔을 누리고, 황부인은 두 아들과 한 딸을 두어 예순을 넘어 누리고, 난성후는 다섯 아들과 세 딸을 두어 일흔을 누리고, 선숙인과 연숙인은 각각 세 아들과 두 딸을 두어 일흔을 누리더라. 연왕의 아들딸이 모두 스물여섯 명에, 아들 열여섯 명은 모두 입신양명하여 부귀영화를 누리고 딸 열 명은 왕공王公의 부인이 되어 자손을 많이 낳고 복을 많이 누리며 연옥·소청·자연도 복록福祿이 오래 이어지고 의식衣食이 풍족하니, 이것이 어찌 고금에 희한한 일이 아니리오?

| 원문 |

옥루몽 5

第五十三回

艦南軒夫人弄璋 玩月亭諸娘汎舟

却說. 艦南軒侍婢ㅣ 告尹夫人病勢之急ᄒᆞᆫ듸 太孁ㅣ 大驚ᄒᆞ야 率諸娘ᄒᆞ고 慌忙歸來ᄒᆞ실ᄉᆡ 鸞城이 微笑曰

"太孁ᄂᆞᆫ 勿慮ᄒᆞ소셔. 尹夫人이 孕胎十朔이라 疑有解娩之期로이다."

太孁曰

"近日尹賢婦之容貌ㅣ 瘦瘠ᄒᆞ고 身體富大ᄒᆞ야 見甚殊常이ᄂᆞ 其臨朔은 茫然不知러니 娘等이 既知면 何不早言고?"

鸞城이 笑曰

"夫人이 羞澁ᄒᆞ야 不漏一分氣色ᄒᆞ고 妾亦知之不過數月이라. 夫人이 秘密操束故로 不敢告矣로소이다."

一齊至艦南軒ᄒᆞ니 薛婆ㅣ 出迎ᄒᆞ야 執鸞城之手ᄒᆞ고 涕淚被面曰

"吾夫人이 落地以後로 無病터니 今日必罹怪疾이라. 以幽閑貞靜之性으로 坐不安席ᄒᆞ야 不能定座ᄒᆞ시고 手足이 氷冷ᄒᆞ오니 將如之何則可也잇고?"

鸞城曰

"婆婆는 勿爲騷動ᄒᆞ라."

ᄒᆞ고 入見尹夫人ᄒᆞ니 伏於枕頭ᄒᆞ야 雲鬟이 盡散ᄒᆞ고 珠汗이 滿面이라. 見鸞城之來ᄒᆞ고 含淚暗語曰

"紅娘은 援我ᄒᆞ라."

鸞城이 笑曰

"夫人은 安心ᄒᆞ소셔. 此ᄂᆞᆫ 女子固有之病이니 暫忍則雲捲靑天矣리이다."

ᄒᆞ고 親解其衣帶ᄒᆞ고 舖錦衾ᄒᆞ야 指揮産具ㅣ러니 俄而오 兒聲이 呱呱ᄒᆞ야 彷彿呼母之聲ᄒᆞ고 如滄海神龍之躍出水外ᄒᆞ야 得一個公子ᄒᆞ니 上下ㅣ 相賀ᄒᆞ고 太爺太孁의 歡喜之情을 何可盡道ㅣ리오? 薛婆ㅣ 方笑曰

"夫人은 生産도 特異로다. 老身은 十二次生産을 如唾手[1]ᄒᆞ니 倘如夫人之辛苦ㄴ된 洞房華燭에 誰不恐愡이리오?"

ᄒᆞ니 房中이 拍掌大笑ㅣ러라. 第三日에 太爺太孁ㅣ 見新兒ᄒᆞ니 以父風母習으로 淸秀俊逸ᄒᆞ야 麒子鳳雛요 祥麟瑞鳳이라 太爺曰

"吾來聚星洞後初見之慶이라 新兒之名을 謂慶星이라 ᄒᆞ라."

且說. 此時燕王이 倚案而暫睡러니 何許美男子ㅣ 開門而入告曰

"我ᄂᆞᆫ 天上天機星이러니 得罪於玉皇ᄒᆞ고 謫降人間ᄒᆞ니 與君으로 有前生宿緣ᄒᆞ야 欲依托而來로라."

說罷에 化爲一道金光ᄒᆞ야 入於懷中이어ᄂᆞᆯ 驚覺ᄒᆞ니 乃一夢이라 心中疑訝러니 衆妙堂侍婢ㅣ 告曰

"娘子ㅣ 自昨夜로 身氣不平ᄒᆞ야 病勢甚急이로소이다."

燕王이 知其産占ᄒᆞ고 至衆妙堂ᄒᆞ니 鸞城及蓮娘이 已救護而順産이라

1) 타수(唾手): 손에 침을 바름. 곧 기운을 내서 일을 다시 시작함을 일컫는 말. [교감] 적문서관본 영인본 499쪽에는 '수수(垂手)'로 되어 있으나, 의미상 오식으로 여겨져 바로잡는다. 덕흥서림본 제3권 73쪽에는 '타수(唾手)'로 바르게 되어 있다.

鸞城이 笑賀曰

"相公이 今得寵子ᄒᆞ니이다."

燕王曰

"何謂寵子오?"

鸞城曰

"妾이 多見世間男子ᄂᆞ 如此奇妙之兒ᄂᆞᆫ 今乃初見이니 他日에 豈不爲相公寵子리잇고?"

蓮娘이 又來ᄒᆞ야 稱頌不已ᄒᆞ니 燕王이 尤思夢兆曰

"天機星은 本是美麗之仙이라. 夢事가 果不虛라."

ᄒᆞ더라. 三日後太爺太孁가 率兩夫人及兩娘ᄒᆞ고 來會衆妙堂ᄒᆞ야 見新兒ᄒᆞ니 遠山雙眉에 瑞氣凝集ᄒᆞ고 桃花兩頰에 春光이 朦朧ᄒᆞ야 細眼은 似照曉星ᄒᆞ고 紅唇은 櫻含露ᄒᆞ야 顔色之丰茸이 酷肖仙娘ᄒᆞ고 氣像之俊秀ᄂᆞᆫ 彷彿燕王이라. 兩夫人이 相視之曰

"月態花容은 多於女子ᄂᆞ 至於此兒ᄒᆞ야ᄂᆞᆫ 今古所未聞之男子ㅣ라. 此兒ㅣ 必壓頭潘岳ᄒᆞ야 有醉過揚州[2]橘滿車之風采리라."

太爺ㅣ 又熟視之曰

"吾聞天機星은 多才之星이라 ᄒᆞ더니 新兒ㅣ 眉目이 淸秀ᄒᆞ고 容貌ㅣ 媚娬ᄒᆞ야 他日에 必有過人之才ᄒᆞ리니 名曰機星이라 ᄒᆞ라."

太孁ㅣ 謂仙娘曰

"吾以爲娘之姿色이 天下無雙이러니 機星之美貌ᄂᆞᆫ 反勝於其母ᄒᆞ니 此所謂靑出於藍이로다."

仙娘曰

"爲男子而多女子氣像ᄒᆞ니 不如仁星之儼然이로소이다."

2) [교감] 양주(揚州): 적문서관본 영인본 499쪽에는 '양주(楊州)'로 되어 있으나, 오식이므로 바로잡는다.

蓮娘이 笑曰

"妾雖不敏이ᄂᆞ 仁星이 無一毫母習ᄒᆞ야 甚忿이러니 然則與機星으로 換之ᄒᆞᄉᆞ이다."

太嬰ㅣ 微笑曰

"春蘭秋菊이 各有其香ᄒᆞ니 兩娘은 待他日而觀之ᄒᆞ라."

言語間營止軒侍婢來到ᄒᆞ야 告黃夫人曰

"自皇城으로 本府蒼頭ㅣ 持來書簡이니이다."

黃夫人이 受其書簡ᄒᆞ니 有閣老內外書簡ᄒᆞ고 大筐에 封送新果ㅣ라. 黃夫人이 羞愧어늘 燕王이 笑曰

"夫人이 珍奇之果를 豈可獨食乎아?"

親開其器而視之ᄒᆞ니 新果ㅣ 尙未熟이라. 燕王이 笑曰

"當時丞相이 辛勤遠送於千金所嬌ᄒᆞ시니 此果ㅣ 必有名矣라. 岳丈岳母之書簡을 見之何妨이리오? 欲暫見이라."

ᄒᆞ고 奪見黃小姐所持之書ᄒᆞ니 夫人이 羞愧低首어늘 燕王이 授三娘曰

"此書를 不須隱諱니 諸娘도 同覽ᄒᆞ라."

夫人이 急受而藏之ᄒᆞ니 燕王이 顧鸞城曰

"年少夫人이 無病而厭食飮ᄒᆞ고 但思新果ᄒᆞ니 是何症也오?"

鸞城이 曰

"女子의 固有之病인가 ᄒᆞᄂᆞ이다."

黃夫人이 尤極羞澁ᄒᆞ야 置身無地ᄒᆞ니 尹夫人이 已度之ᄒᆞ고 笑曰

"女子有娠은 人之常事라. 今幾月乎아?"

黃夫人이 低首而答曰

"老親이 愛妾ᄒᆞᄉᆞ 見後園之結果ᄒᆞ시고 思前日摘嘗之事ᄒᆞ야 適有人便故로 摘送未熟之果오 別無他故ㅣ니이다."

燕王이 笑曰

"吾雖昏暗이ᄂᆞ 方今所見書簡을 尙且記憶ᄒᆞ니 夫人之孕胎ㅣ 已四五朔

이라. 學生이 無心ᄒᆞ야 未及知之ᄒᆞ니 夫人의 容貌之瘦瘠과 體樣之異常을 諸娘等이 豈不知乎아?"

諸娘이 未及對ᄒᆞ야 黃夫人이 忽倚枕昏倒어ᄂᆞᆯ 燕王이 進前ᄒᆞ야 解繡帶而審視氣色ᄒᆞ니 額上에 珠汗이 點點ᄒᆞ고 喉間에 喘氣甚急ᄒᆞ야 有苦痛之狀이어ᄂᆞᆯ 燕王이 大驚ᄒᆞ야 執玉手ᄒᆞ고 勸使收拾精神ᄒᆞ니 黃夫人이 强忍苦痛ᄒᆞ고 驚起어늘 燕王이 問曰

"孕胎四五朔에 豈如此難堪乎아?"

夫人이 沉吟良久에 無數躕躇라가 對曰

"妾이 得罪於神明ᄒᆞ야 向日驚於老娘以後로 得吐血症ᄒᆞ고 精神이 昏迷ᄒᆞ야 難望生產이러니 幸有胎氣ᄂᆞ 宿症이 間或復發ᄒᆞ야 俄者도 吐血而身氣不平이러니 此ᄂᆞᆫ 妾의 自作之孽이라 奈何잇고?"

燕王이 驚曰

"然則何以至於今日토록 無一言乎아?"

黃夫人曰

"妾之生存도 相公寬厚之德이라 何面目으로 提起往日하야 加一層自愧之事乎잇가?"

燕王이 改容而執黃夫人之手曰

"學生은 雖知夫人이ᄂᆞ 夫人은 不知學生이로다. 學生이 雖不敏이ᄂᆞ 豈不知夫人之心이리오? 夫人이 謾懷自狹之心ᄒᆞ야 幾使學生으로 爲不義之人이로다."

卽以醫藥治療ᄒᆞ고 自此로 矜惻黃夫人之情地ᄒᆞ야 尤加顧護러라.

且說. 此時ᄂᆞᆫ 秋七月旣望이라. 燕王이 昏定於兩親ᄒᆞ고 至營止軒而視之ᄒᆞ니 數個侍婢ㅣ 煮藥於戶外ᄒᆞ고 黃夫人이 困惱而臥어ᄂᆞᆯ 燕王曰

"今夜ᄂᆞᆫ 赤壁江[3]泛舟之夜라. 人生斯世에 佳節이 不多어ᄂᆞᆯ 豈可無聊而臥乎아?"

黃夫人曰

"醉夢浮生이 塵累를 未脫ᄒᆞ니 不知人間佳節之如何過去로소이다."

燕王이 笑而談話半晌에 又至饁南軒ᄒᆞᆫᄃᆡ 尹夫人이 率兩個侍婢ᄒᆞ고 徘徊於月下ᄒᆞ니 濃艶之色은 與月光相爭ᄒᆞ고 嬋妍之態ᄂᆞᆫ 與姮娥相猜ᄒᆞ야 姿質은 如氷雪ᄒᆞ고 精神은 似秋水ᄒᆞ야 無一點塵埃라. 燕王이 近前曰

"夫人於此에 興復不淺矣리라."

尹夫人이 琅然笑曰

"古人이 云 '春月色이 勝於秋月色이라' ᄒᆞᄂᆞ 終是閨中女子之言이라. 妾은 觀之컨ᄃᆡ 玉宇ᄂᆞᆫ 無塵ᄒᆞ고 銀河ᄂᆞᆫ 耿耿ᄒᆞ야 一片淸光이 廣照四海ᄒᆞ니 此亦君子之氣像이오 圓缺이 有時ᄒᆞ고 弦晦ㅣ 無窮호ᄃᆡ 不失淸光ᄒᆞ니 此ᄂᆞᆫ 君子之節介라. 況今夜點雲이 無痕ᄒᆞ고 秋天이 淸淨ᄒᆞ야 此圓輪을 萬人이 仰視ᄒᆞ니 豈非明月의 得意之時乎아? 妾이 雖無蘇東坡의 王夫人之風采ᄒᆞ고 猶有一壺酒ᄂᆞ 然이ᄂᆞ 唯恐物外閑人이 無趙德麟·張懷民[4]之知己일가 하ᄂᆞ이다."

燕王이 大笑曰

"夫人之言이 以碌碌詞人韻士로 莫能當이라. 況兼鸞城之心氣와 仙娘之風流와 蓮娘之才思ᄒᆞ니 不足羨趙張兩人이라. 携斗酒而登紫雲樓ᄒᆞ야 玩月色이 何如오?"

夫人이 應諾ᄒᆞ고 使數個侍婢로 携一壺酒ᄒᆞ고 向紫雲樓ᄒᆞᆯᄉᆡ 過觀豊閣이라가 訪蓮娘ᄒᆞ니 侍婢曰

"往衆妙堂이니이다."

卽至衆妙堂ᄒᆞ니 堂中이 寂然ᄒᆞ고 侍婢ㅣ 告曰

---

3) 적벽강(赤壁江): 적벽은 중국 호북성(湖北省) 황주(黃州)의 양자강(揚子江) 유역에 있는 붉은 석벽(石壁)으로, 그 밑을 흐르는 양자강을 적벽강이라고 한다. 북송(北宋)의 시인 소동파(蘇東坡)가 1082년 7월 16일 적벽에서 배를 타고 유람하며 「전적벽부前赤壁賦」를 짓고, 그해 10월 15일 다시 이 땅에 찾아와 「후적벽부後赤壁賦」를 지었다.

4) 조덕린(趙德麟)·장회민(張懷民): 북송 때의 문인으로, 소동파의 벗.

"俄與蓮娘으로 往紫雲樓로소이다."

燕王이 謂尹夫人曰

"彼等이 欺吾而獨樂ᄒᆞ니 吾亦欺彼等이라."

ᄒᆞ고 更入衆香閣ᄒᆞ야 尋玉笛ᄒᆞ니 在於案上이어ᄂᆞᆯ 收藏袖中而出ᄒᆞ야 謂夫人曰

"吾等이 勿往紫雲樓ᄒᆞ고 往玩月亭ᄒᆞ리라."

夫人曰

"玩月亭은 人家接近ᄒᆞ오니 甚非便이로소이다."

燕王曰

"夜深江頭에 絶無人跡ᄒᆞ니 何謂非便이리오?"

聯袂而至玩月亭ᄒᆞ니 四顧寂寥ᄒᆞ고 十里淸江이 平鋪如鏡이어ᄂᆞᆯ 燕王이 倚欄而坐ᄒᆞ야 出袖中玉笛ᄒᆞ야 吹一曲ᄒᆞ니 此時에 江天이 寥廓[5]ᄒᆞ고 淸風이 徐來ᄒᆞᆫ데 鸞城이 意謂當此七月旣望ᄒᆞ니 燕王이 必來라 ᄒᆞ야 準備杯盤ᄒᆞ고 請兩娘ᄒᆞ야 彈琴於錦繡亭ᄒᆞ고 誦明月之詩이러니 至夜深ᄒᆞ되 頓無消息이라 還自無聊ᄒᆞ야 送侍女於洞口ᄒᆞ야 探知燕王之來호ᄃᆡ 久而不來라. 鸞城이 推琴而謂仙娘曰

"相公이 非淡泊於風流ᄂᆞᆫ 吾輩之所知라. 今夜月色을 應不虛送矣리니 必有事故로다. 若無憂心이면 必有靡寧이니 吾等이 往候似好로다."

蓮娘이 俯首而沉吟良久에 曰

"若有患節이면 必通知於妾等이오 有所煩惱則消暢忘憂矣리니 尙今不來ᄂᆞᆫ 恐或籠絡妾等인가 ᄒᆞᄂᆞ이다."

言未畢에 自東天으로 玉笛一聲이 嘹喨半空ᄒᆞ야 戛雲而至ᄒᆞ니 鸞城이 笑而起曰

"吾王이 庶幾無疾病이라 蓮娘之言이 是也로다."

---

5) 요확(寥廓): 텅 비고 끝없이 넓음.

同出山門ᄒᆞ야 欲尋聲出處러니 侍婢ㅣ 來告曰

"小婢等이 待於洞口半晌호ᄃᆡ 竟不行駕故로 往府中ᄒᆞ야 轉往艤南軒ᄒᆞ니 尹夫人이 不在ᄒᆞ시고 至營止軒ᄒᆞ니 黃夫人이 有患節故로 問尹夫人之所在ᄒᆞᆫᄃᆡ 黃夫人曰 '與相公으로 乘月而往紫雲樓라' ᄒᆞ시기로 歸路에 至觀豊閣이러니 聞侍婢等之言ᄒᆞ니 與尹夫人으로 往衆妙堂云故로 又入衆妙堂ᄒᆞ니 俄者相公이 持玉笛而往云故로 意謂來於此處러니 今於路傍에 聞風便玉笛聲이 來自玩月亭ᄒᆞ니 相公與夫人이 必在玩月亭이로소이다."

侍婢ㅣ 相顧而笑曰

"吾ㅣ 俄聞艤南軒侍婢之言ᄒᆞ니 相公이 與夫人으로 立於階下ᄒᆞ야 指月而談笑良久러니 持一壺酒ᄒᆞ고 向紫雲樓而訪趙某張某라 ᄒᆞ시니 未知何言이라 ᄒᆞ더이다."

鸞城이 笑曰

"賤婢ᄂᆞᆫ 勿發胡亂之言ᄒᆞ라."

仙娘曰

"相公이 應待我矣리니 吾欲急往ᄒᆞ노라."

鸞城이 笑曰

"相公이 欺我等ᄒᆞ시니 我等도 亦出一計ᄒᆞ야 以免無聊ᄒᆞ고 且以助相公之興ᄒᆞ리라. 漱石亭下에 有一葉小船ᄒᆞ니 率孫三娘而載數件樂器與抔盤ᄒᆞ고 流下玩月亭이 似好로소이다."

兩娘이 稱善ᄒᆞ고 卽來漱石亭ᄒᆞ니 水波ᄂᆞᆫ 不興ᄒᆞ고 月色은 明朗ᄒᆞᆫᄃᆡ 岸頭에 泊一葉船이어ᄂᆞᆯ 三娘이 登船이라 使孫三娘으로 搖櫓ᄒᆞ고 鸞城은 吹玉笛ᄒᆞ고 仙娘은 彈琴ᄒᆞ고 蓮娘은 誦明月詩ᄒᆞ면셔 順流而下玩月亭ᄒᆞ니 此時燕王이 在於玩月亭而弄笛이라가 忽聞江上에 有嫋嫋之聲ᄒᆞ고 停玉笛ᄒᆞ고 與尹夫人으로 倚欄而望見ᄒᆞ니 白露ᄂᆞᆫ 橫江ᄒᆞ고 水波ᄂᆞᆫ 不興이라. 滿天星月이 照耀江上ᄒᆞ고 烟沙白鷺ᄂᆞᆫ 翩翩飛舞ᄒᆞᆫ데 一葉小

船이 泛泛下來ᄒᆞ니 數聲玉笛은 與琴聲幷奏ᄒᆞ고 一曲櫓歌ᄂᆞᆫ 和明月詩ᄒᆞ면셔 中流而來라. 燕王이 茫然自失ᄒᆞ야 靜而聽之ᄒᆞ고 詳而察之ᄒᆞ니 夫人이 笑曰

"此非采石江[6]의 捉月之李謫仙과 赤壁江의 泛舟之蘇東坡ㅣ라. 其必南浦仙子ㅣ 驚東海王ᄒᆞ고 巫山仙女ㅣ 欺楚襄王乎ㄴ져?"

燕王이 大笑ᄒᆞ고 使侍婢로 呼其船ᄒᆞ니 三娘이 笑而泊舟岸頭어ᄂᆞᆯ 燕王이 笑曰

"今夜月色은 爲諸娘而明이라 獨與夫人으로 對月寂坐ㅣ러니 今諸娘이 辛勤尋訪ᄒᆞ니 感謝無涯로다."

鸞城이 曰

"妾等이 恃平日相公之寵愛ᄒᆞ고 對今夜月色ᄒᆞ야 自謂或者降臨ᄒᆞ야 等候多時러니 已知相公이 獨樂於亭上ᄒᆞ사 妾等이 被排擯[7]不與ᄒᆞ야 不得同玩此清明月色故로 不敢衝撞ᄒᆞ야 徘徊江中ᄒᆞ야 欲聽玉笛而還이러니 今命招ᄒᆞ시니 不勝惶恐이로소이다."

尹夫人이 笑曰

"相公이 晩來自狹之心이 太過ᄒᆞ야 慚諸娘不速之客ᄒᆞ야 率此無興之人ᄒᆞ고 如此良夜를 幾乎虛送이로다."

一座ㅣ 大笑ᄒᆞ고 鸞城이 命侍婢ᄒᆞ야 取來舟中之盃盤ᄒᆞ니 果是不時之需라 向月而飮酒ᄒᆞ야 觥籌交錯에 一座ㅣ 皆醉라. 尹夫人이 謂鸞城曰

"吾聞兩娘玉笛이 有雌雄律이라 ᄒᆞ니 仙娘碧城山之古曲과 鸞城蓮花峰之餘音을 可得聞歟아?"

---

6) 채석강(采石江): 당나라 시인 이백(李白)이 안휘성(安徽省) 당도현(當塗縣)의 채석강에서 밤에 비단 장포(長袍)를 입고 낚싯배에 앉아 뱃놀이를 즐기던 중 술에 취해 물속의 달을 잡으려다가 익사했다고 한다. 북송(北宋)의 시인 매요신(梅堯臣)의 「채석월采石月」에 "채석강 달빛 아래 이백을 찾았더니, 비단 장포 밤에 입고 낚싯배에 앉아 있네(采石月下訪謫仙, 夜披錦袍坐釣船)"라고 했다.

7) 배빈(排擯): 배척(排斥). 따돌리거나 거부하여 밀어 내침.

兩娘이 應命ᄒᆞ고 仙娘은 倚欄ᄒᆞ야 先奏雄律ᄒᆞ니 颯颯淸風이 起於亭上ᄒᆞ며 層層白雲은 散於江頭ᄒᆞ야 急濤驚瀾에 老龍이 翻覆大江이어ᄂᆞᆯ 座中이 愀然悚懼ㅣ라. 鸞城이 微笑ᄒᆞ고 又奏雌律ᄒᆞ니 其聲이 淸新閑雅ᄒᆞ야 靑霞ㅣ 繞簷ᄒᆞ고 淸風이 襲人ᄒᆞ니 鴻雁鷗鷺가 翩翩飛舞어ᄂᆞᆯ 兩娘이 更合雌雄律ᄒᆞ야 一唱一和ᄒᆞ니 上聲은 渺渺ᄒᆞ야 聳出雲霄ᄒᆞ고 下聲은 隱隱ᄒᆞ야 山川이 相應ᄒᆞ야 和平者ㅣ 聞之則能手舞足蹈요 慷慨者ㅣ 聞之則應慽然含淚ㅣ라. 此時座中人이 皆是和悅安樂之人이라 莫不稱善ᄒᆞ고 喜不自勝이러라.

此時黃夫人이 有產占ᄒᆞ야 使侍婢로 告燕王ᄒᆞ니 燕王이 率尹夫人及諸娘ᄒᆞ고 至營止軒ᄒᆞᆫᄃᆡ 已生男이라. 見新兒ᄒᆞ니 繁華氣像과 吉祥風采ㅣ 眞綺紈子弟요 富貴宰相이라. 太爺太孾ㅣ 來見而笑曰

"小兒之和吉은 吾家之福이라. 天之所賜ㅣ니 名曰錫星이라 ᄒᆞ라."

燕王이 笑而嘲黃夫人曰

"新兒庸劣之狀이 彷彿外祖ᄒᆞ니 他日壽分은 似足이로다."

一座ㅣ 大笑러라.

且說. 天子ㅣ 送燕王以後로 對秦王則下問聚星洞消息ᄒᆞ시고 戀戀不忘이러시다. 此時ᄂᆞᆫ 夏盡秋屆之時라. 金風이 乍起ᄒᆞ고 天氣淸朗ᄒᆞ야 萬樹蟬聲은 慕呂伯恭之古風ᄒᆞ고 江東蓴菜ᄂᆞᆫ 憶張季鷹之逸興이라. 秦王이 上一章表ᄒᆞ야 欲解秦王印綬ᄒᆞ고 遨遊於江上ᄒᆞ야 消暢病懷ㅣ라 ᄒᆞ니 不知究竟將何如오. 看下回ᄒᆞ라.

花珍辭職尋處士 昌曲賡詩獻天子

第五十四回

却說. 秦王이 上表ᄒᆞ니 天子ㅣ 引見而下敎曰

"母后ㅣ 衰境에 不欲遠離賢妹故로 將欲勸卿而團聚京第러니 卿意ㅣ又若是ᄒᆞ니 秦王印綬ᄂᆞᆫ 可收어니와 遊於江山ᄒᆞ야 消暢病懷ᄂᆞᆫ 不可許ㅣ니 朕之後園에 有水石ᄒᆞ고 太液池[1]中에 又有十洲三山ᄒᆞ니 雖欲日日消暢이ᄂᆞ 猶爲不難이어ᄂᆞᆯ 何必求於他也ㅣ리오?"

秦王이 謝曰

"臣이 素多疾病ᄒᆞ야 每思快活勝地ᄒᆞ고 且燕王은 臣之知己요 聚星洞紫盖峰은 名區勝地라 與燕王으로 曾有宿約이오니 願得數月之由ᄒᆞ와 尋訪故人ᄒᆞ고 玩賞山川ᄒᆞ노이다."

天子ㅣ 欣然笑曰

1) 태액지(太液池): 중국 북경(北京) 자금성(紫禁城)의 서쪽에 위치한 황실 정원의 연못. 원(元)나라 때의 태액지는 북해(北海)와 중해(中海)로 이루어져 있었으나, 명(明)나라 때는 그 남쪽에 다시 못을 파고 남해(南海)를 만들어, 삼해(三海)를 이루게 되었다. 북해의 호수 중앙에 선경(仙境)을 상징하는 섬이 세 개 있다.

"今聞卿言ᄒᆞ니 朕亦胷襟이 鬱鬱ᄒᆞ야 綠水青山의 悠然之興이 自萌이나 龍駕鳳蹕이 行止를 不能輕易ᄒᆞ야 使卿으로 獨樂物外淸緣ᄒᆞ니 豈不慨嘆이리오?"

ᄒᆞ시고 特賜數月間往返之由ᄒᆞ시니 秦王이 呼三貴妃曰

"吾ㅣ 本無他友ᄒᆞ고 置娘等於左右ᄂᆞᆫ 同樂詩酒風流와 江山風月ᄒᆞ야 以免無聊也러니 今欲往聚星洞ᄒᆞ야 訪燕王ᄒᆞ고 登紫盖峰ᄒᆞ야 解鬱懷而歸ᄒᆞ노니 燕王은 吾之知己라 情若兄弟ᄒᆞ야 無異一室之人ᄒᆞ고 紫盖峰은 幽僻山中이라 吾ㅣ 將效謝安之携妓와 米元章之率妻ᄒᆞ야 欲率娘等而往ᄒᆞ노라."

鐵貴妃ㅣ 大喜曰

"妾等도 曾與鸞城으로 又有宿約ᄒᆞ니 唯命是從호리이다."

秦國公主ㅣ 笑曰

"相公이 以風流之心으로 欲尋故人則當有雅韻矣리니 將欲如何治裝乎잇가?"

秦王曰

"簡率行裝ᄒᆞ야 以山巾野服으로 同三貴妃而直向聚星洞이로라."

公主ㅣ 笑曰

"再明日은 仲秋佳節이라. 圓月이 當空에 人皆曰 '四海同然이라' ᄒᆞ야 一年月色이 此夜最多矣리니 相公은 何不駕十里桐江[2]之一葉船ᄒᆞ야 載一玉簫一斗酒ᄒᆞ고 隨月色而至聚星洞ᄒᆞ야 因請主人ᄒᆞ야 效張騫之泛槎ㅣ니잇고?"

---

2) 동강(桐江): 중국 절강성(浙江省) 동려현(桐廬縣)의 부춘산(富春山) 아래 강 이름. 후한(後漢) 때의 엄광(嚴光)은 자(字)가 자릉(子陵)으로, 광무제(光武帝)와 어린 시절 벗이었다. 광무제가 즉위하자 성명을 바꾸고 숨어서 사는 엄광을 광무제가 간의대부(諫議大夫)로 불렀으나, 동려현 남쪽 칠리탄(七里灘)에서 낚시를 즐기며 일생을 마쳤다. 엄광이 낚시하던 곳이 동려현 남쪽에 있으므로 동강이라 한 것이다.

秦王與三貴妃ㅣ 大喜稱善ᄒᆞ고 翌日準備行裝ᄒᆞᆯ시 拜辭於天子ᄒᆞᆫᄃᆡ 天子ㅣ 欣然笑曰

"燕王은 有經綸者라 居鄕第ᄒᆞ야 必有別般行樂矣니 卿은 往見而記憶ᄒᆞ야 還歸之日에 詳言之ᄒᆞ야 使朕으로 有臥遊名山之興ᄒᆞ라."

秦王이 唯唯受命ᄒᆞ고 與三貴妃로 泛舟於桐江之上ᄒᆞ야 向聚星洞而去ᄒᆞ니라.

且說. 燕王이 休退田園以後로 每日率諸娘ᄒᆞ고 尋山水之景而消遣이러니 一日은 來紫雲樓ᄒᆞ야 對兩娘曰

"明日은 仲秋望月之日이니 唐明皇이 率楊太眞ᄒᆞ고 上廣寒殿ᄒᆞ야 玩霓裳羽衣曲之夜라. 吾雖不堪當李三娘之風流ㅣ요 聚星洞이 亦難比於廣寒殿이ᄂᆞ 玩月亭下에 泛一葉船ᄒᆞ야 秋江明月을 庶不無聊而送호리라."

鸞城이 欣然應諾ᄒᆞ고 準備杯盤ᄒᆞ야 翌日率兩娘ᄒᆞ고 至玩月亭下ᄒᆞ니 一隻小船이 已泊江頭라 泛舟江中ᄒᆞ고 使洞中數十名漁父로 各持一隻漁船ᄒᆞ야 或設網ᄒᆞ며 或垂釣ᄒᆞ니 白露ᄂᆞᆫ 橫江ᄒᆞ고 水光은 接天이라. 忽然一陣江風所過處에 遠聞嫋嫋之聲이어ᄂᆞᆯ 燕王이 視諸娘曰

"此何聲也오?"

蓮娘이 側耳潛聽이라가 笑曰

"其聲이 十分嘹喨ᄒᆞ야 達於雲霄ᄒᆞ니 非尋常江上漁笛이로다."

鸞城曰

"夜寂寂而秋風高ᄒᆞ니 愛今夜月色者ㅣ 豈特吾等이리오? 必有江上船遊者ᄒᆞ야 壬戌舟中二客이 弄簫로다."

仙娘이 笑曰

"異哉라 此聲이여! 靑山이 峨峨ᄒᆞ고 綠水洋洋ᄒᆞ니 慕知己요 意思淡蕩ᄒᆞ니 非凡常者之所吹라. 此豈非山陰雪夜에 訪戴安道之家ᄒᆞ며 以弄玉之玉簫로 報先聲이리오?"

燕王이 歎曰

"此世에 無王子猷不俗之風ᄒᆞ니 誰尋戴安道而和此歌리오?"

其歌에 曰

> 一葉船 달을 싯고 十里淸江을 흘니져어
> 聚星洞 차자 가니 紫蓋峰이 여긔로다
> 江上에 고기 잡ᄂᆞᆫ ᄉᆞ람아 楊處士 집에 잇거든 花處士 오드라 ᄒᆞ여라

燕王이 聽其櫓歌ᄒᆞ고 顧諸娘而笑曰

"必秦王이 尋故人이로다."

使紅仙兩娘으로 吹笛ᄒᆞ야 和櫓歌ᄒᆞ니 以秦王之聰明으로 豈不知昔日上林月下所聽之聲이리오? 乃率三貴妃ᄒᆞ고 出立船頭ᄒᆞ야 笑曰

"楊兄아! 黃粱枕上에 覺醉夢ᄒᆞ야 江上風月에 安享淸福ᄒᆞ니 今日滋味何如오?"

燕王이 笑曰

"吾雖知花兄之不俗이나 今日行色은 實是意外라."

ᄒᆞ고 移舟相近而喜不自勝ᄒᆞ야 把手向月而坐船頭ᄒᆞ니 此時三貴妃와 諸娘이 喜不自勝ᄒᆞ야 娓娓談笑홀ᄉᆡ 忽然衆皆大笑어ᄂᆞᆯ 兩王이 問其故ᄒᆞᆫᄃᆡ 鐵貴妃曰

"鸞城이 云 今夜行色이 非尋常丈夫之設施故로 妾이 語公主之指麾而笑로소이다."

兩王이 亦大笑러라. 因結兩隻主賓之船ᄒᆞ야 泛於中流ᄒᆞ고 紅仙兩娘은 吹玉笛ᄒᆞ며 虢貴妃ᄂᆞᆫ 和以洞簫ᄒᆞ며 潘貴妃ᄂᆞᆫ 誦明月詩ᄒᆞ야 隨波上下ᄒᆞ면셔 杯盤浪藉之席에 不禁胷襟之灑落이라. 嘹喨笛聲은 達於碧空ᄒᆞ야 以助秋興ᄒᆞᆫ데 杳杳之想이 如駕淸風而羽化登仙이라. 秦王이 帶醉興ᄒᆞ야 開篷窓[3]而顧眄江山風月ᄒᆞ니 無數漁村은 歷歷於月下ᄒᆞ고 臨江之亭은 處處縹緲ᄒᆞ야 白雲淸靄가 繞於靑峰ᄒᆞ니 北而紫蓋峰은 一朶芙蓉이 含明麗

之氣ᄒᆞ며 前而聚星洞은 舖一幅丹靑ᄒᆞ야 成洞天福地어ᄂᆞᆯ 秦王이 視燕王而歎曰

"楊兄이 出將入相ᄒᆞ야 功名勳業이 顯於天下ᄂᆞᆫ 因其才學이라 吾雖不敢望이나 得如此名區勝地ᄒᆞ야 以山水之樂과 田園之味로 享物外淸福은 非人力之所能及이라 必天之所賜ㅣ니 花珍이 豈無欽羨之歎이리오?"

因傳聖旨曰

"上이 讚楊兄之經綸才學ᄒᆞᄉᆞ 必有別般行樂이라 ᄒᆞ시더니 果明見也로다."

言未畢에 忽有江上數人이 向船頭急呼이어ᄂᆞᆯ 燕王이 命家僮ᄒᆞ야 搖一隻漁船ᄒᆞ야 問其故ᄒᆞᆫ되 乃掖隸가 奉皇命齎[4]御札ᄒᆞ야 以數斗法酒로 傳燕王ᄒᆞ고 秦國公主ㅣ 又送酒饌ᄒᆞ야 獻於秦王이어ᄂᆞᆯ 燕王이 北向四拜ᄒᆞ고 開視御札ᄒᆞ니 寶墨이 輝煌ᄒᆞ야 親書一首絶句ᄒᆞ시니 曰

十里桐江兩葉船 風流瀟灑玉京仙
瓊樓玉宇今宵月 倘念寒多兜率天[5]

燕王이 以雙手로 再三奉讀ᄒᆞ고 感激天恩ᄒᆞ야 感淚被襟이어ᄂᆞᆯ 掖隸ㅣ 以瑪瑙盃로 奉獻法酒ᄒᆞ면셔 傳聖旨曰

"卿等이 知己相逢ᄒᆞ야 對良宵明月ᄒᆞ니 能思朕乎아? 以數盃酒로 助淸興ᄒᆞ노니 月下擧盃ᄒᆞ야 北向而勸故人ᄒᆞ라."

---

3) 봉창(篷窓): 배의 창문. '봉(篷)'은 뜸(물에 띄워서 그물·낚시 따위의 어구를 위쪽으로 지탱하는 데 쓰는 물건), 혹은 거룻배(돛이 없는 작은 배).
4) [교감] 재(齎): 적문서관본 영인본 507쪽에는 '재(齋)'로 되어 있으나, 의미상 '가져오다'의 뜻을 지닌 '재(齎)'의 오식으로 여겨져 바로잡는다.
5) 도솔천(兜率天): 산스크리트어 Tusita-deva의 음역으로, 욕계(欲界) 육천(六天)의 넷째 하늘에 해당한다. 도솔천에는 내원(內院)과 외원(外院)이 있는데, 외원에는 천인(天人)들이 오욕(五欲)을 만족시키며 머물고 있고, 내원에는 미륵보살(彌勒菩薩)이 머물며 인간이 사는 세상인 남섬부주(南贍部洲)에 하생(下生)하여 성불(成佛)할 시기를 기다리고 있다 한다.

ᄒᆞ시더라. 兩王이 又再拜ᄒᆞ고 感涙가 復縱橫ᄒᆞ야 北向瞻望ᄒᆞ고 悒悒惆悵ᄒᆞ야 良久無語러니 秦王이 引法酒曰

"此酒ᄂᆞᆫ 聖主所賜라. 我等이 雖已醉ᄂᆞ 不敢辭也ㅣ라."

ᄒᆞ고 各飮數盃ᄒᆞ고 更引公主所送酒盃ᄒᆞ야 勸燕王而笑曰

"花珍이 雖不敵蘇子瞻之風流ㅣᄂᆞ 公主之賢淑이 不讓於王夫人之雅趣ㅣ라. 兩夫人은 豈惜舟中所藏ᄒᆞ야 以誇不時之需乎아?"

燕王이 笑而催盃盤ᄒᆞ니 俄而오 一個靑衣ㅣ 搖小船ᄒᆞ야 泊於船頭ᄒᆞ고 十餘名侍婢ㅣ 次第獻盃ᄒᆞᆯ시 饁南軒·營止軒侍婢ᄂᆞᆫ 獻尹黃兩夫人之杯盤ᄒᆞ고 紫雲樓·衆妙堂·觀豊閣侍婢ᄂᆞᆫ 獻鸞城·仙淑人·蓮淑人之盃盤ᄒᆞ야 滿載五處盃盤於舟中ᄒᆞ니 無非珍需盛饌이라. 秦王이 顧三貴妃而笑曰

"吾ㅣ 俄稱公主之數斗酒러니 今視之ᄒᆞ니 眞所謂觀於海者ㅣ 難知水味로다."

鐵貴妃ㅣ 笑曰

"妾等도 亦見兩夫人及諸娘所送之需ᄒᆞ니 更兼別樣風味로소이다."

兩王이 望見諸娘之舟中ᄒᆞ니 飮食이 若流ᄒᆞ고 一葉小船中에 六七侍婢가 炊飯切膾ᄒᆞ야 點點靑烟은 飄揚江風ᄒᆞ고 銀鱗玉尺은 玲瓏月下ᄒᆞ야 眞是江湖物色에 脫俗之遊라. 兩王이 微笑稱讚曰

"諸娘이 如此獨樂ᄒᆞ니 今夜之遊ᄂᆞᆫ 諸娘之遊ㅣ라."

ᄒᆞ더라. 夜深後酒至半酣에 鸞城이 桃花兩頰에 酒暈이 朦朧ᄒᆞ고 八字春山에 風情이 發越ᄒᆞ야 視三貴妃而笑曰

"吾等은 曾遊風流場之人이라 今夜月色을 豈可蕭條而送之리오? 各作一曲歌ᄒᆞ야 解鬱積之懷가 如何오?"

潘虢兩貴妃가 亦帶醉興ᄒᆞ야 齊聲稱善ᄒᆞ니 鸞城이 又笑曰

"雖然이ᄂᆞ 兩王이 在於咫尺ᄒᆞ야 舟中耳目이 不無羞澁ᄒᆞ니 吾當解船而浮於中流ᄒᆞ야 盡情而遊ᄒᆞ리라."

ᄒᆞ고 但使孫夜叉로 搖櫓ᄒᆞ야 泛舟於江中ᄒᆞ고 鸞城이 出酒令曰

"若此席에 不能成歌曲者ᄂᆞᆫ 罰以十盃ᄒᆞ리라."

鐵貴妃曰

"娘等은 生長於風流ᄒᆞ야 開口則錦繡文章과 五音六律이어니와 如妾等者ᄂᆞᆫ 農家女子ㅣ라 但知喫了眠眠了喫ᄒᆞ니 將何如哉리오?"

鸞城이 笑曰

"此席은 非公子王孫之風流宴席이오 以樵唱漁歌로 以助席上之笑가 尤妙ᄒᆞ리니 若辭之則紫雲樓中數石酒가 如海ᄒᆞ니 不顧貴妃之醉倒矣리라."

ᄒᆞ고 呵呵大笑ㅣ러라. 此時兩王이 知諸娘之擧動ᄒᆞ고 秦王이 笑曰

"諸娘이 無故離舟ᄒᆞ야 泛於中流ᄒᆞ니 必有別般獨樂矣로다. 吾當暗視矣라."

ᄒᆞ고 登一葉小船ᄒᆞ야 潛艤於諸娘船頭而窺視ᄒᆞ니 諸娘이 閉船窓ᄒᆞ고 琅琅而笑ᄒᆞ면셔 酬酌이 爛熳이러니 鸞城이 擊酒壺ᄒᆞ고 唱一曲歌詞ᄒᆞ니 其歌에 曰

江天이 寂寞ᄒᆞᆫᄃᆡ 南으로 가ᄂᆞᆫ 져 烏鵲아

月光을 놀내느냐 玉笛聲을 들엇ᄂᆞ냐 仲秋佳節은 無窮無盡 오것마ᄂᆞᆫ 才子英雄을 차질 곳 젼혀 업다

童子야 君山에 千日酒 익엇다 ᄒᆞ니 一葉船 쌜리 져어 洞庭湖로 가자세라

此時鸞城이 帶醉興ᄒᆞ야 一轉歌聲ᄒᆞ니 清雅一曲이 慷慨悽絶ᄒᆞ야 驚動一座ㅣ라. 潘貴妃ㅣ 承其意而歌曰

紫陌紅塵[6] 支離ᄒᆞᆯ사 清歌妙舞로다

6) 자맥홍진(紫陌紅塵): 자맥은 도성(都城)의 큰길. 홍진은 거마(車馬)가 일으키는 먼지. 번거롭고 속된 세상을 비유적으로 일컫는 말.

姑蘇臺上 春草綠ᄒᆞ니 鷓鴣ᄉᆡ 펄펄 나라간다
兒孩야 甁中에 남은 술 부어라 江天에 달 넘어갈가 ᄒᆞ노라

鸞城이 稱讚曰
"貴妃之歌ㅣ 繁華淡蕩之中에 歌曲이 淸雅ᄒᆞ니 風流手段이 今日尙存이로다."
仙淑人이 亦唱一曲曰

碧城山 나는 구름 紫蓋峰 비가 되야
金剛水 흐르는 물에 一葉小船 ᄯᅴ여놋코 月宮姮娥 벗을 솜아 淸風에 半醉ᄒᆞ니
아마도 人間淸福은 나 혼ᄌᆞ 누린가 ᄒᆞ노라

仙淑人之歌ㅣ 雍容閑雅ᄒᆞ야 戞然之調ㅣ 嘹喨江天ᄒᆞ니 一座ㅣ 嗟歎ᄒᆞ고 潘虢兩貴妃가 執淑人之手而歎曰
"曾聞娘子ㅣ 獨步於靑樓러니 今乃見之ᄒᆞ니 眞非塵世人物이라."
ᄒᆞ더라. 虢貴妃ㅣ 亦和一曲曰

一陣淸風 돗을 달고 十里淸江 ᄂᆞ려오니
江山도 秀麗ᄒᆞ고 景槪도 그지업다
뎌 달아 玉京 벗님ᄭᅴ 傳ᄒᆞ여라 人間의 雙成[7] 飛瓊 綠華 杜蘭香[8] 다 모혓다 ᄒᆞ여라

---

7) [교감] 쌍성(雙成): 적문서관본 영인본 509쪽에는 '쌍성(雙星)'으로 되어 있으나, 서왕모(西王母)의 시녀(侍女)인 동쌍성(董雙成)을 가리키는 것이므로 오식으로 여겨져 바로잡는다.
8) [교감] 두난향(杜蘭香): 적문서관본 영인본 509쪽에는 '두난향(荳蘭香)'으로 되어 있으나, 오식이므로 바로잡는다.

虢貴妃ㅣ 歌終에 鐵貴妃ㅣ 視蓮淑人曰

"一唱一和ᄂᆞᆫ 常事ㅣ라. 淑人은 主人이니 待客之道에 雖年少ㅣᄂᆞ 先唱一曲ᄒᆞ라."

蓮淑人이 不辭ᄒᆞ고 戞然奏一曲曰

江水로 술을 빗고 明月로 燭을 삼아
十里明沙 算을 놋코 不醉無歸 ᄒᆞᄉᆞ이다
靑山아 지ᄂᆞᆫ 달 멈츄어라 남은 술 두고 벗님 갈가 ᄒᆞ노라

潘虢兩貴妃ㅣ 擊節稱讚曰

"蓮淑人은 曾無留意於風流歌曲이어ᄂᆞᆯ 今如此絶佳ᄒᆞ니 此眞天才라."

ᄒᆞ더라. 鐵貴妃ㅣ 繼而和之曰

伯牙琴 녑헤 씨고 綠水靑山 ᄎᆞᄌᆞ가셔
明月로 벗을 삼고 淸風에 놉히 누어 人間塵累를 니즘이니 게 뉘신고
내 역시 放蕩ᄒᆞᆫ ᄌᆞ최로 경ᄀᆡ ᄶᅡ라 예 왓노라

鸞城이 擧玉手ᄒᆞ야 擊酒壺而嘖嘖稱善曰

"貴妃之一曲淸歌ᄂᆞᆫ 足以比古人竹枝詞라. 豈以尋常靑樓歌曲으로 所可擬也ㅣ리요?"

言未畢에 孫夜叉ㅣ 笑曰

"老身은 江南漁父ㅣ라 一曲櫓歌를 素所學得이러니 今助諸位娘子一笑之資호리라."

ᄒᆞ고 扣舷而歌曰

빅 져어라 빅 져어라

蘆花는 나라나고 江天에 달 돗는다

銀鱗玉尺 쐬여 들고 杏花村 ᄎᄌ가ᄌ

빅 져어라 빅 져어라[9)]

武陵桃源 어딘민뇨 富春山 여긔로다

潁川水 맑은 물에 소 먹이눈 뎌 ᄉ롬아

堯舜이 在上ᄒ니 네 졀긔 ᄌ랑 마라

빅 져어라 빅 져어라

綠蒲[10)]溪邊에 浣紗ᄒ눈 뎌 美人아

時節이 紛紛ᄒ니 얼골 곱다 말소

越王臺 놉흔 곳에 ᄉ슴이 노단 말가

빅 져어라 빅 져어라

銀河 나린 물이 金剛水 되단 말가

紫盖峰 上上峰에 神仙이 나렷셰라

빅 대여라 빅 대여라 聚星洞으로 빅 대여라

天下江山 遍踏ᄒᄂ 聚星洞이 第一이오

才子佳人 다 보아도 이 ᄌ리 웃듬이라

芙蓉劍 놉히 걸고 宇宙를 바라보니

아마도 女中豪傑 ᄒᄂ뿐인가 ᄒ노라

孫夜叉ㅣ 歌終에 呵呵大笑ᄒ니 衆皆稱其快어놀 兩王이 亦醉興이 滔滔ᄒ야 更聯船而泛於中流ᄒ고 持餘酒載餘月ᄒ고 迭宕遊樂이라가 還到

9) [교감] 빅 져어라 빅 져어라: 적문서관본 영인본 510쪽에는 '빅 져어라'로 되어 있으나, 문맥상 '빅 져어라 빅 져어라'의 오식으로 여겨져 바로잡는다.
10) 녹포(綠蒲): 단오절(端午節). 이날 창포(菖蒲)를 문에 꽂아 재액(災厄)을 방지하는 풍습이 있던 데에서 나온 말이다.

玩月亭ᄒᆞ니 掖隷ㅣ 帶月告歸ᄒᆞᆫᄃᆡ 燕王이 明燭於亭上ᄒᆞ고 奉一幅彩牋ᄒᆞ야 作一首詩ᄒᆞ니 其詩에 曰

烟月江湖放一船 夢魂猶逐舊班仙
恩盃奉祝南山壽 雲漢瓊吟下九天

燕王이 敬寫畢에 秦王이 又作一首詩ᄒᆞ야 送掖隷ᄒᆞᆯᄉᆡ 燕王이 北向四拜ᄒᆞ고 附奏[11]曰

"臣이 不忠ᄒᆞ와 拜辭天陛ᄒᆞ고 今已換節矣라. 意外에 伏奉龍章鳳筆ᄒᆞ와 蓬蓽生輝ᄒᆞᄋᆞᆸ고 又蒙金漿玉液之恩賚ᄒᆞ와 莫知其圖報之地ᄒᆞ오니 以荒蕪之句로 賡和以進ᄒᆞ오니 非敢冀蒙乙覽[12]이라 聊記臣之區區愚衷이로소이다."

掖隷ㅣ 卽辭兩王ᄒᆞ고 向皇城而歸ᄒᆞ니라. 三貴妃ᄂᆞᆫ 與三娘으로 同歸ᄒᆞ고 秦王은 與燕王으로 至恩休亭ᄒᆞ니 明日何以更遊오? 且看下回ᄒᆞ라.

11) 부주(附奏): 벼슬에 있는 사람이 임금이 내린 글에 대하여 봉답(奉答)하던 일.
12) 을람(乙覽): 임금이 글을 봄.

第五十五回

聚星洞秦王遊別院 紫盖峰紅娘做神仙

却說. 燕王이 與秦王으로 洞中別院을 次第玩賞홀시 與諸娘暗約ᄒᆞ고 對秦王而笑曰

"吾有三處別院ᄒᆞ되 第宅園林을 各隨其意而排置ᄒᆞ야 其趣各異ᄒᆞ니 兄이 能見其家而知其主乎아?"

秦王이 欣然應諾이어ᄂᆞᆯ 燕王이 導秦王ᄒᆞ야 先到衆妙堂ᄒᆞ니 山隈가 幽邃ᄒᆞ야 松竹이 成路ᄒᆞ며 奇石怪岩이 層層於左右ᄒᆞ니 眞是別有天地요 絶俗之處라. 到山門ᄒᆞ니 寂寂竹扉에 白雲이 凝結ᄒᆞ고 冷冷琴聲이 隱隱而聞이어ᄂᆞᆯ 秦王이 停步曰

"花珍이 欲玩楊兄小艾藏置之地而來러니 入路誤矣로다. 此處ㅣ 若非水鏡村則是五老峰下白鶴觀이로다. 塵念이 頓消ᄒᆞ니 豈風流佳姬之所處리오?"

燕王이 笑而陞堂ᄒᆞ니 半開繡戶에 人跡이 寂然ᄒᆞ고 兩個侍婢가 煮茶於香爐어ᄂᆞᆯ 秦王이 微笑曰

"主人은 何處去오?"

侍婢ㅣ 告曰
"往後園別堂이니이다."
兩王이 至別堂ᄒᆞ니 三娘及三貴妃ㅣ 皆會라. 粉壁紗窓에 丹書一卷을 開於案頭ᄒᆞ고 仙淑人은 與潘虢兩貴妃로 論丹書ᄒᆞ며 紅鸞城은 與鐵貴妃로 彈琴이라가 一齊起迎이어ᄂᆞᆯ 兩王이 座定後次第顧視ᄒᆞ니 香爐에 靑烟이 已消ᄒᆞ고 床頭에 軟塵이 淸淨ᄒᆞ고 一雙白鶴이 徘徊階下ᄒᆞ니 杳然有道觀仙堂의 入道之意러라. 俄而오 獻竹露茶[1]一鍾ᄒᆞ고 繼進山肴野菜及一壺酒ᄒᆞ니 馨潔之味와 淡泊之需ㅣ 足以回醒膏粱之腸이러라. 燕王이 微笑曰
"見今日花兄之藻鑑矣리니 此家主人은 謂誰오?"
秦王이 更熟視三娘ᄒᆞ고 沉吟笑曰
"此ᄂᆞᆫ 玉京淸道의 超脫塵累之處라 必有仙緣者ㅣ 處之矣리니 卒不能料度[2]이라. 當盡觀三處別院而判斷矣리라."
燕王이 微笑ᄒᆞ고 更尋紫雲樓而往ᄒᆞᆯ시 三貴妃及三娘이 亦隨後ᄒᆞ니라. 至洞口ᄒᆞ야 秦王이 左右顧眄而微笑어ᄂᆞᆯ 燕王이 問其故ᄒᆞᆫᄃᆡ 秦王이 笑曰
"吾ㅣ 至於此處ᄒᆞ야ᄂᆞᆫ 其主人을 七分料得이로라."
燕王曰
"誰也오?"
秦王이 不答曰
"十分無疑然後에 言之ᄒᆞ리라."
ᄒᆞ고 直上紫雲樓ᄒᆞ야 景槪를 一一審視而稱讚ᄒᆞ고 衆香閣·迎風閣·白玉樓를 次第巡覽ᄒᆞ고 坐錦繡亭而歎曰

1) 죽로차(竹露茶): 대나무숲에서 대나무 이슬을 먹고 자란 차나무에서 딴 잎으로 만든 차.
2) 요탁(料度): 촌탁(忖度). 남의 마음을 미루어서 헤아림.

"吾ㅣ 來此太早로다. 此處ᄂᆞᆫ 九月景槪ㅣ 必勝於他時也리라."

忽見欄頭에 數層架子ㅣ 精緻ᄒᆞ고 架上一雙豪鷹이 刷羽ᄒᆞ야 突兀精神이 氣騰雲霄어ᄂᆞᆯ 秦王이 熟視ᄒᆞ고 擊膝而笑曰

"吾ㅣ 今知紫雲樓主人이로다. 金風이 蕭瑟ᄒᆞ고 玉宇淨瀅ᄒᆞᆫᄃᆡ 一雙毫鷹이 高聳碧空ᄒᆞ야 百里에 見秋毫ᄒᆞ며 突然氣勢ㅣ 蹴踏白雲ᄒᆞ고 下視鸞鳳ᄒᆞ야 笑人間百鳥之區區碌碌矣리니 豈非鸞城侯紅渾脫之平生胷襟이리오? 昔者에 陶淵明은 愛鶥ᄒᆞ고 王羲之ᄂᆞᆫ 愛鵝ᄒᆞ니 足知其氣像이라. 若非鸞城則秋風之豪鷹을 如此愛之者ㅣ 誰也며 非花珍則鸞城之意를 如此知得者ㅣ 誰也ㅣ리오?"

兩王이 相與大笑而呼主人ᄒᆞ니 鸞城이 進杯盤ᄒᆞ고 告於秦王曰

"妾之家紫雲樓月色이 十分淸佳ᄒᆞ야 比於玩月亭則有別般韻致ᄒᆞ오니 相公은 今夜一次消暢ᄒᆞ소셔."

秦王이 笑曰

"吾ㅣ 以不速之客으로 雖不能自請이ᄂᆞ 對此處景色ᄒᆞ니 塵累ㅣ 頓消ㅣ러니 主人이 旣知客情ᄒᆞ고 如此懇請ᄒᆞ니 何可辭리오?"

燕王曰

"然則又觀觀豊閣而歸라."

ᄒᆞ고 鸞城은 留於紫雲樓ᄒᆞ고 與兩娘及三貴妃로 導秦王ᄒᆞ야 到觀豊閣ᄒᆞ니 新穀이 豊登滿野ᄒᆞ고 擲梭[3]聲築杵聲이 處處狼藉어ᄂᆞᆯ 秦王이 欣然笑曰

"楊兄鄕居之樂이 固在於此로다."

入柴門ᄒᆞ니 二首靑尨은 見客而吠ᄒᆞ며 短籬鷄聲은 已報午日이라. 設席於堂上에 倚竹窓ᄒᆞ야 主客이 分坐ᄒᆞ고 燕王이 顧秦王而笑曰

"花兄이 今日爲田家之客ᄒᆞ야 豈不識主人이 爲誰乎아?"

3) 척사(擲梭): 피륙을 짤 때 북을 이리저리 던지는 일.

秦王이 沉吟良久라가 遠聞諸娘之笑聲이 隱隱이어놀 問其處훈디 燕王이 笑曰

"家後에 有數間別堂이로라."

秦王이 把燕王之手ᄒᆞ고 曰

"吾ㅣ 藻鑑이 不明ᄒᆞ야 觀豊閣主人을 終乃難解러니 十分精神이 在於別堂이라."

ᄒᆞ고 散步而至後庭ᄒᆞ야 見蠶室ᄒᆞ고 到園中別堂ᄒᆞ야 開窓視之ᄒᆞ니 繡戶紋窓에 垂寶帳ᄒᆞ고 白玉床上에 諸娘이 會坐ᄒᆞ야 談笑娓娓不絶이어놀 秦王이 方大笑曰

"今日花珍이 無禮太甚ᄒᆞ야 入祝融公主宮中이로다. 此豈非紅桃王之駙馬都尉寢室이리오?"

燕王與諸娘이 一時大笑러라. 秦王이 更視燕王曰

"楊兄이 既爲棄官而辭富貴ᄒᆞ고 歸鄕谷ᄒᆞ니 言其本意ᄂᆞᆫ된 不過恐其福過災生이라. 若無觀豊閣之儉素와 衆妙堂之淡泊이런들 豈無名存實無之歎이리요? 紅鸞城은 超羣絶類之人이라 雖平生富貴라도 無福過之歎이어니와 仙蓮兩娘은 富貴門中에 爲王侯小室ᄒᆞ야 欲窮心志之所樂ᄒᆞ며 縱耳目之所好ᄒᆞ면 何求不得이며 何欲不遂이리오마ᄂᆞᆫ 今取道觀寂寞之韻과 村家雍容之趣ᄒᆞ야 有此別般排置ᄒᆞ니 豈惟助燕王之風流行樂이리오? 將來之福이 必無窮矣라. 然이ᄂᆞ 吾ㅣ 前日鎭南城에 初見驃騎[4]ᄒᆞ니 眉宇之間에 才星이 玲瓏ᄒᆞ야 俚言所謂五味具存之人이라 豈徒寓樂於鄕園이리오? 未及到別堂ᄒᆞ야 已有暗料ㅣ라."

ᄒᆞ더라. 秦王이 因顧三貴妃而問曰

4) [교감] 표기(驃騎): 적문서관본 영인본 513쪽에는 '표요(嫖姚)'로 되어 있다. 35회에서 강남홍이 '표요장군(嫖姚將軍)'에 제수된 바 있으나, 일지련은 32회에서 진남성(鎭南城)에서 태후를 보호하는 공을 세운 뒤 '표요장군'이 아닌 '표기장군(驃騎將軍)'에 제수된 바 있으므로, 오식으로 여겨져 바로잡는다.

"娘等이 見三娘別堂ᄒᆞ니 何處ㅣ 最好오? 各言所懷ᄒᆞ라."

三貴妃ㅣ 一時對曰

"春蘭秋菊이 無非美好ᄒᆞ니 初見衆妙堂에 塵念이 頓消ᄒᆞ고 物欲이 淨盡ᄒᆞ야 悠然有入道之心이러니 次登紫雲樓ᄒᆞ니 胸襟이 快活ᄒᆞ고 意思ㅣ 繁華ᄒᆞ야 復萌風流豪放之想ᄒᆞ고 今觀豊閣의 雍容生涯와 淡泊滋味ᄂᆞᆫ 庶覺人間務實之樂이라 妾等이 難定其優劣이니이다."

秦王이 大笑稱善이러라. 燕王이 笑見蓮淑人曰

"尊客이 遠臨於蓬門ᄒᆞ시니 豈可無非餐而空還이리오? 花處士ᄂᆞᆫ 家夫之故人이라 以農家之需로 莫嫌麥飯葱湯ᄒᆞ고 準備夕飯ᄒᆞ라."

秦王이 欣然笑曰

"花珍이 實非來訪燕王이라 欲見聚星洞楊處士而來러니 終不免有富貴氣像ᄒᆞ야 胸襟이 不快라가 今若以田家儉味로 相待則當飽食矣리라."

蓮淑人이 問於三貴妃曰

"相公之所嗜ᄂᆞᆫ 何也오?"

貴妃ㅣ 曰

"食前方丈[5]에 有八珍味라도 別無下箸處ᄒᆞ니 未諳所嗜之物이로다."

蓮淑人이 笑而褰衣裳ᄒᆞ고 親入廚下ᄒᆞ야 洗手而嘗鹹淡ᄒᆞ야 折園中之葵ᄒᆞ고 摘籬下之匏ᄒᆞ야 滹沱湯[6]一器飯은 粒粒甘味요 江東之靑蓴은 個個白玉이라. 蓮淑人이 以玉手로 擧案齊眉[7]ᄒᆞ야 先獻燕王ᄒᆞ고 一個侍婢ㅣ 又獻秦王ᄒᆞ니 秦王이 欣然下箸에 視三貴妃曰

5) 식전방장(食前方丈): 사방(四方) 열 자의 상(床)에 잘 차린 음식이란 뜻으로, 호화롭게 많이 차린 음식을 일컫는 말.

6) 호타탕(滹沱湯): 팥죽을 달리 일컫는 말. 후한(後漢) 광무제(光武帝) 유수(劉秀, BC 6~AD 57)가 칭제(稱帝)하기 전에 왕랑(王朗)의 난에 쫓겨 굶주릴 때, 요양(饒陽) 무루정(蕪蔞亭)에서 풍이(馮異)에게 팥죽을 대접받아 배고픔을 면하고, 또 남궁(南宮)에 이르러 풍이에게 보리밥을 대접받은 뒤 호타하(滹沱河)를 건너갔는데, 후대에 팥죽과 보리밥에 '호타(滹沱)'의 이름을 붙이게 되었다. 호타하는 산서성(山西省)의 태희산(泰戲山)에서 발원해 태항산(太行山)을 관통한 뒤 동쪽의 하북(河北) 평원으로 흘러가는 강이다.

"吾ㅣ 昔在宮中時에 終日所食이 不過一升이러니 今日饜飫已足ᄒᆞ되 猶不忍舍箸ㅣ라."

ᄒᆞ더라. 日已暮矣라 主客이 出柴門ᄒᆞ니 東嶺에 月出ᄒᆞ야 籬邊樹影이 前路漸迷ㅣ라. 忽有一雙紗籠이 來迎ᄒᆞ니 此ᄂᆞᆫ 鸞城之所送也ㅣ라. 更到紫雲樓ᄒᆞ니 鸞城이 已設宴席而待러라. 仰見樓上ᄒᆞ니 縹緲簷端에 滿揖球燈ᄒᆞ고 十二欄頭에 垂下水晶簾ᄒᆞ니 光彩輝煌ᄒᆞ고 瑞氣玲瓏ᄒᆞ며 通明之光은 眩荒眼目ᄒᆞ고 淸凉之氣ᄂᆞᆫ 爽豁胷襟ᄒᆞ야 依然如在廣寒殿이러라. 登樓上ᄒᆞ니 十餘間樓中에 鋪龍鬚氷紋簟ᄒᆞ고 東西玉交椅에 舖紅氍毹ᄒᆞ며 水晶盤琉璃鍾子를 處處列在ᄒᆞ니 瀅澈之氣ㅣ 助月光而無一點塵埃러라. 俄而오 十餘名佳姬가 淡粧雲鬢으로 白綾寶襪에 振翡翠羅裙ᄒᆞ고 鳴明月珮ᄒᆞ야 或按樂器ᄒᆞ며 或拂長袖ᄒᆞ야 雙雙以來ᄒᆞᆯᄉᆡ 一時에 奏霓裳曲ᄒᆞ고 舞羽衣舞ᄒᆞ니 淸雅妙曲은 達於雲霄ᄒᆞ고 翩翩長袖ᄂᆞᆫ 飄颻月下ᄒᆞ야 颯颯之氣와 習習之風이 起於席上ᄒᆞ니 兩王이 對坐에 頗有寒色이어ᄂᆞᆯ 紅娘이 微笑而使侍婢로 取來一雙狐白裘ᄒᆞ야 獻兩王ᄒᆞ고 博山爐에 煮酒ᄒᆞ야 歌舞終에 進杯盤ᄒᆞᆯᄉᆡ 秦王이 向燕王而歎曰

"吾ㅣ 雖屢見羽衣舞나 豈知今夜廣寒殿에 目睹月宮仙樂이리오? 使花珍으로 覺破十年紅塵醉夢ᄒᆞ야 今猶神淸骨冷이로다."

鐵貴妃ㅣ 笑曰

"妾은 凡骨이라 天上仙境이 若果如此淸凉則冷冷蕭蕭ᄒᆞ야 不願爲月宮姮娥로소이다."

鸞城이 笑而命左右ᄒᆞ야 百餘洪爐에 燃炭獻ᄒᆞ고 炙肉而勸酒曰

"俄者ᄂᆞᆫ 天上之遊요 至今은 人間之宴이니 貴妃ᄂᆞᆫ 以杯酒禦寒ᄒᆞ라."

酒肉이 淋漓ᄒᆞ야 一座ㅣ 皆醉에 寒氣已退ᄒᆞ고 和氣滿座ᄒᆞ야 春風이

7) 거안제미(擧案齊眉): 후한 때 사람 양홍(梁鴻)의 아내인 맹광(孟光)은 남편을 지극히 존경해 밥을 지어 남편에게 올릴 때마다 밥상을 자기 눈썹 높이까지 들어올렸는데, 이를 '거안제미'라 부른다.

助豪蕩之興이라. 兩王이 一時에 脫狐白裘ᄒᆞ고 玉面醉興이 萬和方暢ᄒᆞ고 三貴妃芙蓉頰에 春光이 矇朧ᄒᆞ야 帶笑而或抱瑟引琴ᄒᆞ야 奏房中樂이라가 俄而오 夜深에 罷宴ᄒᆞ고 燕王이 呼諸娘曰

"吾ㅣ 來此後로 尙今不見紫盖峰이러니 今秦王與三貴妃가 鼓動我之幽興ᄒᆞ니 準備明日紫盖峰之遊ᄒᆞ라."

諸娘이 唯唯而歸ᄒᆞ야 鸞城이 對仙蓮兩娘及三貴妃曰

"明日之遊에 必命妾等同往矣리라. 諸娘은 豈不各出技能ᄒᆞ야 以免無聊乎아?"

鐵貴妃ㅣ 笑曰

"妾亦知之나 別無方略ᄒᆞ니 鸞城은 別出經綸ᄒᆞ라. 吾當爲羽翼ᄒᆞ리라."

鸞城이 微笑而付諸娘之耳而低言ᄒᆞ고 相與拍掌大笑ㅣ러라. 翌日燕王이 與秦王으로 登臨紫盖峰ᄒᆞᆯᄉᆡ 將行에 告於兩親ᄒᆞ고 準備行裝ᄒᆞ니 虢貴妃ㅣ 告於秦王曰

"今日之遊에 恐或有罷興일ᄭᅡ ᄒᆞᄂᆞ이다."

兩王이 問其故ᄒᆞᆫᄃᆡ 虢貴妃ㅣ 曰

"紅鸞城·仙淑人·潘貴妃三人이 連日觸傷於夜宴ᄒᆞ야 終夜大痛ᄒᆞ고 無一分景況ᄒᆞ니 恐不能伴行이로소이다."

燕王이 呼鸞城及仙淑人而問之ᄒᆞᆫᄃᆡ 鸞城曰

"妾은 聞之호니 紫盖峰은 人間仙境이라 赤松·安期의 遨遊之處니 造物이 猜妾之無仙緣ᄒᆞ야 不能隨後ㅣ로소이다."

鐵貴妃曰

"鸞城이 不往則妾亦不願往ᄒᆞ노이다."

虢貴妃曰

"此ᄂᆞᆫ 不能强迫이라. 遊山之行이 登高涉險ᄒᆞ야 雖無病者라도 女子弱質은 身氣困勞커든 況身有微恙乎아?"

鸞城이 笑曰

"仙娘이 風采ㅣ 雖少ᄂᆞ 非厭避山水風月者니 今若冒病强行이면 反添無聊之愁ᄒᆞ야 可謂沒風景이니 蓮淑人及兩貴妃ㅣ 足助兩位相公之騷興이라. 妾與潘貴妃·仙淑人은 欲在於府中調病이로소이다."

兩王이 莫可奈何ᄒᆞ야 十分惆悵無聊ᄂᆞ 但率蓮淑人及鐵虢兩貴妃而行홀ᄉᆡ 此時ᄂᆞᆫ 八月中旬이라 金風이 蕭瑟ᄒᆞ고 霜露ㅣ 旣降ᄒᆞ야 數朶山菊은 向陽先發ᄒᆞ고 往往楓葉은 已帶黃色ᄒᆞᆫ데 以山巾野服으로 先行者ᄂᆞᆫ 兩王이오 短巾綠袍로 在後者ᄂᆞᆫ 兩貴妃及蓮娘이라. 各乘一匹靑驢ᄒᆞ고 五六個家僮이 携酒與琴而隨ᄒᆞ니 到處에 觀者ㅣ 雖不知兩王之爲誰ㅣ나 莫不讚歎一行玉貌風采之美러라.

此時紅鸞城·仙淑人·潘貴妃等이 欲助兩王之興ᄒᆞ야 裝束別般行具홀ᄉᆡ 紅鸞城은 星冠霞衣로 手執玉麈ᄒᆞ고 仙淑人及潘貴妃ᄂᆞᆫ 仙冠道服으로 擧白羽扇ᄒᆞ니 依然一班仙官之樣이라. 但無數個仙童ᄒᆞ야 正在憂慮러니 左右ㅣ 忽報ᄒᆞ되 數乘彩轎ㅣ 入洞口라 ᄒᆞ야ᄂᆞᆯ 衆이 視之ᄒᆞ니 非別人이오 乃是蜻玉兩娘及兩個宮人이라. 蜻玉이 進鸞城之前曰

"妾이 欲見娘子而來홀ᄉᆡ 兩宮人이 亦欲見三貴妃而來ᄒᆞ야 同伴而來니이다."

鸞城이 大喜ᄒᆞ야 執兩娘宮人[8]之手ᄒᆞ고 曰

"天送仙童仙女ᄒᆞ야 助我相公之遊ㅣ라."

ᄒᆞ고 因言將行之事ᄒᆞ야 曰

"兩位相公이 旣爲發行ᄒᆞ시니 吾等이 不可遲滯라."

ᄒᆞ고 蜻玉兩娘은 着靑衣ᄒᆞ고 佩葫蘆甁ᄒᆞ야 裝束童子之樣ᄒᆞ니 眞是兩個絶妙仙童이라. 宮女二人은 或着道衣ᄒᆞ고 吹笙簧洞簫ᄒᆞ며 或衣紅袍ᄒᆞ

8) [교감] 궁인(宮人): 적문서관본 영인본 516쪽에는 '귀비(貴妃)'로 되어 있으나, 의미상 '궁인(宮人)'의 오식으로 여겨져 바로잡는다.

고 持鹿尾扇ᄒᆞ야 裝束已畢에 相視大笑ᄒᆞ고 鸞城이 又加選數個丫鬟而變服ᄒᆞ야 向紫盖峰而往ᄒᆞᆯ시 視潘貴妃曰

"吾等이 自此先去矣리니 使蒼頭中知紫盖峰捷逕者로 前導ᄒᆞ야 各乘轎而至洞ᄒᆞ리라."

皆曰

"可ㅣ라."

ᄒᆞ고 促裝而去ᄒᆞᆯ시 從大路而往則五六十里요 自捷逕而去則不過二十里러라. 諸娘이 至紫盖峰洞口ᄒᆞ야 還送轎子而各乘青驢ᄒᆞ고 琅琅大笑ᄒᆞ면셔 入山中ᄒᆞ니 將何如오? 且看下回ᄒᆞ라.

五仙庵諸娘弄仙跡 紫盖峰兩王觀日出

第五十六回

却說. 紫盖峰은 自古로 與廬山幷稱之名山이라 周回二百餘里요 遠觀則雖不甚高ᄂᆞ 登陟則俯瞰中原一幅이라. 山中에 有三十餘處道觀古刹ᄒᆞ고 水石景槪ㅣ 絶勝ᄒᆞ야 春秋遊山者ㅣ 絡繹不絶ᄒᆞ야 處處題名이 幾無完石이러라. 此時兩王이 與諸娘策驢ᄒᆞ야 周覽山川風景ᄒᆞ고 或先或後라가 及臨紫盖峰之東ᄒᆞ니 夕陽이 在山ᄒᆞ고 山路依俙러니 忽有一個老僧이 自林間而出ᄒᆞ야 合掌禮畢에 燕王曰

"吾等은 遊山客이라. 今夜山門에 欲結一宿之緣ᄒᆞ노라."

老僧이 合掌對曰

"貧道之庵이 雖湫隘[1]ᄂᆞ 猶有一間客室ᄒᆞ니 暫休而行ᄒᆞ소셔."

燕王이 致謝ᄒᆞ고 一行을 安頓庵中ᄒᆞ고 夕齋後에 問老僧曰

"自此로 聚星洞이 幾里며 登此山上峰이 幾里오?"

僧曰

1) 추애(湫隘): 낮고 비좁음.

"聚星洞은 二十里요 上峰은 雖不知里數ᄂᆞ 或稱四十里니이다."

燕王이 視秦王而驚曰

"吾等이 終日行二十里乎아?"

僧曰

"相公이 必從大路而來로소이다. 大路ᄂᆞᆫ 六十里요 小路ᄂᆞᆫ 二十里나 此山이 本多岐路ᄒᆞ야 由大路而來則小僧之庵이 紫盖峰之初入이오 由小路而來則玉流峰이 爲紫盖峰之初入이니이다."

蓮淑人이 問曰

"遊山客이 幾何오?"

僧曰

"丹楓이 姑未爛熳故로 遊山客이 稀少러이다."

鐵貴妃ㅣ 問曰

"大師ㅣ 年高ᄒᆞ니 應知古事라. 此山을 何以謂紫盖峰고?"

老僧曰

"貧道ᄂᆞᆫ 本是匡廬山僧이라 雖不知其事蹟이ᄂᆞ 遺傳之言에 昔者此山上峰에 神仙이 下降ᄒᆞ야 紫盖[2]雲幡이 徘徊於白日ᄒᆞ고 異香仙樂이 聞於風便故로 因稱紫盖峰ᄒᆞ고 峰頭에 有異香庵이니이다."

虢貴妃ㅣ 笑曰

"古有神仙이면 今豈無神仙이리오? 吾等今行에 願逢神仙ᄒᆞ노라."

蓮淑人이 笑曰

"傳說이 無非浪說이라 世間에 豈有神仙之下降이리오?"

兩王이 微笑러라. 翌日에 別老僧ᄒᆞ고 行數里而到一處ᄒᆞ니 淸溪ᄂᆞᆫ 流於石上ᄒᆞ고 長松이 列於左右ᄒᆞ고 蒼然石壁이 自成洞門ᄒᆞ야 壁上에 以朱書로 刻玉流洞天四字러라. 兩王이 欣然下馬曰

---

2) 자개(紫盖): 자주빛 일산(日傘). 일산은 자루가 굽은 부채의 일종으로, 의장(儀杖)의 한 가지.

"此處景槪ㅣ 絶異ᄒᆞ니 暫休而去라."

ᄒᆞ고 臨流而坐於石上ᄒᆞ고 使家僮으로 掃落葉而煮茶러니 虢貴妃ㅣ 擧玉手ᄒᆞ야 指石壁而謂蓮淑人及鐵貴妃曰

"處處題名이오 間間詩句로다. 難記才子佳人之許多姓名이나 其中에 必有驚人詩句리니 吾欲往見이라."

ᄒᆞ고 三人이 携手而至石壁下ᄒᆞ야 或朗吟ᄒᆞ고 或評論ᄒᆞ면셔 琅琅而笑어ᄂᆞᆯ 兩王이 亦起身ᄒᆞ야 倚諸娘之肩ᄒᆞ고 仰見壁上ᄒᆞ니 其中有一首詩ᄒᆞ야 墨痕이 猶未乾이라. 衆皆詳視ᄒᆞ니 其詩에 曰

驂鸞駕鶴一千年　偶過玉流小洞天
玉笛三聲人不見　靈風吹破滿空烟

兩王이 熟視ᄒᆞ고 秦王이 又詠曰

"此非尋常遊山客之詩ㅣ라. 頓無烟火之氣로다."

鐵貴妃ㅣ 笑曰

"老僧이 云 '山中에 神仙이 往來라' ᄒᆞ더니 豈非李謫仙·呂洞賓之詩乎아?"

蓮淑人이 冷笑曰

"名山水石에 遨遊放蕩之跡이 倣神仙舊跡ᄒᆞ야 或有弄絡觀覽客ᄒᆞᄂᆞ니 世上에 豈有神仙이리오?"

兩王이 亦微笑러라. 更騎驢而行數里홀ᄉᆡ 谷谷水聲은 如碎玉ᄒᆞ고 處處奇岩은 含苔而帶蒼然之色ᄒᆞ니 眞是神仙洞天이오 非人間之景이러라. 石角峻急ᄒᆞ고 路漸崎險ᄒᆞ니 衆皆下馬ᄒᆞ야 隨流水而上홀ᄉᆡ 一步顧眄ᄒᆞ고 二步住杖ᄒᆞ야 或尋楓林而飮酒ᄒᆞ며 或臨流水而彈琴이러니 忽然水上에 紅葉이 點點浮來어ᄂᆞᆯ 蓮淑人이 顧視兩貴妃ᄒᆞ면셔 朗然誦詩一句曰

"'桃花流水杳然去ᄒᆞ니 別有天地非人間이라' ᄒᆞ니 此點點霜楓紅葉이

何讓於二月花리오? 山中에 幸無網桃花者ᄒᆞ야 使我等으로 尋桃源之路로다."

虢貴妃曰

"蓮娘은 更視之ᄒᆞ라. 其葉이 非尋常落葉이로다."

鐵貴妃曰

"葉上에 有題詩ᄒᆞ니 童子야 一一拾來ᄒᆞ라."

童子ㅣ 拾而進前이어늘 兩妃及淑人이 列坐岩上ᄒᆞ야 議論이 紛紛ᄒᆞ야 或曰

"調格이 淸高ᄒᆞ니 非凡人之所爲라."

ᄒᆞ야놀 秦王이 來視之ᄒᆞ고 笑曰

"娘等이 何故相爭고?"

虢貴妃ㅣ 獻紅葉曰

"相公은 鑑此ᄒᆞ소셔. 此豈俗人之筆蹟乎잇가?"

秦王이 次第收合ᄒᆞ야 詳視之ᄒᆞ니 分明一首絶句라. 其詩에 曰

水流何太急 底般忙

笑指彩雲裡 並騎白鳳凰

秦王이 笑見燕王曰

"此詩ㅣ 果殊常ᄒᆞ니 諸娘之疑ㅣ 無足可怪ᄂᆞ 第二句에 缺二字ᄒᆞ니 更尋之ᄒᆞ리라."

ᄒᆞ고 與諸娘으로 臨溪邊ᄒᆞ야 嗟歎曰

"造物이 惜仙翁筆蹟ᄒᆞ야 眇然之葉이 隨流水而已遠이로다."

蓮淑人이 又冷笑曰

"昔者에 呂洞賓은 謫下人間ᄒᆞ야 以石榴皮로 書字ᄒᆞ야 流傳於今日이어놀 如何虛誕之仙이 拾朽葉而弄筆墨이리오? 此必樵童牧竪之所作인가

ᄒᆞᄂᆞ이다."

秦王이 笑曰

"語神仙은 雖虛謊이ᄂᆞ 觀其詩ᄒᆞ니 非俗人所作이라. 但物外高人이 遨遊名山ᄒᆞ야 秋風木葉에 以蕭洒胷襟으로 托意於流水光陰인가 ᄒᆞ노라."

鐵貴妃曰

"作此詩者ㅣ 若塵世之人則應在此山中矣리니 吾等이 溯此流而往視之가 何如오?"

兩王이 笑而行數十步ᄒᆞ니 一道瀑布ㅣ 落於層岩絶壁ᄒᆞ야 如噴白雪ᄒᆞ고 其下에 有一座磐石ᄒᆞ고 石上에 烹茶之痕과 一種異香이 宛然留在ᄒᆞ야 無疑遊山客之跡이러라. 虢貴妃視蓮淑人曰

"此亦樵童之戱乎아? 異哉라! 烹茶之石이 猶未冷ᄒᆞ고 座席에 異香이 觸鼻ᄒᆞ니 此豈非三山十洲之歸跡이 駕鶴策鹿ᄒᆞ야 尋紫盖峰ᄒᆞ야 遊而歸去者乎아?"

蓮淑人이 方微笑而視鐵貴妃曰

"此果異常이로다. 玉流洞之詩句와 水上浮葉이 足助虛謊者之疑라. 況異跡이 十分訝惑ᄒᆞ야 左右思量이ᄂᆞ 難可解得이니 人間에도 果有仙乎아?"

言未畢에 一個家僮이 拾書字之落葉二個而來어ᄂᆞᆯ 視之ᄒᆞ니 題人事兩字라 皆見而異之러라. 東岸上에 忽有異聲이어ᄂᆞᆯ 皆側耳潛聽ᄒᆞ니 其聲에 曰

燁燁紫芝
可以療飢
空山無人秋雲飛

虢貴妃大驚曰

"是何聲고?"

ᄒᆞ더니 忽有一個道士ㅣ 道冠道服으로 擧白羽扇ᄒᆞ고 荷藥筐而入松間ᄒᆞ니 行色이 飄然ᄒᆞ야 欲問言之際에 不知去處라. 鐵貴妃大驚ᄒᆞ야 召兩娘曰

"虢娘아! 見之乎아? 蓮娘아! 是何狀也오? 藥筐羽扇은 何事오? 青山이 疊疊ᄒᆞ야 無他路어ᄂᆞᆯ 不見來處러니 去亦杳然이로다. 蓮娘아! 吾等이 隨往이 如何오?"

兩人이 携手登岸ᄒᆞ야 回視四方ᄒᆞ니 蒼松은 鬱鬱ᄒᆞ고 白雲은 疊疊ᄒᆞ고 蒼藤古木이 掩蔽咫尺ᄒᆞ야 無處問路러라. 兩王이 微笑曰

"諸娘은 以欲追神仙乎아? 吾等이 已登高ᄒᆞ니 異香庵이 不遠矣리라. 今往其處ᄒᆞ야 更探赤松·安期之消息ᄒᆞ리라."

ᄒᆞ고 行數步러니 忽然笙簧聲이 嘹喨半空ᄒᆞ야 難知其所自出이어ᄂᆞᆯ 皆停步而立이러니 蓮淑人이 擧手加額ᄒᆞ고 流秋波而望見一處ᄒᆞ면셔 急呼曰

"兩貴妃ᄂᆞᆫ 仰見彼峰頭ᄒᆞ라."

兩妃가 一齊擡頭看ᄒᆞ니 秀峰은 帶夕陽而翠微ᄒᆞ고 岩頭松下에 兩個仙官이 以星冠紅袍로 或擧尾扇ᄒᆞ고 飄然而立ᄒᆞ며 或吹笙簧ᄒᆞ고 悄然而坐ᄒᆞ니 雖難辨容貌ᄂᆞ 如玉之顔과 嬋姸之態는 可知非塵世人物이러라. 秦王이 茫然自失ᄒᆞ야 視燕王而歎曰

"楊兄아! 此豈非玉京瑤臺謫降之仙乎아? 吾ㅣ 心神이 飄蕩ᄒᆞ고 塵念이 頓消ᄒᆞ야 乃知富貴榮辱이 一片浮雲이로다."

燕王이 笑曰

"神仙이 豈別人이리오? 名利紅塵에 患得失ᄒᆞ고 苦海風波에 冒安危ᄒᆞ야 不能脫者ㅣ 若見吾儕之今日行色이면 亦如神仙矣리니 由此觀之컨댄 役役者ㅣ 凡人이오 高尙者ㅣ 神仙이며 奔走者ㅣ 俗人이오 安閑者ㅣ 神仙이라. 兄與我ㅣ 今棄官職ᄒᆞ고 遨遊山間ᄒᆞ니 豈非今日紫盖峰之仙이리

오?"

兩王이 相與大笑ᄒᆞ고 更見峰頭ᄒᆞ니 兩個仙官이 不知去處라. 兩王이 與諸娘으로 尋到異香庵ᄒᆞ니 一座小庵이 依石壁ᄒᆞ야 極爲精灑러라. 庵中에 有一個沙彌ㅣ 慌忙迎之ᄒᆞ야 座定而獻茶어ᄂᆞᆯ 燕王이 問曰

"自此로 登上峰이 幾里오?"

沙彌曰

"不過六七里요 中有大岩ᄒᆞ야 名爲五仙岩이라. 昔者에 五仙이 下降岩上ᄒᆞ야 遊跡이 尙今宛然ᄒᆞ고 五仙岩下에 有一個庵子ᄒᆞ니 所謂上仙庵이라. 傳說에 云上仙之鍊丹處ㅣ니이다."

燕王이 微笑曰

"此山中에 神仙이 何其多也오?"

ᄒᆞ더라. 俄而오 罷夕齋後에 一輪紅日이 落於西山之外ᄒᆞ고 黃昏明月이 湧出東嶺之上ᄒᆞ야 錯落星光은 垂下精彩ᄒᆞ야 擧手可攀이오 灑然松風은 起於塔上ᄒᆞ야 精神이 清朗이라. 兩王이 率諸娘ᄒᆞ고 徘徊庵前ᄒᆞᆯ시 鐵貴妃ㅣ 視蓮淑人而歎曰

"山中月色이 如此快活ᄒᆞ니 恨未得與紅鸞城·仙淑人·潘貴妃로 同觀이로라."

言未畢에 兩沙彌ㅣ 告曰

"諸位相公이 聞此聲乎잇가?"

衆皆側耳詳聽ᄒᆞ니 空中에 笙篁聲이 雜於風便ᄒᆞ야 嘹喨清雅어ᄂᆞᆯ 鐵貴妃ㅣ 驚曰

"此豈非俄者所聞之聲乎아?"

蓮淑人이 佯作不聞之狀ᄒᆞ야 曰

"此ᄂᆞᆫ 峰頭松聲이로다. 寂寞空山에 旣無人跡ᄒᆞ니 誰吹笙篁이리오?"

秦王이 笑曰

"松聲은 蕭瑟ᄒᆞ고 笙篁은 嘹喨ᄒᆞ니 豈不分別이리오? 此必王子晉[3]之

古曲이라 沙彌는 探來有聲處ᄒᆞ라."

沙彌上庵子後石臺ᄒᆞ야 久聽而回告曰

"此聲이 似出於五仙岩이나 秋風이 甚高ᄒᆞ야 十分不明이러이다."

燕王이 携秦王之手曰

"何等風流仙童이 如此戲我等乎아? 試登高處ᄒᆞ야 尋其聲之所自호리라."

ᄒᆞ고 命兩個沙彌而導路ᄒᆞ고 皆出山門ᄒᆞ니 一陣清風이 自山上而來ᄒᆞᆫ데 風便笙篁聲이 如在咫尺이어ᄂᆞᆯ 秦王이 顧兩貴妃曰

"異哉라 此聲이여! 鼓動人心ᄒᆞ야 飄然有羽化之意ᄒᆞ니 豈尋常遊山客之所吹리오?"

虢貴妃ㅣ 歎曰

"吾等은 素昧於音律이라. 若使紅鸞城·仙淑人으로 聽之런들 豈不聞其曲而知吹笙者리오?"

隨其聲ᄒᆞ야 兩個沙彌ㅣ 前導ᄒᆞ고 隨其後而行ᄒᆞᆯ시 登中峰ᄒᆞ야 忽然沙彌ㅣ 擧手指之而暗告曰

"彼竹林中隱隱所見岩石이 卽五仙岩이라. 詳見岩上ᄒᆞ소셔."

望見ᄒᆞ니 月下에 衆人이 或坐或立ᄒᆞ야 儀表ㅣ 不俗ᄒᆞ고 擧止ㅣ 飄然ᄒᆞ니 坐第一位者ᄂᆞᆫ 頭戴星冠ᄒᆞ고 身被霞衣ᄒᆞ고 手執玉麈ᄒᆞ니 雖不辨眉目이ᄂᆞ 丰茸之顔과 嬋妍之態ㅣ 眞是仙風道骨이니 非世間人物이오 坐第二位第三位者ᄂᆞᆫ 戴星冠衣道服ᄒᆞ고 腰間에 佩小葫蘆瓶ᄒᆞ니 玉貌風采ㅣ 十分非凡ᄒᆞ고 坐第四位者ᄂᆞᆫ 道冠道服으로 擧白羽扇ᄒᆞ니 奇怪之形과 古朴之狀이 又非俗人이라. 置藥爐於岩頭而烹茶ᄒᆞ야 點點之香이 聞於山下ᄒᆞ니 望見者ㅣ 意思ㅣ 恍惚ᄒᆞ야 依然如對瀛洲蓬萊之仙이오 決非尋常俗

3) [교감] 왕자진(王子晉): 적문서관본 영인본 521쪽에는 '왕자진(王子眞)'으로 되어 있으나, 주(周)나라 영왕(靈王)의 태자로서 신선이 되었다는 인물 '왕자진(王子晉)'의 오식이므로 바로잡는다.

客之坐席이라. 秦王이 十分驚疑ᄒᆞ야 曰
"若謂眞仙이라 ᄒᆞ면 近於虛誕ᄒᆞ고 亦曰不然이라 ᄒᆞ면 塵世人物에 豈有如此者리오?"
但茫然望見而立이러니 坐第一位第二位者ㅣ 忽自袖中으로 出雙玉笛ᄒᆞ야 向月而吹ᄒᆞ니 秦王이 聽之ᄒᆞ고 唐荒而視鐵貴妃曰
"娘이 能知此曲乎아? 何與昔日所聽上林苑月下之曲으로 彷彿乎아?"
諸娘이 皆含笑不答ᄒᆞᆫᄃᆡ 秦王이 尤疑之러라.
此時燕王이 欲先送沙彌而探知ᄒᆞ고 兩王이 往見ᄒᆞ야 先送一個沙彌러니 良久에 沙彌顚倒而歸ᄒᆞ야 告曰
"居於山中이 已久ᄂᆞ 不見眞仙이러니 今日에야 始見之로소이다."
燕王이 未及問에 蓮娘이 出而問曰
"其何人고?"
沙彌曰
"貧道ㅣ 從上峰ᄒᆞ야 入山門而望見則岸高月白ᄒᆞ야 十分不明이ᄂᆞ 峰頭絶頂에 四位神仙이 列坐ᄒᆞ니 第一位第二位者ᄂᆞᆫ 面如白玉ᄒᆞ고 綠袍星冠으로 一位ᄂᆞᆫ 手執玉塵ᄒᆞ고 一位는 吹笙篁ᄒᆞ고 坐第三位者ᄂᆞᆫ 葛巾布衣로 鬚眉皓白ᄒᆞ고 坐第四位者ᄂᆞᆫ 道冠道服으로 顔色이 怪異ᄒᆞ고 左右에 兩個仙童이 雙髻青衣로 手擧白玉瓶青玉盤而侍立ᄒᆞ니 顔如雪色ᄒᆞ야 人間에 未見之人物이라. 岩上에 烹茶ᄒᆞ야 異香觸鼻ᄒᆞ고 自若而坐吹笙篁이어ᄂᆞᆯ 貧道ㅣ 進前合掌ᄒᆞ니 第一位仙官이 止笙篁而問曰 '汝ᄂᆞᆫ 何人고?' ᄒᆞ야ᄂᆞᆯ 對曰 '貧道ᄂᆞᆫ 異香庵之沙彌로 願聞仙樂而來로라' ᄒᆞ니 仙官이 琅然笑曰 '吾已知之ᄒᆞ니 傳此酒於文昌星ᄒᆞ라' ᄒᆞ고 賜一小白瓶故로 持來로소이다."
蓮娘이 慌忙受之曰
"沙彌所傳이 雖虛誕이ᄂᆞ 相公은 試嘗之ᄒᆞ소셔."
燕王이 宿醉未醒이라 飮一盃ᄒᆞ고 曰

"但知千日酒之爲特味러니 何與紅鸞城之江南春으로 彷彿乎아?"

蓮娘이 亦飮一盃曰

"相公이 果醉也로소이다. 此酒ㅣ 淸冽而有異香ᄒᆞ야 異於人間之酒니이다."

燕王이 笑而携蓮娘之手曰

"神仙之有無ᄂᆞᆫ 姑捨ᄒᆞ고 月色이 淸爽ᄒᆞ니 登峰而見之ㅣ 如何오?"

蓮娘이 笑曰

"妾은 凡骨이라 恐見瑤臺神仙之猜일ᄭᆞ ᄒᆞᄂᆞ이다."

燕王이 大笑ᄒᆞ고 更率兩個沙彌ᄒᆞ고 向上峰而行數步ㅣ러니 忽然兩個少年이 以綠袍星冠으로 擧玉笛ᄒᆞ고 自巖上而下ᄒᆞ야 琅然笑曰

"文昌星은 別來無恙가? 妾이 奉玉帝之命ᄒᆞ야 欲助紫盖峰之遊而來로소이다."

秦王이 大笑曰

"花珍은 凡骨이라 但從友而愛山川之景ᄒᆞ야 因來此處러니 放蕩踪跡이 豈期到十洲三山이리오?"

鸞城이 因笑而謝曰

"妾等이 雖不敏이나 豈可以些少之病으로 不從今日兩相公之遊ㅣ리오마ᄂᆞᆫ 無味隨來면 無以助騷興일시 故此落後ᄒᆞ야 旣與諸娘으로 有約이ᄂᆞ 恃平日之愛ᄒᆞ고 近於籠絡尊位ᄒᆞ오니 不能逃唐突之罪로소이다."

秦王이 笑曰

"吾ㅣ 猶疑鸞城之踪跡이ᄂᆞ 若非駕飛瓊之鸞鳥와 雙成[4]之鳳凰則豈能先於我等이리오?"

鸞城曰

---

4) [교감] 쌍성(雙成): 적문서관본 영인본 523쪽에는 '쌍성(雙星)'으로 되어 있으나, 서왕모(西王母)의 시녀(侍女)인 동쌍성(董雙成)을 가리키는 것이므로 오식으로 여겨져 바로잡는다.

"神仙踪跡이 三上岳陽樓호되 無知之者ᄒᆞ니 豈不知紫盖峰捷逕乎잇가?"

燕王이 微笑曰

"神仙道術이 雖云神異ᄂᆞ 玉流洞石壁之詩와 紅葉之筆이 本色이 綻露어놀 花兄이 不覺人間之醉夢ᄒᆞ야 今不脫籠絡之中이로다."

秦王이 笑曰

"方聽峰頭笙篁과 道士紫芝歌之時에 楊兄이 亦不隱驚動之色이러니 今反對我而嘲乎아?"

ᄒᆞ고 兩王이 大笑러라. 鐵貴妃ㅣ 執孫夜叉之手而笑曰

"此道士ᄂᆞᆫ 俄於松林間放歌之道士로다. 道號ᄂᆞᆫ 何也ㅣ며 藥筐은 置何處오?"

一行이 皆大笑ᄒᆞ고 因定座於岩上ᄒᆞ고 仰見明月光輝ᄒᆞ고 俯視山川景槪ᄒᆞ니 談笑가 娓娓不絶이러니 忽然簫聲이 嘹喨中天ᄒᆞ야 舞幽壑之潛虬어놀 皆驚異之ᄒᆞ야 亦疑鸞城之指揮러니 鸞城이 天然笑曰

"異哉라 此聲이여! 非尋常樵夫漁翁之所吹로다. 今夜山中에 紅娘이 不二矣리니 誰欲籠絡弄玉之古曲이리오? 當與諸娘으로 往訪ᄒᆞ리라."

ᄒᆞ고 使沙彌로 前導ᄒᆞ야 向出聲處而行數步러니 望見一處ᄒᆞ니 松間에 有人影ᄒᆞ고 驚禽이 翩翩飛去어놀 詳視之니 月下에 兩人이 頭戴星冠ᄒᆞ고 身被紅袍ᄒᆞ고 手執鹿尾扇ᄒᆞ고 綠眉玉顔에 含笑而率兩個道童ᄒᆞ고 瀟然過去어놀 鸞城이 大聲曰

"彼神仙은 暫聽我言ᄒᆞ라. 吾等은 塵世俗人이러니 入山中而探景ᄒᆞ야 迷路而不知所向ᄒᆞ니 望須指路ᄒᆞ라."

兩人이 停步而揖이어놀 皆當前而見이ᄂᆞ 豈可知也리오? 原來在前之兩人은 乃兩個宮人이오 隨後者ᄂᆞᆫ 卽蜻玉兩娘이라. 兩王與諸娘이 不知其來故로 依俙月下에 變服之形을 倉卒相對ᄒᆞ니 何可記憶이리오? 一行이 皆唐荒ᄒᆞ야 不覺其仙俗이러니 仙娘이 琅琅而笑ᄒᆞ면셔 告於秦王曰

"此兩個仙官은 伏侍玉帝宮中之玉女ㅣ라 豈不知之시니잇고? 今夜에 奉雲孫娘娘之命ᄒᆞ야 欲助牽牛星君之騷興ᄒᆞ야 下降塵世니이다."

鐵虢兩貴妃ㅣ 方覺之ᄒᆞ고 執兩宮人之手而喜問其故曰

"娘等이 何以至此오?"

宮人이 笑曰

"公主ㅣ 送貴妃後에 非但欲知信息이라 妾等이 平生如籠中鸚鵡ᄒᆞ야 踪跡이 不出城外ᄒᆞ야 無勝地江山之遊ㅣ러니 欲從貴妃而消暢이로소이다."

因問候於兩王ᄒᆞ니 秦王이 指宮人而向燕王曰

"此兩娘은 太后宮近侍之人이라. 向日延春殿之宴에 亦與兄으로 顔面이 親熟ᄒᆞ리니 兄은 能知乎아?"

燕王이 欠身答禮러라. 秦王이 更笑而謂兩個仙童曰

"妙哉라 此童이여! 眞是雙成[5]簫玉[6]之類라."

ᄒᆞ더라. 俄而오 山上寒氣ㅣ 侵人ᄒᆞ고 白露ㅣ 濕衣ᄒᆞ니 兩王이 更率諸娘而歸異香庵홀ᄉᆡ 兩宮人은 吹玉簫笙篁ᄒᆞ고 紅鸞城·仙淑人은 奏雙笛ᄒᆞ고 三貴妃及蓮娘은 和山歌ᄒᆞ니 耿耿銀河ᄂᆞᆫ 斜在頭上ᄒᆞ고 凉露清風이 起於履下어ᄂᆞᆯ 兩王이 相視而笑曰

"俄者紅鸞城은 僞仙이오 至今吾儕ᄂᆞᆫ 眞個羽化로다."

仍相與經宿於庵中ᄒᆞ고 翌日未明에 又登上峰ᄒᆞ야 觀日出홀ᄉᆡ 世界鴻濛[7]ᄒᆞ고 天地昏黑ᄒᆞ야 難辨咫尺이러니 一輪紅光이 湧出海上에 萬里金波가 浮於半空이어ᄂᆞᆯ 秦王이 擧手而指彩雲曰

---

5) [교감] 쌍성(雙成): 적문서관본 영인본 524쪽에는 '쌍성(雙星)'으로 되어 있으나, 서왕모(西王母)의 시녀(侍女)인 동쌍성(董雙成)을 가리키는 것이므로 오식으로 여겨져 바로잡는다.
6) 소옥(簫玉): 중국 춘추시대 진(秦)나라 목공(穆公)의 딸로서, 통소를 잘 부는 소사(簫史)를 좋아해 그에게 시집가, 봉황대(鳳凰臺)에 머무르다가 봉황을 따라 함께 승천해 신선의 세계로 갔다고 하는 농옥(弄玉)을 가리키는 것으로 여겨진다.
7) 홍몽(鴻濛): 하늘과 땅이 아직 갈리지 않은 혼돈 상태. 천지자연의 원기(元氣)를 뜻함.

"彼圓輪이 俄在海上이러니 至今은 高出雲表ᄒᆞ니 浮生百年에 光陰이 倏忽ᄒᆞ야 紅顔白髮이 不過瞬息이라. 千秋萬古에 齊公之淚ㅣ 豈徒悲牛山[8]落日이리오?"

燕王이 笑曰

"彼一輪紅光이 回三百六十度ᄒᆞ야 照三千大世界ᄂᆞ 其不覺爲勞ᄂᆞᆫ 順理而行故也요 昏衢暗室에 無處不照ᄒᆞ고 魑魅魍魎이 不能逃其形은 以其無私故也ㅣ라. 但所恨者ᄂᆞᆫ 一片浮雲이 數蔽光彩ᄒᆞ야 使不顯天地萬物의 生成之澤ᄒᆞ니 吾ㅣ 安得幾萬里長風ᄒᆞ야 掃除九天雲霧ᄒᆞ고 完此一輪紅光이리오?"

衆皆嗟歎不已러니 俄而오 秋天이 漠漠ᄒᆞ고 朝霧ㅣ 已收ᄒᆞ니 世界淸朗ᄒᆞ야 百里之毫末을 歷歷可數ㅣ라. 擧盃而飮ᄒᆞ고 乘醉放眼ᄒᆞ니 遠近山川과 中原一幅을 指點於眼下라. 蓮淑人[9]이 悄然望南山而歎曰

"此ᄂᆞᆫ 南嶽衡山이라 眼力이 有限ᄒᆞ야 難見父母之鄕ᄒᆞ니 恨不爲秋風歸鴈이로라."

三貴妃及諸娘이 又相繼而指故鄕山色ᄒᆞ야 杳然之愁와 悠然之思ㅣ 倚愼夫人之伽倻琴ᄒᆞ야 不禁望邯鄲路之歎이라 鸞城이 笑而擧大白ᄒᆞ야 慰諸娘曰

"妾은 聞之호디 古之聖人이 登泰山而小天下ᄒᆞ시니 以達觀으로 言之則四海ㅣ 咫尺이오 六合이 眼前이라. 男子ㅣ 貪功名則萬里에 有封侯之別이오 女子ㅣ 有意於歌舞則有賤棄之羞ᄒᆞ니 妾亦江南人으로 萬里南天에 踪跡이 漂泊ᄒᆞ고 北方絶域에 風塵이 支離ᄒᆞ야 備嘗苦楚ᄒᆞ며 閱歷危

8) 우산(牛山): 중국 산동성(山東省) 동남쪽에 있는 산. 춘추시대 제(齊)나라의 경공(景公)이 우산에 놀러갔다가 북쪽에 있는 자기 나라를 바라보고 슬픔에 잠겨, 인생의 영화(榮華)도 오래가지 못함을 탄식하며 눈물을 흘렸다고 한다.
9) [교감] 연숙인(蓮淑人): 적문서관본 영인본 525쪽에는 '선숙인(仙淑人)'으로 되어 있으나, 의미상 오식으로 여겨져 바로잡는다. 신문관본 제4권 123쪽에는 '련슉인'으로 바르게 되어 있다.

險ᄒᆞ고 今登此山ᄒᆞ야 俯瞰經歷之跡ᄒᆞ니 鷦鷯ㅣ 棲於蝸角ᄒᆞ고 鶺鴒이 遊於蓬蒿로다. 諸娘은 見彼中原一局ᄒᆞ라. 不過一掌이어늘 自古英雄豪傑과 才子佳人이 生長於此中ᄒᆞ야 泯滅於此中ᄒᆞ니 其哀樂之情을 何可盡論이리오? 娘等은 兒女子의 盈盈之淚와 瑣瑣之言으로 江山風月을 無使徒爲蕭瑟이어다."

ᄒᆞ고 琅琅而笑ᄒᆞ면셔 抽玉笛而吹一曲ᄒᆞ니 萬里長空에 淸雅之聲이 從秋風ᄒᆞ야 下而散於三千世界ᄒᆞ고 上而達於十二重天이라. 秦王이 歎曰

"鸞城之發揚氣像과 磊落胸襟은 如我丈夫로 難可當也리니 可與紫盖峰氣像으로 爭雄이로다."

須臾에 收杯盤而回來異香庵ᄒᆞ야 罷朝齋後에 呼小沙彌曰

"吾已見上峰이ᄂᆞ 有他景槪好處어든 汝又前導ᄒᆞ라."

ᄒᆞ고 兩王與一行이 次第見道觀古刹ᄒᆞᆯ시 沙彌告曰

"以山中古刹로 言之則大刹은 大乘寺ㅣ 爲首오 水石으로 言之則迦葉庵이 第一이니이다."

燕王이 隨沙彌ᄒᆞ야 先到迦葉庵ᄒᆞ니 果然一隅水石이 平舖洞中ᄒᆞ고 層層石壁은 圍如白玉屛ᄒᆞ고 流水ᄂᆞᆫ 如垂水晶簾ᄒᆞ야 奇岩異草ᄂᆞᆫ 眞瑤臺仙境이오 非塵世物色이러라. 定座於岩上ᄒᆞ고 烹茶而炊飯ᄒᆞᆯ시 鸞城이 笑曰

"見岩上題名ᄒᆞ니 此處ㅣ 必是此山中第一名勝이라. 吾儕도 列題姓名於石面ᄒᆞ야 留來跡而去가 何如ᄒᆞ니잇고?"

燕王曰

"題名於名山古刹을 平生所憎이니 何必留跡이리오?"

鸞城曰

"各作一首詩而刻於岩上則雖不當岐陽石鼓ᄂᆞ 又不下於峴山片石일ᄊᆞ ᄒᆞᄂᆞ이다."

秦王이 稱善ᄒᆞ고 卽命取來筆硯ᄒᆞ야 各成一首詩ᄒᆞ니 燕王之詩에 曰

紫盖峰頭曉降仙 東望海日扶桑邊
沙彌更指靑山路 迦葉庵前有洞天

鸞城詩에 曰

瓊海茫茫月露團 芙蓉劍揷駕靑鸞
平明去赴三山約 一曲笙歌碧落寒

仙淑人詩에 曰

泠泠環珮御風來 終日水聲轉石臺
水石相喧人尙樂 霏霏談屑萬年盃

蓮淑人詩에 曰

一水中分萬瀑流 雪噴雷吼勢難休
畢竟同歸瑤海去 海中何處五雲樓

秦王與三貴妃ㅣ 又各作一首詩ᄒᆞ야 題於石壁ᄒᆞ고 分付庵僧刻之ᄒᆞ니라. 燕王이 向秦王而笑曰
"吾等이 入山中ᄒᆞ야 但疲於山行ᄒᆞ고 不以從容盃酒로 討論物外胷襟이러니 今水石이 極佳ᄒᆞ니 當開酒壺ᄒᆞ야 不負江山風光이라."
ᄒᆞ고 折丹楓爲觥籌而飮ᄒᆞ실ᄉᆡ 燕王이 微醉ᄒᆞ야 氣像이 浩蕩ᄒᆞ야 指碧巒淸流ᄒᆞ고 顧秦王曰
"花兄아 人生百年에 所謂行樂이 誠何事也오? 富貴ᄂᆞᆫ 浮雲이요 功名이 一時라. 但無病無憂ᄒᆞ고 身世淸閑ᄒᆞ야 以江上淸風山間明月로 送百

年이 方可謂地上仙이라. 昌曲이 蒙天恩ᄒᆞ야 猥濫功名이 雖及於王侯將相이ᄂᆞ 言其安逸行樂則不如與花兄으로 引一盃酒ᄒᆞ고 對今日水石ᄒᆞ니 豈與患其得失ᄒᆞ야 閱歷平生者로 同日而論之哉리오? 松風은 吹過醉顔ᄒᆞ고 水聲이 洗滌塵襟ᄒᆞ니 回憶往事에 無非危境岌業之地라. 幸逢聖主ᄒᆞ야 雖有明哲保身之意ᄂᆞ 聖上이 但許數年之由ᄒᆞ시고 際遇ㅣ 如此隆崇ᄒᆞ시니 淸福을 不可久享이라. 花兄은 將何以指導乎아?"

秦王이 歎曰

"兄觀此水ᄒᆞ라. 當岸則流急ᄒᆞ고 逢平地則緩行ᄒᆞ야 終無漲溢ᄒᆞ니 因其勢而順行이라. 兄은 但行藏를 如水ᄒᆞ야 順受天命ᄒᆞ고 勿逆睹安危禍福ᄒᆞ라."

燕王이 謝曰

"兄言이 雖有理ᄂᆞ 兄은 試仰見此紫蓋峰ᄒᆞ라. 斷崖翠壁이 高千萬丈이ᄂᆞ 人皆期登上峰ᄒᆞ니 若不量其險峻ᄒᆞ고 欲一步超登則必有顚倒狼狽之患이라. 智者ᄂᆞᆫ 誇脚力而尋路ᄒᆞ야 當險處則停步ᄒᆞ고 當危處則愼步ᄒᆞ야 寸寸前進故로 無困惱顚沛ᄒᆞᄂᆞ니 此ᄂᆞᆫ 山行妙法이라. 今宦路之危險이 非比於紫蓋峰이어ᄂᆞᆯ 以昌曲之年少德薄으로 急步가 已到其極ᄒᆞ니 猶自進而不休則雖或幸免顚倒ᄂᆞ 豈能免有識者之笑也ㅣ리오? 如此思量ᄒᆞ니 紫蓋峰頭의 無是非之雲과 迦葉庵前의 淸淨水聲이 幷非尋常ᄒᆞ니 草露人生이 豈不可憐哉리요?"

兩王이 相歎而大醉ᄒᆞ니 諸娘이 又帶月色而悽悵含淚러니 仙娘이 引琴而彈一曲ᄒᆞ니 其歌에 曰

白日西馳兮 水東流
人生歡樂兮 對酒長歌

兩王이 聽歌而激切愀然이러라. 俄而오 月色이 滿空ᄒᆞ고 山風이 蕭瑟

ᄒᆞᆫᄃᆡ 喞喞草虫은 怨露凉ᄒᆞ고 時時山鳥ᄂᆞᆫ 驚月色ᄒᆞ니 心神이 尤爲悽凉이러라. 燕王이 送蒼頭等於庵中ᄒᆞ고 但留秦王·三娘·三貴妃·蓮玉·小蜻ᄒᆞ야 戱水弄月이라가 執鸞城之手而慨然長歎曰

"吾以布衣寒士로 年未滿三十에 功名이 已極ᄒᆞ고 娘等은 青春之年이라 逍遙物外ᄒᆞ야 以淸閑之福으로 期百年이라가 若有事於朝廷ᄒᆞ야 更有召命이면 不能辭矣리니 從此以後로 今日之遊를 不易得이로다."

鸞城이 笑而對曰

"相公이 知水與月乎잇가? 流雖峻急이나 不踰其分ᄒᆞ고 盈虧ㅣ 有時나 不改其光故로 千秋萬歲에 不能變革ᄒᆞ니 望相公은 抱胷襟을 如明月ᄒᆞ시고 行心性을 如水波ᄒᆞᄉᆞ 順受天命ᄒᆞ고 廣其心慮ᄒᆞ소셔."

燕王이 改容稱善이러니 夜深後에 兩王及三娘·三貴妃가 聯袂而歸庵中ᄒᆞᆯᄉᆡ 紅蓮兩娘이 宿醉未醒ᄒᆞ야 不能行步어ᄂᆞᆯ 仙娘이 飄然在前이라가 顧視而笑曰

"兩娘이 昔何勇而今何憊也오?"

紅娘이 笑曰

"吾慣曾辛苦於險路어니와 娘은 何以平地顚倒ᄒᆞ야 以千態萬巧로 效西施之嚬笑乎아?"

三人이 大笑而行十餘步러니 蓮娘이 雖有過人之酒量이나 終是年幼氣弱故로 精神이 昏迷ᄒᆞ야 執燕王之袖ᄒᆞ고 眉睫이 昏迷어ᄂᆞᆯ 燕王이 命蜻玉兩娘而扶之ᄒᆞ야 還歸庵中ᄒᆞ니라. 翌日燕王이 問沙彌曰

"吾聞此山中에 多有道觀古刹이라 ᄒᆞ니 何處ㅣ 最好오?"

對曰

"自此로 更進二十里則有大乘寺ᄒᆞ니 此寺ᄂᆞᆫ 大刹이오 寺中에 有一大師ᄒᆞ야 法號ᄂᆞᆫ 輔祖國師니 道法戒律이 卓越現世ᄒᆞ니이다."

燕王이 大喜ᄒᆞ야 命沙彌取次指路ᄒᆞ라 ᄒᆞ니 且將何如오? 且看下回ᄒᆞ라.

迦葉庵秦王別友 大乘寺仙娘訪親

第五十七回

却說. 天子ㅣ 送秦王이 將近半年이라. 太后ㅣ 思念ᄒᆞᄉᆞ 晝夜關慮ᄒᆞ시니 天子ㅣ 不勝悶迫ᄒᆞᄉᆞ 乃賜御札于秦王ᄒᆞ사 乘馹[1] 上來ᄒᆞ라 ᄒᆞ시니라.

且說. 秦王이 遨遊名山ᄒᆞ야 樂而忘返이ᄂᆞ 每懼太后之思慮러니 一日은 天使ㅣ 來到ᄒᆞ야 傳召命ᄒᆞ니 秦王이 北向四拜ᄒᆞ고 慌忙出發홀ᄉᆡ 關雲渭水ㅣ 含別離之情ᄒᆞ고 蒼葭白露ㅣ 難禁去留之悵이라. 鷰鴻之歎과 驪駒之歌가 迭唱互答ᄒᆞ니 一座ㅣ 不覺怊悵이라. 秦王이 對燕王曰

"珍이 逢兄於宦海ᄒᆞ야 靈犀一點이 照玉壺片氷ᄒᆞ야 契許金蘭[2] ᄒᆞ고 自期以身輔仁ᄒᆞ야 至於尋訪名區ᄒᆞ야 別院之遊와 紫盖之行에 幾忘塵累ᄒᆞ야 頓無歸心터니 分手城隅ᄒᆞ니 豈不悵然이리오? 兄亦不久入朝矣리니 他日에 更叙今日未盡之情懷일ᄉᆡ ᄒᆞ노라."

---

1) 승일(乘馹): 임금의 명령을 받은 벼슬아치가 어디 갈 때 역마(驛馬)를 잡아타던 일.
2) 금란(金蘭): 금란지교(金蘭之交). 단단하기가 쇠(金)와 같고 아름답기가 난초(蘭草) 향기와 같은 사귐이라는 뜻으로, 서로 교분이 두터워 어떤 어려운 일도 헤쳐나갈 만큼 깊은 사귐을 일컫는 말이다.

燕王이 悵然曰

"朋友는 五倫之一이라 以情誼言之則何異於兄弟리오? 昌曲이 雖不敏이나 豈不知管鮑之誼리오? 萍水逢別이 雖無定이나 伯牙之琴이 別鍾子期ᄒᆞ야 高山流水ㅣ 寂寞於七絃之上ᄒᆞ니 尋常朋友라도 難堪此別커든 況吾儕乎아?"

因進杯酒ᄒᆞ야 誦'西出陽關無故人'之句ᄒᆞ니 離亭之飛葉과 別路之歸雲이 總是問情處ㅣ러라. 此時三貴妃ㅣ 執三娘之手ᄒᆞ고 含淚而別ᄒᆞ니라.

且說. 燕王이 送秦王後에 率三娘ᄒᆞ야 各乘一匹青驢ᄒᆞ고 向大乘寺홀ᄉᆡ 兩個沙彌ㅣ 前導ᄒᆞ니 峰回路轉ᄒᆞ고 樹木이 參天ᄒᆞ야 潺湲水聲은 雜於松風ᄒᆞ고 磊落石氣는 濕於雲霧ᄒᆞ니 眞是洞天別界요 名區勝地라. 前行六七里에 沙彌ㅣ 告曰

"自此로 東行數十步則有一小景ᄒᆞ니 請暫賞ᄒᆞ소셔."

燕王이 欣然ᄒᆞ야 從三娘及沙彌ᄒᆞ야 行十餘步에 因路險ᄒᆞ야 留蒼頭青驢於洞口ᄒᆞ고 與三娘으로 抱岩攀藤ᄒᆞ고 至洞口ᄒᆞ니 四面石壁이 恰如八帖玉屛ᄒᆞ고 一道淸川은 如掛素練ᄒᆞ고 壁上에 刻玉屛洞三字ᄒᆞ고 林中에 有三個奇石ᄒᆞ니 其白이 如玉而高六丈이라. 其上에 有三朶躑躅花ᄒᆞ니 沙彌ㅣ 指之曰

"此는 玉蓮峰이오 越便岩石은 望仙臺니 傳說에 云 '世間에 出國色則玉蓮峰頭에 開躑躅花'라 ᄒᆞ더니 自十餘年前으로 峰頭에 花開ᄒᆞ야 當三四月則花影이 照耀水中ᄒᆞ야 極其華麗로소이다."

燕王이 顧視三娘而微笑ㅣ러라. 水中에 築數層石壇이어놀 鸞城曰

"此壇은 因何而設고?"

沙彌曰

"輔祖國師ㅣ 年年祈禱之處ㅣ로소이다."

鸞城曰

"國師ㅣ 必無俗累矣리니 有何所願而祈禱乎아?"

ᄒᆞ더라. 燕王이 坐於石上而飮茶曰

"昨日迦葉庵水石은 壯厲ᄒᆞ야 有英雄男子之氣ᄒᆞ고 今日玉屛洞水石은 軟美ᄒᆞ야 有閨中佳人之態로다."

徘徊良久에 向大乘寺ᄒᆞᆯ식 望見洞口ᄒᆞ니 來人去客이 絡繹不絶ᄒᆞ고 僧尼道士가 紛紛顚倒어ᄂᆞᆯ 問於沙彌曰

"是何故也오?"

沙彌曰

"今日輔祖國師ㅣ 會大衆而說法이로소이다."

鸞城曰

"吾等이 雖見勝地ᄂᆞ 不能擺脫雜念이러니 今日에 聽國師說法ᄒᆞ야 淨盡六根塵垢ᄒᆞ리라."

ᄒᆞ고 策驢而到山門ᄒᆞ니 兩個沙彌ㅣ 出迎曰

"今日은 釋迦世尊이 入大涅槃之日이라. 貧道等이 會十方大衆ᄒᆞ야 誦經說法故로 聽經之檀越[3]이 多ᄒᆞ고 大師ㅣ 年老ᄒᆞ야 不能迎接ᄒᆞ오니 恕其不恭ᄒᆞ소셔."

燕王이 下馬曰

"吾等은 遊山客이라 非徒貪聽經而來니 但指寺中之景ᄒᆞ라."

沙彌ㅣ 笑而導登門樓ᄒᆞ니 二層門樓에 金字로 刻第一洞天大乘寺ㅣ라 ᄒᆞ고 金碧이 煒煌ᄒᆞ고 丹靑이 照耀ᄒᆞ야 朱欄이 聳出半空ᄒᆞ야 俯瞰大天世界ᄒᆞ고 翠瓦ᄂᆞᆫ 含苔ᄒᆞ야 閱歷無窮日月이러라. 沙彌ㅣ 下樓ᄒᆞ야 擧手而指曰

"東之白蓮峰과 南之十王峰이 帶朝霧而依俙ᄒᆞ고 西之須彌峰과 北之紫蓋峰은 大乘寺之主山이오 紫蓋上峰은 白雲이 掩蔽ᄒᆞ야 非淸朗之日이면

3) 단월(檀越): 시주(施主). 자비심으로 조건 없이 절이나 승려에게 물건을 베풀어주는 일, 또는 그 사람.

難見이로소이다."

燕王이 悠然望見이라가 下樓而觀寺中홀시 過長廊而有禪房ᄒᆞ고 連正堂而行閣이 周繞ᄒᆞ니 楹聯法書ᄒᆞ고 簷掛風磬ᄒᆞ고 各房의 誦聲經이 聒耳러니 見燕王之來ᄒᆞ고 諸和尙이 爭着錦袈裟ᄒᆞ고 紛紛下堂拜禮ᄒᆞ니 老僧은 淸淨ᄒᆞ야 頓無物欲ᄒᆞ고 少僧은 恭謹ᄒᆞ야 戒律이 嚴肅ᄒᆞ야 不問可知名山大刹이오 空門徒衆이라. 過羅漢殿而玩七寶塔ᄒᆞ고 登石臺而視之ᄒᆞ니 有自鳴鍾ᄒᆞ고 三層法堂에 丹靑이 巧妙ᄒᆞ고 千門萬戶의 制度ㅣ 雄壯ᄒᆞ고 老神金剛은 侍立左右ᄒᆞ고 慈悲菩薩은 端坐榻上ᄒᆞ니 寶盖雲幡과 天花仙香이 瑞氣凝結ᄒᆞ고 朱翠玲瓏이라. 沙彌ㅣ 一一指之曰

"第一位佛像은 釋迦世尊이오 左便은 觀音菩薩이오 右便은 地藏菩薩[4]이오 東壁之畵ᄂᆞᆫ 閻羅地獄이니 積惡於此生者ᄂᆞᆫ 往地獄ᄒᆞ고 西壁之畵ᄂᆞᆫ 極樂世界니 積善於此生者는 往極樂이니이다."

燕王이 笑曰

"我ᄂᆞᆫ 平生에 無惡業功德ᄒᆞ니 後生에 無可往處로다."

仙娘이 笑曰

"無積惡이면 卽功德이라. 相公은 必往極樂矣리니 望與我同往ᄒᆞ소셔."

燕王이 笑謂鸞城曰

"紅生은 何無一言고?"

鸞城이 微笑曰

"我ᄂᆞᆫ 閑安ᄒᆞ야 逍遙於山水間ᄒᆞ니 此卽極樂이라 別無他願이로소이다."

4) 지장보살(地藏菩薩): 석가모니의 위촉을 받아, 그가 입멸한 뒤 미래불인 미륵불(彌勒佛)이 출현하기까지 일체의 중생을 구제하도록 의뢰받은 보살. 지옥에서 고통받는 모든 중생을 구원하기 위해 지옥에 몸소 들어가 죄지은 중생을 교화하고 구제하는 존재로서, 관음보살(觀音菩薩)과 함께 가장 많이 신앙되는 보살이다.

諸娘이 大笑러라. 沙彌ㅣ 更進前導ᄒᆞ야 到法堂後一小庵子ᄒᆞ니 名曰上乘庵이라. 一個大師ㅣ 倚錫杖ᄒᆞ고 擧百八菩提珠ᄒᆞ고 下堂而合掌拜禮ᄒᆞ니 白眉垂下ᄒᆞ고 蒼顔은 帶古怪之色ᄒᆞ야 可知其存養이라. 燕王이 升堂座定에 問曰

"法號ᄂᆞᆫ 云何오?"

對曰

"貧道가 有何法號乎잇가? 稱之者ㅣ 曰輔祖大師ㅣ니이다."

燕王曰

"建此寺ㅣ 今幾年乎아?"

曰

"唐神武皇帝[5]ㅣ 創建ᄒᆞ시고 我太祖皇帝ㅣ 重修ᄒᆞ시니 建造가 于今一千一百年이오 重修ㅣ 百餘年이니이다."

燕王曰

"我等은 遊山客이라. 偶過此處라가 聞大師今日에 會大衆而說法ᄒᆞ고 來此而願一見之ᄒᆞ노라."

國師ㅣ 笑曰

"佛家之說法은 儒家之講席이라 斯道ㅣ 絶已久矣니 有告朔存羊之羞ㅣ니이다."

此時에 聞大乘寺輔祖國師ㅣ 會十方大衆而說法ᄒᆞ고 來觀者ㅣ 如雲ᄒᆞ야 塡於山門ᄒᆞ고 諸和尙이 着袈裟而設道場ᄒᆞ야 洞開法堂ᄒᆞ고 陳列香火ᄒᆞ니 紛紛天花ᄂᆞᆫ 散於榻前ᄒᆞ고 隱隱燭光은 照於道場이라. 堂中에 築蓮

---

5) 신무황제(神武皇帝): 당나라 제9대 황제인 덕종(德宗). 이름은 이괄(李适, 742~805). 재임 초기에는 정치가 깨끗했으며, 중앙 재정의 재건을 도모하고 번진(藩鎭)을 억압하는 정책을 시행했다. 환관(宦官)의 정치 관여를 엄금해 중흥의 기반이 마련됐으나, 후기에는 환관에게 금군통수(禁軍統帥)를 맡기고, 전국적으로 세금을 가혹하게 거둬 백성의 원성을 자아냈다. 시호(諡號)는 신무효문황제(神武孝文皇帝)다.

花臺ᄒᆞ야 七寶塔上에 設錦繡席ᄒᆞ고 輔祖國師ㅣ 戴多羅振雲笠ᄒᆞ고 着金縷袈ᄒᆞ고 手執長麈ᄒᆞ고 登蓮花臺ᄒᆞᆯ시 燕王이 與三娘으로 雜於一切來觀者ᄒᆞ야 或坐或立이러니 輔祖國師ㅣ 講論妙法蓮華經ᄒᆞᆯ시 佛音이 浩蕩ᄒᆞ야 驚動十方ᄒᆞ고 禪宗이 通達ᄒᆞ야 普濟迷津ᄒᆞ니 諸和尙及衆弟子ㅣ 合掌陞階ᄒᆞ야 上香火ᄒᆞ고 警大衆曰

"色相이 俱空ᄒᆞ니 俱空則無物이라. 廣大ㅣ 在何處오?"

大衆이 寂然無答이러니 忽自會中으로 一個少年이 微笑曰

"廣大無量ᄒᆞ니 無量則無形이라. 色相을 何處尋고?"

國師ㅣ 大驚ᄒᆞ야 慌忙下蓮花臺ᄒᆞ야 合掌拜曰

"善哉라 佛音이여! 活佛이 出世ᄒᆞ시니 貧道ㅣ 願聞妙法ᄒᆞ노이다."

衆이 視其少年ᄒᆞ니 丰茸之容은 一枝名花ㅣ 含露ᄒᆞ고 慧黠之眼은 如三五明星ᄒᆞ고 氣像이 英拔ᄒᆞ고 聲音이 美麗ᄒᆞ야 驚動一座ᄒᆞ니 此非別人이오 乃紅鸞城이라. 此時鸞城이 琅然笑曰

"勿責過客의 率爾戱言ᄒᆞ라."

國師ㅣ 合掌告曰

"相公之一言에 四十八萬大藏經이 自在其中ᄒᆞ니 速登蓮花臺而以副慈悲大衆欽仰之意ᄒᆞ소셔."

鸞城이 固辭ᄒᆞ니 國師ㅣ 命沙彌ᄒᆞ야 別設一榻於蓮花臺前ᄒᆞ고 懇請陞坐ᄒᆞ니 鸞城이 沉吟良久에 星冠綠袍로 昻然登榻ᄒᆞ야 跏趺端坐어ᄂᆞᆯ 國師ㅣ 流慧眼而睇視ᄒᆞ면셔 更登蓮花臺ᄒᆞ야 對大衆曰

"此座中에 悟阿耨多羅三藐三菩提[6]之善男善女ᄂᆞᆫ 近坐聽參ᄒᆞ라."

ᄒᆞ고 揮麈而問曰

"有色無空이 本非妙法이오 有空無色이 元無蓮花라 何謂妙法蓮花오?"

---

6) [교감] 아뇩다라삼먁삼보리(阿耨多羅三藐三菩提): 적문서관본 영인본 532쪽에는 '아뇩다라삼먁리(阿耨多羅三藐提)'로 되어 있으나, 의미상 오식이므로 바로잡는다. 덕흥서림본 제3권 110쪽에는 '아뇩다라삼먁삼보리(阿耨多羅三藐三菩提)'로 바르게 되어 있다.

鸞城이 笑曰

"空便是色이오 色便是空이니 元無蓮花라 何有妙法이리오?"

國師ㅣ 又問曰

"旣無妙法이면 法何以妙ㅣ며 旣無蓮花면 花何以蓮고?"

鸞城曰

"妙固無法이오 蓮亦無花ㅣ라."

ᄒᆞ야늘 於是에 國師ㅣ 捨麈而合掌謝曰

"至矣盡矣라! 昔者에 文殊菩薩之言이 如此ᄂᆞ 無繼其道統者ㅣ러니 今相公이 非文殊前身則疑是菩薩之弟子ㅣ라."

ᄒᆞ고 奉獻果品茶湯ᄒᆞ고 罷道場後에 請燕王與三娘於庵中ᄒᆞ야 挑燈而講論佛法ᄒᆞᆯ시 鸞城之談笑ㅣ 如流ᄒᆞ고 事理通徹ᄒᆞ니 國師ㅣ 茫然自失이러라. 原來鸞城이 從白雲道士ᄒᆞ야 以師事之ᄒᆞ니 道士ᄂᆞᆫ 卽文殊菩薩이라. 自有傳授佛法이ᄂᆞ 平生에 不曾發說이러니 此日에 見國師說法之非凡ᄒᆞ고 答數千語ᄒᆞ니 國師ㅣ 大驚ᄒᆞ야 合掌問曰

"貧道ㅣ 雖不敢이오ᄂᆞ 相公은 住何處而稱號ᄂᆞᆫ 誰也잇고?"

鸞城曰

"在江南杭州之紅生이로라."

燕王曰

"吾ㅣ 聽說而對法顔ᄒᆞ니 可知大師聰明氣像之非凡이라. 豈以如彼天才로 逃名於空門ᄒᆞ야 送平生於寂寞之中乎아?"

國師ㅣ 無言良久에 忽然慘淡曰

"榮辱窮達은 莫非天定이오 爲俗爲僧은 亦是因緣이라. 今相公이 以衷曲으로 問之ᄒᆞ시니 貧道ㅣ 豈欺心事릿가? 貧道ᄂᆞᆫ 本洛陽人이라. 家産이 豊足ᄒᆞ고 又曾好聲色ᄒᆞ야 杜秋娘之後孫五娘은[7] 洛陽名妓라 買以千金ᄒᆞ야 生一個女兒ᄒᆞ니 顔色이 極佳ᄒᆞ고 聰明이 絶人ᄒᆞ야 甚鍾愛之러니 山東에 盜賊이 大起ᄒᆞ야 發洛陽軍ᄒᆞᆯ시 貧道ㅣ 從軍數月ᄒᆞ야 平定盜

賊而還歸故鄉ᄒᆞ니 村落이 離散ᄒᆞ고 家眷下落을 問津無處ᄒᆞ고 傳說에 或云 '被害於盜賊이라' ᄒᆞ며 或云 '被擄라' ᄒᆞᄂᆞ 並未得其仔細라. 一種情根이 難忘五娘之母女ᄒᆞ야 世念이 頓絶ᄒᆞ고 落拓山中ᄒᆞ야 往來四方타가 削髮於驪山文殊庵ᄒᆞ니 本意ᄂᆞᆫ 修佛法積功德ᄒᆞ야 欲與五娘母女로 相逢於後生이러니 偶然有悟於經說ᄒᆞ야 今則幾乎塵念이 淸淨ᄒᆞ고 俗慮頓消ᄂᆞ 終是天倫이 深重ᄒᆞ고 情緣이 未絶ᄒᆞ야 花朝月夕에 時時難禁怊悵之懷ᄒᆞ니 逃名於空門이 豈其所樂이리오?"

此時仙娘이 聞此言而不禁涕淚가 滂沱如雨어ᄂᆞᆯ 大師ㅣ 流慧眼而見ᄒᆞ고 問曰

"此相公은 在於何處오?"

仙娘曰

"我本洛陽人이라. 今大師ㅣ 亦同鄉之人故로 自有感想ᄒᆞ니 大師俗姓은 何也오?"

國師曰

"貧道之姓은 賈也니이다."

仙娘이 問曰

"大師ㅣ 思女兒如此ᄒᆞ니 今日雖或相逢이면 以何爲驗고?"

國師ㅣ 曰

"其時不過三歲ᄂᆞ 典型이 恰似五娘ᄒᆞ고 天性이 聰慧ᄒᆞ야 三歲에 已覺音律ᄒᆞ야 彈五娘之琴ᄒᆞ고 能辨文武絃ᄒᆞ니 若至今生存이면 庶有師曠·季札之聰明일가 ᄒᆞᄂᆞ이다."

仙娘이 聽罷에 尤爲臆塞이어ᄂᆞᆯ 國師ㅣ 疑訝曰

"相公之春秋幾何오?"

---

7) [교감] 杜秋娘之後孫五娘은: 적문서관본 영인본 533쪽에는 '娶秋娘之後五娘하니 孫五娘은'으로 되어 있으나, 의미상 오식이므로 바로잡는다. 덕흥서림본 제3권 111쪽에는 '杜秋娘之後孫五娘은'으로 바르게 되어 있다.

仙娘曰

"十八歲로라."

國師ㅣ 惻然曰

"世間에 容貌相似者多矣ᄂᆞ 今見相公之容貌ᄒᆞ니 恰似五娘ᄒᆞ고 又與女兒로 同年이라 貧道ㅣ 自有觸動이니이다."

燕王曰

"五娘之容貌ㅣ 與此少年으로 何所彷彿乎아?"

國師ㅣ 俯首ᄒᆞ고 有難安之色이라가 更告曰

"非出家人之所語ᄂᆞ 平生積中之心懷라 不敢欺相公矣리니 貧道ㅣ 從軍之時에 不忍別五娘ᄒᆞ야 寫圖像而隨身不離러니 至今尙存ᄒᆞ니 相公은 見之ᄒᆞ소셔."

ᄒᆞ고 自櫃中으로 取出一簇子ᄒᆞ야 掛於壁上이어ᄂᆞᆯ 燕王與諸娘이 詳視之ᄒᆞ니 乃一幅美人圖ㅣ라. 年紀雖多ㅣᄂᆞ 毛髮眉目이 與仙娘으로 毫髮不差ᄒᆞ니 此時仙娘이 抱簇子而放聲大哭曰

"其年紀姓鄕이 不差ᄒᆞ고 其相貌與事蹟이 無異ᄒᆞ니 無可所疑요 分明是妾之慈母로소이다."

燕王이 慰仙娘ᄒᆞ고 謂大師曰

"天倫은 難可輕言이라 又有何信蹟고?"

大師ㅣ 曰

"貧道ㅣ 兩腋下에 有二個黑子ᄒᆞ야 他人은 不見이ᄂᆞ 五娘이 知之ᄒᆞ고 每言女兒之兩腋間에 亦有黑子라 ᄒᆞ나 貧道ㅣ 未及考覽이니이다."

燕王이 從容考仙娘之腋下ᄒᆞ니 果有黑子ᄒᆞ야 自己도 亦不知라 更見國師之兩腋ᄒᆞ니 無一毫差違어ᄂᆞᆯ 燕王이 甚異之ᄒᆞ야 命仙娘而再拜國師ᄒᆞ야 使定天倫ᄒᆞ니 仙娘이 起拜而哭曰

"女兒ㅣ 獲罪於神明ᄒᆞ야 三歲에 遭兵火ᄒᆞ야 失母親而流離漂泊ᄒᆞ야 賣於靑樓ᄒᆞ니 但知本姓이 賈氏요 幷失父母러니 豈知有今日이리오?"

說罷에 不勝嗚咽이어늘 國師ㅣ 又含涙曰

"吾見汝面ᄒᆞ고 心懷가 已有驚動이나 終認以男子ᄒᆞ고 不覺其爲女子ㅣ러니 今近二十年斷絶之父女ㅣ 更續天倫ᄒᆞ니 豈不奇異哉리오마ᄂᆞᆫ 其時에 能記憶汝母親之如何乎아?"

仙娘曰

"雖依俙나 盜賊이 欲擒母親이어늘 母親이 抱我逃走라가 盜漢이 追之ᄒᆞ야 勢甚急矣ㅣ라 棄我於路邊ᄒᆞ고 投於路傍井中이로소이다."

國師가 泫然下涙에 濕於錦袈ᄒᆞ야 曰

"吾ㅣ 今年近八旬이오 身已出家ᄒᆞ야 豈可繾綣夫婦故情이리오마ᄂᆞᆫ 汝之母親은 雖靑樓賤人이나 眞是白衣觀音이라. 志操之高尙과 姿色之出人을 尙今不忘故로 年年祈禱於玉屛洞ᄒᆞ야 願逢汝之母女러니 今日與汝相逢은 菩薩之指示로다. 然이나 汝以女子로 何以變服遊山乎아?"

仙娘이 逢燕王於江州之事와 前後經歷을 一一告之ᄒᆞ니 國師ㅣ 更起ᄒᆞ야 向燕王而合掌謝曰

"貧道ㅣ 雖有目이나 不知相公之爲燕王ᄒᆞ오니 望恕禮數[8]之怠慢ᄒᆞ소셔."

燕王이 笑曰

"國師ㅣ 年老ᄒᆞ고 吾之岳翁이라 勿爲過恭ᄒᆞ라."

國師ㅣ 欣然坐燕王之前ᄒᆞ야 詳見燕王之面ᄒᆞ고 慇懃有敬愛之色ᄒᆞ니 燕王이 亦欵待러라. 國師ㅣ 又施禮於兩娘ᄒᆞ고 尤加恭敬이러니 鸞城이 笑曰

"弟子ㅣ 了人間之緣ᄒᆞ고 將欲隨禪師而歸西天ᄒᆞ오니 師父ᄂᆞᆫ 指導ᄒᆞ소셔."

國師曰

8) 예수(禮數): 신분에 의하여 각각 다른 예(禮)의 대우.

"娘은 貴人이라 五福이 無窮矣리니 豈尋寂滅之法界리오? 貧道의 犬馬之齒ㅣ 朝不慮夕이라 今見平生所思之女兒ᄒᆞ니 更無餘恨이ᄂᆞ 已托身於空門ᄒᆞ야 更不參人間之事矣라. 以如彼孑孑之子로 托于兩娘子ᄒᆞ노니 貧道ㅣ 曾爲女兒ᄒᆞ야 十年祈禱於玉屛洞이러니 當爲燕王殿下及兩娘子而祝願ᄒᆞ야 生前에 欲報此恩이로소이다."

兩娘이 謝之러라. 燕王이 欲叙仙娘父女之情ᄒᆞ야 數日留大乘寺라가 第三日還歸ᄒᆞᆯ시 國師ㅣ 悵然ᄒᆞ야 扶錫杖而出數里ᄒᆞ야 告別揮淚曰

"佛家戒律에 情根이 居先이ᄂᆞ 父女恩情은 僧俗이 一般이라. 相公與諸娘子ᄂᆞᆫ 勿忘今日區區之情ᄒᆞ소셔."

復執仙娘之手曰

"無違夫子ᄒᆞ야 好享萬福ᄒᆞ라."

仙娘이 不忍相離ᄒᆞ야 淚下如雨어ᄂᆞᆯ 國師가 辛勤賜戒訓ᄒᆞ고 飄然歸山門ᄒᆞ니라.

此時燕王이 率一行ᄒᆞ고 來五柳洞ᄒᆞ야 以盃酒로 助餘興ᄒᆞ고 謂鸞城曰

"歸路之捷逕은 神仙이 指導ᄒᆞ라."

鸞城이 微笑ᄒᆞ고 不過半日에 歸家ᄒᆞ야 問候於兩親ᄒᆞ고 會於龜蓮堂ᄒᆞ야 遊山之事와 仙娘父女相逢之事를 一一告之ᄒᆞ니 聞者ㅣ 無論上下ᄒᆞ고 莫不稱奇而致賀ㅣ러라.

翌日燕王이 來衆妙堂ᄒᆞ야 送白金千斤과 一封書信於輔祖國師ᄒᆞ야 使重修大乘寺ᄒᆞ고 仙娘이 送一襲衣服과 一盒素饌ᄒᆞ야 以表孝誠ᄒᆞ니라.

且說. 燕王이 休退六七年이라. 皇帝ㅣ 冊封皇太子ᄒᆞ시고 受群臣之賀ᄒᆞ실시 燕王이 上表獻賀ᄒᆞ니 天子ㅣ 賜錦袍玉帶ᄒᆞ야 以施優批[9]ᄒᆞ시고 下詔天下ᄒᆞ야 集八方多士ᄒᆞ야 試文武之才ᄒᆞ시니 將何如오? 且看下回ᄒᆞ라.

9) 우비(優批): 신하가 올린 글에 대해 임금이 좋은 말로 비답(批答)을 내리던 일. 또는 그 비답.

登龍門楊生聯壁[1] 救楚王侍郎出戰

第五十八回

却說. 燕王之長子長星은 年이 十三歲요 次子慶星은 年이 十二歲라. 一日은 燕王이 來龜蓮堂ᄒᆞ야 見母親ᄒᆞᆫᄃᆡ 太妴ㅣ 曰

"長星·慶星이 請赴科學ᄒᆞ니 汝意何如오?"

燕王曰

"兩兒ㅣ 今在何處잇고?"

太妴曰

"似在艢南軒이로다."

燕王이 呼而責曰

"汝等이 年幼而文學이 尙未充이어ᄂᆞᆯ 妄有躁進之心ᄒᆞ니 豈不駭然이리오? 速速退去ᄒᆞ야 益勉學業ᄒᆞ라."

翌日燕王이 更見母親ᄒᆞ니 太妴ㅣ 笑曰

"昨日兩兒ㅣ 聽父命ᄒᆞ고 慶星은 唯唯ᄒᆞ고 長星은 怏怏ᄒᆞ니 豈不笑哉

1) 연벽(聯璧): 형제가 동시에 과거(科擧)에 급제함.

리오?"

燕王曰

"兩兒ㅣ 肖迺母ᄒᆞ야 慶兒ᄂᆞᆫ 柔順ᄒᆞ고 長兒ᄂᆞᆫ 唐突ᄒᆞ니이다."

太嬰ㅣ 笑曰

"吾ㅣ 年老ᄒᆞ고 兩兒之年이 各十有餘歲니 依其願ᄒᆞ야 一許觀光이 似好로라."

燕王이 微笑曰

"母親이 似入於長星之術中이니이다."

太嬰ㅣ 大笑러라. 燕王이 直至紫雲樓而呼長星ᄒᆞ니 鸞城이 笑曰

"長兒ㅣ 連日廢食飮ᄒᆞ고 苦請赴擧러니 俄往春暉樓ᄒᆞ니이다."

燕王이 笑曰

"俗談에 妻妾이 善然後에 子亦善이라 ᄒᆞ니 誠非虛言이로다. 長星이 終有蠻將之風ᄒᆞ야 如此豪悍ᄒᆞ니 難可制之일ᄉᆞᆺ ᄒᆞ노라."

鸞城曰

"妾은 聞以十五歲之秀才로 數千里外에 有請赴擧之例라 ᄒᆞ니 今長星之貪功名은 非蠻風이라 乃是家風이로소이다."

燕王이 大笑不答이러라. 是夜에 燕王이 至春暉樓ᄒᆞ니 太爺ㅣ 微笑曰

"俄者長星이 來ᄒᆞ야 請赴擧故로 責以年幼而文學之未成ᄒᆞ니 昂然對曰 '昔에 甘羅ᄂᆞᆫ 九歲에 爲上卿ᄒᆞ니 人之出身은 在於才不才요 不在於年紀ᄒᆞ고 以文學으로 言之則小孫이 雖不敏이ᄂᆞ 此席에 作曹子建七步詩ᄒᆞ리라' ᄒᆞ기로 老父ㅣ 奇其氣像ᄒᆞ야 已爲許之ᄒᆞ니 須許與慶星으로 伴行케ᄒᆞ라."

燕王이 莫可奈何ᄒᆞ야 應命治送兩兒ᄒᆞᆯᄉᆡ 尹夫人은 撫兒子而慮其行李ᄒᆞ야 不言得失ᄒᆞ고 鸞城은 一一照檢科具ᄒᆞ야 戒長星曰

"男兒ㅣ 不有意於此則已어니와 已爲經營則必一擧而中이니 兒子ᄂᆞᆫ 愼之愼之어다."

長星이 俯伏聽令ᄒᆞ고 與慶星으로 同時登程ᄒᆞ야 向皇城而去ᄒᆞ니라. 是夜에 燕王이 至艤南軒ᄒᆞ니 尹夫人이 悄然而坐ᄒᆞ야 眉睫間에 似有所思ㅣ라. 燕王曰

"夫人이 送兒子ᄒᆞ고 踽凉如此乎아?"

夫人曰

"非思兒子ㅣ라. 相公이 十五歲에 登科ᄒᆞ야 年未滿三十에 官至王侯ᄒᆞ니 妾이 恒憂相公之盛滿이러니 今長慶兩兒ㅣ 又以十二歲幼稚로 欲求功名ᄒᆞ야 躁進之心이 滿於胸中ᄒᆞ니[2] 雖不能挽止ᄂᆞ 豈無戒懼之心이리오?"

燕王이 改容謝之ᄒᆞ고 卽至紫雲樓ᄒᆞ니 鸞城이 請仙蓮兩娘ᄒᆞ야 吹笛彈琴ᄒᆞ야 意態自若이어ᄂᆞᆯ 燕王이 欣然曰

"鸞城이 以音律로 慰舐犢[3]之懷로다."

鸞城이 琅然笑曰

"妾은 聞氣像이 和平然後에 事可如意라 ᄒᆞ니 男子ㅣ 過十歲則有意四方은 自是常事라 豈可不忍暫離也리오? 兒子今番之行에 已料其榮歸故로 請兩娘ᄒᆞ야 欲以談笑風流로 助繁華氣像이니이다."

燕王이 視兩娘曰

"鸞城之發越唐突은 男子로 不可當이라."

ᄒᆞ더라.

且說. 長慶兩童이 入皇城ᄒᆞ야 直至尹閣老府中ᄒᆞ니 閣老夫婦ㅣ 不勝欣喜ᄒᆞ야 分坐左右ᄒᆞ고 愛而撫之曰

"不見汝輩가 已過七八年이러니 頭角이 嶄然ᄒᆞ야 已成丈夫氣像이로

2) [교감] 滿於胸中ᄒᆞ니: 적문서관본 영인본 537쪽에는 '已顯於幼年ᄒᆞ니'로 되어 있으나, 그 문장의 앞부분에 '又以十二歲幼稚로'가 나온 바 있으므로, 의미상 덕흥서림본 제3권 115쪽의 '滿於胸中ᄒᆞ니'가 합당하다고 여겨져 바로잡는다.
3) 지독(舐犢): 어미소가 송아지를 사랑하여 혀로 핥는 일. 즉 어버이가 자식을 사랑하는 일.

다.”

尹閣老ㅣ 特執長星之手而問曰

“汝之母親이 歸鄕園ᄒᆞ야 何以消遣고?”

對曰

“上奉父親ᄒᆞ고 下率諸母ᄒᆞ야 以風流로 消遣이니이다.”

閣老ㅣ 改容歎曰

“至矣盡矣로다! 宛種이 豈有駑馬ㅣ리오? 吾於汝母에 縱無生育之恩이나 眷戀之心이 常不下於慶星之母ㅣ러니 今對汝에 如對汝母親이라 典型이 彷彿ᄒᆞ야 欣喜無比ᄂᆞ 老夫ㅣ 年老ᄒᆞ야 恐不能見其大成이로다.”

復視慶星曰

“汝年이 十二歲라. 吾雖不知汝文學之何如ㅣᄂᆞ 今欲觀光은 無乃太早計乎아?”

慶星曰

“父親은 不許ᄒᆞᄂᆞ 祖父ㅣ 送之시니이다.”

長星이 昂然曰

“立朝事君이 亦學問中一事이오니 豈可虛送平生於案頭乎잇가?”

閣老ㅣ 歎曰

“吾惜紅鸞城之爲女子러니 今에 又出一鸞城이로다.”

數日後에 天子ㅣ 殿坐於勤政殿ᄒᆞ시고 集天下多士ᄒᆞ야 分文武而設科ᄒᆞᆯ식 長慶兩人이 入場屋ᄒᆞ야 俯伏於陛下ᄒᆞ야 手不停筆ᄒᆞ고 文不加點ᄒᆞ니 天子ㅣ 見之ᄒᆞ시고 大驚稱讚ᄒᆞᄉᆞ 遷長星於甲科ᄒᆞ시고 遷慶星於乙科ㅣ러니 殿上에 鴻臚ㅣ 大呼曰

“今日參於文科者ㅣ 有文武雙全者어든 更執弓矢ᄒᆞ라.”

ᄒᆞᆫᄃᆡ 長星이 應聲出班ᄒᆞ니 天子ㅣ 大驚曰

“楊長星이 不過十三歲秀才라 何以能兼學武技乎아? 朕이 親臨試之ᄒᆞ리라.”

ᄒᆞ시고 賜寶彫弓白羽箭ᄒᆞ야 使射於御前ᄒᆞ실ᄉᆡ 群臣上下ㅣ 衆目이 集注러니 長星이 捲青衫之袖ᄒᆞ고 奮玉腕ᄒᆞ야 挽寶彫弓而一射ᄒᆞᆫᄃᆡ 流矢如星而貫紅心ᄒᆞ니 左右喝采之聲이 如山嶽之崩壞러라. 長星이 連中五矢어ᄂᆞᆯ 天子ㅣ 大讚曰

"長星이 文有父風ᄒᆞ고 武有母風ᄒᆞ니 眞朕之寶ㅣ라."

又選於武科第一ᄒᆞ야 文武新榜을 次第入侍ᄒᆞ라 ᄒᆞ시니 文科龍榜第一에 楊長星과 第二에 楊慶星과 第三에 蘇光春이니 光春은 蘇裕卿之子也요 武科虎榜第一에 楊長星과 第二에 雷文卿과 第三에 韓飛廉이니 文卿은 雷天風之孫이오 飛廉은 韓應文之子ㅣ라. 黃閣老ㅣ曰

"韓應文이 方放逐於田園ᄒᆞ야 尙今未還이어ᄂᆞᆯ 其子ㅣ 豈能赴擧乎잇가?"

天子ㅣ 亦嫌賊黨ᄒᆞ슈 削飛廉之科ᄒᆞ고 但取文武五人ᄒᆞ야 楊長星은 拜翰林學士兼羽林郎ᄒᆞ고 楊慶星及蘇光春은 拜金鑾殿學士ᄒᆞ고 雷文卿은 拜虎賁郎ᄒᆞ고 下賜彩花一枝와 綠袍也帶ᄒᆞ실ᄉᆡ 長星은 加賜彩花一枝御廐馬一匹及寶盖ᄒᆞ시고 特引見楊學士兄弟曰

"汝父燕王은 朕之棟樑이라. 汝又助皇太子ᄒᆞ야 子子孫孫이 爲世祿之臣이면 豈不美哉리오?"

因召太子ᄒᆞ야 指學士曰

"此ᄂᆞᆫ 汝의 柱石之臣이라. 他日君臣이 勿負朕의 面戒之意ᄒᆞ라."

此時皇太后ㅣ 聞楊長星之龍虎榜重捷ᄒᆞ시고 曰

"此ᄂᆞᆫ 吾之孫婿ㅣ라 急欲引見ᄒᆞ노니 告於皇上ᄒᆞ라."

ᄒᆞ시니 此ᄂᆞᆫ 秦王이 往聚星洞時에 虢貴妃의 女楚玉之婚을 定於長星故也라. 天子ㅣ 卽命長星ᄒᆞ야 入侍於延春殿ᄒᆞ니 殿上殿下에 宮女妃嬪이 圍立而指稱曰

"十三歲男子ㅣ 何以如彼夙成이며 耳目顔色이 酷肖鸞城ᄒᆞ니 如對鸞城이로다."

又一宮人이 笑曰

"汝等이 但見鸞城ᄒᆞ고 不見燕王之少時로다. 吾ㅣ 曾侍皇上ᄒᆞ야 見燕王登科ᄒᆞ니 其時燕王은 十五歲라. 玉貌風采ㅣ 與彼彷彿이러니 今有子ᄒᆞ야 能承家風ᄒᆞ니 有是父有是子로다."

皇太后ㅣ 引見長星ᄒᆞᄉᆞ 曰

"外朝之臣을 不必引見이로되 汝ᄂᆞᆫ 非徒將爲吾之外孫婿라 汝母紅鸞城은 老身이 愛之如己出이라. 近者歸田園以後로 諸般凡節이 無異於前日乎아?"

長星이 起伏奏曰

"母ㅣ 安過於鄕山ᄒᆞ야 別無疾恙ᄒᆞ오니 莫非聖恩이로이다."

太后ㅣ 賜御饌ᄒᆞ시니 長星이 拜受後에 謝恩退出ᄒᆞ니라. 此日尹閣老ㅣ 率兩學士ᄒᆞ고 出府中ᄒᆞ니 蘇夫人이 執慶星之手ᄒᆞ고 曰

"汝母ㅣ 遠在ᄒᆞ야 不能同見今日之慶ᄒᆞ니 是所悵缺이로다."

閣老曰

"汝之兄弟覲親이 爲急ᄒᆞ니 早畢遊街ᄒᆞ고 上覲親之疏ᄒᆞ라."

兩學士ㅣ 應命ᄒᆞ고 遊街ᄒᆞᆯᄉᆡ 到處에 擇婿者ㅣ 紛紛ᄒᆞ야 長星은 已知與花珍結婚故로 敢不擧論ᄒᆞ고 通婚於慶星이 四處遝至[4]ᄒᆞ야 尹閣老府中에 媒婆ㅣ 如雲이러라. 先是에 花珍은 解秦王印綬ᄒᆞ고 封楚王ᄒᆞ야 率公主及三貴妃ᄒᆞ고 向楚國ᄒᆞ니라.

且說. 兩學士ㅣ 遊街畢에 呈疏覲行ᄒᆞᆯᄉᆡ 天子ㅣ 賜梨園法樂及黃金千鎰ᄒᆞᄉᆞ 助宴需ᄒᆞ시고 洛陽令以下地方官이 開路而處處迎候ᄒᆞ니 威儀之壯麗와 車馬之燦爛을 莫不讚嘆이러라. 至聚星洞ᄒᆞ니 太爺ㅣ 與燕王으로 集洞中賓客ᄒᆞ야 設宴於春暉樓ᄒᆞ고 太孃ㅣ 率兩婦三娘ᄒᆞ야 待於龜蓮堂

4) 답지(遝至): 한군데로 몰려들거나 몰려옴. [교감] 적문서관본 영인본 539쪽에는 '답지(沓至)'로 되어 있으나, 의미상 오식이므로 바로잡는다.

호시 兩學士ㅣ 綠袍也帶로 乘御廐馬ᄒᆞ고 寶盖雲幡과 梨園法樂이 前導ᄒᆞ야 見於太爺及父親ᄒᆞ니 太爺ㅣ 微笑而執兩學士之手ᄒᆞ고 入內堂ᄒᆞ야 見太孁及諸夫人諸娘ᄒᆞ니 太孁ㅣ 坐兩學士於左右而撫背曰

"吾ㅣ 晩得汝父ᄒᆞ야 受汝父之榮養도 亦所難必이러니 今見汝等之科慶ᄒᆞ니 豈其所意哉리오?"

太爺ㅣ 謂尹夫人及鸞城曰

"此ᄂᆞᆫ 古今稀貴之慶이라 禮不可廢요 鸞城은 長星이 文武雙全ᄒᆞ야 重捷龍虎榜ᄒᆞ니 尤不可廢其餙喜[5]라. 將欲何如오?"

尹夫人及鸞城이 含笑而有羞色이러라. 翌日以賞賜千金으로 集衆賓於春暉樓ᄒᆞ야 設大宴ᄒᆞ고 第二日은 設於皚南軒ᄒᆞ고 第三日은 設於紫雲樓호시 以彩緞錦帛으로 厚賞梨園樂工而送ᄒᆞ니라. 一日은 燕王이 至皚南軒ᄒᆞ니 尹夫人이 從容告曰

"慶星이 雖參於科榜이ᄂᆞ 年幼ᄒᆞ고 又文學이 未成ᄒᆞ니 相公은 上疏請十年之由ᄒᆞ야 俾得讀書於鄕園이 似好로소이다."

燕王이 改容曰

"學生之意ㅣ 亦然ᄒᆞ니 將欲上疏ㅣ라."

ᄒᆞ고 更至紫雲樓ᄒᆞ니 鸞城이 率長星ᄒᆞ고 教一書冊이어늘 燕王이 笑曰

"娘之敎子ㅣ 誤矣로다. 君子ㅣ 必期昇平宰相矣리니 六韜三略을 何處用之리오?"

鸞城이 笑曰

"人無遠慮ㅣ면 必有近憂ㅣ라. 男兒ㅣ 立朝ᄒᆞ야 有意四方ᄒᆞ니 豈徒尙道學文章이리오? 必上通天文ᄒᆞ고 下達地理ᄒᆞ야 風雲造化와 奇正合變을 無不通知라야 方可適用이니이다."

---

5) 식희(餙喜): 어버이의 경사(慶事)에 잔치를 베풂.

燕王이 微笑러라.

却說. 此時天子ㅣ 卽位十五年이라. 四方이 無事ᄒᆞ고 百姓이 安樂ᄒᆞ니 朝廷에 無深憂ㅣᄂᆞ 廟堂館閣에 事多做錯ᄒᆞ고 方伯守令이 以簿書期會爲事ᄒᆞ니 有識者ㅣ 憂之러라. 一日은 天子ㅣ 罷朝勤政殿ᄒᆞ고 率羣臣於後苑ᄒᆞ시고 賞花釣魚ᄒᆞ시며 作詩消暢이러니 忽然楚王之上疏ㅣ 至어ᄂᆞᆯ 急命學士而朗讀ᄒᆞ니 其疏에 曰

"楚王臣某ᄂᆞᆫ 百拜上書于皇帝陛下ᄒᆞ오니 楚國三千餘里以外ᄂᆞᆫ 自古로 不通朝貢ᄒᆞ고 風俗人物과 山川輿地ㅣ 漏於版圖ᄒᆞ야 待以異域ᄒᆞ고 斥之以蠻夷라. 數年以來로 沿海而漂泊舟楫과 生疎人物이 往往越境이오ᄂᆞ 卽遇順風則無去處故로 任其所之ᄒᆞ고 別無遠慮러니 今春에 忽有海船萬餘隻이 載怪異兵器而下陸ᄒᆞ야 一夜之間에 陷沒七郡ᄒᆞ고 合南方百餘部落ᄒᆞ야 據於山谷間ᄒᆞ니 楚界가 雖隔數千餘里ᄂᆞ 不可無防微杜漸[6]之道와 深憂遠慮之策이라. 方將修築城池ᄒᆞ며 操鍊軍馬ᄒᆞ야 以備不虞之變이ᄂᆞ 昇平之時에 有意於軍務ᄂᆞᆫ 非倉卒可辨之事라 敢陳實狀ᄒᆞ와 惶恐以聞ᄒᆞ노이다."

天子ㅣ 聽畢에 引見尹閣老ᄒᆞ고 示楚王上疏ᄒᆞ시니 尹閣老ㅣ 奏曰

"蠻賊이 越境作亂ᄒᆞ니 其意를 莫測이라. 願陛下ᄂᆞᆫ 召燕王楊昌曲而下問ᄒᆞ소셔."

上이 依允ᄒᆞ시고 未及下詔ᄒᆞ야 殿前御史董紅이 奏曰

"方今天下ㅣ 無事ᄒᆞ고 百姓이 安頓이어ᄂᆞᆯ 因一個海賊ᄒᆞ야 朝廷이 震動則此ᄂᆞᆫ 示深淺於外國이라. 臣은 聞外論호니 國家에 有大事然後에 召燕王이라 ᄒᆞ더니 方見楚使而召燕王則自然民心이 騷動ᄒᆞ리이다."

天子ㅣ 未決ᄒᆞ시니 原來董紅은 長安人이라. 以馳馬蹴毬로 得天寵ᄒᆞ야 權傾朝廷ᄒᆞ니 上自大臣으로 不敢抗衡이나 但恐燕王之入朝면 紅之行

6) 방미두점(防微杜漸): 어떤 일이 커지기 전에 미리 막음.

動이 不能任便故로 深忌之ᄒᆞ야 乘此時而奏之라. 上이 因不召燕王ᄒᆞ고 更使伺偵南方之動靜이러니 數日後楚王上疏ㅣ 又至어늘 上이 大驚ᄒᆞᄉᆞ 卽時開坼ᄒᆞ니 其略에 曰

"楚王臣某ᄂᆞᆫ 以爲臣이 遊於昇平ᄒᆞ고 疎於武備ᄒᆞ와 向日海賊이 數日之內에 已犯南徼ᄒᆞ야 侵陷五郡ᄒᆞ고 形勢危急ᄒᆞ와 以楚國殘兵으로 不可當이오니 請發大軍而救之ᄒᆞ소셔. 略探敵情호니 敵魁之名은 耶單이오 度略이 非常ᄒᆞ고 又有一個道士ᄒᆞ니 道號ᄂᆞᆫ 靑雲道人이라. 道術이 難測ᄒᆞ고 手下猛將이 無數ㅣ니이다."

天子ㅣ 覽畢大驚ᄒᆞᄉᆞ 引見尹閣老ᄒᆞ시고 卽日下詔ᄒᆞ야 召燕王ᄒᆞ시다.

且說. 燕王이 依尹夫人之言ᄒᆞ야 爲兒子學業ᄒᆞ야 方欲上疏ㅣ러니 忽然天子ㅣ 下詔ᄒᆞ시니 燕王이 北向四拜ᄒᆞ고 開視之ᄒᆞ니 皇上親筆이라. 書에 曰

"國有大事ᄒᆞ야 非卿則不可當이라. 與使臣으로 同爲登程ᄒᆞ되 與紅鸞城偕來ᄒᆞ라."

燕王이 見畢에 急呼鸞城ᄒᆞ니 鸞城이 率學士而來어늘 燕王이 示詔書ᄒᆞᆫᄃᆡ 鸞城이 無語良久에 曰

"相公은 將欲何如잇고?"

燕王曰

"君命을 不可遲緩이라 將欲發行이로라."

鸞城曰

"日色이 已暮ᄒᆞ고 必有商議之事ㅣ니 明日登程이 似好로소이다."

燕王이 善其言ᄒᆞ야 使天使로 休於客室ᄒᆞ고 入內堂ᄒᆞ야 侍兩親ᄒᆞ고 與兩夫人及諸娘·兩學士로 商議ᄒᆞᆯ시 燕王曰

"上命이 與鸞城偕來ᄒᆞ라 ᄒᆞ시니 必是兵革之事ㅣ라. 似非輦轂之下[7]의

7) 연곡지하(輦轂之下): 임금이 타는 수레가 있는 곳, 즉 왕도(王都). 연곡은 임금이 타는 수레.

時急之變이나 若邊方에 有賊ᄒᆞ야 更命出戰則食君之祿者ㅣ 義不敢辭어니와 但數離暮年膝下ᄒᆞ니 不孝莫大로소이다."

太爺ㅣ 愀然曰

"老父晩年에 心弱ᄒᆞ야 難耐曠久[8]相離라. 若至出戰則吾當率渾眷ᄒᆞ고 還居京第ᄒᆞ리라."

鸞城曰

"相公之出戰與否ᄂᆞᆫ 姑未預度이오나 今乃上京則卒無還鄕之期ᄒᆞ리니 不得不渾率이 追後會集京第ㅣ 似好로소이다."

太爺ㅣ 善其言이러라. 鸞城이 又告曰

"兒子ㅣ 官居羽林郎ᄒᆞ니 明日之行에 同往이 何如乎잇고?"

燕王曰

"娘이 已爲同往則娘之所率을 不可强留此處ㅣ니 同時率往ᄒᆞ라."

翌日未明에 燕王이 率妻子ᄒᆞ고 向皇城而行ᄒᆞ니라. 此時天子ㅣ 待燕王之入朝러니 天使ㅣ 還歸ᄒᆞ야 告燕王入城ᄒᆞᆫᄃᆡ 上이 大喜ᄒᆞᄉᆞ 卽時引見ᄒᆞ실ᄉᆡ 下御榻而執手曰

"與卿阻隔이 已七八年이라. 又因國家有事에 將伯助予ᄒᆞ야 藏置之屐를 遇雨天而欲用ᄒᆞ니 實所慚愧로다."

燕王이 奏曰

"臣이 不忠ᄒᆞ와 久未朝謁ᄒᆞ고 國家有事를 茫然不知러니 天恩이 罔極ᄒᆞᄉᆞ 今又命召ᄒᆞ시니 將不知圖報之地로소이다."

上이 乃示楚王之前後上疏ᄒᆞ시니 燕王이 見之ᄒᆞ고 心中에 大驚而自思ᄒᆞ되

'南蠻이 最難制요 楚國은 以莫强之國으로 數日之間에 失五邑하니 其勢甚急이라.'

---

8) 광구(曠久): 광일미구(曠日彌久)의 준말. 헛되이 세월만 오랫동안 보냄.

ᄒᆞ고 奏曰

"楚國은 南方邊境이라 救援方略을 不可疎忽이오니 請集文武百官ᄒᆞ야 收議而取其長이 似好ㅣ로소이다."

上이 依允ᄒᆞ시니 原任閣老黃義炳과 燕王楊昌曲과 右丞相尹衡文과 兵部尙書蘇裕卿과 禮部尙書黃汝玉과 翰林學士楊長星과 大將軍雷天風과 虎賁郞雷文卿等一班文武官員이 一時入侍ᄒᆞᆫᄃᆡ 天子ㅣ 下敎曰

"南蠻이 猖獗ᄒᆞ야 侵犯楚國ᄒᆞ니 天討[9]를 不可遲緩이라. 當發兵問罪矣리니 卿等은 各言其計ᄒᆞ라."

尹閣老ㅣ 奏曰

"方今朝廷에 無將材ᄒᆞ오니 伏願陛下ᄂᆞᆫ 留意於擇人ᄒᆞ소셔."

燕王이 奏曰

"今日楚國이 雖不尙武나 自古强國이오 又習於南方風土矣리니 不必多發天兵ᄒᆞ야 以貽民心之騷動이오 發精兵五六千騎ᄒᆞ야 與楚王으로 合勢而討之면 蠻酋를 似可膺懲이로소이다."

兵部尙書蘇裕卿이 奏曰

"見楚王之疏ㅣ 已數日이라 發兵이 時急이로소이다."

大將軍雷天風이 奏曰

"陛下ㅣ 欲擇將이신ᄃᆡᆫ 非燕王이면 不可로소이다."

上이 嘆曰

"燕王이 向日平定南蠻北胡ᄒᆞ야 其勞ㅣ 久矣어ᄂᆞᆯ 豈可再言出戰이리오?"

蘇裕卿이 更奏曰

"聖敎ㅣ 至當ᄒᆞ오ᄂᆞ 南蠻之强盛을 以庸將으로ᄂᆞᆫ 不可當이라. 燕王이 雖有獨賢之勞ㅣᄂᆞ 顧國事ᄒᆞ야 更命出戰ᄒᆞ시고 又命鸞城侯紅渾脫ᄒᆞ야

9) 천토(天討): 천자(天子)가 직접 군대를 보내어 토벌(討伐)함.

與之偕行ᄒᆞ소셔."

雷天風이 出班奏曰

"蘇尙書之言이 可謂萬全之計라. 若非燕王與鸞城侯ㅣ면 楚國一方은 非陛下之有ㅣ로소이다. 陛下ㅣ 幷用兩人則臣雖老矣ᄂᆞ 霹靂斧ㅣ 尙在ᄒᆞ오니 當爲前部先鋒ᄒᆞ와 南蠻王之首를 獻於榻前호리이다."

說罷에 霜髮이 上指어ᄂᆞᆯ 上이 大讚曰

"壯哉라 雷天風이여! 朕이 足以高枕無憂ㅣ라."

ᄒᆞ시고 回見燕王이러니 忽然一個少年이 出班奏曰

"臣雖無勇이오ᄂᆞ 願代父而率大軍ᄒᆞ고 平定南蠻호리이다."

衆이 視之ᄒᆞᆫᄃᆡ 面如白玉ᄒᆞ고 星眸細眉에 氣像이 堂堂ᄒᆞ니 乃翰林學士楊長星이라. 天子ㅣ 大驚ᄒᆞᄉᆞ 謂燕王曰

"卿之子ㅣ 年尙幼어ᄂᆞᆯ 今欲出戰ᄒᆞ니 知子ᄂᆞᆫ 莫如父ㅣ라. 卿意ㅣ 何如오?"

燕王이 奏曰

"擧稚子ㅣ 蒙聖上奬拔之恩ᄒᆞ와 圖報之心이 雖切이오ᄂᆞ 白面書生이오 口生乳臭ㅣ라 任三軍之將則朝廷用人之道ㅣ 恐或疎漏ㅣ로소이다."

言未畢에 公車令[10]이 奉呈一章上疏어ᄂᆞᆯ 上曰

"是誰之疏오?"

對曰

"鸞城侯紅渾脫之疏ㅣ로소이다."

天子ㅣ 大喜曰

"疏中에 必有妙計ㅣ라."

ᄒᆞ시고 命金蘭殿學士蘇光春而讀之ᄒᆞ시니 其疏에 曰

10) [교감] 공거령(公車令): 적문서관본 영인본 543쪽에는 '공거령(公擧令)'으로 되어 있으나, 오식이므로 바로잡는다.

"臣妾鸞城侯紅渾脫은 百拜上書于皇帝陛下ᄒᆞᄂᆞ이다. 蠢爾南蠻이 敢拒大邦ᄒᆞ야 以添聖主之憂ᄒᆞ오니 此正臣子의 沫血報圖之時라. 昔에 周之狄公[11]과 宋曹彬이 各薦其子ᄒᆞ야 爲國家禦侮干城之將이어놀 後世에 稱其善ᄒᆞ니 此ᄂᆞᆫ 因其無私ㅣ라. 臣妾이 本以漂泊賤踪으로 蒙聖主之恩寵ᄒᆞ와 富貴ㅣ 極矣요 榮華ㅣ 足矣라. 雖螻蟻之微와 豚魚之愚ㅣ라도 豈無竭盡忠憤ᄒᆞ야 馬革裹屍[12]之意리오마ᄂᆞᆫ 一個女子ㅣ 兩次出戰은 以示朝廷無人之恥ᄒᆞ야 招外夷慢侮之心일ᄉᆡ 敢效古人ᄒᆞ야 薦一個將材於陛下ᄒᆞ야 庶不誤大事ᄒᆞ오리니 陛下ᄂᆞᆫ 垂察ᄒᆞ소셔. 臣妾之子楊長星이 雖年幼ᄒᆞ오ᄂᆞ 曾從母而學兵書ᄒᆞ야 略知奇正合變之糟粕ᄒᆞ고 精通天文地理ᄒᆞ와 不讓於古之名將이라. 其英雄度量은 不下於乃父ᄒᆞ오며 驍勇經綸은 妾之所不能當也ㅣ로소이다. 雖禽獸之愚로도 有舐犢之戀ᄒᆞᄂᆞ니 妾이 豈以可疑之事로 自請而送子於死地乎잇가? 但天恩이 罔極ᄒᆞ시니 竊欲代臣妾之身ᄒᆞ야 以涓埃之微로 圖報國家ㅣ로소이다. 且虎賁郎雷文卿은 世世將種으로 學劍於臣妾ᄒᆞ와 有萬夫不當之勇ᄒᆞ오니 陛下ᄂᆞᆫ 用雷文卿ᄒᆞ야 使助長星一臂之力케 하소셔."

天子ㅣ 聽畢大喜ᄒᆞᄉᆞ 曰

"紅鸞城의 爲君爲國之誠이 不顧些少之嫌과 慈愛之情ᄒᆞ니 豈不奇哉리오? 鸞城之藻鑑은 朕之所知라 豈不知其子而薦之리오?"

卽下敎ᄒᆞ샤 拜翰林學士楊長星ᄒᆞ야 爲兵部侍郎兼都元帥ᄒᆞ시고 賜錦袍金甲과 白旄黃鉞ᄒᆞ야 命三日後發軍ᄒᆞ라 하시니 燕王이 奏曰

"新榜武科韓飛廉이 勇猛이 絶人ᄒᆞ고 能通兵法ᄒᆞ오니 伏願陛下ᄂᆞᆫ 更爲復科ᄒᆞᄉᆞ 使之從軍ᄒᆞ소셔."

---

11) [교감] 적공(狄公): 적문서관본 영인본 544쪽에는 '적공(逖公)'으로 되어 있으나, 인명(人名) 적인걸(狄人傑)을 가리키는 오식으로 여겨져 바로잡는다.
12) 마혁과시(馬革裹屍): 말의 가죽으로 자기 시체를 쌈. 옛날에는 전사(戰死)한 장수의 시체를 말가죽으로 쌌으므로, 전쟁에 나가 살아 돌아오지 않겠다는 뜻을 말하는 것이다.

上曰

"朕雖知其驍勇이나 其父韓應文이 舊日賊黨故로 削科러니 卿이 今旣薦之ᄒᆞ니 特爲復科ᄒᆞ야 拜中郞將而從軍ᄒᆞ라."

此時文武百官이 罷朝退出홀ᄉᆡ 楊元帥ㅣ 謝恩受命ᄒᆞ고 還歸府中ᄒᆞᆫᄃᆡ 諸營將卒이 早已等待ᄒᆞ고 副元帥雷文卿과 中郞將韓飛廉이 一時來到ᄒᆞ니 雷文卿은 時年이 二十八이오 韓飛廉은 二十歲라. 元帥以韓飛廉으로 爲行軍司馬ᄒᆞ고 下令曰

"明日行軍矣리니 若遲滯則必有軍律矣리라."

韓司馬ㅣ 聽令退出ᄒᆞ니라.

且說. 楊元帥ㅣ 入內堂ᄒᆞ야 侍兩親而議行軍之事홀ᄉᆡ 燕王曰

"兵難料度이나 南方風俗이 變詐無窮ᄒᆞ니 勿爲輕敵ᄒᆞ고 天下生靈이 都是赤子ㅣ니 愼毋濫殺無辜ᄒᆞ라."

元帥ㅣ 再拜受命이러라. 此日鸞城이 挑燈而坐ᄒᆞ야 看兵書ㅣ러니 燕王이 來見而笑曰

"娘이 輕薦幼兒ᄒᆞ고 敎何妙計乎아?"

鸞城曰

"兒子之將略은 妾之不能當이라 雖無可憂ㅣᄂᆞ 但少年銳氣로 軍令이 太剛ᄒᆞ야 恐其有殺戮之弊ㅣ로소이다."

俄而오 元帥ㅣ 自外而入ᄒᆞ야 告於母親曰

"小子ㅣ 欲明日行軍ᄒᆞ오니 母親은 何無一言之敎乎잇가?"

鸞城이 笑曰

"汝ㅣ 終以兒女子로 視汝母ᄒᆞ니 豈能信聽其言이리오?"

元帥ㅣ 避席頓首曰

"小子雖不肖ㅣᄂᆞ 不忘母親之命矣ㅣ리이다."

鸞城이 笑而告燕王曰

"今夜月色이 極佳ᄒᆞ니 率兒子而上後園이 何如잇고?"

燕王이 微笑ᄒᆞ고 與元帥로 至園中ᄒᆞ니 此時ᄂᆞᆫ 暮春이라. 一輪明月에 滿園花木之影이 搖曳隱映이어ᄂᆞᆯ 鸞城이 謂侍婢曰

"取來吾之雙劍ᄒᆞ라."

侍婢ㅣ 卽往翠鳳樓ᄒᆞ야 取雙劍而來ᄒᆞ니 鸞城이 飄然立於月下ᄒᆞ야 舞雙劍而自花林間으로 數次往來러니 忽然不知去處ᄒᆞ고 但一條白虹이 圍繞後園ᄒᆞ야 寒氣襲人ᄒᆞ면서 木葉이 紛紛亂落ᄒᆞ니 燕王이 視元帥曰

"汝母之劍術이 尙有餘ㅣ라."

ᄒᆞ더니 忽然空中에 一個芙蓉劍이 飛擊樹枝ᄒᆞ야 有鏘然之聲ᄒᆞ면서 枝上一雙鶺鴒ㅣ 驚動ᄒᆞ야 翩翩東飛ᄒᆞ니 芙蓉劍이 又飛於空中而遮東ᄒᆞ고 鶺鴒又西飛ᄒᆞ니 芙蓉劍이 又遮西ㅣ라. 鶺鴒ㅣ 且驚且鳴ᄒᆞ야 東西南北에 莫知所向이러니 不意에 芙蓉劍이 遍滿空中ᄒᆞ야 上下四方에 閃忽紛紛ᄒᆞ니 鶺鴒ㅣ 愈益窮迫ᄒᆞ야 哀鳴而飛入燕王之前이어ᄂᆞᆯ 燕王이 笑而擧袖ᄒᆞ야 掩護鶺鴒러니 俄而오 鸞城이 自空中而下ᄒᆞ야 笑曰

"因南方之敵ᄒᆞ야 驚我園中之鶺鴒로다."

謂元帥曰

"汝取看彼落葉ᄒᆞ라."

元帥ㅣ 一一取視ᄒᆞ니 皆有劍痕이어ᄂᆞᆯ 鸞城曰

"吾用劍之法은 鳳凰啄實法이라 雖過百萬大軍이라도 斬首無漏ᄒᆞ니 此ᄂᆞᆫ 初用之法이오 再用之劍은 蜘蛛縛蝶法이니 雖有昇天入地之勇이라도 難逃此劍이라. 然이ᄂᆞ 吾ㅣ 平生에 未嘗恃劍術而犯危ᄒᆞ고 無妄殺人命은 相公之所知라. 凡爲將에 殺戮이 若多則其子孫이 不能繁盛ᄒᆞ고 日後에 必非命橫死ᄒᆞ나니 汝ᄂᆞᆫ 對敵兵ᄒᆞ야 銘心吾言ᄒᆞ고 攻以良策ᄒᆞ야 以恩威로 受降ᄒᆞ야 以顯汝名於天下어다. 今武藝兵法이 無過於汝者ᄒᆞ나 若恃勇猛而入危地ᄒᆞ며 務强猛而事殺戮則非但兵家之忌라 又非臣子忠孝之心이니라."

元帥ㅣ 再拜受命이러라. 第三日에 元帥ㅣ 行軍ᄒᆞᆯ시 天子ㅣ 餞送於南

郊ᄒᆞᄉᆞ 親手推轂ᄒᆞ시고 曰

"閫以外ᄂᆞᆫ 將軍이 制之ᄒᆞ야 早立大功而凱旋ᄒᆞ라."

元帥ㅣ 受命登車ᄒᆞ니 部伍ㅣ 嚴整ᄒᆞ고 鼓角이 齊鳴이어ᄂᆞᆯ 天子ㅣ 喜動顔色ᄒᆞᄉᆞ 謂燕王曰

"元帥之軍律이 不下於卿이로다."

燕王이 歸府中ᄒᆞ야 曰

"今日侍皇上而見長星之行軍ᄒᆞ니 軍令이 肅然ᄒᆞ야 使其父로 不可當이로라."

鸞城이 笑曰

"相公이 每憂長星이 肖其母ᄒᆞ야 有蠻將之風이러니 今日에 始知其母之敎乎잇가?"

燕王이 大笑러라.

且說. 楚王이 兩次上疏以後에 苦待天兵이나 消息이 茫然이러니 一日은 南郡太守ㅣ 送飛檄ᄒᆞ야 疾馳來報ᄒᆞ되 今夜三更에 敵兵萬餘名이 犯境ᄒᆞ야 圍城甚急이라 ᄒᆞ니 楚王이 大驚ᄒᆞ야 會諸臣而商議曰

"南郡은 楚國重地라 若不堅守면 王城이 危矣라."

ᄒᆞ더니 翌日太守ㅣ 又報曰

"敵兵이 陷沒南郡ᄒᆞ고 向王城而去로소이다."

楚王이 失色曰

"內無良將ᄒᆞ고 外有强敵ᄒᆞ니 一片孤城을 將何以守之요?"

諸臣이 告曰

"王城은 非守成之處라 退守枳子城ᄒᆞ야 以待大軍之來ᄒᆞ소셔."

ᄒᆞ니 盖枳子城은 漢水[13]上에 有方城山[14]ᄒᆞ니 前後左右에 枳棘이 成

13) 한수(漢水): 중국 양자강의 최대 지류. 섬서성(陝西省) 영강현(寧羌縣)에서 발원해 섬서성 동남부와 호북성(湖北省) 중북부를 거쳐 무한(武漢)에서 양자강으로 유입된다. 화중(華中) 일대와 중원(中原)을 연결하는 중요한 교통로로, 삼국시대 이래 자주 쟁탈의 대상이 되어왔다.

林故로 號曰枳子城이라. 城池雖堅固나 地形이 狹窄ᄒᆞ고 素無軍糧ᄒᆞ야 楚王이 猶豫不決이러니 夜深後에 喊聲이 大作에 敵兵이 已迫南門而攻擊이어ᄂᆞᆯ 楚王이 大驚ᄒᆞ야 蒼黃中에 與公主·三貴妃·楚玉郡主[15]로 率數千騎而出北門ᄒᆞ야 棄王京而走枳子城ᄒᆞᆫᄃᆡ 敵兵이 破王城而奪取軍糧寶貨ᄒᆞ고 更圍枳子城ᄒᆞ니 楚王이 親冒矢石ᄒᆞ고 守城三日夜에 敵兵이 起雲梯而俯視ᄒᆞ야 見城中之無糧草ᄒᆞ고 圍如鐵箍ᄒᆞ야 形勢甚急이라. 楚王이 仰天歎曰

"天이 使我로 死於此處로다."

上馬出戰ᄒᆞ야 欲決雌雄ᄒᆞ니 郡主ㅣ 泣而執袖諫曰

"請兵於天朝ᄒᆞ니 父親은 更待數日ᄒᆞ소셔."

楚王이 然之ᄒᆞ야 閉城門而堅守之러라.

此時楊元帥ㅣ 所過에 秋毫不犯ᄒᆞ니 頌聲이 如雷러라. 到楚國地境ᄒᆞ니 村落이 蕭然ᄒᆞ고 鷄犬이 稀少ᄒᆞ야 可知敵兵所過之跡이라. 元帥ㅣ 倍日幷行ᄒᆞ야 到楚王城ᄒᆞ니 夜已三更이라 月色이 依俙ᄒᆞᆫ데 城門이 洞開ᄒᆞ고 敵兵이 屯聚ᄒᆞ야 燈火點點이어ᄂᆞᆯ 元帥ㅣ 退大軍而下寨數里外ᄒᆞ고 召軍校一人而下令曰

"汝潛往王城近處ᄒᆞ야 勿論男女ᄒᆞ고 逢楚國民이어든 招來ᄒᆞ라."

俄而오 招來一個老翁ᄒᆞ니 元帥ㅣ 問曰

"我ᄂᆞᆫ 天朝救兵將이라. 楚王이 今在何處오?"

對曰

"今在枳子城ᄒᆞ시니 四面敵兵이 圍繞ᄒᆞ야 不能相通이로소이다."

元帥ㅣ 問曰

---

14) 방성산(方城山): 중국 하남성(河南省) 방성현(方城縣)의 동북쪽, 섭현(葉縣)의 남쪽 40리에 있는 산. 초(楚)나라가 성(城)을 산 위에 세워 요새로 삼았다. 한수(漢水)가 방성산의 남쪽으로 흐른다.
15) 군주(郡主): 왕세자(王世子)의 정실(正室)에서 난 딸의 봉작(封爵).

"敵兵이 幾何며 敵將은 在何處오?"

老翁曰

"敵兵은 不知幾萬이오 敵將은 在於枳子城下니이다."

元帥ㅣ 留老翁於軍中ᄒᆞ고 呼副元帥雷文卿曰

"將軍은 率數千騎ᄒᆞ고 潛到王城下ᄒᆞ야 吶喊攻城ᄒᆞ되 勿入城門ᄒᆞ고 城外斥候敵卒을 勿論多寡ᄒᆞ고 一一捉來ᄒᆞ라."

雷文卿이 聽令ᄒᆞ고 率數千騎而至王城外ᄒᆞ야 詳密考察ᄒᆞ니 賊兵이 別無防備ᄒᆞ고 洞開城門ᄒᆞ야 但斥候之兵이 三三五五而往來어ᄂᆞᆯ 雷文卿이 吶喊而入ᄒᆞ니 敵兵이 大驚ᄒᆞ야 一時에 閉城門ᄒᆞ고 登城而射어ᄂᆞᆯ 雷文卿이 佯作攻城之狀이라가 擒斥候兵數十名而來ᄒᆞ니 元帥ㅣ 下令曰

"楚王이 在枳子城ᄒᆞ야 危在朝夕이라 ᄒᆞ니 今大軍이 合力ᄒᆞ야 先擊枳子城而救之ᄒᆞ고 明日에 又攻楚王城ᄒᆞ리라."

ᄒᆞ고 故縱擒來敵兵ᄒᆞ고 放砲擂鼓ᄒᆞ야 大軍이 一時吶喊ᄒᆞ니 天地震動ᄒᆞ고 山川이 飜覆이라. 敵兵이 急往枳子城ᄒᆞ야 告明陣動靜ᄒᆞ니 敵將이 大驚ᄒᆞ야 即召王城之軍而防備어ᄂᆞᆯ 元帥ㅣ 謂雷文卿曰

"如此如此ᄒᆞ라."

ᄒᆞ고 大軍이 啣枚而帶月色ᄒᆞ야 破楚王城南門而直入ᄒᆞ니 城中에 有老弱殘兵數百과 一個敵將이라. 楊元帥ㅣ 即斬敵將之首ᄒᆞ야 懸於北門ᄒᆞ니 敵陣이 望見而知王城之還奪ᄒᆞ고 恐懼不已러라. 元帥ㅣ 又下令曰

"王城은 楚國之本이라. 今已回復ᄒᆞ니 無足憂慮라 待天明而挑戰ᄒᆞ라."

ᄒᆞ고 分付三軍ᄒᆞ야 閉城門ᄒᆞ고 解甲卸鞍ᄒᆞ고 偃旗息鼓ᄒᆞ야 少無防備어ᄂᆞᆯ 老弱蠻兵百餘名이 相議曰

"吾ㅣ 乘此時而逃走라."

ᄒᆞ고 暗自越城而歸本陣ᄒᆞ야 以告敵將ᄒᆞᆫ듸 敵將이 半信半疑ᄒᆞ야 登北山而俯視城中ᄒᆞ니 月色이 依俙ᄒᆞᆫ듸 燈燭이 稀少ᄒᆞ고 更點之聲이 斷續ᄒᆞ야 一齊就睡之狀이라. 敵將이 大喜曰

"明兵이 驅馳遠來ᄒᆞ니 豈不疲困이리오? 乘此時ᄒᆞ야 更復城池ᄒᆞ리라."

ᄒᆞ고 分兵二隊ᄒᆞ야 一隊ᄂᆞᆫ 圍枳子城ᄒᆞ고 一軍은 攻楚王城ᄒᆞᆯᄉᆡ 至城下ᄒᆞ니 忽然背後에 有砲響ᄒᆞ며 一員大將이 率數千騎ᄒᆞ고 揮大刀而叱曰

"大明副元帥雷文卿이 在此已久ᄒᆞ니 敵將은 受吾劍ᄒᆞ라."

ᄒᆞ고 衝突東西ᄒᆞᆫᄃᆡ 敵將이 正在唐荒이러니 王城北門이 又開ᄒᆞ면서 一員大將이 擧長鎗而大聲疾呼曰

"大明行軍司馬韓飛廉이 在此ᄒᆞ니 敵將은 休走ᄒᆞ라."

兩將이 前後挾攻ᄒᆞ니 敵將이 自知不能敵ᄒᆞ고 撥馬便走어ᄂᆞᆯ 兩將이 追至枳子城而厮殺ᄒᆞᆯᄉᆡ 兩將이 都是少年銳氣라 各揮刀鎗ᄒᆞ야 斬數千餘級ᄒᆞ고 收鎗劍而回顧四面ᄒᆞ니 月落西山ᄒᆞ고 東方이 旣白ᄒᆞᆫᄃᆡ 賊兵이 滿山遍野ᄒᆞ야 圍之十匝이라. 兩將이 相顧曰

"吾等이 以銳氣로 貪戰深入ᄒᆞ니 豈能解重圍리오?"

此際兩個敵將이 擧鎗縱馬而來曰

"明將은 入天羅地網ᄒᆞ니 速來納降ᄒᆞ라."

雷韓兩將이 大笑而迎戰ᄒᆞ야 十餘合에 不分勝負ᄒᆞ니 敵將은 敵國第一名將이라. 一人은 小尉遲帖木忽이니 使大斧ᄒᆞ고 一人은 醜金剛白顔帖이니 使大刀ᄒᆞᆫ데 小尉遲ᄂᆞᆫ 面如土色ᄒᆞ고 身長이 十餘尺이오 力足以捕猛獸ᄒᆞ고 醜金剛은 面若塗脂ᄒᆞ고 腰帶十圍요 驍勇捷利ᄒᆞ야 能聳數十丈ᄒᆞ니 眞萬夫不當之勇이라. 雷韓兩將이 盡力ᄒᆞ야 敵二人ᄒᆞᆯᄉᆡ 鎗劍은 翻於空中ᄒᆞ야 白雪이 紛紛ᄒᆞ고 喊聲은 震動天地ᄒᆞ야 雷聲이 轟轟이러라.

此時楚王이 知天兵之至ᄒᆞ고 與潘虢兩貴妃·楚玉郡主로 上枳子城南門ᄒᆞ야 觀兩陣勝敗ᄒᆞᆯᄉᆡ 見敵將氣勢之凶獰ᄒᆞ고 恐懼不已하야 楚王이 視楚玉郡主曰

"吾父女之命脈이 懸於此一戰이라."

ᄒᆞ니 未知勝負ㅣ 如何오? 且看下回ᄒᆞ라.

楊尙書擊毬斬董紅 孫先生東床迎佳婿

第五十九回

却說. 四將이 交鋒ᄒᆞ야 不分勝負ㅣ러니 陣上에 忽有霹靂聲ᄒᆞ면셔 小尉遲ㅣ 投斧而聳身下馬ᄒᆞ야 赤手空拳으로 鬪至三十餘合에 兜破甲脫ᄒᆞ야 西躍東赴ᄒᆞ니 氣勢ㅣ 如掀動天地ᄒᆞ야 楚國上下ㅣ 自城上望見ᄒᆞ고 莫不失色이러니 忽自敵陣中으로 流矢飛入ᄒᆞ야 中韓司馬之臂어날 韓司馬ㅣ 以口拔矢ᄒᆞ고 一邊酣戰ᄒᆞ니 流血이 淋漓ᄒᆞ야 濺染戰袍라. 雷文卿이 見此狀ᄒᆞ고 棄醜金剛而赴小尉遲ᄒᆞᆫ듸 小尉遲ㅣ 以右手로 打落文卿之劍ᄒᆞ니 文卿이 手脚이 慌忙ᄒᆞ야 用劍之法이 微亂이라. 楚王이 望見大驚曰

"天將이 不能敵賊將ᄒᆞ니 如之何則可也리오?"

虢貴妃ㅣ 忽有喜色ᄒᆞ야 指北曰

"大王은 見彼遠來之將ᄒᆞ소셔. 必紅鸞城이로소이다."

三貴妃及君臣上下ㅣ 望見ᄒᆞ니 一位少年將軍이 紅袍金甲으로 擧芙蓉劍ᄒᆞ고 馳入如飛ᄒᆞ니 星眸玉顔이 果是紅鸞城이라. 楚王이 喜動顔色ᄒᆞ야 蹶然而起曰

"天活寡人이로다. 若果鸞城이면 小醜를 何足憂리오?"

郡主ㅣ 流秋波而熟視러니 暗告虢貴妃曰

"母親은 更視之ᄒᆞ소셔. 其將之外貌ᄂᆞᆫ 雖與鸞城侯로 彷彿이ᄂᆞ 面大腰長ᄒᆞ야 有男子氣像ᄒᆞ니 似非鸞城侯로소이다."

楚王이 又見而驚曰

"果非鸞城이오 鸞城之子楊長星이로다. 朝廷에 雖無將材ᄂᆞ 何可使幼兒出戰고?"

ᄒᆞ더라.

此時楊元帥ㅣ 送雷韓兩將於敵陣ᄒᆞ고 登城上而觀其動靜이러니 見兩將之勢急ᄒᆞ고 親至敵陣而衝突ᄒᆞ고 仍大呼曰

"兩將은 休戰ᄒᆞ고 見我用劍之法ᄒᆞ라."

ᄒᆞ고 兩手芙蓉劍을 舞之如飛ᄒᆞ야 回轉三四百回러니 忽然右手芙蓉劍이 向空而飛ᄒᆞ며 入於醜金剛之前ᄒᆞ니 金剛이 聳身於中天ᄒᆞ야 欲拒下來之劍ᄒᆞᆫ듸 元帥ㅣ 又投左手芙蓉劍於空中이러니 金剛之頭ㅣ 落於馬下라. 小尉遲ㅣ 棄司馬而直赴於元帥어놀 元帥ㅣ 收劍而撥馬便走ᄒᆞ니 小尉遲ㅣ 不勝憤怒ᄒᆞ야 追後而大呼曰

"明將은 莫走ᄒᆞ라! 吾一戰而報金剛之讐ᄒᆞ리라."

元帥ㅣ 顧視而笑曰

"匹夫ㅣ 生長於南方ᄒᆞ야 不知天命ᄒᆞ고 自矜麤勇이로다. 吾以慈悲之心으로 容貸性命ᄒᆞ노니 早早納降ᄒᆞ라."

言未畢에 流矢飛入ᄒᆞ야 中小尉遲之命門ᄒᆞ야 翻身落馬어놀 元帥ㅣ 馳往伸猿臂[1]而擒之ᄒᆞ니 敵陣이 擾亂이라. 韓雷兩將이 乘勝衝突ᄒᆞ야 積尸如山ᄒᆞ고 血流成渠ᄒᆞ니 百萬大軍이 死者ㅣ 太半이러라.

此時楚王이 自城上望見ᄒᆞ고 謂虢貴妃曰

1) 원비(猿臂): '원숭이의 팔'이라는 뜻으로, 팔이 길고 힘이 있음을 일컫는 말.

"吾ㅣ 素知楊長星之夙成이나 不料勇略之如彼卓絶터니 果有乃母之風이로다."

方洞開城門ᄒᆞ고 率手下親兵數千騎ᄒᆞ고 下城而迎接元帥ᄒᆞ니 元帥ㅣ 馬上에 欠身長揖曰

"介胄之士ᄂᆞᆫ 不拜라 大王은 恕其倨傲ᄒᆞ소셔."

楚王이 又答揖曰

"不見元帥之眉宇ㅣ 八九年에 青春功名이 兼全文武ᄒᆞ니 今日相逢은 實是意外ㅣ라. 敵兵이 已退ᄒᆞ니 暫入城中이 似好ㅣ로라."

元帥ㅣ 應諾ᄒᆞ고 謂雷韓兩將曰

"公等은 入王城ᄒᆞ야 鎭定軍中ᄒᆞ고 牢囚小尉遲ᄒᆞ라."

ᄒᆞ고 陪楚王而至枳子城ᄒᆞ니 楚王이 分座而設賓主之禮어ᄂᆞᆯ 元帥ㅣ 辭之不已ᄒᆞᆫ듸 楚王이 改容謝曰

"寡人이 德薄ᄒᆞ야 宗社之危ㅣ 如在朝夕이러니 元帥ㅣ 奉皇命ᄒᆞ야 拯生靈於塗炭之中ᄒᆞ고 置楚國於磐泰之上ᄒᆞ니 此皆聖主之德이오 元帥之功이라. 寡人이 不知其圖報之地로라."

元帥曰

"今日破敵은 殿下之洪福이라. 小子ㅣ 豈敢承當乎잇가?"

楚王이 微笑而執元帥之手曰

"尊翁이 享淸福於田園이어ᄂᆞᆯ 以寡人不敏之致로 更出世路ᄒᆞ니 雖極慚愧나 尊翁이 今姑年富力强ᄒᆞ시고 君이 又成大功ᄒᆞ야 功名이 煊爀ᄒᆞ야 有光於國家ᄒᆞ니 是所賀也로다. 賊之餘黨이 不少ᄒᆞ니 將欲如何오?"

元帥ㅣ 曰

"古語에 '斬草除根이오 殺人見血이라' ᄒᆞ니 若不捕賊魁면 誓不還國이로소이다."

楚王이 改容稱謝러라.

翌日에 元帥ㅣ 拿入小尉遲ᄒᆞ야 跪於帳前ᄒᆞ고 曰

"吾奉皇命ᄒᆞ야 平定南方호ᄃᆡ 欲以德懷來요 不欲以力鬪之라. 效諸葛武侯之七縱七擒ᄒᆞ야 今玆放送ᄒᆞ노니 速歸而語賊將ᄒᆞ야 能更戰則收拾軍馬而來케 ᄒᆞ라."

解其縛而賜酒肉ᄒᆞ니 小尉遲ㅣ 拜謝而去어ᄂᆞᆯ 諸將이 諫曰

"小尉遲ᄂᆞᆫ 蠻之虎將이라. 今放送ᄒᆞ시니 豈非縱虎入山乎잇가?"

元帥ㅣ 笑曰

"南方이 王化遙遠ᄒᆞ야 不可以威力服之라 欲以恩威感化ᄒᆞ노니 公等은 但同心戮力ᄒᆞ라."

諸將이 黙黙無語러라.

且說. 耶單이 收拾敗軍ᄒᆞ야 與靑雲道人으로 議敵天兵之策이러니 見小尉遲之還ᄒᆞ고 大喜ᄒᆞ야 翌日下寨於楚王城下ᄒᆞ고 更爲挑戰ᄒᆞ니 楊元帥ㅣ 指揮雷韓兩將曰

"吾ㅣ 聞之호니 敵陣에 有一個道士라 ᄒᆞ니 今日에 必行妖術矣라. 結武曲陣而防備ᄒᆞ고 觀其動靜而應變ᄒᆞ리라."

ᄒᆞ더라. 自敵陣으로 鼓角이 震動ᄒᆞ면셔 一枝軍馬가 靑旗靑甲으로 三三五五而出ᄒᆞ며 壹輛小車에 坐一位道士ᄒᆞ니 山巾道服으로 面白眉靑ᄒᆞ야 非塵世人物이라. 元帥ㅣ 心中疑訝曰

"何如山人이 以如許風骨로 從賊國而來오?"

ᄒᆞ더니 道人이 念眞言而擧劍指天地四方ᄒᆞ니 靑雲이 起處에 神將鬼卒이 滿山遍野而來어ᄂᆞᆯ 元帥ㅣ 閉陣門而半日不出ᄒᆞᆫᄃᆡ 道人이 號令神將ᄒᆞ야 四面攻擊ᄒᆞ되 牢不可破ᄒᆞ니 道人이 大驚ᄒᆞ야 收神將ᄒᆞ고 更欲作法이러니 楊元帥ㅣ 大聲於陣上曰

"道人은 止妖術而聽吾言ᄒᆞ라."

道人이 自思ᄒᆞ되,

'見明元帥之陣勢ᄒᆞ니 非時俗之將이라. 今乘談話之時而擒之ᄒᆞ리라.'

ᄒᆞ고 驅車而出立陣頭ᄒᆞ니 元帥ㅣ 亦以紅袍金甲으로 擧雙劍ᄒᆞ고 立於

門旗下ᄒᆞ야 大叱曰

"恃道術而逆天命ᄒᆞ니 我以正道應戰ᄒᆞ고 不以詭計角勝ᄒᆞ리니 汝ㅣ 若恃其才어든 能拒吾之雙劍乎아?"

道人이 應諾이어ᄂᆞᆯ 元帥ㅣ 依後園月下母親之劍術ᄒᆞ야 投雙劍於空中ᄒᆞ니 頃刻間에 千百芙蓉劍이 圍繞敵陣ᄒᆞ야 冷氣襲人이라. 道人이 大驚ᄒᆞ야 大聲曰

"元帥ᄂᆞᆫ 暫收劍術ᄒᆞ라. 願聞高名ᄒᆞ노라."

元帥ㅣ 曰

"汝但盡道術而決勝負어ᄂᆞᆯ 知名何爲리오?"

道人이 下車而變身ᄒᆞ야 以一個道童之狀으로 進於元帥之前曰

"師兄이 豈不知我乎아?"

元帥ㅣ 疑其姦計ᄒᆞ야 按劍大罵曰

"么麽盜賊이 安敢亂言고?"

道人이 更見而唐荒曰

"元帥가 豈非白雲道人之弟子紅娘乎잇가?"

元帥ㅣ 聞而異之曰

"道童은 何人고?"

道人曰

"我ᄂᆞᆫ 白雲道士之弟子青雲이로소이다. 今見元帥之劍術與顔色컨ᄃᆡ 與吾師兄紅娘으로 彷彿ᄒᆞ니 願聞尊名ᄒᆞ노이다."

元帥ㅣ 方知其言之有苗脈ᄒᆞ고 改容曰

"我ᄂᆞᆫ 大明大元帥楊長星이라. 曾聞白雲道士之高名이러니 以其弟子로 何以助賊ᄒᆞ야 擾亂天下오?"

道人이 羞愧曰

"吾與紅兄으로 在白雲洞ᄒᆞ야 師事白雲道士ㅣ라가 紅娘이 欲救蠻王哪咤而下山後에 道士ㅣ 亦往西域ᄒᆞ니 吾獨處山中ᄒᆞ야 但事採藥이라가 敵

將耶單이 至誠懇請故로 黽勉來此요 本非樂從이라. 今欲還入山中이어니와 不知케라 元帥之容貌與劍術이 何以恰似吾師兄고?"

元帥ㅣ 以根天之孝로 逢母親窮途之交ᄒᆞ니 豈不感動이리오? 乃從容謝曰

"學生이 曾聞之ᄒᆞ니 母親이 初年漂泊ᄒᆞ야 師事白雲道士라 ᄒᆞ니 先生은 卽母親之故人이라 暫時定座ᄒᆞ소셔."

道人이 驚喜ᄒᆞ야 執元帥之手而含淚曰

"吾之師兄이 雖經苦楚於山中이ᄂᆞ 今有子如此ᄒᆞ니 晩福이 昌大라. 更無拜謁之期ᄒᆞ니 豈不怊悵이리오?"

元帥ㅣ 曰

"先生之言이 如此ᄒᆞ니 留於軍中ᄒᆞ야 敎以破敵之策ᄒᆞ소셔."

道士ㅣ 笑曰

"旣爲其人而來라가 反害其人은 非義라. 我ᄂᆞᆫ 自此逝矣니 以元帥之將略으로 何患小賊이리오? 早立大功而歸ᄒᆞ야 見於萱堂ᄒᆞ고 告曰 '見舊日白雲道士床前에 烹茶之青雲童子라' ᄒᆞ소셔."

說罷에 聳身空中ᄒᆞ야 爲青鶴而不知去處ㅣ라. 元帥ㅣ 茫然自失ᄒᆞ야 悵然不已라가 因變武曲陣ᄒᆞ야 成奇正八門陣ᄒᆞ고 使韓雷兩將으로 挑戰ᄒᆞ니 耶單이 迎戰數合에 兩將이 佯敗而走ᄒᆞᆫ듸 耶單은 本是性急無謀者라 從兩將而直入明陣ᄒᆞ니 元帥ㅣ 閉生門而開死門ᄒᆞᆫ듸 耶單이 東西衝突ᄒᆞ되 終不得脫이라.

此時小尉遲ㅣ 欲救耶單之急ᄒᆞ야 擧斧而衝突明陣ᄒᆞ니 四面이 如鐵筒ᄒᆞ고 惟開一門이어ᄂᆞᆯ 小尉遲ㅣ 大喊一聲而突入ᄒᆞ니 此亦死門이라 劍戟이 成林ᄒᆞ고 矢石이 如雨ᄒᆞ야 不見脫出之路라. 方大驚ᄒᆞ야 回馬欲出이러니 忽然馬落於陷阱而爲所擒ᄒᆞ니 耶單이 尤不勝憤怒ᄒᆞ야 擊東에 東門이 開ᄒᆞ나 出其門에 又有一門ᄒᆞ고 擊北에 北門이 開ᄒᆞ나 出其門則又有一門ᄒᆞ야 終日出入六十四門호듸 不出陣外ᄒᆞ니 耶單이 憤氣衝天ᄒᆞ야 踊

躍如虎러니 中央一門이 忽開ᄒᆞ면셔 楊元帥ㅣ 高坐而號令曰

"耶單아! 汝尙不降乎아?"

耶單이 大怒ᄒᆞ야 欲衝入其門ᄒᆞᆫᄃᆡ 元帥ㅣ 笑而揮旗ᄒᆞ니 門閉而劍戟이 如霜이어놀 耶單이 又尋他路러니 一門이 又開에 楊元帥ㅣ 號令曰

"耶單아! 今亦不降乎아?"

耶單이 方欲突入이러니 門閉而劍戟이 又如前森嚴이라 如此至再至三에 耶單이 身被十餘鎗ᄒᆞ니 自度不得脫ᄒᆞ고 大呼一聲而落馬ᄒᆞ야 自刎而死ᄒᆞ니 元帥ㅣ 斬其首ᄒᆞ야 懸於馬下ᄒᆞ고 驅大軍ᄒᆞ야 掩殺敵陣ᄒᆞ니 如土崩瓦解ᄒᆞ야 積尸如山이라. 降者ᄂᆞᆫ 不殺ᄒᆞ리라 ᄒᆞ니 敵兵이 一時投降이어놀 元帥ㅣ 率大軍而還本陣ᄒᆞ야 呼小尉遲於帳前曰

"耶單이 雖死ᄂᆞ 殘兵이 尙多ᄒᆞ니 汝能更戰乎아?"

小尉遲ㅣ 叩頭謝曰

"小將은 再生之命이라. 托於元帥帳前ᄒᆞ야 欲效犬馬之誠ᄒᆞ노이다."

ᄒᆞ고 嚼指爲誓ᄒᆞ니 元帥ㅣ 奇其意ᄒᆞ야 仍爲收拾ᄒᆞ고 呼敵兵之降者曰

"汝等이 大明之百姓이라. 陷於耶單之謀ᄒᆞ야 犯於死地ᄂᆞ 今還爲平民ᄒᆞ니 歸家務農ᄒᆞ고 無復再懷叛心ᄒᆞ라."

衆皆叩頭而謝ᄒᆞ고 或有蹈舞者ᄒᆞ며 或有感泣者ᄒᆞ야 各歸其家ᄒᆞ니라. 元帥ㅣ 平定南方ᄒᆞ고 凱歌로 還楚王城ᄒᆞ야 一邊修捷書而送于朝廷ᄒᆞ니라.

且說. 虢貴妃ㅣ 喜元帥之立功ᄒᆞ야 尤加敬愛ᄒᆞ고 以客禮待之ᄒᆞ니 元帥ㅣ 故不辭ᄒᆞ고 以東床嬌婿之嬌態로 風流聲色에 極其佚宕이러라. 一日은 元帥ㅣ 自思호ᄃᆡ

"吾ㅣ 偶因王事而來라가 百年佳人을 置於咫尺ᄒᆞ고 不見而歸면 此豈男子氣像이리오?"

ᄒᆞ고 思一計而請見虢貴妃ᄒᆞ야 曰

"貴妃ㅣ 曾來燕府時에 以子婿之禮로 見我ᄒᆞ시고 亦與母親으로 爲知

己之友라 今日拜謁이 庶不違禮로소이다."

貴妃ㅣ 欣然許之ᄒᆞ니 楚玉郡主ㅣ 從容諫曰

"元帥ㅣ 前日은 三尺孩提라 見之無怪ᄂᆞ 今長成ᄒᆞ야 旣爲居官이어ᄂᆞᆯ 無名視之ᄂᆞᆫ 不可로소이다."

貴妃笑曰

"非徒昔日에 吾與鸞城으로 有兄弟之誼라. 他日嬌婿의 辛勤之情을 何可不聽이리오?"

因請元帥於內殿而見ᄒᆞᆯ시 禮畢後貴妃曰

"青春之年에 立此大功業ᄒᆞ니 賀喜를 何可量이리오?"

元帥ㅣ 謝曰

"此皆皇靈攸暨楚王殿下之洪福이라. 小子ㅣ 有何功德乎잇가?"

貴妃ㅣ 又曰

"鸞城이 歸來京第ᄒᆞ시ᄂᆞ 萬里關山에 對面無路ᄒᆞ야 悄悵不已러니 今對玉貌ᄒᆞ니 如對鸞城ᄒᆞ야 喜不自勝이로라."

元帥ㅣ 曰

"男兒之行止ㅣ 本雖無定이ᄂᆞ 萬里他國에 如此相見은 難可豫期라 將欲待詔而急歸故로 暫請謁이니이다."

貴妃ㅣ 琅琅笑曰

"吾與鸞城으로 有管鮑之交ᄒᆞ고 又兼秦晉之誼ᄒᆞ니 今日如此尋訪이 尤爲多情이로다."

仍進盃盤而親勸ᄒᆞ니 元帥ㅣ 連飮數盃에 紅暈이 滿面ᄒᆞ고 談笑ㅣ 生風ᄒᆞ니 貴妃ㅣ 愛之不已러라. 元帥ㅣ 微笑曰

"晩生이 以風流之心으로 數日客館에 無聊ㅣ 頗甚이라. 聞之호니 楚國女子ㅣ 往往有弓馬之才라 ᄒᆞ니 宮中에 必有娘子軍矣라. 明日欲於苑中에 一玩宮女之才ᄒᆞᄂᆞ이다."

貴妃ㅣ 笑曰

"吾亦最好此事ᄒᆞ야 教宮人ᄒᆞ야 挽弓馳馬者ㅣ 百餘人이라. 元帥ㅣ 欲一見之則何難之有리오?"

翌日貴妃ㅣ 擇宮女數百人ᄒᆞ야 備戎服而鍊武於後苑ᄒᆞᆯᄉᆡ 元帥ㅣ 亦以紅袍星冠으로 帶弓矢而乘大宛青驄馬[2]ᄒᆞ고 就鍊武場ᄒᆞ니 楚國宮女等이 知元帥武藝之絶倫이라 凝粧鮮明ᄒᆞ고 盡其才而爭優劣ᄒᆞ니 紛紛鋒刃은 春雪이 玲瓏ᄒᆞ고 片片流矢ᄂᆞᆫ 曉星이 閃忽ᄒᆞ야 翠翹花鈿은 落於馬前ᄒᆞ고 綠衣紅裳은 照於日光ᄒᆞ니 元帥ㅣ 稱讚不已러라. 忽有一雙青鵠이 飛過鍊武場이어ᄂᆞᆯ 諸宮女ㅣ 爭射不中ᄒᆞ니 自然場上이 擾亂이라. 此時楚玉郡主ㅣ 樓上에 垂下珠簾而玩之ᄒᆞᆯᄉᆡ 嫌元帥之不遠ᄒᆞ야 坐於樓中深處러니 楊元帥ㅣ 凝視之ᄒᆞ야 十分暗料ᄒᆞ고 自思曰

"宮中에 別無含羞而避者어ᄂᆞᆯ 今見其動靜ᄒᆞ니 必是楚玉이라. 吾ㅣ 當驚楚玉ᄒᆞ야 觀其蒼黃之狀이라."

ᄒᆞ고 抽腰間之矢ᄒᆞ야 佯作射鵠之狀ᄒᆞ고 向樓上而一發ᄒᆞᆫᄃᆡ 流矢打折簾鉤ᄒᆞ면셔 珠簾이 墜落ᄒᆞ니 郡主ㅣ 卒不能避어ᄂᆞᆯ 楊元帥ㅣ 以秋水兩眼으로 脈脈注視ᄒᆞ니 嬋姸之態ᄂᆞᆫ 半輪明月이 聳於雲霄ᄒᆞ고 忽忙之色은 一隊飛鴻이 驚於秋風ᄒᆞ야 以羞愧之態로 回身而入ᄒᆞᆫᄃᆡ 楊元帥ㅣ 微笑ᄒᆞ고 謝於虢貴妃曰

"晩生이 無弓才ᄒᆞ야 誤中簾鉤而破ᄒᆞ니 是所赧顔이로소이다."

貴妃ㅣ 大笑曰

"古人이 射屛中之孔雀ᄒᆞ야 定百年佳緣ᄒᆞ니 今射中簾鉤ㅣ 亦一奇事ㅣ라. 元帥弓法이 如此神奇ᄒᆞ니 願一見之ᄒᆞ노라."

元帥ㅣ 欣然應諾曰

"晩生이 非賭則不射ᄒᆞ리니 若射而不中百步外柳葉則晩生之馬ㅣ 大宛

2) [교감] 청총마(青驄馬): 적문서관본 영인본 554쪽에는 '총마(驄馬)'로 되어 있으나, 덕흥서림본 제3권 135쪽에는 '청총마(青驄馬)'로 되어 있는바, '청총마(青驄馬)'가 보다 정확한 표현으로 생각되어 바로잡는다.

國所産이라 價是千金이오니 獻於貴妃也요 若中之면 下賜何物乎잇가?"

貴妃ㅣ 笑曰

"楚國雖小ᄂᆞ 當如元帥之所請矣리라."

元帥曰

"休道他物ᄒᆞ고 賜彩緞千匹ᄒᆞ소셔."

貴妃ㅣ 許之ᄒᆞ니 元帥ㅣ 使宮女로 立鎗竿於百步外ᄒᆞ고 掛一柳葉於鎗頭ᄒᆞ고 以彤弓[3]大羽箭으로 一射而貫中柳葉ᄒᆞ니 滿場宮女와 左右諸人이 一時喝采라. 元帥ㅣ 促請彩緞ᄒᆞ니 貴妃ㅣ 卽取來紋錦千疋이어ᄂᆞᆯ 元帥ㅣ 微笑而一一分給宮女ᄒᆞ고 因奏音樂ᄒᆞ고 盃盤이 浪藉ᄒᆞ야 日暮而罷ᄒᆞ니라.

此時天子ㅣ 送楊元帥ᄒᆞ시고 苦待捷書ㅣ러니 楚使ㅣ 來到ᄒᆞ야 呈元帥之上疏ᄒᆞᆫᄃᆡ 天子ㅣ 覽畢大喜ᄒᆞ사 受百官進賀ᄒᆞ시고 引見燕王而執手曰

"卿之父子ㅣ 皆有勳勞於國家ᄒᆞ니 古今罕有之事ㅣ라. 長星은 兼兵部尙書ᄒᆞ고 卿與鸞城侯ᄂᆞᆫ 加食邑五千戶ᄒᆞ노라."

燕王이 再三上疏辭免호ᄃᆡ 上이 不允이러라. 此時皇太后ㅣ 聞長星勝捷ᄒᆞ시고 言於皇上曰

"長星이 旣立大功於楚國ᄒᆞ고 楚玉之年이 十三歲라. 因成禮後回國이似好ㅣ로라."

上이 應命ᄒᆞ시고 以燕王으로 拜巡撫使ᄒᆞ야 前往楚國ᄒᆞ야 與楚王으로 慰撫百姓ᄒᆞ고 因成長星之婚事ᄒᆞ라 ᄒᆞ시니 此時燕王이 退朝ᄒᆞ야 告兩親ᄒᆞ고 謂鸞城曰

"皇上이 承太后懿旨[4]ᄒᆞ사 促長星婚事ᄒᆞ시고 成婚後回軍ᄒᆞ라 ᄒᆞ시니 所不敢辭ㅣᄂᆞ 尙多未備ᄒᆞ니 如何則可ㅣ리오?"

---

3) 동궁(彤弓): 붉게 칠한 활. 옛적에 천자(天子)가 공로가 있는 제후(諸侯)에게 하사했다.

4) 의지(懿旨): 왕비(王妃)·왕자(王子)·왕손(王孫)의 명령.

鸞城이 笑曰

"今日之事ᄂᆞᆫ 妾所已料ㅣ라 略有留意ᄒᆞ오니 勿慮ᄒᆞ소셔."

燕王이 大喜ᄒᆞ야 數日後登程ᄒᆞᆯᄉᆡ 天子ㅣ 厚賜錦帛彩緞ᄒᆞ시니라.

且說. 楊元帥ㅣ 留大軍於楚國ᄒᆞ고 苦待下詔ㅣ러니 聞燕王이 爲巡撫使而來ᄒᆞ고 與楚王으로 出城迎入ᄒᆞ야 設宴於宮中ᄒᆞ고 宴罷에 以勅語로 慰諭軍民ᄒᆞ고 燕王이 語楚王曰

"兒子之年이 不過十四歲라 醮禮ㅣ 雖不急이ᄂᆞ 皇命이 鄭重ᄒᆞ시니 趁早成禮ᄒᆞ야 不至久留大軍ᄒᆞ소셔."

楚王曰

"寡人이 方經兵火ᄒᆞ야 姑未整頓ᄒᆞ니 數十日後이라야 乃可準備로이다."

卽命日官擇日ᄒᆞ니 隔十餘日이라. 楚王이 使貴妃로 設備婚具ᄒᆞ고 日日與燕王으로 論胷襟ᄒᆞ야 曰

"吾等이 紫盖峰相別以後로 往事如夢이오 此地相逢이 亦意外라 豈不欣然이리오?"

ᄒᆞ더라. 於焉吉日載届에 元帥ㅣ 紅袍玉帶로 抱木雕鴈ᄒᆞ고 郡主ᄂᆞᆫ 鳳冠繡衫으로 行醮禮ᄒᆞᆯᄉᆡ 威儀堂堂ᄒᆞ야 眞君子淑女요 英雄佳人이라. 畢三日花燭ᄒᆞ고 備親迎之行ᄒᆞᆯᄉᆡ 楚王이 率女兒而入朝ᄒᆞ니 王妃及貴妃ㅣ 執郡主之手而怊悵曰

"女子有行이 遠父母兄弟ᄒᆞᄂᆞ니 今此遠別을 其如戀戀之情에 奈何ㅣ리오마ᄂᆞᆫ 汝ㅣ 長於宮中ᄒᆞ야 不知閨範內則ᄒᆞ고 暗昧於孝養舅姑之節ᄒᆞ니 皆乃母之過ㅣ라. 女兒ᄂᆞᆫ 于歸舅家ᄒᆞ야 務其柔順ᄒᆞ고 無違夫子ᄒᆞ며 戒之儆之ᄒᆞ라."

郡主ㅣ 又伏於母親之懷ᄒᆞ야 眶淚迸出ᄒᆞ야 不忍起身이어ᄂᆞᆯ 楚王이 促行裝ᄒᆞ니 郡主ㅣ 登七香車[5]ᄒᆞᆫᄃᆡ 宮女宮屬이 餞送二十里外而歸ㅣ러라. 元帥ㅣ 率大軍而先行ᄒᆞ고 楚燕兩王은 率郡主而後行ᄒᆞ니 車騎輜重이 絡

繹十里ᄒᆞ야 觀者ㅣ 如雲이러라. 十餘日後에 到皇城ᄒᆞ니 楚王은 與郡主로 同入大內ᄒᆞ고 燕王이 先入復命ᄒᆞ니 天子ㅣ 備法駕而出十里外ᄒᆞ야 受獻馘之禮ᄒᆞᆯᄉᆡ 楊元帥ㅣ 留大軍於郊外ᄒᆞ고 奏凱歌ᄒᆞ니 鼓角은 掀天ᄒᆞ고 旌旗ᄂᆞᆫ 蔽日이라 備軍禮而奉耶單之首級ᄒᆞ야 獻于壇上ᄒᆞ니 天子ㅣ 欠身慰勞ᄒᆞ시고 大犒三軍ᄒᆞ고 法駕還宮ᄒᆞ시니 元帥ㅣ 更以罷陣樂으로 解送大軍後에 還歸府中ᄒᆞ니 此時鸞城이 聞元帥凱旋ᄒᆞ고 喜不自勝ᄒᆞ야 曳繡履ᄒᆞ고 倚門而待ᄒᆞ야 氣色이 着急이어ᄂᆞᆯ 燕王이 笑曰

"娘의 今日之喜ㅣ 與前日吾之勝戰으로 何如오?"

鸞城이 笑而對曰

"相公之立功은 卽賤妾之立功이라 反不覺其喜러니 今日之事ᄂᆞᆫ 尤爲神異ᄒᆞ야 如謝安의 不覺屐齒之缺이로소이다."

燕王이 大笑러라. 俄而오 元帥來到ᄒᆞ야 見於兩堂ᄒᆞ고 侍母親而詳告勝戰之事ᄒᆞ니 鸞城이 欣然曰

"汝之今番得捷은 吾所預度이ᄂᆞ 終是少年銳氣로 專恃武技而輕戰은 不可ᄒᆞ니 此後ᄂᆞᆫ 愼之어다."

元帥ㅣ 又告青雲道人之言ᄒᆞᆫᄃᆡ 鸞城이 且驚且笑曰

"青雲이 本是輕妄ᄒᆞ야 偏好雜術이러니 不改舊習이라."

ᄒᆞ더라. 翌日天子ㅣ 會百官而論功行賞ᄒᆞ실ᄉᆡ 都元帥楊長星은 拜兵部尚書ᄒᆞ야 賜食邑萬戶ᄒᆞ고 副元帥雷文卿은 拜左將軍ᄒᆞ야 賜食邑七千戶ᄒᆞ고 行軍司馬韓飛廉은 拜兵部員外郎ᄒᆞ야 賜食邑五千戶ᄒᆞ고 其下諸將은 隨功賞賜ᄒᆞ시고 下教曰

"楚玉郡主ᄂᆞᆫ 朕之姪女ㅣ라. 今日親迎之行에 以家人之例로 朕이 親臨燕府而視之矣리라."

ᄒᆞ시다. 此時楚王이 詣闕內ᄒᆞ니 太后ㅣ 歡喜之中에 又見郡主而尤

5) 칠향거(七香車): 각종 향나무로 만든 수레로, 귀인(貴人)이 타는 수레를 말함.

喜曰

"見汝於五六歲時러니 其間儼然壯大로다."

ᄒᆞ시고 對楚王曰

"女兒ᄂᆞᆫ 無恙乎아?"

楚王曰

"姑無大病이니이다."

且說. 尹閣老ㅣ 謂燕王曰

"皇上이 親臨貴府則必多窘塞矣라. 賢婿ᄂᆞᆫ 退朝ㅣ 似好로다."

燕王이 然之ᄒᆞ야 卽時退朝ᄒᆞ니 上이 笑曰

"卿이 今逢大賓ᄒᆞ니 似有窘塞이ᄂᆞ 家人一席에 不辭疏食糲飯矣리니 勿須張大ᄒᆞ야 無使不速之客으로 有不安之心케 ᄒᆞ라."

燕王이 惶恐頓首ᄒᆞ고 退歸府中ᄒᆞ야 告兩親而謂鸞城曰

"天子ㅣ 倉卒臨御ᄒᆞ시니 供饋之節에 曾無留意라. 今日之事ᄂᆞᆫ 娘之所主니 量宜奉行ᄒᆞ라."

鸞城이 笑曰

"今日以新婦之德으로 將欲儼然作媤母體統이러니 相公이 又爲沮戱로다."

ᄒᆞ고 請仙蓮兩娘曰

"吾等三人이 宜同苦樂이라 娘等의 撫棗[6]之日에 當不辭勞矣리니 娘等은 今日親執井臼之役ᄒᆞ라."

ᄒᆞ고 捲衣裳而下堂ᄒᆞ야 察烹飪而嘗醎淡ᄒᆞ야 與衆婢로 同苦ᄒᆞ고 以談笑로 董督ᄒᆞ니 其敏捷은 如微風ᄒᆞ고 其整齊ᄂᆞᆫ 如毫末ᄒᆞ야 頃刻間에 水陸이 具備ᄒᆞ고 盃盤이 整齊ᄒᆞ야 少無所未洽이라. 諸婢ㅣ 相顧嗟嘆曰

6) 무조(撫棗): 대추를 어루만진다는 뜻으로, 혼례(婚禮)에서 시부모가 새 며느리의 폐백(幣帛) 대추를 받는 일.

"吾ㅣ 但鸞城이 爲佳人中英雄이러니 今日視之ᄒᆞ니 可謂無處不當이라."

ᄒᆞ더라. 俄而오 門外喧鬧에 天子ㅣ 與楚王으로 率郡主而臨御ᄒᆞ시니 滿朝百官이 備華服而車馬雲屯ᄒᆞ고 儀仗이 滿於門前ᄒᆞ며 府中이 熱鬧라. 內堂에 盛設舖陳ᄒᆞ고 太爺ㅣ 以青袍烏紗로 南向主壁[7]ᄒᆞ며 太孁ᄂᆞᆫ 以煖帽[8]繡裙으로 分坐東西ᄒᆞ고 燕王은 以紅袍玉帶로 西向侍坐ᄒᆞ며 尹黃兩婦人은 花冠繡襦로 東向侍坐ᄒᆞ며 鸞城은 七寶垂髻와 綠羅圓衫[9]으로 與仙蓮兩娘으로 從婦人而坐ᄒᆞ고 尙書ᄂᆞᆫ 紫緋牙笏[10]로 率學士及仁星ᄒᆞ고 侍立於燕王之側ᄒᆞ야 座席이 井井ᄒᆞ고 威儀ㅣ 肅肅ᄒᆞ야 如丹山鳳凰이 率雛而飛下ᄒᆞ며 似碧海明珠ㅣ 放光彩而個個照耀ᄒᆞ야 朱翠紅粧이 照顔玲瓏ᄒᆞ고 錦衣羅裙이 滿堂輝煌ᄒᆞ야 和氣瑞色이 千古稀貴之座席이라.

俄而오 新婦ㅣ 下鳳輦[11]ᄒᆞ야 錦衣繡裳에 着萬花章服ᄒᆞ고 七寶髢兒髻에 垂明月珮ᄒᆞ야 楚國宮女十餘人과 燕府侍婢數十名이 各以凝粧盛飾으로 前遮後擁而陞堂ᄒᆞ니 窈窕之態와 嬋姸之容을 孰不稱讚이리오? 見太爺太孁而終八拜之禮ᄒᆞ고 見燕王及兩夫人而行八拜之禮ᄒᆞ고 四拜於鸞城ᄒᆞ고 再拜於兩娘ᄒᆞ니 兩娘이 起身答禮러라. 學士及仁星兄弟ᄂᆞᆫ 各行禮畢에 以翠鳳樓側花月亭으로 定處所而休息ᄒᆞ니라.

此時天子ㅣ 殿坐於外堂ᄒᆞ시고 命燕王父子ᄒᆞ야 受行禮後에 卽出外堂

---

7) 주벽(主壁): 여러 사람을 좌우(左右) 양옆으로 앉히고 그 가운데를 차지해 앉는 주인되는 자리, 또는 그 자리에 앉은 사람.
8) 난모(煖帽): 예전에 추위를 막기 위해 쓰던 방한용 모자. 상강(霜降) 이후 추위를 막으려고 사모(紗帽) 밑에 두르는데, 담비 털이나 쥐 털로 만들어 썼다.
9) 원삼(圓衫): 부녀(婦女)가 입던 예복(禮服)의 하나. 흔히 비단이나 명주로 지으며, 연두색 길에 자주색 깃과 색동 소매를 달고 옆을 튼 것으로, 홑옷과 겹옷 두 가지가 있다. 주로 신부(新婦)나 궁중에서 내명부(內命婦)들이 입었다.
10) 아홀(牙笏): 관등(官等)이 제일 높은 벼슬아치가 가지던 서각(犀角)이나 상아(象牙)로 만든 홀(笏).
11) 봉련(鳳輦): 꼭대기에 황금의 봉황(鳳凰)을 장식한, 임금이 타는 가마.

ᄒᆞ라 ᄒᆞ사 上이 笑曰

"今日朕의 來府中之意ᄂᆞᆫ 爲賀於鸞城이니 卽爲招來ᄒᆞ라."

鸞城이 欲拜謁於堂下ᄒᆞᆫᄃᆡ 上이 命陞堂ᄒᆞ시고 謂楚王曰

"昔者에 宋太祖ᄂᆞᆫ 以微行으로 數臨丞相趙普家ᄒᆞᆫᄃᆡ 趙普之妻ㅣ 親行酒盃ᄒᆞ니 太祖ㅣ 呼以兄嫂ᄒᆞ야 便同家人ᄒᆞ니 此ᄂᆞᆫ 千古美事라. 今朕이 雖無宋太祖之德이ᄂᆞ 鸞城之賢淑은 過於趙普妻ᄒᆞ리니 朕이 以弟嫂로 待之ᄒᆞ리라."

ᄒᆞ시고 謂鸞城曰

"嫂氏ㅣ 爲國家ᄒᆞ야 薦進賢子ᄒᆞ니 今日朕之兄弟ㅣ 如此湛樂은 嫂氏之功이라 不知其所報어니와 今朕이 以不速之客으로 參席은 欲討嫂氏慶宴一盃酒ᄒᆞ노니 或不張大乎아?"

鸞城이 惶愧ᄒᆞ야 不敢對어ᄂᆞᆯ 楚王이 又欠身謝曰

"見鸞城이 旣爲七八年이라. 抱楚玉而談話之時가 宛如昨日이러니 光陰이 倏忽ᄒᆞ야 遽詠窈窕之詩ᄒᆞ야 不負兩家之信ᄒᆞ니 歡喜無比ᄂᆞ 賤息이 蔑學ᄒᆞ야 應多貽憂於貴門矣리니 望須敎之를 與所嬌無異ᄒᆞ고 恕其未祛ᄒᆞ소셔."

鸞城이 但跼蹐受命而已러라. 良久에 進盃盤ᄒᆞ니 山珍海錯이 繁華精緻ᄒᆞ야 滿堂百僚를 各各接待ᄒᆞ고 宮掖下屬도 一一供饋ᄒᆞ되 府中이 寂然ᄒᆞ야 少無喧譁어ᄂᆞᆯ 天子ㅣ 笑曰

"此必鸞城之幹辦[12]이라. 雖倉卒之事나 約束이 嚴明ᄒᆞ고 經綸이 整齊ᄒᆞ니 此亦用兵之法이로다."

天子ㅣ 終日歡樂ᄒᆞᄉᆞ 與燕王父子로 君臣一席에 如家人同樂ᄒᆞ시고 日暮後還宮ᄒᆞ시니 燕王이 送衆賓ᄒᆞ고 至靈壽閣ᄒᆞᆫᄃᆡ 太夔ㅣ 率兩夫人·三娘及郡主ᄒᆞ고 撫而愛之不已어ᄂᆞᆯ 燕王이 告於母親曰

12) 간판(幹辦): 주임(主任)이 되어 사무를 주관(主管)함.

"今日長星之婚事ᄂᆞᆫ 已畢이어니와 慶兒ㅣ 亦已長成이ᄂᆞ 無可定婚處ᄒᆞ니 最所關念이로소이다."
尹夫人曰
"日前老親이 言蘇尙書之女ㅣ 年今十一歲라 才德이 過人이ᄂᆞ 蘇尙書ㅣ 欲求寒微之家ᄒᆞ야 不肯與慶兒議婚이라 ᄒᆞ니 相公은 從容探知ᄒᆞ소셔."
燕王이 大喜曰
"不知蘇尙書之有所嬌러니 夫人이 曾見之乎아?"
尹夫人曰
"數次見之ᄒᆞ니 不知其所學如何ᄂᆞ 其外貌ᄂᆞᆫ 絶等이러이다."
燕王이 點頭而出이어ᄂᆞᆯ 尹夫人이 笑而謂鸞城曰
"娘은 有相人之眼ᄒᆞ야 一見郡主而知其賢淑이ᄂᆞ 我ᄂᆞᆫ 盲眼이라 累見蘇小姐호ᄃᆡ 何可信哉리오?"
鸞城이 笑而見慶星曰
"學士ㅣ 欲知蘇小姐之賢否면 說我而遣蘇府ᄒᆞ야 觀相則萬無一失矣리라."
長星이 流秋波而見郡主ᄒᆞ면셔 笑曰
"母親이 雖能觀相이ᄂᆞ 不能當小子之手段일가 ᄒᆞᄂᆞ이다."
仙蓮兩娘이 問其故ᄒᆞᆫᄃᆡ 長星이 呵呵大笑曰
"世間에 觀人者ㅣ 先通幾微故로 但見其修飾ᄒᆞ고 不見其天眞ᄒᆞᄂᆞ니 小子ᄂᆞᆫ 往楚國ᄒᆞ야 如此如此로소이다."
因言托以射鵲而射落珠簾之事ᄒᆞ고 說郡主의 蒼黃避走之狀ᄒᆞ야 善形容其時光景ᄒᆞ니 一座ㅣ 大笑絶倒ᄒᆞ고 郡主ᄂᆞᆫ 紅暈이 滿面ᄒᆞ야 不勝羞愧러라.
翌日蘇尙書ㅣ 來燕府ᄒᆞ니 燕王이 禮畢에 笑曰
"朋友之道ㅣ 廢已久矣ᄂᆞ 人之交友에 不交其內ᄒᆞ고 但交其外則何如哉리오?"

尙書ㅣ 笑曰
"然ᄒᆞ이다."
燕王曰
"然則兄이 待我以外ᄒᆞ니 是何道理오?"
尙書ㅣ 愕然曰
"何謂也잇고?"
燕王曰
"少弟ᄂᆞᆫ 聞之ᄒᆞ니 兄有所嬌ᄒᆞ고 慶兒ㅣ 年紀長成이ᄂᆞ 嫌弟之富貴ᄒᆞ야 不欲許婚이라 ᄒᆞ니 凡富貴窮達은 人之外事요 志趣胷襟은 人之深情이라 豈非以其外而疎待乎아?"
蘇尙書ㅣ 笑曰
"晩生이 豈以富貴로 疎待相公이리오? 但女兒ㅣ 蔑學ᄒᆞ야 不敢當貴門子婦之列이로소이다."
燕王이 改容答曰
"吾亦以汝南布衣로 分外功名이 已極ᄒᆞ니 恒有戒懼之心ᄒᆞ야 兒子婚事를 欲定於寒微處러니 偶然與楚王으로 定婚ᄒᆞ니 亦天定之緣이라 非人力所能爲니 兄은 勿爲固執而與豚兒成婚이 若何오?"
蘇尙書曰
"相公이 已言之ᄒᆞ시니 弟之地閥與交分이 一也라 別無辭讓之端ᄒᆞ니 豈有他言이리오?"
燕王이 大喜ᄒᆞ야 談笑ㅣ 更加多情이러니 左右ㅣ 報曰
"楚王이 枉臨이라."
ᄒᆞᆫᄃᆡ 燕王이 迎入禮畢에 蘇尙書ᄂᆞᆫ 避座러니 楚王이 問曰
"門外에 有車馬從者故로 意謂府中에 有大賓이러니 何以寂然고?"
燕王이 笑曰
"吏部尙書蘇裕卿이 來라가 見大王之來而避席이니이다."

楚王이 請蘇尙書ᄒᆞ니 蘇尙書ㅣ 來謝ᄒᆞᆫ딕 楚王이 恭敬答禮曰

"寡人이 遠在ᄒᆞ야 隔絶朝廷故人之時ㅣ 多矣ᄂᆞ 相公聲名은 如雷聞之ᄒᆞ고 恒切識荊[13]之願ᄒᆞ니 何故避之오?"

尙書ㅣ 欠身曰

"晩生이 不敏ᄒᆞ와 曾未拜於大王故로 不敢衝撞이라. 昨日日吉辰良ᄒᆞ야 郡主親迎之禮를 順成ᄒᆞ시니 恭賀不已로소이다."

燕王이 視楚王曰

"今日晩生이 第二兒婚事를 與蘇尙書로 牢定ᄒᆞ니 望大王은 做媒ᄒᆞ소셔."

楚王이 笑曰

"今日에 必有盃酒矣라. 寡人이 乘時而來로다."

ᄒᆞ고 呼楊尙書兄弟ᄒᆞ니 尙書及學士ㅣ 出來ᄒᆞ야 侍立於左右어ᄂᆞᆯ 楚王이 語燕王曰

"兄之三子를 皆呼來ᄒᆞ라."

俄而오 仁星·機星·錫星이 次第而來ᄒᆞ니 仁星은 十歲요 機星은 九歲요 錫星은 七歲라. 楚王이 面面熟視ᄒᆞ고 大讚曰

"無非鸞停鵠峙[14]요 芝蘭玉樹라 兄家後福이 愈益昌大어니와 其中仁星儼然之像이 他日必有大成이라."

ᄒᆞ더니 數月後楚王이 欲還國ᄒᆞᆯ시 至燕府ᄒᆞ야 與燕王으로 從容酬酌이러니 楚王이 喟然曰

13) 식형(識荊): 식한(識韓). 훌륭한 분을 만나뵙고 자기 이름이 그에게 알려지기를 원함을 비유적으로 일컫는 말. 형주(荊州)의 자사(刺史)인 한조종(韓朝宗)의 명성이 매우 높아서, 모든 사람이 그를 만나보기를 원했다는 고사에서 유래한다.

14) 난정곡치(鸞停鵠峙): 난(鸞)새와 고니가 우뚝 서 있는 것처럼, 그 용모가 뛰어남을 일컫는 말. 당나라의 문인 한유(韓愈)의 「전중소감마군묘지명殿中少監馬君墓誌銘」에 "물러나와 소부를 보니, 푸른 대나무와 푸른 오동나무에, 난새와 고니가 우뚝 서 있는 것 같아, 그 가업을 지킬 만한 사람이로다(退見少傅, 翠竹碧梧, 鸞鵠停峙, 能守其業者也)"라는 글이 전한다.

"寡人이 在親王之列ᄒᆞ야 不願參朝廷之事ᄂᆞᆫ 兄之所知라. 今日入朝ᄒᆞ야 留數月而視之ᄒᆞ니 朝廷之紀綱이 解弛ᄒᆞ야 國事ㅣ 寒心ᄒᆞ고 殿前御史董紅이 本以賤人으로 崇尙雜技ᄒᆞ야 近日後苑에 設擊毬場ᄒᆞ고 選宮中驍勇者五六十人ᄒᆞ야 名爲擊毬校尉라 하야 橫行民間ᄒᆞ고 董紅之驕恣日甚ᄒᆞ니 後患이 不少라. 寡人이 曾乘間而諷諫ᄒᆞ되 皇上이 不聽ᄒᆞ시고 以一時偶然之事로 下敎ᄒᆞ시니 兄은 爲國家ᄒᆞ야 思其方略ᄒᆞ라."

燕王이 歎曰

"晚生이 亦已聞之ᄂᆞ 近日平定南方ᄒᆞ고 朝廷이 自然多事ᄒᆞ야 未及擧論이라 將欲疏劾ᄒᆞ노이다."

楚王이 沉吟曰

"向日盧均은 不過姦黨이오 今日董紅은 陰譎膽大ᄒᆞ니 兄은 諒此而十分愼之ᄒᆞ소셔."

燕王이 點頭無言이러라. 翌日楚王이 發行ᄒᆞᆯ시 來見女兒ᄒᆞ고 相別而去ᄒᆞ니라. 燕王父子ㅣ 餞送而歸러니 至十字街ᄒᆞ니 一位宰相이 騎千里駿驄ᄒᆞ고 騶從이 塞路而來어ᄂᆞᆯ 燕府下隷ㅣ 辟除ᄒᆞ되 其宰相이 不避ᄒᆞ고 欲馳馬放過ᄒᆞᆫᄃᆡ 燕府府監이 大罵曰

"朝廷體統이 不能如此矣리니 捉來下隷ᄒᆞ라."

ᄒᆞᆫᄃᆡ 其宰相이 乃下馬讓路어ᄂᆞᆯ 燕王이 過去而諦視之니 卽董紅이라. 心中에 頗痛駭ᄒᆞᄂᆞ 不欲大責其微過ᄒᆞ야 默默歸家러니 翌日燕王父子ㅣ 欲詣朝班ᄒᆞ야 方坐於待漏院이러니 董紅이 晚到어ᄂᆞᆯ 滿朝百官이 紛紛進前叙禮ᄒᆞ니 董御史ㅣ 點頭而已라가 先於燕王ᄒᆞ야 直入閤門ᄒᆞ니 燕王이 呼院吏曰

"閤門이 未開ᄒᆞ고 大臣이 在外어ᄂᆞᆯ 百官中에 有先入者ᄒᆞ니 是何故也오?"

院吏ㅣ 對曰

"自前으로 董御史一人은 閤門出入에 無所拘碍니이다."

燕王이 怒叱曰

"閤門은 大內重地라 其嚴重이 如軍中이어늘 若不禁亂入之人이면 當用軍律ᄒᆞ리라."

守門軍이 拒董御史ᄒᆞ니 董紅이 不能入ᄒᆞ고 怏怏不樂이러라. 俄而오 楊尙書ㅣ 詣朝班ᄒᆞ니 上이 留尙書ᄒᆞ샤 曰

"今日皇太后ㅣ 欲引見ᄒᆞ시니 卿은 留待ᄒᆞ라."

楊尙書ㅣ 應命ᄒᆞ고 燕王은 卽時退出이러니 上이 引見尙書於便殿ᄒᆞ실ᄉᆡ 惟五六人宦侍와 十餘人宮女及董御史ㅣ 侍立於左右라. 上이 執楊尙書之手曰

"皇太后ㅣ 將遊於後苑ᄒᆞ샤 使卿留待ᄒᆞ라 ᄒᆞ시니 日暮後退公ᄒᆞ라."

須臾에 賜酒饌ᄒᆞ시고 携袖而至後苑ᄒᆞ시니 一座殿閣이 通暢宏傑ᄒᆞ고 築擊毬場ᄒᆞ니 東西ㅣ 數百步요 南北이 千餘步라. 上이 笑曰

"此ᄂᆞᆫ 朕之消日處라. 越自唐朝로 有擊毬法ᄒᆞ야 在上之人이 蠱惑成風ᄒᆞ니 雖非聖人君子之所爲ᄂᆞ 宮中武技常習之處라. 殿前御史董紅이 手段이 最長ᄒᆞ야 朕이 與之角勝호ᄃᆡ 每不能勝ᄒᆞ니 聞卿之武藝絶倫ᄒᆞ고 欲一見之ᄒᆞ노라."

楊尙書ㅣ 沉吟奏曰

"臣이 不敏ᄒᆞ와 曾不學擊毬一事ᄒᆞ오니 今日에 無以供御覽이로소이다."

上이 笑曰

"此與用劍之法으로 一般이라 朕이 親試矣리니 卿이 一見則可知矣라."

ᄒᆞ시고 呼董紅ᄒᆞ시니 紅이 着戎服ᄒᆞ고 率五十名擊毬尉而來어늘 上이 又備戎服ᄒᆞ시고 下擊毬場而馳馬ᄒᆞ시니 董紅이 縱馬ᄒᆞ야 入場上ᄒᆞ면셔 投彩毬於空中ᄒᆞᆫᄃᆡ 上이 擧雙棒ᄒᆞ시고 東馳西突ᄒᆞ야 與董紅으로 相受彩毬而紛紛ᄒᆞ니 如碧海雙龍之爭珠ᄒᆞ야 半日驅馳에 不分勝負러니 董

紅이 忽然出一手段ᄒᆞ야 聳身而猛擊雙棒ᄒᆞ니 彩毬ㅣ 飛騰半空이라. 上이 縱馬欲受라가 彩毬ㅣ 落地ᄒᆞ니 紅이 鳴擊毬之鼓ᄒᆞ고 奏勝戰曲이어ᄂᆞᆯ 上이 强笑而復不悅ᄒᆞ시니 楊尙書ㅣ 憤恨ᄒᆞ야 心中自思호ᄃᆡ

'董紅之無禮如彼ᄒᆞ니 論其罪則甚於曹孟德之打圍[15]라. 吾ㅣ 平生에 恨關雲長之不斬孟德이러니 乘今日之機ᄒᆞ야 效朱虛侯劉章之酒令ᄒᆞ리라.'

ᄒᆞ고 奏於上曰

"臣雖無才ᄂᆞ 敵董御史ᄒᆞ야 助今日之樂이어니와 臣은 蠻種이라 欲用軍令ᄒᆞ오니 負者ᄂᆞᆫ 施以軍律이 似好로소이다."

上이 大喜許之ᄒᆞ시니 董紅이 心中大喜曰

'彼雖武藝絶倫이ᄂᆞ 擊毬手段은 必生疎矣라. 妄言軍律ᄒᆞ니 吾一勝之ᄒᆞ야 見其擧動ᄒᆞ리라.'

ᄒᆞ고 揮雙棒而入場上ᄒᆞ니 楊尙書ㅣ 微笑曰

"取戎服而來ᄒᆞ라."

ᄒᆞ야 裝束畢에 謂董紅曰

"吾ㅣ 素不用雙棒ᄒᆞ니 以劍代之ᄒᆞ리라."

ᄒᆞᆫᄃᆡ 董紅이 許之ᄒᆞ고 心中暗笑曰

'劍輕ᄒᆞ야 不能捧彩毬라 一合而可見其敗라.'

ᄒᆞ고 馳馬而投彩毬於空中ᄒᆞ니 楊尙書ㅣ 佯敗而以劍擊送董紅ᄒᆞᆫᄃᆡ 紅이 大聲疾呼ᄒᆞ고 舞雙棒而投於空中이라가 盡力一擊ᄒᆞ니 彩毬ㅣ 聳於半空ᄒᆞ야 落於楊尙書前이어ᄂᆞᆯ 尙書ㅣ 又避身ᄒᆞ야 以劍擊送紅ᄒᆞ니 紅이 見其㤼ᄒᆞ고 尤出勝氣ᄒᆞ야 以平生手段으로 揮雙棒如電ᄒᆞ야 籠絡彩毬라가 盡力而送于尙書어ᄂᆞᆯ 尙書ㅣ 忽飜雙劍ᄒᆞ야 一擊彩毬ᄒᆞ니 彩毬ㅣ 聳於空中百餘丈이라. 紅이 唐突欲受어ᄂᆞᆯ 尙書ㅣ 笑而投劍於空中ᄒᆞ야 反擊彩毬ᄒᆞ야 聳數十丈ᄒᆞᆫᄃᆡ 紅이 憤恨ᄒᆞ야 住馬而視之러니 尙書ㅣ 投左

15) 타위(打圍): 임금이 스스로 나아가서 행하는 사냥.

手之劍於空中ᄒᆞ야 受彩毬ᄒᆞ니 又聳數十丈이라. 尙書ㅣ 乃投雙劍ᄒᆞ니 雙劍이 舞於空中ᄒᆞ야 受彩毬而弄於空中者ㅣ 半晌이라. 紅이 茫然自失ᄒᆞ야 執轡而立이러니 彩毬ㅣ 落於紅之馬頭호ᄃᆡ 紅이 手脚이 慌忙ᄒᆞ야 不能受之라. 尙書ㅣ 大笑ᄒᆞ고 擧手中之劍曰

"軍中에 無戱言이라."

ᄒᆞ더니 董紅之頭ㅣ 落在地上ᄒᆞ니 左右ㅣ 相顧失色이라. 楊尙書ㅣ 投劍而進天子之前ᄒᆞ야 伏地奏曰

"陛下ㅣ 春秋鼎盛ᄒᆞ시니 萬機之暇에 消遣之事ㅣ 無窮이어ᄂᆞᆯ 豈可狎近賤人ᄒᆞᄉᆞ 損傷玉體ᄒᆞ시고 聽聞이 駭然이시니잇고? 董紅之放恣가 角勝君父ᄒᆞ야 揚揚自得ᄒᆞ니 此習이 漸長則亂臣賊子ㅣ 不知所懲이라. 臣借軍令而斬奸臣ᄒᆞ오니 伏願陛下ᄂᆞᆫ 罷擊毬之戱ᄒᆞ야 無使日月之明으로 蔽虧케 ᄒᆞ소셔."

上이 玉顔이 慘淡ᄒᆞᄉᆞ 默默良久에 曰

"朕이 雖知卿之忠이나 董紅之死ㅣ 有由我之歎ᄒᆞ니 惻然이로다."

尙書ㅣ 更奏曰

"惜奸臣一人ᄒᆞᄉᆞ 不顧宗社ᄒᆞ시면 其大小輕重이 將何如哉잇가?"

上이 聽罷에 天顔이 瞿然曰

"卿은 朕之棟樑이라. 此後에 又有此等之過어든 諫之如此ᄒᆞ라."

尙書ㅣ 惶恐頓首ᄒᆞ고 退朝歸家ᄒᆞ야 告于父親ᄒᆞ니 燕王이 變色大驚曰

"兒子ㅣ 未祛ᄒᆞ야 不學事君之禮ᄒᆞ야 如此放恣로다. 汝ㅣ 官至正卿이어ᄂᆞᆯ 侍君主ᄒᆞ야 以雜技獻忠ᄒᆞ니 其罪ㅣ 一也요 深嚴之地에 以劍殺人ᄒᆞ니 其罪ㅣ 二也요 殺小人之法이 必明正其罪어ᄂᆞᆯ 今因緣戱弄ᄒᆞ야 糢糊斬之ᄒᆞ니 其罪ㅣ 三也라. 吾ㅣ 不肖ᄒᆞ야 不能敎子ᄒᆞ니 聖主ㅣ 雖寬恕ᄒᆞ시나 豈不惶恐이리오?"

卽具公服而待罪闕下ᄒᆞ니 上이 大驚ᄒᆞ야 卽時引見ᄒᆞ신ᄃᆡ 燕王이 頓首奏曰

"臣이 不忠ᄒᆞ와 使年幼未祛之子로 立朝ᄒᆞ와 妄殺董紅於咫尺之地ᄒᆞ니 臣이 聞之에 心膽이 戰慄ᄒᆞ야 罔知所謂로소이다."

上이 遜謝曰

"此皆朕之過라. 卿勿過度自引ᄒᆞ라."

燕王이 又奏曰

"陛下ㅣ 亦當懲長星之無禮ᄒᆞ야 削其官爵ᄒᆞ시고 且罷擊毬尉ᄒᆞ소셔."

上이 笑曰

"擊毬尉ᄂᆞᆫ 自今革罷어니와 長星之官職은 今將進秩ᄒᆞ야 以表其忠矣리라."

燕王이 再三奏之호ᄃᆡ 天子ㅣ 不聽이러시다.

且說. 光陰이 倏忽ᄒᆞ야 燕王之更入朝班이 五年이오 慶星之年이 十七歲라. 兩家ㅣ 擇日成親ᄒᆞᆯ시 威儀之壯은 莫論ᄒᆞ고 小姐之窈窕ㅣ 不下於楚國郡主ᄒᆞ니 燕王이 上奉兩親ᄒᆞ고 下率兩子婦ᄒᆞ야 室家ㅣ 和樂ᄒᆞ고 福祿이 昌盛ᄒᆞ니 以豈弟[16]君子之心으로 憂其盛滿ᄒᆞ야 更思歸休田園이러니 此時江西[17]之地ㅣ 歲凶ᄒᆞ야 人心이 騷動ᄒᆞ고 亂民이 謀叛ᄒᆞ니 天子ㅣ 患之ᄒᆞᄉᆞ 欲擇太守而鎭撫ᄒᆞ시나 人皆謀避라. 楊學士ㅣ 告於父親曰

"古語에 云 '不遇盤根錯節이면 無以別利器라'[18] ᄒᆞ니 小子雖不肖ᄂᆞ

16) 개제(豈弟): 개제(愷悌). 용모와 기상(氣像)이 화평하고 단아(端雅)함.
17) 강서(江西): 중국 중남부 양자강(揚子江) 남쪽에 있는 성(省). 성도(省都)는 남창(南昌)이다.
18) 불우반근착절(不遇盤根錯節), 무이별이기(無以別利器): '구부러진 뿌리와 엉클어진 마디에 부딪혀보지 않으면, 칼날의 날카로움을 분별할 수 없다.' 후한(後漢)의 대장군 등즐(鄧騭)의 군사적 의견에 낭중(郎中) 벼슬에 있던 우후(虞詡)가 반대하자, 등즐은 우후를 미워해 비적(匪敵)이 들끓는 하남(河南)의 조가현(朝歌縣) 현령(縣令)으로 임명했다. 우후의 친구들이 걱정하자 우후는 웃으며, "생각은 쉬운 것을 찾지 않고 일은 어려운 것을 피하지 않는 것이 신하 된 도리다. 구부러진 뿌리와 엉클어진 마디(盤根錯節)에 부딪혀보지 않으면, 칼날의 날카로움을 분별할 수 없다"고 했다. 조가현에 부임한 우후는 죄수들을 석방해 적진에 침투시키는 계략으로 비적을 소탕했다.

蒙罔極天恩ᄒᆞ야 無圖報之地ᄒᆞ오니 今欲自願江西太守ᄒᆞ야 盡犬馬之誠ᄒᆞ와 以報萬一ᄒᆞ랴 ᄒᆞ오니 何如ᄒᆞ니잇고?"

燕王曰

"兒子ㅣ 將何以治之오?"

學士ㅣ 曰

"柔能制剛ᄒᆞ고 弱能制强이라. 赤子蒼生이 不勝飢寒ᄒᆞ야 綠林潢池[19]에 相聚弄兵ᄒᆞ니 以恩德撫恤ᄒᆞ야 信義見孚ᄒᆞ면 自當懷綏[20]니이다."

燕王이 改容讚之ᄒᆞ고 卽時上疏ᄒᆞ니 天子ㅣ 以楊慶星으로 爲江西太守ᄒᆞ신ᄃᆡ 尹夫人이 執學士之手而歎曰

"汝ㅣ 年尙幼ᄒᆞ고 江西人心이 悖惡ᄒᆞ니 汝母倚閭之憂를 將何以慰之오?"

學士ㅣ 對曰

"'言忠信行篤敬이면 雖蠻貊之邦이라도 可行矣라'[21] ᄒᆞ니 況江西乎잇가? 小子ㅣ 雖不肖ᄂᆞ 自愼其身ᄒᆞ야 不負忠孝矣리이다."

此時爲江西太守者ㅣ 每先自恐㤼ᄒᆞ야 盛設威儀ᄒᆞ야 如對敵之狀ᄒᆞ며 到其境則以甲士護衛ᄒᆞ고 臨民則以盜賊治之ᄒᆞ니 民心이 尤爲騷動이라. 楊太守ㅣ 簡略行裝ᄒᆞ야 罷送騶從ᄒᆞ고 先送一幅曉喩文於本郡ᄒᆞ니 其書

19) 황지(潢池): 썩은 물이 괴어 있는 물웅덩이. 농병황지(弄兵潢池)는 물웅덩이에서 아이들이 무기를 가지고 장난한다는 말로, 무지한 백성들이 소규모로 반란을 일으킴을 비유하는 말이다. 전한(前漢)의 선제(宣帝) 때 발해(渤海)에서 농민 반란이 일어나 선제가 걱정하자, 공수(龔遂)가 "백성들이 굶주림과 추위로 고통받는데도 관리들이 보살피지 않는 까닭에, 폐하의 갓난아이 같은 백성들이 폐하의 무기를 훔쳐, 물웅덩이에서 장난하는 것일 따름입니다(其民困於飢寒, 而吏不恤, 故, 使陛下赤子盜弄陛下之兵, 於潢池中耳)"라고 한 고사가 전한다.

20) 회수(懷綏): 수회(綏懷). 편안히 하여 따르게 함.

21) 언충신행독경(言忠信行篤敬), 수만맥지방(雖蠻貊之邦), 가행의(可行矣): '말이 참되고 미더우며 행실이 돈독하고 공손하면, 비록 오랑캐 나라이더라도 갈 수 있으리라.' 『논어』「위령공衛靈公」에 나오는 공자의 말. 『논어』에는 '말이 참되고 미더우며 행실이 돈독하고 공손하면, 비록 오랑캐 나라이더라도 갈 수 있으리라(言忠信行篤敬, 雖蠻貊之邦, 行矣)'로 되어 있다. [교감] 적문서관본 영인본 565쪽에는 '충신(忠愼)'으로 되어 있으나, 문맥이 『논어』의 구절을 인용한 것이므로, 오식으로 여겨져 바로잡는다.

에 曰

“江西太守ᄂᆞᆫ 傳于爾人民等ᄒᆞ노라. 江西一邑이 不幸ᄒᆞ야 平日良民이 無故爲盜ᄒᆞ니 是豈本心이리오? 上而父母ㅣ 凍餒ᄒᆞ고 下而妻子ㅣ 離散ᄒᆞ니 希覬升斗ᄒᆞ야 投入賊類ᄒᆞ고 關係口腹ᄒᆞ야 冒沒蹤跡ᄒᆞ니 此ᄂᆞᆫ 守令之過ㅣ라. 吾ㅣ 今奉皇命ᄒᆞ야 治一郡ᄒᆞ노니 雖無召父杜母之慈愛ᄂᆞ 猶矜憐匍匐入井之赤子ᄒᆞ야 不勝愀然이로다. 爲先亟收跟捕之令ᄒᆞ고 放送滯囚之盜賊ᄒᆞ야 待太守之赴任ᄒᆞ라.”

楊學士ㅣ 先布此文ᄒᆞ고 以匹馬單騎로 率蒼頭二人ᄒᆞ고 到江西境ᄒᆞ니 村落이 荒凉ᄒᆞᆫ데 鷄犬이 寂然ᄒᆞ고 處處無賴輩가 成羣作黨ᄒᆞ야 揮鎗曳劍ᄒᆞ고 伏於林間ᄒᆞ야 劫奪行人이러니 聞新太守赴任ᄒᆞ고 自懼犯罪ᄒᆞ야 將欲屯聚作亂이라가 見布諭文ᄒᆞ고 瞿然而散ᄒᆞ야 觀望太守動靜이러니 及見太守ㅣ 以匹馬單騎而來ᄒᆞ고 莫不驚歎ᄒᆞ야 大民은 慚愧ᄒᆞ고 小民은 追悔라. 太守ㅣ 至府中ᄒᆞ야 選邑中豪强者十餘人ᄒᆞ야 爲縣丞ᄒᆞ고 查覈賊魁百餘人ᄒᆞ야 召入府庭而諭之曰

“汝等이 皆良民이라. 不勝飢寒ᄒᆞ야 妄犯罪戾ᄒᆞ니 聖天子ㅣ 送太守ᄒᆞ샤 以仁義曉諭ᄒᆞ라ᄒᆞ샤 能改過則赦大罪而爲平民ᄒᆞ야 享他日室家之樂이어니와 或不悛이면 此ᄂᆞᆫ 亂民이라 將發官軍ᄒᆞ야 骨肉이 糜爛矣리니 忍飢寒而保其首領과 爲口腹而死於兵革이 其安危善惡이 果何如哉아?”

諸人이 涕泣頓首曰

“生我者ᄂᆞᆫ 父母요 活我者ᄂᆞᆫ 官家니 豈以平民으로 願爲盜賊이리잇가? 望指生路ᄒᆞ소셔.”

太守ㅣ 愀然慰勞ᄒᆞ고 遂傾倉廩而賑恤ᄒᆞ니 一郡이 晏然安堵에 各務農業ᄒᆞ니 秋穀이 大登ᄒᆞ야 道不拾遺ᄒᆞ고 夜不閉戶ᄒᆞ며 獄訟이 寢息ᄒᆞ고 敎化ㅣ 大行ᄒᆞ야 江西一郡이 大治라. 天子ㅣ 聞之ᄒᆞ시고 以禮部侍郎으로 召還慶星ᄒᆞ시니 江西之民이 遮道願留ᄒᆞ야 如赤子之離於慈母膝下ㅣ러라.

此時侍郎이 入禮部ᄒᆞ야 當式年大比ᄒᆞ야 設科取士ᄒᆞᆯ시 侍郎이 論科弊

而上疏ᄒᆞ니 其疏에 曰

"禮部侍郎臣楊慶星은 上言ᄒᆞ노이다. 伏以士子ᄂᆞᆫ 國家之根本이오 科擧ᄂᆞᆫ 士子之蹊逕이라. 治亂興亡이 唯懸於此어ᄂᆞᆯ 今日士習이 解弛ᄒᆞ고 科法이 潰亂ᄒᆞ야 司黜陟者ᄂᆞᆫ 顧私情ᄒᆞ고 修才藝者ᄂᆞᆫ 思僥倖ᄒᆞ야 一經科擧則人心物情이 一倍憤鬱ᄒᆞ니 其主試者ㅣ 亦恐惻ᄒᆞ야 不問其文學如何ᄒᆞ고 被選者ㅣ 非閥閱家子孫이면 謂之曰公道라 ᄒᆞ니 今奴隷下賤과 雜流愚氓이 希覬僥倖ᄒᆞ고 借手文筆ᄒᆞ야 充溢場屋ᄒᆞᆷ으로 試券이 增加ᄒᆞ니 賢者ᄂᆞᆫ 寒心ᄒᆞ고 不肖者ᄂᆞᆫ 暗喜ᄒᆞ야 草野閨竇[22]에 貧窮書生이 不知時務ᄒᆞ고 固窮讀書ᄒᆞ면셔 有意於功名則莫不指點而嘲弄ᄒᆞ야 俗之頹靡가 漸至如此ᄒᆞ오니 此豈設科取士ᄒᆞ고 贊襄治化之道也리오? 伏願陛下ᄂᆞᆫ 下詔郡縣ᄒᆞ사 每年試選郡儒ᄒᆞ야 定額數而上于禮部ᄒᆞ고 自禮部로 三年一次式先以策問으로 詰問經綸ᄒᆞ고 更以詩賦로 試驗文章ᄒᆞ야 入格者ᄂᆞᆫ 天子ㅣ 面試ᄒᆞ사 若有不能應格者어든 罪其薦主守令及主試之臣ᄒᆞ사 使無亂雜之弊케 ᄒᆞ소셔."

上이 覽疏ᄒᆞ시고 大喜批答曰

"省疏具悉이라 爲國之忠이 極庸嘉尙이오 所陳事ᄂᆞᆫ 依允ᄒᆞ노라."

數日後에 更下敎曰

"禮部侍郎楊慶星이 治蹟이 顯著ᄒᆞ고 禮部之試規ㅣ 公正ᄒᆞ니 眞龔黃之才요 稷契之賢이라. 戶部尙書陞擢ᄒᆞ라."

此時楊尙書ㅣ 年이 十九歲[23]라. 上而感天恩ᄒᆞ고 下而憂生靈ᄒᆞ야 殫竭忠誠ᄒᆞ야 經綸이 合宜ᄒᆞ니 天子ㅣ 尤爲愛重ᄒᆞ사 際遇ㅣ 日日隆盛이라. 尙書ㅣ 憂國用之不足ᄒᆞ야 又上言事疏ᄒᆞ니 其疏에 曰

22) 규두(閨竇): 벽을 뚫어서 낸 작은 출입구라는 뜻으로 가난한 사람의 거처(居處)를 일컬음.
23) [교감] 십구세(十九歲): 적문서관본 영인본 567쪽에는 '이십구세(二十九歲)'로 되어 있으나, 앞뒤 문맥상 오식으로 여겨져 바로잡는다. 신문관본 제4권 181쪽에는 'ᄎᆞ시 양샹셰 시년이 십구셰라'로 되어 있다.

"戶部尙書臣楊慶星은 上言ᄒᆞ노이다. 臣以鹵莽之才로 特蒙天恩ᄒᆞ와 使待罪[24]于度支[25]ᄒᆞ시니 度支ᄂᆞᆫ 國民之大本이라. 過斂則民生이 困悴ᄒᆞ고 疎濶則國用이 空虛ᄒᆞᄂᆞ니 三代以前은 尙矣勿論이오 什一之稅ᄂᆞᆫ 聖王古法이라 古者에 無加ᄒᆞ되 國用이 豊足ᄒᆞ고 後世에 無減ᄒᆞ되 財力이 罄竭ᄒᆞ니 是何故也잇고? 古之聖人이 論治國經綸에 不過節用愛民이라 ᄒᆞ시니 盖不節用則雖有愛民之心而其實은 剝膚誅求而已라.

陛下ㅣ 以萬乘之富로 廣廈細氈에 芻豢之味[26]와 紋繡之服이 思其出處ᄒᆞ고 究其根本則無非赤子蒼生之田中汗血로 粒粒辛苦者也라. 由此觀之컨ᄃᆡ 陛下ㅣ 一襲之衣에 當崇其儉素ᄒᆞ시고 一食之飯에 當思其艱苦ᄒᆞ시리니 然則百姓이 紓其餘力ᄒᆞ고 蒙其惠澤이라

然故로 臣은 以爲康衢老人之擊壤鼓腹은 賴帝堯之土階三等[27]이오 太倉之粟이 陳陳紅腐ᄂᆞᆫ 資漢文之身衣弋綈[28]也라. 臣雖不忠이ᄂᆞ 豈不知陛下之淸德乎잇가? 陛下ㅣ 卽位以來로 不興土木之役ᄒᆞ시고 無意綺紈之服ᄒᆞ시니 何可讓於土階三等과 身衣弋綈시리오마ᄂᆞᆫ 尙未聞康衢之擊壤歌ᄒᆞ고 不見太倉之紅腐ᄒᆞ오니 是何故也잇고?

臣請以小民之事로 諭之호리이다. 閭巷小民이 備嘗窮困ᄒᆞ고 分錢粒米를 艱辛得之ᄒᆞ야 苟營穀腹絲身則量入計出ᄒᆞ고 稍存贏餘ᄒᆞ야 漸臻康樂이라가 子孫이 當家ᄒᆞ야 見其豊足하고 未經艱辛ᄒᆞ야 用道ㅣ 浩煩ᄒᆞ야

24) 대죄(待罪): 관리(官吏)가 그 관직(官職)에 있는 것을 겸손하게 일컫는 말.
25) 탁지(度支): 국가의 호구(戶口)·공부(貢賦)·전량(田糧)·식화(食貨)에 관한 일을 맡아보던 관아(官衙).
26) 추환지미(芻豢之味): 썩 잘 차린 음식을 일컫는 말. 추환(芻豢)은 '추(芻)' 즉 풀을 먹는 소·말·양 등과 '환(豢)' 즉 곡식을 먹는 개·돼지 등을 통틀어 일컫는다.
27) 토계삼등(土階三等): 흙계단이 겨우 세 단밖에 안 된다는 뜻으로, 궁실(宮室)의 검소함을 나타내는 말이다. 중국 고대 요(堯)임금의 거처는 허름한 초가지붕에 흙계단 세 개를 설치한 초라한 집이었다고 한다.
28) 신의익제(身衣弋綈): 전한(前漢)의 문제(文帝)가 익제(弋綈)로 옷을 만들어 입은 것을 뜻함. '익제'는 검정물을 들인 거친 명주(明紬)를 가리킨다.

酬應이 甚多則其不足이 反甚於前日ᄒᆞᄂᆞ니 此ᄂᆞᆫ 必然之勢라. 是故로 閭巷民家에 守成先業ᄒᆞ야 扶持門戶者ᄂᆞᆫ 必十分操心ᄒᆞ야 加於乃父乃祖의 赤手起家之心然後에 可免飢寒이라. 高枕華堂에 號令奴僕則念乃父乃祖之惡衣菲食ᄒᆞ야 常棄怠慢ᄒᆞ고 有戒懼則動靜云爲에 節儉之心이 自生ᄒᆞᄂᆞ니

臣이 見今士大夫컨ᄃᆡ 侈習이 成風에 豪華相誇ᄒᆞ야 居官者ᄂᆞᆫ 祿俸이 不能當從宦之備ᄒᆞ고 居家者ᄂᆞᆫ 世業이 不能繼妻子之養ᄒᆞ니 豈能辭包苴而戒貪贓[29]이리오? 貪贓이 不止則民生이 困悴ᄒᆞ고 包苴ㅣ 公行則侈習이 漸長ᄒᆞ야 至於民有餓色ᄒᆞ고 廐有肥馬ᄒᆞ니 此豈節用愛民之本意리잇고?

臣之所掌戶部ᄂᆞᆫ 錢穀之府ㅣ라. 近年以來로 府庫ㅣ 空虛ᄒᆞ야 一遇凶年則百官之祿俸이 常患不足ᄒᆞ니 此ᄂᆞᆫ 無他ㅣ라 平日用道를 不能撙節故也ㅣ라. 其撙節用道가 不在於較計升斗ᄒᆞ고 磨錬分寸이오 爲先減不急之官ᄒᆞ시고 禁奢侈之風ᄒᆞ야 無未慮之備然後에 更見紅腐之穀과 擊壤之歌矣리이다.

臣이 長於父母膝下ᄒᆞ야 不知閭巷生靈의 疾苦艱難이러니 年前에 待罪於江西ᄒᆞ야 目睹民生苦樂ᄒᆞ니 可哀者ᄂᆞᆫ 民이오 可恐者ㅣ 亦民이라. 終歲勤苦ᄒᆞ야 毛髮이 焦黑ᄒᆞ고 手足이 胼胝[30]ᄒᆞ야 區區經營이 但免凍餒라. 精實之穀은 粒粒鳩聚ᄒᆞ야 獻於公門호ᄃᆡ 刑杖이 加於其身ᄒᆞ고 斥賣寒廚之釜鼎ᄒᆞ야 老弱은 顚于溝壑ᄒᆞ고 少壯은 流離道路ᄒᆞ야 號泣之聲과 憔悴之狀은 以臣之鹵莽으로도 猶自不能飽食ᄒᆞ고 每多投箸之時어든 況吾皇帝陛下의 爲民父母ᄒᆞ샤 至仁至慈乎잇가? 以此思惟則今日爲陛下之臣子者ㅣ 豈忍尙奢侈而務聚斂이리오? 伏願陛下ᄂᆞᆫ 躬行節儉ᄒᆞ샤 減不急

29) 탐장(貪贓): 관리(官吏)가 부정(不正)한 방법으로 재물을 탐함. '장(贓)'은 장물(贓物), 즉 범죄에 의해 불법으로 가진 타인 소유의 재물을 말한다.
30) 변지(胼胝): 티눈 또는 굳은살. 수족의 피부가 딴딴해지거나 갈라진 것.

之官ᄒᆞ시고 禁奢侈之風ᄒᆞᄉᆞ 使齊民으로 唱擊壤歌ᄒᆞ고 太倉에 積紅腐之粟ᄒᆞ소셔."

天子ㅣ 覽畢에 大驚嗟歎曰

"漢之賈誼와 唐之陸贄로 不能當이라."

ᄒᆞ시고 命書于屛風ᄒᆞ야 朝夕乙覽ᄒᆞ시고 擢楊慶星ᄒᆞ야 拜參知政事ᄒᆞ시다. 一日은 燕王이 罷朝還家ᄒᆞ야 與諸夫人諸娘子로 相議曰

"吾ㅣ 今日登朝班ᄒᆞ야 不勝兢懼ㅣ라. 父子三人이 處於宰列ᄒᆞ고 姻婭之親이 列於朝廷ᄒᆞ니 豈不損傷福力ᄒᆞ고 招造物之猜리오? 乘此時ᄒᆞ야 欲歸田園ᄒᆞ노니 諸人은 各言其志ᄒᆞ라."

尹夫人이 笑曰

"君子之言이 及此ᄒᆞ시니 吾家之福이라. 勇決休退之心ᄒᆞ소셔."

黃夫人曰

"兩兒ㅣ 雖居官이나 三子ㅣ 尙未婚ᄒᆞ니 畢婚後休退가 恐好로소이다."

鸞城曰

"相公이 已極朝廷功名ᄒᆞ시고 且求山水淸福ᄒᆞ시니 亦非廉白이라 非所以避造物之猜로소이다."

燕王이 微笑ᄒᆞ고 謂仙蓮兩娘曰

"娘等은 何無一言고?"

仙娘曰

"榮枯憂樂을 女必從夫而已로소이다."

蓮娘曰

"昨夜仁星이 從容語妾曰 '吾家之盛滿이 太過어ᄂᆞᆯ 父親이 不思休退ᄒᆞ오니 眞怪事라. 母親은 或知其幾乎아?' ᄒᆞ니 其言이 最有理러이다."

燕王이 大驚ᄒᆞ야 呼仁星而問之ᄒᆞᆫᄃᆡ 仁星曰

"古書에 云 '學優則仕ᄒᆞ고 四十而仕라' ᄒᆞ니 古人이 如此愼重故로 幾

無狼狽어늘 今兩兄이 才藝ㅣ 過人ᄒᆞ고 文學이 將就ᄒᆞ나 比於古人則猶多不及處ㅣ라. 年未滿二十에 處於將相之列ᄒᆞ니 雖平生安樂이라도 豈爲古人之模範이리오? 且大人之勳業이 爀爀於國家ᄒᆞ시고 名望이 隆崇於四海ᄒᆞ야 君子ᄂᆞᆫ 欽仰師表ᄒᆞ고 小人은 糾察動靜이어늘 一門之內에 高官大爵을 認以倘來ᄒᆞ야 數年之內에 父子兄弟ㅣ 驟居宰列ᄒᆞ오니 小子之所畏者ᄂᆞᆫ 君子ᄂᆞᆫ 笑其知進不退ᄒᆞ고 小人은 待其月滿之虧ᄒᆞ리이다."

燕王이 聽罷에 執手而歎曰

"汝父ㅣ 不明ᄒᆞ야 家有名士十四年[31]不知로다."

ᄒᆞ고 從此以後로 凡事를 與仁星相議ᄒᆞ야 其相信이 過於諸子러라. 此時仁星之年이 十四歲라. 一日은 告於父親曰

"孔夫子ㅣ 轍環天下ᄒᆞ시니 不知者ᄂᆞᆫ 以爲說諸侯而求仕ㅣ라 ᄒᆞᄂᆞ 其實은 欲博其見聞而行道德이라. 是故로 問禮於老子ᄒᆞ시고 學琴於師襄ᄒᆞ시고 與蘧伯玉·晏平仲으로 交遊ᄒᆞ시니 小子ㅣ 雖不肖ㅣᄂᆞ 欲遊於齊魯之間ᄒᆞ야 觀先聖之遺風ᄒᆞ고 求友講習ᄒᆞ야 學得道德文章而歸호리이다."

燕王이 欣然許之ᄒᆞ니 仁星이 拜辭母親ᄒᆞ고 以一驢一童으로 蕭然出門ᄒᆞ야 直到山東地ᄒᆞ야 尋闕里而瞻拜於夫子墓ᄒᆞ고 至講堂ᄒᆞ야 見於鄉先生ᄒᆞᆫ듸 鄉先生이 見仁星之氣色ᄒᆞ니 儼然進退ㅣ 眞非凡骨이라 且驚且喜ᄒᆞ야 講論性理ᄒᆞ며 詰難文理ᄒᆞ니 仁星이 事理ㅣ 通達ᄒᆞ고 識見이 洞澈ᄒᆞ야 依然有濂洛關閩[32]之風이어늘 先生이 大驚ᄒᆞ야 避席拱手曰

"君은 吾之師요 非老夫之所比라. 此間에 有一位先生ᄒᆞ야 道學이 高明ᄒᆞ니 往見이 如何오?"

---

31) [교감] 십사년(十四年): 적문서관본 영인본 570쪽에는 '사십년(四十年)'으로 되어 있으나, 그 다음 문장에 인성(仁星)의 나이가 '십사세(十四歲)'로 나오므로 오식으로 여겨져 바로잡는다.

32) 염락관민(濂洛關閩): 염(濂)은 염계(濂溪)에 거주하던 주돈이(周敦頤)를, 낙(洛)은 낙양(洛陽)에 거주하던 정호(程顥)·정이(程頤) 형제를, 관(關)은 관중(關中)에 거주하던 장재(張載)를, 민(閩)은 민중(閩中)에 거주하던 주희(朱熹)를 지칭하는 말로, 정주학(程朱學) 곧 성리학(性理學)을 가리킨다.

仁星이 大喜曰

"在於何處乎잇가?"

對曰

"泰山下孫先生이니 宋之孫明復先生之後요 三十年安貧樂道ᄒᆞ야 不出山外ᄒᆞᄂᆞ 四方來學者ㅣ 如雲호ᄃᆡ 先生이 尤爲謙讓ᄒᆞ야 不以師道自處ᄒᆞ고 固窮讀書ᄒᆞ니 君은 須往見ᄒᆞ라."

仁星이 乃別鄕先生ᄒᆞ고 至泰山下ᄒᆞ야 訪孫先生ᄒᆞ니 數間破屋이 不蔽風雨ᄒᆞ고 至門前ᄒᆞ니 絃誦之聲이 洋洋入耳어ᄂᆞᆯ 仁星이 敲門ᄒᆞ니 小童이 出而應門이라 仁星曰

"我以皇城之人으로 聞先生之高名ᄒᆞ고 願摳衣函席[33]而來ᄒᆞ니 告於先生ᄒᆞ라."

小童이 還入良久에 請入이어ᄂᆞᆯ 仁星이 至草堂而視之ᄒᆞ니 土壁草席에 有一張琴一卷書ᄒᆞ고 孫先生이 弊衣破冠으로 睟面盎背[34]ᄒᆞ야 眞是道學君子요 山野高人이라. 迎而座定에 問曰

"秀才ㅣ 旣在皇城이어ᄂᆞᆯ 幽僻山人을 何故로 辛勤尋訪고?"

仁星이 避席對曰

"小子ㅣ 生長於城市ᄒᆞ야 見聞이 俚俗ᄒᆞ고 姿質이 魯鈍ᄒᆞ야 學業이 孤陋ᄒᆞ오니 齊魯ᄂᆞᆫ 君子之鄕이라 願從大人先生ᄒᆞ야 免平生孤陋寡聞ᄒᆞ노이다."

33) 구의함석(摳衣函席): 구의는 옷의 앞자락을 들어올려 경의(敬意)를 나타낸다는 뜻으로, 스승으로 섬김을 일컫는다. 함석은 '함장(函丈)'과 같은 말로, '스승과 강론(講論)하는 자리'를 일컫는바, 옛날에 스승을 모시고 강론할 때 거리를 한 길(丈)쯤 떨어지게 해서 생긴 말이다.

34) 수면앙배(睟面盎背): '얼굴에 윤택하게 드러나고 등에 가득 넘친다'는 말로서, 군자(君子)의 내면에 축적된 덕이 넘쳐 몸으로 드러난 것을 일컫는다. 『맹자』「진심 상盡心上」에 "군자의 본성은 인의예지가 마음속에 뿌리하여, 그 드러나는 빛이 얼굴에 윤택하게 나타나고 등에 가득 넘친다(君子所性, 仁義禮智根於心, 其生色也, 睟然見於面, 盎於背)"라고 했다. [교감] 적문서관본 영인본 570쪽에는 '수면(粹面)'으로 되어 있는바, 그 의미는 같으나 『맹자』 본문의 표현을 좇아 '수면(睟面)'으로 바로잡는다.

先生이 熟視良久에 問曰

"秀才之姓名이 何也며 年紀幾何오?"

仁星曰

"姓名은 楊仁星이오 年今十四歲로소이다."

先生이 改容曰

"老夫ᄂᆞᆫ 山中迂拙之士라 有何學業ᄒᆞ야 及於他人이리오마ᄂᆞᆫ 今見秀才之面컨대 他日成就ㅣ 必大어늘 老夫ㅣ 豈以師道로 自處리오?"

ᄒᆞ고 講磨文章而討論道德ᄒᆞ니 可謂聞一知十이오 告往知來라. 數月之間에 道學文章이 日就月將ᄒᆞ야 先生之慈愛ᄂᆞᆫ 尙矣勿論ᄒᆞ고 仁星之景仰이 日日尤加러라. 此時先生이 有一女ᄒᆞ야 欲求道德之婿러니 一日은 適從容이라 問於仁星曰

"老夫ㅣ 有一女ᄒᆞ야 雖黃髮黑面이오 素無所學이ᄂᆞ 乃父之心이 欲求如汝者而爲婿러니 竊念汝家ㅣ 煊爀ᄒᆞ야 不肯結婚於我家ᄒᆞ리라."

仁星이 對曰

"婚姻은 人倫大事ㅣ라 但問家風之賢不賢이니 何拘於貧富窮達이리잇고?"

先生이 沉吟不答이러라. 仁星이 因離側之久ᄒᆞ야 請歸覲而拜辭ᄒᆞᆯ시 先生이 悵然曰

"老夫ㅣ 素無世間之出入이라 無更見之期로다."

仁星이 再拜曰

"小子ㅣ 更乘閑暇ᄒᆞ야 來遊於門下ᄒᆞ리이다."

先生이 不忍別離ᄒᆞ야 携竹杖而出洞外數里ᄒᆞ니 仁星이 回歸而歎曰

"昔者에 朱光庭이 見程明道而歸ᄒᆞ야 慕春風氣像이러니 今孫先生이 雖不及於明道ㅣᄂᆞ 自切朱光庭之欽仰ᄒᆞ니 吾ㅣ 若處甥館則豈不榮幸이리오?"

還歸府中ᄒᆞ야 見於父親ᄒᆞ니 燕王이 問曰

"汝往山東ᄒᆞ야 有何所得고?"

仁星이 對曰

"世降俗末ᄒᆞ야 君子之鄕에 不見絃誦之風ᄒᆞ고 見泰山下孫先生ᄒᆞ니 有周茂叔之風度ᄒᆞ야 庶幾爲當世一人이오나 但陋巷의 屢空[35]之歎이 太甚이러이다."

燕王이 喟然歎曰

"自古山林岩穴에 多有如此者ᄒᆞ니 此皆吾輩之過라. 吾今欲薦于朝廷而用之ᄒᆞ니 如何오?"

仁星이 沉吟曰

"先生이 臨別에 有所言이러이다."

ᄒᆞ고 告通婚之事ᄒᆞ니 燕王이 大喜曰

"平生에 欲結婚於寒微之家ᄒᆞ야 以惜兒子之福이러니 此豈非吾之所願이리오?"

仁星이 告曰

"孫先生이 志趣高尚ᄒᆞ야 若知吾家所薦則必不肯이리이다."

燕王이 點頭러라.

此時皇太子冊封後에 因兵革ᄒᆞ야 朝廷에 多事ᄒᆞ야 不能行入學之禮러니 天子ㅣ 方重修太學ᄒᆞ시고 拜燕王爲太子太傅ᄒᆞ야 擇日入學ᄒᆞᆯ시 下詔郡縣ᄒᆞ야 召道學高明之士ᄒᆞ니 燕王이 薦泰山下孫先生ᄒᆞᆫᄃᆡ 天子ㅣ 備玉帛蒲輪ᄒᆞ야 以禮招之ᄒᆞ시니 先生이 屢辭不獲ᄒᆞ야 出山入朝라. 仁星이 迎候於中路ᄒᆞᆫᄃᆡ 先生이 欣然執手曰

"老夫ㅣ 老來에 別無喜事ㅣ나 惟幸其逢汝ᄒᆞ야 喜而不寐러니 相逢於

---

35) 누공(屢空): '쌀독이 자주 빈다'는 뜻으로, 살림살이가 빈궁한 것을 일컫는다. 공자가 "안회(顔回)는 그 학문이 도(道)에 가까웠도다. 자주 쌀독이 비었음에도(回也, 其庶乎, 屢空)."(『논어』「선진先進」)라고 말한 데서 유래한다. [교감] 적문서관본 영인본 571쪽에는 '누공(累空)'으로 되어 있으나, 의미상 오식이므로 바로잡는다.

此處ᄒᆞ니 歡喜無比로다. 吾ㅣ 今見皇上而欲薦汝ᄒᆞ노니 汝意何如오?"

仁星이 愕然曰

"先生은 是何言也잇고? 小子ㅣ 有躁進之心則父兄이 可以圖之라. 今慕先生者ᄂᆞᆫ 唯道德文章이러니 今日此言은 非平日所望也로소이다."

先生이 改容謝之러라. 天子ㅣ 引見孫先生於勤政殿ᄒᆞ실ᄉᆡ 以賓主之禮로 待之ᄒᆞ사 公卿大臣이 侍立於左右ᄒᆞ니 先生이 遠見燕王而疑之曰

'年少大臣이 氣象이 深遠ᄒᆞ고 進退ㅣ 得中ᄒᆞ니 何如貴人고?'

ᄒᆞ더니 入太學ᄒᆞ야 入學之禮를 與同周旋홈이 尤爲嘆服ᄒᆞ야 方知其爲燕王ᄒᆞ고 欲叙寒暄之禮ᄒᆞ나 未得其暇러니 畢大禮後에 還歸舍舘ᄒᆞ니 燕王이 躡後而來ᄒᆞ야 以師弟之禮로 稱謝어ᄂᆞᆯ 先生이 下堂迎座後에 燕王曰

"先生은 物外高尙ᄒᆞ시고 晩生은 宦路汨沒ᄒᆞ야 信息이 相阻ᄒᆞ고 聲聞이 不及이러니 今蒙天恩ᄒᆞ야 得接容光ᄒᆞ니 豈不榮幸이리오?"

孫先生曰

"草野之蹤이 鹵莽之才로 因緣恩寵ᄒᆞ야 數日講筵에 瞻望德容ᄒᆞ오니 幸甚幸甚이오ᄂᆞ 不得往候於門下ᄒᆞ고 如此枉屈ᄒᆞ시니 感謝無比로소이다."

燕王曰

"不敏之子ㅣ 受業於門下ᄒᆞ야 嚮仰之誠이 靡時不切이라 伏望先生은 訓導終始ᄒᆞ소셔."

先生이 笑曰

"老父ㅣ 雖有一日之長이ᄂᆞ 賢胤[36]之學問은 老父以上이라. 何敢言教리오?"

---

36) 현윤(賢胤): 상대방의 아들을 높이는 말. [교감] 적문서관본 영인본 572쪽에는 '현윤(賢允)'으로 되어 있으나, 의미상 오식으로 여겨져 바로잡는다.

因相與閑談홀ᄉᆡ 氣味相合ᄒᆞ야 無言不到러니 燕王曰

"先生이 有所嬌ᄒᆞ야 欲與豚兒成婚이라 ᄒᆞ니 若許秦晉之誼則陋醜門戶에 萬丈生光일가 ᄒᆞ노이다."

先生이 笑曰

"僕이 果有一個女息ᄒᆞ야 雖不愧孟光之婦德이나 唯不足莊姜[37]之貌ᄒᆞ니 恐難參貴門子婦之列이로ᄃᆡ 相公이 已言之ᄒᆞ시고 令郎은 老夫之所欽仰이라 若許婚則豈不榮幸이리잇고?"

燕王이 大喜ᄒᆞ야 歸告兩親ᄒᆞ니 太爺ㅣ 尋訪先生ᄒᆞᆫᄃᆡ 先生이 回謝燕府ᄒᆞ고 讚其家風凡節이러라. 先生이 已畢入學之禮에 不欲逗遛於城市ᄒᆞ니 天子ㅣ 雖挽留ᄒᆞ시나 遐躅을 難回라. 天子ㅣ 使本縣으로 月賜廩肉[38]ᄒᆞ시고 贐行黃金千鎰ᄒᆞ시다. 先生이 歸家ᄒᆞ야 擇日而送單於燕府ᄒᆞ니 燕王이 請由ᄒᆞ고 率仁兒而至泰山下ᄒᆞ야 成禮홀ᄉᆡ 威儀之草草와 器具之蕭然이 眞寒士之婚이라. 先生은 歎服燕王之貴而不驕ᄒᆞ고 燕王은 敬先生之安貧樂道러라. 三日後에 親迎而歸홀ᄉᆡ 先生이 請於燕王曰

"相公之春秋ㅣ 不高ᄒᆞ시고 令郎이 不難離側ᄒᆞ리니 從老夫ᄒᆞ야 益修學業이 似好로소이다."

燕王이 許之ᄒᆞ니라. 燕王이 歸府中ᄒᆞ야 會內外賓客ᄒᆞ고 將行撫棗之禮홀ᄉᆡ 此時蓮娘[39]이 執兒子之手ᄒᆞ고 先問曰

"新婦凡節이 何如오?"

仁星이 不答이러니 燕王이 入來어ᄂᆞᆯ 蓮娘이 進前問曰

"相公이 先見子婦ᄒᆞ시니 果何如잇고?"

---

37) 장강(莊姜): 중국 춘추(春秋)시대 제(齊)나라 여자로서, 위(衛)나라 장공(莊公)의 부인이 되었다. 미모가 뛰어났으나, 아들이 없어 나중에 장공의 총애를 잃었다고 한다.

38) 늠육(廩肉): 관가(官家)의 창고(倉庫)에 넣어둔 고기.

39) [교감] 연랑(蓮娘): 적문서관본 영인본 573쪽에는 '선랑(仙娘)'으로 되어 있으나, 아들(兒子)의 손을 잡았다고 했는바, 양인성(楊仁星)은 일지련(一枝蓮)의 소생이므로 오식으로 여겨져 바로잡는다.

燕王이 笑曰
"吾ㅣ 欲先聞娘之意ᄒᆞ노니 外貌之絶等과 中心之賢淑이 孰愈오?"
蓮娘이 不喜而退曰
"可知相公之言이라. 世間에 澹臺滅明이 不祥일ᄉᆞᆺ ᄒᆞᄂᆞ이다."
新婦ㅣ 乘轎而入ᄒᆞ니 侍婢ㅣ 開轎門而見이라가 大驚而入內堂ᄒᆞ야 暗告於鸞城曰
"孫小姐之狀貌ㅣ 恰似孫夜叉ᄒᆞ오니 必是同姓之親이로소이다."
鸞城이 叱曰
"賤婢ㅣ 敢論主人乎아?"
言未畢에 新婦ㅣ 入門陞堂ᄒᆞ니 座中이 駭然失色ᄒᆞ야 宴席이 無色이ᄂᆞ 但察蓮娘之氣色ᄒᆞ니 泰然和樂ᄒᆞ고 尹夫人及鸞城은 詳視小姐之動容周旋이러라. 畢大禮而定新婦處所於別院松竹軒ᄒᆞ니라. 是夜에 燕王이 至艦南軒ᄒᆞ야 問曰
"夫人은 見新婦ᄒᆞ니 果如何오?"
夫人曰
"諸葛夫人은 多才多藝ᄒᆞ야 非女子本色이라. 今新婦ᄂᆞᆫ 動靜이 合禮ᄒᆞ고 氣像이 淳厚ᄒᆞ니 女中君子라 若非仁星이면 絶無其偶로소이다."
又問鸞城ᄒᆞᆫᄃᆡ 鸞城曰
"妾雖難言이오ᄂᆞ 對新婦則還羞妾之妖艶ᄒᆞ니 自料컨ᄃᆡ 卓乎難及이로소이다."
蓮娘이 笑曰
"夫人與鸞城은 欲慰賤妾이오ᄂᆞ 旣爲吾子ᄒᆞ니 論其優劣長短이면 何益之有리오?"
ᄒᆞ더라. 孫小姐ㅣ 入府中ᄒᆞ야 三日後에 不着錦衣ᄒᆞ고 以儉薄衣裳으로 鷄初鳴에 已到別院門外ᄒᆞ야 待尊姑起寢ᄒᆞ야 灑掃應對를 如手足ᄒᆞ고 朝夕之供를 必親嘗ᄒᆞ야 暫不離側ᄒᆞ니 蓮娘이 使之從便ᄒᆞ라 ᄒᆞ나 終始

如一ᄒᆞ야 少無勉强之色이어ᄂᆞᆯ 燕王之愛ᄂᆞᆫ 姑捨ᄒᆞ고 府中上下ㅣ 莫不歎服ᄒᆞ야 不敢以非禮之辭와 怠慢之色으로 對孫小姐러라. 數月後에 燕王이 送仁星ᄒᆞ야 受業於孫先生ᄒᆞ니 學問이 蒸蒸日就어ᄂᆞᆯ 先生이 傳其道統ᄒᆞ고 賜號曰愼庵이라 ᄒᆞ니 山東學者ㅣ 聞其風而日進ᄒᆞ야 尋愼庵先生而獻束脩之禮[40]者ㅣ 如雲이러라.

此時燕王이 三子를 次第成娶ᄒᆞ고 惟機星·錫星이 未娶라. 燕王이 偏愛機星之機警ᄒᆞ야 慈愛ㅣ 愈加諸子ᄒᆞ니 將何以成娶오? 且看下回ᄒᆞ라.

40) 속수지례(束脩之禮): 제자가 스승을 처음 뵐 때 존경의 표시로 드리는 간단한 예물(禮物). 속수(束脩)는 육포(肉脯)의 묶음으로, 옛적에 중국에서 제자가 스승을 처음 뵐 때 육포 열 조각을 묶어 드렸다는 데에서 유래한다.

第六十回

雪中梅餞春會玉郎 霍尙書乘醉打靑樓

却說. 燕王之五子中機星이 風采ㅣ 尤美ᄒᆞ야 見者ㅣ 稱男中一色이러라. 太爺太孃ㅣ 愛之重之ᄒᆞ고 鸞城이 尤愛ᄒᆞ야 不下於長星이러니 一日은 鸞城이 命蒼頭ᄒᆞ야 繫自己所騎雪花馬於翠鳳樓下而洗抹이러니 機星이 自外走入ᄒᆞ야 請乘之어ᄂᆞᆯ 鸞城이 笑曰

"汝欲乘之어든 與我賭雙陸ᄒᆞ야 勝則許之ᄒᆞ리라."

機星이 大喜ᄒᆞ야 奉來雙陸局ᄒᆞᆫᄃᆡ 鸞城이 笑而對局ᄒᆞ야 勝一局ᄒᆞ니 機星이 執柶牙ᄒᆞ고 更請曰

"定三局兩勝ᄒᆞ소셔."

鸞城이 許之ᄒᆞ고 故輸一局ᄒᆞ니 機星이 大喜而更設局曰

"母親이 不勝此一局則兒子之所請이 幾成이어니와 若不然則狼狽라."

ᄒᆞ고 聚精盡氣ᄒᆞ야 擲柶牙ᄒᆞ고 詳察局勢ᄒᆞ니 機星이 十分勢窮이어ᄂᆞᆯ 機星이 捨柶牙ᄒᆞ고 曰

"母親은 徹局ᄒᆞ고 惟許小子騎馬ᄒᆞ소셔."

鸞城이 笑曰

“已有定約ᄒᆞ니 觀其勝負而許之ᄒᆞ리라.”

機星曰

“不能終局之由ㅣ 有二ᄒᆞ니 小子ㅣ 勝母親도 非道理요 母親이 勝小子則機星이 無聊矣리니 但許乘馬ᄒᆞ소셔.”

鸞城이 奇其言ᄒᆞ야 使孫夜叉로 執轡ᄒᆞ고 乘機星而回轉兩三回ᄒᆞ니 機星이 大喜어ᄂᆞᆯ 鸞城이 笑而問曰

“兒子ㅣ 騎馬ᄒᆞ고 將欲安往고?”

對曰

“三月春風에 章臺에 柳綠ᄒᆞ고 紫陌에 花紅커든 烏紗紅袍로 高擧黃金鞭ᄒᆞ야 踏落花而唱楊柳詞ᄒᆞ야 朱樓彩閣에 收拾風光ᄒᆞ며 丹墀金陛에 朝於聖天子ᄒᆞ고 御盃法酒에 帶醉興而歸호리이다.”

鸞城이 尤奇之ᄒᆞ더라. 機星이 年及十三歲에 與禮部尙書劉公義之女로 成婚ᄒᆞ니 公義ᄂᆞᆫ 誠意伯[1]劉基[2]之後裔라. 小姐之幽閑貞靜과 窈窕嬌妖ㅣ 與楚玉郡主로 無優劣이러라. 此時天下ㅣ 太平ᄒᆞ고 朝廷이 無事라 燕王이 又有歸鄕之意러니 天子ㅣ 下敎曰

“朕雖年少ㅣᄂᆞ 數百年宗社之托이 在於皇太子ᄒᆞ니 宜盡其輔導之道ㅣ니 自今으로 課日設講筵ᄒᆞ라.”

ᄒᆞ신ᄃᆡ 燕王이 時任太子太傅ᄒᆞ고 尙書兄弟ㅣ 又以講官으로 入侍ᄒᆞ야 父子三人이 逐日詣闕ᄒᆞ야 夜深後退公이러라. 一日은 燕王三父子ㅣ 詣闕後에 機星이 告於太爺曰

1) [교감] 성의백(誠意伯): 적문서관본 영인본 575쪽에는 ‘성의백(誠義伯)’으로 되어 있으나, 오식이므로 바로잡는다.

2) 유기(劉基, 1311~1375): 원(元)나라 말기에서 명(明)나라 초기의 정치가. 관직 생활을 하는 동안 여러 차례 배척당해 고향에 숨어 지내다가, 주원장(朱元璋)의 초빙을 받아 그의 모사(謀士)가 되어 중국을 통일하는 데 역할을 했다. 명나라가 건국된 뒤 역법(曆法) 제정과 군정체제 건립에 공헌했고, 성의백(誠意伯)에 봉해졌다. 시문에 뛰어나 원나라 말기 사회의 모순을 풍자한 글을 많이 썼으며, 우언(寓言) 산문집 『욱리자郁離子』를 남겼다.

"春氣和暢ᄒᆞ고 風日이 淸朗ᄒᆞ니 小孫이 與數個門客으로 上蕩春臺ᄒᆞ야 觀花柳之景而歸ᄒᆞ리다."

太爺ㅣ 許之ᄒᆞ니 機星이 大喜ᄒᆞ야 一匹靑驢一個家僮으로 率兩個門客ᄒᆞ고 尋蕩春臺而往홀ᄉᆡ 紅塵은 滾滾於惠風ᄒᆞ고 音樂은 處處狼藉ᄒᆞ니 長安少年이 白馬金鞭으로 雙雙成羣ᄒᆞ야 尋靑樓而問酒家라. 機星이 驅驢而望見一處ᄒᆞ니 綠楊이 靑靑於左右ᄒᆞ고 數曲粉墻에 花木이 隱映ᄒᆞ고 朱樓翠閣이 聳出東西ᄒᆞ야 粉壁紗窓에 高捲珠簾이어ᄂᆞᆯ 機星이 問曰

"此ᄂᆞᆫ 何處오?"

門客曰

"此ᄂᆞᆫ 皇城靑樓의 娼妓所在處로다."

機星曰

"靑樓之名을 曾見於古書ᄒᆞ되 未見其眞景ᄒᆞ니 願一見之ᄒᆞ노라."

兩客이 諫曰

"此處ᄂᆞᆫ 非士大夫之出入處니 直往蕩春臺ᄒᆞ소셔."

機星이 微笑ᄒᆞ고 更策驢而至蕩春臺ᄒᆞ니 原來蕩春園은 長安中第一大園이라 園中에 多種花柳ᄒᆞ야 春夏之交에 五陵少年과 綺紈子弟가 以妓樂으로 佚宕冶遊라. 機星이 緩緩驅驢ᄒᆞ고 左右顧眄ᄒᆞ니 處處花柳之色과 絲竹之聲에 一年春光이 盡在於此處러라. 望見一處ᄒᆞ니 朱輪翠盖ᄂᆞᆫ 絡繹於花下ᄒᆞ고 銀鞍靑驄은 來往於柳間ᄒᆞ야 烏紗綠袍와 翠袖紅粧으로 弄春風而誇醉興이어ᄂᆞᆯ 機星이 問於門客曰

"此皆何人고?"

門客曰

"長安少年과 靑樓娼妓의 花柳之遊니 日日如彼로소이다."

機星이 駐驢而觀이러니 忽自林間으로 紅旗ㅣ 飄揚於風便이어ᄂᆞᆯ 機星이 笑曰

"古詩에 云 '夕陽漸出酒旗風이라' ᄒᆞ니 必賣酒處로다. 吾暫傾一盃ᄒᆞ

리라.”

兩客曰

“尋酒家而訪靑樓ᄂᆞᆫ 蕩子之事라 相公이 知之則罪及我等矣리이다.”

機星曰

“古者에 李謫仙은 長安市上에 酒家眠이라 ᄒᆞ니 吾今傾一盃酒ㅣ 有何大關이리오?”

策驢而直向酒家ᄒᆞ야 各飮數盃ᄒᆞ고 微醉而歸홀ᄉᆡ 左右靑樓에 夕陽이 照耀ᄒᆞ야 金璧이 玲瓏ᄒᆞ고 門前楊柳下에 香車銀鞍이 繁華熱鬧어ᄂᆞᆯ 機星이 左右顧眄ᄒᆞ야 擧鞭而緩行이러니 忽東樓上에 琴聲이 泠泠이어ᄂᆞᆯ 機星이 曾學琴於母親ᄒᆞ야 素有音律之聰ᄒᆞ고 又帶醉興ᄒᆞ야 不能定浩蕩之心ᄒᆞ야 謂兩客曰

“吾今大醉ᄒᆞ니 難可歸去라. 暫登樓聽琴이라가 待醒而歸ᄒᆞ리라.”

兩客이 大驚曰

“靑樓에 素多無賴蕩子ᄒᆞ니 若生疎之人이 誤入則必逢辱矣리니 勿入ᄒᆞ소셔.”

機星이 笑曰

“大丈夫ㅣ 閱歷世事ᄒᆞ야 備嘗榮辱然後에 可以益廣知見ᄒᆞᄂᆞ니 公等은 歸去ᄒᆞ라. 吾暫觀而歸ᄒᆞ리라.”

說罷에 下驢ᄒᆞ야 尋琴聲而去러라.

且說. 靑樓妓女數百名中에 有二個妓女ᄒᆞ야 一은 雪中梅니 非徒歌舞姿色之出衆이라 路柳墻花의 前門迎客과 後門送客之風流心情으로 騰揚於繁華叢中ᄒᆞ고 一은 氷氷이니 亦顔色姿質이 絶代ᄂᆞ 然이ᄂᆞ 天性이 淸介ᄒᆞ고 手段이 守拙故로 不顯於世ᄒᆞ야 門前이 冷落이러라. 雪中梅ㅣ 與霍都尉之弟霍尙書로 親狎ᄒᆞ야 處靑樓一坊ᄒᆞ니 霍尙書之字ᄂᆞᆫ 子虛라. 家産이 累巨萬이오 自幼로 風流放蕩ᄒᆞ야 爲長安少年之領袖ᄒᆞ야 沈惑於雪中梅ᄒᆞ니 年이 三十一歲라. 此日霍尙書ㅣ 賞春於蕩春園이라가 約夜宴於梅

娘家ᄒᆞ니 梅娘이 設酒饌而待尙書라가 偶然彈琴이러니 忽然一位少年이 綠袍單巾으로 帶酒暈而入홈이 英拔氣像은 如一輪明月이 湧出海上ᄒᆞ고 繁華容貌ᄂᆞᆫ 如三春名花ㅣ 新含朝露ᄒᆞ야 年紀雖幼ᄂᆞ 行止擧動이 極爲浩蕩이라. 梅娘이 推琴而迎入ᄒᆞ니 少年이 笑而坐曰

"我ᄂᆞᆫ 賞花客이라. 偶聽琴聲而入ᄒᆞ니 娘之名은 何也오?"

ᄒᆞ고 流眼而視梅娘之容貌ᄒᆞ니 面如鐵色而眉細ᄒᆞ고 丹唇皓齒요 螓首[3]蛾眉라. 以鏘鏘鶯聲으로 低聲對曰

"妾之賤名은 雪中梅라 ᄒᆞᄂᆞ이다."

少年이 以繁華之笑와 豪放之言으로 曰

"我ᄂᆞᆫ 放蕩人이니 稱曰楊生이라. 娘이 能爲初面客ᄒᆞ야 不惜高山流水之妙手乎아?"

梅娘이 流秋波而見楊生ᄒᆞ고 引琴而玉手로 調絃ᄒᆞ야 又彈一曲ᄒᆞ니 手法이 奇異ᄒᆞ고 音調精妙어ᄂᆞᆯ 機星이 大喜稱讚이러니 忽然有一蒼頭ㅣ 呈一封書札이어ᄂᆞᆯ 梅娘이 開見ᄒᆞ고 微笑而置案上ᄒᆞ고 出窓外ᄒᆞ야 酬酌蒼頭而送이어ᄂᆞᆯ 暗見其書ᄒᆞ니 其略에 曰

"今夜에 適有入闕之事ᄒᆞ야 負黃昏佳期ᄒᆞ니 再明日에 更期于餞春宴ᄒᆞ노라."

梅娘이 還入ᄒᆞ야 使丫鬟으로 進酒ᄒᆞ야 曰

"相公이 以少年風流로 訪花隨柳라가 踏靑樓而欲聽琴ᄒᆞ시니 酒量이 必大라 莫辭賤妾之一杯酒ᄒᆞ소셔."

生이 微笑而觥籌交錯ᄒᆞ야 日已暮矣어ᄂᆞᆯ 生이 驚而起身曰

"吾以侍下之人으로 暫賞花柳而來라가 居然黃昏이라 不得不思忙而歸ᄒᆞ니 更留後期ᄒᆞ노라."

梅娘이 流秋波而慇懃送情ᄒᆞ고 悄然無答이러라. 生이 出門外ᄒᆞ니 兩

3) 진수(螓首): '저녁매미의 이마'라는 뜻으로, 아름다운 용모를 일컫는 말.

客이 彷徨於門外라가 遽爾恐動曰

"日已暮矣라 層層侍下에 何若是而樂而反忘乎잇가?"

ᄒᆞ고 與楊生으로 慌忙歸來ᄒᆞᆯ시 兩客이 笑曰

"小主人이 入青樓後에 不能放心ᄒᆞ야 躕躇於門前이러니 兩個少年이 乘駿馬而到門前ᄒᆞ야 下馬而欲入故로 恐有小主人之失錯ᄒᆞ야 執少年之袖而挽止러니 一個少年이 欲爭詰이어ᄂᆞᆯ 一個少年이 挽止ᄒᆞ면셔 從容問曰 '來者ㅣ 誰也오?' ᄒᆞ야ᄂᆞᆯ 吾等이 撓手曰 '如此則可知矣리니 問之何益이리오?' ᄒᆞᆫᄃᆡ 其少年이 熟視我等이라가 微笑而往西便青樓러이다."

生이 笑而不答ᄒᆞ고 至府中ᄒᆞ니 太爺ㅣ 問曰

"何其晚也오?"

機星이 曰

"自然玩賞이라가 不覺日暮로소이다."

仙淑人이 責曰

"若相公이 還家런들 必當嚴責矣라. 豈不操心乎아?"

機星이 笑而對曰

"一時春興으로 訪花隨柳ᄒᆞ야 猶忽忙歸來로소이다."

鸞城이 聞之ᄒᆞ고 微笑無言이러라. 俄而오 燕王父子ㅣ 還家어ᄂᆞᆯ 太爺ㅣ 曰

"近日老父ㅣ 惱困ᄒᆞ야 欲看江湖物色ᄒᆞ노니 明日率數個門客及山翁ᄒᆞ고 往聚星洞ᄒᆞ야 數十日消暢ᄒᆞ리라."

燕王이 承命ᄒᆞ고 入內堂ᄒᆞ야 呼諸娘商議曰

"老親이 欲以明日로 行次聚星洞ᄒᆞ야 數十日消暢ᄒᆞ시니 朝夕之供을 不可任於婢僕이니 諸娘中一人이 陪行ᄒᆞ라."

鸞城曰

"蓮淑人은 孕胎數朔이오 仙娘은 近者時時身氣不平ᄒᆞ니 妾이 陪行호리이다."

燕王이 稱善ᄒᆞ고 告於太爺ᄒᆞᆫ듸 太爺ㅣ 沉吟曰

"豈不堪數十日이리오? 不欲與諸娘同行이로라."

燕王이 又告曰

"此亦子職이라. 小子ㅣ 旣使鸞城陪行이로소이다."

太爺曰

"然則鸞城은 或有府中商議事ᄒᆞ니 使仙娘으로 與我同往ᄒᆞ라."

燕王이 唯唯ᄒᆞ고 又告曰

"灑掃應對에 或有家僮之所不能也라. 兒子中欲率何兒而行乎잇가?"

太爺ㅣ 笑曰

"仁星之爲人이 太拙ᄒᆞ야 男子之繁華氣像이 不足ᄒᆞ니 率往消暢이 似好로다."

燕王이 唯唯하고 翌日未明에 燕王父子ㅣ 入朝ᄒᆞᆯ시 蒼頭及轎子를 一一指揮ᄒᆞ고 呼山翁及仁星ᄒᆞ야 謂曰

"凡事를 少無怠慢ᄒᆞ라."

ᄒᆞ고 至碧雲樓ᄒᆞ야 謂淑人曰

"老親飮食凡節은 娘須親執ᄒᆞ야 猶勝於在家之日ᄒᆞ라."

淑人이 承命ᄒᆞ고 率侍女二人及其他一行ᄒᆞ고 陪太爺而登程ᄒᆞᆯ시 燕王父子ㅣ 陪行ᄒᆞ야 祗送城外ᄒᆞ고 燕王與尙書兄弟ᄂᆞᆫ 詣闕ᄒᆞ고 機星은 歸來府中ᄒᆞ야 望見碧雲樓ᄒᆞ니 閉門而似有母親之音聲ᄒᆞ야 終日心思ㅣ 鬱憤ᄒᆞ야 無住着處ㅣ라. 不喫夕飯ᄒᆞ고 對案悄然而坐어ᄂᆞᆯ 鸞城이 知其意ᄒᆞ고 至書堂而慰之曰

"吾植數十株楊柳於紫雲樓러니 弱枝細葉이 近間極佳矣리니 淑人이 獨賞ᄒᆞ야 庶解府中鬱積之懷ᄒᆞ리라."

機星이 笑曰

"今聞此言ᄒᆞ오니 小子思母之心이 十分自慰로소이다."

是夜에 燕王父子ㅣ 自闕中退出ᄒᆞ야 比前早寢이러니 機星이 退出書堂

ᄒᆞ야 挑燈讀書ㅣ라가 忽憶蕩春園陳迹ᄒᆞ니 心神이 浩蕩ᄒᆞ야 掩卷沉吟曰

"吾今十四歲라 聲色風流를 此時不爲ᄒᆞ고 何時可爲리오? 雪中梅之動人風情이 彷彿昔者揚州美人之投橘ᄒᆞ니 吾豈無杜牧之風采리오?"

ᄒᆞ고 轉輾不寐ᄒᆞ고 梅娘之擧動이 森森於眼前ᄒᆞ야 不思自思ㅣ라 旛然超身ᄒᆞ야 率一個家僮ᄒᆞ고 欲更訪梅娘ᄒᆞ야 要同行於前日同往兩客ᄒᆞᆫ딕 兩客이 躊躇不肯이어늘 機星曰

"公等이 不欲同行則吾當獨行矣리라."

ᄒᆞ고 命家僮而携燈ᄒᆞ고 飄然出去어늘 兩客이 莫可奈何ᄒᆞ야 隨後行이러라.

且說. 梅娘이 一見楊生以後로 耿耿不忘ᄒᆞ야 心中自思ᄒᆞ되

'吾ㅣ 處於靑樓幾年에 長安少年을 無所不知요 公子王孫을 無所不見이로딕 如楊生風流ᄂᆞᆫ 眞是初見人物이라. 偶然相逢ᄒᆞ야 焂忽分手ᄒᆞ니 彼若多情男子로 若知吾情則亦應歸而不忘ᄒᆞ리라.'

ᄒᆞ야 慇懃苦待러니 夜深月明에 一個少年이 以綠袍單巾으로 率一個家僮及兩個門客而入이어늘 視之ᄒᆞ니 卽楊生이라. 雪中梅ㅣ 欣然迎之ᄒᆞ니 楊生이 執手歎曰

"能記蕩春園歸路聽琴之少年乎아?"

娘이 亦執楊生之手ᄒᆞ고 低聲對曰

"中心藏之어니 何日忘之리오?"

馥馥之香은 隨言襲人이라 生이 如醉如夢ᄒᆞ고 精神이 若消ᄒᆞ야 就座而使兩客與家僮으로 待於門外ᄒᆞ라 ᄒᆞ고 挑花燭而更見梅娘容貌ᄒᆞ니 談笑之中에 風情이 凝於眉宇ᄒᆞ야 十分嬌艶ᄒᆞ고 十分明敏ᄒᆞ야 足消男兒之肝腸ᄒᆞ야 以成洪爐點雪이라. 進盃盤而微醉에 生이 彈琴數曲ᄒᆞ니 梅娘이 唱歌以和ᄒᆞ야 迭宕半夜ㅣ라가 楊生은 少年이라 一種情欲이 隨醉興而難制ᄒᆞ니 就床上ᄒᆞ야 解鴛鴦帶ᄒᆞ고 脫芙蓉裙ᄒᆞ야 楚天陽臺에 雲雨飜覆이러니 梅娘이 醉眼이 朦朧ᄒᆞ고 肢體ㅣ 無力ᄒᆞ야 更起而整齊衣裳ᄒᆞ

고 心中思量ᄒᆞ되
‘吾見楊生ᄒᆞ고 但以爲一個美男子ㅣ러니 豈知風情之如此過人이리오? 如霍尙書者ᄂᆞᆫ 一個鄙夫蕩客이라.’
ᄒᆞ고 猶有未盡之心ᄒᆞ야 暗問曰
“相公이 今歸則何時更逢乎잇가?”
生曰
“將頻數乘輿而來ᄒᆞ리라.”
梅娘曰
“明日은 餞春이라 長安少年과 青樓諸妓ㅣ 會於蕩春園而餞春ᄒᆞᄂᆞ니 尋訪於蕩春園ᄒᆞ시면 庶可遠接容光ᄒᆞ리이다.”
生이 許而歸來러니 翌日早朝에 燕王이 告於太夔曰
“皇上이 欲與講筵諸臣으로 餞春於後苑ᄒᆞ시니 今卽入闕ᄒᆞ야 夜深後退歸ᄒᆞ리다.”
鸞城이 笑曰
“江南風俗은 餞春之遊ㅣ 最盛이라 物色이 繁華ᄒᆞ야 如三月上巳日이니이다.”
燕王曰
“皇城도 有此遊ᄒᆞ야 吾雖不見이ᄂᆞ 豈獨江南이리오?”
燕王父子ㅣ 入闕後에 機星이 告於太夔曰
“小孫은 聞之호니 今日蕩春園에 長安少年이 齊會ᄒᆞ야 餞春之遊ㅣ 可觀이라 ᄒᆞ니 願觀覽而歸ᄒᆞ노이다.”
太夔ㅣ 許之曰
“汝之父兄은 餞春於後苑ᄒᆞ고 汝ᄂᆞᆫ 餞春於蕩春園ᄒᆞ니 老客은 與兩婦兩娘으로 將餞春於後園ᄒᆞ리라.”
機星이 告於鸞城曰
“小子ㅣ 暫欲作華麗行色ᄒᆞ오니 暫賜雪花馬ᄒᆞ소셔.”

鸞城이 笑而許之ᄒᆞ니 原來鸞城之聰明으로 豈不知機星之放蕩이리오마는 鸞城之性이 素愛風流繁華ᄒᆞ야 雖子姪이ᄂᆞ 未嘗嚴禁ᄒᆞ고 每多寬容之態라. 卽命蒼頭ᄒᆞ야 牽出雪花馬而刷之ᄒᆞ라 ᄒᆞ고 取來鸞城府中新飾鞍具ᄒᆞ라 ᄒᆞᆫ듸 孫夜叉ㅣ 取來ᄒᆞ니 果以黃金粧之ᄒᆞ고 朱翠飾之ᄒᆞ야 黃金勒珊瑚鞭이 輝煌燦爛이라. 機星이 大喜ᄒᆞ야 更率兩個門客ᄒᆞ고 乘雪花馬ᄒᆞ고 橫馳長安大路ᄒᆞ야 向梅娘靑樓而去ᄒᆞ니라.

此時雪中梅ㅣ 以風流名妓로 籠絡楊生於迷魂陣[4]中ᄒᆞ야 愈愛愈慕ᄒᆞ야 洞洞一念이 專在於楊生ᄒᆞ고 無意於霍尙書러니 此日霍尙書ㅣ 又送書曰

"今日皇上이 集諸臣ᄒᆞᄉᆞ 餞春於後苑故로 自作背約之人ᄒᆞ니 慙愧不已로라. 送瓜子金百兩ᄒᆞ노니 用於今日之遊ᄒᆞ고 復期再明日ᄒᆞ노라."

梅娘이 覽畢에 以爲無妨ᄒᆞ야 以數語로 還送霍尙書蒼頭ᄒᆞ고 將往蕩春園而裝束ᄒᆞᆯᄉᆡ 對鏡而添落梅粧之桃花粉ᄒᆞ야 畵新月眉ᄒᆞ야 蛾黃[5]은 宛然於額上ᄒᆞ고 櫻桃ᄂᆞᆫ 紅唇이 分明ᄒᆞ고 更粘翠花七寶鈿ᄒᆞ고 一雙金步搖ᄂᆞᆫ 半斜於肩上ᄒᆞ고 數個雲鬢은 鬖髿不收ᄒᆞ니 倣長孫夫人髢兒髻라. 問於左右曰

"向蕩春臺少年이 幾何오?"

丫鬟이 答曰

"時尙早어ᄂᆞᆯ 銀鞍繡轂이 絡繹大路ᄒᆞ니 今年餞春은 近年中第一일ᄯᅳᆺᄒᆞᄂᆞ이다."

梅娘이 笑而擧鏡照面曰

"長安少年은 雖皆不來라도 但吾之情郞은 早早來臨ᄒᆞ소셔."

丫鬟이 笑曰

"娘子之多情郞은 卽霍尙書老爺ㅣ라. 旣曰不來ᄒᆞ시니 何故空待乎잇

4) 미혼진(迷魂陣): 적(敵)의 정신을 혼란시키는 전술(戰術)의 하나로, 흔히 여색(女色)에 빠지는 것을 비유함.
5) 아황(蛾黃): 옛적에 중국에서 여자들이 사용한, 이마에 바르는 누른빛의 화장품.

가?"

梅娘이 擲鏡ᄒᆞ고 以細語로 責曰

"多情郎薄情郎을 汝ㅣ 安能分別고?"

悄然良久에 更笑曰

"汝立於門外라가 楊公子來어든 回告ᄒᆞ라."

丫鬟이 出去러니 須臾에 慌忙入告曰

"相公이 訪來로소이다."

梅娘이 欣然出迎ᄒᆞ니 非楊生이오 是霍尙書라. 率五六個門客ᄒᆞ고 半醉入ᄒᆞ야 笑曰

"今日皇上이 但與講筵諸臣으로 宴遊ᄒᆞ시니 因是來訪이라. 俄者送瓜子金이러니 見之乎아?"

梅娘曰

"盛意ᄂᆞᆫ 感賀오ᄂᆞ 知相公이 已詣闕故로 今欲往蕩春園이로소이다."

尙書ㅣ 笑而謂門客曰

"君等은 立於門前이라가 李將軍·呂侍郎·王員外·宇文知府ㅣ 來어든 通知ᄒᆞ라. 吾ㅣ 欲與梅娘으로 暫語ᄒᆞ노라."

門客이 唯唯而出이어ᄂᆞᆯ 尙書執梅娘之手ᄒᆞ고 更視之ᄒᆞ니 華飾盛粧이 玲瓏燦爛ᄒᆞ야 醉眼이 怳惚이라. 抱楊柳細腰ᄒᆞ고 引玉顔而欲接丹唇ᄒᆞᆫᄃᆡ 梅娘이 不言不笑ᄒᆞ고 立如木偶人이러니 呼丫鬟曰

"時漸晩矣라 轎夫ㅣ 來待乎아?"

尙書ㅣ 笑曰

"客來어ᄂᆞᆯ 主人이 欲出ᄒᆞ니 是何道理오?"

梅娘이 作色曰

"相公이 數年所親之妾을 知以今日新交乎잇가?"

左右로 挾衣裳ᄒᆞ고 草綠別紋氷紗[6]狹袖에 垂鴛鴦帶ᄒᆞ고 綠英金縷猩猩緞紅狹袖에 靑天桃榴繡腰帶로 裝束ᄒᆞ니 七寶明月珮ᄂᆞᆫ 繞於外ᄒᆞ고 翡

翠金香絲은 佩於內ᄒᆞ고 一條桃紅唐絲條帶[7]를 一雙鳳頭同心結로 垂下ᄒᆞ고 瑪瑙雜佩와 羅襪繡鞋에 朱翠玲瓏ᄒᆞ야 難可形容이러라. 粧畢에 對鏡而前瞻後顧ᄒᆞ고 自弄半晌ᄒᆞ니 似綠水에 鴛鴦이 弄影ᄒᆞ고 丹山에 鳳凰이 刷羽ᄒᆞ야 千嬌萬態ㅣ 自在其中이라. 霍尙書ㅣ 心中疑之曰

'吾交梅娘이 已久ᄂᆞ 如此盛粧은 今乃初見이오 前日은 倘着一套衣服則顧我而問이러니 今日은 無一言半辭ᄒᆞ니 豈不怪哉리오?'

又思曰

'盛粧은 因玩賞者之多也요 不問於我ᄂᆞᆫ 交情無間ᄒᆞ야 知其意로다.'

ᄒᆞ고 自慰其心이러라. 俄而오 門客이 入而語曰

"諸位相公이 過去라."

ᄒᆞ니 尙書ㅣ 起身而向梅娘曰

"相逢於蕩春園ᄒᆞ리라."

ᄒᆞ고 出門外에 呂侍郎이 笑曰

"意謂兄이 先來러니 果戀戀美人ᄒᆞ야 如是急來로다."

李將軍이 曰

"我等은 武夫로ᄃᆡ 昔日風情이 已衰어ᄂᆞᆯ 尙書ᄂᆞᆫ 或不昌皮乎아?"

王員外ㅣ 打李將軍之肩ᄒᆞ고 笑曰

"將軍이 不知霍尙書之爲風流郎乎아?"

宇文知府ㅣ 笑曰

"此ᄂᆞᆫ 太平勝事니 莫笑ᄒᆞ라."

相與戱諸談笑ᄒᆞ고 聯馬而往蕩春園ᄒᆞ니라.

此時梅娘이 久待楊生이러니 花影이 移庭ᄒᆞᆫ데 靑樓諸妓가 齊到而請同往이어ᄂᆞᆯ 莫可奈何ᄒᆞ야 悄悵起身ᄒᆞᆯ시 呼丫鬟ᄒᆞ야 付耳而語ᄒᆞ고 往蕩

---

6) 빙사(氷紗): 순린(純鱗). 비늘 모양의 무늬가 있는, 명주실로 바탕을 조금 거칠게 짠 비단.
7) 조대(條帶): 옛 복식(服飾)에서 겉옷에 착용하던 가느다란 띠. 띠 양끝에 술이 달려 있다.

春園이러니 楊生이 馳馬而至梅娘家ᄒᆞ야 探問梅娘動靜홀ᄉᆡ 一個丫鬟이 立於門前이라가 欣然呈紅牋小札이어ᄂᆞᆯ 開見於馬上ᄒᆞ니 其略에 曰

"餞三春而待玉郞ᄒᆞ니 一喜一悲라. 留賤婢而告先行ᄒᆞᄂᆞ이다."

楊生이 覽畢에 笑而問曰

"汝ㅣ 何不隨主人乎아?"

丫鬟曰

"娘子ㅣ 將行에 曰 '相公이 過去어든 呈此書而卽來ᄒᆞ고 不然則勿來ᄒᆞ라' ᄒᆞ시더이다."

生이 微笑ᄒᆞ고 策馬而去홀ᄉᆡ 皇城之俗이 當此日則上自貴人으로 下至庶人히 齊會蕩春園而玩賞故로 公子王孫與豪華子弟가 驅車馳馬ᄒᆞ야 雲集於洞口大路ᄒᆞ니 楊生이 披紅塵而揮珊瑚鞭ᄒᆞᆫᄃᆡ 白馬ㅣ 振雪鬣蹴玉蹄ᄒᆞ며 長嘶一聲而橫馳萬馬之中ᄒᆞ니 如瑤臺仙君이 駕玉龍而飛騰於雲外ᄒᆞ야 滿街行人이 一時讓路ᄒᆞ고 一城士女ㅣ 紛紛爭觀ᄒᆞ니 馬上少年의 俊逸風采와 媚娥容光을 莫不艶歎曰

"古詩所謂 '可憐人馬生輝光'이라."

ᄒᆞ더라. 於焉間至園中ᄒᆞ야 駐轡卸鞍ᄒᆞ니 綠陰은 爛熳ᄒᆞ고 芳草ᄂᆞᆫ 萋萋ᄒᆞ야 楊柳枝上黃鶯兒ᄂᆞᆫ 喚友聲中에 惜春光ᄒᆞᆫ데 白鼻騧[8]雪花驄은 處處少年이오 七香車五雲車ᄂᆞᆫ 隊隊美人이라. 兩客이 告曰

"今日之熱鬧ᄂᆞᆫ 近年中第一이라. 蕩春園이 狹窄ᄒᆞ니 先往蕩春臺ᄒᆞ소셔."

楊生曰

"蕩春臺ᄂᆞᆫ 何處오?"

兩客曰

8) [교감] 백비과(白鼻騧): 적문서관본 영인본 583쪽에는 '백비려(白鼻驢)'로 되어 있으나, 의미상 오식이므로 바로잡는다. 덕흥서림본 제3권 166쪽에는 '백비과(白鼻騧)'로 바르게 되어 있다.

"自此距四五里로소이다."

楊生이 隨兩客而行四五里ᄒᆞ니 果然人馬ㅣ 喧闐ᄒᆞ야 少無隙地라. 執轡緩行而視之ᄒᆞᆫᄃᆡ 有一曲溪ᄒᆞ고 溪上에 圍繞數百株楊柳ᄒᆞᆫ데 有一大虹橋ᄒᆞ고 數曲欄干이 如刻白玉이라. 纔渡虹橋ᄒᆞ니 軟莎平鋪ᄒᆞᆫ데 修歌舞場ᄒᆞ고 前後左右에 圍繞朱欄ᄒᆞ고 欄外에 築層臺ᄒᆞ야 俯臨歌舞場ᄒᆞ고 層臺上에 錦帳繡席이 光彩燦爛ᄒᆞᆫ데 文武大官이 雜沓列坐ᄒᆞ니 皇城之俗이 自古로 最重餞春之遊ᄒᆞ고 妓女少年之所主催러니 近來ᄂᆞᆫ 宰相貴人도 耽樂聲色ᄒᆞ야 會集玩賞이러라.

其冶遊之狀況은 半日을 以歌舞로 佚宕이라가 夕陽에 諸妓ㅣ 拔樓上所揷彩花ᄒᆞ야 投之於水中ᄒᆞ고 唱送春詞ᄒᆞ니 此ᄂᆞᆫ 古法이오 後世에 放蕩이 尤甚ᄒᆞ야 玩賞者ㅣ 以飮食으로 饋所親妓女ᄒᆞ며 妓女ㅣ 又觀所親者之風致人物ᄒᆞ야 評判劣優品第ᄒᆞ니 若有勝於人則相賀曰 '買春이라' ᄒᆞ고 若下於人則嘲曰 '破春이라' ᄒᆞ더라.

此時數百名妓女ㅣ 以凝粧盛飾으로 首揷彩花ᄒᆞ고 登歌舞場ᄒᆞ야 奏教坊之樂ᄒᆞ니 絲竹이 嘹喨ᄒᆞ며 歌舞ㅣ 佚宕ᄒᆞ야 琅琅之聲과 翩翩之袖ㅣ 震動蕩春園ᄒᆞ니 諸貴人衆少年이 一齊上臺ᄒᆞ야 各自送情於所親之妓ᄒᆞᆯ시 梅娘이 流秋波而顧視左右ᄒᆞ되 但霍尚書·呂侍郎諸人이 列坐於臺上而已요 楊生은 不見其處ㅣ라 愀然無聊ᄒᆞ니 原來梅娘은 天生美人이라 登風流場則態度手段이 明慧敏捷故로 長安少年宴席에 無雪中梅면 莫不以爲罷興이러니 見其愀然不樂ᄒᆞ고 或投丸藥ᄒᆞ며 或勸酒肴ᄒᆞ야 紛紜談笑와 顚倒氣色이 全向梅娘而欲助其興호ᄃᆡ 佳人胷中에 非一個楊生이면 豈慰無聊리오? 俄而오 梅娘之丫鬟이 至ᄒᆞ야 進梅娘之前ᄒᆞ야 付耳而語에 娘이 方微笑ᄒᆞ니 慇懃之懷를 有誰知之리오?

此時青樓諸妓가 各盡其才ᄒᆞ야 爭勝癖而猜顔色ᄒᆞ야 音樂이 方張이어ᄂᆞᆯ 楊生이 率兩客而登臺ᄒᆞ야 俯視歌舞場ᄒᆞ니 明眸皓齒와 翠袖紅粧이 成羣作隊ᄒᆞ야 似桃李牧丹之爛開ᄒᆞ고 如珊瑚明珠之羅列ᄒᆞ야 莫不動人

顔色이ᄂᆞ 一個美人이 細腰綠眉로 風情이 壓倒座中ᄒᆞ고 服色盛粧이 飄然出衆ᄒᆞ니 此ᄂᆞᆫ 雪中梅라. 雪中梅ㅣ 知楊生之來園ᄒᆞ고 無聊心事ㅣ 消如春雪ᄒᆞ고 豪蕩風情이 如癡如醉ᄒᆞ야 進舞席上ᄒᆞ니 觀者ㅣ 如堵라. 梅娘이 擧眼視臺上ᄒᆞ니 一位少年이 單巾綠袍로 飄然而立ᄒᆞ야 八字靑山에 凝瑞氣ᄒᆞ고 一點丹唇에 帶笑容ᄒᆞ니 寤寐不忘之意中郎이 分明이라. 若送情則霍尙書ㅣ 必疑之요 視若不見則心癢ᄒᆞ야 乃顧諸妓曰

"吾ㅣ 芙蓉裙이 方緩ᄒᆞ니 更衣而來라."

ᄒᆞ고 率丫鬟而出至改服所ᄒᆞ야 備一壺酒數種果ᄒᆞ야 付丫鬟曰

"覓楊府蒼頭ᄒᆞ야 獻於相公ᄒᆞ라."

ᄒᆞ고 說罷에 更進舞席ᄒᆞ니 丫鬟이 持酒果ᄒᆞ고 至臺前而審視之ᄒᆞ니 楊府蒼頭가 執轡而立이어ᄂᆞᆯ 授盃盤曰

"獻于相公ᄒᆞ라."

ᄒᆞ니 蒼頭ㅣ 亦已暗料ᄒᆞ고 又傳於門客ᄒᆞ야 呈於楊生ᄒᆞ니 生이 微笑而與兩客으로 各飮一盃ᄒᆞᆯ시 取果而視之ᄒᆞ니 盤中에 有數行書曰

"人海咫尺에 關山萬里라. 蕩春臺後에 有一小瀑ᄒᆞ니 罷歌舞後에 當進現於瀑下ᄒᆞ리이다."

楊生이 視之ᄒᆞ니 筆蹟이 糢糊ᄒᆞ야 十分不明이ᄂᆞ 玉人之意를 豈不料得이리오? 微笑而擧袖ᄒᆞ야 洗去墨痕ᄒᆞ고 還付小盤與壺ᄒᆞ니 此時梅娘이 更進舞筵ᄒᆞ야 故爲遲滯半晑에 望見臺上타가 見洗果楪之狀ᄒᆞ고 心中에 尤感多情敏慧러라. 娘이 拂舞袖而盡平生之才ᄒᆞ니 如漢宮飛燕之遊於臺上이오 月殿素娥之揚霓裳ᄒᆞ고 花鼓ᄂᆞᆫ 鼕鼕ᄒᆞ야 適於鼓舞ᄒᆞ며 霜鋩은 閃忽ᄒᆞ야 入於劍舞ᄒᆞ니 楊柳細腰에 春風이 乍動ᄒᆞ고 桃花兩頰에 香氣ㅣ 初濃ᄒᆞ야 長安少年이 擊節稱讚ᄒᆞ고 教坊諸妓ᄂᆞᆫ 羞愧無面이라. 霍尙書ㅣ 如癡而坐ᄒᆞ야 似失心之人이어ᄂᆞᆯ 呂侍郎이 笑曰

"梅娘之歌舞ᄂᆞᆫ 可惜爲霍子虛寵姬로다."

宇文知府ㅣ 歎曰

"吾曾爲建安[9]知府ᄒᆞ야 多見歌舞ᄂᆞᆫ 態度手段이 不及梅娘ᄒᆞ니 尙書ᄂᆞᆫ 可謂有風流佳姬로다."

李將軍이 笑曰

"案頭書生이 何足論歌舞리오? 風流場諸般風情은 不能當投筆武夫라."

ᄒᆞ고 相與詼諧歡笑ㅣ러니 五個蒼頭가 大校子에 覆靑袱而來ᄒᆞ야 尋霍尙書老爺어ᄂᆞᆯ 衆門客이 受而獻臺上ᄒᆞ니 珍需盛饌을 不可勝食이오 呂侍郎·宇文知府之酒肴도 又次第而至어ᄂᆞᆯ 各呼所親妓女而勸酒行盃ᄒᆞᆯ시 霍尙書ㅣ 呼梅娘ᄒᆞ니 梅娘이 不得已上臺ᄒᆞ야 流目而視楊生所立處ᄒᆞ니 不知去處라 心中思之ᄒᆞ되

"必是往觀瀑布로다."

意思ㅣ 着急ᄒᆞ니 豈可有心於行盃리오? 佯嚬蛾眉ᄒᆞ고 解腰帶羅巾而裹頭ᄒᆞ고 纔以一盃酒로 勸霍尙書畢에 告曰

"妾이 頭甚痛ᄒᆞ니 難可久坐ㅣ라. 暫休於改服處而更來호리이다."

尙書ㅣ 大驚曰

"娘이 俄者劍舞支離ᄒᆞ니 因此而身氣不平이로다."

使飮一盃而去ᄒᆞ니 梅娘이 百般固辭ᄒᆞ고 下臺而率丫鬟ᄒᆞ고 忽忽尋瀑布而去러라.

且說. 楊生이 見梅娘之歌舞ᄒᆞ고 與兩客으로 下臺曰

"吾聞臺後에 有一小瀑이라 ᄒᆞ니 盍往見之리오?"

ᄒᆞ고 自臺後로 行數十步ᄒᆞ니 林間에 石壁이 圍繞ᄒᆞ고 一道瀑布ㅣ 從石壁而流ᄒᆞᆫ데 其下에 又有一座磐石ᄒᆞ야 可坐數十人이라. 石上에 數個蒼頭ㅣ 掃苔而折木枝烹茶ㅣ라가 見楊生之來ᄒᆞ고 慌忙設席而迎接이어ᄂᆞᆯ 楊生이 異之而問曰

"爾等은 何如人고?"

9) 건안(建安): 중국 귀주성(貴州省) 사남현(思南縣) 서쪽 일대의 옛 지명.

蒼頭ㅣ 對曰

"小的ᄂᆞᆫ 梅娘靑樓之蒼頭ㅣ로소이다."

言未畢에 梅娘이 率蒼頭ᄒᆞ고 驅車而來ᄒᆞ야 琅然笑曰

"吾ㅣ 欲看瀑布而來어ᄂᆞᆯ 如何相公이 坐於他人之席乎아?"

生이 笑曰

"淸淨水石이 本無主人ᄒᆞ니 先坐者ㅣ 主人이로라."

梅娘이 已知楊生之言이 有意ᄒᆞ고 對曰

"此水石은 閱人之水石이라. 相公이 豈獨爲主人이리오?"

生曰

"香花ㅣ라 蜂蝶이 來ᄒᆞ고 名園이라 車馬ㅣ 集ᄒᆞᄂᆞ니 吾愛水石之多主人이로라."

梅娘이 笑而同坐於石上ᄒᆞ야 玩賞水石ᄒᆞ니 慇懃情話가 娓娓不絶ᄒᆞ야 不覺白日之西下ㅣ러라. 俄而오 蒼頭丫鬟이 獻五六器酒肴ᄒᆞ니 精緻豐備어ᄂᆞᆯ 生이 笑曰

"一盃酒足矣니 如此張大ᄂᆞᆫ 還非情也로라."

梅娘이 笑曰

"妾이 今日餞春에 實無興致ᄒᆞ야 欲稱病謀免이러니 如此乘隙은 其意ㅣ 專在於相公이라 莫辭區區之誠ᄒᆞ소셔."

生이 欣然而傾盃擧箸ᄒᆞ야 以副慇懃之情ᄒᆞ고 別具吝盤ᄒᆞ야 給兩客及蒼頭ᄒᆞ야 使之醉飽ᄒᆞ니라. 生이 與梅娘으로 至瀑布下ᄒᆞ야 携手比肩ᄒᆞ야 坐談高山流水之深情이러니 梅娘이 暗思호ᄃᆡ

'吾乃靑樓妓女라 與楊生으로 如此親狎ᄒᆞ되 若不排却霍尙書면 楊生이 但隱密往來而已니 吾ㅣ 豈效閨中婦女之竊玉偸香[10)]이리오? 當試楊生之文章如何ᄒᆞ야 今日餞春宴에 闡揚楊生風流ᄒᆞ야 使霍尙書로 羞愧自退케 ᄒᆞ리라.'

乃誦一首詩曰

"妾以卽景으로 適得一首詩ᄒᆞ니 相公은 繼作下句ᄒᆞ소셔."
楊生이 大喜ᄒᆞ야 問其詩ᄒᆞᆫ되 梅娘이 誦之ᄒᆞ니 曰

落花山寂寂 流水石琤琤

楊生이 大讚ᄒᆞ고 應口卽號ᄒᆞ니 曰

多少惜春淚 淺深盟海情

梅娘이 以公子之貌美年幼로 疑其學業之不足이러니 見其應口輒對ᄒᆞ고 心中大驚ᄒᆞ야 擧手中歌扇ᄒᆞ고 扣石壁而開丹唇ᄒᆞ야 戛然歌其詩ᄒᆞ니 山風이 颯颯ᄒᆞ고 水聲이 潺潺ᄒᆞ야 雜於歌聲이러라. 更飮盃後에 梅娘曰

"妾이 不告座中而來ᄒᆞ야 今已久矣라 同僚等이 必疑之ᄒᆞ리니 不得已歸去어니와 願相公은 臨餞春橋ᄒᆞ야 觀諸妓之餞春ᄒᆞ소셔."

生이 曰

"餞春橋ᄂᆞᆫ 在於何處오?"

梅娘曰:

"俄者踏來石橋ㅣ 卽餞春橋요 諸妓等이 咸集此橋水邊而餞春이니이다."

生이 應諾而先送梅娘ᄒᆞ고 暫坐石上이라가 直到餞春橋ᄒᆞ야 倚石欄而

10) 투향(偸香): 남녀가 비밀스럽게 교제하는 것을 일컫는 말. 서진(西晉) 사람 한수(韓壽)는 권신 가충(賈充)의 잔치에 초대되어 갔다가, 그의 딸 가오(賈午)와 정을 통하게 되었다. 마침 서역(西域)에서 바친 진귀한 향을 무제(武帝)가 가충에게 하사했는데, 가오가 이 향을 훔쳐(偸香) 한수에게 주었다. 가충의 친구가 한수와 담소하다가 그 향을 맡고는 가충에게 이야기해, 딸과 한수의 관계를 알게 된 가충은 결국 딸을 한수에게 시집보냈다. 이로부터 남녀가 비밀스럽게 교제하는 것을 '투향(偸香)'이라 부르게 되었다. [교감] 적문서관본 영인본 586쪽에는 '투향(投香)'으로 되어 있으나, 오식이므로 바로잡는다.

俯視淸江ᄒᆞ니 醉興이 陶陶러라. 此時霍尙書及靑樓諸妓ㅣ 遍訪梅娘호ᄃᆡ 不知去處ㅣ라 莫不疑怪러니 忽然梅娘이 玉顔에 帶酒痕ᄒᆞ고 自遠而來어ᄂᆞᆯ 諸妓ㅣ 豈不料其故리오마ᄂᆞᆫ 但人海中에 不知其爲誰ᄒᆞ야 暗察梅娘之送目處ᄒᆞ고 笑而問曰

"梅娘은 俄往何處오?"

梅娘이 笑曰

"今日은 送春之日이라 妾이 從春而往이러이다."

諸妓ㅣ 大笑ᄒᆞ니 霍尙書ㅣ 又問曰

"娘之頭痛이 今何如오?"

梅娘曰

"尙今不快로소이다."

尙書ㅣ 亦遊十年靑樓之眼目으로 豈無疑梅娘之擧止리오? 有頃에 靑樓諸妓ㅣ 奏樂ᄒᆞ고 向餞春橋邊而行ᄒᆞᆯ시 諸少年及霍尙書·呂侍郞等이 又欲移座ᄒᆞ야 行至石橋上ᄒᆞ니 夕陽이 在山ᄒᆞ고 惠風이 和暢ᄒᆞᆫ데 淸溪一曲이 平舖於橋下ᄒᆞ고 翠袖紅粧이 照耀於水中ᄒᆞ며 管絃絲竹哀怨悽凉之中에 數百名妓女ㅣ 抽擧髻上彩花ᄒᆞ고 翩翩而舞러니 忽然梅娘이 見諸妓曰

"吾ㅣ 昇平聖代에 侍風流諸公ᄒᆞ야 年年此日에 以一歌로 餞春ᄒᆞ니 此豈不無味리오? 今得諸公新詩ᄒᆞ야 各以其詩로 唱歌則豈不好哉리오?"

霍尙書曰

"梅娘之言이 雖好ㅣ나 日已暮矣라 餞春이 頗急ᄒᆞ니 何暇一首詩리오?"

梅娘이 笑曰

"昔에 曹子建은 七步成詩ᄒᆞ니 妾이 當以七步로 入諸位相公之前ᄒᆞ야 請佳句ᄒᆞ리이다."

李將軍이 稱讚曰

"梅娘之言이 誠好로다. 如我武夫ᄂᆞᆫ 無所可論이어니와 諸位相公與少

年은 各盡其才ᄒᆞ야 以助一座之興ᄒᆞ라."

其中呂侍郎·宇文知府ᄂᆞᆫ 平生에 以詩客自任이러니 心中大喜ᄒᆞ야 一時稱讚이어ᄂᆞᆯ 梅娘이 瑪瑙硯에 磨龍香墨ᄒᆞ고 抽靑玉管羊毫筆ᄒᆞ야 使兩個童妓로 奉之ᄒᆞ고 拂六幅紅羅裙ᄒᆞ야 先行七步ᄒᆞ야 進立於霍尙書前ᄒᆞ니 霍尙書ㅣ 面帶紅暈ᄒᆞ야 曰

"霍子虛ㅣ 登科ㅣ 已十有餘年이라 白面書生의 雕蟲小技[11]를 廢之已久ᄒᆞ니 娘은 往請他人ᄒᆞ라."

梅娘이 笑而至呂侍郎ᄒᆞ니 侍郎이 沉吟笑曰

"昔者에 王勃은 欲作詩則蒙被向壁而臥ᄒᆞ야 思之半日ᄒᆞ니 吾ㅣ 素無敏才라. 娘은 請於他處어다."

梅娘이 至宇文知府ᄒᆞ니 知府ㅣ 嚬眉ᄒᆞ고 望遠山而思ᄒᆞ며 把筆欲寫ㅣ라가 又告退어ᄂᆞᆯ 梅娘이 笑曰

"時已過ᄒᆞ니 速寫ᄒᆞ소셔."

知府ㅣ 詩思索漠ᄒᆞ야 投筆退坐라. 梅娘이 擇有文名者ᄒᆞ야 行至數處ᄒᆞ니 人海中에 誰能有七步作詩之才리오? 梅娘이 虛行十餘處ᄒᆞ니 霍尙書ㅣ 心中幸之러니 梅娘이 拂羅裙而琅琅笑曰

"座無李謫仙ᄒᆞ니 愧煞楊太眞之奉硯이로다."

流秋波而如察左右라가 移蓮步而向一處어ᄂᆞᆯ 衆이 視之ᄒᆞ니 一位少年이 頭戴軟紗單巾ᄒᆞ고 身着綠袍ᄒᆞ고 酒暈이 朦朧ᄒᆞ야 如一枝蓮花ㅣ 濕於朝露ᄒᆞ야 倚石欄而俯視流水ᄒᆞ야 不省梅娘之至여ᄂᆞᆯ 梅娘이 高玉音曰

"如何相公이 不知人來乎잇가?"

少年이 驚而顧視ᄒᆞ니 一個美人이 天然告曰

"借一首淸詩ᄒᆞ야 以助餞春佳辰之興ᄒᆞ소셔."

---

11) 조충소기(雕蟲小技): '벌레를 아로새기는 보잘것없는 솜씨'라는 뜻으로, 남의 글귀를 토막토막 따다가 맞추는 서투른 재간을 이르는 말.

少年이 微笑曰

"不聞詩令ᄒᆞ니 何以作之리오?"

梅娘曰

"詩令은 七步요 詩題ᄂᆞᆫ 餞春이라. 妾之名은 雪中梅니 以梅字懸韻ᄒᆞ야 賜一首絶句ᄒᆞ소셔."

少年이 微笑ᄒᆞ고 執筆濡墨ᄒᆞ야 寫於梅娘羅裙ᄒᆞ니 其表逸이 如暴風驟雨요 其光輝ㅣ 如龍飛鳳舞라. 傍觀諸妓와 左右玩賞者ㅣ 如堵ᄒᆞ야 嘖嘖稱善ᄒᆞ니 梅娘이 奉詩而深深稱謝ᄒᆞ고 流秋波ᄒᆞ야 暫送情而退ᄒᆞ니 誰能疑其久交리오? 霍尙書及呂侍郎이 且驚且愧ᄒᆞ야 命取其詩而視之ᄒᆞ니 其詩에 曰

紫陌紅塵拂面來 無人不道餞春回
莫道餞春春已去 春深更看雪中梅

霍尙書ㅣ 變色無語ᄒᆞ고 呂侍郎·宇文知府ᄂᆞᆫ 落膽喪魂ᄒᆞ고 李將軍은 讚不容口曰

"此ᄂᆞᆫ 天才로다."

ᄒᆞ니 此少年은 非別人이오 卽楊生이러라. 此時諸妓ㅣ 愛其文章ᄒᆞ며 慕其風采ᄒᆞ야 爭拂羅裙錦裳ᄒᆞ야 紛紛求一首詩ᄒᆞ니 生이 帶醉興ᄒᆞ야 口不絶吟ᄒᆞ며 手不停筆ᄒᆞ고 頃刻間에 揮灑七十餘首ᄒᆞ니 句句錦繡ㅣ오 字字珠玉이라. 梅娘도 猶不知楊生之敏捷之才如此라가 茫然視之ᄒᆞ고 且驚且喜ᄒᆞ며 且惜且愛ᄒᆞ야 還慮其酬應之苦ᄒᆞ야 謂諸妓曰

"歌七十餘首則足矣니 姑置之ᄒᆞ고 以歌餞春談話가 恐好로다."

楊生이 擧筆而謂曰

"吾ㅣ 雖無李靑蓮一斗百篇之才ᄂᆞ 使諸娘으로 無向隅之歎ᄒᆞ리니 若無翠裙紅裳者ᄂᆞᆫ 持一片紙而來ᄒᆞ라."

言未畢에 數十名妓女ㅣ 列擧羅裙ᄒᆞ야 受詩而去러니 其中一個妓女ㅣ 悄然獨坐ᄒᆞ야 不言不笑ᄒᆞ고 如有所思라. 生이 怪而問曰

“娘은 何不求詩오?”

其妓ㅣ 羞愧不答이어늘 生이 停筆ᄒᆞ고 詳視容貌ᄒᆞ니 雲鬢이 蕭瑟ᄒᆞ고 玉顔이 憔悴ᄒᆞᄂᆞ 淸雅之態와 雍容之狀이 十分精妙ᄒᆞ고 七分嬌妖ᄒᆞ야 如一枝芙蓉이 湧於綠水ᄒᆞ고 三春芳蘭이 開於幽谷이라. 但衣裳이 無光ᄒᆞ야 不可題詩라 生이 知其意ᄒᆞ고 笑曰

“弊衣縕袍로 不恥狐貉은 君子之所難이라. 吾胷中에 尙有一首ᄒᆞ니 展娘之短布裳ᄒᆞ라.”

美人이 含淚曰

“此亦非妾之裳이로소이다.”

生이 心中惻然ᄒᆞ야 問其名ᄒᆞ니 對曰

“氷氷이니이다.”

又問曰

“春光이 幾何오?”

對曰

“十四歲로소이다.”

生이 心中疑之曰

‘容貌姿色이 如彼其美어늘 長安少年이 尙不收拾ᄒᆞ니 必有何故로다.’

擧筆趦趄러니 諸妓ㅣ 相指而語曰

“氷娘의 驕傲唐突이 如士族婦女ᄒᆞ야 傲視靑樓少年이러니 今日에 乃露拙이로다.”

生이 方覺其言ᄒᆞ고 取自己汗衫ᄒᆞ야 使氷氷扶之ᄒᆞ고 題一首詩ᄒᆞ니 曰

一朶亭亭旱地蓮 香消露薄瘦堪憐
顚倒春光迎送恨 羞從桃李共爭姸

生이 寫畢에 賜氷娘曰

"吾ㅣ 不爲子之無賞이니 娘은 將何以瓊報琚오?"

氷氷이 流秋波ᄒᆞ야 視生而微笑曰

"相公이 以文章으로 賜之ᄒᆞ시니 妾은 當以歌和之호리이다."

開丹唇而歌其詩ᄒᆞ니 聲如碎玉ᄒᆞ야 嘹喨半空ᄒᆞ야 熱鬧蕩春園이 寂然無聲이라. 諸少年이 莫不大驚曰

"氷娘도 有唱歌之時ᄒᆞ니 亦一變怪로다."

梅娘이 促諸妓而餞春홀ᄉᆡ 一時投彩花於水中ᄒᆞ니 如武陵桃花之隨下流水ᄒᆞ고 如蓬萊彩雲之散於碧空ᄒᆞ야 香風이 起ᄒᆞ고 瑞色이 凝ᄒᆞ야 數百紅粧이 唱餞春詞ᄒᆞ니 歌曲樂聲이 迭蕩半晌에 泛泛彩花ㅣ 覆於水上ᄒᆞ야 隨流而去ㅣ라가 杳然不見ᄒᆞ니 諸妓가 變風流而歌芳草詞ᄒᆞ고 各散於綠陰ᄒᆞ야 爭求草花之嬋姸ᄒᆞ야 若有先得者ᄂᆞᆫ 致賀紛紛ᄒᆞ니 此爲迎夏會니 盖謂送春迎夏ㅣ러라. 氷氷이 悄然獨坐ᄒᆞ야 少不搖動이어ᄂᆞᆯ 諸人이 相指而笑其沒風致ᄒᆞ니 楊生이 問氷氷曰

"餞春迎夏ᄂᆞᆫ 可謂美事라. 娘은 何獨不樂고?"

氷氷曰

"送春호ᄃᆡ 不知何處去ᄒᆞ며 迎夏호ᄃᆡ 不知從何來ᄒᆞ니 送舊迎新에 苟無所關心이로ᄃᆡ 方今送春ᄒᆞ고 當席迎夏ᄒᆞ야 俄者怊悵ᄒᆞ고 今反歡樂은 妾所不取니이다."

雪中梅ㅣ 琅琅而笑ᄒᆞ고 手中에 持蘭而來ᄒᆞ야 曰

"秋菊春蘭이 無非勝景이니 送春迎夏에 不遊而何오?"

生亦大笑ᄒᆞ고 兩娘之言이 亦皆有理ᄒᆞ되 最愛氷氷之端雅ᄒᆞ더라. 日暮罷宴而歸홀ᄉᆡ 長安少年中有兩個豪俠ᄒᆞ니 一은 雷文星이니 大將軍雷天風之第二孫이오 一은 馬騰이니 破虜將軍馬達之子ㅣ라. 兩個少年이 驍勇豪蕩ᄒᆞ야 靑樓로 爲家ᄒᆞ야 無常出入이러니 此日餞春橋上에 見楊生之文

章風采ᄒᆞ고 心中大驚이나 不知爲誰러니 日暮後楊生이 乘雪花馬ᄒᆞ고 橫馳而去어늘 雷文星이 驚謂馬騰曰

"此馬ㅣ 燕王府紅鸞城之所乘馬라. 少年이 豈非燕王之第四子機星乎아? 吾之祖父ㅣ 曾讚機星ᄒᆞ시고 敎我交遊러니 果然非凡人物이로다."

直至梅娘青樓ᄒᆞ야 見梅娘曰

"娘이 知俄者餞春橋上賦詩之少年乎아?"

梅娘이 佯笑曰

"紅粧佳人이 豈知白面書生이리오?"

文星曰

"此必燕王相公之第四子機星이라. 娘以長安名妓로 豈無親狎如此風流男子之心乎아?"

言語間又有一個破落戶ㅣ 入來ᄒᆞ니 此ᄂᆞᆫ 虛浪放蕩之無賴潑皮[12]라. 姓名은 張風이니 此時方入坐ᄒᆞ야 見雷馬兩人曰

"吾自今으로 不能數訪梅娘이로다."

馬騰曰

"此風이 又言何風고?"

張風이 歎曰

"霍尙書ㅣ 今日歸自蕩春臺ᄒᆞ야 忽疑梅娘ᄒᆞ고 俄者呼我ᄒᆞ야 梅娘青樓의 往來之人을 一一探知而來ᄒᆞ라 ᄒᆞ니 風波ㅣ 必不少라 誰能敵霍尙書之威勢리오?"

雷文星은 微笑ᄒᆞ고 馬騰은 批張風之頰而叱曰

"此庸愚之風아! 十年青樓에 以風闖名之漢이 㤼霍尙書之威風ᄒᆞ니 豈不可憐이리오?"

梅娘이 勃然作色曰

12) 발피(潑皮): 일정한 직업이 없이 못된 짓만 하면서 떠돌아다니는 무리.

"娼家ᄂᆞᆫ 本無高下ᄒᆞ고 但主義氣之處라. 尙書威令은 行於廟堂이니 奚適於靑樓리오? 先生이 如此畏㥘이어든 勿投足於妾之門前ᄒᆞ소셔."

張風이 聞此言而大怒ᄒᆞ야 起立曰

"吾以好意來傳이어ᄂᆞᆯ 如此冷待ᄒᆞ니 長安許多靑樓에 非娘之家면 豈無往遊處리오?"

ᄒᆞ고 奮然而出이어ᄂᆞᆯ 梅娘은 本是弱女子ㅣ라 心中思量호ᄃᆡ

'楊公子ᄂᆞᆫ 貴公子요 霍尙書ᄂᆞᆫ 無賴放蕩之人이라. 若譏察出入則豈不危也리오?'

乃向雷馬兩人ᄒᆞ야 以實直告曰

"不欺兩位相公ᄒᆞ노니 果於蕩春臺賦詩之相公은 燕王之第四子楊生이라. 以少年之心으로 妾이 已有所親近이로ᄃᆡ 欲爲楊生而藏跡이러니 事已不幸ᄒᆞ니 霍尙書ㅣ 惹起擾亂이면 將奈何오?"

雷文星이 笑曰

"吾已料之ᄒᆞ니 娘은 勿慮ᄒᆞ라. 吾兩人이 爲娘ᄒᆞ야 作羽翼ᄒᆞ리라."

梅娘이 大喜ᄒᆞ야 以酒饌으로 款待ᄒᆞ고 告以與楊生所親之事ᄒᆞ니 兩人이 歎曰

"吾ㅣ 平日에 爲梅娘ᄒᆞ야 痛恨霍尙書之鄙陋러니 今日楊生은 眞可謂才子佳人之相逢이라."

ᄒᆞ더라.

且說. 楊生이 以血氣未成之少年으로 誤入風流場ᄒᆞ야 不能制放蕩之心ᄒᆞ고 每日에 乘父親入闕之暇ᄒᆞ야 訪梅娘ᄒᆞ야 以歌舞宴樂으로 遊蕩忘返ᄒᆞ니 十襲之麝香에 豈不發說이리오? 霍尙書ㅣ 知之ᄒᆞ고 呼張風等諸人ᄒᆞ야 待之以酒肉ᄒᆞ고 賂之以金帛ᄒᆞ야 曰

"吾自投足娼家로 與諸君交遊ᄂᆞᆫ 但主義氣ᄒᆞ야 欲相孚於不平之地라. 吾交梅娘ᄒᆞ야 傾家破産은 諸君所知어니와 今日如何乳臭之兒가 誘梅娘而負我ᄒᆞ니 諸君之心에 豈不憤哉리요? 看吾舊日顔面ᄒᆞ야 察其少年之出

入而通知ᄒᆞ라. 吾ㅣ 欲一雪恥ᄒᆞ노라."

張風이 奮臂曰

"豈有神仙不知之道術과 世尊不知之念佛이리오? 長安百餘靑樓許多妓女의 一嚬一笑를 豈不使張風先知리오? 吾當先來告ᄒᆞ리니 相公은 任意雪恥ᄒᆞ소셔."

霍尙書ㅣ 大喜稱讚ᄒᆞ니 自此로 長安少年이 畏霍尙書之威勢ᄒᆞ야 不敢訪梅娘之家ᄒᆞ니 門前이 冷落이라. 一日은 皇太子誕辰이라 燕王父子ㅣ 不退而夜宴於東宮ᄒᆞᆯ시 機星이 乘黃昏月色ᄒᆞ야 訪梅娘而至ᄒᆞ니 梅娘이 臥於寢床ᄒᆞ야 不梳不洗ᄒᆞ고 鬖髿之鬟과 淸雅之容에 淚痕이 斑斑ᄒᆞ야 其態尤佳라. 生이 進前執手曰

"娘或身氣不平乎아?"

梅娘이 悄然不答ᄒᆞ고 强起而入於生之懷中ᄒᆞ면셔 以面付胷而嗚咽曰

"相公이 使妾으로 將何以處之乎잇가?"

生이 笑曰

"娘이 何出此言고?"

梅娘이 不答ᄒᆞ고 珠淚點點ᄒᆞ고 更回臥而歔欷어ᄂᆞᆯ 生이 心中疑訝ᄒᆞ야 問其故ᄒᆞᆫ듸 梅娘이 更起ᄒᆞ야 以淚眼으로 望見燈火ᄒᆞ고 脈脈不答ᄒᆞ니 生이 躁急ᄒᆞ야 引梅娘之手ᄒᆞ고 逼其所懷而問之ᄒᆞᆫ듸 梅娘이 歎曰

"卓文君은 交長卿之後에 長卿이 負文君ᄒᆞ니 文君이 作白頭吟而絶之어니와 妾은 與文君으로 相反이라. 妾以靑樓賤踪으로 不幸侍相公ᄒᆞ야 結無益情根이러니 今相公은 不負賤妾이ᄂᆞ 妾負相公ᄒᆞ니 豈不痛恨이리오?"

生이 不知其意ᄒᆞ고 沉吟不答ᄒᆞ니 梅娘曰

"妾이 交霍尙書數年에 雖知其爲人之未妥ㅣᄂᆞ 娼妓之身이라 進退를 不得自由ㅣ라가 意外一見相公에 心自許之ᄒᆞ야 自期久侍러니 今霍尙書猜疑ᄒᆞ야 往來妾家之人을 一一譏察ᄒᆞ니 長安少年이 畏其威勢ᄒᆞ야 今日

妾之門前에 幾設雀羅ㅣ라. 妾無所畏ㄴ 竊思之컨ᄃᆡ 以千金貴體로 恐其見辱이오니 望相公은 勿念賤妾ᄒᆞ시고 思免禍之道ᄒᆞ소셔."

說罷에 含淚無言이어ᄂᆞᆯ 生이 佯驚曰

"吾ᄂᆞᆫ 一個書生이오 霍尙書ᄂᆞᆫ 望重宰相이라. 以一時風情으로 交娘이러니 事機至此則更不訪娘矣리니 娘은 更續舊緣ᄒᆞ야 勿起無故風波ᄒᆞ라."

梅娘이 愀然變色ᄒᆞ고 茫然無語어ᄂᆞᆯ 生이 更執梅娘之手曰

"東園桃李가 送靑春ᄒᆞ고 前川楊柳가 催綠陰ᄒᆞ니 娼家少婦ᄂᆞᆫ 不須嚬ᄒᆞ라. 自古로 靑樓에 本無主人ᄒᆞ니 霍尙書ㅣ 將奈何오?"

命取酒而來ᄒᆞ야 左手로 執娘之手ᄒᆞ고 右手로 引席上之琴ᄒᆞ야 豪放風情이 少無拘束이러라. 霍尙書ㅣ 雖處卿宰之列이ㄴ 出入門下者ㅣ 無非悖流ㅣ라. 此日太子誕辰에 入闕이라가 先退ᄒᆞ야 大醉而過梅娘樓前이러니 張風이 自酒家出來ᄒᆞ야 告曰

"梅娘이 與何等少年으로 放蕩而遊로소이다."

尙書ㅣ 大怒ᄒᆞ야 不歸其家而定下處於自己門下人之家ᄒᆞ고 招無賴數十人ᄒᆞ야 夜深後에 欲打破梅娘之家ᄒᆞᆯ식 張風이 自願先鋒이어ᄂᆞᆯ 霍尙書ㅣ 許之ᄒᆞ고 賜一斗酒ᄒᆞ야 酒半酣에 使數十個雜類로 各持短棒ᄒᆞ고 成羣作黨ᄒᆞ야 向梅娘靑樓而來ᄒᆞ니 其勢莫能當이라 畢竟如何오? 且看下回ᄒᆞ라.

戒放蕩仁星責機星 宴落成氷娘請梅娘
第六十一回

却說. 此時張風이 佩一條棒ᄒᆞ고 向梅娘青樓홀ᄉᆡ 青樓會集之少年與來觀者ㅣ 雜處ᄒᆞ야 突入梅娘青樓ᄒᆞ니 雷馬兩人이 亦參其中ᄒᆞ야 附耳相約而欲助楊生이러라. 此時楊生이 與梅娘으로 促膝挑燈ᄒᆞ고 自若彈琴이러니 忽門外擾亂에 張風이 大聲而躍登樓上이어ᄂᆞᆯ 梅娘이 大驚ᄒᆞ야 執生之手曰

"事已急矣라. 相公은 避之ᄒᆞ소셔."

生이 笑曰

"吾ㅣ 放蕩ᄒᆞ야 雖不愼處身이ᄂᆞ 豈作蒼黃之擧리오?"

依舊彈琴이어ᄂᆞᆯ 張風이 揮棒ᄒᆞ야 欲犯楊生이러니 忽背後에 一個少年이 大聲而引張風ᄒᆞ야 投於樓下ᄒᆞ고 以勇脚快拳으로 亂擊一場而出이러니 樓下에 又一個少年이 大呼一聲에 昏黃中에 東西衝突ᄒᆞ고 至南拖北ᄒᆞ야 各驅諸人ᄒᆞ야 逐出門外ᄒᆞ되 疾如風雨ᄒᆞ니 其豪悍氣勢를 誰能抵敵이리오? 張風等諸漢이 一時敗歸ᄒᆞ니 原來自樓上으로 投下張風者ᄂᆞᆫ 雷文星이오 樓下에 驅逐諸人者ᄂᆞᆫ 馬騰이라.[10] 楊生이 招兩少年及參觀者ᄒᆞ

야 登樓上ᄒᆞ고 一邊勸酒而笑曰

"自來靑樓에 有如此風波ᄒᆞ니 其中에 足見義氣라. 霍尙書ㅣ 一時號令에 五陵少年이 莫敢窺此靑樓ᄒᆞ니 豈不寒心이리오? 諸公中에 有親霍某者어든 歸而言之어다. 昇平宰相이 以風流佳姬로 消遣之事ᄂᆞᆫ 雖或有之ᄂᆞ 屯聚少年ᄒᆞ야 打擊靑樓ᄂᆞᆫ 萬萬不可라 ᄒᆞ라."

諸少年이 一時齊聲稱讚이러라. 馬騰이 謂梅娘曰

"霍尙書ᄂᆞᆫ 無足與言이어니와 張風之先鋒이 豈不痛恨이리오? 恨不得以拳擊之로다."

生이 笑曰

"馬兄은 勿須深責ᄒᆞ라. 見其爲人ᄒᆞ니 近於破落戶ᄂᆞ 又有可取處ᄒᆞ니 諸公中에 有相識者어든 請來張先生ᄒᆞ라."

末席一人이 應諾而去러라.

且說. 霍尙書ㅣ 見諸人之敗歸ᄒᆞ고 不勝忿怒ᄒᆞ야 責張風等曰

"養兵千日에 用在一時라. 吾ㅣ 十年靑樓에 交諸君ᄒᆞ야 不惜金帛이어ᄂᆞᆯ 如此之時에 無一分有益ᄒᆞ니 從今以後로 莫近門前이어다."

ᄒᆞ고 奮然歸去ᄒᆞ니 張風이 無聊ᄒᆞ야 彷徨路傍ᄒᆞ야 欲尋酒家호ᄃᆡ 囊乏一錢이라 長歎不已러니 忽然酒朋李四ㅣ 呼之曰

"張三아 何處去오?"

張風曰

"吾方尋酒家而去ᄒᆞ노라."

李四曰

---

1) [교감] 原來自樓上으로 投下張風者ᄂᆞᆫ 雷文星이오 樓下에 驅逐諸人者ᄂᆞᆫ 馬騰이라: 적문서관본 영인본 593쪽을 비롯한 모든 한문본에 '原來自樓上으로 投下張風者ᄂᆞᆫ 馬騰이라'로 되어 있으나, 문맥상 누락이 있으므로 신문관본 제4권 219쪽의 다음 대목을 토대로 『옥루몽』 원본의 복원을 꾀했다. "원릭 루샹에셔 쟝풍을 집어더지든 쟈ᄂᆞᆫ 뢰문셩이오 루하에셔 모라 내치든 쟈ᄂᆞᆫ 마등이라."

“汝爲霍尙書ᄒᆞ야 不能成功ᄒᆞ니 豈不劣乎아?”

張風이 笑曰

“此則然矣어니와 吾ㅣ 俄觀其少年ᄒᆞ니 仙風道骨이오 風流豪傑이라. 使吾身이 爲雪中梅라도 當負霍尙書ᄒᆞ리라.”

李四ㅣ 打張風之肩曰

“汝ㅣ 知之矣로다. 其少年이 如此如此ᄒᆞ야 今請汝ᄒᆞ니 眞風流男子之籠絡手段이라. 往見이 何如오?”

張風이 大驚且喜曰

“其幼兒ㅣ 能如此乎아?”

李四ㅣ 率張風而至梅娘之家ᄒᆞ니 楊生이 執張風之手曰

“公은 碌碌者로다. 大丈夫ㅣ 出入靑樓에 怒則起風波ᄒᆞ고 笑則生春風矣리니 今夜靑樓諸少年之席上에 豈無張風이리오?”

一座大笑ᄒᆞ니 張風이 揚臂曰

“吾雖風이ᄂᆞ 二十年花房에 所餘者ᄂᆞᆫ 耳目이라. 雖擧棒而赴ᄂᆞ 必有定心ᄒᆞ니 諸君은 皆知之ᄒᆞ리라.”

生이 使梅娘으로 擧盃而勸張風ᄒᆞ라 ᄒᆞ니 梅娘이 擧盃而笑曰

“靑樓古風이 廢已久矣러니 今日諸公이 能顯風采ᄒᆞ야 殺風景이 頓消ᄒᆞ고 滿座春風에 談笑生風ᄒᆞ니 此皆張風先生豪俠之風이로소이다.”

一座ㅣ 大笑ᄒᆞ고 張風이 大喜ᄒᆞ야 俄頃間에 反爲楊生之羽翼ᄒᆞ니 自此로 楊生之名이 膾炙於長安靑樓ᄒᆞ고 城市少年이 皆屈服於麾下ᄒᆞ야 楊生之風流界境이 萬能이 兼備ᄒᆞ야 日與雷馬張三人輩로 遍踏靑樓ᄒᆞ니 諸妓中楚雲之歌와 凌波之舞와 鶴上仙之笙과 眞眞之琴과 鷰鷰·鶯鶯之姿가 其名이 最著ㅣ라. 楊生이 暫見氷氷於蕩春橋러니 一日은 偶思其端雅ᄒᆞ야 欲一訪之ᄒᆞ되 不知其家러니 逢張風ᄒᆞ야 問曰

“君이 或知氷氷之家乎아?”

風이 笑曰

"尋乞人之家ᄒᆞ야 將何用고?"

生曰

"君은 但指之ᄒᆞ라."

風이 搖首曰

"西教坊路邊에 如廢刹者ㅣ 氷氷之家ㅣ러이다."

生이 微笑ᄒᆞ고 數日後尋往西坊ᄒᆞ니 路邊에 果有一虛疎之家어ᄂᆞᆯ 敲門ᄒᆞ니 一個老姑ㅣ 出來ᄒᆞ야 問曰

"尋誰家乎잇가?"

生이 駐馬而問曰

"此家ㅣ 非氷氷之家乎아?"

老姑ㅣ 擧手加額ᄒᆞ고 先察馬與鞍具ㅣ러니 見楊生之面ᄒᆞ고 唐荒曰

"相公이 尋何氷娘乎잇가?"

生曰

"尋氷氷之家ᄒᆞ노라."

老姑ㅣ 笑曰

"其相公이 顔色이 雖美ᄂᆞ 不曾見青樓ㅣ로다. 皇城許多青樓에 何欲見乖拙昌皮之氷氷乎잇가? 此家ᄂᆞᆫ 雲中月之家ㅣ라 顔色이 絶代ᄒᆞ니 入見ᄒᆞ소셔."

楊生이 笑曰

"吾有所語ᄒᆞ니 婆娘은 但指氷氷之家ᄒᆞ라."

老姑ㅣ 回立ᄒᆞ야 擧手指第三家而自言曰

"可惜相公이 何故로 尋無可觀之乞人家오?"

ᄒᆞ고 咳唾而搖首어ᄂᆞᆯ 生이 笑而尋其家ᄒᆞ야 自門詳視ᄒᆞ니 燒火之瓦와 朽敗之簷에 一角門[2]이 東頹西敗ᄒᆞ야 左右撑木ᄒᆞ고 門內門外에 草色이

2) 일각문(一角門): 대문간(大門間)이 따로 없이, 양쪽에 기둥을 하나씩 세워서 문짝을 단 대문.

荒凉ᄒᆞ야 如無人跡이라. 生이 回馬而呼ᄒᆞ니 一個丫鬟이 衣裳이 繿縷ᄒᆞ야 懸鶉百結[3]이 不能遮前ᄒᆞ고 出而應門이어놀 生이 問曰

"此非氷娘之家乎아?"

丫鬟이 羞澁ᄒᆞ야 回立曰

"然ᄒᆞ니이다."

生이 心中愀然曰

"吾ㅣ 欲見汝主人ᄒᆞ노라."

丫鬟이 入去須臾에 更出而告曰

"入來ᄒᆞ소셔."

生이 繫馬於外ᄒᆞ고 隨丫鬟而入ᄒᆞ니 氷氷이 雲鬢이 蕭瑟ᄒᆞ고 玉顔이 悽凉ᄒᆞ야 以破裂衣裳으로 迎於門外어날 生이 悄然執手曰

"娘이 能記餞春橋上邂逅相逢之楊生乎아?"

氷氷이 天然對曰

"妾은 聞之호니 白頭如新이오 傾蓋如舊라.[4] 人不知心則朝夕相對ᄂᆞ 肝膽이 楚越이오 胷襟이 相照則白骨이 爲塵이라도 情根이 不消ᄒᆞᄂᆞ니 解西津之佩ᄒᆞ고 昏夜投珠ᄒᆞ야 微賤之踪을 意爲君子ㅣ 忘之러니 不置度外ᄒᆞ시고 辛勤尋訪ᄒᆞ시니 不勝感謝ᄒᆞ도소이다."

氷娘之言이 悽凉慷慨ᄒᆞ고 多情欸曲ᄒᆞ야 可知非碌碌女子ㅣ라. 楊生이 就座曰

---

3) 현순백결(懸鶉百結): 옷이 해어져서 누덕누덕 백 군데나 기운 것이 메추라기의 꼬리가 짧고 모지라짐과 같음을 일컫는 말.

4) 백두여신(白頭如新), 경개여구(傾蓋如舊): 백두여신은 백발(白髮)이 되도록 오래 사귀어도 서로 마음을 깊이 알지 못하면 새로 사귄 사람과 다름이 없다는 뜻이며, 경개여구는 수레를 멈추어 비단 일산(日傘)을 기울인다는 뜻으로, 잠깐 만났어도 구면(舊面)인 듯이 친함을 일컫는 말이다. 『사기史記』「노중련·추양열전魯仲連·鄒陽列傳」에 "전해지는 말에, '백발이 되도록 오래 사귀어도 처음 사귄 듯하고, 수레를 멈추고 잠깐 만났어도 오래 사귄 듯한 경우가 있다'라 했다. 어째서 그런가? 상대를 아는 것과 모르는 것의 차이다(諺曰, 有白頭如新, 傾蓋如故, 何則. 知與不知也)."

"以若娘之顔色才質로 不宜如此困窮이니 從俗從衆ᄒᆞ야 以思治容悅己가 豈不可乎아?"

氷娘이 笑曰

"相公이 旣以衷曲으로 問之ᄒᆞ시니 妾이 豈可不盡所懷乎잇가? 妾本皇城靑樓에 世世國娼이라. 妾母衛五娘이 當世獨步名妓로 敎妾曰 '娼妓雖賤이나 持心은 無異於士族婦女ᄒᆞ니 娼妓之志操ᄂᆞᆫ 君子之道德이오 娼妓之歌舞ᄂᆞᆫ 君子之文章이라. 汝莫自賤志操ᄒᆞ고 修歌舞ᄒᆞ야 勿失世世相傳之家道ᄒᆞ라' ᄒᆞ기로 此言을 守如金石ᄒᆞ야 平生所學과 家風聞見이 如是ᄒᆞ야 今十四歲에 世上을 如此閱歷ᄒᆞ니 靑樓風氣가 古今이 各殊ᄒᆞ야 守志操則嘲其乖拙ᄒᆞ며 言歌舞則全無識者ᄒᆞ고 但知送情於男子ᄒᆞ야 釣其財ᄒᆞ며 巧飾言辭ᄒᆞ야 察其炎凉ᄒᆞ니 妾이 從衆從俗ᄒᆞ야 欲悛舊習이나 十年聞見을 一朝難變이라. 妾亦靑春女子니 豈可淡泊於風情이리오마ᄂᆞᆫ 實不悅長安少年之無賴亂雜이러니 向日餞春橋上에 暫見容光ᄒᆞ고 自然情思가 纏綿ᄒᆞ야 區區兒女子의 可憐情懷를 泛泛君子ㅣ 恐不垂察이러니 今日復見玉貌風采ᄒᆞ오니 雖死之日이나 猶生之年이로소이다."

生이 聽罷에 其情境은 可憐이오 志操ᄂᆞᆫ 嘉尙이라 歔欷歎曰

"此家ᄂᆞᆫ 何如家오?"

氷娘曰

"此ᄂᆞᆫ 世世相傳之靑樓라. 妾母在世時에 家産이 富饒ᄒᆞ야 長安靑樓中居甲이러니 妾母死後로 妾이 年尙幼ᄒᆞ고 無親戚ᄒᆞ야 無賴雜類ㅣ 劫奪財貨而衝火ᄒᆞ니 舊日典型이 漸漸寒心이로이다."

楊生이 長歎ᄒᆞ고 以手中珊瑚鞭으로 賜丫鬟曰

"質於酒家ᄒᆞ고 沽酒而來ᄒᆞ라."

須臾에 持一壺酒而來어날 兩人이 飮數盃ᄒᆞ고 生이 笑曰

"沈香亭은 李三郞이 與楊太眞으로 行樂之處요 臨春閣은 陳後主與張麗華[5]로 迭宕之家ㅣ라. 萬乘天子의 一代風流로도 難尋舊日之跡이어든

況衛五娘之青樓ㅣ리오? 雖然이ᄂᆞ 吾ㅣ 將欲爲娘ᄒᆞ야 重修此家ᄒᆞ노니 娘은 莫辭ᄒᆞ라."

氷娘이 低首不答이어날 生이 卽起身曰

"今日尋訪은 欲知娘之家也라 明日夜深後更來矣리니 娘은 必待之ᄒᆞ라."

氷娘이 餞途於門外ᄒᆞᆯ시 不言之中에 風情이 自動이라. 生이 還歸府中ᄒᆞ야 自思ᄒᆞ되

'君子ㅣ 修才而不遇時則有慷慨之歎이어니와 豈知青樓人物에 有如氷氷者리오? 長安少年이 無眼目ᄒᆞ야 不能收拾ᄒᆞ니 吾當收拾奬拔矣리라.'

乃請長安中一個富豪王子平ᄒᆞ니 子平은 出入燕王門下ᄒᆞ야 無異家人이라. 機星이 謂子平曰

"適有所用ᄒᆞ니 白銀一萬兩과 雜綵百疋을 能酬應乎아?"

子平이 唐荒良久에 曰

"相公이 如此巨財를 必無用處어늘 將何所用고?"

機星이 正色曰

"吾ㅣ 豈不償公之財産乎아?"

子平曰

"何可較此리오? 但燕王相公이 知之면 恐得罪於門下ᄒᆞᄂᆞ이다."

機星이 微笑曰

"公言이 忠直이ᄂᆞ 以放蕩之罪로 必不及於公矣리라."

子平이 應諾ᄒᆞ니 機星曰

5) 장려화(張麗華, 559~589): 중국 남북조(南北朝)시대 진(陳)나라의 마지막 임금인 후주(後主)의 비(妃). 후주는 궁실을 크게 짓고 종일 잔치를 열면서 정치를 등한시했다. 염사(艶詞)를 짓고 새로운 음률을 입혀 「옥수후정화玉樹後庭花」와 「임춘락臨春樂」 등의 곡을 지었다. 수(隋)나라 문제(文帝)의 대군이 남하했을 때도 술 마시고 시 짓는 일을 멈추지 않다가 멸망당했다. 장려화는 수나라 군대가 입성(入城)하자 후주와 함께 숨었다가 수나라 군대에게 참살되었다.

"吾明日에 送蒼頭矣리라."

翌日機星이 昏定已畢에 率一個家僮ᄒᆞ고 出立於敎坊大路ᄒᆞ니 月色은 明朗ᄒᆞ고 漏鼓ᄂᆞᆫ 告三更이러라. 此時氷氷이 知楊生之來ᄒᆞ고 僅辦數盃酒ᄒᆞ야 藏之而苦待러니 楊生이 單巾靑衫으로 帶月色而來어날 氷娘이 笑而迎之ᄒᆞ야 携手向月而坐ᄒᆞ니 楊生의 表逸風采와 氷娘의 淸雅姿態ㅣ 月下에 更加英拔이러라. 丫鬟이 奉獻酒肴어날 楊生이 欣然曰

"貧家大賓이 尤爲多情ᄒᆞ니 此酒ᄂᆞᆫ 吾自行盃라."

ᄒᆞ고 各飮數盃ᄒᆞᆯ시 氷娘이 擊玉壺ᄒᆞ고 以數曲歌로 勸酒ᄒᆞ니 初則陽春白雪이 嘐嘐烈烈ᄒᆞ야 慷慨無和答之人이라가 其次ᄂᆞᆫ 高山流水에 峨峨洋洋ᄒᆞ야 歎知己相逢ᄒᆞ니 生이 改容歎曰

"美哉라 此曲이여! 世人이 耳目이 昏暗ᄒᆞ야 如此聲色으로 如此困惱ᄒᆞ니 豈是天地造化之公이리오?"

氷娘이 笑曰

"所謂娼妓ᄂᆞᆫ 以色事人ᄒᆞᄂᆞ니 顔美者ᄂᆞᆫ 謂顔色이오 態姸者ᄂᆞᆫ 謂姿色이라. 楚王이 好細腰ᄒᆞ니 腰細者ㅣ 得意ᄒᆞ고 衛宮에 尙蛾眉ᄒᆞ니 美眉者ㅣ 得意라 各逢其時也요 其中心美者ᄂᆞᆫ 謂心色이니 俗謂之孟光無鹽이라. 以顔色悅人은 易ᄒᆞ고 以心色事人은 難ᄒᆞ니 妾雖不敏이ᄂᆞ 甚恥顔色悅人ᄒᆞ고 期以心色事人ᄒᆞ니 於斯數者에 奚取焉이시니잇고?"

生이 稱讚ᄒᆞ고 夜深燭殘이어ᄂᆞᆯ 結情緣ᄒᆞᆯ시 樂而不淫ᄒᆞ고 艶而不嬌ᄒᆞ야 綠水鴛鴦之春夢이 未盡ᄒᆞ야 遠村鷄聲이 催曉色ᄒᆞ니 氷娘이 羞澁無力ᄒᆞ야 如一枝名花가 濕於春雨어ᄂᆞᆯ 生이 不勝繾綣ᄒᆞ야 更執手曰

"吾ㅣ 歸去ᄒᆞ야 送多少銀子ᄒᆞ리니 重修靑樓ᄒᆞ되 復倣昔日制度ᄒᆞ고 必不發說我之補助ᄒᆞ라."

楊生이 還歸ᄒᆞ야 白金五千兩을 送氷氷ᄒᆞ니 氷娘이 卽時始役ᄒᆞᆯ시 所聞狼藉ᄒᆞ니 長安少年이 莫不驚怪ᄂᆞ 不知其出處ᄒᆞ야 其議論이 不一이러라.

且說. 機星이 離親이 已一朔이라 請覲行於燕王ᄒᆞ야 促行裝而至聚星洞ᄒᆞ야 見於太爺ᄒᆞ고 卽入內堂ᄒᆞ니 仙淑人이 見兒子之來ᄒᆞ고 急出而執機星之手ᄒᆞ고 喜不自勝ᄒᆞ야 垂淚橫襟이라. 機星이 本以根天之孝로 數月阻隔之餘에 今對母親ᄒᆞ니 以襁褓赤子의 油然之心으로 入於懷中ᄒᆞ야 喜不自勝ᄒᆞ니 淑人이 撫之曰

"汝之顔色이 何如此瘦瘠乎아?"

機星曰

"數日行役에 不勝疲困이로소이다."

仁星이 又入內堂ᄒᆞ야 兄弟相對ᄒᆞ야 侍坐母親ᄒᆞ고 其間親堂安否와 府中凡事를 一一相問ᄒᆞ고 相與欣喜러라. 翌日侍太爺ᄒᆞ고 往漱石亭而遊라가 日暮歸來ᄒᆞ야 坐於母親之前ᄒᆞ야 以幼態로 笑曰

"小子近日春風花柳에 酒量이 寬大ᄒᆞ니 願賜一盃酒ᄒᆞ소셔."

淑人이 責曰

"汝之天性이 素不窘拙이어늘 若過飮則豈不大害乎아? 太爺ㅣ 本不嗜酒故로 無家中所藏이라."

ᄒᆞ고 呼侍婢曰

"亭下王婆家에 有美酒ᄒᆞ니 買來一壺ᄒᆞ라."

須臾侍婢ㅣ 買一壺酒而來어늘 機星이 大喜ᄒᆞ야 自酌而三四盃ᄒᆞ니 淑人이 大驚ᄒᆞ야 奪酒壺而藏之ᄒᆞ고 心中不悅ᄒᆞᆫ듸 機星이 笑而直至仁星書堂ᄒᆞ니 仁星이 正襟危坐ᄒᆞ야 讀大學이어늘 機星이 坐於案頭ᄒᆞ니 仁星이 笑曰

"賢弟ㅣ 在家ᄒᆞ야 近日做何事오?"

機星曰

"讀書之暇에 或賞花柳ᄒᆞ며 或訪朋友ᄒᆞ니이다."

仁星이 微笑曰

"方春和時에 花柳ᄂᆞᆫ 可也어니와 朋友ᄂᆞᆫ 交遊何如人고?"

機星曰

"居今之世ᄒᆞ야 交今之人이라 善惡이 皆我師라 ᄒᆞ니 小弟ᄂᆞᆫ 不擇賢愚清濁이니이다."

仁星이 熟視機星ᄒᆞ니 其言이 放蕩ᄒᆞ고 又面帶酒痕이어ᄂᆞᆯ 心中未妥ᄒᆞ야 改容正色曰

"古之聖人이 戒酒擇友ᄂᆞᆫ 閑養心性ᄒᆞ고 講論道德ᄒᆞ야 使不至放蕩이라. 賢弟ㅣ 今交雜類而飮狂藥ᄒᆞ니 雖天性이 卓越ᄒᆞ고 執心이 牢確이라도 終不免外而淫談悖說과 內而伐性使氣矣리니 今日所執之心이 明日疎濶ᄒᆞ고 明日疎濶之心이 又明日放蕩矣라. 此心이 一放則非徒難收ㅣ라 自不覺放蕩ᄒᆞ야 或自恕ᄒᆞ며 或自負ᄒᆞ야 其所期之心이 因歲月之如流ᄒᆞ야 白首無成則竟不成正大之人ᄒᆞᄂᆞ니 賢弟ㅣ 豈不念此乎아?"

機星이 唯唯ᄒᆞ고 又曰

"曉喩之語ᄂᆞᆫ 當書紳銘肺어니와 小弟ᄂᆞᆫ 聞之호니 天地生物之氣ᄂᆞᆫ 浩蕩活潑故로 萬物이 生成ᄒᆞᄂᆞ니 今對書案ᄒᆞ야 以腐敗言辭와 檢束氣像으로 虛送平生은 此豈血氣强壯者之所爲리오? 太極이 變爲兩儀ᄒᆞ고 兩儀ㅣ 變爲四象萬物ᄒᆞ니[6] 聖人之道ᄂᆞᆫ 則此也ㅣ라. 起於微妙ᄒᆞ야 中分爲萬殊ᄒᆞ고 末復合爲一理ᄒᆞᄂᆞ니 凡人生斯世에 幼時ᄂᆞᆫ 惟一念而已라. 此ᄂᆞᆫ 太極未分之時요 漸長에 耳思聞ᄒᆞ고 目思見ᄒᆞ야 生五倫七情ᄒᆞ니 食色은 性也요 哀樂은 情也라 豈可無豪放之心과 風流之樂이리오? 此所謂太極이 變爲四象萬物이오 起於微妙ᄒᆞ야 中分爲萬殊ㅣ라. 氣血이 已定ᄒᆞ고 閱歷萬事ᄒᆞ야 方三十而立ᄒᆞ고 四十而不惑ᄒᆞ야[7] 止於至善[8]ᄒᆞ고 正大光

6) 태극변위양의(太極變爲兩儀), 양의변위사상만물(兩儀變爲四象萬物): '태극이 변해 양의가 되고, 양의가 변해 사상과 만물이 된다.' 태극은 우주 만물이 생긴 근원으로서의 본체, 양의는 음(陰)과 양(陽), 사상은 음양의 네 가지 상징인 태양(太陽)·소양(少陽)·태음(太陰)·소음(少陰)을 가리킨다. 『주역周易』「계사전繫辭傳」에 "역에는 태극이 있어, 태극이 양의를 낳고, 양의가 사상을 낳고, 사상이 팔괘를 낳는다(易有太極, 太極生兩儀, 兩儀生四象, 四象生八卦)"라고 했다.

明은 所謂末復合爲一理ᄒᆞ야 格物致知之工夫ㅣ라. 性質이 相異ᄒᆞ고 氣血이 各殊어ᄂᆞᆯ 一切付之繩墨ᄒᆞ야 心志之樂과 七情之欲을 强自抑制ᄒᆞ야 氣禀이 不足者ᄂᆞᆫ 自幼로 有蜉蝣之氣像ᄒᆞ고 氣禀이 有餘者ᄂᆞᆫ 終爲外飾內詐ᄒᆞ야 觀其言語動靜則整衣冠尊瞻視之君子ㅣᄂᆞ 論其心曲ᄒᆞ고 察其需用則孤陋寡聞ᄒᆞ야 不知時務ᄒᆞᄂᆞ니 由此觀之컨딘 人之成就ㅣ 千百不同이라 非一規所論이로소이다."

仁星이 改容曰

"仁弟之言이 雖有理ᄂᆞ 此非王道요 乃覇道ㅣ라. 非後進少年之所效니 勿忘愚兄之言ᄒᆞ라."

機星이 唯唯受命이라. 太爺ㅣ 立於窓外라가 聞兩兒之論ᄒᆞ고 心中大喜ᄒᆞ야 入內堂ᄒᆞ야 謂仙淑人曰

"老父ㅣ 聞機星兄弟之問答ᄒᆞ니 仁星은 安靜ᄒᆞ고 機星은 快活ᄒᆞ야 性品이 各異ᄒᆞ나 其成就ᄂᆞᆫ 必同也ㅣ리라."

ᄒᆞ더라. 一日은 太爺ㅣ 謂機星曰

"汝之來此ㅣ 已一望이라 府中이 必寂寞矣리니 明日歸去ᄒᆞ라. 吾亦欲十餘日後에 入城ᄒᆞ노라."

機星이 受命ᄒᆞ고 翌日發行ᄒᆞᆯ시 仙淑人이 猶爲倏忽悵然이러라.

且說. 氷娘이 董督匠工ᄒᆞ야 家役이 告竣ᄒᆞ니 繡戶紋窓과 奇花瑤草ㅣ 精緻極侈ᄒᆞ야 皇城靑樓中第一이라. 待楊生之來ᄒᆞ야 欲行落成宴이러니

---

7) 삼십이입(三十而立), 사십이불혹(四十而不惑): 『논어』「위정爲政」에 나오는 공자의 말. "나는 열다섯 살에 학문에 뜻을 두었고, 서른 살이 되어 바로 섰고, 마흔 살이 되어 미혹되지 않았고, 쉰 살이 되니 하늘의 명을 알게 되었고, 예순 살이 되니 듣는 대로 이해되었고, 일흔 살이 되니 마음 내키는 대로 해도 법도를 넘어서지 않게 되었다(吾十有五而志于學, 三十而立, 四十而不惑, 五十而知天命, 六十而耳順, 七十而從心所欲不踰矩)."

8) 지어지선(止於至善): 지극한 선(善)에 이르러 머무르는 것. 사람은 최고의 선(善)에 도달해 그 상태를 유지함을 이상(理想)으로 해야 한다는 뜻으로, 『대학大學』에 나오는 구절. "대인의 학문의 도는, 밝은 덕을 밝히는 데 있고, 백성을 새롭게 하는 데 있고, 지극한 선에 이르러 머무르는 데 있어야 한다(大學之道, 在明明德, 在新民, 在止於至善)."

丫鬟이 忽自外入告曰
"賤婢ㅣ 俄過梅娘青樓ㅣ러니 張風이 曰 '汝之娘子ㅣ 重修青樓라 ᄒᆞ니 吾欲一往觀이라' ᄒᆞ니 若來어든 切勿迎入ᄒᆞ소셔."
氷娘이 笑曰
"汝有何宿嫌乎아?"
丫鬟曰
"前日娘子貧寒에 長安少年이 一無尋訪者ᄒᆞ고 張風이 每逢賤婢於路上이면 視而不見이러니 今日如此多情ᄒᆞ니 豈不痛恨이리오?"
氷娘曰
"炎凉之態ᄂᆞᆫ 自古有之라. 吾ㅣ 前日은 貧困ᄒᆞ야 故作驕亢이어니와 今日若侮人이면 亦無異於長安少年情態라. 從今以後ᄂᆞᆫ 吾ㅣ 當務和平也리라."
果然數日後張風이 突入曰
"娘이 能知張風乎아?"
氷娘이 笑曰
"妾이 因病謝客故로 始見相公ᄒᆞ오니 誠所不敏이로소이다."
張風이 曾遙望氷娘이라도 一은 衣服이 繿縷ᄒᆞ고 二ᄂᆞᆫ 不欲接語故로 心甚未妥러니 今日視之ᄒᆞ니 一曰居處ㅣ 煇煌ᄒᆞ고 二曰衣服이 燦爛ᄒᆞ고 三曰言語ㅣ 溫柔ᄒᆞ야 恭順而羞澁ᄒᆞ고 端雅而嬌妖ㅣ라. 心中大驚而自思ᄒᆞ되
'氷娘之姿色은 不下於梅娘ᄒᆞ니 若楊生이 回來어든 吾將做媒리라.'
ᄒᆞ고 乃謂氷娘曰
"娘은 青樓世家요 代代名妓라. 姿色與歌舞ㅣ 廣求於皇城內外教坊百餘處青樓라도 無過於氷娘者라. 然이ᄂᆞ 必擇交風流少年이니 莫似梅娘之親霍尚書어다."
氷娘이 以年幼女子로 見張風之狀ᄒᆞ고 眞可笑ㅣ나 欲觀其動靜ᄒᆞ야 笑

而答曰

"親狎何如人이라야 可也잇고?"

張風이 轉目反掌ᄒᆞ고 曰

"方今長安少年에 無出衆者ᄒᆞᄂᆞ 吾ㅣ 心中에 指點一人ᄒᆞ니 潘岳之風采와 杜牧之文章으로 又有石崇[9]之富ᄒᆞ니 風流豪傑이오 英雄君子ㅣ라. 年方十四歲니 此는 無雙奇男子로라."

氷娘이 自思ᄒᆞ되

'必楊生이라.'

ᄒᆞ고 故問曰

"此ᄂᆞ 何人耶오?"

張風이 見其有意ᄒᆞ고 退坐而揮手曰

"姑勿發說ᄒᆞ라. 此人은 卽燕王相公之第四子라. 秘密出入於靑樓ᄒᆞ니 親交極難일ᄉᆡ ᄒᆞ노라."

氷氷이 笑曰

"先生은 盡手段而周旋ᄒᆞ소셔."

風이 半晌默坐라가 留期而歸ᄒᆞ니라.

且說. 機星이 還家數日에 先訪梅娘ᄒᆞ니 雷馬兩人이 亦在座라. 梅娘이 笑曰

"相公이 知長安의 新出居甲靑樓乎잇가?"

生이 故問曰

"吾離城中이 已一朔이라 豈能知新出靑樓리오?"

---

9) 석숭(石崇, 249~300): 서진(西晉) 시대의 관료. 혜제(惠帝) 때 형주자사(荊州刺史)로 있으며 항해와 무역으로 큰부자가 되었다. 학문에 능통하고 문인으로서 명성도 높았다. 낙양(洛陽) 서쪽에 호화로운 금곡원(金谷園)을 지어 처첩(妻妾) 백여 명을 거느렸으며, 집안의 하인도 팔백여 명이나 되었다고 한다. 녹주(綠珠)라는 애첩(愛妾)을 총애해 녹주루(綠珠樓)라는 백 장(丈) 높이의 누각을 지었다. 정치적 변란 와중에, 녹주는 누각에서 몸을 던져 자살하고 석숭은 사로잡혀 참수(斬首)되었다.

雷馬兩人이 聞而笑曰

"氷娘이 重修舊日青樓ᄒᆞ야 所聞이 狼藉ㅣᄂᆞ 吾等이 姑未往見이로소이다."

梅娘이 微笑ᄒᆞ고 謂雷馬兩人曰

"相公이 欲往見則座上에 或有交氷娘者로소이다."

生이 聞此言ᄒᆞ고 以梅娘之伶俐로 必有所十分暗料라 ᄒᆞ고 笑曰

"氷娘은 國色이라 名花에 自多蜂蝶ᄒᆞᄂᆞ니 吾亦有面分이로라."

雷生이 拍掌大笑曰

"吾曾聞氷娘之重修青樓ᄒᆞ고 已疑楊兄이러니 梅娘은 何以得聞고?"

梅娘이 笑曰

"此ᄂᆞᆫ 妾所行媒라. 若無蕩春臺詩令이런들 豈知氷娘之才리오? 但可惜者ᄂᆞᆫ 相公이 以雪中梅로 爲一個碌碌女子ᄒᆞ시고 恐有猜忌之心ᄒᆞ야 諱而不說ᄒᆞ시니 豈可謂知己리오? 古語에 云 '猩猩이 惜猩猩이라' ᄒᆞ더니 同是娼妓로 每恨青樓少年이 眼目이 昏暗ᄒᆞ야 不知氷娘之姿色歌舞ㅣ라가 曾於蕩春臺에 見相公之賜詩ᄒᆞ고 欽仰相公之藻鑑이니이다."

楊生이 笑曰

"吾豈欺娘이리오? 故作籠絡이러니 梅娘이 已知之ᄒᆞ니 雖沒味ᄂᆞ 氷娘青樓之役이 今何如오?"

雷生曰

"日前竣役ᄒᆞ야 制度ㅣ 宏傑精緻ᄒᆞ야 青樓中居甲이라 ᄒᆞ더이다."

言未畢에 張風이 入來ᄒᆞ야 與楊生으로 略叙久阻之懷ᄒᆞ고 笑曰

"楊兄이 曾問氷氷之家ㅣ러니 果往見而其景狀이 何如오?"

生이 佯曰

"其日欲往見이러니 張風先生이 稱以乞人故로 未嘗往見이로라."

風이 默默良久에 曰

"人間貧富ㅣ 如車輪之回轉ᄒᆞ야 乞人도 或爲富客이라. 率爾之言을 何

以準信乎잇가?"

生이 因醉困臥ᄒᆞ야 枕梅娘之膝而睡어놀 諸人이 各散ᄒᆞ니 梅娘이 引錦衾而移臥楊生ᄒᆞ고 梅娘이 亦醉ᄒᆞ야 因臥楊生之側이러니 生이 覺而視之ᄒᆞ니 重垂錦帳ᄒᆞ고 香爐上烹茶聲은 如三更窓外에 細雨蕭蕭ᄒᆞ고 一美人이 臥於側ᄒᆞ야 步搖玉簪은 落於枕邊ᄒᆞ고 寶帶羅衫은 斜於胷前ᄒᆞ고 桃花兩頰에 醉痕이 朦朧ᄒᆞ야 氣色이 脈脈이라. 生이 不勝春興ᄒᆞ야 醉夢中에 戱雲雨ᄒᆞ니 梅娘이 亦醒醉夢ᄒᆞ야 收衣裳而勸茶閑談홀시 生이 笑曰

"已親狎氷娘ᄒᆞ니 娘이 誠無妬心乎아?"

娘이 笑曰

"欲知妾之妬心有無어든 自諒相公之心ᄒᆞ소셔. 無偏無黨이면 王道ㅣ蕩蕩이라. 相公이 偏愛雪中梅則氷氷이 猜之요 偏愛氷氷則雪中梅ㅣ 亦猜之리니 都在於相公이라 莫問於妾ᄒᆞ소셔."

生이 笑曰

"吾ㅣ 東西靑樓에 有梅氷兩娘ᄒᆞ니 風流場中에 能事畢矣로다. 但欲助風流之費ᄒᆞ야 已賜五千金於氷娘ᄒᆞ니 餘在五千金은 娘이 莫辭ᄒᆞ라."

梅娘曰

"君子ᄂᆞᆫ 周急이오 不繼富ㅣ라[10] ᄒᆞ니 氷娘이 重修靑樓ᄒᆞ고 必無所餘矣리니 五千金을 加付ᄒᆞ소셔."

生曰

"吾言이 已出ᄒᆞ니 辭之ᄂᆞᆫ 不可ㅣ로라."

10) 군자(君子), 주급(周急), 불계부(不繼富): 『논어』「옹야雍也」에 나오는 공자의 말. 공자의 제자인 공서적(公西赤)이 제(齊)나라에 심부름을 가게 되었는데, 제자인 염구(冉求)가 공자에게 공서적의 어머니를 위해 곡식을 줄 것을 요청했다. 이에 공자는 그에게 적은 양을 주라고 했으나, 염구는 임의로 몇십 배 많은 곡식을 주었다. 공자가 이를 알고는 공서적이 가난하지 않음을 들어 "군자는 다급한 사람을 도와주나, 넉넉한 곳에 더하여 주지는 않는다(君子, 周急, 不繼富)"라고 했다.

梅娘曰

"相公之言이 及此ᄒᆞ시니 以一千金으로 表情ᄒᆞ시고 以四千金으로 賜氷娘ᄒᆞ소셔. 妾이 雖貧이나 歌舞之費ᄂᆞᆫ 無所不足ᄒᆞ고 且靑樓妓女之風氣가 使相親少年으로 生色이라야 必闡其名ᄒᆞ나니 相公이 獎拔氷娘은 妾之榮幸이라 豈有一毫不平之心乎잇가?"

生이 許之ᄒᆞ고 心中에 歎曰

"娼妓中擅名者ㅣ 果名不虛得이로다."

梅娘이 笑曰

"今見張風之動靜컨ᄃᆡ 欲紹介相公於氷娘ᄒᆞ니 相公은 籠絡ᄒᆞ야 觀其動靜ᄒᆞ소셔."

生이 笑而許之ᄒᆞ니라.

翌日楊生이 送千金於雪中梅ᄒᆞ고 以四千金으로 賜氷氷ᄒᆞ야 以助落成之需ᄒᆞ라 ᄒᆞ고 到氷氷之家ᄒᆞ니 朱甍[11]畵棟과 瑤軒珠欄이 十分華麗한대 別構一座小樓ᄒᆞ니 錦帳珠簾을 面面捲之ᄒᆞ며 白玉如意와 珊瑚鉤를 處處掛之어ᄂᆞᆯ 生이 與氷娘으로 倚欄而歎曰

"樓臺之盛衰ㅣ 如彼無定이어든 而況人乎아? 吾ㅣ 雖不見昔日繁華ᄒᆞᄂᆞ 破瓦朽棟이 瞥眼間如此一新ᄒᆞ니 若人生이 如此靑樓ᄒᆞ야 紅顔이 爲白髮ᄒᆞ고 白髮이 更爲紅顔ᄒᆞ야 三生佳緣이 輪回無窮ᄒᆞ면 豈不樂乎아?"

氷娘이 琅然笑曰

"妾은 以爲天地萬物에 無盛衰哀樂이라 ᄒᆞ니 盛者ᄂᆞᆫ 衰之本이오 哀者ᄂᆞᆫ 樂之本이라. 紅顔이 不足喜요 白髮이 不足悲어ᄂᆞᆯ 人情이 薄惡ᄒᆞ야 不免有異於此間ᄒᆞ야 攖情於盛衰哀樂之際ᄒᆞ니 豈不可憐哉리오?"

---

11) 주맹(朱甍): 붉게 칠한 용마루. 맹(甍)은 용마루, 즉 지붕의 가운데 부분에 있는 가장 높은 수평 마루를 일컫는다. [교감] 적문서관본 영인본 603쪽에는 '주란(朱欄)'으로 되어 있으나, 바로 뒤에 '주란(珠欄)'이 나오므로 의미상 오식으로 여겨져 바로잡는다. 덕흥서림본 제3권 189쪽에는 '주맹(朱甍)'으로 바르게 되어 있다.

楊生이 讚其有理어늘 氷娘이 更告曰

"相公이 每夜深後出入ᄒᆞ시니 落成宴은 定於何日乎잇가?"

生曰

"後五日은 皇上이 幸行於園陵ᄒᆞ시니 吾可乘隙而來리라."

氷娘이 大喜ᄒᆞ야 以此日定之러라. 翌日晩後에 生이 訪梅娘ᄒᆞ니 梅娘이 倚池邊欄干ᄒᆞ야 觀鴛鴦之遊ㅣ러니 生이 潛步而至娘後ᄒᆞ야 從容語曰

"梅娘之風情이 不少로다."

梅娘이 大驚顧視ᄒᆞ니 乃楊生이라. 相與携手而坐欄頭ᄒᆞ야 曰

"來後五日에 氷娘이 靑樓落成ᄒᆞ야 盡請諸妓라 ᄒᆞ니 娘은 聞乎아?"

梅娘曰

"不及聞이로소이다."

言語間에 張風이 入來어늘 生曰

"欲一見氷娘이러니 仄聞則後五日에 靑樓落成이라 ᄒᆞ니 先生은 同往이 如何오?"

風이 見梅娘之氣色ᄒᆞ고 笑曰

"氷娘이 非但樓閣이 一新이라 其容貌亦一新ᄒᆞ야 比前則可謂天上仙人이라 欲往一見ᄒᆞ노이다."

梅娘이 聞之ᄒᆞ고 佯有不悅之色ᄒᆞ야 悄然無語ᄒᆞ니 風이 又笑曰

"氷娘이 雖如此ᄂᆞ 方今靑樓中公論이 梅娘으로 爲第一ᄒᆞ고 氷娘으로 爲次ᄒᆞ노니 楊兄은 不忘後五日之約ᄒᆞ소셔."

生이 應諾ᄒᆞ니 風이 起身而出이어늘 梅娘이 大笑曰

"張風이 必往氷娘家ᄒᆞ야 先通相公之消息이라. 氷娘이 外拙而內明ᄒᆞ니 庶有籠絡張風之手段일가 ᄒᆞᄂᆞ이다."

此時氷娘이 方營落成宴ᄒᆞ야 指揮紛紛이러니 張風이 入來ᄒᆞ야 喜色이 滿面ᄒᆞ고 揚揚自得이어늘 氷娘이 暗笑曰

"此風이 必有曲折이라."

ᄒᆞ더니 座定後에 張風이 笑曰

"娘이 設落成宴이라 ᄒᆞ니 應多紛擾로다."

氷娘曰

"然ᄒᆞ이다."

風이 近前而低言曰

"嚮日所薦楊生을 娘은 能不忘乎아?"

氷娘이 故作羞色曰

"何可忘之리오?"

風이 笑曰

"吾已做媒ᄒᆞ야 落成日來參이라 ᄒᆞ니 其所親交之手段은 在於娘矣니 諒處之ᄒᆞ라."

氷娘이 將何如오? 且看下回ᄒᆞ라.

楊生連中三場試 天子親征北匈奴

第六十二回

却說. 張風이 謂氷娘ᄒᆞ되 吾已做媒於楊生ᄒᆞ야 落成日來參이라 ᄒᆞ니 其親交는 在於娘이라 ᄒᆞᆫᄃᆡ 氷娘이 勃然變色曰

"楊生이 待妾以娼妓之賤이로다. 若有情則當先此從容尋訪이어놀 豈從少年ᄒᆞ야 以初面女子로 相親於稠坐中이리오?"

風이 笑曰

"不然ᄒᆞ다. 楊生은 終是白面書生이라 其心이 疎拙ᄒᆞ야 羞其獨來인가 ᄒᆞ노라."

氷氷이 笑曰

"羞拙은 女子本色이라. 男子가 如此ㅣ면 何處用之리오? 先生은 更往ᄒᆞ야 今夜에 從容同來ᄒᆞ소셔. 吾ㅣ 當備盃酒而待ᄒᆞ리니 若不肯來어든 勿須强勸ᄒᆞ소셔."

風이 諾諾而去러라.

此時楊生이 與梅娘으로 戱雙陸而賭酒ᄒᆞᆯᄉᆡ 梅娘이 連輸二局ᄒᆞ고 一邊沽酒而來ᄒᆞ며 一邊更拾梱牙而設局이러니 張風이 慌忙入來어날 梅娘이

正色而戱雙陸ᄒᆞ고 高投柶牙曰
"先生은 勿發一言ᄒᆞ소셔. 吾ㅣ 雖達今夜라도 必雪耻而乃已ᄒᆞ리라."
風이 欲傳氷娘之言而來라가 心甚躁急이ᄂᆞ 不能開口ᄒᆞ고 但坐其傍이러니 梅娘이 又敗一局이라. 風이 纔乘隙ᄒᆞ야 謂楊生曰
"今見氷娘而來ᄒᆞ니 氷娘이 有言이러이다."
梅娘이 急投柶牙曰
"氷歟아? 何歟아? 楚漢이 爭鋒ᄒᆞ야 今決勝負ᄒᆞ니 勿言ᄒᆞ소셔."
張風이 慌忙ᄒᆞ야 自思ᄒᆞ되
'氷娘이 必待矣리니 何如則可也리오?'
ᄒᆞ더니 日已夕陽에 雙陸賭局이 猶不撤ᄒᆞ니 風이 無可奈何ᄒᆞ야 欲起身이어ᄂᆞᆯ 生이 笑而推雙陸局曰
"氷娘之言이 何如오?"
風이 暗告曰
"如此如此ᄒᆞ고 今夜掃榻而待라 ᄒᆞ니이다."
生이 笑曰
"吾入府中ᄒᆞ야 昏定後에 往氷娘家ᄒᆞ리니 詳指其家ᄒᆞ라."
風이 以手劃地曰
"從此西往이면 西敎坊大路요 從彼而往則鶴上仙靑樓요 其次新建之家로이다."
生이 點頭而散ᄒᆞ니라. 生이 歸家라가 夜深後更尋梅娘ᄒᆞ야 要同往氷娘家ᄒᆞ야 見張風之狀ᄒᆞ니 梅娘이 應諾ᄒᆞ고 至氷娘家ᄒᆞᆫ듸 氷娘이 笑曰
"張風이 黃昏에 來到ᄒᆞ야 苦待相公이라가 疑相公이 迷路ᄒᆞ야 往相公府中이러이다."
梅娘이 笑曰
"風이 不久必來矣리니 妾欲欺之ᄒᆞ야 以助一笑라."
ᄒᆞ고 付楊生之耳而語ᄒᆞ니 生이 亦笑러라. 俄而오 張風이 來而叩門이

어놀 梅娘이 卽時回燈ᄒᆞ고 出門而拍手ᄒᆞ니 風이 唐慌曰
"娘은 何故如此오?"
梅娘이 笑而携張風之手ᄒᆞ고 往靜寂處ᄒᆞ야 低言曰
"吾長安靑樓의 一動一靜을 豈欺張先生이리요? 曾疑氷娘之重修靑樓러니 交一個江南富豪ᄒᆞ야 得五千金이라. 如或傳播면 恐有不利ᄒᆞ야 氷娘이 俄者見妾ᄒᆞ고 以實直告ᄒᆞᄂᆞᆫ듸 其富豪가 又聞妾之虛名ᄒᆞ고 欲一見之故로 近日妾이 絶霍尙書以後로 歌舞之費에 每恨窘絀ᄒᆞ니 一見其人則可得五千金矣리니 先生은 勿使此言으로 入於楊生之耳ᄒᆞ라."
風이 咄咄歎曰
"娘이 猶不知我也로다. 吾ㅣ 豈以此等言으로 聞於楊生이리오? 但今夜楊生이 必來矣리니 如之何리요?"
梅娘이 笑曰
"先生은 太無手段이로다. 若楊生이 來則豈無他寢室이리오?"
風이 稱善曰
"雖然이ᄂᆞ 人心이 難測이라 自稱富豪ᄒᆞ고 欺美人者ㅣ 往往有之ᄒᆞ니 娘은 勿許身ᄒᆞ라. 吾當先酬酌ᄒᆞ야 窺其意ᄒᆞ고 使娘知之矣리라."
說罷에 欲直入房中이어놀 梅娘이 佯驚ᄒᆞ고 執張風之手曰
"先生은 已成之事에 愼勿花田衝火어다."
風이 笑曰
"張風이 十年靑樓에 所存者ㅣ 眼目이라. 但見手段ᄒᆞ라."
ᄒᆞ고 突入房中ᄒᆞ니 一個男子ㅣ 背燈火ᄒᆞ고 向壁而臥어놀 風이 大作咳唾聲ᄒᆞ면셔 漸漸近至ᄒᆞ니 其少年이 欠身起坐曰
"氷梅兩娘은 往何處며 張風先生은 何不來오?"
張風이 手脚이 慌忙ᄒᆞ야 罔知所措어놀 一座ㅣ 拍掌大笑ᄒᆞ고 氷娘曰
"先生이 行媒於一個美男이라 ᄒᆞ더니 何不做媒오?"
梅娘曰

"先生이 欲窺江南富豪之意러니 果何如乎아?"

風이 笑曰

"美男子ᄂᆞᆫ 卽江南富豪요 江南富豪ᄂᆞᆫ 卽美男子라. 莊周ㅣ 爲蝴蝶ᄒᆞ고 蝴蝶이 爲莊周ᄒᆞ니 此相公이 卽爲美男子요 或爲江南富豪ㅣ니 張風이 平生無詐言이로라."

生이 乃命進酒ᄒᆞ야 勸張風ᄒᆞ고 語氷娘靑樓之來歷ᄒᆞ니 風이 大讚曰

"後五日落成宴에 風이 當盡請諸少年及靑樓妓女ᄒᆞ리라."

ᄒᆞ더라.

此時天子ㅣ 擇日ᄒᆞ야 動駕於園陵ᄒᆞ실ᄉᆡ 燕王父子ㅣ 隨駕ᄒᆞ니 卽氷娘靑樓落成之日이라. 機星이 告於太爂曰

"願於陵行時觀光ᄒᆞ노이다."

ᄒᆞ고 直向梅娘家ᄒᆞ니 張風·馬騰·雷文星이 皆會ᄒᆞ야 方議赴宴이어ᄂᆞᆯ 生이 先送三人於氷娘家ᄒᆞ야 使主宴席ᄒᆞᆫᄃᆡ 三人이 應聲而往視之ᄒᆞ니 長安少年과 靑樓諸妓가 會者ㅣ 已强半이라. 五六十間靑樓에 更設浮階ᄒᆞ고 錦帳花屛은 圍繞雲霧ᄒᆞ며 繡茵綺席은 羅列花草ᄒᆞ고 十二湘簾에 玉鉤ᄂᆞᆫ 丁東ᄒᆞ며 七寶金爐에 香烟이 朦朧ᄒᆞ고 珊瑚床上에 筆硯이 精良ᄒᆞ며 玳瑁案頭에 琴笙이 淸雅ᄒᆞ고 雕凳彩椅를 男東女西로 排置不錯ᄒᆞ고 諸少年之峨冠錦衣와 諸妓女之雄粧盛飾이 輝煌燦爛ᄒᆞ야 初來者ㅣ 如入萬花叢中ᄒᆞ야 眼目이 眩荒이라. 俄而오 楊生이 與梅娘同來ᄒᆞ니 寒暄畢에 金樽美酒ᄂᆞᆫ 盃盤이 浪藉ᄒᆞ고 鸞歌鳳吹ᄂᆞᆫ 絲竹이 嘹喨이라. 張風이 起立ᄒᆞ야 拂袖而舞ᄒᆞ야 曰

"百戰老將之所餘者ㅣ 鎗法이라. 見吾長短ᄒᆞ라."

ᄒᆞ니 一座ㅣ 大笑ᄒᆞ고 諸少年이 曰

"吾ㅣ 未嘗見氷娘之舞ᄒᆞ니 今日은 莫惜其才ᄒᆞ라."

楊生이 笑而使氷梅兩娘으로 對舞ᄒᆞ라 ᄒᆞᆫᄃᆡ 兩娘이 起舞霓裳羽衣舞ᄒᆞ니 諸少年과 諸妓ㅣ 重疊圍立ᄒᆞ야 催音樂ᄒᆞ고 奏初章에 聯翩之袖와 閑

雅之態가 應鼓響而翩翩ᄒᆞ야 如雲間雙鶴이 振翼ᄒᆞ고 如水中雙蚌이 吐珠ᄒᆞ야 至第三章에 翠袖ᄂᆞᆫ 僊僊ᄒᆞ야 進以蓮花步ᄒᆞ고 紅裙은 飄飄ᄒᆞ야 退以凌波步ᄒᆞ니 如三春蝴蝶之弄花香ᄒᆞ고 似一雙鳳凰之啄竹實이오 環珮ᄂᆞᆫ 嘹喨ᄒᆞ고 管絃은 促急ᄒᆞ야 至第五章에 弱柳細腰ᄂᆞᆫ 搖於風前ᄒᆞ고 閃忽玉手ᄂᆞᆫ 翻於空中ᄒᆞ야 平原芳草에 鷰子ᄂᆞᆫ 連翼喃喃ᄒᆞ고 綠水芙蓉에 鴛鴦은 交頸關關ᄒᆞ니 進退周旋에 同規合席ᄒᆞ야 彩鸞祥鳳이 難兄難弟라. 一聲鼓響에 分立東西ᄒᆞ야 脈脈秋波가 乍含笑色ᄒᆞ니 左右傍觀이 神醉心濃ᄒᆞ야 始讚氷娘之歌舞姿色ᄒᆞ고 教坊青樓에 盛名이 藉藉ᄒᆞ니 宰相貴人等도 願一見之러라. 退撤盃盤ᄒᆞ고 氷娘이 進告諸少年及楊生曰

"妾이 世傳青樓를 今日重修ᄒᆞ니 此皆諸相公之所賜라. 更賜數行上樑文ᄒᆞ야 使今日盛事로 無至泯滅於後世ᄒᆞ소셔."

張風이 進曰

"今日之會ᄂᆞᆫ 楊兄이 主人이라. 况楊兄之文章이 在座ᄒᆞ니 誰敢讚一字리오? 吾ㅣ 當不辭高力士之脫靴矣리니 氷娘은 奉硯ᄒᆞ고 梅娘은 磨墨ᄒᆞ고 鷰鶯兩娘은 展彩牋ᄒᆞ고 仙雲兩娘은 秉燭ᄒᆞ야 以助楊兄之滿腹騷興ᄒᆞ라."

此時楊生이 十分醉中에 騷興이 陶陶ᄒᆞ야 一臂ᄂᆞᆫ 憑案ᄒᆞ고 右手로 抽執紅玉筆管ᄒᆞ니 鷰鷰·鶯鶯이 展薛濤牋ᄒᆞ고 鳳咮硯[1]에 磨龍香墨이라. 生이 不露辭色ᄒᆞ고 一筆揮之ᄒᆞ니 上樑文에 曰:

"述夫 紫陌紅塵에 別有長春世界ᄒᆞ고 朱欄翠瓦로 重修舊日樓臺라. 翬翬[2]斯飛에 樑鷰相賀ㅣ라 主人은 青樓世閥이오 紅閨風儀라 古名妓衛五

---

1) [교감] 봉주연(鳳咮硯): 적문서관본 영인본 607쪽에는 '봉주연(鳳珠硯)'으로 되어 있으나, 오식이므로 바로잡는다.

2) 휘(翬): 털빛이 오색으로 영롱한 대단히 아름다운 꿩. [교감] 적문서관본 영인본 607쪽에는 '취(翠)'로 되어 있으나, 의미상 오식이므로 바로잡는다. 덕흥서림본 제3권 193쪽에는 '휘(翬)'로 바르게 되어 있다.

娘嬌兒ᄂᆞᆫ 歌舞傳箕裘之業[3]ᄒᆞ고 今娼家高一等人物은 志操超紛黛之倫이라.

金柱拂絃에 未逢佳郎之顧曲이오 羅衣攝弊에 反效處女之守貞이라 遂令錦繡繁華之場으로 竟至風雨飄搖之境이라. 頹垣破壁은 愁嚬柳葉之眉ᄒᆞ고 欹榭荒臺ᄂᆞᆫ 倦移蓮花之步라. 車馬門外에 無影無踪ᄒᆞ고 桃李園中에 自開自落이라. 然而草自香於寡過ᄒᆞ고 花不言而蝶來라 轉眄間月地雲階ᄂᆞᆫ 盛衰無定이오 彈指頃荷池竹塢ᄂᆞᆫ 廢興有時라 乃者兩美合才子佳人ᄒᆞ고 一曲彈高山流水라.

於是에 爛用黃金白璧ᄒᆞ야 重建紫閣丹樓ᄒᆞ니 瑤軒綺搆何崔嵬오 璧房繡戶紛照耀ㅣ라 歌屛掩翠ᄒᆞ고 粧鏡窺紅이라[4] 鳳度樓鴛飛池ᄒᆞ니 雙雙兩兩이오 綺似雲人如月ᄒᆞ니 夜夜朝朝로다. 盖緣一時風情ᄒᆞ야 復整十年門戶ㅣ로다. 古如是今如是ᄒᆞ니 克繼阿孃舊聲이오 歌於斯舞於斯ᄒᆞ니 永傳敎坊盛事ㅣ라. 載擧六偉之頌ᄒᆞ야 庸答衆人之心이라."

楊生이 手不停筆ᄒᆞ고 寫畢에 金石이 鏗鏘ᄒᆞ고 龍蛇ㅣ 飛騰이러니 謂諸娘曰

"吾ㅣ 大醉ᄒᆞ니 抛樑六帖은 諸娘이 分作ᄒᆞ라."

雪中梅曰

3) 기구지업(箕裘之業): 곡식을 까부르는 데 쓰는 기구인 '키(箕)'와, 짐승의 털가죽으로 안을 댄 옷인 '갖옷(裘)'이라는 뜻으로, 선대(先代)로부터 내려오는 가업(家業)을 완전히 이어받음을 일컫는 말.

4) 요헌기구하최외(瑤軒綺搆何崔嵬), 벽방수호분조요(璧房繡戶紛照耀), 가병엄취(歌屛掩翠), 장경규홍(粧鏡窺紅): '옥 난간과 비단 장식은 어찌 그리 뛰어나며, 구슬 방과 수놓은 문은 어지러이 빛나, 노래 병풍은 푸른 소매를 가리고, 화장 거울로 미인을 엿보도다.' 이 부분은 당나라의 시인 왕발(王勃)의 고시(古詩)「임고대臨高臺」에서 비슷한 시구를 찾을 수 있다. "옥 난간과 비단 장식은 어찌 그리 뛰어나며, 난새와 봉황의 노래는 맑고 또 애절하네(瑤軒綺搆何崔嵬, 鸞歌鳳吹淸且哀)." "붉은 누각은 어지러이 빛나고, 구슬 방과 비단 전각은 서로 영롱하네(紫閣丹樓紛照耀, 璧房錦殿相玲瓏)." "아침에 노래 병풍은 푸른 소매를 가리고, 밤에 화장 거울로 미인을 엿보도다(歌屛朝掩翠, 粧鏡晩窺紅)."

兒郎偉抛樑東 扶桑高處日輪紅
對鏡催粧看脈脈 脂濃粉粧擺花叢

氷氷曰

兒郎偉抛樑西 宴罷高樓夜色凄
鴛鴦衾裡從郎臥 更看斜窓月影低

楚雲曰

兒郎偉抛樑南 坐對南山疊翠岑
願把南山爲巫峽 長時雲雨鎖晴嵐

鶴上仙曰

兒郎偉抛樑北 朔風一陣羅衫薄
莫誇紅顔誇黃金 試聽琵琶出塞曲

鶯鶯曰

兒郎偉抛樑上 滿天佳氣何駘蕩
春風吹拂珠簾動 靑鶴徘徊燕頡頏[5]

鸞鸞曰

5) 힐항(頡頏): 새가 오르락내리락하며 나는 모양.

兒郞偉抛樑下 錦茵綺席相枕藉

篋裡芙蓉六幅裙 爲郞粧束爲郞捨

生이 又繼其後ᄒᆞ야 曰

"伏願上樑之後에 楊柳門前에 長繫青驄紫騮[6]ᄒᆞ고 芙蓉鏡裡에 不老綠髮紅顔케 ᄒᆞ소셔."

生이 寫畢에 顧諸娘曰

"青樓人物이 猶不草草로다. 諸娘之文이 如此極佳ᄒᆞ니 眞稀貴之事ㅣ라. 諸娘은 一齊朗讀이어다."

梅娘이 笑曰

"妾은 聞之호니 上樑文은 上樑之時에 董督諸人之聲也라. 一人이 先唱則主人이 和之ᄒᆞᄂᆞ니 妾等이 先唱一曲이어든 諸位少年이 一齊和之ᄒᆞ야 使助興致ᄒᆞ소셔."

一座ㅣ 應諾ᄒᆞ고 與諸娘으로 酬唱ᄒᆞ니 清雅之曲과 豪放之聲이 如撼青樓ᄒᆞ야 不覺折金鞭而碎玉壺러라. 忽然張風이 揚臂曰

"以氷氷之才與歌舞로 久不遇主人이라가 今從絶代才子ᄒᆞ니 千載一時라. 頹廢之屋이 一朝에 變成高樓彩閣ᄒᆞ니 天地萬物의 盛衰飜覆이 如此라. 從今以後로 氷梅兩娘이 東西青樓에 分立門戶ᄒᆞ야 志氣相合ᄒᆞ고 少無妬心則風流場中에 豈非美事리오? 若神龍이 得雲雨ᄒᆞ야 揚名於雁塔ᄒᆞ야 爵高於黃閣[7]則青樓蹤跡이 自絶矣리니 豈非歡樂中怊悵이리오?"

一座ㅣ 愀然無語ᄒᆞ고 氷梅兩娘이 亦含淚ᄒᆞ니 楊生이 笑而飮酒ᄒᆞ고 連奏絲竹이라가 夜深後罷宴ᄒᆞ니라.

---

6) 자류(紫騮): 검은 색깔의 갈기에 붉은 색깔의 몸을 한 말로서, 명마(名馬)로 알려져 있다.
7) 황각(黃閣): 재상부(宰相府)를 가리킴. 한(漢)나라에서 붉은색을 칠한 대궐의 주문(朱門)을 피해 승상(丞相)의 관서(官署) 문에 황색을 칠한 데서 유래한다.

且說. 燕王이 意謂太爺ㅣ 因鬱積ᄒᆞ야 數十日消暢於田園이러니 太爺ㅣ 厭京城之熱鬧ᄒᆞ야 居然數月不歸라 不勝望雲之懷ᄒᆞ야 送人馬而奉還ᄒᆞ니라. 一日은 機星이 臥於書堂ᄒᆞ야 引床頭之鏡而照顔ᄒᆞ니 容貌ㅣ 瘦瘠ᄒᆞ고 氣像이 放蕩ᄒᆞ야 與前日로 大相不同이라 蹶然起坐ᄒᆞ야 瞿然歎曰

"吾以王侯子弟로 不能抑少年狂心ᄒᆞ야 一時遊於風流場이ᄂᆞ 何可至幻形之境乎아? 大丈夫出世에 事業이 無窮이라. 致君澤民ᄒᆞ고 建功立業ᄒᆞ야 使名垂竹帛ᄒᆞ고 千秋不泯矣리니 何可平生埋沒於靑樓酒肆리오? 吾以父母寵子로 尙今無一事欺罔이러니 一自放蕩以後로 踪跡이 虛誕ᄒᆞ고 欺罔同氣ᄒᆞ야 數犯危境이ᄂᆞ 嚴父慈母ㅣ 茫然不知ᄒᆞ시고 不肖를 一向愛之如寶玉ᄒᆞ시고 深信無疑ᄒᆞ시니 其爲人子之心에 豈可泰然이리오? 美女好樂은 譬如甘旨之食ᄒᆞ야 一次飽食則反爲無味라. 吾已半年豪蕩ᄒᆞ야 看盡靑樓諸妓中有名者ᄒᆞ니 若不乘此時而絶之면 必爲棄物矣리니 豈不寒心이리오?"

自此로 稀濶出入ᄒᆞ고 勉勵學業이러니 此時ᄂᆞᆫ 三年大比之科라. 天子ㅣ 集四方多士ᄒᆞ야 試取文武之才ᄒᆞ실ᄉᆡ 機星이 欲赴擧ᄒᆞ니 燕王이 不許曰

"吾家ㅣ 本以寒微로 今日盛滿이 太過ᄒᆞ니 兒子ᄂᆞᆫ 益務學業ᄒᆞ고 莫思躁進ᄒᆞ라."

機星이 唯唯而退ᄒᆞᆫᄃᆡ 鸞城이 從容告曰

"相公이 愛機星이어든 許其赴擧하소셔."

燕王曰

"是何言也오?"

鸞城이 沉吟曰

"機星之天性이 殆不寂寞ᄒᆞ니 若不因其材而利導之면 或恐沈惑於外物이로소이다."

燕王이 自初로 鸞城之言을 無尋常聽過라 俯首熟思라가 呼機星ᄒᆞ야 命赴擧ᄒᆞ니 機星이 受命而退ᄒᆞ야 整頓科具ᄒᆞᆯᄉᆡ 夜深後天氣淸朗ᄒᆞ고 月

色이 滿庭이라. 機星이 昏定畢에 徘徊於庭前而思曰

'吾ㅣ 偶然出入於風流場ᄒᆞ야 交諸娘이라가 今雖收本心而消雜念이ᄂᆞ 一種情根을 不能猛絶ᄒᆞ고 若參榜於此科則更不尋諸娘矣리니 此亦人情之缺然이라. 一次尋訪ᄒᆞ야 說破吾意ᄒᆞ리라.'

乘月色而先往氷娘青樓홀ᄉᆡ 使梅娘으로 來會氷娘家ᄒᆞ라 ᄒᆞ고 隨後而往ᄒᆞ니 兩娘이 出迎曰

"近日相公이 久不尋訪ᄒᆞ시매 以爲忘妾等矣러니 今夜尋訪은 意外로소이다."

楊生이 執兩娘之手曰

"以侍下之人으로 苟且出入을 不能長久라. 且將欲赴擧ᄒᆞ니 若被天恩ᄒᆞ야 名登科榜則不欲投足於青樓故로 今夜에 尋兩娘ᄒᆞ니 娘은 各言所懷ᄒᆞ라. 娘等이 望吾之今番登科乎아 否乎아?"

兩娘이 不答ᄒᆞ고 飮數盃酒而微醉ᄒᆞ야 梅娘이 唱一曲曰

꼿 보고 오는 나뷔 오고갈 쥴 모르ᄂᆞᆫ가
三春이 將暮ᄒᆞ니 行樂이 미양이라
아희야 술 한 잔 밧비 부어라 가ᄂᆞᆫ 나뷔 멈추어 놀가 ᄒᆞ노라

氷氷이 亦續唱曰

보거든 색지 말고 색거든 바리지 마소
보고 색고 바리니
도모지 내 길쌔에션 버들탓인가 ᄒᆞ노라

兩娘이 歌闋에 氷娘은 悄然無語ᄒᆞ고 梅娘은 欣然笑曰

"見陌頭楊柳ᄒᆞ고 悔敎夫婿覓封侯ᄂᆞᆫ 自古已然이어니와 男子ㅣ 豈可平

生醉於紅裙ᄒᆞ야 無意於功名이리오? 相公이 雖絶跡이라도 但勿忘情根하소셔."

生이 讚其快活ᄒᆞ고 夜深後歸來ᄒᆞ니라. 科日이 已迫에 機星이 入場ᄒᆞ야 連中三場[8]ᄒᆞ니 上이 大悅ᄒᆞᄉᆞ 謂左右諸臣曰

"求忠臣於孝子之門이라 ᄒᆞ니 楊昌曲之子ㅣ 豈不是輔弼之才리오?"

催令唱名ᄒᆞ시니 龍榜第一人楊機星은 楊昌曲之第四子요 第二人黃升龍은 尙書黃汝玉之子요 虎榜第一人雷文星은 大將軍雷天風之第二孫이요 第二人馬騰은 將軍馬達之子라. 呼入於榻前ᄒᆞ야 各賜彩花一枝及御廐馬寶盖ᄒᆞ시고 機星은 特賜梨園法樂ᄒᆞ시고 除授翰林學士ᄒᆞ시니 楊學士ㅣ 紅袍玉帶로 謝恩後乘御廐馬ᄒᆞ고 法樂이 前導而歸府中홀ᄉᆡ 燕王與尙書兄弟가 隨後ᄒᆞ야 從長安大路而來ᄒᆞ니 路上少年輩ㅣ 羅列左右ᄒᆞ야 稱讚不已하며 奏法樂而過敎坊大路홀ᄉᆡ 東西靑樓諸妓女ㅣ 捲珠簾而爭觀ᄒᆞ면셔 向氷梅兩娘ᄒᆞ야 且賀且嘲ᄒᆞ야 琅琅喧鬧러라. 楊學士ㅣ 流秋水兩眼ᄒᆞ야 顧眄左右ᄒᆞ고 繁華眉睫에 送慇懃風情이러니 又雷馬兩人이 聯馬而奏樂ᄒᆞ고 大將軍雷天風破虜將軍馬達이 盛設威儀而率行홀ᄉᆡ 靑樓諸妓ㅣ 投果而戲ᄒᆞᆫᄃᆡ 雷馬兩人도 慇懃送情이러니 張風이 忽然麁氣가 突發ᄒᆞ야 馳入執轡曰

"汝ㅣ 日前與我로 尋酒家ᄒᆞ야 自矜豪氣러니 今日은 自顧體貌ᄒᆞ야 靑樓를 視而不見ᄒᆞ니 汝之功名이 雖好ᄂᆞ 不及張風의 如此無碍而放蕩也리라."

馬騰이 擧鞭打張風之肩而笑어ᄂᆞᆯ 雷天風이 欣然笑而顧馬達曰

"老夫ㅣ 曾十九歲에 登科ᄒᆞ야 過靑樓홀ᄉᆡ 樓上諸妓가 投石而打落御賜花ᄒᆞ고 酒朋少年이 挽袖ᄒᆞ야 至於落馬러니 今日孫兒ㅣ 又當此境이로

---

8) 삼장(三場): 옛날 과거(科擧) 시험장에서 거쳐야 했던 세 과정의 시험으로, 초시(初試)·복시(覆試)·전시(殿試)를 일컬음.

다."

ᄒᆞ고 相與歡樂이러라.

且說. 楊學士ㅣ 到門ᄒᆞ니 太爺太孁之歡顔과 仙淑人之喜色은 難可形言이러라.

且說. 天子ㅣ 有子女二人ᄒᆞ야 嫡은 淑婉公主니 年今十三歲에 姑未下嫁러니 皇后ㅣ 告于上曰

"昨日宮人輩ㅣ 見新榜唱名ᄒᆞ고 曰 '燕王之第四子機星之風采ㅣ 猶勝於長星이라' ᄒᆞ니 觀其兄而思其弟라. 燕王이 又有第五子ㅣ라 ᄒᆞ니 求女兒之婚이 似好로소이다."

上이 笑曰

"吾ㅣ 亦有此意라. 第問其意리이다."

翌日罷朝에 特引見燕王ᄒᆞ야 閑談이라가 因問曰

"卿이 有第五子ㅣ라 ᄒᆞ니 年今幾何오?"

燕王曰

"十三歲로소이다."

上이 笑曰

"朕이 亦有一女ᄒᆞ야 年今十三歲라. 今日君臣이 更結秦晉之誼가 如何오?"

燕王이 惶恐頓首ᄒᆞᆫᄃᆡ 上이 更笑曰

"卿之子長星은 爲朕의 妹弟之婿ᄒᆞ니 朕之女ㅣ 爲卿之子婦則亦一美事也라."

顧黃閣老曰

"卿之外孫이 爲朕之婿矣리니 從今以後로 姻婭之誼ㅣ 尤爲各別矣리로다."

閣老ㅣ 對曰

"臣之外孫이 雖不肖ᄂᆞ 始生之初에 有繁華氣像이러니 許金枝玉葉之下

降ᄒᆞ시니 不勝惶感이로소이다."

上이 大喜ᄒᆞ샤 即使日官으로 擇日行禮ᄒᆞ라 ᄒᆞ시니 威儀之繁盛은 姑捨ᄒᆞ고 公主之德容이 幽閑貞靜ᄒᆞ야 無違夫子ᄒᆞ며 孝養舅姑ᄒᆞ니 觀者ㅣ 皆稱頌燕王之福이러라.

且說. 天子ㅣ 春秋鼎盛ᄒᆞ시고 睿聖文武ᄒᆞ샤 閱覽古史라가 痛恨南北朝之不能混一天下ᄒᆞ시고 留感於漢武帝之闢國拓地러니 適北匈奴ㅣ 締結女眞·蒙古百餘部落ᄒᆞ고 數侵邊境에 累次擊退ᄒᆞ되 終不受降이러니 數年以來로 匈奴ㅣ 尤强ᄒᆞ야 弑其父ᄒᆞ고 據賀蘭山ᄒᆞ야 侵馬邑朔方ᄒᆞ니 邊境이 騷然이라 上이 患之러시니 一日은 上郡太守狀啓ㅣ 至어ᄂᆞᆯ 開視ᄒᆞ니 曰

"北匈奴ㅣ 合蒙古·女眞ᄒᆞ야 長城以北에 據穹廬ᄒᆞ고 窺視上郡雁門이러니 忽送檄書ᄒᆞ야 凶談悖說이 口不可道라 臣不敢隱諱ᄒᆞ야 星火馳報로소이다. 其檄書에 曰 '天道ㅣ 循環ᄒᆞ야 中國이 運衰라. 朕이 帶北海天一生水之旺運ᄒᆞ야 欲克中國火德ᄒᆞ고 統一四海ᄒᆞ노니 順天者ᄂᆞᆫ 興ᄒᆞ고 逆天者ᄂᆞᆫ 亡이라. 速獻汝地方而來降ᄒᆞ야 無違天運ᄒᆞ라' ᄒᆞ더이다."

天子ㅣ 覽畢에 大怒ᄒᆞ샤 引見百官ᄒᆞ시고 欲親征ᄒᆞ시니 燕王이 奏曰

"北狄이 與南蠻異ᄒᆞ야 本性은 凶惡ᄒᆞ고 聚散은 閃忽ᄒᆞ야 即與禽獸一般이라. 辱中國而侵邊境ᄒᆞ야 得意則擄掠民畜ᄒᆞ고 失勢則高飛遠走ᄒᆞ야 難以人類責之라. 故로 古之明王이 慰勞撫摩ᄒᆞ고 不加兵革ᄒᆞᄂᆞ니 以漢祖之雄略으로도 謀臣猛將이 戰勝攻取ᄒᆞ나 猶有白登七日之危境ᄒᆞ고 漢武帝之窮兵黷武로도 不能雪平城之恥라. 今以陛下萬乘之尊으로 一章狂言에 不忍憤怒ᄒᆞ샤 欲親征則其危ᄂᆞᆫ 尙矣勿論ᄒᆞ고 豈不啓頑蠢夷狄의 輕視之心乎잇가? 伏願陛下ᄂᆞᆫ 申飭本郡諸將ᄒᆞ샤 命堅守勿戰이면 必自退矣리이다."

天子ㅣ 不聽ᄒᆞ시고 決意親征ᄒᆞ시니 燕王이 不能屢諫이러라. 天子ㅣ 下教ᄒᆞ샤 使燕王으로 保護太子ᄒᆞ야 監國ᄒᆞ라 ᄒᆞ시고 以兵部尙書楊長星

으로 拜副元帥ᄒᆞ고 大將軍雷天風으로 爲前部先鋒ᄒᆞ고 天子ㅣ 親爲都元帥ᄒᆞᄉᆞ 爲中軍ᄒᆞ시고 左翼將軍雷文星·右翼將軍韓飛廉·左司馬董超·右司馬馬達·後軍大將蘇裕卿等一代名將과 百萬大軍이 浩蕩行軍ᄒᆞᆯᄉᆡ 旌旗ᄂᆞᆫ 蔽空ᄒᆞ고 鼓角은 掀天이라. 嚴肅軍令과 整齊軍容이 天地震動ᄒᆞ고 日月이 爭光ᄒᆞ야 所過地方에 天子ㅣ 慰撫人民ᄒᆞ시고 探問疾苦ᄒᆞ시니 民情이 晏然ᄒᆞ야 路傍에 垂髫戴白이 莫不延頸拭目[9]ᄒᆞ야 稱頌天子之聖德神武러라. 二十餘日에 到山西地ᄒᆞ니 自皇城으로 二千餘里라. 逗遛數日에 犒饋大軍ᄒᆞ고 又五六日에 到雁門地ᄒᆞ야 招上郡朔方軍ᄒᆞ시니 士卒이 數百萬이라. 軍器輜重이 連亘百餘里ᄒᆞ야 山川草木이 如助軍勢ᄒᆞ니 天山[10]以南과 長城以北에 飛禽走獸ㅣ 不見其影이러라. 天子ㅣ 紅袍金甲으로 登單于臺ᄒᆞ야 下詔匈奴曰

"汝ㅣ 不識天時ᄒᆞ고 敢犯上國ᄒᆞ야 朕이 不忍坐視蒼生之陷溺塗炭ᄒᆞ야 親領百萬大軍ᄒᆞ고 今登單于臺ᄒᆞ니 汝ㅣ 能戰이어든 卽來ᄒᆞ고 不然則來降ᄒᆞ라."

匈奴ㅣ 見詔ᄒᆞ고 一夜之間에 皆逃走ᄒᆞ야 一無踪跡이어ᄂᆞᆯ 天子ㅣ 驅大軍而出長城外ᄒᆞ야 留軍於彌勒山下ᄒᆞ고 北望胡王城ᄒᆞ니 千里沙漠에 不能見一人이라. 左右呼萬歲ᄒᆞ고 天子ᄂᆞᆫ 微笑ᄒᆞ샤 使副元帥楊長星으로 率精兵一萬ᄒᆞ야 自天山以北으로 望見蒙古而回來ᄒᆞ라 ᄒᆞ시고 使董超·馬達로 率精兵一萬ᄒᆞ야 自天山以西로 至玉門關[11]ᄒᆞ야 探知匈奴踪跡ᄒᆞ

9) 식목(拭目): 눈을 깨끗이 씻고 자세히 봄. [교감] 적문서관본 영인본 613쪽에는 '안목(按目)'으로 되어 있으나, 의미상 오식이므로 바로잡는다. 덕흥서림본 제3권 200쪽에는 '식목(拭目)'으로 바르게 되어 있다.

10) 천산(天山): 천산산맥(天山山脈). 중국의 신강(新疆)과 키르기스스탄, 우즈베키스탄, 카자흐스탄의 4개국에 걸쳐 있는 산맥. 만년설(萬年雪)에 덮여 있어 옛날에는 백산(白山) 또는 설산(雪山)이라고 불렸다.

11) 옥문관(玉門關): 고대 중국의 서쪽 요지였던 감숙성(甘肅省) 돈황현(敦煌縣) 서쪽에 있던 관문. 서역(西域) 지방의 옥석(玉石)이 이곳을 경유해 내지로 수입되었기에 얻어진 명칭이다. 만리장성의 서쪽 끝에 위치하며, 양관(陽關)과 함께 서역으로 통하는 중요한 역할을 했다.

라 ᄒᆞ시고 使其餘士卒로 大獵ᄒᆞ라 ᄒᆞ시더니 此時北匈奴ㅣ 埋伏數萬兵於賀蘭山北이라가 一時突出ᄒᆞ야 圍住天子ᄒᆞ고 更以女眞兵百萬餘騎로 圍住ᄒᆞ야 重疊如鐵筒ᄒᆞ고 絶糧道之繼ᄒᆞ니 天兵之死者ㅣ 萬餘人이라. 雷韓兩將이 盡力ᄒᆞ야 斬胡將萬餘人이ᄂᆞ 尙無解圍之道ᄒᆞ고 大軍이 飢乏ᄒᆞ야 天子ㅣ 闕御供ᄒᆞᄉᆞ 以獵肉으로 犒軍ᄒᆞ야 其勢十分危急이러니 忽然東方이 擾亂ᄒᆞ면셔 一枝軍馬ㅣ 驅入ᄒᆞ니 未知此軍이 何軍고? 且看下回ᄒᆞ라.

第六十三回

論功席楊元帥封秦王 入朝日祝融王見嬌兒

却說. 楊元帥ㅣ 率一萬軍ᄒᆞ고 至賀蘭山東蒙古堆ᄒᆞ야 不見一個胡兵ᄒᆞ고 但見處處住軍之跡ᄒᆞ니 知其遠走ᄒᆞ고 方欲還歸러니 忽擒一個胡兵ᄒᆞ니 懷中에 有請蒙古兵之檄이라 鞠問胡兵而欲斬ᄒᆞᆫᄃᆡ 胡兵이 告實情曰

"匈奴ㅣ 方今圍明天子於彌勒山下ᄒᆞ고 更欲請兵而去라."

ᄒᆞ거ᄂᆞᆯ 元帥ㅣ 大驚ᄒᆞ야 斬其胡兵ᄒᆞ고 急至彌勒山下ᄒᆞ니 滿山遍野者ㅣ 都是胡兵이오 中國軍은 難見一人ᄒᆞ니 不知天子所在處라. 心中大怒ᄒᆞ야 卽時變成一條長蛇陣ᄒᆞ야 衝突胡兵中間ᄒᆞᆯ시 元帥ㅣ 拔芙蓉劍而開路ᄒᆞ야 斬胡將數人ᄒᆞ니 諸軍이 助勢ᄒᆞ야 喊聲이 如撼彌勒山ᄒᆞ야 個個一當百이라. 匈奴ㅣ 大驚曰

"此ᄂᆞᆫ 莫强之兵이라."

ᄒᆞ고 分大軍爲兩隊ᄒᆞ야 圍住楊元帥ᄒᆞ니 自然胡陣이 擾亂이라. 天子乃率蘇裕卿·雷天風兩將ᄒᆞ고 潰圍而出ᄒᆞ야 急馳而入敦煌城ᄒᆞ시고 收拾敗軍ᄒᆞ니 死者萬餘名이라. 天子ㅣ 謂韓雷兩將曰

"胡兵之解圍가 必有其故라. 若非董馬兩將之救면 必是楊元帥之軍이니

然則又恐其被圍於胡兵矣리니 誰能救之리오?"

兩將曰

"胡陣東北角이 擾亂ᄒᆞ니 此必楊元帥之軍이라. 臣等이 率一枝軍而往救矣리이다."

天子ㅣ 許之ᄒᆞ시다.

此時楊元帥ㅣ 圍在胡陣ᄒᆞ야 不知天子所在處ᄒᆞ고 慌慌罔措ᄒᆞ야 戒士卒曰

"吾不知皇上所在處ᄒᆞ니 難顧身命이라. 汝能從我어든 盡力隨之ᄒᆞ고 若不能이어든 各散ᄒᆞ야 更會於敦煌城ᄒᆞ라."

說罷에 高擧芙蓉劍ᄒᆞ고 望胡兵屯聚處而衝突ᄒᆞ야 斬胡將七十餘人ᄒᆞ고 顧視麾下ᄒᆞ니 隨卒이 百餘騎라. 元帥ㅣ 仰天歎曰

"臣이 不忠ᄒᆞ야 失君父於亂陣中ᄒᆞ니 將以何面目으로 生還故國이리오?"

更揮劍ᄒᆞ야 斬胡將十餘人ᄒᆞ니 此時匈奴ㅣ 自陣上으로 望見楊元帥之無敵ᄒᆞ고 大怒曰

"吾以百萬大軍으로 不能敵口尙乳臭之少年이면 將何以經營天下리오?"

乃親選蒙古精兵五千騎ᄒᆞ야 突入陣中ᄒᆞ야 直取元帥ᄒᆞ니 匈奴ㅣ 素有萬夫不當之勇ᄒᆞ고 善使一條鉤鎌鎗ᄒᆞ야 重이 數百斤이오 鎗頭有鱗ᄒᆞ야 爲其所引者ᄂᆞᆫ 莫能脫身ᄒᆞ니 此ᄂᆞᆫ 北胡獵猛獸之器械라. 匈奴ㅣ 舞鉤鎌鎗ᄒᆞ면셔 與楊元帥로 接戰三合에 元帥ㅣ 見其鎗法之殊常ᄒᆞ고 累累避身이러니 忽然匈奴背後에 喊聲이 大作에 兩將이 大呼曰

"天朝左將軍雷文星·右將軍韓飛廉이 在此ᄒᆞ니 胡將은 早降ᄒᆞ라."

楊元帥ㅣ 見雷韓兩將ᄒᆞ고 膽氣尤壯ᄒᆞ야 前後挾攻ᄒᆞ니 匈奴ㅣ 揮鎗ᄒᆞ야 回刺韓飛廉ᄒᆞᆫᄃᆡ 韓飛廉이 聳身於馬上ᄒᆞ니 飛廉之馬ㅣ 被刺於鎗이라. 匈奴ㅣ 未卽拔鎗ᄒᆞ야 正在蒼黃이러니 頭上에 有鏘劍聲ᄒᆞ면셔 飛劍

이 入來어늘 匈奴ㅣ 伏於馬上ᄒᆞ야 欲避之際에 又一劍이 飛入ᄒᆞ야 匈奴之頭가 落於地上어늘 楊元帥ㅣ 斬匈奴之頭ᄒᆞ야 懸於馬上ᄒᆞ고 與兩將合力ᄒᆞ야 厮殺後陣ᄒᆞ니 胡兵이 見匈奴之死ᄒᆞ고 一時土崩瓦解ᄒᆞ야 散之四方이라. 蒙古將三菱拔都ᄂᆞᆫ 身長이 十餘尺이오 勇力이 絶倫이라. 善使三菱鎗ᄒᆞ야 恃所向無敵이러니 大呼曰

"我非匈奴之麾下니 豈以匈奴之死로 落膽喪氣리오?"

更驅蒙古兵ᄒᆞ야 欲與楊元帥接戰이어늘 元帥ㅣ 謂雷韓兩將曰

"我兵은 疲困ᄒᆞ고 蒙古ᄂᆞᆫ 莫强之兵이라 不可輕敵이니 尋路而出ᄒᆞ야 見於天子ᄒᆞ고 整頓軍馬ᄒᆞ야 更爲出戰이 尙未晩이라."

ᄒᆞ고 向南ᄒᆞ야 疾如風雨而來러니 一員老將이 擧霹靂斧ᄒᆞ고 匹馬單騎로 戰三菱拔都어늘 詳視之ᄒᆞ니 大將軍雷天風이라. 天子ㅣ 送雷韓兩將之時에 雷天風이 不能放心ᄒᆞ야 奏曰

"臣亦往救하리이다."

天子不許曰

"將軍은 老矣라 勿輕動ᄒᆞ라."

天風이 擧霹靂斧而起奏曰

"臣雖不忠이나 常爲國家ᄒᆞ야 欲馬革裹屍ᄒᆞ고 雷文星은 臣之孫이라 不知死生ᄒᆞ오니 臣이 單騎로 往救兩將ᄒᆞ고 斬匈奴之首ᄒᆞ야 獻於麾下ᄒᆞ리다."

言畢上馬ᄒᆞ야 向陣而馳往이어늘 天子ㅣ 見老將之矍鑠ᄒᆞ고 稱讚不已ᄒᆞ시고 使蘇裕卿으로 率三千騎ᄒᆞ야 從其後ᄒᆞ라 ᄒᆞ시니 天風이 望胡陣而來라가 逢三菱拔都ᄒᆞ니 拔都ㅣ 大罵曰

"七十老卒이 欲添戰場之屍耶아? 汝之天子ㅣ 太無將材ᄒᆞ야 送此招魂入棺之物이라."

ᄒᆞ고 擧三菱鎗ᄒᆞ야 直赴天風이어늘 天風이 仰天笑曰

"么麽胡雛ᄂᆞᆫ 勿容喙ᄒᆞ라."

ᄒᆞ고 擧霹靂斧ᄒᆞ야 擊拔都之腦門ᄒᆞ니 拔都未及避身ᄒᆞ고 斧端이 中腦後ᄒᆞ야 吐血糢糊ᄒᆞ고 怒氣騰騰ᄒᆞ야 揮三菱鎗如電ᄒᆞ야 馳入天風ᄒᆞ니 此時楊元帥·雷韓兩將이 尋路而來라가 見此光景ᄒᆞ고 雷文星이 大驚ᄒᆞ야 馳馬救之ᄒᆞᆯᄉᆡ 元帥及韓飛廉이 一齊合力ᄒᆞ고 蘇裕卿이 又至ᄒᆞ야 前後左右로 大聲如雷ᄒᆞ고 赴入如星ᄒᆞ되 三菱拔都ㅣ 少無難色ᄒᆞ고 鎗法이 尤獰惡이라. 元帥ㅣ 解腰間弓矢ᄒᆞ야 連發二矢ᄒᆞ되 拔都ㅣ 擧鎗受之ᄒᆞ야 一一落下ᄒᆞ니 元帥ㅣ 謂蘇裕卿曰

"胡將이 勇力이 絶倫이라 吾ㅣ 當射落其胄矣리니 兄이 能中腦門乎아?"

蘇裕卿이 應諾이어ᄂᆞᆯ 元帥ㅣ 挽弓ᄒᆞ야 佯出弦聲ᄒᆞ고 大呼曰

"胡將은 受箭ᄒᆞ라."

拔都ㅣ 擧鎗欲受ᄒᆞᆯᄉᆡ 又一矢飛入ᄒᆞ야 中頭上紅兜子而脫之ᄒᆞ고 一矢又繼入ᄒᆞ야 中腦門ᄒᆞ니 拔都ㅣ 大聲而拔矢ᄒᆞ면셔 翻身而落於馬下라가 更起欲逃러니 雷天風이 馳入ᄒᆞ야 以霹靂斧로 斫拔都之頭ᄒᆞ야 懸於馬首ᄒᆞ고 五將이 一齊乘勝衝突ᄒᆞ니 蒙古兵이 積尸如山ᄒᆞ고 流血成渠러라. 俄而오 董馬兩將이 又至ᄒᆞ야 七將이 厮殺胡兵於賀蘭山下ᄒᆞ고 歸來敦煌城ᄒᆞ야 見於天子ᄒᆞᆯᄉᆡ 元帥ㅣ 伏地奏曰

"臣이 無才不忠ᄒᆞ와 陛下ㅣ 受困於幺麽胡王ᄒᆞ시니 死罪死罪로소이다."

ᄒᆞ고 獻匈奴及拔都之首級ᄒᆞ니 天子ㅣ 大喜ᄒᆞᄉᆞ 大饋軍卒ᄒᆞ시고 翌日에 更登單于臺ᄒᆞᄉᆞ 建黃鳳旗ᄒᆞ야 懸匈奴三菱之首級ᄒᆞ고 更下詔於蒙古·女眞·吐蕃王曰

"朕이 已懸匈奴之首於旗竿ᄒᆞ니 若三日之內에 不降則驅大軍ᄒᆞ야 問與匈奴同謀之罪ᄒᆞ고 至北海ᄒᆞ야 剿滅胡窟ᄒᆞ고 振旅而還ᄒᆞ리라."

三國王이 見詔ᄒᆞ고 莫不悚凜ᄒᆞ야 一時來到ᄒᆞ야 稽首請罪ᄒᆞ고 牛羊駱駝로 以饋大軍ᄒᆞ니 天子ㅣ 赦其罪ᄒᆞ시고 至敦煌城ᄒᆞ야 率羣臣諸將及三

胡王ᄒᆞ시고 大宴ᄒᆞ실ᄉᆡ 蒙古王이 問左右曰
"元帥之年紀幾何오?"
答曰
"二十歲니라."
蒙古王이 驚曰
"居何官고?"
答曰
"方今兵部尙書니라."
蒙古王이 竦然曰
"聞諸將之言ᄒᆞ니 天朝名將中楊元帥之驍勇武藝ᄂᆞᆫ 曾未所聞見이라. 今見其容貌ᄒᆞ니 白面書生이오 婦人容貌라 豈不異哉리오?"
女眞王이 問曰
"斬匈奴之人은 誰也오?"
董超曰
"元帥니라."
女眞王이 吐舌曰
"此ᄂᆞᆫ 天生英雄이라."
ᄒᆞ더라.
翌日天子ㅣ 率三國王ᄒᆞ고 打獵ᄒᆞ실ᄉᆡ 驅大軍而布成陣勢ᄒᆞ고 謂三王曰
"中國軍容이 與北方으로 何如오?"
三王이 頓首曰
"小國殘兵이 豈敢當上國이리잇고?"
上이 微笑而命楊元帥ᄒᆞ야 變陣而成八門陣ᄒᆞ고 設奇正合變之術과 陰陽生旺之妙而示之ᄒᆞ니 三王이 一齊頓首曰
"北方風俗은 但以馳突로 爲長ᄒᆞ고 不知陣勢之如何ㅣ러니 今日得見ᄒᆞ

니 猶有望洋之歎[1])이로소이다."

天子ㅣ 點頭ᄒᆞ시고 更以弓矢로 試武技ᄒᆞ실ᄉᆡ 適一雙白鳥ㅣ 飛去雲間이어ᄂᆞᆯ 董超ㅣ 謂胡王曰

"北方人의 射鳥之法이 神異라 ᄒᆞ니 欲一見ᄒᆞ노라."

吐蕃王이 笑而挽弓馳馬ᄒᆞ야 連發三矢ᄒᆞ되 白鳥ㅣ 不中ᄒᆞ고 尤高飛ᄒᆞ야 幾不見이라. 楊元帥ㅣ 抽出腰間矢而笑曰

"吾ㅣ 爲王ᄒᆞ야 一射ᄒᆞ리라."

弦響이 一出에 雲間白鳥ㅣ 自半空落下ᄒᆞ니 三胡王이 一齊大驚ᄒᆞ야 束手稱讚曰

"元帥ᄂᆞᆫ 神人이라. 北方之人이 雖嫺於射鳥者ㅣ라도 不能射如彼高飛之鳥ᄒᆞ야 不敢生意ᄒᆞ니 元帥之弓法은 必是李廣之後身이로다."

雷天風이 大笑曰

"大王은 誠北方之人이로다. 隴西老將은 不過匹夫之勇이라 聲名이 雖如雷於北方이ᄂᆞ 豈敢當楊元帥리오? 楊元帥ᄂᆞᆫ 十四歲에 出戰ᄒᆞ야 斬耶單ᄒᆞ시고 小尉遲ㅣ 納降ᄒᆞ고 至今十九歲에 官至兵部尙書ᄒᆞ야 天文地理와 六韜三略을 藏於胸中이라. 落拓數奇之李廣老將의 弓馬之才를 何足道哉리오?"

三王이 肅然無語ᄒᆞ더니 忽自林間으로 二狼이 躍出ᄒᆞ야 過去胡王之前이어ᄂᆞᆯ 胡將三人이 一齊擧鎗追之ᄂᆞ 不能捕而歸ᄒᆞ니 蒙古王이 大怒ᄒᆞ야 發軍搜索ᄒᆞᆫ듸 其狼이 大驚馳走에 蒙古王이 挺鎗馳馬ᄒᆞ야 急急追後ᄒᆞᆫ듸 其狼이 含毒ᄒᆞ고 回顧馳入ᄒᆞ야 氣勢兇獰이어ᄂᆞᆯ 吐蕃王이 大驚ᄒᆞ야 與蒙古王으로 合力圍之ᄒᆞ나 其疾如飛ᄒᆞ야 能避鎗劍ᄒᆞ고 一向犯於三王이어ᄂᆞᆯ 元帥曰

---

1) 망양지탄(望洋之歎): 넓은 바다를 보고 탄식한다는 뜻으로, 남의 원대(遠大)함에 감탄하고 나의 미흡(未洽)함을 부끄러워하는 것을 비유한 것이다.

"吾ㅣ 聞之ᄒᆞ니 北方之獸ㅣ 猛獰ᄒᆞ야 甚難捕ㅣ라 ᄒᆞ니 吾ㅣ 一試芙蓉劍ᄒᆞ리라."

ᄒᆞ고 縱馬向狼ᄒᆞ야 右手長劍을 翻於空中ᄒᆞ니 其狼이 擧前足而馳入元帥어ᄂᆞᆯ 元帥ㅣ 回馬橫馳ᄒᆞ야 兩手雙劍을 一時投之ᄒᆞ니 一雙芙蓉劍이 入之如電ᄒᆞ야 兩首狼이 一時仆於地上이어ᄂᆞᆯ 元帥ㅣ 笑而收劍曰

"北方之狼은 太涉孱弱이로다."

ᄒᆞ고 馳馬而歸ᄒᆞ니 三胡王이 茫然自失ᄒᆞ야 視蘇裕卿曰

"我等이 生長於絶域ᄒᆞ야 中國人物을 但耳聞而未能目睹러니 今日楊元帥ᄂᆞᆫ 天神이 下降이오 非塵世人物이라. 古之名將에도 難可求得이로다."

雷天風이 又大笑曰

"大王이 但見楊元帥ᄒᆞ고 不見燕王老爺及鸞城侯로다. 其雄才大略을 以楊元帥로 豈敢仰視리오?"

三胡王이 大驚曰

"燕王은 誰也며 鸞城侯ᄂᆞᆫ 誰오?"

天風曰

"燕王老爺ᄂᆞᆫ 年前平定南方之楊丞相이오 鸞城侯ᄂᆞᆫ 其時副元帥로 出戰之將이니라."

三胡王이 大驚曰

"此兩相公이 降哪吒後에 南方人이 畫其像ᄒᆞ야 尙今有名之楊都督·紅元帥乎아?"

天風曰

"然ᄒᆞ니 今楊元帥ᄂᆞᆫ 卽其子니라."

三胡王이 肅然變色曰

"紅元帥之名은 震動於北方ᄒᆞ니 今何不出戰고?"

天風曰

"燕王·鸞城之春秋ㅣ 皆三十餘라 方壯之年이언마ᄂᆞᆫ 今番則天子ㅣ 非

特爲出戰이라 欲巡狩北方이시니 若燕王及鸞城侯ㅣ 來런들 大王之歸順이 豈至於今日이리오?"

諸王이 竦然無語러라. 翌日天子ㅣ 上彌勒山ᄒᆞ야 立石記功ᄒᆞ고 欲班師ᄒᆞ실ᄉᆡ 三胡王이 告別於楊元帥ᄒᆞ니 元帥ㅣ 執手而別曰

"戰則敵國이오 交則故人이라. 與三王으로 如此相見은 雖國家之不幸이나 難料日後更見之期니 果悵然也로라."

三胡王이 欽仰元帥之英雄無敵ᄒᆞ고 感激其多情欵曲ᄒᆞ야 揮淚而告曰

"世世子孫이 誓不反覆이라."

ᄒᆞ더라.

且說. 天子還國ᄒᆞ사 論諸將之功ᄒᆞᆯᄉᆡ 副元帥楊長星은 封秦王ᄒᆞ고 前部先鋒雷天風은 加食邑二萬戶ᄒᆞ고 左司馬董超·右司馬馬達·左翼將軍雷文星·右翼將軍韓飛廉은 各加食邑五千戶ᄒᆞ고 後將軍蘇裕卿은 加食邑二萬戶ᄒᆞ고 天子ㅣ 特表秦王之功ᄒᆞ야 紅鸞城을 封秦國太嬰ᄒᆞ고 謂燕王曰

"卿之父子ㅣ 爲國家ᄒᆞ야 南征北伐에 使朕으로 無南北之憂ᄒᆞ니 此ᄂᆞᆫ 紅鸞城之功이 當第一이라. 使長星으로 封於秦國은 秦國이 近於北方ᄒᆞ야 爲其鎭壓也니 長星은 就國ᄒᆞ고 送鸞城ᄒᆞ야 使受秦國太嬰之榮ᄒᆞ라."

ᄒᆞ시다.

此時天子ㅣ 平定南蠻ᄒᆞ고 又誅北匈奴ᄒᆞ시니 四夷八蠻이 慴服天威ᄒᆞ고 莫不匍匐入貢이러니 蠻王哪咤及祝融王이 適至ᄒᆞ야 請朝會어ᄂᆞᆯ 天子許之ᄒᆞ신ᄃᆡ 哪咤·祝融이 各奉土地物産而入朝ᄒᆞ야 陛見於天子ᄒᆞᆫᄃᆡ 天子ㅣ 以柔遠人之義로 各別優待ᄒᆞ시니 兩王이 惶恐感祝ᄒᆞ야 拜手稽首ᄒᆞ야 奉觴稱壽ᄒᆞ고 侍立朝班ᄒᆞᆫᄃᆡ 天子ㅣ 笑曰

"卿等이 入中國ᄒᆞ야 別無相親者ᄒᆞ나 惟燕王은 應是熟面이리라."

哪咤이 伏地奏曰

"臣이 蟄居遐土ᄒᆞ야 不知王化ᄒᆞ고 得罪於天朝ᄒᆞ오니 自知不能保首領이러니 蒙聖朝罔極之恩과 燕王再生之德ᄒᆞ와 今享蠻王富貴ᄒᆞ오니 言其

感激則天高地厚ᄒᆞ고 河廣海深이라. 臣이 欲從容尋訪燕王ᄒᆞ야 以敍區區所懷이오나 外國之人이 因私事過從이 未安莫甚ᄒᆞ와 以此奏達이로소이다."

上이 笑曰

"朕이 聞之ᄒᆞ니 祝融之女ㅣ 燕王小室이라 ᄒᆞ니 以情理言之라도 祝融이 不可不訪燕府ᄒᆞ야 見小嬌라. 卿亦勿拘而同往見之ᄒᆞ라."

兩王이 退出待漏院ᄒᆞ야 黃尹兩閣老及卿宰諸人을 面面敍禮ᄒᆞ고 慇懃謝於燕王曰

"仰見尊顔이 已久矣라 涯角南北에 向慕之誠은 晝夜懇切이나 遠方之國이 梯山航海ᄒᆞ야 朝覲이 極難故로 今纔入見ᄒᆞ오니 切爲未安ᄒᆞ여이다."

燕王이 答禮曰

"大王이 鎭定南方ᄒᆞ야 不廢朝貢ᄒᆞ시니 此ᄂᆞᆫ 上以報答皇上之恩ᄒᆞ고 下以不負晩生之托이라 深感深感ᄒᆞ여이다."

祝融이 笑曰

"俄者榻前에 奉聖旨ᄒᆞ오니 當進拜於府中ᄒᆞ고 且敍女兒之積年情懷일ᄉᆡ ᄒᆞᄂᆞ이다."

翌日哪吒與祝融이 同至燕府ᄒᆞ니 燕王이 恪設賓主之禮ᄒᆞ야 欵曲接待ᄒᆞ실ᄉᆡ 蠻王이 見尙書兄弟及學士ᄒᆞ고 恭敬欠身曰

"燕王閤下之多福은 古今之罕見이라. 況秦王之雄才大略이 震動於北方ᄒᆞ야 聞傳說에 欽仰之誠이 洞洞不已러니 今見容光ᄒᆞ니 如對紅元帥ᄒᆞ야 尤爲喜幸ᄒᆞ여이다."

燕王이 微笑ᄒᆞ고 呼仁星ᄒᆞ야 拜見於祝融ᄒᆞ니 祝融이 慌忙答禮曰

"是誰也잇고?"

燕王이 笑曰

"晩生之第三子요 大王之外孫이니이다."

祝融이 執仁星之手而含淚曰

"君이 生於中國ᄒᆞ야 高門甲第之詩禮大族으로 有蠻夷外祖ᄒᆞ야 儼然成就토록 不能敍骨肉之情ᄒᆞ니 豈不羞哉리요?"

仁星이 奉手而恭敬對曰

"關山이 迢遞ᄒᆞ고 道路ㅣ 遙遠ᄒᆞ와 出世十餘年에 尙未拜謁尊顏ᄒᆞ오니 不敏莫甚이로소이다."

祝融이 撫仁星之手ᄒᆞ야 不忍釋之ᄒᆞ고 向燕王而笑曰

"以閣下淸介之德으로 蠻人之種을 置於小室之列ᄒᆞ시니 應有惻然之心이어니와 天生道德君子ᄒᆞ야 使雪外家의 蠻風之恥ᄒᆞ시니 寡人이 今稱外孫이 實所不敢이로소이다."

哪吒이 大笑曰

"老蠻이 陰譎ᄒᆞ야 以美女로 爲天朝大臣之小室ᄒᆞ야 釣今日之榮貴로다."

燕王이 亦微笑러라.

此時蓮淑人이 聞天涯萬里에 生離死別之父親이 來到ᄒᆞ고 其歡喜之心을 何可盡道리요? 鸞城與仙淑人이 紛紛來賀러니 燕王이 命仁星ᄒᆞ야 導祝融ᄒᆞ야 至別院ᄒᆞ니 蓮淑人이 抱於父親懷中ᄒᆞ야 不覺嗚咽이라. 祝融이 擧袖拭淚ᄒᆞ고 慰之曰

"吾ㅣ 送汝以後로 存沒苦樂을 漠然不知ᄒᆞ야 翹望[2]北天ᄒᆞ고 寸腸이 欲斷이러니 今視之ᄒᆞ니 富貴榮華가 以汝父紅桃王으로 不能當이라 老父ㅣ 更無餘恨이로다."

蓮淑人이 收淚而仰見父親之面ᄒᆞ고 曰

"十年之間尊顏이 尤衰로소이다."

祝融이 笑曰

---

2) 교망(翹望): 발돋움해 바라본다는 뜻으로, 몹시 기다리는 것을 일컫는 말.

"此는 因行役之勞碌이라. 天恩이 罔極ᄒᆞ고 又被燕王顧恤之恩ᄒᆞ야 棄祝融國而來紅桃國以後로 富貴頗極ᄒᆞ니 愈勝於前日이로다."

蓮淑人이 入中國ᄒᆞ야 紅鸞城의 收拾之事를 一一告之ᄒᆞ니 祝融이 垂淚曰

"紅元帥之恩은 白骨難忘이어니와 處地與前日相異ᄒᆞ야 未卽拜見ᄒᆞ니 豈不缺然이리요?"

蓮淑人이 勸酒盃ᄒᆞ니 祝融曰

"蠻王이 在外堂ᄒᆞ야 不可獨飮이니 出于外堂이라."

ᄒᆞ고 更隨仁星而出ᄒᆞᆯᄉᆡ 哪吒이 告於燕王曰

"寡人이 已入中國ᄒᆞ야 豈不見紅元帥而歸也리요? 祝融은 旣與外人으로 相異ᄒᆞ고 哪吒은 前日降伏於帳前之蠻將이라 暫爲相見禮가 有何不可리요?"

燕王이 笑曰

"大王이 如此願見則還國之前에 一次相面ᄒᆞ소서."

哪吒이 大喜러라.

且說. 楚王이 因國事而久離라가 適因新歲入朝ᄒᆞ야 連日宮中設宴터니 一日은 天子ㅣ 從容引見楚燕兩王ᄒᆞᄉᆞ 男妹君臣이 談笑酬酌ᄒᆞ실ᄉᆡ 楚王이 笑謂燕王曰

"丞相之福力은 勝於古之郭汾陽이라. 兩親이 在堂ᄒᆞ야 凡節이 康旺ᄒᆞ시고 五子在前ᄒᆞ야 如龍如虎ᄒᆞ고 在於王侯之列ᄒᆞ며 更結金枝玉葉의 姻婭之誼ᄒᆞ야 一門榮耀를 八域이 仰視ᄒᆞ고 侍聖天子ᄒᆞ야 際遇隆崇ᄒᆞ시니 後福이 無窮이라. 但丞相之性이 吝嗇ᄒᆞ야 一不設宴ᄒᆞ야 饋我遠方之人ᄒᆞ니 豈不慨然이리오?"

燕王이 未及答ᄒᆞ야 上이 微笑曰

"楚王之言은 但以口腹으로 討食ᄒᆞ니 非朕之所知어니와 國家에도 亦有一慶事면 一次設宴은 常事어ᄂᆞᆯ 數月之間에 家慶이 數次니 長星之成功

封王과 機星之登科와 錫星之婚娶ㅣ 實爲三合之慶이오 又適楚王이 入朝ᄒᆞ고 蠻王이 入覲ᄒᆞ니 楚王은 姻親이요 蠻王은 岳翁이라 其一宴은 斷不可廢니 若惜宴需所費則朕이 扶助矣리라."

楚王이 聞聖敎ᄒᆞ고 屢促燕王曰

"寡人이 因國事忽忽ᄒᆞ야 數日後還國矣리니 何日設宴乎아?"

燕王이 笑曰

"聖上이 以友愛之情으로 欲饋大王ᄒᆞᄉᆞ 下教鄭重ᄒᆞ시니 數日後莫辭枉臨鄙府ᄒᆞ소셔."

ᄒᆞ고 仍罷朝退歸ᄒᆞ니 翌日天子ㅣ 命戶部ᄒᆞ야 賜送黃金千兩及牛羊於燕府ᄒᆞ시고 更選梨園仙樂及教坊諸妓ᄒᆞ야 使待令於燕府宴席ᄒᆞ라 ᄒᆞ시니 此ᄂᆞᆫ 欲以中國之樂으로 示兩蠻王ᄒᆞ고 禮待燕王之意를 誇於外國也라. 燕王이 豈不知天意리오? 將設上元一宴ᄒᆞ고 請楚王與兩蠻王ᄒᆞ고 會集黃尹兩閣老及雷天風·蘇裕卿以下諸人ᄒᆞ야 大張宴樂홀ᄉᆡ 此夜於靈壽閣에 呼兩夫人及三娘曰

"後五日上元에 設宴ᄒᆞ고 請諸將公卿而快遊ᄒᆞ리니 此遊ᄂᆞᆫ 三娘之慶이라. 長星은 加官爵ᄒᆞ니 此ᄂᆞᆫ 鸞城之慶이요 機星은 登科ᄒᆞ야 處於翰院ᄒᆞ니 此仙淑人之慶이요 今逢十年離側之父親ᄒᆞ고 天子ㅣ 賜宴ᄒᆞ시니 此ᄂᆞᆫ 蓮淑人之慶이라. 三娘은 各備宴需ᄒᆞ야 使無草草怠慢ᄒᆞ라."

三娘이 欣然應諾이어ᄂᆞᆯ 更謂鸞城及仙淑人曰

"皇上이 賜送妓樂ᄒᆞ시니 娘等이 當觀皇城青樓之物色이로다."

鸞城이 思機星之事ᄒᆞ고 心中笑曰

'觀機星之擧動컨ᄃᆡ 必有青樓所親妓女矣리니 吾當激而知其意라.'

ᄒᆞ더라. 是夜에 學士ㅣ 至翠鳳樓어ᄂᆞᆯ 鸞城曰

"俄聞相公之言ᄒᆞ니 天子ㅣ 送妓樂이라 ᄒᆞ시ᄂᆞ 府中에 妓女ㅣ 無數어ᄂᆞᆯ 何必用教坊妓女리오?"

學士ㅣ 笑曰

"母親이 誠婦人女子之言이로소이다. 燕府諸妓ㅣ 豈能當靑樓物色이리잇고?"

鸞城이 笑曰

"然則吾欲一見ᄒᆞ노니 其中有名者ㅣ 誰也오?"

學士ㅣ 曰

"歌舞ᄂᆞᆫ 雪中梅요 志操ᄂᆞᆫ 氷氷이라 ᄒᆞ더이다."

鸞城曰

"氷梅兩娘을 何可呼之리요?"

學士曰

"皇上이 賜樂則自然隨來일ᄉᆡ ᄒᆞᄂᆞ이다."

鸞城이 聞此言ᄒᆞ고 流秋波而見學士ᄒᆞ고 嫣然微笑ᄒᆞ니 學士ㅣ 方覺鸞城之窺意ᄒᆞ고 帶笑而出이러라.

且說. 氷梅兩妓가 楊學士登科以後로 慇懃情札은 雖或連續이ᄂᆞ 一次逢迎은 如摘天上星辰이러니 一日은 前日往來之蒼頭ㅣ 傳學士之書어ᄂᆞᆯ 其意何如오? 看下ᄒᆞ라.

第六十四回

鸞城府哪吒請謁 白玉樓菩薩說夢

却說. 氷梅兩娘이 學士消息을 茫然不知라가 見前日往來之蒼頭ᄒᆞ고 一邊歡喜ᄒᆞ야 一邊開見書札ᄒᆞ니 曰

"雖帶瑤池青鳥之信이ᄂᆞ 已斷銀河烏鵲之橋ᄒᆞ야 玉顔이 杳杳ᄒᆞ고 鶯聲이 依依ᄒᆞ니 怊悵之懷가 令人消魂이라. 再明日天子ㅣ 賜宴於上元ᄒᆞ시고 下送妓樂이라 ᄒᆞ니 兩娘은 自然來府어니와 預待而喜ᄒᆞ노라."

氷梅兩娘이 見書ᄒᆞ고 准備粧束而待러라. 當上元日에 自燕府로 設宴席흘시 潭潭丞相府에 門庭은 洞開ᄒᆞ고 堂室은 深邃ᄒᆞᆫ딕 樓閣池臺의 制度ㅣ 宏壯ᄒᆞ고 簾幕屏帳에 錦珠ㅣ 生色이라. 堂下東西階에 分賓主ᄒᆞ고 堂上錦席에 列座次ᄒᆞ야 燕王은 以紫緋玉帶로 主壁ᄒᆞ고 秦王及尙書ᄂᆞᆫ 以烏紗紅袍로 侍立左右ᄒᆞ고 仁星은 以儒冠青衫으로 引導賓客ᄒᆞ고 學士及都尉ᄂᆞᆫ 執子弟之職ᄒᆞ야 洞洞屬屬ᄒᆞ니 太爺ᄂᆞᆫ 苦其酬應ᄒᆞ야 處於內堂別院이러라.

是日平明에 楚王이 先至ᄒᆞ고 繼其後ᄒᆞ야 黃尹兩閣老·汝陰侯蘇裕卿·關內侯雷天風·右翼將軍董超·左翼將軍馬達·新榜武科馬騰·駙馬都尉霍禹

鎭·前行御史大夫韓應文·蠻王哪咤·紅桃王祝融이 次第而至ᄒᆞ니 黃尹兩閣老ᄂᆞᆫ 導于太爺處所ᄒᆞ고 楚王은 坐于西ᄒᆞ고 汝陰侯ᄂᆞᆫ 坐于東ᄒᆞ고 霍都尉兄弟ᄂᆞᆫ 與楚王으로 同坐ᄒᆞ고 尹黃兩尙書ᄂᆞᆫ 與汝陰侯로 同坐ᄒᆞ고 韓御史ᄂᆞᆫ 坐於霍都尉之次ᄒᆞ고 關內侯雷天風은 率董超·馬達·雷文星·韓飛廉·馬騰而西向坐ᄒᆞ고 哪咤·祝融은 東向坐ᄒᆞ니 其外文武百官과 姻婭之親과 故舊門客等을 一一請來ᄒᆞ야 衣冠이 齊齊ᄒᆞ고 威儀整整이라.

此時諸賓이 見秦王與尙書之拱手侍立ᄒᆞ고 猶有不安之色者多矣러라. 雷天風이 起身而告燕王曰

"今日宴席이 雖會於私室이나 以皇上之命으로 朝廷이 皆參ᄒᆞ니 未嘗不見朝廷體統이라. 秦王與尙書之爵品이 巍巍어ᄂᆞᆯ 終日侍立ᄒᆞ니 天風等이 豈可安坐也리오?"

燕王이 笑曰

"兒子雖帶非分之職이나 渠父ㅣ 在此ᄒᆞ니 不可怠慢이라. 將軍은 從便ᄒᆞ라."

天風이 竟不坐ᄒᆞᆫᄃᆡ 楚王이 微笑而向燕王曰

"關內侯之言이 亦可ᄒᆞ니 命退秦王兄第似好로라."

燕王이 笑見秦王曰

"楚王及雷將軍이 辛勤相勸ᄒᆞ시니 汝ᄂᆞᆫ 退去ᄒᆞ야 別設一座ᄒᆞ고 座中少年賓客은 接待於其處ᄒᆞ라."

秦王·尙書ㅣ 受命退出ᄒᆞ니 座中少年輩ㅣ 一齊隨秦王ᄒᆞ야 會于正堂行閣이러라. 俄而오 天子ㅣ 遣近臣ᄒᆞ야 賜法酒ᄒᆞ시고 特下敎於楚王曰

"卿은 今日女兒烹飪之需가 尤多滋味矣리니 能思愚兄乎아?"

楚王이 惶恐頓首어ᄂᆞᆯ 燕王이 卽呼秦王曰

"草草之需ᄂᆞᆫ 不可進御나 已無所營ᄒᆞ니 急獻已辨之饌ᄒᆞ고 亦接待中使[1]ᄒᆞ라."

有頃에 梨園樂工과 敎坊諸妓ㅣ 奉命而來ᄒᆞ니 燕王이 呼而賜座ᄒᆞ고

命諸妓近前ᄒᆞ야 各問其名ᄒᆞ니 諸妓次第對曰 雪中梅·氷氷·楚雲·鶴上仙·鶯鶯·鶯鶯이라 ᄒᆞ니 燕王이 以華麗之笑로 謂諸妓曰

"吾ㅣ 曾不見長安靑樓物色이러니 今見諸妓ᄒᆞ니 此亦聖恩이로다."

楚王이 命呼氷梅兩娘ᄒᆞ야 微笑而執雪中梅之手ᄒᆞ고 顧燕王曰

"寡人國이 自古로 稱物色之鄕이ᄂᆞ 終不能當上國이로다. 還國之日에 欲載梅娘而去ᄒᆞ노라."

此時楊學士ㅣ 侍側ᄒᆞ고 霍尙書ᄂᆞᆫ 在座ᄒᆞ야 聞此言ᄒᆞ고 學士ᄂᆞᆫ 流鳳眼ᄒᆞ야 視梅娘而含笑ᄒᆞ고 霍尙書ᄂᆞᆫ 猶有怒色ᄒᆞ야 怏怏不樂이러라. 燕王이 命樂工及妓女ᄒᆞ야 奏樂歌舞ᄒᆞ라 ᄒᆞ니 氷梅兩娘이 盡平生之才ᄒᆞ야 聯翩之袖와 淸雅之曲이 佚宕半日에 楚燕王이 稱讚不已ᄒᆞ고 視兩蠻王曰

"大王之南方妓樂은 何如오?"

蠻王이 笑曰

"蠻鄕鴃舌의 喧聒之狀을 何足道哉리오? 今見中國歌舞ᄒᆞ니 疑是天上仙樂이로소이다."

燕王이 笑而罷歌舞ᄒᆞ고 命妓女樂工而休息ᄒᆞ니 座中諸客도 退出ᄒᆞ야 或倚欄談笑ᄒᆞ며 或碁博投壺ᄒᆞᆯ시 霍尙書ㅣ 猶於梅娘에 繾綣之情이 欲忘難忘이라가 見座上歌舞ᄒᆞ고 愛情이 尤新ᄒᆞ야 一欲接語ᄒᆞ야 末席百官會集之中에 與呂侍郎·宇文知府等으로 同座ᄒᆞ야 呼梅娘ᄒᆞᆫᄃᆡ 此時諸妓入來ᄒᆞ야 纔畢歌舞ᄒᆞ니 眞所謂西施醉舞嬌無力이라 欲乘隙而休라가 聞霍尙書之呼ᄒᆞ고 不得已嚬眉而進ᄒᆞᆯ시 流秋波而視之ᄒᆞ니 楊學士ㅣ 侍立燕王之側ᄒᆞ야 如芝蘭玉樹之帶春風이라. 暫笑而送風情ᄒᆞ고 進霍尙書之前ᄒᆞ야 不言不笑ᄒᆞ고 悄然而立ᄒᆞ니 霍尙書ㅣ 正色良久에 更笑曰

"不見梅娘이 幾日乎아?"

梅娘이 以冷落之色으로 默默不語ᄒᆞᆫᄃᆡ 呂侍郎이 笑曰

1) 중사(中使): 궁중(宮中)에서 왕의 명령을 전하던 환관(宦官).

"霍尙書ᄂᆞᆫ 數日後에 設一宴ᄒᆞ고 請吾等與梅娘ᄒᆞ라."

尙書ㅣ 欣然應諾ᄒᆞ니 雷文星與馬騰이 見梅娘ᄒᆞ고 含笑無言이러라. 俄而오 進盃盤ᄒᆞ니 玉液瓊漿과 腥脣駝峰之水陸珍品이 無不豐備러라. 傾盃捨箸後에 燕王이 謂諸妓曰

"娘等은 入內堂ᄒᆞ라. 或有見娘等而有興者로라."

氷梅兩娘이 已聞鸞城之盛名於楊生ᄒᆞ고 願一見之라가 一齊入內堂이러라. 燕王이 視楚王曰

"晩生이 本以汝南寒士로 蒙天恩ᄒᆞ야 今日之富貴極於布衣ᄒᆞ니 恒有戒懼之心ᄒᆞ야 自懼盛滿故로 雖聽妓樂而當宴席이라도 戰戰兢兢ᄒᆞ야 如履薄氷ᄒᆞ야 暫不放心이로이다."

楚王이 改容對曰

"丞相之言이 果是金石이ᄂᆞ 亦寡人의 鍼砭之敎라. 大抵人之福力은 有天賜者ᄒᆞ고 或有以人力致之者ᄒᆞ니 天賜者ᄂᆞᆫ 平生安享ᄒᆞ고 人力致之者ᄂᆞᆫ 福過災生ᄒᆞ야 能長久者ㅣ 鮮矣라. 丞相은 必天生之人이라 才德이 兼全ᄒᆞ니 豈憂後日이리요?"

關內侯雷天風이 笑曰

"小將이 雖不敢이오ᄂᆞ 猶有一言ᄒᆞ오니 小將은 武夫라 略見古蹟컨ᄃᆡ 古之名將이 每多殺戮ᄒᆞ야 白起之長平坑卒과 李廣之鏖殺[2]胡兵이 雖云數奇ᄂᆞ 自有得罪於天地神明이오 燕王閤下ᄂᆞᆫ 率百萬大軍ᄒᆞ야 出戰萬里絶域ᄒᆞ야 以矢石으로 經半年而班師ᄒᆞ시되 不妄殺一人ᄒᆞ고 士卒이 一無受傷ᄒᆞ니 此ᄂᆞᆫ 古今未聞이라 天地神明의 所黙佑니 楚王殿下之言이 可也로소이다."

日暮罷宴ᄒᆞ야 楚王이 且歸에 更視燕王ᄒᆞ고 呼秦王曰

"今日之宴은 皇上所賜라. 明日更以不速之客으로 來矣리니 鸞城의 封

2) 오살(鏖殺): 한 사람도 남기지 않고 모조리 무찔러 죽임.

太嬰之禮를 不可廢也니라."

燕王이 欣然應諾이러라.

且說. 氷梅兩娘이 入內堂而視之ᄒᆞ니 一位老夫人이 坐於堂上ᄒᆞ야 仁慈之氣와 多福之容이 不問可知爲燕王太嬰요 又一位夫人은 坐於左便ᄒᆞ되 幽閑貞靜ᄒᆞ야 如玉壺秋月ᄒᆞ니 此ᄂᆞᆫ 尹夫人이오 又一位夫人은 坐於右便ᄒᆞ니 驕貴而嬌妖ᄒᆞ야 眞王侯夫人之像이니 此ᄂᆞᆫ 黃夫人이요 又一位夫人은 以淡粧雅服으로 指揮侍婢ᄒᆞ야 設備盃盤ᄒᆞᆯ시 氣色이 英拔ᄒᆞ고 容光이 絶代之中星眸桃頰[3]에 凝才致風情ᄒᆞ니 梅娘이 心中自思ᄒᆞ되

'此必紅鸞城이로다.'

一位夫人은 以清秀姿質로 率兩個侍婢ᄒᆞ고 幹檢烹飪ᄒᆞᆷ의 容貌動作이 與楊學士로 彷彿이라. 氷梅兩娘이 知其爲仙淑人ᄒᆞ고 無端有情熟之意러니 又望見ᄒᆞ니 一位夫人이 倚欄而弄鸚鵡ᄒᆞ고 容態似幼ᄒᆞ니 此ᄂᆞᆫ 蓮淑人이라. 兩娘이 問候禮畢에 命上堂ᄒᆞᆫ딕 兩人이 故進鸞城之前ᄒᆞ야 詳視之ᄒᆞ니 儉薄衣裳에 態度ㅣ 天然ᄒᆞ고 不收雲鬟ᄒᆞ야 有脫俗風情ᄒᆞ야 回顧自己之凝粧盛飾컨댄 猶爲無光이라 兩娘이 心中欽羨而嘆터니 忽然鸞城이 流秋波ᄒᆞ야 謂氷梅兩娘曰

"兩娘中誰爲氷娘이며 誰爲梅娘고?"

兩娘이 心中大驚曰

"妾之賤名은 雪中梅요 此妓ᄂᆞᆫ 氷氷이로소이다."

鸞城이 以丹脣皓齒로 微笑曰

"娘等芳名이 藉藉ᄒᆞ더니 果然名不虛得이로다."

告於太嬰曰

"欲見諸妓之歌舞乎잇가?"

---

3) [교감] 성모도협(星眸桃頰): 적문서관본 영인본 626쪽에는 '성도협(星桃頰)'으로 되어 있으나, 오식이므로 바로잡는다. 덕흥서림본 제3권 214쪽에는 '성모도협(星眸桃頰)'으로 바르게 되어 있다.

太嬰ㅣ 笑曰

"我是鄕谷老人이라 未諳歌舞ᄒᆞ니 瞽者之丹靑이라. 賢婦諸娘은 隨意行之ᄒᆞ라."

仙娘이 卽命侍婢ᄒᆞ야 出外堂ᄒᆞ야 呼學士ᄒᆞ라 ᄒᆞ니 俄而오 學士ㅣ 入來어ᄂᆞᆯ 鸞城이 含笑曰

"欲見諸妓之歌舞ᄒᆞ니 暫呼梨園樂工ᄒᆞ야 聞奏諸樂케 ᄒᆞ라."

學士ㅣ 笑曰

"是亦不難이오ᄂᆞ 諸娘이 亦不生疎於音律ᄒᆞ니 但取樂器ᄒᆞ야 使隨諸娘之所長而奏之케 ᄒᆞ소셔."

鸞城이 許之ᄒᆞ니 鶴上仙·楚雲·鶯鶯·鷰鷰은 奏樂ᄒᆞ고 氷梅兩娘은 起而對舞ᄒᆞᆯ시 兩娘이 心中思之호ᄃᆡ

'觀於海者에 難爲水라.[4] 紅鸞城·仙淑人之前에 豈敢試舞리오?'

ᄒᆞ고 手法體樣과 進退周旋을 一一按法ᄒᆞ야 羽衣霓裳과 漢宮人之折腰舞[5]와 公孫大娘之渾脫舞[6]를 次第奏之ᄒᆞ야 回風滾雪之勢와 驚鴻游龍之態를 極盡精妙ᄒᆞ니 鸞城이 稱讚曰

"兩娘은 可謂雙鸞雙蝶이오 難兄難弟로다. 雖然이ᄂᆞ 梅娘之舞ᄂᆞᆫ 繁華

---

4) 관어해자(觀於海者), 난위수(難爲水): '바다를 둘러본 사람에게는 물에 대해 설명하기 어렵다.' 『맹자』 「진심 상盡心上」에 나오는 맹자의 말. "바다를 둘러본 사람에게는 물에 대해 설명하기 어렵고, 성인의 문하에서 공부한 사람에게는 말에 대해 설명하기 어렵다(觀於海者, 難爲水, 遊於聖人之門者, 難爲言)."

5) 절요무(折腰舞): 전한(前漢)의 제8대 황제 소제(昭帝, BC 94~BC 74) 앞에서 곽광(霍光)의 딸 곽성군(霍成君)이 추었다는 춤. 곽광의 외손녀로서 소제의 황후가 된 상관씨(上官氏)가 총애를 받지 못하자, 소제의 눈에 들어 가문의 권력을 유지하기 위해 곽광은 딸 곽성군으로 하여금 소제 앞에서 절요무를 추게 했다 한다. 곽성군은 나중에 제10대 황제 선제(宣帝, BC 91~BC 49)의 황후가 되는데, 곽광의 아내인 곽현(霍顯)은 몰래 여의(女醫)를 시켜 선제의 황후 허씨(許氏)를 독살하고 곽광에게 딸을 권하게 하여 황후에 오르게 했다.

6) 혼탈무(渾脫舞): 당(唐)나라 때 유행했던 검무(劍舞)의 일종. 당시 교방(敎坊)의 기녀인 공손대랑(公孫大娘)이 혼탈무를 잘 추었는데, 승려 회소(懷素)는 그 춤을 보고 초서(草書)의 묘(妙)를 터득했고, 후대에 초성(草聖)으로 불리는 장욱(張旭)도 그 춤을 보고 초서에 커다란 진보를 가져왔다고 한다.

豪放ᄒᆞ야 知與不知間無不稱善이오 氷娘之舞ᄂᆞᆫ 精妙謹嚴ᄒᆞ야 近於古調ᄒᆞ니 必有傳受로다."

梅娘이 笑曰

"妾은 自幼로 學於敎坊ᄒᆞ야 略有自得ᄒᆞ고 氷娘은 世世國娼으로 衛五娘之女ㅣ라 果然傳習家風이니이다."

仙淑人이 驚喜曰

"吾ㅣ 曾在靑樓時에 學歌舞於衛三娘ᄒᆞ니 三娘은 五娘之兄이라. 然則氷娘은 與吾로 同一師授로다."

前後事蹟을 一一問之ᄒᆞ고 有一種特愛之色이어ᄂᆞᆯ 鸞城이 微笑ᄒᆞ고 謂學士曰

"孝子ᄂᆞᆫ 父母所愛를 不敢不愛ᄒᆞᄂᆞ니 仙淑人이 愛氷娘如此ᄒᆞ니 汝ᄂᆞᆫ 豈無愛憐之心乎아?"

氷娘은 不勝羞澁ᄒᆞ고 學士ᄂᆞᆫ 含笑어ᄂᆞᆯ 鸞城及仙淑人이 以酒로 饋兩娘ᄒᆞ고 曰

"我兩人도 前日遊於繁華場이라. 兩娘은 頻頻尋訪ᄒᆞ야 無聊之時에 來此破寂ᄒᆞ라."

兩人이 惶恐受命ᄒᆞ고 自此로 出入府中ᄒᆞᆯ시 學士亦以家妓로 知之ᄒᆞ야 寵愛不衰러라. 燕王이 賜雜彩金帛於樂工而退送ᄒᆞ고 謂鸞城曰

"楚王이 明日更來ᄒᆞ야 欲討鸞城의 封太嬰之禮ᄒᆞ니 必早來矣라. 娘은 諒處之ᄒᆞ라."

鸞城曰

"外客은 略幾何乎잇가?"

燕王曰

"哪吒·祝融·汝陰侯·雷將軍은 皆戰場同苦之人이라 皆欲一見娘ᄒᆞ니 想應明日伴來ᄒᆞ리라."

鸞城曰

"楚王及祝融은 情理自別이어니와 哪咤은 不欲相見ᄒᆞ노이다."

燕王이 笑曰

"非徒遠方之人이라 若不見이면 近於慢待故로 吾已許之로라."

鸞城이 蹙然不答이러라.

翌日燕王이 掃灑鸞城府ᄒᆞ고 請賓於其處ᄒᆞ니 來賓은 楚王·汝陰侯·雷將軍·黃尙書·哪咤·祝融等五六人이오 黃尹兩閣老ᄂᆞᆫ 會于太爺處所ᄒᆞ니라. 鸞城이 告於太孃曰

"妾이 尹閣老夫人을 知以慈母ᄒᆞ야 實所無間이라. 今日以妾之宴으로 請客ᄒᆞ야 備供草草盃盤ᄒᆞ오니 請以太孃之言으로 邀來ᄒᆞ소셔."

太孃大喜ᄒᆞ야 卽送侍婢兩人於兩夫人ᄒᆞ니 兩夫人이 欣然赴宴이러라. 鸞城이 不欲張大ᄒᆞ고 但蓮子餠·銀雪膾三四種精緻之盃盤으로 款待諸客ᄒᆞ니 衆皆稱善ᄒᆞ고 微醉後에 蠻王哪咤이 欠身而告於燕王曰

"寡人이 還國之期不遠ᄒᆞ오니 若不拜見紅元帥則豈不悵然이리오?"

燕王曰

"座上에 無不見鸞城者로다."

呼秦王曰

"今日坐客이 無非舊日風塵同苦之人이라 願見汝之母親ᄒᆞ니 往傳此語ᄒᆞ라."

秦王이 卽入內堂ᄒᆞ야 告于母親ᄒᆞᆫ듸 鸞城이 笑而梳洗ᄒᆞ야 凝粧盛飾으로 首飾珮物과 錦繡衣裳이 輝煌燦爛이어ᄂᆞᆯ 仙淑人이 笑曰

"鸞城之花容月態ᄂᆞᆫ 老去還少ㅣ로다. 秦國太孃之稱이 可憎ᄒᆞ니 但稱燕國小室ᄒᆞ라."

尹夫人이 笑曰

"秦國太孃가 不欲見哪咤이러니 今如彼盛粧은 何也오? 吾聞黃尙書ㅣ在座라 ᄒᆞ니 見紅鸞城昔日之態則心事散亂ᄒᆞ리라."

一座大笑ᄒᆞ니 黃夫人이 憮然ᄒᆞ야 流秋波而視尹夫人曰

“家兄이 已改少年之過ᄒᆞ야 今爲正人君子ᄒᆞ니 夫人은 勿提起往事ᄒᆞ야 以助羞恥ᄒᆞ소셔.”

鸞城이 笑曰

“江南紅이 雖女子ㅣᄂᆞ 一爲大將則使百萬大軍으로 不敢仰視ᄒᆞ고 一爲女子則英雄烈士도 消魂斷腸이라. 今欲以變化不測之手段으로 驚座客ᄒᆞᄂᆞ이다.”

左右又大笑러라. 鸞城이 率孫夜叉及侍婢ᄒᆞ고 出外堂ᄒᆞ니 楚王以下ㅣ禮畢에 楚王이 從容賀曰

“天恩이 洪大ᄒᆞᄉᆞ 秦王이 封爵ᄒᆞ고 受太嬰之養ᄒᆞ니 寡人은 不勝感祝이로소이다.”

鸞城이 羞澁避席而謝曰

“兒子之封王이 旣爲過分이어놀 非分之榮이 又及於妾ᄒᆞ오니 惶蹙不安을 何可形言이리잇고?”

關內侯雷天風이 起身復坐曰

“小將이 七十之年에 侍秦王ᄒᆞ고 同苦於風塵ᄒᆞ니 秦王之英勇은 酷肖紅元帥ᄒᆞ나 斬三菱拔都及北匈奴之時에 數思紅元帥之芙蓉劍이로소이다.”

汝陰侯蘇裕卿曰

“今番之戰에 天子ㅣ 被圍於彌勒山ᄒᆞ사 無潰圍之策ᄒᆞ야 幾乎危矣니 若鸞城이 當此境則將何如哉리잇고?”

鸞城이 低秋波而微笑曰

“妾은 兒女子라 有何方略이리오마ᄂᆞᆫ 但以兵法으로 言之면 虛則實ᄒᆞ고 實則虛라. 匈奴ㅣ 締結蒙古·女眞·吐蕃ᄒᆞ야 輕犯中國ᄒᆞ니 豈見天兵之來ᄒᆞ고 容易逃避리오? 此必虛則實實則虛라 不能防此ᄒᆞ니 豈無狼狽리오? 有智者ᄂᆞᆫ 防於未然ᄒᆞᄂᆞ니 狼狽後問經綸則雖司馬穰苴라도 無可奈何니 紅渾脫인들 將何如哉리잇고?”

蘇裕卿·雷天風이 相顧嗟嘆이러라. 哪吒·祝融이 避席禮畢에 哪吒曰

"拜別元帥尊顔이 已十餘年이라 再生之身이 遙望北天ᄒᆞ고 英拔氣像과 仁慈度量을 願一見之ᄒᆞ야 禱之祝之라가 幸入天朝ᄒᆞ야 今若空還이면 必爲畢生之恨故로 敢請拜謁ᄒᆞ오니 惶感不已로소이다."

祝融曰

"以未袪之女로 貽憂於元帥러니 極盡收拾ᄒᆞ야 置於同列ᄒᆞ시니 此恩은 生前에 無圖報之地로소이다."

鸞城이 謝曰

"聞兩位大王之入朝ᄒᆞ고 半年風塵에 勞苦之事ㅣ 如昨日ᄒᆞ와 竊欲拜見이러니 今日紅鸞城이 異於昔日紅渾脫ᄒᆞ야 自有羞澁之心ᄒᆞ야 如此拜見ᄒᆞ오니 不安莫甚이로이다."

哪吒이 笑曰

"寡人이 尙今憤恚而悵缺者ᄂᆞᆫ 元帥ㅣ 蓮花峰月夜에 不告而歸明陣이라. 其時寡人이 不勝憤悵ᄒᆞ야 往白雲洞而欲雪憤於道士러니 道士不知去處라. 其後或聞道士之踪跡乎잇가?"

鸞城이 笑曰

"道士消息은 更不得聞이어니와 妾이 其時欲救大王而下山은 爲還歸故國之機會라. 紅渾脫이 豈老於蠻邦者리오?"

哪吒이 又大笑曰

"寡人이 尙今嗟惜者ᄂᆞᆫ 兩首獅子尨이라. 殺獅子尨之劍이 至今尙存乎잇가? 願一復見이로소이다."

鸞城이 笑而使孫夜叉取來ᄒᆞ야 示雙劍於哪吒ᄒᆞᆫᄃᆡ 楚王이 問曰

"獅子尨은 何也오? 願聞其詳ᄒᆞ노라."

哪吒이 撫雙劍而嘆曰

"獅子尨은 守寡人宮中之犬이라. 南中에 有獅子ᄒᆞ고 有獵狗ᄒᆞ니 名曰猲狡니 獅與狗ㅣ 交接而生雛ᄒᆞ니 名曰獅子尨이라. 此果難得이어ᄂᆞᆯ 僅

得二首ᄒᆞ니 其勇은 足以捕飛禽走獸ᄒᆞ고 其猛은 足以獵豺狼虎豹ᄒᆞ고 其聰明은 足以察數百步外殊常之跡ᄒᆞ고 其獰惡은 鎗劍이 不能入이러니 一夜之間에 寡人이 戴兜子而坐어ᄂᆞᆯ 紅元帥ㅣ 暗摘兜上紅頂子ᄒᆞ되 全然不覺ᄒᆞ고 暗殺獅子尨二首ᄒᆞ되 尨不曾發一聲ᄒᆞ고 全身이 都是劍痕이오 粉骨碎身ᄒᆞ니 寡人이 尙今毛骨이 竦然ᄒᆞ여이다."

楚王與一座ㅣ 大驚嗟嘆이러라. 須臾이 鸞城이 還入內堂ᄒᆞᆯᄉᆡ 向哪吒·祝融兩王ᄒᆞ야 欵曲話別ᄒᆞ니 兩王이 不勝悵悵ᄒᆞ야 含淚曰

"寡人이 雖蠻夷人이나 猶有眼目이어ᄂᆞᆯ 不能再見元帥於生前矣라 豈不悵缺이리잇고?"

鸞城이 亦悵悵不已러라. 鸞城이 入內堂ᄒᆞ야 侍太孁·兩閤老夫人ᄒᆞ고 設宴ᄒᆞᆯᄉᆡ 兩夫人及諸娘이 皆齊齊列侍러라. 蘇夫人曰

"老身이 愛鸞城을 無異於所生은 不取其容貌姿色及聰慧伶俐라 愛其爲人之出衆이니 老身이 初見杭州에 江南中第一繁華之地요 人物이 亦以長安으로 不可當이라. 鸞城이 以一個女子로 少年遊俠과 守令之人이 莫不愛慕ᄒᆞ야 不惜千金而欲買一笑어ᄂᆞᆯ 鸞城이 不願ᄒᆞ고 平生出入府中호ᄃᆡ 一不擧眼ᄒᆞ야 顧視左右러니 旣是才質이 卓越ᄒᆞ고 藻鑑이 絶人이어ᄂᆞᆯ 更薦女兒ᄒᆞ야 結百年同居의 金石之交ᄒᆞ니 此豈一個女子之凡常手段이리오? 相公이 每言ᄒᆞ시되 非燕王則無可爲紅鸞城之丈夫者라 ᄒᆞ시니 燕王與鸞城은 天定配匹이라 ᄒᆞᄂᆞ이다."

太孁歎曰

"老身은 生長於山野ᄒᆞ야 不過一個村婦라. 晩年에 生獨子ᄒᆞ야 雖婦德이 不足ᄒᆞ고 陋醜女子라도 處於子婦之列則但慈愛而已니 豈論諸娘之優劣長短이리오마ᄂᆞᆫ 鸞城이 入家中以後로 和氣融融ᄒᆞ야 一門之內에 無不睦之歎ᄒᆞ고 一毫雜說이 不到於我耳ᄒᆞ니 吾家今日之昌大ᄂᆞᆫ 實鸞城之福인가 ᄒᆞ노라."

衛夫人이 笑曰

"女兒ㅣ 常自府中而來ᄒᆞ야 譽鸞城ᄒᆞ야 娓娓不已曰 '鸞城은 嬌妖而貞一ᄒᆞ고 憐愛中自有恭敬之心이라' ᄒᆞ더니 今日視之ᄒᆞ니 果非尋常之姿로소이다."

言語間에 燕王이 送客ᄒᆞ고 入內堂ᄒᆞ야 侍太夔聘母ᄒᆞ야 以弄雛舞斑之孝와 東床坦腹[7]之態로 對諸娘ᄒᆞ야 閑談ᄒᆞ실ᄉᆡ 蘇夫人이 笑曰

"以丞相之蓋世正直으로 當初에 何以有緣於江南青樓之紅娘乎아?"

燕王이 笑曰

"色界에 無英雄烈士라 ᄒᆞ니 聘母ᄂᆞᆫ 觀此紅娘之月態花容ᄒᆞ소셔. 世間男子ㅣ 雖鐵石肝臟이나 豈能守天性이리잇고?"

鸞城이 流秋波視燕王而言於仙淑人曰

"相公이 曾以遐鄉秀才로 孤單踪跡이 中路逢賊ᄒᆞ고 無所去處ᄒᆞ야 無異望門投食[8]於妾之青樓라. 豈可曰以風情으로 訪之리오?"

仙淑人이 笑曰

"鸞城은 勿說此言ᄒᆞ라. 妾은 曾聞之ᄒᆞ니 壓江亭上에 楊公子ᄂᆞᆫ 作詩ᄒᆞ야 詠江南紅ᄒᆞ고 江南紅은 歌而戲楊公子ᄒᆞ니 豈可曰不以風情으로 親之리오?"

蘇夫人及衛夫人이 拍掌大笑ᄒᆞ니 燕王이 笑曰

"其時에 我不有意於紅娘이나 紅娘이 暗自有意於我ᄒᆞ니 孰謂江南紅之志操高尚고?"

鸞城이 又笑曰

7) 탄복(坦腹): 배를 드러내고 편안히 누움. 왕희지(王羲之)의 고사에서 유래해 '사위'의 뜻으로 쓰인다. 동진(東晉) 때 태위(太尉) 치람(郗鑒)이 사람을 시켜 왕희지의 집에서 사위를 구하고자 했다. 왕희지의 아버지 왕도(王導)가 치람이 보낸 사람을 동쪽 평상(東床)으로 인도해 자제들을 두루 보게 했는데, 다른 자제들은 모두 스스로 뽐냈지만 왕희지는 배를 드러내고 편안히 누워(坦腹) 음식을 먹으며 개의치 않았다고 한다. 치람이 이 말을 전해듣고 그를 사위로 삼았다고 한다.

8) 망문투식(望門投食): 노자(路資)가 떨어졌을 때 남의 집을 찾아가서 얻어먹음.

"人皆曰 '相公이 正直ᄒᆞ야 無風流放蕩之心이라' ᄒᆞ나 回憶昔日에 問青樓於杭州城中賣酒老婆之時에 此豈案頭守拙秀才之事리오?"

仙淑人이 移坐鸞城之側ᄒᆞ야 問曰

"壓江亭上의 一時過去秀才를 見何事而許心고?"

鸞城이 笑曰

"娘은 碧城山草堂月夜에 踽凉惆悵之謫客을 耽何事而知己相從乎아?"

仙淑人曰

"自古謫客에 多有風流人物ᄒᆞ니 蘇東坡之春夢婆와 白樂天之琵琶女等이 易知其物色이어니와 以襤褸衣冠으로 一道方伯宴席에 東郭乞墦[9]之秀才를 何能知其淺深而許心이리오?"

鸞城曰

"衣冠이 襤褸ᄂᆞ 氣像이 昂然ᄒᆞ고 方伯이 在座ᄂᆞ 擧止ㅣ 少無羞澁ᄒᆞ고 又文章이 驚人ᄒᆞ니 其非凡之狀을 多般試之어니와 吾聞之ᄒᆞ니 碧城仙은 抱琴於月下ᄒᆞ고 彈鳳凰曲타가 不能抑花柳風情ᄒᆞ야 誘引一時過客ᄒᆞ고 終是藻鑑이 不明ᄒᆞ야 生追悔之心ᄒᆞ야 固不許同枕이라 ᄒᆞ니 若不然則才子佳人이 數月相從에 豈可無事리오?"

衛夫人이 嘆曰

"仙淑人之心事ᄂᆞᆫ 老身이 言之ᄒᆞ리니 若無臂上紅點이런들 豈能脫患難이리오? 此ᄂᆞᆫ 上天이 黙佑ᄒᆞ샤 使吾母女로 更參於人類라 ᄒᆞ노라."

此時尹夫人乳母薛婆ㅣ 在傍이라가 移坐於衛夫人之前ᄒᆞ야 指仙淑人曰

"如彼賢娘子를 夫人은 何以如彼欲害잇고?"

尹夫人이 暗責曰

9) [교감] 동곽걸번(東郭乞墦): 적문서관본 영인본 632쪽에는 무덤을 뜻하는 '번(墦)' 이 아닌 '제사고기'를 뜻하는 '번(膰)'으로 되어 있다. 문맥의 의미는 차이가 없으나, 『맹자』에 나오는 일화이므로 『맹자』에서의 용어(東郭墦間)를 좇아 바로잡는다. 덕흥서림본 제3권 220쪽에는 '번(墦)'으로 바르게 되어 있다.

"諸夫人談話之地에 婆婆ᄂᆞᆫ 何其無禮오?"

衛夫人이 笑曰

"過去事라 如一場春夢이니 一言罷寂이 何足羞也리오?"

向太夓而歎曰

"女子ᄂᆞᆫ 偏性이라 無可奈何러이다. 仙淑人之賢을 女兒ㅣ 非不知요 兒女之過를 老身이 亦非不知로되 以其賢淑故로 妬忌之心이 尤加ᄒᆞ고 知其過故로 惡心이 發生ᄒᆞ니 豈非偏狹女子之所爲리오?"

一座聞其言ᄒᆞ고 歎服其不隱이어ᄂᆞᆯ 燕王이 微笑ᄒᆞ고 謂蓮淑人曰

"娘은 豈無一言乎아?"

鸞城曰

"妾等은 不能備禮而逢相公이라 自然發明紛紛이어니와 蓮淑人은 洞房花燭에 備禮而迎相公ᄒᆞ니 豈不正大而坐에 默默無言ᄒᆞ야 嘲笑妾等之取拙이리잇고?"

蓮淑人이 笑曰

"妾은 萬里他國에 認娘子以男子ᄒᆞ고 隻身隨來之人이라 何言禮法이리오? 羞不欲言하노이다."

燕王與一座大笑ᄒᆞ고 因進酒而飮ᄒᆞ고 燕王이 大醉ᄒᆞ야 各歸寢所러라. 是夜에 鸞城이 醉歸翠鳳樓ᄒᆞ야 不解衣裳而依書案暫睡러니 忽然精神이 恍惚ᄒᆞ고 形骸가 飄蕩ᄒᆞ야 到一處ᄒᆞ니 一座名山이라. 峰巒이 巉嵒ᄒᆞ고 石色이 嶒崚ᄒᆞᆫ딕 如一種玉蓮花ㅣ 開於平地어ᄂᆞᆯ 鸞城이 至中峰ᄒᆞ니 一位菩薩이 綠眉玉顔에 被錦袈而扶錫杖이라가 笑而迎鸞城曰

"鸞城은 人間之樂이 何如오?"

鸞城이 茫然不覺曰

"尊師ᄂᆞᆫ 誰也며 人間之樂은 何謂也잇고?"

菩薩이 笑而投手中錫杖於空中ᄒᆞ니 忽成一條虹而連天이어ᄂᆞᆯ 菩薩이 導鸞城ᄒᆞ야 踏虹而騰空에 前有大門ᄒᆞ고 五雲이 凝結이라. 鸞城이 問曰

"此ᄂᆞᆫ 何門이니잇고?"

菩薩曰

"南天門이니 君은 登門視之ᄒᆞ라."

鸞城이 隨菩薩而登ᄒᆞ야 望見一處ᄒᆞ니 日月이 明朗ᄒᆞ고 光彩輝煌ᄒᆞ며 其中에 一座樓閣이 聳出虛空ᄒᆞ고 白玉欄琉璃棟이 玲瓏璀璨ᄒᆞ야 眼目이 眩荒ᄒᆞ고 樓下에 靑鸞丹鳳이 雙雙徘徊ᄒᆞ며 數個仙童과 三四個侍女 ㅣ 霞衣霓裳으로 立於欄頭라. 望見樓上ᄒᆞ니 一位仙官與五仙女 ㅣ 東頹西倒ᄒᆞ야 倚欄醉眠이라. 問於菩薩曰

"此ᄂᆞᆫ 何處며 彼何仙人乎잇가?"

菩薩이 微笑曰

"此是白玉樓요 臥第一位仙官은 文昌星이오 其傍에 次第而臥者ᄂᆞᆫ 諸方玉女와 天妖星과 紅鸞星과 諸天仙女와 桃花仙이니 紅鸞星은 卽君之前身이니라."

鸞城이 心中大驚曰

"彼五仙女ᄂᆞᆫ 皆天上入道之仙이라 何以如彼醉眠乎잇가?"

菩薩이 忽然合掌西向ᄒᆞ야 誦詩一句曰

有情生緣 有緣生情
情盡緣斷 萬念俱空

鸞城이 聞之ᄒᆞ고 精神이 爽然ᄒᆞ야 頓然覺之曰

"我本天上星精으로 結緣於文昌星ᄒᆞ야 暫謫下界로다."

復問曰

"諸仙官이 何時覺睡乎잇가?"

菩薩이 笑而擧錫杖ᄒᆞ야 指天上曰

"鸞城은 視之ᄒᆞ라."

鸞城이 熟視之ᄒᆞ니 十餘大星이 光彩恍惚ᄒᆞ야 盡向白玉樓ᄒᆞ야 精氣下垂어늘 問曰

"彼星은 何星이며 何故로 垂光於樓中乎잇가?"

菩薩이 指之曰

"其中大星은 河魁星이오 其次ᄂᆞᆫ 三台星이오 其次德星·天機星·福星이니 今已誕生於人間ᄒᆞ고 其次六七個大星은 又將次第謫降於下界ᄒᆞ야 結塵緣後에 醒玉樓醉夢ᄒᆞ리라."

鸞城이 雖疑其言이ᄂᆞ 不及問ᄒᆞ고 又望見南天ᄒᆞ니 二星이 光彩燦爛이어늘 問於菩薩曰

"彼星은 何星乎잇가?"

菩薩曰

"天狼星·火德星이니 與君으로 一場惡緣이ᄂᆞ 終必助君矣오 此皆因緣이니 他日에 自然覺之리라."

鸞城曰

"然則弟子도[10] 亦天上星精이라 已來此處ᄒᆞ니 更不欲歸人間이로소이다."

菩薩이 笑曰

"天定因緣을 非人力所能致也니 君이 姑未了人間因緣ᄒᆞ니 速歸라가 四十年後에 更來ᄒᆞ야 朝於玉皇上帝ᄒᆞ고 享天上之樂이어다."

鸞城이 問曰

"菩薩은 誰也잇고?"

菩薩이 笑曰

"貧道ᄂᆞᆫ 南海水月庵觀世音이라. 奉如來之命ᄒᆞ야 欲導君而來也로라."

---

10) [교감] 然則弟子도: 적문서관본 영인본 634쪽에는 '弟然則子ㅣ'로 되어 있으나, 오식이므로 바로잡는다. 덕흥서림본 제3권 222쪽에는 '然則弟子도'로 바르게 되어 있다.

說罷에 擧錫杖投空中ᄒᆞ니 焂起五色虹ᄒᆞ고 忽然霹靂一聲에 驚身覺之ᄒᆞ니 乃一場春夢이라 依舊臥於翠鳳樓書案之前이어ᄂᆞᆯ 鸞城이 疑夢事ᄒᆞ야 一一言於兩夫人·諸娘ᄒᆞ니 四人이 亦皆同感此夢이라 相歎而疑러니 太孁ㅣ 聞之ᄒᆞ고 謂鸞城曰

"吾昔在鄕時에 老而無子ᄒᆞ야 禱於玉蓮峰石佛而生燕王ᄒᆞ니 此卽觀世音이라. 其無量功德을 未及報答矣러니 現夢於汝ㅣ 豈非觀音이 勸善佛事리요? 曾聞之ᄒᆞ니 仙娘之父親輔祖國師가 在紫盖峰大乘寺ᄒᆞ야 精通佛法云ᄒᆞ니 欲爲玉蓮峰石佛ᄒᆞ야 建造一庵ᄒᆞ고 一邊獻百日齋於大乘寺ᄒᆞ야 報觀音菩薩慈悲功德이로라."

仙淑人이 大喜ᄒᆞ야 卽請輔祖國師ᄒᆞ야 始設齋ᄒᆞ고 厚送金帛ᄒᆞ야 創建庵子於玉蓮峰이러니 果然其後에 享四十年富貴라가 太爺太孁ᄂᆞᆫ 享壽八十餘歲ᄒᆞ고 燕王은 更爲出將入相ᄒᆞ야 亦享年八十ᄒᆞ고 尹夫人은 三子二女에 亦享年七十ᄒᆞ고 黃夫人은 二子一女에 享年六十餘ᄒᆞ고 紅鸞城은 五子三女에 享年七十ᄒᆞ고 仙淑人及蓮淑人은 各三子二女에 亦享年七十ᄒᆞ니 燕王之子女ㅣ 合二十六에 男十六人은 皆立身揚名ᄒᆞ야 享富貴榮華ᄒᆞ고 女十人은 爲王公夫人ᄒᆞ야 多子多福ᄒᆞ고 至於蓮玉·小蜻·紫鷰이라도 福祿이 長久ᄒᆞ고 衣食이 豊足ᄒᆞ니 此豈非古今稀罕之事리오?

해설

『옥루몽』의 내용과 가치

『옥루몽』의 지은이

『옥루몽』은 우리 고전소설 가운데 가장 뛰어난 성취로 평가될 만한 작품이다.

『옥루몽』의 지은이는 담초潭樵 남영로南永魯, 1810~1857로, 경기도 용인龍仁에 살았던 사대부 신분의 인물이다. 뛰어난 재능을 지녔음에도 그에게는 평생 벼슬길이 열리지 않아, 시골의 한미한 선비로 살다가 일생을 마쳤다.

남영로의 작품으로는 소설 『옥루몽』과 그림 〈수묵산수도水墨山水圖〉가 남아 있을 따름이다. 그리고 남계우南啓宇가 중국의 서사한시 「공작동남비孔雀東南飛」를 비평한 글인 「고시비평古詩批評」의 서문을 남영로가 썼는데, 그 안에 다음과 같은 대목이 들어 있다.

> 천지의 큰 역량과 조물주의 큰 펼침이 나에게 유희遊戱할 만한 일을 만들어주었으니, 나에게 유희하게 하는 것은 오직 문장文章이다. 문장은 명산名山과 대천大川의 단단하고 솟구치는 모습을 드러내주기도 하고, 명필名筆과 명

화名畵의 정밀하고 미묘한 모습을 드러내주기도 하니, 옛사람이 마음을 쏟고 힘을 다해 후세의 무궁한 대업이 되는 것이다.

남영로는 인생에 보람과 즐거움을 안겨주는 것을 모두 '유희遊戲'라는 단어로 설명하면서 자신의 유희는 곧 문장이라 했다. 그가 마음을 쏟고 힘을 다해 후세에 남기고 싶었던 무궁한 대업이 곧 그의 필생의 문장인 『옥루몽』이었던 셈이다.

남영로가 살았던 19세기 전반은 정치사회적 모순이 매우 심각했다. 1801년 정조가 세상을 떠난 직후 신유박해辛酉迫害가 일어나 많은 선비가 유배를 가거나 죽임을 당했고, 그뒤로 60년에 걸쳐 행해진 안동 김씨의 세도정치로 수많은 사대부가 권력에서 소외되었고 민중의 고통은 가중됐다. 이 시기에 지은 『옥루몽』에는 남영로의 문학적 역량이 드러날 뿐 아니라 그가 평소 생각해온, 나라를 다스리기 위한 경륜과 사회에 필요한 규범 등이 곳곳에 제시되어 있다.

남영로는 『옥련몽玉蓮夢』을 먼저 짓고 이를 개작해 『옥루몽』을 완성했는데, 『옥련몽』 끝부분에 있는 발문跋文을 보면, 자기 능력을 펼칠 기회가 사라진 현실을 서글퍼하면서 작품 창작을 통해 스스로를 달래려 한 심경을 엿볼 수 있다.

> 몇 간 되지 않는 허름한 집에 쓸쓸히 앉아, 성근 울타리에 가을바람이 쌀쌀하고 짧은 처마에 빗소리가 쓸쓸하니, 무료한 마음을 어느 곳에 부치리오? 명산名山과 대천大川에 노닐 수 있는 건강은 사라지고, 풍류와 음률을 함께 즐길 친구도 부족하니, 아아! 시간을 보내는 것이 무료하도다.

남영로는 처음에 51회 장회章回의 한문본 『옥련몽』을 짓고, 작품 후반부를 대폭 개작해 64회 장회의 한문본인 『옥루몽』을 완성했다. 『옥련몽』과 『옥루몽』은 각각 국역되어 독자들에게 큰 인기를 얻으며 19세기 조선 독서계를 풍미했다.

개작본 『옥루몽』은 가족 중심의 이야기인 『옥련몽』에서 정치사회 문제가 부각되는 방향으로 변모했다. 당쟁, 외척의 세도정치, 문란한 과거제도 등의 문제가 분명히 제기되면서 치열한 갈등이 지속적으로 나타난다. 영웅적인 면모가 더욱 강하게 드러나는 인물과 풍부한 군담軍談이 독자의 흥미를 한껏 고조시켜준다.

『옥루몽』의 내용

『옥루몽』의 기본적인 짜임은, 하늘나라 백옥루에서 문창성군과 다섯 선녀가 만나 시를 짓고 술을 마시며 노닐다가 잠깐 잠든 사이 옥황상제와 석가세존의 명으로 모두 인간계에 내려와 각기 양창곡과 윤소저, 황소저, 강남홍, 벽성선, 일지련으로 태어나 파란만장한 만남과 시련, 당쟁과 전란을 겪어나가는 것이다. 그 줄거리는 대략 다음과 같다.

백옥루 꿈속에서 인간계에 내려온 문창성군은 중국 명나라 시기에 남쪽 옥련봉 밑에 사는 처사 양현의 아들로 태어난다. 양창곡은 과거 보러 가는 길에 항주 기녀 강남홍과 인연을 맺고, 강남홍은 항주 자사의 딸 윤소저를 양창곡의 배필로 추천한다. 강남홍은 소주 자사 황여옥의 겁박을 피해 전당강에 투신하는데, 강남홍과 지기知己인 윤소저가 손삼랑을 몰래 보내어 강남홍을 구출한다. 강남홍과 손삼랑은 풍랑을 만나 남방 탈탈국에 표류하고 백운도사를 만나 그로부터 무예와 도술을 익힌다.

양창곡은 과거에 급제해 한림학사에 제수되고 윤소저와 결혼한다. 그는 황각로의 딸 황소저와 다시 결혼하라는 천자의 명을 거역해 강주로 유배된다. 유배지에서 음률에 뛰어난 기녀 벽성선과 만나 인연을 맺고, 유배에서 풀려난 뒤 예부시랑에 제수되고 황소저와 결혼한다. 남만이 명나라를 침략하자 양창곡은 정남도원수로 출전한다.

강남홍은 남만 왕 나탁을 도우려 출전했다가 투항하여 양창곡의 부원수로 활약한다. 이때 남만을 도우려 출전한 축융왕의 공주 일지련은 강남홍과 접전하다 생포되고, 축융왕을 설득해 명나라에 항복한다. 나탁은 투항했으나 홍도국이 다시 명나라를 침략하는데, 홍도국왕 탈해는 용맹하고 그의 아내 소보살은 술법에 능하지만 강남홍의 활약으로 이들을 물리친다.

황소저는 벽성선을 질투해 죽이려는 음모를 꾸미지만 실패한다. 벽성선은 집을 떠나 근교 암자에 머무는데, 황소저의 계교로 온갖 고초를 겪는다. 전쟁에서 승리하고 돌아온 양창곡은 연왕에 봉해지고 강남홍은 난성후에 봉해진다. 일지련은 강남홍을 따라 중국으로 들어와 양부에 기거한다.

한편 천자가 노균과 동홍의 무리에 현혹되어 음악에 빠지고 정무를 도외시하자, 연왕이 격렬히 간언하다가 천자의 진노로 운남으로 유배되고, 강남홍은 남종으로 변복하여 연왕을 수행한다. 노균의 계속되는 간계로 천자가 봉선封禪과 구선求仙을 하러 산동 지방으로 행차한다. 이 틈을 타 북흉노의 야율선우가 침노하고, 간신 노균은 흉노에 투항해 좌현왕이 된다. 객지에서 고초를 겪던 벽성선은 산동성 행궁에서 천자를 만나 음악으로 풍간하니, 천자가 깨달아 양창곡을 용서하고 벽성선을 여어사女御史에 제수한다. 벽성선은 위기에 처한 태후를 만나 태후의 옷으로 바꿔 입고 흉노에게 대신 잡혀가지만, 부마인 진왕 화진에게 구출된다. 유배지에 있던 연왕은 천자의 조서를 받고 운남 토병을 징발해 달려와 야율선우를 물리치고, 천자와 함께 북쪽 변방을 제압한다.

황소저는 악행이 모두 드러나 추자동에 유폐되었다가 개과천선한다.

연왕은 일지련과 가약을 맺는다. 연왕과 진왕이 태후의 수연壽宴을 맞아 상림원에서 성대한 놀이를 한다.

연왕은 서른이 되기 전에 극진한 영화를 누리다가 벼슬에서 물러나겠다는 상소를 여러 차례 올려, 가족과 더불어 취성동에 은거하며 한가로운 삶을 누린다. 이후 연왕의 다섯 아들의 이야기가 펼쳐진다. 남만을 물리치고 조정 간신의 목을 베는 장성, 백성의 고충을 진지하게 고민하며 선정을 베푸는 경성, 담박하고 청렴한 학자로 이름이 알려지는 인성, 호방하고 활달한 풍류남자 기성, 숙완공주와 성혼하는 석성의 모습이 그려진다. 그리고 연왕과 다섯 여인은 40여 년간 영화를 더 누리다가 승천한다.

이러한 줄거리로 전개되는 『옥루몽』은 네 가지 대결구조로 설명된다.

그 핵심은 양창곡과 노균의 정치적 대결이다. 한미한 신분이면서도 뛰어난 자질과 경륜을 지닌 양창곡이 과거에 합격해 중앙 정치에 참여하게 되면서 조정에서 청당과 탁당의 대결이 오래 지속된다. 노균·동홍은 나라와 백성을 돌아보지 않고 일신의 영달만 추구하는 봉건 관료로, 유약한 천자가 이들의 참소에 이끌리는 바람에 양창곡의 시련은 거듭되지만, 양창곡은 결국 이들을 몰락시키고 천자의 마음을 바로잡아 나라를 구한다. 청당과 탁당으로 분립해 조정에서 당쟁을 벌이는 모습은 조선조 당쟁의 성격을 투영한 것으로 볼 수 있으며, 양창곡에게 자기 딸과의 혼인을 강요하는 황각로나 정치적 모략을 일삼는 노균의 모습은 조선 후기에 정치권력을 장악해 위세를 부린 벌열閥閱의 성격을 투영한 것으로 볼 수 있다.

양창곡과 강남홍이 남만의 나탁, 홍도국의 탈해와 펼치는 파란만장한 대결은 흥미진진한 군담 양상을 보여준다. 봉건 관료들이 나라의 안위는 생각하지 않고 일신과 가문의 영달만 추구해 모략을 일삼는 것과 대비되어, 주인공은 절역 변경에서 온갖 고초를 겪으며 침략군과 싸워 나라와 백성의 안녕을 이루는 형상이 부각된다. 특히 양창곡을 돕는 강남홍과 일지련은 미천한 출신인데도 뛰어난 지략과 무예를 발휘하여 나라와 백성을 구하는 여성영웅의 모습으로 그려진다.

기녀 출신으로 참된 애정을 추구하는 강남홍과, 강남홍을 탐내어 권력의 위세로 겁박하는 황여옥과의 대결은 애정소설의 소재와 상통하면서도 그 극복 과정이 더욱 첨예하게 나타난다. 한미한 선비인 양창곡이 과거를 보러 가는 길에 기녀 강남홍과 만나는 것은 신분이나 예법에 구속되지 않는 순연한 사랑의 형태로 나타난다. 강남홍은 양창곡의 용모와 풍채를 직접 확인하고, 문장의 재능을 시험하고, 지조와 신의를 알아본 뒤에야 그에게 마음과 몸을 허락한다. 그리고 소주 자사 황여옥의 집요한 겁박에 맞서 강에 투신하는 방법으로 항거한다. 강남홍은 구원되어 훗날 뛰어난 무예와 도술을 발휘해 양창곡을 위기에서 구할 뿐 아니라 나라를 구해낸다.

벽성선과 황소저의 대결은 가정소설의 소재와 상통하면서도 그 극복 과정이 더 다채롭게 나타난다. 벽성선은 기녀라는 출신 때문에 더욱 혹심한 질시를 받고 고난을 겪지만, 뛰어난 음악적 재능으로 천자에게 풍간하여 마음을 돌리게 하고 여어사 직분을 받는다. 또 북흉노에 포위된 태후를 대신해 포로가 되는 등 큰 활약으로 신분 상승을 이루고 사랑도 쟁취한다.

『옥루몽』의 가치

『옥루몽』에 드러나는 남영로의 현실인식과 정치의식은 특별한 가치로 주목된다. 특히 양창곡과 양경성의 책문策文과 상소문을 통해 과거제도의 폐단, 절용애민節用愛民, 조정의 기강, 왕도王道와 패도覇道의 병용 등이 절실한 문제로 제기되고 있다. 이는 세도정치로 나라의 질서가 문란해지고 백성이 도탄에 빠진 19세기 전반 현실을 개혁하고자 한 남영로의 진지한 모색이라 할 수 있다.

> 애처로운 자도 백성이요 두려운 자도 백성이라. 일 년 내내 수고하여 머리카락은 시꺼멓게 그을리고 손발은 굳은살이 박여, 구차한 살림살이가 다만 추위와 굶주림을 면할 따름이라. 알찬 곡식을 낱낱이 모아 관아에 바치되 형벌의 매질이 그 몸에 가해지고, 차가운 부엌의 가마솥을 헐값에 팔아, 늙고 약한 자는 구렁에 엎어지고 젊고 건강한 자는 길에서 떠돌아다니니, 그 부르짖는 소리와 초췌한 모습은 신臣의 거칠고 무딘 성품으로도 오히려 스스로 배불리 먹지 못하고 늘 젓가락을 던질 때가 많거든, 하물며 우리 황제 폐하께서는 백성의 어버이가 되시어 지극히 인자하신 성품을 지니셨음에랴? 이로써 생각건대, 오늘날 폐하의 신하된 자가 어찌 차마 사치를 숭상하고 재물을 거두는 데 힘쓰리이까? (59회, 양경성의 상소문)

『옥루몽』의 또다른 특별한 가치로, 여성에게 주어진 제약과, 신분의 한계에 대한 남영로의 진전된 의식이 주목된다. 『옥루몽』에는 남주인공과 여주인공이 상호 존중하는 태도가 두드러진다. 여주인공은 모두 정당한 인격체로 대우받으며 자기 의견을 당당하게 드러낸다. 남녀 주인공은 시종일관 지기로 맺어져 두터운 신뢰와 애정을 형성한다.

기녀 출신의 두 여주인공 강남홍과 벽성선은 여러 면에서 빼어난 능력을 갖춘 인물로 형상화되어 있다. 이야기는 줄곧 이 두 여인과 얽혀 전개되는데, 강남홍은 매력적이고 활달한 여성영웅으로, 벽성선은 청순가련하면서 지혜로운 요조숙녀로 그려진다. 특히 강남홍은 작품 후반부로 갈수록 신분 문제에 하등의 영향을 받지 않으며, 한 가문에서뿐 아니라 국가에서 간성干城 노릇을 하는 탁월한 영웅으로 부각된다. 20여 편에 이르는 조선 후기 여성영웅소설에서 여주인공은 대부분 사대부 가문의 딸로 설정되어 있는데, 이에서 벗어나는 작품은 『옥루몽』과 『옥루몽』의 영향으로 후대에 지어진 『화옥쌍기』가 있을 뿐이다. 강남홍은 군공軍功을 세워 난성후에 봉해진다. 훗날 그녀의 아들 양장성은 가문에서 적장자嫡長子 역할을 완벽히 수행하고 과거 시험에서 문과와 무과에 동시에 장원급제한 뒤 영웅으로 활약하여 진왕에 봉해지고, 강남홍은 진국태미에 봉해지기까지 한다. 서자에게 벼슬길이 허용되지 않았던 조선시대 현실을 감안하면 『옥루몽』의 이러한 구성은 파격적이다.

『옥루몽』의 특별한 가치의 또다른 면으로, 방대한 서사 전개와 섬세한 묘사를 꼽을 수 있다. 『옥루몽』은 지리적 배경에 있어서 동쪽으로 요동, 서쪽으로 돈황, 남쪽으로 운남 등 중국을 아우를 뿐 아니라 북쪽으로 몽골, 서쪽으로 티베트, 남쪽으로 베트남에 이르기까지 아시아를 배경으로 하여 방대한 서사를 엮어간다. 『옥루몽』에서 군담은 서사의 절반 가까이 할애되는데, 다채로운 진법과 병법, 다채로운 검술의 묘기, 기기묘묘한 도술전, 타선鼉船을 이용한 수전 등이 변화무쌍하게 전개된다. 특히 24회에 등장하는 악어 모양의 잠수선潛水船인 타선은 두 겹의 몸체로 싸여 있어 그 안에서 기계로 조종하며, 잠수하여 가다가 물 위로 떠올라 대포를 쏘는 기발한 전술을 사용한다.

> 넓이가 오백 척이요, 머리와 꼬리가 날카롭고 몸체는 둥글고, 양끝에 문을 내고 푸른색으로 무늬를 넣으니, 그 모습이 악어와 비슷해 이름이 타선鼉船이라. 네 방면에 발이 달려 있어 안에서 기계를 조종하면 방향과 속도를 마음대로 할 수 있고, 머리를 숙이면 물 위로 떠올라 폭풍우같이 빠르게 나아가더라. 안에 작은 배가 있는데, 바깥 배가 비록 물 위로 떠올랐다 가라앉았다 하더라도 안에 있는 배는 조금도 흔들리지 않고, 네 방면에 각각 군사 백 명을 수용하더라.

동홍과 벽성선이 음악을 연주하는 장면에서 드러나는 음악에 대한 깊은 식견. 상림원에서 펼쳐지는 격구擊毬 대결의 생생한 묘사. 태후의 헌수연獻壽宴과 여러 혼례식과 전춘연餞春宴의 세밀한 정경. 취성동에 마련된 여러 처소의 정밀한 배치. 청루에서 펼쳐지는 양기성의 풍류. 잔치 자리에 마련된 희귀한 음식들, 달밤에 배를 띄우고 즐기는 뱃놀이, 선녀를 가장하여 노니는 유산遊山 등 『옥루몽』에는 다양한 풍속도가 등장한다.

『옥루몽』은 한시를 비롯해 서간書簡·책문策文·제문祭文·표문表文·격문檄文·상량문上樑文의 다양한 한문산문과 시조·잡가의 국문시가가 풍부하게 삽입되어 화려한 문체를 구가한다. 삽입된 국문시가들은 주인공들의 질탕한 풍류가 드러나는 부분에서 작품의 유흥적 분위기를 한껏 고조시켜준다.

이처럼 『옥루몽』은 다채롭고 풍부한 내용과 화려한 문체, 생동감 있는 장면 묘사, 개성적인 인물의 형상화 등으로 우리 고전소설 가운데 가장 뛰어난 성취라고 평가할 만하다.

문학동네 한국고전문학전집을 펴내며

우리가 고전에 눈을 돌리는 것은 고전으로 회귀하기 위해서가 아니다. 한국의 고전은 고전으로서 계승된 역사가 극히 짧고 지금 이 순간에도 발견되고 있으며 심지어 어떤 작품은 저 구석에서 후대의 눈길을 간절하게 기다리고 있기도 하다. 우리의 목표는 바로 이런 한국의 고전을 귀환시키는 것이다. 그러니까 고전 안에 숨죽이며 웅크리고 있는 진리내용들을 다시 불러들이고 그것으로 이 불투명한 시대의 이정표를 삼는 것, 이것이 우리의 궁극적인 목적이다.

문학동네 한국고전문학전집은 몇몇 전문가의 연구실에 갇혀 있던 우리의 위대한 유산을 널리 공유하는 것은 물론, 우리 고전의 비판적 · 창조적 계승을 통해 세계문학사를 또 한번 진화시키고자 하는 강한 열망 속에서 탄생하였다. 그래서 문학동네 한국고전문학전집은 이미 익숙한 불멸의 고전은 말할 것도 없고 각 시대가 새롭게 찾아내어 힘겨운 논의 끝에 고전으로 끌어올린 작품까지를 두루 포함시켰다. 뿐만 아니라 한국 고전의 위대함을 같이 느끼기 위해 자구 하나, 단어 하나에도 세밀한 정성을 들였다. 여러 이본들을 철저히 비교하는 과정을 거쳐 정본을 확정했고, 이제까지의 모든 연구를 포괄한 각주를 달았으며, 각 작품의 품격과 분위기를 충분히 살려 현대어 텍스트를 완성했다. 이 모두가 우리의 고전을 재발명하는 것이야말로 세계문학의 인식론적 지도를 바꾸는 일이라는 소명감 덕분에 가능했음은 물론이다. 부디 한국의 고전 중 그 정수들을 한자리에 모은 문학동네 한국고전문학전집이 그간 한국의 고전을 멀리했던 독자들에게 널리 읽히고 창조적으로 계승되어 세계문학의 진화를 불러오는 우리의, 더 나아가 세계 전체의 소중한 자산으로 자리하기를 기대해본다.

문학동네 한국고전문학전집 편집위원
심경호, 장효현, 정병설, 류보선

옮긴이 **장효현**
고려대학교 국어국문학과를 졸업하고 같은 대학에서 박사학위를 받았다. 고려대학교 국어국문학과 교수로 재직했다. 스토니브룩뉴욕주립대학과 런던대학 SOAS 방문교수, 메이지대학 객원교수를 지냈다. 한국고소설학회장, 민족어문학회장, 동방문학비교연구회장을 역임했으며, 도남국문학상(1991), 성산학술상(2003)을 수상했다. 지은 책으로 『서유영 문학의 연구』『한국고전소설사연구』『한국 고전문학의 시각』『심능숙 문학의 연구』 등이 있고, 『육미당기』『구운몽』을 역주했다.

한국고전문학전집 030
옥루몽 5

초판 인쇄 | 2022년 5월 30일
초판 발행 | 2022년 6월 13일

지은이 남영로 | 옮긴이 장효현

책임편집 황수진 | **편집** 유지연 구민정 이현미 | **디자인** 윤종윤 이주영
마케팅 정민호 이숙재 박치우 한민아 김혜연 박지영 안남영 김수현 정경주
브랜딩 함유지 함근아 김희숙 안나연 박민재 박진희 정승민
제작 강신은 김동욱 임현식 | **제작처** 영신사

펴낸곳 (주)문학동네 | **펴낸이** 김소영
출판등록 1993년 10월 22일 제2003-000045호
주소 10881 경기도 파주시 회동길 210
전자우편 editor@munhak.com | **대표전화** 031)955-8888 | **팩스** 031)955-8855
문의전화 031)955-3579(마케팅), 031)955-2690(편집)
문학동네카페 http://cafe.naver.com/mhdn
문학동네인스타그램 http://instagram.com/munhakdongne
문학동네트위터 http://twitter.com/munhakdongne
북클럽문학동네 http://bookclubmunhak.com

ISBN 978-89-546-8677-8 04810
978-89-546-0888-6 04810 (세트)

www.munhak.com